没能让
我不行？

酷威文化
图书 影视

LuZhi ✦ FuYanShang

一瞬间，像回到十年前的那个雨夜。

枪声撕破夜空。

警车鸣笛，混乱交织，叫嚣、哭喊、哀嚎。

她额头紧紧贴着一方温热胸膛，

近到能听清骨骼里的心跳，

十七岁的少年抱着她飞奔在帕佗克街头，

穿过拥挤和血腥，恐惧与死亡。

窗外钟楼敲出沉默的十二声钝响，

歌颂即将到来的晨曦。

——原来我们早就相遇过了，

在命运的齿轮开始转动之前。

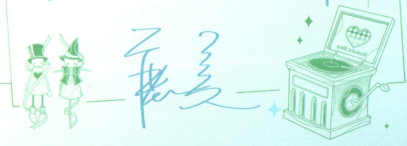

合卮

上

鹿灵 著

江苏凤凰文艺出版社
JIANGSU PHOENIX LITERATURE AND
ART PUBLISHING

contents

目录

contents

目录

HANZHI

Lu Zhi

苏城六月，绿意盎然。

摇漾的水纹白描成工笔画，正是清晨，细雨无声，密密地浇灌泥土与枝丫，灰瓦白墙上，探出几朵盛开的栀子花。

栀香浓郁，衬着雨点愈发朦胧，透过车窗前视镜，景色宛如画卷平铺，净透的白、雅致的绿，写意的春天跃然纸上。

路栀侧靠在副驾驶座，欣赏不过两秒，忽然被急促的手机铃声打断思绪。

司机宗叔提醒："太太，电话。"

这个点很少有人给她来电，声音振动双管齐下，响得她心跳都漏了几拍。

然而今天的包是顺手挑的，小香的金球盒子，一只十足的美丽废物。

美丽废物不算听话，拉链半晌没被拉开，等她好不容易拿到手机时，那阵催命的响动忽然又停了。

怎么回事？挂了？

豪车精准地停在 CBD（中央商务区）楼下，宗叔见她没接电话，开了口说："对了太太，先——"

振动声再度响起，这回是微信来电。

"先不说了，"她指指手机，"稍等，接个电话。"

电话来自她的大学挚友，同时也是她工作室的合伙人——李思怡。

"到楼下了，"路栀说，"怎么搞的，这么想我？"

李思怡沉默两秒："希望你到工作室的时候还笑得出来。"

……这么大的事？

电话一挂，她把车门扣上："宗叔，工作室有点急事，我先走了，有什么事晚点说！"

电梯一路升到三十三楼，"叮"一声后打开，室内顶层做了挑高的设计，光线充沛的情况下，薄薄一层光落在浅灰色的绒面地毯上，弯出了一枚饱满的月牙形状。

新鲜的花香浮荡在空气里，墙面盘旋的灯带勾勒出工作室 Logo（企业标识）：一束花枝围绕着宇宙星球，即，她的工作室"半枝宇宙"。

被誉为"城市之眼"的写字楼，有四面通透的大落地窗，顶尖的地段与恢宏的设计，随时可将整座城市的车水马龙、霓虹灯影尽收眼底。

料谁也想不到，融盛集团斥巨资在商务中心开发的顶层，是一个还在孵化中的游戏工作室。

路栀加快脚步，刚推开玻璃隔门，就听到女人的说话声。

"我承认，你们这个年纪能租起一个工作室，确实很了不起。但在游戏方面我们不同的观点实在太多了，你们又不愿意听我的，所以咱们还是好聚好散吧。这是离职表，我先走一步。"

徐菁将表放在工作台上，转身时看到路栀，挤出个虚情假意的笑来："祝你们一切顺利，亲爱的。"

但那双装满偏见的眼里，写满轻视。

高跟鞋在地面上敲出声响，徐菁经过路栀时下意识停了停，大概以为她会挽留。

哪知道路栀径直转身，像是准备了许久，抽出个礼花炮一拉，漫天飞扬的彩带说不清是不是庆祝："天哪，离职快乐，菁姐，这也太遗憾了。"

她就在这样的乐景里遗憾地吸了吸鼻子，演得十足十地卖力："慢走不送哦。"

徐菁咬牙走向电梯，甚至等不及电梯门关上，工作室内就传来了李思怡忍无可忍的爆笑："栀总！牛！"

"常规操作，"路栀低头研究了一下这个礼炮，"我看她早就不想干了。"

徐菁不服管是早有的事了。

当时工作室招人，需要有经验的高级策划，三十二岁的徐菁刚从广告公司的营销部离职，跟她们正在做的这个恋爱游戏毫不沾边，但说得实在好听，光工作室就来了三趟，路栀觉得热爱很珍贵，最终还是破格让她加入。

结果刚进来没到一个月，徐菁就仗着自己年长，开始对各个部门颐指气使，有股"不看能力看年纪"的味。后来她们参加例会，徐菁最常对路栀说的也是："宝贝，我大你十二岁，有些话真的要听长辈的。"

路栀认为有道理，然后把她从参会人员里面踢出去了。

从那之后徐菁连装都不爱装了，路栀懒得赶人，就等着她自己走。

李思怡翻着那份离职表，丸子头左右晃着："她是觉得自己写的文案一直被你否，自尊心受挫？"

"不是，"路栀诚恳地说，"她是真的觉得自己想的那些土味情话是神来之笔，我写的剧情平平无奇。"

她们正在做的《轨迹》，顺应当下恋爱游戏的热门，讲述了身为漫画家的女主回到千年前拯救人类文明，在此过程中遇到五个风格各异的男主，顺着剧情发展解锁不同的恋爱故事。

目前游戏还没有正式发行，正在内测中。

"她年纪歧视太严重了，觉得年纪小等于做不好。"李思怡说，"本来就是二次元游戏，年轻人才知道受众喜欢什么啊——"

李思怡忽然停住："等下！过几天不是要参加一个游戏展会吗，她怎么没把表单留下？那我们到时候靠什么进场？"

俗话说得好，当一个小孩说想嘘嘘的时候，他应该是已经尿裤子了。

路栀飞速打开电脑，才发现展会实时更新的云文档中，原本属于她们的位置变成了另一家公司。

"这应该就是徐菁跳槽去的那家了。"她说。

"她把我们的展位，置换给别人了？"李思怡一拍桌，"资料不是上周就该交的吗？她上周就已经找到下家了？"

"看样子是，"路栀飞速往下翻，"而且位置满了，买不到了。"

李思怡气得直翻白眼："怪不得刚走的时候那么势在必得呢，原来是摆了我们一道啊，她美美离开，我们在工作室目送？"

"应该有别的办法，别急，我再找找。"

李思怡看过去，路栀将手中提了一路的抹茶牛奶放在桌上，撑住脸颊时，食指自然地抵在唇边。

冰镇的饮料上自带水汽，指尖难以避免地沾上少许，点在嘴唇上时，有股清透感。

路栀有张任何人都无法忽视的漂亮脸蛋。

李思怡想起第一次见她，宿舍普通的灯光仿佛都被点亮几个度，她背了一只小号的秀款双肩包，皮肤白得透亮，小脸翘鼻浅唇，一双眼灵动得过分，像噙着汪碧色的清泉，无辜至极的鹿眼，眨一下蝴蝶翩跹。

谁看了都会心软。

但和她亲近的人都知道，她的性格跟脸，是完全不同的风格。

李思怡看她靠上椅背，问："怎么，没劲了？"

"不是，"路栀说，"斗志上来了。"

李思怡一早就知道她是多不服输的人。

她们最早做这个游戏，是因为大三的结课作业，导师直接让她们做校企合作的选题，说做好了不仅结课分高，项目还能直接落实。

路栀读书早又跳过级，虽然年纪小，但对游戏付出的心血很多，想法也多。

后来她们俩合作的这个项目被公司选中，为此不知熬了多少夜、添了多少内容。结果临到要签合同，对面却三五次放鸽子，路栀向来不是软包子，简简单单两三句就把对方噎得直接心态崩了，负责人拍着桌子破防："没有什么落实价值，明白吗？我们不做了！"

后面路栀一打听才知道，对方是想白嫖各种设定创意，不签她们的，内部抄一个出来，可谓不要脸到极致。

路栀当即决定自己做，不张扬是家训，所以没几个人知道，霸占苏城百分之二十的市场份额的连锁商场，是她家开的。

她不缺钱，她只是咽不下这口气。

路栀在思考："位置确实是没了，得从别的地方曲线救国。"

李思怡："要不，你问问你家里？"

"得了吧，我妈巴不得我碰壁，回公司帮我姐的忙。"路栀说，"而且他们忙到自己都顾不过来，哪有时间操心我？"

李思怡也在点着鼠标："不过我刚搜了一下徐菁跳槽的这家公司，好像是华亚网络旗下的，做的游戏看着跟我们好像，不会是大三抄我们的那家改名的吧？虽然华亚是很大，但是最近都在传要被收购了，前途未卜的，她还真敢往里跳？"

"不过能收购华亚的，也不知道会是哪路神仙？"李思怡八卦了一下，"怎么着也得是你老公那个量级的吧。"

"老公？"路栀反应了会儿，"哦，对，我结婚了。"

李思怡噎了半秒："你离谱不？"

"体谅一下，"路栀支着脑袋，"结婚半年，头三个月我出去冬令营，后三个月他在世界各地谈收购，加上领证我们就见过三面，婚礼都因为双方太忙没有办。"

雪克杯里牛奶厚厚一层，撒满抹茶粉末，像座覆满植被的雪山。

她轻轻一晃，植被消融，雪山染色，融合的过程像幅漂亮的水墨画，不像她和傅言商，怎么晃也像两个世界的人，只是被勉强卷在一个利益关系里。

对于这段关系，她还没有适应。

满足地喝了口后，路栀舔了舔唇角："所以，别对我们的塑料联姻有什么误解。"

她和李思怡的办公间就在落地窗边，宽敞又舒服，电脑还是对着的，方便随时交流。

她给工作室提供环境和资金，李思怡做项目顾问，工作室其实是三四月刚建立的，但整个大四她都在为之付出，使用了钞能力，花了大把时间请人做好了游戏框架，还找了不少知名画师绘制卡面，所以一毕业就能直接上手，节省很多时间。

反正她坚决不会让人骑在自己头上。

这一整天，除了午饭时间她都在网上联系各方展会，倒是也有备用选择，只是要白白等好几个月，时间成本就是金钱，她不太愿意耽误。

而且她也想和徐菁正面碰一碰，看看到底谁是对的。

突然，李思怡从电脑后面探出头："你老公回国了啊！"

路栀一怔："嗯？谁说的？"

李思怡举起手机："新闻啊，就今天，刚落地。"

路栀扫了眼，没太认真看，"嗯哦"地应着："那估计没回家，宗叔他们都没通知我，可能去祖宅那边了。"

办公间内沉默一会儿，只有路栀点鼠标的"咔嗒"声，像掰碎的薯片，平静地掉落在桌面上。

李思怡："我有一计。"

路栀停下来，偏过脑袋，做了个"请"的动作。

"这个展会是融盛主办的，你老公可是堂堂融盛总裁，你想想办法，让他把展会摆在中央的那个大商标撤下来，让我们去。"

路栀目光复杂地看着她，在思考这究竟是个好主意，还是馊主意。

"很简单的！"李思怡说服她，"虽然你们不熟，但你撒个娇就好了，没有男人能抵抗美女撒娇。"

路栀说："你太为难人了，我不会撒娇。"

"这不是更简单？你把'哥哥''我''嘛'随意组合造句，"李思怡自信道，"试试。"

路栀跃跃欲试："把融盛商标扔出去让我上，不然哥哥我送你去当喇嘛？"

李思怡："……"

算了，李思怡劝自己，对这位大小姐能有什么要求？

学校有一年惊现女厕被偷拍事件，据说是某个女生的前男友恶意传播裙底照片，其他什么都看不到，只能看见女生染了及腰的绿色长发，整个学校绿头发的就那么几个，女生们陷在惊惶和自证中反倒被动，学校论坛吵得风风雨雨。

结果第二天路栀就顶了头云雾绿色头发出现在学校，漂亮又张扬。当天下午，全校大部分女生染发的染发、买假发的买假发，不到五天，一个教室一半的绿头发，是反抗也是互助。当事人得以从羞辱中脱身，私下感谢过她好多次，她摆摆手没当回事，说只是来自美剧的一个灵感，还一口气把那个偷拍的男生给抓出来了。大家口耳相传，将这次事件称之为"路栀事变",她由此在全校一炮而红,成为吾辈楷模。

后来发色褪了,她又染回了自己挚爱的栗棕色。

不过两分钟,路栀揉了揉酸胀的肩颈,走到柜子前,从里面取出一件绕颈的长裙。

宽松的罩衫被她脱下,她抬手伸展开时像只矜贵优雅的白天鹅,衣料穿行而下,珍珠色的礼服在灯光下泛出细闪,垂坠的面料勾勒出起伏有致的好身材,再配上这张脸,简直清纯可人。

只要她不开口说话。

李思怡很有兴趣:"怎么突然换装了?"

"我觉得你那个方法可行,我去问问他有没有办法能给我匀个展位。他今天回国肯定有活动,我要跟他一起的话,当然得换套衣服。"

"行,那你先回去准备下。"李思怡又反应过来,"但是你怎么会准备礼服在这里?"

路栀:"哦,我担心哪天我们的游戏忽然得奖了要去领奖,先准备一套,到时候有衣服穿。"

路栀是典型的"想做就立马做"型人格。

好处是效率高、速度快,缺点嘛……有时候上头太快,不计后果。

她四点提前收了班,因为是老板,所以也没人能管她。

只是忘记通知宗叔来接她了,路栀自己叫了辆车,填目的地的时候犹豫了会儿,还是打算先回家一趟。

到家后她直上三楼,主卧所在的楼层一片安静,不像有人回来过。

她松了口气,轻车熟路地将里衣解开,然后一把抽出,勾在指尖。

另一只手点开微信语音,给李思怡发消息:"我本来准备直接去祖宅找他的,不过想了想,万一他不在呢?所以先回来了,补个妆再给他发消息吧,毕竟也算小别……嗯,半年了,大别吧。

"总得准备一个好一点的见面，有利于我后面——"

她把鞋脱在柜旁，完全沉浸在语音当中，只顾着看脚下地面，赤着脚推开浴室大门，准备洗个手。

语音至此戛然而止。

有人正在浴室洗澡，刚关水，还没到穿衣服的环节。

蒸腾的水雾像是仙境，争先恐后地奔涌而来，听到动静，雾气中那人转身。他手中白色毛巾搭在颈后，喉结被浇得泛红，一头黑发湿得明亮。

刚关没多久的花洒还在滴水，落在他额发上颤了两下，再滴上他平整紧实的胸肌和腹肌，隐约而下。

而她手里还在转着自己的里衣。

没了束缚，身前的形状被完全勾勒，她一时间不知道自己应该取消语音、捂住胸口，还是先找块干净的玻璃一头把自己给撞死。

正打算掉头就跑的时候，他启唇的声音再度将她定在原地。

雾气尽散，傅言商面不改色地抽出浴巾，循着她视线围在腰间，镇定得仿佛被看光的人不是自己，越过没开的吊灯开口道："提前下班了？"

相比他的泰然自若，路栀脸颊猛然一涨，火像在耳尖烧着了，她哪见过这场面，囫囵着后退："嗯，有点事就先回来了……那个，我先去换衣服。"

浴室温度高，水汽弥漫，连氧气都变得稀薄，退出去几步后，她才终于缓了过来，然后迅速逃离。

放在床头安神的无火香薰，弥漫着淡淡的栀子甜香。

这人真是的，如果熟的话，她真的很想问他，洗澡为什么不开灯？

路栀揉了把头发，低头看了眼胸前，想象了一下他刚刚看到的会是什么画面……

她叹息一声，整个人自闭地坐进衣柜里，这里独属于她的气味让人感到安心。

手机上是李思怡刚刚发来的消息。

李思怡："怎么说一半断了？"

路栀沉默两秒。

路栀："因为我打开浴室门发现他在洗澡，救我。"

"对面正在输入"显示了五分钟，不知道是不是李思怡说到中途，跑去笑了四分半。

终于，浴室吹风机声音响起，李思怡的消息也回了过来。

李思怡："没关系的，反正早晚要看，现在不看以后也会看。"

完全没被安慰到的路栀："……"

她拉上柜子进行一番冥想，最主要的是，构想中美好的开场变成了浴室相遇，接下来的事要怎么开口才比较好？

过了片刻，吹风机声音停下，应该是他吹完头发出来了。她清晰地听到有脚步声由远及近，在床边停下。

傅言商嗓音偏沉："人没了？"

"我在——"她猛地拉开柜子，不知道为什么，一想起他这张脸就发怵，扬了扬手报幕道，"在这儿呢。"

她整个人坐在下方的小柜子上，说要换的衣服也没换，半条腿架在柜沿，落下去的半截裙摆完整地露出光滑细腻的小腿，头发乱糟糟的像个小疯子，头顶还杵着个衣架。

大概也是意识到头顶有东西，她抬头跟那个衣架你来我往，掰来掰去，衣架被推出去一截，又重新弹到她脑袋上。

趁着她和衣架搏斗的工夫，男人转过身，将搁在床头柜上的腕表戴好，背着身问她："晚上一起吃饭？"

她大概猜到原因："去爷爷那边吗？"

"嗯，吵着要见你，"他捏了下眉心，"吵得我头疼。"

懂了。路栀心说，他不喜欢吵的。

她问："回家里还是去外面吃？人多吗？"

"不多，家里。"

这人惜字如金，她也没继续问。

既然是回家吃饭的话，穿一件简单的连衣裙就好了，她在衣柜里扫了圈，挑了件白色的。

温温柔柔的雪纺面料的裙子，在长辈面前卖乖再合适不过。

虽然她除了这张脸之外，和乖没有一点关系，不过装乖这件事从小就在家里培养起来了，她很擅长，起码到现在都没有翻过车。

换好衣服后，她又整理了一下发型，这才抓着包带去看他："好啦，走吧。"

很快，傅言商那辆限量版迈巴赫平稳地驶出枕月湾。

正是傍晚，天色将暗未暗，橘红色的云点染在天幕中，路栀仰头欣赏了会儿，刚收回视线，余光就看到他正在翻文件。

十多页的文件裹着风声，在他手上哗啦啦地翻动，男人挂着耳机，电话对面的人和她一样安静。

他有张自带气场、很难招架的脸，路栀想起第一次见他，是在一场高级珠宝定制的晚宴上。

因为家里不希望她玩物丧志，而且她也并不热衷参加那些纸醉金迷的场合，所以很少出席一些活动，但那天是个例外，母亲庄韵让她挑一些喜欢的首饰，婚礼时能用得上。

那时候她原定的联姻对象，还是傅言商的堂弟——傅望。

但那天不知道什么原因，傅望迟迟没来，整场活动也一推再推，像在等谁。

她等得犯困，跟李思怡在手机上吐槽，谁这么高贵，要等他这么久。

疯狂输出十来句后，听到席间声浪拔高，不少人甚至从座位上起身，她意识到应该是要等的人来了，撑着脑袋一抬头，在昏昧光线中撞上他视线一秒，她便做贼心虚地反扣手机——刚骂了他好多句。

视线再挪过去时，男人早已收回视线，唇角散漫地勾着，步履匆忙，像是刚结束一场会议，点头和席位正中的总监打过招呼，随即寒暄两句。

新品高定的首展，来宾非富即贵，还夹杂数不清的脾气比天大的公子哥们，而所有人竟然不约而同地为他延后开展时间，待他解开纽扣落座主桌。

浮灯照在他轻叩桌沿的指尖上，他有着极其漂亮的一双手，其五官更甚，眉骨阴影覆住上扬的眼，很标准的高挺鼻梁，一笔雕琢的下颌线隐在半面光线里，带着股衣冠楚楚的痞、睚眦必报的戾气。

那时她想，这人气场好可怕，幸好她要结婚的对象不是他，伴君如伴虎，这和做老虎嘴边的兔子有什么区别？

谁能知道后来，傅望和他之间，她还是选了他。

初见场面仍历历在目，她撑住额头，听到他朝电话那边没什么情绪地开口："一份收购合同写成这样，不想上班不用勉强。"

她无言地耸了耸鼻尖，心想，他好凶啊。

听着他毫不留情、一针见血地指出问题，路栀默默朝右边车门挪了挪。

一通电话不过三分多钟，傅言商一偏头，就看到他的新婚妻子已经在这短短的时间内，朝另一侧挪了五下。

路栀又难以避免地想到刚刚，她都把他看光成那样了，他不会记仇吧？她的确对联姻对象爱上自己这件事不抱指望，但也不代表她希望每天在家里面对一段极不和谐的关系……

"路栀。"他在这时候忽然开口。

她有种上课开小差被老师点到的宿命感，顷刻间坐直，看向他："啊，怎么了？"

"之前——"

她立刻抢答："我没看到的！你不用担心！我只看到腰那里，再往下后来你用浴巾围住了，所以我没看到，当然我也不是很想看的意思……"

傅言商沉默两秒："我说的不是这个。"

"噢，"她讷讷，"你想说什么？"

"之前半年我们没怎么见面，但是长辈那边，我希望你还是可以配合一下。"他说，"能省掉不少麻烦。"

装恩爱是吧？这点准备她一早就做好了。

"没问题，"她清了清嗓子，想到了自己的游戏展位，"不过如果今天顺利的话，我也有件事情跟你说，就当我们交换？"

他曲起的指节落在收购书上，"嗯"了声。

夜幕降临，路边的灯盏晃进来几缕碎光，他的影子投落在她身上，明暗起伏。

路栀这会儿才发现，他声音还挺好听的。

她之前对这方面并不敏感，也是最近给游戏的五个男主请了配音老师之后才关注起来，他的音质带着标准的苏感，讲起话来有股慢条斯理的从容，语速虽然偏慢，但很有威慑性，掌控感很强，或许还有点……性感？

不对，想歪了，都怪李思怡每天说些有的没的。

路栀很心虚地轻咳一声，坐正了，重新看向窗外。

大约半小时后，车辆驶入三面环山的荔湖别苑。

傅家祖宅就坐落于此，横跨数千年的珍稀湖泊以簇拥的方式环绕托起祖宅，如同城市中开辟的一座世外桃源，和他们所住的枕月湾并称苏城最好的地段，上风上水，历经明清数百年沉淀，还曾是某朝故都旧址。

祖宅一分为二，绕过高可探天的菩提帝王树，一半是老爷子傅诚的生活起居之所，一半由其他叔侄居住。

她来过祖宅一次，但那次老爷子不在，她只看到了书房里摆放的宣纸和毛笔，以及珍藏柜里不少雅致的青白瓷器，料想老爷子应当也是位耐心儒雅、满腹经纶的长辈。

很快，还没降下的车窗外，她听到几声震响。

老爷子中气十足，背手而立："还没来就别来了！"

路栀："……"

傅诚："一天到晚到底在忙什么？他从十二岁开始就没闲过！到底是谁逼他了，让他一天到晚就知道抱着个书和笔记本在那儿看？！"

"我催得命都快没了半条，好不容易以死相逼催到他结婚，他倒好，结婚证领完三个月给我跑国外盯市场去了，我需要他盯吗我！"

是了，她和傅言商结婚，是想躲开家里，而傅言商，则是为了应付家里。

一旁管家司空见惯的模样，耐心安抚："少爷这也是对公司上心，外人哪有他管得好，职责所在，您别置气。"

"职责？他现在的职责是跟老婆培养感情，把家庭经营好！融盛有家族托管，就算他天天躺床上睡大觉也倒不了。"

"话是这么说，我要真躺家里睡大觉，"傅言商降下车窗，"您得第一个把我砸死在床上。"

老爷子想必早看到他的车了，负着手，哼了声："你就那么极端，不是躺床上睡觉就是工作二十四小时不眠不休？"

"二十四小时工作会死，"傅言商说，"我还没为公司殚精竭虑到那个地步，您放心。"

老爷子被他气得结巴，眉毛都快飞起来了。

路栀连忙打圆场，从一侧打开车门，走到傅诚面前。

刚看老爷子发那么大一通脾气还有点发怵，她斟酌着打招呼：

"爷爷。"

小姑娘穿一身白色及膝裙，脸蛋清透又水灵，头发很乖巧地绾起来，只留了几缕碎发，怎么看怎么讨人喜欢。

傅诚一瞬间皮都展开了，嘴角也不自觉抬了起来，惊喜道："哎哟，小栀也来了呀。上回没见到你，可把我给后悔死了，快来，爷爷专门给你准备了桂花糕，我们家陈师傅是全苏城糕点做得最好的厨师，你要是有哪里吃不惯的，一定要跟爷爷说，好不好？"

顶级变脸，高超的情绪控制能力，丝滑的转场，完美的语音切换。

就像前一秒还在喷发的火山，下一秒换了套春日樱花限定皮肤，还是满屏飘花瓣的那种。

她的震惊难以言表，只能通过眼神去看傅言商，男人一点不意外，抬了下眼示意：正常。

她就在爷爷一声声的"小栀"中迷失自我，跟着人踩过石阶走进庭院。

这一路花香扑面，还夹杂着书房飘出的淡淡墨香，院落门口栽着一面蔷薇花圃，在黛色拱门前，像一把欲说还休的美人扇。

等到进门，餐桌旁大家都已落座，长辈晚辈们都在，她没想到这么大阵仗，于是挨个跟大家打招呼。

资本沉淀的大家族，亲疏关系总是复杂，她一顿饭是弄不清楚的，索性不关注，只礼貌应对偶尔的询问。老爷子根本没让气氛冷下来，上一秒朝傅言商吹胡子瞪眼，下一秒又眉开眼笑地给她夹菜。

说话声里，她撑着脑袋偏过去看，能看出来爷爷其实很爱傅言商。

在这之前，她对他的印象像薄薄的一张纸片，平面而充满臆测，但靠近他从小长大的地方后，看他整个席间司空见惯又波澜不惊地将老头子堵得哑口无言，那张薄薄的纸片，似乎又立体了一点。

原来他也可以是这样的，她想。

用餐结束已经到了十一点。

如果不是她连打五个哈欠，爷爷还打算带她去傅言商的书房看看。

等他们回到枕月湾，天已经很暗了。

路栀先去洗了个澡，总结了自己在家宴上的表现，应该还是非常不错的。

因为知道自己是什么金鱼记性，她迫不及待地裹着浴巾就先出去了，此时的傅言商正半蹲在床头柜前，好像在找什么。

她先开口："对了，我之前不是和你说有个事——"

下一秒，什么东西被抽出，傅言商转过身来，停顿一秒："你买的？"

她定睛一看，在他指尖的，分明正是一盒……

不是，他怎么把这个翻出来了？！

她摆了摆手，血一下冲到脑袋，正想跟他解释这是个乌龙，然而下一秒，男人翻过背面，看了两眼后淡淡道："虽然出发点是好的。"

"但是，"停了一下，他说，"你知道你买的尺寸不对吗？"

路栀所有的话冲到了喉咙口，然后被卡住了。

是吗？这种东西还分尺码？

都怪李思怡——那天逛超市，路过形形色色的柜子，这种东西正在做活动，李思怡撺掇她替自己试用一部分，被她硬着头皮拉走，结果李思怡又把她拉回来一脸严肃地说要学会保护自己懂不懂？她为了应付，随手塞了两盒。

当时是准备趁李思怡不注意拿出来的，结果后来忘记了，等到回家清袋子，才发现自己瞎拿的那两盒正静静地躺在袋子底，她顺手就给塞抽屉里了。

然后她又很自然地把这件事给忘了。

没想到它重见天日是在今天。

此刻就出现在男人的手上。

她知道的，这种情况下买错尺码，是对男人尊严的一种侮辱。

她必须尽快洗刷掉这个危险。

于是路枙立刻口不择言地逃避："不是的，这个不是买给你的。"

……好像也不对，她选择说实话："是这样的，我有一个朋友——"

傅言商幅度很轻地抬了下眉尾，端详着她。

怎么听怎么像编的，不过他应该听不懂这个梗吧，路枙说："她，那个朋友非要我买的，我为了应付她，就随便抓了两盒，本来想偷偷拿出去的，结果忘了。"

他没说话，只是起身，衬衣下摆自然垂落，扫过西裤布料。

路枙急急忙忙地把头往下偏，去看他表情："你信了没有？"

傅言商："你希望我信了还是没信？"

嗯？路枙赶紧澄清："这个是事实，你应该相信啊。"

"行，那就算我信。"他答得倒是利落，顺手将东西抛进垃圾桶里，"如果需要我会自己买，你不用太操心。"

我真的没有上心也没有操心啊。

她正要继续开口，听他已经不动声色地转走话题："你要说的是什么事？编辑一下消息发给我，我转给秘书帮你办。"

她注意力瞬间被转走，眼睛一亮："百分之百能办成吗？"

"应该，"他看了她一眼，解开纽扣准备洗澡，装模作样地思考了一下，"至少，我应该不会买错尺码。"

打开手机的路枙脑子里冒出三个问号，怀疑自己是不是被内涵了。

水声响起，这一晚是个谨慎的夜。

他们还没有一起睡过。

领结婚证时是十二月，这边的卧室还在装窗帘，没多久她就出国旅游了，一走就是三个月，中途听说傅言商一月下旬在老爷子的催促中住了进来，等她回国是三月，而他又出国了。

今晚……怎么办呢？

他今晚应该是没那个打算吧？

如果……但是……她抬起胳膊闻了闻，今晚用的沐浴露还挺香的，磨砂膏也用了，不对，打住，打住。

路柁睁着眼看向天花板，思绪漫游到小行星撞地球，在浴室门打开的那一刻，几乎下意识闭上眼，立刻躺平装死，安详地去世。

傅言商把毛巾覆到头上，随意地擦着，一针见血道："死人一般不会把腰挺这么直。"

"……"

他，为什么洗两次澡？

但她还是在战战兢兢装死，因为万一傅言商不是在跟她说话呢？终于，一切杂音慢慢沉寂下来，男人走到床头柜边时，她猛地睁开眼。

床头灯开着，夜里她的眼像一对黑色的探照灯，傅言商顿了顿，问："需要我去隔壁睡？"

那倒也……不必。

"……不用，"她说着，往后退了退，"你，习惯睡哪边？"

"都行，就这边。"他说。

当男的真好，吹头发也很快，他掀开被单一角坐进来，打开笔记本处理了一会儿工作，一时间卧室里多了一个人，她实在很难快速睡着，躺一会儿又睁眼。傅言商不知道看过多少资料和报表，工作得轻车熟路，小小的一块触摸屏在他手里跟鼠标一样灵巧，屏幕投落的光拢在他指尖，和床头暖色的灯交汇成一弯小小的圆弧。

她就不爱用触摸屏，还是鼠标方便。

路柁一时松神，打了个哈欠。

他指尖的速度没停，十多秒后才开口问了句："还没睡着？"

她轻轻干笑两声，不知道说什么。

下一秒办公结束，他把电脑合拢放在枕边，躺进被子里。

被单拉上衣领时，有很轻微的触碰声。

他说："你不需要这么紧张。"

他不说还好，一说气氛又轻轻流动到意味不明的地方。

"我没紧张，可能只是有点不习惯，而且我不知道我睡相好不好，如果我半夜踹到你……"她问，"你呢，你睡相怎么样？"

"没跟人睡过，不知道。"

她沉默了会儿，决定还是探一探："你现在是什么想法啊？"

"哪方面？"他说，"夫妻生活？"

也不用这么直白吧……不过他在国外留学八年，对这方面开放一点也很正常……

她拽着被子"嗯"了声。

"顺其自然，你不愿意我不会勉强，所以放心。"

"真的吗？"

"假的。"

"啊？"

他笑了声，路栀意识到这声笑是嫌她问得太多余。

她撇了下嘴，然后说："明天我就有发言权了。"

"什么？"

"关于你睡相到底怎么样这件事。"

身边多了个人，又得时刻提防着不要滚到他那边，她一晚上睡眠质量并不高，半梦半醒地，每次一滚到中位线，就又很谨慎地挪回安全的位置上。

等到大概五点多钟傅言商起床走了，她真正安稳的睡觉时间才到来。

　　眼睛舒适地闭上，再睁开时，已经到了下午。

　　她连忙收拾了一下去往工作室，大家都在工位上忙自己的，听到声音后抬头跟她打招呼，她礼貌地笑了笑，示意他们继续忙。

　　工作室虽然只有十几个人，但效率都很高，完全不至于到走了几个人就转不动的程度。

　　李思怡午睡刚醒，一脸促狭地看着她："怎么起这么迟啊？昨晚几点睡的？"

　　"十二点。"路栀说，"放心，什么都没发生，我纯粹是不习惯。"

　　李思怡嗤了声，按下咖啡机装了杯拿铁："没劲，我还以为你们昨晚小别胜新婚呢。"

　　"你想的真够多的。"路栀在这方面秉持的也是一个顺其自然、随心所欲的原则，"赶紧开工吧。"

　　李思怡一惊："展会的事搞定了？！"

　　"我昨晚把需求编辑了一下发给他，他秘书九点多就加我微信了，效率好高。"路栀看了眼手机，"他秘书说是可以，不过放商标的位置是个流动的花车，他让我们做好固定，不然容易不小心推着车满场跑。"

　　"流动花车还不好？！我们看徐菁和那个沆瀣一气的狗公司在哪个位置，就在他们对面跟他们打，大不了'你死我活'，想独占流量，做梦去吧。"

　　路栀忽然有灵感："那不如这次正好做一个花的主题？买点新鲜的花做装饰，然后单枝的花也买一些，正好和我们那个花房的副本呼应，交互感应该蛮好的。

　　"然后预约参与公测的玩家，可以一人送一枚玫瑰。"

　　"可以啊，"李思怡很赞同，"不过花房的文案剧情都是我们菁姐写的，你还记得吧，土得我半夜在被子里把床单都抠破了。"

　　这么一说，她想起来了："要用的话肯定得改，但是时间不剩几天了，现在招个策划也很难马上进场，更何况还要熟悉人设这些。"

李思怡："你写呗，宣传片的文案不就是你写的吗，玩家反馈特别好。"

话是这么说没错……

"但是我好久没写过感情戏了，"路栀说，"而且我写这个特别慢，要一直磨，除非很有灵感。上次灵感迸发还是做梦，梦到我谈恋爱了。"

李思怡手指一撑，指指点点："那你去找傅言商吹——找他出去约个会，游个山玩个水，灵感不是马上就来了？"

出门确实是找灵感的一个上佳方法，这个游戏的宣传语，就是她在旅游的时候想出来的。

路栀："但他能有时间出去玩吗？"

"肯定有啊，你问问他平时参加哪些俱乐部，一般什么时候有活动，你选那个时间就好了。我家虽然没你家那么有钱，但好歹也是开餐饮的，我知道，他们这些有钱人可会玩了。"

下班时路栀还在思考，怎么能够不动声色且不被拒绝地向傅言商提出一起出去玩的想法。

肯定不能说她是为了找灵感吧，那用什么理由比较好呢？

她走到熟悉的车位旁，正要找自己那辆车，忽然，面前的车短促地鸣笛，吓了她一跳。

主驾位的车窗降下，傅言商大概是刚打完电话，正取下挂在耳边的蓝牙耳机。

她辨认了会儿才靠近："你怎么过来了？"

"傅老板让我接你回祖宅吃饭，"他问得随意，"一会儿有没有活动？"

傅老板是他对傅诚的称呼，饭桌上她听他叫过好几次。

路栀摇摇头上了车，又想到什么似的，开口重新回答一遍："没活动，闲的。"

她随即又补充："很闲。"

傅言商看她一眼，不知道她想说什么。

她绞尽脑汁引导话题："今天怎么不是宗叔开车？"

"和老婆过结婚纪念日去了。"他说，"傅家传统，情人节和结婚纪念日放假。"

这么人性化？

她清清嗓子问："那你一般放假吗？"又补充道，"就是，你是不是一直都工作，不怎么喜欢出去玩？"

"路栀，"他喊她名字时，有一股字正腔圆的感觉，"我是在工作，但不是要死在工作上。"

她礼节性地干笑两声，缓解着气氛，看向窗外，在想该怎么进一步抛出目的。

他也有娱乐活动，那就好办多了。

车在等红灯，笔直的樟树下，一对情侣正在调情。

大学宿舍底下也经常有这种景观，她今天还在后悔那时候怎么没多看看，起码能给恋爱游戏积累经验，没想到今天机会就来了。

她很小心地将车窗降下一点，外面二人的对话断断续续飘进来，男的搂着女朋友的腰，贴在她耳边不知说了些什么，女朋友被逗得笑到往他怀里贴，然后抬头说了句"奖励"，踮脚亲了他一口，然后男的反客为主，两个人手臂缠绕紧紧相贴，亲得那叫一个激烈。

路栀低头，跟李思怡分享经验。

路栀："外面有两个人在接吻。"

李思怡："看看。"

路栀："声音好大，怎么做到的？"

李思怡回过来一个问号。

本着求真务实的精神，她抬头正要继续研究，耳边忽然掠进来一道声音。

傅言商慢条斯理道："好看吗？"

她想了想，诚实道："还可以。"

"……"

但是很快她就没机会研究了，红灯转绿，车辆拐弯。

她和这转瞬即逝的体验依依惜别，然后转向下一场经验积累。

路栀先是进行了一些铺垫："我想起来了，我昨晚没睡好，所以今天本来准备回去休息的，但是还是陪你过来扮演新婚恩爱，给予这么敬业的人一点奖励，不过分吧……对吧？"

她说话间，车辆已经驶入祖宅，傅言商随意找了个位置停车，然后转头问她："比如？"

他脸上没有表情时，整个人就给人一种不敢造次的感觉，很像小说里那种病弱但脾气不好的王爷，你一说点不顺心的话就把你打入地牢的那种。

路栀身上虽然是有反骨，但这不代表她真的一点都不怕他。随着年龄和阅历的增长，她真的没办法在这个男人面前呈现一种天然的无戒备状态。

傅言商手指轻轻敲了下方向盘，重复道："奖励，比如？"

她心脏被提起来，小时候她不去上钢琴课，庄韵就常常用这种态度和语气教训她。她捏了下掌心，漫长的青春期后遗症仍停留在身体中，从心脏里拉扯出一种条件反射般的滞涩，她忽然觉得好委屈："我还什么都没说，你能不能别这么凶？"

傅言商不太理解地皱了下眉心。

"我没凶你，"看了她一会儿，他说，"你很怕我。"

"既然怕我，当时为什么选我？"

还不是因为你私生活干净。

傅望玩得那么花，我多看两眼都觉得害怕。

她忽然不想继续说了，转身去开车门："忘记我想要什么奖励了，去吃饭吧。"

车门忽然落锁。

她蓦地一惊，回过身时正好遇到他的突然靠近，她完全没遇到过这种情况，大脑一瞬间空白死机，只看到他无限靠近的那张脸，有种立体挺拔的帅气。

他问，像是真的觉得奇怪："是什么说不出口的奖励值得你铺垫这么久？"

下一秒他凑上前来，她只感觉唇上一软，唇瓣相碰时有很轻微的声响，退开几厘米后他问："这个？"

车内氧气因他靠近而变得愈发稀薄。

路栀原本还灵敏的思维系统一瞬间被清空，唇上的触感稍纵即逝，轻得像片羽毛，后背却撩起大片滚烫的火焰，灼灼地炙烤着她的皮肤。

她感觉到什么正源源不断地从身体里流出。

面前的人甚至还好心提醒她："呼吸。"

她一瞬间灵魂归位。

呼吸功能恢复运转，她好像醉氧了，但又怕自己看起来太过异常，只能竭力维持镇定："你……我……"

亲得好好的为什么要说话啊？不是，说得好好的为什么突然亲她啊？

傅言商看着她。

半晌，路栀憋出一句："你……解锁。"

"没锁，"他说，"刚刚那锁的是窗户。"

她闷着头一把拉开车门，光速跳下车去。为什么这么凉快的天气，连风都没有，还是这么闷人？她抬手扇风，抬头又看到树叶正在风里哗哗作响。

路栀踢着树叶往前走，满脑子乱七八糟的。

十秒后，身后传来声音："走反了。"

她正准备折回去，就这停步的空当，男人已经三两步追过来，跟她并肩："不过绕一段也能到。"

她嘟囔："你不早说。"

他声音依旧散漫："你指哪个？"

话题又被绕回来，她以不变应万变地装傻，在脑子里开飞机。

傅言商："我刚才没有凶你，只是你说起奖励，我在想五分钟之前你很爱看的那对情侣，好像奖励的就是这个。"

她一瞬间停步，恍惚地看着他。

所以，你该不会觉得我是在索吻吧？

为什么呢？怎么会呢？那我的出发点是什么呢？

我对你垂涎欲滴？

她启了启唇，好半晌也没说出一句，这些话以他们现在的关系当然是没法说出口的，她哽了一下，久久才憋出一句："我哪爱看了……"

空气静默了会儿，这条林荫路有不少麻雀停歇，啁啁啾啾地填补二人之间沉默的空白。

他像是想了一会儿，在某个时刻突然开口："至于你在我身上看到的，让你害怕的那些……气场？"

他说："应该因为我是融盛的总裁，需要有裁决力和威严，才能让员工服从和信赖。这两年我工作比较多，习惯了这种状态，没法很快地切换到丈夫的角色，需要你给我些时间。"

他这是在……解释吗？

她鼓了鼓嘴："噢，所以你思考的时候，就会是那种表情？"

"嗯。"

"夫妻生活刚开始确实需要一些时间磨合，后面如果有哪里你觉得不舒服，也可以随时告诉我。"顿了顿，他又说，"我没有你想象中那么难相处。"

她眨了眨眼，余光看到那扇熟悉的拱门越靠越近，蔷薇花下，一只蝴蝶扇动翅膀。

傅言商："你没什么想说的？"

"啊，"她忽然反应过来，抬起来，想了想，又认真地说，"哦，我性格挺好的，应该不会让你觉得不舒服。"

隔了一会儿，瞥一眼他的神色，好像确实没刚刚那么让人害怕了，或许心理作用使然，她小声试探："你会打人吗？如果我和你吵架，你会不会打我？"

傅言商不知道她怎么会问出这种话，活到现在，问他这种话的，她是第一个。

但他还是开口解答。

"不会，"他说，"从我记事起到现在，应该还没有打过架，不过如果是别的时候的一些助兴动作，在我这里算作情趣，不计入讨论范围。"

路栀反应了好半天才意识到他在说什么。

他有张非常衣冠楚楚的脸，即使说这么风流的话题，也是一本正经的神色，路栀心说我不应该想歪的，但是这个话题好像本身就挺歪的。

路栀沉默半晌："我没问你这个——"

"那当我答附加题了吧。"

"……"

等他们上了三楼，路栀才发现，老爷子正在练书法。

傅诚有间非常讲究的书房，正正好好的西北方向，从窗户看出去就是大片湖泊，瓷器藏品在光下泛出温和的色泽，整面的白墙上，只摆有一幅"宁静致远"的字画。

老爷子正背对着她在练书法，穿一件白色的长褂，背影很是隽雅。她走近去看，墨香浓郁中，纸上落笔遒劲，赫然正是一个顶天立地的大字——烦！

路枙在脑海里悄悄打下一个问号。

身后传来脚步声，傅言商对所写内容显然并不意外。

"现在知道他为什么摆这么多宁静淡泊的字画了？"他道，"人都是缺什么想什么。"

傅诚哼一声："我缺重孙子。

"你跟蒋峪说把我这幅字裱起来，我带小枙到家里面转转。"

傅言商瞥一眼："这东西还得裱？"

"怎么了！这么精美的字画不值得裱吗！"

傅言商去躲清闲，路枙跟傅诚身后，满脑子都是"这样的一个大字到底能挂在哪儿"，导致傅诚跟她说了好几句话，她才反应过来。

傅诚："你们最近怎么样？"

路枙眼观鼻鼻观心，虽然实际情况是八字没有一撇，但她还是配合道："挺好的。"

前几天我还看他洗澡来着。

傅诚长长地"嗯"了声："走吧，带你去他的书房看看，他十六岁出国，在这之前的人生基本都是在这里度过的，包括他二十四岁回国之后。

"他自己是只朝前跑，不爱记录的人，我拍了他不少照片，都放在相册里。"

一个书房容纳了少年的整个青春期。他们现在的关系到了能看这些的程度了吗？

路枙稍有懈怠，这会儿恍惚了一下，说："是不是太私密了？"

"私密？"老爷子一瞬间目如火炬，"什么私密？这私密吗？"

意识到自己是不是说漏嘴了，路栀连忙开口想补救，但为时已晚。

傅诚一摆手："我就知道！你们这半年肯定没怎么培养感情！

"就他这油盐不进的性格，人姑娘在宴会上看到他，挑了个时间说要来家拜访，我就在隔壁一会儿没看着呢，他让蒋峪跟人说不用来了。不是，就他这样的，他能会什么？"

像他会说出来的话。

路栀低头掩盖，傅诚看了她一眼："你笑什么？"

"我……"

傅诚双眼放光："你觉得他很有意思，是不是？"

"不是——"路栀说，"是……"

"确实，这个，古人有云啊，情人眼里出西施，你们既然能够……"

算了，你说吧。

她就这么跟在后面，听傅诚叽里呱啦了一路，她终于知道为什么每一层都有不少于五台的饮水机，原来是为了让老人家话说多了口渴时可以随时喝水。

对于傅言商从小到大的种种，傅诚如数家珍，例如他从小到大成绩优异，但从不让人省心，他会用整个午休解一道年级难题，也会嫌学习分享会无聊，提前回家看纪录片。他令人掌控不住的主见，却成为他成年后手段准狠的魄力。

"我以他为骄傲，但又觉得他逼自己太紧。"傅诚站在露台上，"他很清楚自己要做什么，需要什么，这很好，但这样也很累。我经常希望他能停一停，但他有自己的选择，爱情大概不在他给自己的规划中，所以我希望有个人能够陪伴他。"

傅诚说："我希望你们好。"

路栀舔了下唇瓣，一时想开口，又不知道该说什么。

傅诚忽然又问："你知不知道他喜欢什么颜色？"

她摇摇头。

"这样吧，这几天你去观察他，猜一猜。"傅诚朝她孩子气地一抬头，"猜中的话，下周请你们去温泉山庄带薪休假，好不好？"

夜间回家，傅言商在车里问她："傅老板跟你说什么了？"

"没什么，"她说，"就是分享了一些你读书时候的事，没想到你也挺叛逆的。"

他笑了下："也？"

她也无数次想过翘掉周末的兴趣班，就一个人躺在沙发上看动漫，当然她只是想，但他却能践行，她其实很羡慕。

她靠在窗户上，偏头看他："爷爷还说你老是看书看到十二点，你也太卷了吧，幸好我不跟你同届。"

傅言商："你不也跳了一级？"

她愣了下："你怎么知道？"

"毕业才刚好二十岁，就算读书早一些，应该也是跳过级的。"他四平八稳地开车，指腹在方向盘上轻轻点动，"不难猜到。"

老爷子说让她看，她很自然地就多观察了他几下，他打发时间时好像很爱敲点东西。

至于喜欢什么颜色……她视线从他指尖顺着下移，路过他手腕处的玛瑙袖扣。他今天穿的是一件面料很轻的黑色衬衫，暗红色勾边，衣摆松松垮垮地折叠进腰腿之间的褶皱，再往里——

正在她还想继续往里端详思考时，傅言商在等红灯的间隙缓慢地停下车，光明正大地偏过身子，朝她看来。

几乎把自己整个腰都送给她看。

她刚刚只是多看两眼情侣调情，都能被他误会成想找他接吻，万一被他发现自己在端详他的腰，指不定他得想到哪儿去。

路栀立刻端坐，做贼心虚地别开目光，装作心无旁骛地扭头看风景。

因着她及时的躲避，接下来的一路，他没再开口。

路栀下车时长长地舒了口气。

为了尽快拿下温泉山庄，为自己修缮文案寻找灵感，她趁傅言商洗澡偷偷拉开了他那边的衣柜，一片漆黑。

往里看，第二排有几件白色的，不过好像没见他穿过。

他是以前喜欢穿吗？

她定在原地，不知思考了多久，忽然，身后传来男人的声音："想穿我的？"

"不是不是，"她连忙摆手，"我做游戏男主穿衣研究呢，随便看看。"

傅言商顿了顿："想穿也可以和我说。"

这太亲密了，她生怕他又误会，摆摆手想也没想立马开口："怎么会，这是男女主感情深入后才会穿的，我穿这个干什么？"

他系浴袍带子的手停了一下："……什么后？"

"邂逅，"路栀恢复一贯的表情，一本正经地说，"两个人因为一件外套产生邂逅，然后坠入爱河展开了一系列故事。"

傅言商："……"

她立刻转移阵地爬上床，没一会儿，又收到傅诚发来的微信。

爷爷："猜到了没有，他喜欢的颜色？"

没猜到，还向他展示了我高超的言情小说储备。

路栀低头开始打字，输入了"黑色？"，但觉得不对，于是删掉；又输入白色，但还是觉得不靠谱。

纠结中，时间已经过去三分钟，她正想说自己可能还需要点时间的时候，对面弹出一条新消息。

爷爷："猜对了！收拾一下，明晚出发！"

路栀看着对话框，在里头敲出一个没发出去的问号。

不是，我还什么都没发啊？

如果一早就知道这是道送分题，她一定不会潜心研究一整晚，还在这儿跟傅言商折腾。

要去泡温泉的活动是当天安排的，傅言商还有工作，她也有事要忙，所以他们傍晚才出发，抵达山庄时，已经到了晚上。

今晚来不及做别的，休整一下先睡觉，明天再玩。

因为是老爷子亲自定的房间，所以她和傅言商理所当然地住一起，她先打开行李箱去浴室洗澡，洗完后就躺在沙发上，一边看夜景，一边想互动该怎么写才更好。

结果视线一瞥，发现头顶怎么有东西在动？

她仰起下巴，在天花板上，看到了一整面……镜子。

李思怡的消息在这时候传来。

李思怡："到了没？好玩吗？"

路柜仰头拍了张照片发过去，李思怡甚至兴奋地发了个抖动过来。

李思怡："上次看到天花板镜子，还是男主把女主压在沙发上亲的时候，男主一直让她抬头往上看。"

路柜："你放过我吧。"

她努力把这个设计驱逐出脑海，告诉自己，应该不是这个意思，这个设计可能是意外。

结果视线倒回来，发现朦胧玻璃后人影绰约，居然还能看到他在花洒底下冲水。

路柜一瞬间坐直。

傅言商刚刚也坐在这里，那就是说，她刚刚洗澡也……

等人一出来，她迅速开口问："这个玻璃是不是有点透？你有看到什么吗？"

他停了一会儿，似乎是在思考，不过不知道是在回忆，还是在想别的。半晌后，男人擦了擦发尾连续不断滴落的水滴，开口道："没。"

"没有的话，"她艰难地指了指电脑，"你怎么把电脑又挪到面对着墙的位置上了？"

傅言商："我以为这样说你会开心一点。"

"……"

这地方是一秒也待不下去了，她冲去露台冷静了一会儿，再回来时，他已经吹好了头发，坐在床边。

只是表情有些……沉默。

她觉得好像有哪里不对，但贫瘠的经历一下没能分析出到底是哪儿不对，直到她一把掀开被子躺进去，整个人瞬间下沉，耳边传来咕嘟嘟的声音，砸进床垫两秒，又漂漂浮浮地荡起来。

身边的人和她沉进的是同一片浪里。

……很好，水床。

夜色静谧，任何声响都会被无限放大。

就在她放空的工夫里，因为她的突然沉入，水袋中厚厚的水浪不停晃动，托着她，举起又下坠。

她对充水床垫唯一的了解，是大学的时候看过一部电影，里面用一分钟的镜头描绘了一下主角的体验感受，除此之外她并没想过，有朝一日，自己会躺在这上面。

她转身想去看傅言商，结果因为身下的水太厚，她完全控制不住自己的身体，一侧身就被水托着往中间滚，因为四下绵软，压根没有可以借力的地方。

直到他们两个的身体不可控地碰在一起，再因为水浪而分开，她脑袋晕乎乎的，脸不知道怎么也红透了，明明什么也没干，但安静的夜里咕噜噜的水声止不住地激发人的羞耻感，她伸出手指想去扒床单，刚把自己撑起来，又砸下去。

哗啦啦……这还能睡着吗？

不过爷爷给他们俩选这样一个房间，可能本身也不是希望他们拿来睡觉的吧。

现在好了，她强装镇定，像条鱼被晃来晃去的，完全不敢看他的脸。

一分钟后床垫中的水浪声终于安静了下来，但不知道他又干了什么，风浪重新被搅起，她继续被托着上下漂。

睁眼就是镜子，闭眼就听到水声。

她终于忍不住转头看他，但身边已没有了人，路栀眯了眯眼，看到房里有个人影站着，从沙发里取出软垫，铺在地板上。

她大概知道了什么，谨慎地滚到另一边，说："嗯……你是要睡……地板……上吗……"

路栀的声音被床垫弄得起伏不定，整个人晃来晃去的，还有颤音。

傅言商沉默了两秒："下来说话。"

"噢。"她一头滚下床，正好滚到软垫上，不算太疼，下一秒脑袋被人托起，一个枕头塞了进来。

这小小的地方，正好只够放下两个枕头。

"位置有点小，"他的声音在夜里响起，"不过比睡上面舒服。"

她一时嘴快："可能上面也不是拿来睡觉的吧。"

傅言商支起半边脑袋的手还没来得及放下去，听到路栀的话很微妙地抬了下眉，好整以暇地看着她，问："不睡觉还能拿来做什么？"

明知故问。

她说："斗殴。"

傅言商无言了会儿，这才意味深长地躺下，他选的位置是床和墙面之间的空隙，只刚好够二人平躺，除此以外一丝多余空间也无，两人躺在一起就会碰到彼此的手臂和腿，除非侧身。

头顶就是床头柜，路栀好奇欲被激发上来，她很想拉开抽屉看看里面还有些什么超出常人预料的东西，但想到打开之后可能又会颠覆自己的认知，思前想后，还是憋住了。

总不能在他面前看吧，那太尴尬了。

她翻了个身面对床板，躺了会儿，没睡着，又转回原位，想找一个舒服的姿势。

结果她忘记这里位置太小，翻身时应该往里挪，一翻过去，面前忽而一热，男人的吐息均匀地覆盖下来，温热的，带一点点雪山融化的松木气息。

她一惊，抬头往上看，正好看到他微睁的眼，只睁开很轻微的缝隙，能看到一根一根分明的睫毛。

她犹豫了会儿，感觉自己没动，但好像在被迫前倾——不然两个人怎么会越靠越近？

路栀缓慢后靠，给他留出足够空间，但怎么退距离都没有丝毫变大，直到她脑袋轻轻撞上身后的床板，温和地"咚"了一声。

男人伸出手，在她脑袋和床板之间垫了一下，明明是隔开的动作，但二人本就不多的距离因此愈发缩小，黑夜放大了男人侵略性，路栀呼吸一室。

鼻息相对，他手掌温热，几乎覆盖她整个后脑，她听到他问："能接吻吗？"

哪有……问这个的。

她脑海因此愈发空荡，她鲜少有接不上话的时刻，憋了会儿才说："随、随便。"

"随便是什么意思？"他偏着头，明明已经很近了，但就是维持着要碰不碰的距离，"可以，还是不可以？"

时间的流速变得很慢，她快要听不清窗外叶子晃动的响声了，路栀眨眨眼，"可"字刚开了个口，就被人钳住下巴抬高脸吻下来。他的呼吸喷洒得更近，唇间有刚刷过牙的薄荷气息，像清晨淋的一场山雨，细细密密地掠夺她的呼吸，脑后手掌微微用力时，她的下唇会被更深地送进他的齿间。

郊外的夜分明凉，自动换气的空调持续不断地输出适宜的冷风，她背后却覆上一层薄薄的汗意。偶尔的停顿中傅言商会给她一些换气的时间，又在她以为结束时，似有若无地勾勒着她上唇唇珠，唇泛起轻微的痒。

她攥紧衣角的手指绷到微痛，青涩地感受着。

窗帘被风轻轻地摆动，薄纱拂过她脚踝，那里文着一枝浅青色的栀子花，很痒。

忘记是什么时候，又是怎么睡着的。梦里她也在火山旁边，只感觉一阵接一阵的热浪倾袭皮肤，是怎么也压不下去的燥意。

醒来后，后背的衣服像是出过几轮汗又干透，以一种奇异的质感贴在皮肤上，她打算去洗个澡。

身体微微一动，他大概也是侧躺的姿势，她后背就这么严丝合缝地贴上他身前，背后传来微微响动，她整个人瞬间僵住，大概是把他吵醒了。

路栀屏住呼吸没敢再动，就在她僵硬两秒的中途，身后的人已经很有分寸地退开，撤离，起身去浴室洗漱。

她松了口气，坐起身打开手机，她恍惚地发现解锁后的页面不是主屏幕，而是备忘录。

上面是自己昨晚半梦半醒间记录下的详细感受，为自己的恋爱游戏积累各方面的经验。

好敬业，她感动了。

她看了一会儿自己半梦半醒间想到什么写什么的胡言乱语，忽然听到面前有脚步声，蒙蒙地抬起头来，脱口而出问道："你好了？这么快吗？"

"洗漱还能要多久？"傅言商看她一眼，"你以为我在干什么？"

她敷衍地摸摸鼻子，迅速冲进了浴室逃避眼下的一切。

早餐在一楼，自助式的，洗完澡后他们就下去了。

她拿了一小碗面条，和半块黄油三明治。

这个度假山庄的环境很好，餐厅外就是青翠欲滴的青竹，里间是藤条编织的秋千椅，能固定住，也能小幅度摇晃。

她一手拿着三明治，另一只手扶住秋千轻轻晃着，相较于她的闲不下来，傅言商要沉稳很多。他固定住了椅子，在对面安静地舀馄饨，汤匙和碗沿碰撞出轻微的响声。

老爷子跟他们一起来了，正在外面遛弯，远远地看到他们，立刻马不停蹄地进来打招呼，整张脸洋溢的都是对此风水宝地的满足："昨晚睡得怎么样？"

傅言商专心低头吃早餐："还行。"

傅诚笑吟吟道："那就好。"

傅言商吃饭很慢，有种慢条斯理的矜贵雅致，他这会儿抬起头，缓缓说道："睡的地板。"

他太懂傅诚不爱听什么了。

果不其然，傅诚手上一根竹竿掰成两段，怒目而视："哪儿？！"

"您自己也不看看，那张床是不是能睡觉的地方。"

傅诚张了嘴，欲言又止，没说出话来。

"算了算了，去泡温泉吧，别在我面前晃悠。"他手一挥，眼不见为净，"我就不能指望你会什么！"

路栀起身道别，想到昨晚种种，摸了摸脖子，心说可能他也没您想的那么不会……

她也是走出去好长一段路，才知道这个山庄是傅诚亲自预订的。

怪不得能选到那一间离谱的房子。

刚吃完饭不适合泡温泉，他们就沿着山庄散步。郊外的云很漂亮，天空透蓝，偶尔能遇到三三两两的情侣或是带小孩的家庭，这里让路栀感觉到适意与自由。

空气带着雨后绿叶的气息，她深深呼吸一口，再缓缓吐出来，大脑仿佛都被短暂地清空，很解压。

但她的呼吸持续太长，或许是听起来像叹气，她听到一边的傅言商停顿一会儿后说："他就这样，你不用太放在心上。"

她怔了下，反应过来他在说爷爷选房间的事，摇了摇头说："没事啊，能理解。他只是想我们感情好一点……很正常。"

他们都结婚了，不管怎么样都正常，即使他昨晚真的提出需要她履行妻子的义务，在氛围正常的情况下，她想她也不会拒绝。更重要的一点，她从小到大没喜欢过谁，后来决定联姻时也是在想，与其等一个不知道以后会不会遇到的、喜欢的人，不如选择一个顺应时机的，能让她过得自由一些、洒脱一点的人。

傅言商对她来说，是顺眼的，她并不讨厌他。

枝丫上，一只长尾山雀正停靠在绿叶间憩息，轻轻晃动黑白相间的尾巴。

他说："正不正常和情不情愿，是两回事。"

她很喜欢他的思想，不把她当作一个附属物，即使比她年长七岁，他也很尊重她，她觉得这一点很珍贵——尤其是对于一个位高权重的男人来说。

她踢了踢脚下碎石，然后笑了下，抬头说："那希望我们合作愉快。"

"合作？"

"不是吗？"她说，"联姻也算另一种意义上的合作。"

"我给你你需要的，你给我我想要的，这样就能长久，你的事业会因此更好，我家里的产业也会更好，给我某种程度上的底气和支撑。互利互惠嘛。"

快到私人的汤池口，他随意问："那在我这里，你需要什么？"

她想了想，想起母亲常常训诫她的"听话"，像一捆无形的绳索将她捆在长辈的视线之下，她是可以被爱的，只是需要"听话"。

于是她偏过头，轻松地说："自由吧，就像现在这样。"

他们的私人汤池是 VIP 专属，一道山谷中密密地坐落着四五个温泉池，填充的池水各有不同，她选了牛奶浴，傅言商则进了相对透明的汤池，上面浮着一层深蓝的花瓣，像倒悬的星空。

他脱掉外层浴袍径直泡了进去，倒显得她扭扭捏捏不够坦率。她不喜欢穿泳衣泡温泉，所以里面裹的是抹胸叠起的浴巾，做了半晌思想建设，她还是带着浴巾一起下水了。

路栀趴在池沿玩手机，恒温的池水冒出的热气蒸腾着脸颊，她以为傅言商这时候应该也会工作，谁知道他手机都没拿，就仰面靠在池边享受，脖颈被顶起来，喉结的凸起尤为明显。

花瓣层因他下水而被打碎，恢复了池水清澈见底的模样，路栀能清晰地看到他锁骨下肌肉的肌理，这点超出了她的认知，那天画面太暗，她不知道他居然不止有腹肌。

"路栀。"他在这时候叫她的名字，"好看吗？"

她心虚地陷入被抓包的沉默中，心想你脖子上还长眼睛了？

路栀手指在屏幕上飞速划动，其实一个字都没看进去："凑合。"

"……"

她问："你平时还会健身？"

完全想不通他哪来的时间。

"一周会有三到四次，"他说，"否则身体吃不消高强度的工作和航班往返。"

一把年纪了，身体还挺好哈。

她腹诽着，没再继续开口，开了把游戏缓解气氛，否则她真不知道要干点什么。

游戏一开，连跪三把，六分钟投降，她越打越不服输，最后差点从汤池里站起来，这把终于匹配到了正常队友，她以 MVP（最佳选手）

拿下胜利。

一转身，旁边出现个男人。

路栀吓了一跳，私汤的池子本来就小，差点就面对面，他什么时候过来的？

她转头出去确认，才发现每个池子旁边都有水迹，他每个都享受过了，然后以她这个汤池作为终点。

也是在这时候，她发现，她的浴巾不知道什么时候已经不翼而飞。一个人的话倒还好，问题是现在傅言商过来了，她就不好明目张胆地这么泡，于是伸手在池子里捞，试图寻找到自己的那块遮羞布。

抓到个什么，她用力一扯，感觉好像又不太对，下一秒感受到一个力道捉住自己的手腕，傅言商说："那是我裤子的系带。"

"抱歉，"她瞬间松手，"手滑了，你继续睡。"

她朝向另一边摸索，手臂在水池深处搅起漩涡，摇荡起伏的水纹深深浅浅地撩过他胸口，像被轻盈的羽毛拂过。

傅言商终于睁眼："你到底在做什么？"

她来不及回答，透过他身下的池水，才发现这牛奶浴深得并不纯粹，靠近池面上方几乎半透——意识到自己都快站起来了，她立马开口："你别睁眼！"

他又把眼皮合上。

傅言商的威慑力大多来自眼神，闭上时那股生人勿近的气场散了不少。他的喉结甚至都被热气熏得泛红，像被谁啃了一样。

就在路栀松了口气，向自己洗脑他应该什么都没看见的时候，傅言商礼貌地提醒："你没穿衣服应该跟我说一声，我不会过来。"

这句话，像一枚轻轻抛出的炸弹，把路栀从内到外炸了个稀巴烂。

最终温泉行以傅言商先离开，她在里面磨磨蹭蹭给李思怡发了八条社死哀号语音作为结束。

让她稍有慰藉的是，他们总算换房间了。

　　这次的房间正常很多，完全就是一个旅游标准间，墙上挂着一幅傅诚亲自画的山水画，以及一幅"少生气，我若气死谁如意"的题字。

　　她盯着那幅题字，安慰自己：没关系的，自己看他一次，他看自己一次，两人扯平了。

　　只是她还是稍微有些尴尬。

　　这次傅言商洗澡的时间稍微久了些，她第一时间躺好，放下手机，打算一定要尽快入睡，以躲避这起尴尬事件发生后的两人会面。

　　次日路栀醒来时，才八点半。

　　她一旦睡得晚，就很难睡沉，醒得也早。

　　但当她起身，发现不远处桌前的台灯开着，傅言商坐在沙发里，面前是连着电源线的笔记本电脑，手边一杯快喝完的拿铁，看样子已经醒了很久。

　　等他开完会，她才开口问："你不用睡觉吗？"

　　"觉少。"

　　"天生的？"

　　"也不是，"他想了想，"进化掉了。"

　　如果不是他的表情太过认真，她真挺想问一句，你是不是在炫耀？

　　上午他们又去做了放松舒缓的SPA（水疗），将该玩的差不多都体验过了，下午启程回家。

　　路栀刚在后排坐好，左侧的门忽然被拉开，傅诚从外面挤了进来。

　　她和傅言商之间本来隔着一个座位，宽敞得很，这会儿被老爷子一挤，二人距离直线拉近，傅言商坐往中间，曲起的裤腿蹭过她的裙摆。

　　她偏头，傅言商也转向傅诚，示意道："副驾驶给您留了位置。"

　　老爷子一扬下巴："我就乐意坐这儿！"

　　他这辆是商务车，按理来讲位置非常宽敞，但因为爷爷挤他们挤得厉害，到最后两个人几乎快连体了，她听到傅言商转头问老头子："您再往里挤，干脆我直接把她抱到我腿上来坐？"

偷偷听墙角的路栀呼吸一紧。

果然，这话结束后，老头子哼一声往旁边退了退，她也终于得以呼吸。

车子平稳行驶，她晚上没睡够，困意渐渐来袭，迷糊间听到傅诚在和前排开车的宗叔说话。

傅诚："宗怀啊，这车以后直接你来开，每天下了班把他们俩一起接回去，就别一人一辆车了，多生分。"

宗叔说"好"。

路栀心想，以后下班就得坐一辆车回去了吗……

车厢里，傅言商的声音缓缓响起："很多事情，您刻意去培养，是没有结果的。"

老爷子中气十足："少管我！"

路栀身体已经休眠，但听觉系统还维持活跃度，话题一旦有关于她，她的耳朵总能准确捕捉并听清。

傅诚的声音轻了些："小栀睡着了……你看人家头晃来晃去的，就不知道把她的头枕到你肩膀上？"

"我得是有多缺心眼，"敲击薄膜键盘的声音和他的回复声混合着，"人家靠右睡我给扳到左边，她要落枕了谁负责？"

"这还不简单？她要是落枕了，晚上睡觉你就让她枕着你的手臂睡，懂吗？"

"真是好主意，"他声音波澜不惊地附和，"您要不说，我还真不知道我的手能有这个作用。"

路栀默默把头偏过来，花了好一阵才憋住笑。

车开了两个多小时，终于驶入市区，在祖宅将傅诚放下后，车子重新绕回枕月湾。

她徐徐睁开眼，感觉到傅言商退回左侧原位，二人之间重新有光照落进来，在银灰色的车内饰里落下金光的影。

傅言商："不装睡了？"

她愣了下："你怎么知道？"

路栀问完又想到自己装睡其实很明显，于是说："一直在努力睡，但是没睡着。"

他合上电脑，处理了一路的工作，这会儿放松了一下颈部肌肉，问她："需要吗？把你的头枕到我肩膀上。"

他这个语气，她实在分辨不出来是和之前一样的反讽，还是纯粹的询问，但还是立刻把头摇得跟拨浪鼓一样："不用了不用了，我自己睡窗玻璃就好。"

路栀出去一趟的直接收获，就是回来之后文思泉涌。

次日，路栀仅用一个上午就改好了之前徐菁写的文案。

李思怡频频点头："改完之后好多了嘛，送花这里的设计也蛮好玩的，点一下可以亮灯，还可以拍照发朋友圈，回家之后男主还有回复，沉浸感很强，玩家肯定喜欢。"

亮灯和拍摄这两个点，都是她在温泉山庄散步时想到的。

"那我拿去让她们抓紧时间搞出来了，毕竟快开展了。"李思怡说，"今天下午我还有个面试。"

路栀"嗯"了声，揉了揉有些发胀的眼睛，放松地舒了口气。

李思怡："怎么？"

她说："就是觉得……结婚还是有点用。"

"何止有点，之前咱俩出去玩，一周你妈能打十五个电话过来，现在好多了。"李思怡说，"你现在不也放松很多吗？"

"嗯，"路栀点点头，"你今天几点面试？面完了我们去展会布置一下摊位吧，顺便熟悉场地。"

"行啊。"

下午四点，李思怡面试完策划岗后，和路栀一起去了对面展厅。

市中心的这一块地皮都被傅家买下，拿来开发写字楼，融盛写字楼入驻后，周边各种商圈也建了起来，吃喝玩乐都逐渐丰富，路栀手上的是三号楼，这次游戏展，在对面的四号楼举办。

李思怡明显想到些什么："话说回来，枕月湾的房子是他爷爷送你们的新婚礼物，三号楼是傅言商送你的，你就算不靠家里，三号楼一个月租金就有好几位数，"说着说着开始感叹，"这泼天的富贵什么时候轮到我？"

"你别说得我好像占了多大便宜似的。"路栀说，"新婚礼物，我也送他了啊。"

李思怡眼睛一亮，这事她怎么不知道："什么？"

路栀粲然一笑："一个漂亮老婆。"

"……"

出示相关证件后，她们顺利进入一楼展厅。

有些摊位已经被基础布置了一番，但大多数都还空着，只是放上了所属公司的标识牌。

徐菁为了攀上华亚，不惜放她们鸽子，把门口处那个最好的位置拱手相送。过几天她们就能知道，徐菁他们做出的到底是个什么游戏了。

路栀给花车拍了照，和李思怡商量了一会儿大概布局，以及需要些什么花，还量了一下需要的各种尺寸，这才离开。

折腾完已经到了六点，花车上还有一个融盛的商标，她想着反正也要和傅言商一起回家，就和李思怡一把商标搬到了后备厢，打算顺便还回去。

这还是她第一次进他的公司。

融盛大楼在三年前经历过一次搬迁，此刻楼内采用的都是最先进的智能设备。人脸打卡、电梯预约，十七台电梯能精准地在早晚班高峰期控制着人流量。据说外观的草图还是当年远在国外的傅言商亲自参与构思，整栋大楼像一座登天的云梯，无处不昭示着融盛的能力与野心。

她出入得低调，傅言商的秘书亲自来迎，告知她只用稍做等待，他的会议即将结束。

她点头表示理解，反正她回去也是玩一些竞品游戏，在哪儿玩都一样。

李思怡先开车回去了，路栀被迎进总裁办。傅言商的办公室跟她想象中一样大，但意外地并不冰冷，他似乎很爱养绿植，拐角处都放置着长势旺盛的散尾葵，整面墙都是玻璃器皿，偶尔在一片绿叶中，能看到几朵人工培育的花。

透明的玻璃边沿，还有温室酝酿出的水汽。

"你是他唯一的秘书吗？"路栀奇怪地看向秘书室，"他没有什么美女秘书吗？"

何诏连忙道："没有的！您别多想！"

"不用对我用尊称。"路栀说，"你先去忙吧，我就坐这儿，有事拨内线电话叫你。"

总裁办靠内有张软榻，上面还有一方微皱的毯子，她半蹲在一旁挑起一个小角，好奇地想，他刚刚在这儿休息过吗？

但手指触上去，又没有什么温度。

柜子上摆着一盒巧克力，打开包装盒，整整齐齐的二十五颗，被人吃掉了三颗。她拾起一颗咬了半口，哪想到里面居然是液体，刚入口微微苦涩，还有点辛辣，但回味很甜。

包装上全是西班牙语，看不出什么，不过巧克力嘛，都大差不差的——

估计也没什么特别的，她想。

傅言商开完会才收到路栀过来的消息，但推开总裁办大门，靠近门口处并没有人。

理所当然地以为她会找个舒服的位置躺着，但软榻上毯子不翼而飞，却没有人影，他正要继续转身，忽然被一个空盒吸引视线。

他偶尔头疼想要睡觉，没法很快睡着的时候，会用一些酒精助眠，但此刻，那个装有高浓度的酒心巧克力盒子……空荡荡地躺在柜子上，里面一颗不剩。

她跑哪儿去了？

找不到人，一切都变得危险起来，他到办公桌旁准备给何诏打内线，手掌搭上椅背，很自然地旋转过来，发现一个歪歪扭扭的"蚕蛹"躺倒在上面，扶手正好卡在膝盖上，用那张米色的毛毯裹住全身，眼神亮盈盈地看着他，轻快地说："Surprise（惊喜）。"

是挺惊喜的。

她整尾脸颊弥漫可疑的绯红，眼尾也裹着水光透出层粉，眨眼的频率缓慢，整个人看起来晕晕乎乎的。

傅言商问她："还清不清醒？"

"嗯？"她说，"什么星星？"

吃了大半盒巧克力，指望她没醉也不现实。

傅言商扯出她身上的毯子，她已经被蒙得发了汗，颈窝里薄薄一层水汽，贴在下颌的发尾微湿。

他伸手将那簇头发拨开："回去了。"

她有点茫然："回海里吗？"

"什么海里？"

"你忘了吗？"她说，"我是一只，水母。"

说完她又惊异地看向他全部扯走的毯子："那我不是，被你看光了吗？"

他还没闲到跟一个醉鬼讲道理，点点头从善如流道："行，水母小姐，我们回海里了。"

"但是现在海洋生态不好，"她撇嘴悲观道，"我回去会不会很快就死了？"

"我有个还算大的浴缸。"

傅言商决定尽快停止这个话题，伸手正要拉她起来，忽然被她躲开。

路栀摇摇晃晃地站起来，跟他保持一段距离："不行，我会电到你的。"

走出去两步，她觉得好晕，凑过去跟他打商量："走路好累，你有轮椅吗？我想坐轮椅了。"

"水母坐轮椅，"他说，"你可以想象一下这个画面。"

进了私人电梯，她总算安分了会儿，宗叔已经开车在楼下等待，车门关闭，正当他以为今天就这么结束时，"水母"往前蹭了两下，小声问他："你知道水母为什么像捕捞网吗？"

"因为话多的水母会被捞走。"

"才不是。"她不满意，在原地扭捏了好一会儿，不知道是在酝酿什么。

傅言商侧身调整空调出风，下一秒，被人一把扑倒在后排座位上，路栀双臂紧紧地箍着他脖颈，凑在他耳边满意道："捞住你了。"

似乎有哪里的画面产生了细小的改变。傅言商抬眼，前视镜内映出宗叔看向这边万分惊诧的一双眼。

他启唇，打算要条毯子："宗叔，麻烦把——"

话没说完，宗叔福至心灵地一点头，抬手摁下按钮。

忽然哪里"咔嗒"一声响动。

视线中，这辆车很久没用，几乎要废弃的前后排挡板，此刻正顽强地冒出一个小角，然后坚定地直升到顶。

二人的声音一瞬间被隔绝，消失在宗叔那道别有深意的目光中。

路栀沉默了一会儿，小声问："你怎么不说话？"

BEVERAGE AND DESSERT SHOP

饮品热选

卡布奇诺（冰/热）	¥15	冰萃冰咖啡（冰）	¥18	香柠果啤泡泡（冰）	¥18
KABUQINUO		BINGCUIBINGKAFEI		XIANGNINGGUOKABAOPAO	
雪顶摩卡（冰）	¥15	冰淇淋咖啡（冰）	¥18	橙子果啤泡泡（冰）	¥18
XUEDINGMOKA		BINGQILINKAFEI		CHENGZIGUOKABAOPAO	

甜品热选

海盐芝士蛋糕	¥35	黄油海盐卷	¥8
HAIYANZHISHIDANGAO		HUANGYOUHAIYANJUAN	
奥利奥千层	¥35	抹茶泡芙	¥18
AOLIAOQIANCENG		MOCHAPAOFU	

第二章
酒心巧克力

车内一时间寂静非常，只留下空调运转的冷风声。

醉鬼整个人还趴在他身上，像一只刚学会攀爬的爬山虎。

定制的挡板是最隔音的双层玻璃，笔直地隔开副驾驶与后排，宗叔甚至贴心地为他们打开了起雾功能，以确保这块玻璃无法窥见任何画面。

身上那只"水母"高喊着缺水了："好渴……"

傅言商从身侧抽出瓶矿泉水，又看她一眼，很怀疑以她现在的精神状态会直接把整瓶水全倒在脸上："要不要吸管？"

她想了想，又缓缓点点头。

等了一阵，她叼着嘴边的吸管咬下去，用了些力气吸吮，但一点水都没上来。

"水母"很奇怪："这个吸管是不是坏了，怎么……没水？"

"因为那是我的耳垂，不是你的吸管。"

傅言商伸手一把将人捞起来，克服着耳垂上麻酥酥的痒意，把吸管丢进水瓶里，让她在位置上坐正："缺水的水母小姐，赶紧把你的水喝完。"

一瓶水五百毫升，她喝得很谨慎，生怕把自己给呛死。

车内安静了二十多分钟，车子驶入地下车库，她慎重地将瓶子交还到他手心，认认真真道："这个是塑料，不能丢到海里的。"

傅言商懒洋洋地"嗯"了声："现在不怕把我电死了？"

路栀回家后又闹腾了会儿，喝了阿姨煮的粥和醒酒汤，又换过衣服，九点多就自己乖乖躺下睡了。

醒来时已是凌晨四点半。

她睁眼的时候茫然了一会儿，闭眼前好像还在他办公室，怎么醒来就在床上了，又模糊地回忆起他那个好像是酒心巧克力……度数太高，她醉掉了？

她太清楚自己喝醉是个什么德行，她上一次喝醉是在李思怡家，醒来时发现自己给她家狗梳了满头的水母辫。

路栀起床，往杯子里倒了一汤匙蜂蜜，这会儿倒是不困了，就是头有点晕，她坐在沙发上端着杯子，有一口没一口地喝着。

整个客厅看起来很整洁，没有她撒泼的痕迹，可能这次她比较收敛吧。

她独自看着窗外雾蒙蒙的天，也没听到闹钟响，但卧室的傅言商还是在五点多时踏出了客厅，和转过头的她面面相觑。

她捧着杯子，眨了下眼睛。

傅言商看着不知道什么时候逃窜过来的"水母"："你搁浅了？"

她没听懂："嗯？"

手边的落地灯被她调亮，她披了块小薄毯，蜷在冷玉雕刻的花瓣光下，像清晨吐出来的一丝花蕊，看不出丝毫醉态。

他收敛了目光："醒了？"

"嗯，"她点点头，"你平时都这个点起床？怪不得从来看不到你。"

"生物钟。"他简单解释，停顿一下，"喝醉的事，全忘了？"

她这才意识到什么："给你添麻烦了吗？"

"不是这个。"他说，"你就不记得什么？"

她记性本来就差，更何况还喝醉了。

除了记得她中间不知道因为什么躺进了浴缸里，然后被他捞出来，其他的画面她一概没有。

她斟酌着问："我答应你什么了吗？"

"没。"

"我……占你便宜了？"

"差不多。"

"不可能吧，"她干笑两声，"你在骗我？"

傅言商看了她两秒，然后转向饮水机："我下次会录像。"

"……"

清晨聊的两句并没给她留下太多印象，等到工作室楼下，给大家买了早餐，路梔破天荒成了第一个到的人。

游戏公司夜猫子居多，上班时间是让人感到幸福的九点半，一顿恰到好处的早餐受到了大家的一致赞美，氛围极好地展开工作。

开展的 VR（虚拟现实技术）和交互还在紧锣密鼓的筹备中，路梔审了一下原画和程序的进度，出门跟李思怡一起预订当天需要的花。

她们需要的东西很多，除了准备好的游戏内容和摊位布置之外，还需要一些主角的立牌，以及周边。

大部分不用她亲自去做，但她需要做最后一关，把控最终效果以及修改。

忙了一整天，在车上休息的时候她还在翻相册。

李思怡问："找什么呢？"

"我隐约记得我昨天进他办公室的时候，看有个地方的布置很有意思，拍下来了，想着可以当办公室风格的参考。"路梔手指没停，"但我那时候晕晕的，不知道到底拍到了哪里。"

与此同时，融盛顶层，总裁办内。

时钟直指五点半，这是傅言商的第六个会议。

傅言商翻过手中的策划案，整个线上会议安静得鸦雀无声，录屏键有规律地闪动。

"比起中规中矩再建几栋写字楼，明湖条件这么好的地皮想不出别的做法？绕湖做一圈别墅区，收益能比你们这个方案翻不止两倍。"

顺着他起的头，会议又接下去开了半个多小时，头脑风暴中有合适的方向他会点头批复，临近结束时，有个人影鬼鬼祟祟地闪进来，大摇大摆地躺在他对面的沙发上，等他把会开完。

井池不会在上班时间打扰他，因此会议挂断后，他才摆脱工作状态，看向沙发上已经歪七扭八的人："又有什么事找我？"

"瞧你这话说的！没事就不能来找你玩了？你自己算算，从你回国咱们仨就没聚过，老实说，你是不是溺死在已婚人士的温柔池里，忘了你还有兄弟了？！"

他"嗯"了声，收起手边的文件："那就是没事。"

"哎！有事有事！"井池一个滑行，刹车在他左手边，"融盛三月初不是在明湖盘了块地吗，给我分一点点出来。我那天跟我哥计划了一圈，打算把总店迁到那边去，做个沉浸式体验馆，怎么样？能不能行？"

"在商言商，你想要也得排队买。"

"那肯定啊，又不是来找你打折的，这不是怕你要开发别的，提前跟你说说，给我们留个位置。"井池"啧"了声，"你又不是不知道，我爹把方糖这个牌子做起来之后就环游世界去了，留下我和我哥两个苦命人，绞尽脑汁地搞运营，也好在是完美做起来了，但中间一度差点倒闭……"

"说得这么惨，"傅言商抬头看一眼，"去年营收拿给我看看。"

"哎呀！反正没你多！"井池及时转走话题，"陆哥今天有事，不然我要把他一起带过来的，我们好久没打球了。"

傅言商："今天正好也没空。"

"怎么，你要干吗？"

他一言蔽之："有事。"

"你变了，你开始对我有秘密了。"井池控诉着扭动身体，还没来得及开始发疯，瞥到桌面上亮了一下的手机，"等下，你有消息。"

傅言商余光扫过，并不是熟悉的壁纸，没多分眼神："不是我的。"

"是你的啊，你不是办公一个手机，私人一个吗？"

井池举起手机看向背面，熟悉的无壳裸机，不是他的还能是谁的？再转向正面，一张人脸一闪而过，下一秒，手机就被人收走了。

"你手机壁纸也是你老婆？"井小公子一脸赞赏，"我也是，我偷拍我老婆睡觉，嘿嘿。"

傅言商背靠书柜，目光牢牢锁住屏幕，这的确是他的手机。但这张陌生壁纸和陌生照片，又是从哪里传输进他手机的？

井池凑过来还想继续看，回忆着刚刚脑子里掠过一帧的画面，看不清，但氛围很是暧昧，镜头靠得很近，不是一般的距离能拍出来的。

他的语气逐渐八卦："你不是跟我说感情就那样吗？怎么，就短短两周没关注你，你的夫妻生活已经进展到这种程度了？你们现在都这么会玩了？教教我！"

"……"

"不留你了，"傅言商提起椅子上的外套，"我先回家一趟，你说的那块地，下周发你合同。"

井池正有微词，听到最后一句，又被收买得明明白白："好的，哥，我会把自己打包好滚蛋的。"

路栀今天的下班时间是六点半，宗叔先接到傅言商，再接的她。

她现在才意识到他这辆车有多么好，宽敞舒适的空间简直是为办公而生，发一路消息都不会头晕。

今天车上很安静，她打了一路的字，完全没工夫看傅言商在做什么，不过不用想也知道，他应该也在处理工作。

到家后，阿姨还在做饭，她找了张合适的桌子，打开电脑继续发修改意见，终于把积累的事情都忙完，她点着对话框查漏补缺，准备收尾。

她正聚精会神地看着电脑，身边不知何时，传来道人声："我有个朋友。"

鼠标忽然一停，她有些犹疑地抬起头，眉梢动了下，但很快说服自己他怎么会懂这个梗，于是压下那丝异样，问："嗯，你朋友，怎么了？"

"如果他手机里忽然多出一张女性照片，并且还被设置成了屏保。"他不疾不徐，"你觉得，是什么情况？"

"女生自己拍的，然后亲自设置的吗？"

"嗯。"

新消息传进来，是设计师发来的立牌修改图，她注意力被分走一点，说："那她肯定喜欢你朋友啊，在用美色引诱你朋友，他们俩是什么关系？"

"夫妻。"

她一边敲字一边胡说八道："嗯嗯，那就是的，她希望能由此展开进一步关——等下，什么？"

傅言商点亮屏幕，手机旋转，那是一整张凑得很近的横图。她下巴垫在手臂上，刘海儿垂落几缕，脸颊是微醺的绯色，画面被晃得有些模糊，却给这一幕加上意味不明的朦胧滤镜，点睛之笔是已经充足到满溢的氛围感里，她带着清澈的眼神。

弯弯的卧蚕连到眼尾泛着红晕，眼神很迷茫。

傅言商："这张图成为我的壁纸，已经整整二十四小时。"

路栀在原地大概僵硬了有整整三分钟，脑海中闪回过一段画面。

是她醉醺醺地从桌上摸起一台手机，然后打开相机拍摄了一张影像，打算留作总裁办的参考——毕竟这是游戏男主热门人设。

但她明明记得手机是自己的，开的也是后置摄像头啊？

而且……她对后面的动作毫无印象。

路栀又点亮屏幕确认，确实是锁屏没错："壁纸也是我设置的？"

他面色从容："也有可能是'水母'半夜入侵了我的手机。"

她陷入了微妙的、尴尬的沉默中，她很难和他解释自己为什么会拍下这张照片。

偷拍人家办公室，显得她很像变态。

"可能，就是……想给你留下一些纪念吧。"她模棱两可地解释，"毕竟人喝醉了都靠潜意识动作的，可能我觉得你……工作很辛苦，看到这张照片，会高兴？"

我在说什么……

想了想，她又说："哦，不过很大可能是我拿错手机了，我以为那个是我自己的手机来着，所以就自拍了一张。"

他垂眼没再说话，她想大概是，他被说服了？

路栀觉得应该弥补一下，主动请缨："我给你换张壁纸吧，你之前的锁屏图是什么？"

"树叶，水纹。"

树叶？水纹？

"那我给你换这张吧，我之前存的赛里木湖的图。"她从手机里调出来，"我用的也是这个。"

照片未经调色却仍旧鲜明，冷白的云将成片的山也染作半覆雪的千层塔，光照下蓝色湖水层层渐变，从深蓝一路褪色成浅蓝，清透见底。

是张会动的图。

傅言商："你拍的？"

"不是，看别人拍的，一直想去那边旅游来着，不过一直没闲下来。"她说，"等空下来了就去。"

话题顺利被她牵走，她又围绕着旅游聊了两句，见他没有再把话题拉回去，这才放下心来。

各自忙了一阵，晚上十一点，她本来都躺床上了，看他还在工作，觉得自己不能被比下去，也抽了本床头书开始看。

暖黄色的顶灯被调到最暗的那一挡，她感觉到似乎有什么不对，偏过头去，他穿了一件浅色的金丝绒睡衣，垫着腰枕半靠在床沿，灯从他斜前方打过来，将他耳垂照得通透，像块雕刻过的羊脂玉，而此刻，羊脂玉的下沿，殷红一片。

她指了指："你耳朵……被蚊子咬了吗？"

傅言商看她一眼："被水母咬了。"

不用想也知道这个水母和她有关，路栀非常明智地选择了没有再问，缓缓躺倒。

没一会儿，顶灯关闭，打字声停歇，她又偏过头，他还没睡。

二人之间还是维持着不近不远的距离，枕头倒是并排放得很近。

她问："照片你删了吗？"

"怎么？"

"可以发给我再删吗？"她说，"我觉得拍得还挺好看的呢。"

"……"

次日一早，存完自己的照片，她提前出发。

今天是游戏展开展的日子。

鲜花店运来了她们预订的玫瑰和栀子，单枝的粉玫瑰配上小朵尤加利，是给预约玩家的礼物，剩下的栀子搭配黄玫瑰，用来点缀她们的展位。

插花由专业的花艺师进行，她和李思怡再次检查了一下现场体验的 VR, 跟着玩了一遍, 确认无误后已经到了下午三点, 二人还没吃午饭。

她们在附近挑了家料理店, 吃完是五点多, 路栀打开手机, 才发现傅言商的消息发了过来, 问她几点下班。

路栀: "我今天有那个展会, 你先回去吧, 待会儿我结束了再说。"

二十分钟后, 结完账的她收到傅言商的第二条消息。

是张图片, 拍的是展会大门口, 配上两个言简意赅的文字: "哪里?"

还以为他就是随便问问, 等她晃到门口时, 才发现他的车就停在侧边, 她走过去敲了敲车窗, 以为他会把车窗降下来, 谁知道车门打开, 他居然径直下了车。

"怎么了?"她说, "你要来体验吗?"

"随便看看,"他道, "我总不能对你的工作一无所知。"

那也是, 不然爷爷又要送他们去培养感情了。

路栀点点头: "那我带你转转, 里面还挺多游戏的。"

刚走进去, 她忽然想问你不用戴个口罩什么的吗, 又想起来傅言商很注重隐私, 从来没对外公开过照片, 应该除了有人觉得他好看多看两眼之外, 不会认出他来。

她想起最开始时, 因为不了解, 自己曾经还上网搜索过他: "为什么网上一张你的照片都没有, 你都处理掉了?"

似乎没想到她突然问这个, 傅言商顿了顿, 这才道: "三个人里有一个显眼包就够了。"

他说的应该是井池。

世家圈内傅言商只和井池、陆承期交好, 而这位井小公子的能力, 她当年在市场营销的课上还听老师讲过一段。

井池是首个打破富二代壁垒走到大家面前的人。

在此之前, 某某品牌家几公子, 对大家来讲是含着金汤匙出生的遥远富贵人家，前几年，井池父亲一手创立的甜品品牌"方糖"面临破产危机，井池和哥哥投入自救，为老式甜品注入"年轻化"标签，革新所有产品线，积极和热门 IP 联名，井池更是开通微博账号"今天小池总离家出走了吗"分享自己的受气包日常，打破大家固有认知，人气高涨，品牌也加速走入了年轻消费者的视线中。

其中有很多她可以参考的部分。

路栀问："井池是故意走的搞笑路线，将自己跟其他每天约会娱乐的公子哥们做出鲜明区分吗？他还蛮聪明的。"

"不是，"他说，"他这人就纯粹缺根筋。"

她扬了扬嘴角，傅言商脱去了工作时的严谨，闲逛时有种步履从容的松弛感。

"好像还没带你见过我朋友，"傅言商转头问，"等你忙完吃个饭？"

不知道话题怎么会忽然让他延展到这里，路栀觉得好像有什么正在悄无声息地蔓延，但很难捕捉，因此情绪只是游走了一会儿，就点头说："噢，好。"

说话间，二人又绕回正门口，正好碰到摊位旁的徐菁。

路栀正要转身，徐菁抬起头先叫住了她。

徐菁像是料到她会过来，并没太意外，弯着眼睛朝她笑："过来参观吗？怎么一个人啊？"

话里话外都是胜者姿态，路栀敏锐地发现徐菁旁边还站着个"地中海"，很眼熟，眉心动了下，定睛细看，还真是当初在学校抄她们游戏的那个秃头怪。

还真巧，徐菁和他居然凑一块儿了。

"哪有，三个人。"路栀走了过来，天真地指了指自己，又指指他们的游戏，"我和你们俩不是一起的嘛，游戏看着都一样欸，菁姐。"

徐菁被噎了一下。

她之所以能进华亚旗下的这个游戏公司，一方面是私挪了这个展位，另一方面，也是对方公司看中她在路栀工作室有过经验。这两款游戏玩法上极其相似，她当初没细想，现在才意识到什么。

徐菁正要开口，忽然看到人群中有男人转头，合身裁剪的暗色衬衫熨烫齐整，挑不出一丝褶皱，笔挺矜贵，视线却精准落下，在几米开外喊着："路栀。"

路栀说着"来了来了"，并没把这个展位放心上似的，一溜烟融入人群，然后消失不见。

徐菁的雷达动了动，跟一旁的郭方说："那个，是不是她们的新投资人？"

郭方抬头看了眼，想起大三时那小姑娘轻轻松松把他骂得狗血淋头的样子，也不知道哪来的底气，这仇现在都还没报，想到就气得牙痒。

"那小丫头怎么可能拉得到投资，再说了，即使拉到投资，能比得过我们背靠华亚的资源吗？"

路栀的展位今天非常热闹。

毕竟五个男主个个腰细肩宽腿长，还帅得离谱，展位漂亮得打眼，还送包好的玫瑰，VR 互动时，动不动就有玩家戴着眼镜在那儿尖叫，不引起注意才怪。

相对来说，徐菁和"地中海"那个赝品摊就要沉寂很多，毕竟同属恋爱游戏，大多数玩家都只会挑选一个。

没一会儿她就看到徐菁过来了，大概是来偷学的，还特意从后方绕过来想看是什么游戏，徐菁停在 VR 旁正要凑近时，她笑吟吟地用同样的话语反问回去："菁姐，来参观啊？"

徐菁没想到这个位置居然是她们的，一时没收住，脱口而出："路栀？你们怎么弄到的位置？"

"你能偷位置，我们就能弄到的，"她温温和和地说，"办法总比困难多嘛。"

李思怡正举着话筒给大家协调位置，闻言直接"扑哧"一下笑出声来，透过扩音器愈发明显，不少人都循着声看过来，配合着徐菁一瞬间垮下去的脸色，有种特异的喜感。

"不好意思，"李思怡说，"笑太大声了哈。"

徐菁下一秒就走了，什么都没来得及看，路栀撑着脸颊跟李思怡说："还什么都没学到呢，怎么就走了？"

李思怡："再不走就要被你气死了，大小姐。"

傅言商中途出去接了个电话，这会儿才回来。

展位前一如既往，路栀转头看他："你是不是挺忙的？要不你先回去吧。"

"没。"他说，"傅老板让我接你去吃饭。"

想来也是，能让他从展厅出去找个清静位置接电话的，除了爷爷也没别人了。

路栀下意识看向展位，还有不少人，李思怡在一旁说："你去呗，还有我们在，今天很顺利，没什么问题的。"

她想想也行，又把后面的事情挨个安排了一下，折返到他身边时，看到他正站在她布置的那面留言墙前，目光落在绸布上。

男人嗓音淡淡，没什么情绪地陈述看到的内容。

"梦想清单：要和六个帅男人谈恋爱。"

她沉吟片刻，辩解道："玩家写的，美好愿望嘛。"

傅言商意味深长地看她一眼："你也承认它美好了？"

"……"

路栀明智地绕开话题，找了枝玫瑰送到他手里："等到了爷爷那边，你就说是你送我的，就剩最后一枝了，我对你不错吧？"

说完，趁着小助理把第二桶玫瑰抬上来之前，她迅速将傅言商推出了展厅。

离开时，她还将目光在徐菁那边停留了一会儿，确实没什么人气，但不知为什么，他们脸上一丝愁绪也没有。

难道是背靠大树好乘凉？

路栀心说早知道我也找棵大树靠一靠了。

不过这念头来得快去得也快，还没到上车，已经被她忘光了。

车一路平稳地驶向祖宅，中途路过商场，路栀说想买点水果带过去，傅言商就跟她一起下了车。

超市的货品陈列得井井有条，她挑了几袋阳光玫瑰，又选了两盒荔枝，逛着逛着就和傅言商走散了，打开手机，发现几分钟前李思怡给她发了语音消息。

"我刚路过徐菁她们那个摊位，听说马上要收购华亚的是融盛？你老公跟你说了吗？"

她反应了好一会儿，才回语音："没啊，以我们俩的关系平时不会聊这些。"手指一松，又按下去，"确定吗？"

"不知道啊，你问问呗？"

"那我这不是干涉他工作吗？"路栀说，"一开始说好互不干涉的。"

"你可是他老婆欸！他收购的公司里有你的对家，这他能不管吗？！"

"他首先是个商人，在商人面前，我是不是他老婆有什么重要的，商人逐利好吗？"

"那你就给他创造更大的利润，懂不懂？"

路栀还想继续聊，但李思怡没再回复了，大概是现场又忙起来了。

她在货架前低眼思考，纠结地转着手机，一旁的导购还以为她是发愁买哪款，事无巨细地介绍："这三款口腔喷雾都卖得很好的哦，薄荷味的适合饭后，樱花味的适合睡前，葡萄味的适合接吻之前喷一下，十几分钟都还是有味道的哦。"

等路栀回过神来的时候，导购三分钟的详细讲解已经结束了。

她不好意思听人说了一大堆还什么都不买，只听到什么推荐、什么葡萄，反应过来时立刻装作没走神地点头，拿了两盒葡萄味的口腔喷雾就往外走。

往后几步看到熟悉的推车，她顺着那双骨骼分明的手往上看，袖扣被他解开，衣袖沿着肌理分明的手臂向上叠得齐整。

傅言商目光扫视过她手里的东西，顿了两秒，开口道："你买这个干什么？"

超市的暖光烘下来，给货柜上的包装盒覆上一层透明的光晕。

"啊？"她反应了一会儿，因为有心事，都没回身看，"就……没玩过，买来玩玩啊。"

买来玩玩。

不知道哪个字踩中了他哪个点，她看到傅言商沉吟片刻，不知道在想什么，但最终还是没开口。

二人心思各异地朝前走，路栀偏头看他一眼，又收回。

傅言商："刚没发现我？"

她摇摇头，回得很缓慢："没，在想事。"

他握着推车，语气闲散："想什么？"

"我就是随便问问啊，"她说，"你们是要收购华亚了吗？"

似乎没想到她突然问这个，但晚些时候消息会公开，不算什么机密，他"嗯"了声："在推进。"

"华亚底下还有很多小分支，以后就也都并进融盛了吗？"她问，"比如，你知不知道他们有个新开的游戏工作室？"

他顿了顿："大的决策是我把关，但你说的这些细枝末节不会传到我这一层。"

好嘛，问了等于白问。

大概就是华亚是确认被收购了，底下具体怎么安排归手下的层级管，总裁大人日理万机，不会处理这种小问题——不就这个意思嘛。

她"哦"了声，没劲儿的语气很明显，一直到上车都没再说话。

车开到半路，驾驶座上的宗叔也感觉到气氛不太对，等红灯时回头看一眼，傅言商和他对上视线。

半晌后，傅言商合上笔记本，问她："就十多分钟没看到你，谁又惹你不高兴了？"

饮料被她拆了封，路栀叼着吸管转头看窗外，嘟囔道："我就不能是单纯看到你不高兴吗？"

傅言商："……"

这回进祖宅，傅诚没有亲自出来迎接，反倒是他们一推开门，看到桌子旁有人正在找点心。

听到响动，那人目光一亮，转过头来看他们。

她辨认片刻："井池？"

井池听她开口愣了半天，一句生涩的"嫂子"还没喊出来，诧异地指向自己："你认识我啊？"

她说："我看过你的账号。"

没记错的话，昨晚他和他老婆的故事正更新到"吵完架老婆让我睡书房，决定明天离家出走"这一章节。

"哦，"井池顿悟，"那我不用自我介绍了啊！也不用解释我今天为什么会出现在这儿了吧？"

路栀猜测："你想向你老婆示威？"

"我哪敢！"井池更正，"是适当地卖惨让她更加珍惜我。你懂的，男人需要一点手段维系婚姻。"

她以前还听人说他的账号肯定都是编的，方糖二公子怎么可能是个耙耳朵？今天一见才知道微博上那些内容还是因为井池有一点偶像包袱，写保守了。

厨房内传来噼里啪啦的声响，伴随着爷爷的呼喊："阿言！进来帮忙！"

傅言商放下袋子进去了厨房，没一会儿，阿姨洗好水果放到桌上，她的视线若有似无地飘进去，他是会做饭的人吗？

"今天我们俩都来，爷爷就说要亲自下厨。"井池话很密，想到什么说什么，"对了，你是什么时候关注的我账号？"

路枙想了想："去年还是前年，课上老师提过，我搜了一下觉得挺有意思，就关注了。"

井池醍醐灌顶："我还以为是傅言商让你看的呢。"

"我们平时都是说生活话题比较多，"她说，"很少聊这些。"

气氛宁静片刻，井池忽然神秘道："那你是不是也不知道，这个号其实是他让我做的？"

路枙惊了一下，傅言商并没有说过。

看着她的表情，井池笑道："他很厉害的，他的市场嗅觉非常敏锐，没那个号方糖可能都不会有今天。毕竟他可是在 top 院校拿前三的人，不佩服不行。这个号刚认证没一个月就火了，一点营销都没买。"

井池指了指厨房："包括他厨艺这么好，我也有功劳。"

路枙顿了顿："你教他的吗？"

"不是，国外读书的时候我们住一块儿，我做饭太难吃了，他看不下去。"

她想起来："但你们不是可以请保姆吗？"

"他不请。"井池说着说着就瞟一眼手机，看没新消息才继续道，"他这人有时候很犟的，你知道吧，人要做成一些别人做不成的事情，就要有别人拥有不了的魄力，对自己也是这样。"

"他需要自己做一棵树，就不会让自己做只有倚靠竹竿才能成长的树藤。他需要自己可以强大到只靠自己，方方面面，也包括你说的这些。"

说着说着，井池手机响了，他直接一把接起，甚至都没让它振动超过三下，委屈道："老婆！"

井池去了阳台接电话，路栀坐在位置上稍稍消化了一下他说的。

爷爷的厨艺展示大概刚才就已经临近尾声，这会儿正在一道菜接一道地上。

除了几道硬菜是厨师做的，剩下的小菜都是老爷子亲自下厨，所以她当然是要给面子的。很快，公筷夹着一块硕大的苦瓜递进她碗里。

傅诚："小栀，你快尝尝，这苦瓜是阿言炒的，你看合不合胃口。"

她抿了下唇。实话实说，她的味蕾跟她这人一样，吃不了一点苦。

但这是全桌的第一口，爷爷给她夹的第一筷，她只能硬着头皮吃完，然后屏着呼吸说："好吃。"

又是一筷子过来，傅诚："好吃就多吃！没事！"

好在井池很快把话题转走，她悄悄把苦瓜拨到一边，听井池问傅言商："你狐狸呢？"

她愣了下，转头问："什么狐狸？"

"前两年养的狐狸，"他说，"平时会放出来。"

她眨了下眼，确认自己没失忆："我怎么没见过？"

"很闹，不听话，怕你毛发过敏，所以你来的时候会放在五楼。"

活到现在还没见过狐狸，更没见过人养宠物狐狸，她的兴趣瞬间就被提上来了，连刚刚自己在不高兴什么都忘了："放出来呀。"

傅言商看她一眼，欲言又止："真的很闹。"

"没关系。"宠物再闹能有多闹？她不信。

傅言商上楼放狐狸，她跟着一起，站在五楼门口问："狐狸有名字吗？"

"嗯，白色那只叫快点，棕色那只叫慢点。"

路栀以为自己听错了："那到底是要快点还是要慢点？"

傅言商打开门，回头看她一眼："该快的时候快，该慢的时候慢。"

她停顿了会儿，总觉得这话好像有点深意，她是不是让李思怡给带坏了？

一束恰到好处的光线从五楼透向楼梯间，预料中的鸡飞狗跳并未发生。两只圆圆滚滚的小狐狸各司其职，一只趴在玩具上睡觉，另一只正把头埋进冻干袋子里偷吃，听到门被打开的声音，开始疯狂甩头企图逃离案发现场，把整个套头的塑料袋晃得哗啦作响。

傅言商上前，把袋子从它头上扯开，这是一只棕色的狐狸，某个角度看起来很像小狗，路栀回忆道……这只叫什么来着，慢点？

慢点围在他旁边疯狂转圈，还用爪子扒拉他的裤腿，很是殷勤。

路栀隔着空气也能感受到小狐狸的兴奋："它好喜欢你。"

傅言商拆了一袋零食抛下去，慢点立刻趴在地上安静享用。

他一语中的："它是喜欢吃。"

说话间，趴在架子上那只浑身雪白的小狐狸终于有睡醒的迹象，路栀轻手轻脚地靠过去，轻轻摸它的头。

很奇妙的触感，有一点点扎手，但小狐狸被他养得香香的，有股晒过太阳的味道。

再不下去饭就冷了，傅言商按了电梯，但她想走楼梯，两只狐狸一快一慢地跟着他们，叫慢点的那只走得太快，恨不得跑，叫快点的那只走得又太慢，悠悠地，跟没睡醒一样。

她看着狐狸的尾巴，问他："为什么起这个名字？"

"最先起的不是这个，"他说，"两只性格相差太大，经常要叫这只慢点，让另一只快点，结果叫多了，它们就以为自己叫这个，叫别的都没用。"

她想起来之前看视频，有个主人养的柯基一进电梯就会被自动识别成电瓶车，电梯每天都在大喊"电瓶车不得入内"，结果几个月之后，柯基也以为自己叫电瓶车。

想到这儿，她背过身笑了笑。

她殷切地和小狐狸贴贴，还把白色的那只抱到自己腿上，没一会儿，快点就自己趴在桌上看他们吃，也不伸爪子也不闹。

她觉得傅言商的担心完全没有必要："这不是挺乖的吗？"

下一秒，小狐狸爪子一伸，就把一整杯饮料打翻在她身上。

井池发出一声"我就知道"，而傅言商一副意料之中的样子，小狐狸却是一脸天真，傅诚则尽在掌控："赶紧，带小栀去换身衣服。"

她起身很快，但还是无法避免地被泼湿大半，从腰到腿，报废了一件上衣和一条裤子。

她进了傅言商房间里的浴室，陈设完全陌生，但气味熟悉，这种熟悉感让她愣了半秒。

很快，房门被敲响，他递来一件衬衫："只有这个了，先穿着，回去再换。"

不知道是找阿姨要的还是……接过衬衫的那一瞬间，熟悉的气味再次铺天盖地地涌来，沉沉的冷水香夹杂着被烘烤过的木质香气，像是雨后森林的味道。

这是他的衣服。

不知道是他哪个时期的衣服，穿上长度居然正好盖住腿根，袖子有点长，她挽了几道。她坐在洗手台上，把纸巾打湿了，去擦拭身上微黏的果汁。

身上处理好了，她看见衬衫右侧垂下来一条系带，但找了半天也不知道该绑在哪里，疑惑地"嗯"了声。

门外传来声音："怎么？"

"你没走啊，"她说，"你这件衣服有地方我看不懂。"

"我进来？"

"……嗯。"

外面的人等了几秒，大概是在等她开锁，但她并没有反锁，所以短暂停顿后，傅言商抬手试了一下，顺利打开门。

他进来时，两只看热闹的狐狸也跟着钻了进来，在浴室上下巡视，来回拨弄。

"这个，"她挑起那条带子，"是系在哪里的？"

他扫了眼，俯身转去一旁柜子处，不知道在找什么："装饰，没用。"

很快，吹风机被他拿到台面上，路栀对着镜子看了看，她发尾湿了半片。

不像被饮料泼的，估计是她刚刚擦的时候不小心弄上的。

路栀抬手把带子往后绕："能弄成腰带吗，显瘦一点。"

她一扭动身子，衣摆又浸到台面的水滩里，傅言商抬手，示意她下来："我给你弄。"

她刚从台上跳下来，整个人就直接被他翻了个身趴墙上，手心紧紧贴着冰冷的瓷砖面，腰间蓦然一紧，他的呼吸灌注在后颈，弥漫起薄薄一层热意。

好奇怪的姿势……

她一边努力和脑子里的颜色废料抗争，一边克制着不让自己身体发生抖动。

傅言商系到一半，抬手把一旁通风的按钮打开。

头顶机器几乎立刻开始运转，她反应激烈："什么意思？"

"你耳朵不是热红了？"

她脱口而出："我这不是热的。"

又被人转了一圈和他面对面，路栀快崩溃了，这人为什么每次都不预告一下的？能不能给她一点心理准备呢？傅言商退后两步查看效果，勾着腰带又松了松，看起来真挺一本正经的，像是在跟她闲聊打发时间："那是什么？"

她没接茬，想给自己找点事做好不要那么尴尬，于是她把衣物叠起来，却在裤子里发现昨天买的那个喷雾。

不想倒还好，一想，嘴里又开始发苦了。

她偏过头，往嘴里喷了两下。她抵住舌尖尝了尝，微甜的葡萄味渗进味蕾。

耳边的风机声音停了下来，傅言商视线落过来，问："你喷这个干什么？"

她正要开口，腰后忽然被一顶，不知道哪只狐狸硬要往里钻，她被迫前倾，光裸的小腿碰到他抵在面前的大腿，触碰到傅言商顺滑但微硬的西裤布料，但是路栀现在没往那方面想了，提起这个她就来气。

她还能因为什么喷喷雾？他就不能不炒那道苦瓜菜吗？

她抬头，即使二人的脸已经非常靠近，但她还是不惧困难地大胆反问："你说呢？"

话音刚落，又一只狐狸往她身后钻，不知道是在玩什么叠叠乐，她被迫二度前倾，一瞬间呼吸勾缠，熟悉的木质香浓度升高。

头顶的排风扇呜呜作响，但她开始感觉难以呼吸。

她努力想往后腾，但怕压到两只小家伙，于是只能蹭一下，但又被它们往前推，傅言商就垂眼看着她，也不问问她要不要帮忙。

她被盯得很不自在，想让他往后退点，启唇的那一刹，一个温热的东西贴了下来。

这个吻来得突然，她没设防，被突如其来的触感惊得抬了抬眼。

他加深吻时朝下压，背后的两只狐狸朝前顶，她一瞬间失去重心只能勾住他脖子，另一只手却被带着放到他腰间。灯太亮了，但她无法自主调节角度，侧过脸想去按开关，下一秒，脸被人挪回来，逃脱的吻被压实。

灯和排风扇一起停了。

安静的屋子里，甚至能听到客厅的交谈声音，以及一些若有似无的，暧昧的声音。

指腹挪上来，顺着脖颈轻轻敲她下巴暗示。

他的浴室明明很宽敞，台面也明明是防滑的。但路栀此刻却被卡在镜面和瓷砖转折的角落里，整个人被迫下滑，腿间夹紧的是西裤的布料。

傅言商似乎尤爱这种材质，即使穿衬衫也会挑一件有设计感的拿来搭配。

裤边的金属配件冰冰凉凉地扎着路栀的腿，她撑在冰凉台面上的掌心被炙热的空气熨到发烫，发出层层的汗，整个人撑不住地朝下滑。

吻愈发深入，她被收缴所有吐息，好像有股电流酥酥麻麻地一路直蹿到头顶。她的后颈灼烧一片，被人握在手心，思绪迷迷糊糊地游离出去，又听到不知从哪里传来的脚步声。

嗒嗒，嗒嗒。

似乎越靠越近，她忽然反应过来自己在干什么，半开的门随风一晃一晃，顶到她足尖，又缓缓被吹回原位，锁芯被卡出轻微的机械声响。

她咬了傅言商一口。

吻戛然而止，他退开半寸，敛着些微湿润的眼尾，压低语调："……什么意思？"

她努力调整着不匀的呼吸，手横在他肩前，以阻挡他不知道会不会到来的下一次进攻："有人啊。"

背后两只狐狸又开始挖挖挖了，不知道在玩什么，她实在被弄得难受，动了两下："你儿子拱到我了。"

面前的人沉默了数十秒。

下一秒狐狸尾巴晃过，他顿了顿："你说狐狸？"

"是啊，"她愣了下，"不然呢？"

他喉结滚了下，配着升高的温度，有种别样的克制感。

傅言商把两只在墙角挖来挖去的狐狸拎出来，转身放了出去，再回过身来时，面上已经恢复一贯的表情。

她头发还湿着，吹风机重新被他打开低速的冷风。

路栀："你都不教育一下它们？"

他指尖抖落开她的湿发："狐狸会记仇，而且，不会听主人的话。"

傅言商看她一眼："十斤的狐狸八斤的反骨，所以很少有人会选择狐狸做宠物，它们的乖巧程度完全比不上猫狗，只是长得乖。"

她垂下眼，"噢"了声。

吹风机停下，外面的人没有进来，她叠着腿轻轻地晃，显然有心事。

半晌后她才想起别的话题："两只都是公的？那它们不觉得孤独吗？"

"它们才两岁。"傅言商收起吹风筒，语意不明，"我一个人活了二十七年，也没人问我孤不孤独。"

"……"

周一上午，融盛和华亚的收购合同正式完成，公关部起手准备新闻稿，公司陷入短暂的忙碌中。

傅言商将手中文件翻到结尾，像在思考似的沉默了片刻，指腹轻敲着桌面。

一旁的何诏问道："是还有什么问题吗？"

"华亚有个新开的游戏工作室？"

"是的，不过还没有正式的游戏上线，也没有盈利，所以总结主营收的部分略过了。"

"资料发我一下。"

何诏一愣，本意是想说那种量级的工作室完全轮不到总裁办处理……更何况过目，但还是点头说："好的。"

下午五点，路栀点开网页，"融盛全资收购华亚网络"的新闻占据整个版面，她撑着脸颊，鼠标从头拉到尾，一个字也没看进去。

很快，有人就带着消息耀武扬威来了。

办公间的玻璃门被人敲响，徐菁摇曳生姿地走了进来，手里还提了两杯奶茶："亲爱的，庆祝的奶茶买多了，带了两杯给你们俩沾沾喜气，可别拒绝我。"

路栀真想给她脸上邦邦来两拳。

徐菁走到她身后，看到她的网页页面，脸上的表情遮都遮不住，连背景介绍都省了："你也看到这条新闻了？我们虽然隶属华亚旗下，但一开始真没想过攀融盛的高枝。你知道的，华亚底下捏着国内日活跃度最高的聊天软件，用户体量太大了，随便给推送一下都是巨大的曝光，我们是冲着这去的，你可别嫌我'凡尔赛'。"

见路栀不说话，李思怡打哈欠，徐菁直奔主题，说出意图："现在做游戏，渠道和受众就是王，前期开盘再好，都不如往用户每天都会登录的软件上投放，这样才能长久。

"我看你们能力也不错，怎么样，要不要过来跟我一起干？"

路栀提炼了一下中心思想，简而言之，徐菁的意思就是想来当她的老板。

路栀："不要。"

徐菁没想到她这么斩钉截铁，噎了一下。她转过身，还想说点什么时，手里的电话响了。

看得出来很紧急，徐菁连忙推开门去接，路栀躺在人体工学椅上又转了一圈，摇摇晃晃地回到桌边。

屏幕一亮，路栀扫了眼，没动弹。

李思怡抬头提醒："傅言商给你发消息了，不看吗？"

"现在不是很想看他的消息。"

李思怡耸了耸肩："徐菁他们可是收购之后八竿子打不着都能跑你这儿来吹牛，你倒好，总裁给你发消息你都不理的。"

她把手机捞到身前，心想着估计又是喊她晚上去爷爷那儿吃饭，今天她心情不好，不是很想跟他装得如胶似漆。

下一秒，路栀在椅子上坐直。

李思怡："什么啊，怎么了？"

他发来张图片，白纸黑字印得清晰，一式两份的辞退书。

玻璃隔门外，徐菁耀武扬威的笑消失不见，脸色煞白一片。

最近两天路栀回家都很晚，一般是十点之后，等她在浴室里磨磨蹭蹭再出来，傅言商就已经躺下睡了。

但今天她提前下班了。

收到消息的当下，她一路火花带闪电地飞奔回家，果然，傅言商正坐在客厅看书。

她凑过去小声问："是那个游戏工作室的人辞了吗？为什么？"

"能力差。"

她微妙地停顿了一下。

"叫过去问了点话，"他闲适地翻了页书，"一问三不知，融盛不养闲人。"

"项目一个月就挪一步，用户痛点说不出来，核心竞争力也没有，速度还慢得要命，我今天不处理后面也会处理掉，早晚的问题。"

她一颗因跑步而滚烫的心此刻半冷半热，一方面觉得他说得实在有道理，很明智；另一方面觉得他理性分析的模样，真挺凶的。

"还有，"傅言商指尖总算停下来，蜷着搁在书页上，"我再不处理，恐怕你明天回家就不会再跟我说话，下个月会把离婚手续寄到公司让我签字。"

"那也不至于吧，"她福至心灵地捧起双手，"我还是很珍惜我们这段婚姻的。"

他挑了下眉："没看出来。"

路栀撇了下嘴："那你再仔细看看。"

傍晚的光晕像是油画倾注在她颈窝，描绘出细腻清晰的肌理，靠近时脸颊上的绒毛清晰可见，一如刚被采摘时新鲜多汁的水蜜桃，刘海弯弯地垂在眼下，脸颊有一层轻轻扫过的腮红。

傅言商不置可否："美人计？"

"怎么会？"她重新靠回去，客观道，"我今天都没怎么准备，我的美人计不会这么简陋。"

六点半是家里的晚餐时间，她和傅言商口味不同，阿姨经常要分开做他们各自的菜，譬如今晚的鱼，他可以耐着性子挑好半天的刺，但路栀从一开始就不会下手，舀了两勺蟹黄拌面，再配上一块小牛排解腻。

晚餐结束之后，他们会有一小时互不打扰的私人时间，她会购物、追剧、做普拉提，傅言商则是电话、会议、健身训练。

拆完今天刚到的快递后，路栀顺便洗了个澡，然后躺在床上欣赏画手新发来的立绘卡面，跟李思怡讨论着不知道徐菁他们下一步会有什么动作。

不知不觉时间就消磨到了十点多，傅言商锻炼完从浴室出来，他今天换了件新睡衣，抬手吹头发时会露出来一片平整紧实的肌理。

非礼勿视这个道理路栀是懂的，看第二眼是为了确认提醒，第三眼是因为……发现了一点颜色。

他小腹侧腰处有几道曲折随意的印记，潇洒利落，叠成三道的暗红色，像是火焰。

是文身吗？她突然被一个灵感袭击大脑，脱口而出："你喜欢的颜色，是暗红色吗？"

傅言商握吹风机的手停了下，似乎没想到她忽然说起这个话题："怎么发现的？"

被他随手取下搁置在桌面上的腕表，表盘内闪烁着细碎的光，黑调中央一撇暗红，半融不融，构出一道燃烧的流沙银河。

没想到爷爷提出的那个问题，在时隔不知道多少天后有了答案。

路栀当然不会说自己想起来就在观察，她轻咳两声，故作轻松地小装了一把："这不是很简单吗？"

随着他手腕落下，被抬起的衣摆重新遮住侧腰，她回想了一下，总觉得那个火焰文身下面还有什么东西，没有看清。

你该不会也是个有故事的人吧？

为了避免自己在他心里变成一个喜欢读取他人喜好的奇怪的人，路栀简单说明："你如果不喜欢，也不会把它文在身上啊。"

傅言商："什么？"

她指了指他的侧腰，也没想要瞒："你这里，刚被我看到了。"

"哪里？"顺着她指的位置，傅言商微微撩起衣摆。

她这次得以看清全貌。

确实是一个火焰形状的文身，空心的暗红色火焰，也不知道是怎么完成的，居然有起伏不定的肌理感，火焰燃烧起的动态愈发栩栩如生。

她确认道："是文的吧？"

"嗯，"他言简意赅，"救过人。"

"十七岁在国外读书的时候，路过案发现场，救了个小姑娘。"

不是什么大事，他带过得简略。

"然后呢？你受伤了啊？"

"嗯。"

路栀发现他是真没当回事，救过人这么大的事，换成别人早绘声绘色吹嘘个十多年了。

但她的好奇心出奇地膨胀："是你帮她挡的？"

发现她对这件事很感兴趣，傅言商略俯了俯身："对。"

问一句说一句，跟挤牙膏一样，她咕哝："你就不能说具体点吗？"

"那天我和井池出门吃饭，街头有人持枪抢劫，大概这么高的一个小姑娘，"他比了比，到自己腰的样子，"七八岁，身边没有大人，站在那儿吓傻了，我要不去救，受伤的就是她。"

"差不多这样，"他说，"够具体了吗？"

她下意识摸了摸自己的心脏。

傅言商："你又不在场，摸自己心脏干什么？"

"这叫共情能力，"设身处地地想如果她在那个情况下，再次提起肯定还会心有余悸，"那她后来感谢你了吗？"

"没有，"他说，"后来没见过了。"

"况且我救她，本身也不是为了什么。"

路栀模模糊糊地感觉到后怕："那我还真算命大。"

"嗯？"

"我小时候也去那儿旅游过，但是那时候还太小，才十多岁，现在都没印象了。"她猜测，"不过估计在你救人之前吧。"

"如果那几年有这么危险的事情，我妈也不会放我过去。"

她又偏头，忍不住靠近些去看，呼吸均匀地喷在他的侧腰、小腹："那后来去文身，是因为有疤吗？"

"嗯，伤口很深，所以手术处理，"他偏了偏头，"后腰就没有切口。"

她端详了一下，果不其然。

"反正如果是我，肯定不会这么没礼貌，救了命这么大的事，最起码也应该感谢一下吧。"她说，"而且还有很多药可以防止疤痕增生，如果你救的是我，我肯定不让你留疤。"

"无所谓。"他说，"印记而已。"

她难得赞同："是啊，这算你的勋章，光荣的。"

他启了启唇正要说话，忽然声音一顿，路栀的手好奇又天真地碰上了那块皮肤。

她爱开空调，因此指尖也是凉的，冰凉微软的指腹触上早已没了痛觉的疤痕，有一种特殊的麻痹感。

路栀仔细感受着手指传递的讯息，不平整的疤痕让她感觉像是在爬山丘，拨动了一整簇火焰的同时，也带着独特的、奇妙的体验感。

"别摸了。"他说。

她"喊"一声，收回手："你好小气。"

他扣上纽扣："再小气，你摸也摸了，听也听了。"

"免得你又说我占你便宜，"她伸直腿将袜子拉下半截，"给你看，喏，我也有。"

她右侧脚踝内，文着一枝长短刚好的栀子花，简单的青绿色线条勾勒出柔软的花瓣和根茎，除此之外再无其他颜色。青绿色衬得路栀肤色愈白，像打磨光滑的玉。

他半跪在床垫边倾身。

这姿势太有压迫感，她不知为什么，第一反应就是向后撤，但并未得逞，很快被他握住脚踝。他掌心是热的。

傅言商抬起头，和她平视："这么好看为什么遮着？"

"没遮啊，"她说，"我穿袜子是因为冷。"

他状似随意地问："什么时候文的？"

路栀沉默片刻。

她的沉默来得蹊跷，身前的男人抬起眼，她偏了下视线，说："定下和傅家联姻的时候。"

那时候的联姻人选还是傅望，傅望在世家圈内算是上游的那一拨，长辈口中风评也都很好，毕竟即使抛开联姻不谈，有多少人这辈子能遇到真爱呢？概率等同于走在路上被同一道雷击了三次。

当然遇到真爱也是有概率的，所以路栀也会对爱情有一丝小小的期待，否则也不会做恋爱游戏，但转机就是这时候发生的。

　　她有一个大七岁的哥哥，和一个大两岁的姐姐，他们无一例外都是联姻。和傅家签下合作契约的那天，她破天荒地从电脑前挪开，收到了李思怡的消息，说好像在俱乐部看到傅望了。

　　那会儿她刚文完一枝纯色的栀子花，麻药的后劲儿过了，脚踝酥酥麻麻地起了感觉，正好文身店就在俱乐部附近，她去找李思怡，也想顺便看看这人长什么样——事件急转直下，傅望在露天阳台跟其他人约会的声音被她给听到了。

　　十二月的天冷得结冰，即使紧闭的门也很难遮住声响，她站在门外，也没什么屈辱和心痛之类的感觉，只是纯粹地讨厌傅望这样的玩咖，况且合约签订，联姻很难取消，她越想越气，往要给他端进去的红茶里加了三包泻药。

　　如果不是当时傅言商出现，她可能会加到五包。

　　后来的发展就到了一种见招拆招的程度，傅望被老爷子大打一顿，被遣送出国，她的联姻对象换成了傅言商。

　　虽然她那时候也在想，傅言商长这么帅却单身到了二十七岁，这个人会不会有一些隐疾？但是算了，傅言商比傅望好点，大不了结了婚她先逃避三个月，所以报了个旅游的冬令营，这就导致她和傅言商结婚半年才见过四面——当然其中也少不了他出差国外的推波助澜。

　　总而言之，言而总之，路栀说："联姻很大程度上能给我想要的自由，这是家里给我的许诺，所以我同意了。"

　　"但那时候我并不知道自己要嫁的是一个怎样的人，我以后会更好吗？换一个地方真的就能无所顾忌地做我自己了吗？我并不知道未来的我是否会赞同当下这个最优选择，反正……"越说越不知道在说什么，路栀随便升华总结了一下，"提醒自己，要记得为我自己而活，差不多就这样。"

　　也许其中也有那么一部分原因，是她想要在这样的人生里，加一点点自己的反抗。

　　她其实并不如家里以为的那样听话，她也可以自由地做她自己，在某些她可以掌控的时刻。

　　傅言商的五官很优越，尤其是低下头的时刻，立体的骨骼落下暗影，几乎可以挡住他脸上所有细微的表情，路栀心想他为什么一点回应都没有，动了下脚踝想去踹他肩膀："你有没有在听我说话……"

　　下一秒握住脚踝的手突然收力，她的腿被迫拉直，他偏头，鼻尖抵上她小腿。

　　紧接着，唇瓣落下。

　　她猛然一僵，他在亲那朵栀子花……

　　一瞬间电流直蹿上脊骨，她下意识向后撤，但只要被他轻松握着就难以挣脱，微微摩挲产生的电流感在缓慢游移，像是一种最原始的识别，他亲得很缓慢，从叶子吻到花瓣，她脑子里一片空白，被他握住的那块皮肤像被火烤着，到顶时，忽然有些微的刺痛感传来。

　　她倏然回神。

　　他怎么……他居然……

　　路栀张嘴，有一千一万句话想说，但对上他抬起的眼时全部卡在喉咙口，半晌盖着被子关了灯憋出来一句："你知不知道你刚刚真的很奇怪？"

　　傅言商转过头来看她，她十分逃避此刻对上他的视线。

　　不知道为什么，路栀还是能感觉到他停了会儿，似乎在思考措辞："哪里奇怪了？"

　　路栀：那你还想干什么呢我请问？

　　次日一早，闹钟响后她盘腿坐起身来。

　　卧室空无一人，按钮过后窗帘自动打开，她正要起身，被腿上一抹痕迹吸引视线，那枚小小的吻痕嵌合在栀子花瓣的最中央，为只有两种颜色的区域加上了第三层色彩。

　　反应了会儿才想起昨晚的事，路栀耳尖一红，抬手捂了一把。

好在到了工作室，李思怡马上用新话题分走了她的思绪。

咖啡是现代打工人必备的提神利器，李思怡被美式苦得面目全非，只想点甜的："你猜徐菁他们在对面新买的工作室还开不开？"

她的确好奇："开了吗？"

李思怡好笑地点点头："开着呢，但里面死气沉沉的，硬撑罢了。"

"不知道他们是准备倒闭，还是打算继续做。"

"管他呢，起码那么好的资源不会喂给他们了。"李思怡说，"想到那个负责人说我们做不好游戏，就想以后用战报狠狠打他们的脸。"

"话说回来，"李思怡眉毛动了下，"你看啊，被融盛收购之前，华亚最赚钱的是什么？游戏啊！我估计他们当时之所以会通过郭方的项目，就是因为他们还没有恋爱风格的游戏，现在郭方的项目走了，这个缺就空着了……"

路栀："你想说什么？"

"便宜别人不如便宜我们，你说呢你说呢？"李思怡忽然凑近，"多好的资源啊，华亚可是掌控着用户日活量最高的社交软件，我都能想象到把他们的资源转给我们，等到开放下载的那天被接连推送一周……"

"随便一推，这要省掉多少宣发费啊！"

其实路栀也不是没想过这个事情，只是每当冒出一些苗头时，想到他当时评价郭方项目的表情，就很难不发怵。

路栀撑着脸："我当然也心动啊，但是如果他和对郭方、徐菁一样，面对着我说一些什么能力很差、毫无亮点之类的话，我可能真的会生气。"

"他敢这样说你吗？"

"他有什么不敢的？"他还敢亲我脚踝呢，当然，这点被路栀略过了，"他工作起来就是这样，你不要想得太美好了。人呢，不能既要又要，如果我想要不花钱的流量，就得忍受他对我的批判——"

第二章 ✦ 酒心巧克力

"本来我们的夫妻感情刚培养出来一点，还不牢固，这样一来不是得降为负数了吗？"

"你们大小姐吃不了一点苦是正常的，"李思怡折中道，"那你考虑一下吧，反正宣发费也是你出，你愿意多花钱也可以。"

"我纠结一下吧，"路栀说，"我再想想。"

李思怡点点头："那你先解决这个，迫在眉睫的，小骆问这张七夕活动的卡面草图要不要修改？"

路栀看了一眼："加个金丝边眼镜吧。"

"霸总怎么戴金丝边眼镜？能好看吗？"

路栀在这一点上和她产生了重大分歧："霸总人设就是应该戴金丝边眼镜好吗？斯文败类懂吗？"

二人争执数个来回，路栀直接实践出真知："我今天下班就去买一副，明天带过来你就知道这东西能有多好看。"

提前和宗叔说过自己在商场，傍晚六点，她买好东西装进小包，在地下车库顺利上车。

气氛一如既往，除了傅言商多看了她一眼，没有任何不同。

她精挑细选了一副非常帅的眼镜，还带链条，因此心情很好，还问宗叔今晚都吃些什么，意外收获是有她最爱的小吃，因此车刚停好就迫不及待地下了车。

站在原地等了会儿，傅言商还没出来。

她闻到食物的香气，就已经想进门了，催促他："看什么呢，还不出来？"

他的视线从车内的位置上移开："你给我买东西了？"

她莫名："没有啊。"

他"嗯"了声："那你的东西掉车里了。"

"什么？"路栀凑近了正要看，忽然意识到什么，心尖一跳。

"眼镜。"说完，傅言商继续平缓地，重点地重复，"一副，男士眼镜。"

衬着傍晚落进的薄薄一层夕阳，车窗边沿泛起微光。

他目光很平静，平静到路栀也沉默了。

她舔了下唇瓣，枝丫上有鸟雀啁啾叫了两声，打破了短暂的沉默。

她问："你怎么知道是男士眼镜的？"

傅言商眼尾松了下，简短道："猜对了。"

察觉到对方上套了，她一把拉开车门，果不其然，坐过的位置上遗落了一个黑色绒面的眼镜盒，压根看不出款式。

路栀的大脑转得比高考的时候还快。

"那你这么聪明，有没有猜中其实就是送给你的呢？"她打开盒子，顺畅地圆上了逻辑，"想给你一个惊喜来着，没想到你提前发现了，你看，你戴上刚刚好。"

傅言商看她："眼镜这种东西除非是哆啦A梦，不然谁戴上应该都刚好。"

"但是我是完全照着你的脸型挑的呀。"她抬手把眼镜架到他鼻梁上，煞有介事地欣赏了一番，满意地点了点头，"稍等，我拍张照。"

她抬着手机随手抓拍了一张，是有点模糊的俯拍角度，暗淡的光线沿着他的轮廓描摹出些叠影，但依旧无损这张照片顶级的氛围感。浅色的金丝勾边克制着矜贵，晃动的链条配着他身上暗色的西服，和光线拉扯出难以言喻的性张力。

她的一只手按在他肩上，另一只手把照片发给李思怡。

路栀："同不同意给男主加金丝眼镜？"

李思怡："你速度这么快？"

李思怡："好帅，你是对的，霸总和金丝眼镜适配度100%。"

目的达成，路栀心满意足地按下锁屏，对上他视线："还不信吗？真是买给你的，没度数，防蓝光。"她有什么编什么，"你不是每天看电脑到很晚嘛，保护眼睛。"

他手指轻轻勾起垂落的链条："这个也是保护眼睛的？"

"这个是，嗯……"她想了想，"增添你在半夜工作时候的小乐趣。"

"……"

刚到家，她就听到了两声异动，一抬头，楼梯间上冲下来一只棕色的毛茸茸，发出陌生但奇妙的狐狸叫。

"慢点？"她惊诧地转身，"怎么把小家伙接过来了？"

"傅老板生日快到了，祖宅要腾开办宴会，"傅言商洗了洗手，"怕影响它们。"

路栀思绪一瞬间被拉走："生日？什么时候啊？你怎么都没跟我说——"

"礼物已经买好了，后天。"他说，"准备今天跟你说的。"

她"噢"了声："你买的什么？我们一起给就行吗？"

"砚台、书画，还有他之前看中的瓷器。"他顿了顿，凑近了些，"你要是跟我分开送，那还叫什么夫妻？"

……也对。

她发现傅言商有个好习惯，每次她一句话问太多问题的时候，大多数人总会习惯性回复最后一个，但他不会。

可能是工作里培养的吧，这也需要一定的逻辑性和记忆力，她问："你工作的时候也是这样吗？"

"嗯？"

"就是，每个问题都会回答？"

"不知道，"他说，"工作的时候没人敢一句话问我超过两个问题。"

路栀摸了摸脖子，忽然感觉脖子一凉。

她忙了一晚上，给初来乍到的两只小狐狸买各种衣服配饰，还录了一大堆视频，第二天一到工作室，就给李思怡沉浸式欣赏了半小时。

"太可爱了，下次带过来给我玩玩。"李思怡"啧"了声，"你老公果然不一般，第一次见有人养狐狸的。"

路柘托着脸欣赏手机里的视频，发现她喂慢点吃冻干的时候，后面白花花的快点趁机在她的视线盲区，把她的发夹推在了花盆后面。

"你知道狐狸虽然可爱，但是始终不像猫狗一样被很多人当宠物，就是太难驯化了。"李思怡也适时开口，"不过从他和你结婚也能看出端倪，会养狐狸也不意外。"

路柘："我怎么了？"

"你不觉得你也很像狐狸吗？看着香香软软的，其实一点都不服管。"

路柘颇有微词："你懂什么，我在他面前很乖巧克制的，他根本看不穿我好吗？"

想起她之前甚至懒得回消息的李思怡沉默了几秒，想问她是不是对克制和乖巧有什么误解？

李思怡懒得跟她在这个话题上纠结，打开招聘软件开始继续招人，没一会儿，顿了下，在桌子下面碰了碰路柘的腿："哎？"

"怎么了？"

"有个工作室挖我呢，问我想不想去他们那儿做恋爱游戏，可以让我当主策划，标的公司是华亚。"李思怡划着手机，"你看看，我说什么？徐菁和郭方那个项目流了之后，肯定有很多人盯着要分这块肉，你还没考虑好？"

路柘审文案的鼠标渐渐停下。

李思怡："你要再犹豫，这块肉被人叼走可有你后悔的。"

路柘叩问本心："但是我不想听他骂我。"

"咱们这游戏根本都不可能进到总裁办里去啊，他手上走的都是大项目吧？"

"你意思说来管我的甚至是公司其他人？"路柘说，"那我还不如对接他呢。"

沉默好半晌后，李思怡想到办法："那这样，你去和他谈合作，改成项目分成，平起平坐，他不就管不了你了？"

"你说的很好，"路栀说，"请问他凭什么放着巨大盈利不要，来跟我分成呢？我能给他什么好处？"

徐菁和郭方的项目也好，目前想挖李思怡走的团队也好，都属于华亚内部的工作室，看上去只需要发工资和奖金，可游戏一旦挣大钱，主要盈利方是公司。

但如果她只是和华亚签约分成，主盈利的就变成了她，华亚不过是喝喝汤而已。

路栀："他是双子，不是傻子。"

"你怎么连他的星座都知道？"李思怡连忙拉回话题，"那又怎么了，华亚现在被融盛收购了，你老公差那些钱吗？"

"他不差那也得花得有意义啊，我能给他什么让他觉得值得？"

"这还不简单，"李思怡说，"你哄哄他呗，吹吹耳边风，他耳根子一软就答应了。男人都这样，不然你以为美人计为什么对皇帝有用？他们难道不知道那是美人计吗？抵抗不住罢了。"

路栀："我吹吹风他就答应了，那他耳根子得有多软。"

路栀思考了两个晚上，觉得李思怡提出的计划，有一定取其精华去其糟粕的实用性。

虽然哄人她不会，但是联想到昨晚小狐狸破天荒地凑到自己面前来献殷勤，不是舔舔她手指，就是用湿漉漉的鼻子拱她。她很受用，拆了一整条零食让它们得偿所愿。

那么同理可证，这招她也可以用在傅言商身上。

卖乖嘛，她最擅长了。

周六是老爷子的生日宴，一大早，白花花的小狐狸快点就因为挤了自己一身牙膏，而喜提洗澡套餐。

很荣幸，路栀因为牙膏盖没扣紧，监管不力，成了这次洗澡战役的发起人。

"十斤的狐狸八斤的反骨"果然没说错，看着乖乖软软的小家伙，洗起澡来居然上蹿下跳，路栀怀疑给它递个雷，它能把浴室炸了。

给狐狸洗完澡，她全身也跟着湿透，不得不再洗一次澡，顿感疲惫地上了车。

体力透支后，路栀靠在车窗上补觉，想着到了傅言商会叫她，于是安心地睡过去，结果再睁眼居然是被声音吵醒——

左侧门拉开，傅言商重新上车，木质雪松调的香味迎面袭来。

还以为自己是进入了某种循环，路栀晕乎乎地茫然了会儿，直到看到他打开她手中的薄荷糖，敲了两粒出来。

她调亮手机看了下时间，居然已经睡了两个钟头："你怎么都没叫我？"

"叫了一声，但你没醒，"他说，"睡一会儿也没事，傅老板正在跟人拼酒，很吵。"

她甚至都能想象到这会儿正厅得有多么热闹。

而且今天到的客人很多，庄韵和姐姐也会来。

鼻尖动了动，她捕捉到他身上陌生的气息："你也喝了？"

"嗯，"他并指捏了捏眉心，"头疼，缓会儿。"

她好奇："你酒量不好吗？"

"好，很少喝醉，但会头疼。"

她下意识侧过去，曲起手指在他两侧的太阳穴按了按："这样呢，会好点吗？"

她以前上学头疼的时候经常这样按。

她垂眼捕捉着他脸上的表情，傅言商看她片刻，顿了顿，垂眼道："……没。"

"那你睡会儿吧，我爸喝醉了一般都睡觉。"她拍了拍自己的腿，"要不你躺这儿？"

刚拍完她就觉得不妥，因为她睡久了腿也有点麻，但还没来得及等她提出下一个提议，他已经靠在她腿上躺了下来。

算了，让他躺吧。

车内空调温度适宜，酒精又会催发人的困意，猜测他应该是慢慢睡着了，路栀举着右手看了会儿手机，忽然感觉肩上一沉。

是快点，它居然跟她一样还留在车上。

刚给它洗完澡，小家伙全身上下都是香喷喷的，快点从她肩上轻巧地一跳，落了地，直往座椅底下钻。

路栀第一反应就是伸手去抓，毕竟好不容易才洗干净的，她可不想再来一次，人会报废的。

但小狐狸走位灵巧，毫不含糊，还时不时地从座椅底下伸出白花花的尾巴挑衅她，路栀心一横，打算蛰伏观察，然后伺机出手——

下一秒，她猛地朝前一倾，手指握住小狐狸身体的同时也付出了一些代价。

例如说，亲到了傅言商的喉结。

一瞬间大脑清空，来不及欣喜，也没机会懊恼，她屏息观察他脸色，五秒过去，他没有睁眼。

幸好。她缓缓舒了口气，在起身到一半的时候，他睁眼了。

路栀此刻真的很想闭眼告别这个世界，她斟酌着问："你醒了吗？"

"很难不醒。"傅言商仍维持躺在她腿上的姿势，开口道，"你——"

然而没等他说完，路栀很快速地转走了话题："你头不痛了吗？还有爷爷，我这么久没过去是不是不太好？"

"还痛。"他按次序回复，"不会，他知道你刚给快点洗过澡，能理解。"

她表面上迟钝地点着头，内心已经胜券在握，暗自感慨自己这一招声东击西实在精妙。

"所以，"傅言商起身，在一旁戴上眼镜，"怎么突然亲我？"

在给狐狸洗澡还是牺牲自我形象之间，她选择了后者。

小家伙此刻已经跳到了主驾驶位上端坐着，只要她能瞒过去，就不用受二次折磨。

路柷正襟危坐，抬起头说："你太诱人了，我没忍住。"

"……"

傻子才会想一天给狐狸洗两次澡，很显然，她这个借口无懈可击，承了上，但不用启下。傅言商只是动作顿了顿，没再说什么，打开一旁的笔记本，开始办公。

路柷也开始怀疑他做这些事，到底是公司实在太忙，还是没事做打发时间。

她买的这个眼镜应该确实不错，这两天总看他戴，尤其是他在键盘上敲字时，镜腿上的链条会随之轻晃，有一种斯文的内敛。

窗外传来滴答声，不知何时下起了雨，她撑着脸颊向外看，祖宅外的芭蕉叶被打得起起伏伏，数分钟内雨势渐急，直到车窗外涌起汹涌的雾气。

雨点砸落，玻璃上被画出蜿蜒的水痕。

她叹了声："这下好了，一时片刻还真出不去了。"

转头看到他仍然在工作，她说："你头疼要不还是休息会儿吧。"

傅言商停下手指，视线落了过来。

这什么表情？路柷立刻自证清白："你就睡你那边就行，不用睡我腿上，我保证我这次肯定不对你做什么，真的。"

为了证明自己的决心，她把解开的安全带再一次系上，结果自证的心太过急切，半天都没把安全扣插进去，她咬着牙用了力，虽然没听到"咔嗒"声，但总算是扣住了。

路栀坦坦荡荡地直视他。

"不用扣，"他说，"你想做什么都可以，我不吃亏。"

她婉言谢绝："我突然又没有那方面的兴趣了。"

"……"

路栀调了一集综艺出来看，时间很快流逝，等她再想起来转头看向傅言商时，他双手抱臂，已经靠着椅背休息了。

傅言商休息的时候有种诸神勿近的气场，他今天终于脱下西装的束缚，穿的是私服，纯白打底的衬衫上，有一簇红色的扎染宛如火焰，蔓延进腰线里。

他是真的喜欢暗红色，路栀猜测他的腰带会不会也是火焰？见傅言商的腰扣露出一个小角，她情不自禁想看出些端倪，下一秒，他的手机振动响起。

她在他的视线里沉着地收回目光。

他接电话没有废话，耗时一分钟，对面说了 58 秒，他回了两个"嗯"，然后挂断。

也不知道是不是工作，所以路栀没有开口问，但很快听到他说："傅老板说午饭快好了，让我们抓紧时间。"

她"噢"了声："那走吧。"

手指很自然地绕到腰侧解安全带，摁了两下，发现这个锁扣的构造好像不太对。

她在原位上跟安全带搏斗了几个来回，忽然感受到清冽的气息凑近，傅言商抬手抵住她乱动的身体，拨开一小侧进行查看："卡住了。"

不知道卡在了哪里，她转头想看，但很快被玻璃窗外的声音引走了视线，只感觉到傅言商的手绕到她背后，开始解安全带。

而窗玻璃上的雨水被两只小手滑开，一个小孩正好奇地往里面看。

估计是哪家的小孩偷溜出来了，下雨了还到处跑。

路栀迭声提醒："快回去，别玩水，要感冒的。"

大概没想到里面有人，小孩很快跑开，路栀透过窗户观察背影，看人有没有乖乖回去。

目送结束后，她这才转过头，舒了口气："这么大雨还——"

话说到一半骤然收声，她猝不及防地碰到他鼻尖。

他正低头解她那不知卡在哪里的安全带，顿了片刻，视线从她腰后挪到她眼下，不知是在看什么，漆黑的瞳仁轻微转动："要说什么？"

已经差不多忘光了。

她努力回忆了一会儿，终于摸到些端倪，抬起眼和他对上视线，启了启唇却没有声音飘出，声带像是在极近的距离中被软化掉，第二次准备找声音时，察觉到面前人鼻尖靠近。

金属质感的镜框碰到她脸颊，很冰。

她下意识后退，肩颈碰到背后的玻璃，也是冷的。

他的意图在靠近中已经昭然若揭，她有时候宁愿他直接行动，也好过这么漫长的铺垫，为此她常常不知该怎么处理。

手指陷进身下座椅的软垫里，路栀听到他说："不行？"

"不是啊……"她视线撇开，"你这眼镜戳到我了。"

他声音低下来："这不是你要买的？"

"我买，也不是让你这种时候——"

她及时停下，抿了抿唇。

窗外的雨愈发猛烈，将呼吸都酝酿得暧昧绵长，气氛在短暂平定后，因她无意间一句话再度升温，大雨缓解不了丝毫闷热，她听见轻微的一声响，她身前一松，安全带被顺利解开。

但他没有退开，金属的链条在视线中模糊成片，晃出细细密密的光点。

呼吸交缠，下一秒，她身前的安全带被他扔回原位，整个后腰落在他宽大掌心处，有点发烫。

"好。"他低声说，"帮我摘掉。"

雨势滂沱，细密如珠地砸落在车顶。顶上开了观景的透明天窗，能清晰地看到雨水溅落，像没有颜色的烟花。

路栀生理性地仰头，余光里全是哗啦啦的雨，他靠得太近，空间里也仿佛都是雾气。

怎么会有这种要求……

傅言商偏头，声音已经被磨得很哑："不摘的话我就这样亲了。"

"别别别，"她不想被眼镜硌一脸，硬着头皮抬起手，克服强烈的害羞，轻轻钩住他镜框中央，一边往下拽一边嘟囔，"你自己没有手吗？非要我给你取……"

最后一个音节湮灭在他唇齿里。

等待许久，这个吻和这场雨一样急促。她现在已有经验，终于在密闭的空间里学会了换气——但似乎还是不换比较好，吻的战线被越拉越长。她全身发软，终于感觉肺活量告急，他在下一刻撤开，还没来得及松口气，下一秒，他的吻落在耳畔。

耳垂被他含住，像一枚小小的冰块被他把玩，腿下压着的手机进来电话，一阵接一阵地持续振动，连带头皮一起发麻，陌生的感受一路传递蔓延，她不自禁地蜷起身子，手指无意识地用力。

可怜的耳垂从冰到烫，他的吻也顺着颈侧有一阵没一阵地向下轻印，她已分不清下一个吻何时落下，又落在哪里，心脏像弹球，伴随他的动作一轻一重地悬停再落下，撤开又提起。

她指尖甚至被自己攥到微痛，大脑为了抑制痛感分泌出些微的愉悦，她开始分不清是从哪里获得的什么，直到那个沾湿的吻落在颈窝。

她手指忽然展开，抵住他肩膀。

身上的人停下，吐息中暗藏不太明显的紊乱，他嗓音微哑："怎么了？"

"会留印子，电话，手机。"她脑子晕乎乎，说的话也混乱，"我穿的吊带。"

他忽然轻轻地笑起来，脊背轻微起伏。

思绪逐渐回笼，她后背发烫："你笑什么？"

"只亲一下，又没用力，怎么会留印？"他伸手将她掉到肘窝的外衫拉起来，却没再继续，问，"谁打电话了？"

电话在折腾间已经掉到她腿下，沾上温热的体温，她抚了一把屏幕，看到来电显示，是庄韵，她那奉行淑女礼仪、严格自律的妈妈。

如果让她妈妈知道她在人家别墅区外不接电话是因为在车里跟人接吻……不敢想，她打了个寒战。

她的动作太明显，好半天都没冷静下来，傅言商看她一眼，像是不太理解："有这么刺激？"

路栀："我不是因为这个——"

话没说完，身后的门锁被他打开："走吧。"

他们顺着廊亭走进客厅，这场雨为园林增添了别致的意趣，整个院子都弥散出新鲜气息，雨丝落进池塘，游鱼正欢快地搅弄涟漪。

头顶一束垂丝海棠悠然开放，花期近尾声，香气被雨催发得愈盛。

路栀深吸了一口气，灵魂仿佛也被洗涤一净，忽然反应过来，打开手机支架后的小镜子，仔细观察他刚刚有没有留下什么印记。

如果被庄韵看到了，她很怀疑今天自己还能不能活着出去。

好像没有，应该是没有吧，她手指在那处多摩挲了几下，想看有没有错漏。

傅言商在她摩挲第七下时开了口："你再摸就真要出印子了。"

正厅内人群三三两两，傅言商曲起手臂示意她挽住，她的视线在人群中游离，寻找熟悉脸孔，忽然听到有人唏声，紧接着越来越多的长辈转过脸来，她下意识抓紧傅言商手腕，他抬手替她松解。

热闹的客厅有片刻沉默，她不太清楚是因为谁，但他刚刚不是才来过吗？还被灌了那么多酒。

直到有人笑着开口，她循声去看，找到了庄韵和姐姐路盈。

至于她那个大哥，还在国外历劫没回来，倒是经常给她发消息，朋友圈也更新得频繁。

人群中传来笑音："韵韵，你小女儿这么漂亮，怎么都没见你带出来过？"

庄韵笑笑："她忙得很。"

她越过对话的二人，抬起手，悄悄跟姐姐打招呼。

没一会儿，落在她身上的视线慢慢消散，路栀坐到熟悉的位置上剥荔枝，招手示意姐姐坐过来。

路盈绕过跟人说话的庄韵，坐到她旁边："你老公呢？"

路栀剥了颗荔枝塞她嘴里，这才发现傅言商不见了，耸耸肩道："不知道，管他呢。"

她偏头："姐夫呢，不也不在吗？"

"他在家照顾小孩儿，孩子刚满一岁，交给月嫂他不放心。"

不得不承认，路栀当时会答应联姻，也有一部分原因，是因为姐姐的婚姻还算不错，丈夫细致负责，家里的事很少让她操心。

"不过你和姐夫都那么温柔，两个人在家不无聊吗？"

路盈笑："难道你们家每天鸡飞狗跳？"

想到今早还给狐狸洗了澡，路栀简短定义："反正……挺精彩的。"

她和傅言商加上两只狐狸，一家四口，就没一个安分的。

"我之前出去旅游的时候，正好求了个挂件要送你。"路栀从包里拿出来一枚青翠剔透的玉坠，"喏，开过光的。"

"送我家小朋友的？"

"不是啊，"她说，"送你的。"

路盈顿了下，给小朋友送来的礼物太多，让她忘记，原来她也是可以有礼物的。

她问："求什么的？"

"平安、健康、开心。"路栀说，"就最后一块，被我抢到了。"

"那你呢？"

路栀眨眨眼："我买了另一家的呀。"

刚要酝酿的感动被她打碎得荡然无存，路盈无奈笑笑，将玉握在掌心，抬头又看到："你老公，在那边。"

路栀随之抬头看去，他又端起了酒杯，正站在傅诚身边社交，宴会内长辈太多，喝酒是礼仪。

他站直时很是板正，衣服也是熨烫多遍后的平整，但此刻，肩上却有一处格格不入，有几道极为混乱的褶皱，在光下，与他整件衣服的对比下，异常打眼。

她奇怪地看了会儿，忽然反应过来。

……是刚刚接吻的时候，她用手指攥的。

很快众人开始落座，她的位置在傅言商旁边。

另一侧的井池跟她打着招呼，回应过后，她视线再次落到傅言商的肩上。

她指了指："你这衣服，要不要处理一下？"

他循着她视线看去，片刻后道："怎么弄的？"

她胡说八道："不知道，可能是水滴上去然后又干掉，所以皱了吧。"

很快到了切蛋糕环节，老爷子童心未泯，选择了当下最流行的冰激凌夹心蛋糕，路栀分到一块草莓的，松松软软的蛋糕坯配合丝滑绵密的奶油冰激凌，融合得非常奇妙，余味是奶油的香气。

她朝旁边瞥了一眼，傅言商正被井池拉着说什么，他的蛋糕也切开了一个小角，露出里面紫色的香芋夹心。

路栀知会一声："我能吃你的吗？"

他"嗯"了声，又被井池扯回去，说什么总店装修风格之类的事。

不知道是香芋味的确实比较好吃，还是别人碗里的就是比较甜，香芋冰激凌的处理非常香醇，所有的甜度都是恰到好处，里面还裹着黑糖的珍珠，软甜劲道。

一时间所有的背景音全部变为陪衬，她根本没关注谁在说什么，反应过来时，傅言商盘子里的冰激凌已经快被她挖空了，只剩外面一层薄薄的蛋糕坯撑在那里，像栋空心的房子。

正在她陷入一种微微的心虚时，傅言商也在此刻转过脸，低头看向她叉子伸入的餐盘。

路栀抬起眼和他四目相对，哽了一下，正想说"我再帮你重新拿一盘"时，井池也凑近这块沉默的区域，他探过脸来："怎么了？"

"没事，"傅言商收回视线，平静道，"'土拨鼠'在我家打洞了。"

路栀："……"

五分钟后，路栀重新从摆台上给他拿了一份蛋糕，推到他面前，作为"土拨鼠"的补偿。

傅言商靠着椅背，眉梢动了下："我不爱吃这些。"

"你不爱吃？"她惊了一下，旋即体贴地拆开餐具，"那我勉为其难帮你都吃掉吧。"

"土拨鼠"打了三个洞，正餐的时候已经有点吃不下了，她撑着脑袋，看不少人前去给爷爷敬酒，毕竟这可是苏城的傅家，跟傅言商相处快一个月，她都快忘掉这件事了。

轮到她去敬酒时，傅诚的酒劲已经上头了，但人还是很稳，心满意足地看着她笑，神秘道："小栀，我又给你和言商准备了新的礼物，回去让他告诉你。"

不知道为什么，她觉得有点不太妙。

离席后，她又偷溜去后厨打包了小龙虾，还特意用了蛋糕的盒子装。这一手准备很有必要，果不其然，她正从侧厅绕回去时，就遇到了在一旁说话的路盈和庄韵。

"妈。"

庄韵太久没给她打电话，搞得她都有点不适应。

路栀视线飘忽了一下，这才想起尽一下地主之谊："吃饱了吗？有没有什么比较喜欢的？我可以让厨师给你们做一份带回去。"

庄韵摇摇头，记得路栀不爱闻烟味，掐了烟感叹说："现在都有女主人的样子了。"

路栀心说明显吧，我装的。

她们母女之间总是亲近又不太亲近，小时候就是这样，路栀最真实的一面没有向母亲展露过，可原因无他。庄韵知道她不喜欢烟味，所以不在她面前抽烟，她知道妈妈不喜欢自己的不乖，所以在她面前总习惯点头。

从记事开始，路栀本能地想对庄韵表示亲近却又畏惧，直到变成肢体记忆，横跨了她少女甚至成年时代，融化成为骨骼里的一部分。

庄韵抬起手，揉揉她的发丝："最近怎么样？还习惯吗？哪里不习惯要告诉我们。"

她点点头。

"在家里面也是，别太任性，做该做的，不该做的别做。"

她的"家"在庄韵口中已经变成了枕月湾，不再是她十六岁拉着姐姐回的那栋房子了，似乎所有人都比她适应得快——路栀想，不知道她什么时候才会适应。

庄韵："当然，我们的家也永远是你的家，不高兴了就回来。"

终于听到想听的话，她再次点头。

也不知道小龙虾凉了没有，爷爷这会儿在和傅言商说什么呢？

空地处，宗叔已经开着车停下，井池很顺畅地拉开车门："载我一程？我让家里司机接我老婆下班去了。"

傅言商嗤笑一声，嘲讽他："老婆脑。"

"行，希望你不会有我这一天，否则我会把'老婆脑'三个字打印下来贴满你的办公室。"

傅言商花了大约三秒计算了一下："那你差不多要花掉半个月的零花钱。"

井池："好了！知道你办公室大了！显摆什么呢！"

也不知道为什么有人会在办公室里放张床，他的午休就比别人的金贵，就不能在躺椅上解决？

"你知道吧，真正合格的商人是不会睡午觉的，那是浪费时间。"井池说着又朝外看一眼，"嫂子呢，怎么还没来？"

转头一看过去，路栀特别乖巧地站在廊檐下，池边的树叶兜住下落的雨水，她站在家里人面前，一脸恬静，频频点头。

井池："嫂子比我老婆安静多了，看着也不娇气，我老婆体重稍微重一点都会揍我。"

傅言商忽略对方正在炫耀这件事，淡淡道："那是她娇气的时候你看不到。"

井池"啧"一声："多好啊，是不是你说什么她都点头？我老婆就是说什么都摇头，干什么都嫌弃我。"

"再嫌弃不也跟你结婚了？"

井池"嘿嘿"两声："你这话我爱听。"

傅言商一抬下巴："那盒子你看到了吗？知不知道她在干什么？"

井池愣了下："什么？"

"阳奉阴违。"

放在那个障眼法盒子里的，分明是她家里人特意叮嘱要少吃但她根本没听的爆辣小龙虾，她不仅打包，还包了三份。

"点头有什么用，"傅言商说，"之前我家养的小狐狸你没见过？"

"反正她又不会听。"

十分钟后路枙上车，隔了阵，感觉到车里的香薰味道正在慢慢改变。

她吸了吸鼻子："什么味道？"

傅言商："你特意让厨师加麻的爆辣小龙虾。"

她警惕道："你怎么知道的？"

"后厨问我要不要给你准备酒，"顿了顿，他侧过眼，"我说不用，'水母'喝不了这个。"

她撇了撇嘴，最终在自己的盛情之下，让井池拎了一份走。

"你看人家多疼老婆，三句不离老婆，"路枙话顺着喉咙口就出来了，"你要多学习。"

"那你想我怎么疼你？"

他眼皮撩起来，这么没情绪的一双眼，路枙瞳孔却跟着震了一下，前排的宗叔默默戴上了耳机，她抓了抓眉心，觉得他好像有点问题。

但是话是她开口问的不是吗，于是话题就在这儿架住了，逻辑推回去，好像谁都没问题。

车驶过减速带，在枕月湾门口停下。

"你以后尽量别说这种模棱两可的话，"路枙打开车门，振振有词，"直接说你想表达的意思，不然留白这么多，别人很容易往别的方向脑补。"

顿了顿，她摘清自己："比如宗叔，你看，宗叔就误会了吧？"

宗叔茫然地回头，还有我的戏份吗？

傅言商散漫道："你往哪个方向补了？"

"我没有脑补呀，"她故意用蹩脚的中文说，还摆摆手，"我刚学习汉语言，中华文化，博大，精深，我听不懂的。"

一整天好像也没干什么就到了晚上，她洗完澡躺床上，才想起来自己是有任务的，而且是——

很艰巨的任务。

　　如何说服一位总裁同意自己在他身上吸血，把属于他的钱放到自己口袋里，这是个问题。

　　她不擅长直接表达需求，于是打算迂回切入："今天爷爷跟你说什么了？惊喜是什么？"

　　他今天先洗完澡，穿着一身黑色的睡衣靠在床沿敲电脑，闻言记起来："下周有空吗？他要接我们去爬山。"

　　"爬山？"路栀记起自己十岁时被带着爬了三小时山，此后再也不愿跟家里人出去旅游，整个人抖了一下，"……可以不去吗？要早起吗？"

　　"你的早是几点？"他说，"差不多七点出发。"

　　她摊在床上，完全被爬山的恐惧感支配："不要，我不想早起，你喜欢爬山吗？要不你就跟他说我们去了，然后我们躺家里睡大觉？"

　　"他和我们一起。"

　　路栀一个激灵，忽然坐起："什么意思，那要出去住吗？"

　　终于慢慢回过味来，他问的是下周有没有空，而不是哪天。

　　路栀："要去……几天？"

　　"三五天？"他偏头，"还没定，但的确要在外面过夜。"

　　整个房间大概安静了十分钟之久。

　　路栀想起上次温泉酒店的经历，心有余悸道："那爷爷……不会又要给我们订那种房间吧？"

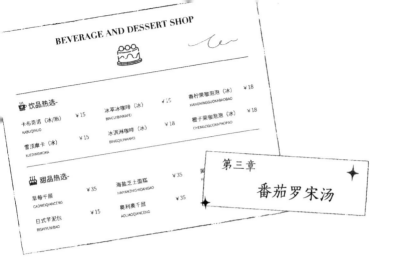

饮品热选-

卡布奇诺 (冰/热)　　¥15
KABUQINUO

雪淇摩卡 (冰)　　¥15
XUEDINGMOKA

冰萃冰咖啡 (冰)　　¥15
BINGCUIBINGKAFEI

冰淇淋咖啡 (冰)　　¥18
BINGQILINKAFEI

香柠果啷泡泡 (冰)　　¥18
XIANGNINGGUOKABAOBAO

橙子果啷泡泡 (冰)　　¥18
CHENGZIGUOKAPAOPAO

甜品热选-

草莓千层　　¥35
CAOMEIQIANCENG

日式芋泥包　　¥15
RISHIYUNIBAO

海盐芝士蛋糕　　¥35
HAIYANZHISHIDANGAO

奥利奥千层　　¥35
AOLIAOQIANCENG

第三章

番茄罗宋汤

他时有时无地敲着电脑的手指终于停了下来。

暖色的吊灯晃出柔和的光，傅言商偏过头，复述一遍她的话："那种房间？"

他好整以暇道："哪种？"

她有点结巴："就是上次的那种啊，你忘了吗？"

"没忘，"他神色松散，"但我记得，你好像还挺喜欢的。"

"我没有！"路栀说，"我只是好奇，而且那个房间上面还有镜子，你没发现吗？"

"没，"他道，"什么镜子？"

路栀很难跟他解释，以免他询问自己怎么什么都懂，她含糊其词："那你自己去了解一下。"

片刻后，她看到傅言商抬起手，正奇怪他要干什么的时候，只看到他手指往语音条上一按，听筒贴近唇边，直白道："路栀说让您别订上次那种房——"

下一秒路栀一跃而起捂住他嘴，然后上划取消语音。

哪有这样说的？这样说爷爷得怎么想她？

斗争半晌后，她摆摆手："算了算了，你让他随便订吧。"

既然必须要早起，她不就有筹码可以谈条件了吗？

路栀抿了抿唇，说："你跟爷爷说了我要去吗？"

她委婉道："可是我还没有答应你吧？"

傅言商抬头看向她。

路栀一条条细数："你看啊，我这么讨厌早起的人，每次一早起都是对我生物钟的一种背叛，你知道的，我已经有差不多大半年的时间都是九点多起来了，突然改变生物钟，对我的身体无疑是巨大的折磨和损伤——"

"嗯，"傅言商了然，"所以你想跟我谈什么？"

路栀清了清嗓子，跪坐起身："之前华亚不是有一个恋爱游戏的项目吹了吗？你还记得吧，你否的，现在这个缺口出来了，肯定要补上的呀，这么大一家游戏公司，怎么能不吃这块香甜的蛋糕呢？"

"你把刀叉分给别人不如分给我，你觉得怎么样？"

他思考片刻，指腹搭在电脑上盖敲了敲："你看起来不像是能老老实实坐在格子间里上班的人。"

路栀很赞同地点了点头："所以我想跟你谈合作，华亚的宣传资源分一些给我，其他的你都不用管，然后等年底的分成就行了。"

他眉梢动了下，正要启唇，路栀伸手制止。

路栀："你先别说，让我说服你一下。"

她是斟酌过话术的人："我有专门做过功课，华亚目前的游戏，都属于口碑普通，却特别赚钱的那种。但是每个游戏的平均寿命不长，也是口碑的原因。如果你雇我上班，我可能得过且过，毕竟谁想给老板打工呢，老板又不会对我的梦想负责，在大厂谈梦想是很可笑的。"

大老板本人："……"

"但是呢，如果我们合作，我工作里每一分荣耀都属于我自己，我当然有动力了，我会保证每一个细节都打磨到最精致，虽然你赚的会变少，但你这么聪明的人，应该知道游戏公司需要一款口碑游戏吧？这不是能用钱衡量的东西，而是一种良性发展、长远目标、企业文化。你都收购华亚了，难道不想把它变得更好吗？"

"那么，"大老板本人再度开口，"不衡量金钱的高尚的路栀女士，你打算的分成比例是多少？"

她心虚地舔了下嘴唇，比出一个数字："五五分，是我最后的让步。"

他看了眼手机，停顿不过数秒："三七。"

"你还是人吗？"路栀口不择言，甚至想要揭竿而起，"我也很辛苦的好吗？你看我回家经常加班的，我累死累活干一年，就拿30%？"

"我三，你七。"

她本来还有一万句讨伐的话要说，在听到他这句话之后立刻化为飞灰。顶灯是不是突然亮了些，不然她怎么忽然察觉到了自己的塑料老公有着惊为天人的帅气和伟岸？

下一秒，他拿起手机放到她眼下，是傅诚刚发来的旅游新计划。

傅言商："但是明早要五点钟起床。"

"……"

晚十点，关灯后房间陷入短暂的黑暗，但很快，路栀的手机屏幕亮起。

她咚咚咚给李思怡打消息。

路栀："好像成功了。"

几分钟后，李思怡消息回过来。

李思怡："什么？跟你老公的合作吗？"

路栀悲怆得不得了。

路栀："但是是用我七天的早起换的。"

还没来得及高兴太久，就看到老爷子发来的详细计划，出游七天，一天起得比一天早。

现在，早起的悲痛足够吞没所有喜悦。

她仰面躺着，跟李思怡说接下来一周她都在外面办公，有什么情况随时联系她。

很快，耳边传来声音。

傅言商："你再不睡，明早更起不来。"

她吸了吸鼻子，乖乖放下手机睡觉。

但是突然提前入眠，身体还没适应，路栀辗转反侧到两点多才睡着，感觉没睡一会儿，身边的人就起床了。

没一会儿浴室洗漱声响起，几分钟后脚步声靠近，她闻到薄荷味剃须水的香气，微冰的指尖捏住她下颌："起床了。"

她赖床，闭着眼装死，其实她觉得这个点起来完全没必要，说不定过去了景区都没开门，下一秒人就被推着滚了两圈，像包饺子似的把她完全裹起来，傅言商提起前后两角："那你睡着，就这样上车。"

身体离开床铺处于悬空，路栀感觉自己像个垃圾袋被人提了起来，完全搞不懂他是认真的还是在整她，路栀一抖，瞬间拿回了身体的支配权。

"我醒了，"她开始扑腾，"我真的醒了，我可以马上下来打一整套军体拳，然后在五分钟内洗漱完毕。"

"确定？"

"确定。"

下一秒被人放下来，她愤愤一脚踩上他拖鞋，反应过来时才察觉到不对。路栀缓缓抬头，看到傅言商挑了下眉尾，大脑开始飞速运转思考措辞。

"……突然反应过来我好像没有拖鞋，"她谨慎地收起了脚掌的力道，改为试探地轻戳，万分乖巧地笑了下，"可以把你的拖鞋借我穿一下吗？"

艰难的晨起运动终于结束，她在车上补了会儿觉，下车时正是七点多钟，嵌着金边的日光从云层外探出一个小角。

她打了个哈欠，看着地平线上直入云霄的高山，心一寸寸跟着沉下去。

"什么也没吃，不饿？"傅言商递给她一个面包，"空腹爬山会低血糖。"

她怀揣最后一丝期待："真的爬吗？"

他顿了顿："你能开车上去也行。"

她在原地磨蹭，吃了片面包，又被灌了小半瓶电解质水防止虚脱，还想继续跟傅言商商量的时候，老爷子已经穿着登山服，一路小跑着喊他们跟上。

有人真的是生来就是做领导的命，她本来想着傅言商在前面，她在后面慢吞吞地走走停停，摸鱼也不会被发现。

谁知道傅言商直接站在她背后，把她的一举一动尽收眼底，想逃都不行。

爬了四十分钟后，她感觉整个身体都在燃烧，电量告急，双腿发麻。

整个山路的第一轮筛选也在休息站拉开帷幕。

旁边两个女生说着爬不动了，然后指着另一条小路，说可以坐缆车上山，路栀低着头，慢吞吞地含着吸管拖延时间，闻言看了她们一眼。

顺着女生手指的方向，确实有一个小小的立牌：缆车由此进。

现在爬山还有缆车了？全自动爬山？

她启了启唇，正想问傅言商要不要坐，对上他视线的瞬间，又觉得不必多问，他是不可能允许下属摸鱼的。

路栀买了根烤肠，没一会儿，跑出去的傅诚见他们没跟上，又折返回来问傅言商："怎么还不动？爬到山顶起码还有三个钟头，再耽误下去，你十二点的会还开不开了？"

傅言商淡淡道："难为您还记得我有会要开。"

"有会要开怎么了？开会跟陪爷爷耽误吗？小栀，你说是不是？"

路栀冷不防一听还要再爬三小时，绝望铺天盖地地涌来，闻言又展平表情，漾出一个温柔解意的笑来："是呀，一点都不辛苦，爬山很解压的。"

傅言商神色微妙地看她，挑了挑眉。

"还是你懂我的良苦用心啊，"傅诚颇为赞许，挥动双臂，"那来吧，咱们赶紧动起来，争取十二点之前上山顶吃午餐！"

她舔了下唇："但我烤肠还没好呢，要不……"

"你吃你的。"傅言商抬了抬下巴，示意没事，"他想爬就让他先去。"

她盯着傅言商几秒，忽然眼睛一亮，唇角翘了半分。

傅言商眼角偏了下。

"爷爷一个人爬山很孤单的，而且你们平时都很少一起爬山，"她乖巧道，"我就不破坏你们这次机会了，我没事的，不用等我，等我把烤肠吃完去找你们就好。"

傅诚正要开口，她继续懂事道："哎呀，爷爷，真的没事，我喜欢一个人走，而且他不是还有会要开吗，因为我耽误工作的话我也过意不去。我早上没吃什么有点饿，等我吃饱了再爬，效率更高。"

傅言商的视线从缆车的指示牌前移开。

挨不过她的几波乖巧攻势，很快，傅诚强硬地拽着傅言商离开，五分钟后，她的烤肠也好了。

她望了一下不远处的缆车，加了份惬意的小食，又付了一次款："要一张单人的缆车票，谢谢。"

三小时后，餐厅。

傅诚爬上山顶后身心舒畅，单手拿着水，不情不愿地换桌坐下：

"刚刚那个包间不是挺好的吗？怎么忽然换到这里，这外面是缆车终点，到处都是人。"

傅言商靠着椅背，漫无目的地看向窗外："视野好。"

老爷子哼了声，片刻后才说："有没有发消息给小柩，她到哪里了？"

"您不用担心她。"

"你这说的是什么话！"老头子再度怒从心起，"她是你老婆，你问我担心她做什么？！"

"我没问。"

"再说，我不是那个意思，"他视线从外掠过，定在某一趟已经来回三次的缆车上，缓缓道，"她今天微信步数能比您还多。"

某辆缆车里，他那娇弱不能自理的妻子，正一边开着视频通话和朋友聊天，一边惬意地享用手中的美食，轻松愉快，好不自在。

傅诚："什么意思？"

"字面意思，"傅言商收回视线，看了眼手机，"下来了。"

"什么下来了？"傅诚回头，"来了就来了，下来了是什么？我这太久没管你汉语言，你已经退化到这个地步了？"

"还有，不是我说，小柩这么好的姑娘，你也要懂得珍惜，知不知道？我就怕你不解风情，她受你欺负怎么办？"

傅言商觉得好笑，挑起眉尾："我还能怎么欺负她？"

她现在吃得比他还饱。

没一会儿，路柩从缆车近道走进餐厅。

刚坐下，傅言商蓦地凑近。

她心跳一停，用 0.01 秒的时间反应过来自己忘了售后，应该在脸上喷点水珠、补点腮红才对啊——完了，不会要被他看出来了吧？

傅言商抬手，拭了下她唇角。

路柩颤声："怎，怎么了？"

他顿了两秒，看着指腹淡淡道："番茄酱。"

"你看错了吧？我嘴巴上怎么会有番茄酱？"她正色道，"那个应该是我咳的血。"

等到吃完午餐，又等傅言商开完会，已经是下午两点。

这回下山路栀没有坐缆车，全程跟着他们走，主要是上午为了拖延时间坐了三趟缆车，她都快坐吐了。

下山时已到傍晚，浓烈的橘色晕染在漫山青绿上，美得扎眼。

她拿出手机拍了张照片，一上车没多久，就又睡着了。

醒来时车已经在车库内停好，她揉了揉眼睛，一瞬间不知道今夕是何夕，环视一圈才慢慢回过味来，问傅言商："到哪儿了？"

"酒店。"

想起上次爷爷安排的酒店，她一个激灵，瞬间清醒。

这次的酒店依然很新颖，是动物园嵌入式主题酒店，隔着玻璃就能在线游览，和野生动物同吃同睡。其中最热门的是老虎园区的房间，但是由于路栀心脏比较脆弱，于是婉拒，换了个小熊猫的房间。

她开门进房间时，小熊猫正绕着巨幕玻璃在跑酷，见她来了，好奇地趴在玻璃上端详她，并示意她打开上面的门孔进行投喂。

等她按照指示投喂了几块苹果之后，小东西吃饱喝足就一溜烟儿跑得没影，不知道去哪儿玩了。

在她房间之外的，是更大更广阔的动物园园区。

路栀拍视频给李思怡，建议她下次来住老虎园区的房间，给自己开开眼。

李思怡回了一个问号。

第二天的行程理所当然是动物园一日游。

她嫌投喂海豚无聊，自己一个人溜去后山，海豚她已经看过挺多次，近的远的投喂的不投喂的，没什么新鲜感，但这个动物园还有另一个知名项目——拒绝动物表演，但拒绝不了动物硬要表演。

据说是后山的饲养员捡过几只流浪猫，喂胖之后，其中一只狸花猫主动且强势地顶替了某个表演的动物，为自己混到了一份衣食无忧的铁饭碗。

但因为猫这种生物也非常地随心所欲，想表演的时候才上场，所以这项表演没有固定时间，狸花猫吃饱喝足偶尔也会想要休息，因此动物园只会提前公告，无法确定具体时间。

路栀就在后山的躺椅上等，下午的日光正好，她时睡时醒，就这么消磨着，很快就到了六点多。

看来今天是没戏了。

野外的天黑得很快，等她接到傅言商电话的时候，不过六点多钟，天已经黑透了。

空气里传来几声狼嚎，聚少成多一呼百应，很快，周围的狼纷纷开始引颈高歌，她意识到工作人员下班了。

没点恐惧当然是假的，她抿了下唇，终于在拐角处瞥到一丝光亮，傅言商打开手电筒走近："看什么了？待到这么晚。"

"不小心睡着了，"她三两步跑过去，拽着他袖口，自我安慰般问道，"这些狼应该是都被关回自己的领地了吧？"

傅言商好笑地瞥她一眼，故意道："说不准。"

他这句话导致的直接后果就是，路栀死活不愿意走那边的主路，选择和狼群背道而行的小路下山。

狼嚎终于被抛在身后，但听着周遭不知是来自什么的声音，她还是下意识朝他靠了靠。

面前是段山路。

她看到傅言商手中的电光朝她脚下照了照，她穿的是双带跟的鞋，不好走，但路程只剩一小半，折回去显然不是最佳选择。

路栀不知道是不是自己的靠近让他误会什么，手电筒的光很快又笔直地照向前路，他问："我背你？"

她想也没想就摆手道："不用不用。"

"行，"他从善如流地扬了扬下巴，"那你把鞋脱了，或者把外套绑在腿上，免得直接摔到酒店门口。"

路栀点了点头，严肃地伸出手臂："我想了想，觉得你还是背我吧。"

"……"

他今天穿运动鞋真是明智之举，趴到他背上，看着他脚尖的路栀，这么想着。

她举着手电筒，觉得有点困了，偏头说话克制困意："我们明天的行程安排是什么？还要早上五点起床吗？"

身下人脚步停了会儿。

"路栀，别往我耳朵里吹气。"

她撇了撇嘴，把脸正对前方，正要重新再问一遍的时候，听到他开口了。

"应该也是在动物园，"顿了顿，傅言商继续开口，"应该不用，五点半。"

路栀心说这有区别吗？

这么一说她就又困了，路栀手伸进小包摸索半响，想看自己有没有带什么提神的，很遗憾似乎没有，唯一和此功效相关的，大概是她那个薄荷味的唇釉。

她拿出来补了一下唇妆，试图用微冰的薄荷让自己清醒半分，在她打开手机前置照镜子时，身下的人又说话了。

傅言商："你看起来很悠闲。"

她把唇釉放回去，整个脑袋已经困到混沌，下巴也轻轻往下点："有一点吧。"

最后一丝意识湮灭在路灯重新亮起的路口，她彻底陷入沉睡。

路栀这一觉睡得很久，大概凌晨才醒来洗澡，洗完又直接倒头就睡，并在五点半准时接到爷爷已经晨跑回来的电话。

她感觉老爷子的身体比她还好。

好在这次爷爷并没有喊他们下去吃饭，只是让傅言商把饭端回房间，他出门时耽误了些时间，但很快就回来。

路栀还在醒神中，模模糊糊地问："爷爷今天怎么没为难你？"

他站在镜子前，大概也在思索这个问题的蹊跷之处，半晌后目光停住，意有所指道："他可能觉得我有事要忙。"

她睡眼惺忪地靠在床头："什么事？"

傅言商在此刻转过身来，冷白色的脖颈上，有一抹暧昧的暗红。

清晰的水红色。

她正要开口问，一瞬间反应过来，这不会是自己昨晚枕在他肩膀上睡着，嘴唇贴上去的吧？

她骤然清醒："你怎么就这么直接过去了？"

"我以为掉了。"

她想起了什么："可能是我这个会成膜，刚好在成膜之前印到你脖子上了，很难洗掉，得用专门的眼唇卸妆液，你等一下。"

洗手台被占着，她就把花洒开了小水，让傅言商站在一旁，自己则挤了两泵眼唇卸妆油，细致地抹在他颈侧。

这种成膜又过夜的唇釉不好卸，路栀背靠墙壁借力，但他离得太远，她只好招手说："你过来一点。"

面前的阴影靠近。

她耐心地揉了会儿，又接了点水浇上去乳化，怕他以为结束，还在解释："要再按一会儿才容易洗掉。"

傅言商"嗯"了声，喉结被她掌心压着，滚了下。

能很清晰地感觉到她光滑平整的指腹揉弄的力道，不算用力，但摩挲太久，那寸肌肤跟着有些发麻，像失去知觉。痛觉偶尔回笼，是她指尖轻轻刮过，像在检查印记有没有完全清除。

她检查时靠得很近，呼吸就喷洒在颈窝，一阵氤氲的凉。

浴室内很安静，昨晚洗澡时放下的帘幕也没拉开，只有水滴落在地砖上的声响，安静得过分。

路栀察觉到气氛不太对，轻咳了声找话题："那一会儿我们——"

结果因为一心三用，调整水龙头时没控制好力度，一瞬间把花洒全部打开，好在他躲得及时，但还是被淋湿半边，路栀心虚地抬头和他对上视线，他黑色的衬衣被水浸透得愈发深黑，额发打湿落在眉间，睫毛上也有水珠，顺着滚落到她脸颊。

她猝不及防被水滴到，忍不住一颤。

靠得太近，突破了安全距离，她试图找回声音："那个，我去帮你拿毛巾。"

"拿毛巾没用，"他说，"得重新洗。"

她讷讷着点头，想说给他让出空间，但刚有向前的动势，就再度被人摁回瓷砖上，上面还留有她的余温，但有些错位，边沿处冰冷的瓷砖磕住她背后的蝴蝶骨。

"你……干吗？"

他力道没松，俯身时有些理直气壮的意味。

"报复啊。"

她明明没抬头，但唇角还是被人封住，浴室的暖光在睫毛上投射出细密的光点，她眨了眨眼，反应了会儿才意识到自己应该闭眼，所有感官在视觉封闭的那一刻加倍放大，她听到了他近在咫尺的、克制的、暧昧的、带着轻微紊乱的吐息。就这么亲了会儿，衣摆被人抬起，他的手毫无阻隔地搂住她腰肢，偏离的吻落在她颈后，那是她昨晚印给他的位置，现在他原封不动地奉还。

轻微的刺痛感泛出，她一瞬间思绪归位，偏头去躲："这会留印子的！"

"头发挡着，看不到。"他顿了顿，低眼看，"……已经留了。"

事件已成定局，路栀只好随他去了，直接结果就是今早的第一个项目，他们差一点因为迟到而被关在门外。

她一路上都很心虚，隔一会儿就要去摸挡住吻痕的头发还在不在。

傅言商看着此地无银的她："头发挡住不会有事。"

等他们落座，现场只留下第一排的灯，这是个 5D 沉浸式体验动物世界的项目，其间椅子会不停摆动旋转，算是这个酒店必打卡项目之一。

工作人员笑着看向路栀，做最后的提醒："好的，最后提醒一遍，请男士们戴好眼罩，女士们用橡皮筋将头发扎好，以免在体验中途头发被狂风卷入机器。"

什么？路栀思绪一停，怅然抬眼。

扎起来那不就……都看到了吗？

唯一点亮的灯光就高悬在她头顶，像一盏追焦的聚光灯。

路栀原本因期待产生的笑意此刻僵在唇角，来不及等到再说一遍，面前的工作人员就已经贴心地将橡皮筋递到她面前，笑着问："需要您先生帮您扎吗？"

就在那个瞬间，傅言商察觉到裤子骤然一紧，是路栀捏住了。

场地的灯渐次熄灭，只留下屏幕上即将开始播放，而闪出的荧光。

路栀在工作人员充满善意的目光中，手几乎是下意识放在他大腿上的，感觉到身后也有不少人投来视线，她忍不住收紧力道，平滑的布料在她手中再一次被攥出褶皱，但她完全没意识到，反而用目光询问他：怎么办？你弄的你解决。

他展开手掌，还是那副处变不惊的模样："我帮你。"

工作人员又嗑到了："二位还真是恩爱呢。"

嗯嗯嗯，马上你们还能看到更恩爱的。

路栀抬手指导："你这样，绕过来，侧着扎。"

就刚好可以挡住了。

工作人员："需要扎到头顶哦，侧着也有风险的。"

眼见是没别的办法了，路栀懒得多做无用功，索性心一横，直接把头发一把揽起，甚至还特意扎了个高马尾——也不知道是在抗议谁。

她开口正要说话，但余光中傅言商倾身过来，下一秒，男人整个掌心覆住她后颈。

她像被他握住。

播放厅开足了冷气，但他的手掌却是温热的，大手扣合住她微冰的颈，突如其来的温度让她忍不住打了个战，手臂也跟着发麻起来。

她颇有微词："你这样难道不会特别明显吗？"

"不会。"他姿态闲适，"别人只会觉得我们比较恩爱。"

没等她继续开口，项目就开始了，刚开始就是一次非洲森林大逃亡，他们坐在游戏里的木车上一路颠簸，身下的椅子也非常敬业地给出反应，路栀被颠来颠去，心说长发确实有一定的危险性。

傅言商的手心全程没有离开她的后颈，顺着颠簸的力道上下，她侧头瞟他一眼，他正神色散漫地看着屏幕，这是他一贯的表情，说不上认真还是消磨时间。

路栀猜他应该是在想工作上的事。

很快，傅言商开口："你再不看，等进来看第二遍又要扎头发。"

她迅速撇过脸，认真投入项目，其间经历了大象鼻子喷水、金雕羽翼扇风等一系列奇观，结束时脑子还在晃，有专家上台讲解影片中出现的所有濒危动物，很明显这个环节傅言商还算感兴趣——她能感觉到覆在自己后颈的指腹，正随着他思考，似有若无地摩挲着她那寸极为敏感的肌肤。

搞得她也心猿意马，讲解听得断断续续。

终于等到出场馆，她第一时间放下马尾，傅言商理了理她颈上的发丝，很快，后方的傅诚走了过来。

路栀偏头，见傅诚似乎是心情颇好，赞赏地将他上下看了一番，然后指着他裤腿上的那处褶皱问："你这怎么弄的？"

她的记性总好在不该好的地方，譬如刚刚自己的手指，还有爷爷生日宴前的车内。

她紧了紧手指，心说坏习惯，要改。

傅言商侧过眼，只看到路栀正一脸事不关己地抬头看天，顿了顿，正儿八经地回复："刚才那龙卷风吹的。"

上午的时间依然是在动物园里消磨的，路栀看完了期待已久的狸花猫上班表演，园区内似乎已经没有什么好逛的了。

傅诚跟刚认识的老头子在空地处练太极，让他们俩自己去看看黑熊或猴子，但路栀实在害怕自己被猴子抢劫——毕竟这儿的金丝猴早已因抢游客东西而屡次出圈。

走到一半，她从周边搜索的页面中抬起头来，问他："要不我们去动物园的另一个门玩吧？"

"动物园还有另一个门？"

她正色道："有的。"

十分钟后，路栀带着他从后门穿过，一路跟着导航，走进了繁华的游乐场。

路栀做贼心虚地闪入闸机，傅言商则自觉地拿出手机买票，刚从一旁 VIP 通道进去，手机一振，是老头子的电话。

傅诚："你们在哪儿啊？要不要我去找你们？"

傅言商低头看票，淡声回："在看马的地方。"

对面静了下，明显是在思考："哪儿还有马？什么马？"

"旋转木马。"

早该知道她待不住，另一个门指的是隔壁的迪士尼。

尊享卡免排队，很显然她早有目标，顺着明晰的通道朝前走，傅言商在后面问："有导游，要不要？"

"别了吧，"她谨慎道，"免得导游又要我扎头发。"

适时，过山车飞一般从头顶掠过，路栀仰头目睹全程，表情也跟着复杂起来，站定在原地。

傅言商这才发现她选的并不是旋转木马，而是急速光轮。

他抬眉："现在如果觉得害怕，还能撤回。"

人菜瘾大的路栀："不要，我想玩。"

这是园区内最恐怖的一个项目，时速最高可达 80 千米每小时，最挑战心态的部分是摩托一路冲上顶点，然后在黑暗中停滞，耳边传来下落的倒计时，像死亡倒数，紧接着在最后一秒猛然下落——路栀第一次玩过之后，过了半小时才缓过来。

她一边走一边回忆这个项目，最终还是在入口处及时刹车："要不我们先玩个入门级的缓冲一下吧？"

看着他一脸了然的神色，她为自己的怂包找了个光明正大的借口："主要你是第一次过来，我是怕你害怕。"

"嗯，"他说，"反正肯定不是你害怕。"

路栀点头如捣蒜，随便他怎么说，跑去儿童乐园的天堂为自己找点信心。

最入门的是七岁小孩儿都能玩的小矮人过山车，坡不算陡，傅言商没想到她连这都怕。路栀无处寄托地紧张，只能死死抓住他，每次只要腿上的痛感一明显，对设备并不熟悉的他就知道——又要下坡了。

就这样一路预测到结束，傅言商能明显感觉到她玩得很爽，头顶发丝微乱，小疯子人格呼之欲出。

不过几分钟，他们再度进入急速光轮通道，路栀一瞬间恢复慎重，一言不发地上了摩托，检查了三遍安全带，然后转头问他："你害怕吗？"

他顿了顿："我比较怕你抓我。"

他们坐在第二排，也不知道是他们说话声太明显，还是前面的人正好听到，她只感觉傅言商话音刚落，前排两个女生低头憋笑，还忍不住回头看了眼他们。

路柘急忙摆正自己："你别总说些奇怪的话。"

只是表达字面意思的傅言商，微微皱起眉头。

设备即将开始启动，他偏了下头："你别往奇怪的地方想。"

路柘开口还想说些什么，但程序猝不及防启动，她惜命地趴在摩托前身，视线内深蓝色灯光环绕，音响立体，感官体验拉至满格。

随着车身经过，灯光一盏盏亮起，在悬停时闪烁不定，短暂停顿后骤然提速，耳边响起尖叫，她的耳膜被风声击打，紧张到甚至来不及呼吸。她的身体从室内被带向室外，脚底是如织人潮，很快场景再度更替，驶入漆黑的隧道。

只有忽明忽暗的灯光伴随着他们。

她在黑暗中提速向上，摩托开始震动，像山体崩塌，前车的光圈倒映在眼底，她猛地闭眼，但倒数的声音挣脱不开，她只好开口去找："傅言商？"

没人说话。

她的下一句话湮灭在四下惊人的尖叫声中，手腕忽然被人握了下，熟悉的温热力道。

"怕什么。"

下一秒车身俯冲，她的心脏骤然失去感知，短短三秒，灵魂被抛起又落下，尖叫声环绕在四周，她分不清自己刚刚有没有出声。

好奇怪，好像真的没有那么害怕了。

工作人员前来解开安全带，她看向前方，舒了口气。

傅言商握了下她泛白的指尖，是冰的。他垂眼："怕成这样也要玩？"

"害怕所以才刺激呀，"她认认真真地说，"如果不害怕，不就不刺激了吗？"

两个过山车项目结束后，她的轨迹变成了安安静静地活着。

路栀买了杯饮料边走边喝，前面正好是花车游行，不少下了项目的女孩子都一路小跑过去拍照。

傅言商循着她视线朝前看："门票里应该包括花车游行的好位置，你不去拍？"

她走得悠闲："我对这种动画片人物都还好，没什么特别喜欢的——"

说到一半，忽然看到随机刷新的红棕色狐狸玩偶出现在不远处，她回头，一股脑把手机塞给傅言商："尼克狐尼克！那边，帮我拍合照！"

傅言商："？"

跟迪士尼人物合照是要乖乖排队的，目测这条长队还有两个多小时，路栀不爱排队，但为了合照可以忍受，可怜她身后这位大概从没尝过排队是什么滋味的大老板，于是排了十多分钟，她看一眼身后的傅言商，说："你要不去旁边坐一会儿？"

他扫了眼手表："我看别人男朋友都跟着一起排。"

"我怕你无聊。"

"这样，"他说，"那你跟我聊会儿天，我可能会没那么无聊。"

"聊什么？"路栀转头，时刻观察着排队进展，"你有没有什么想问的？"

大概她这个话题开启得突然，他想了一会儿，但并未想太久，路栀觉得有些人天生就是这样，也许这个问题并不在他的计划中，但他也能很快给出回答。

他说："目前为止，我做得还算让你满意吗？"

她愣了下，完全没想到他会说这个，停了会儿，总觉得这开场白不太妙，试探道："你是要跟我谈什么条件吗？"

他很坦荡："我不像你，我是单纯问问。"

很擅长给点甜头然后要奖励的路栀："……"

路上有人频频回头，不知是在看他还是在看自己，而此刻的路栀已经陷进了这个问题。片段一幕幕闪回，她在思考这个问题的答案：她满意吗？

傅言商继续开口："按照概率学来讲，人这一生会和父母过四分之一的时间，剩下四分之三都属于伴侣，也就是说婚姻在一个人的人生中扮演相对重要的关系。这是我从小受到的教育，也是我耳濡目染成长的环境。

"这个圈子很乱，巧言令色的人有很多，逢场作戏的也有，培育婚姻就像养一枝花，有人不在乎它的长势，就算枯萎也没关系。但对我来说，我希望我人生中的每一段关系都是健全的，不管是一颗什么样的种子，如果它有机会开花，我都会用心培育。"

路栀灵魂共鸣："因为你上学的时候每门功课都是'优'是吧？"

"井池跟你说的？跟这个没关系……或许也有？"他继续道，"我希望我能让你觉得满意，因为这很大一部分程度上决定了我的婚姻质量。"

她点点头，好像听懂了，但是又没懂："不过你为什么在排队的时候说这么正经的话啊……"

他说："因为我们平时很少能有说这种话的机会。"

那倒是，路栀继续点头，忽然又说："你是不是在内涵我每天回家倒头就睡？"

"我只是在想，也许即使傅老板不带我们出来，我们也该抽空出来散散步，或者谈心。"他说，"我工作也太忙。"

他会在婚姻这件事上进行反思还挺让她意外的——并不是别的，她只是没想过，他好像比她想象的，要认真一些。

商业联姻，对大部分当事人来讲，只要家族企业受益就好，实际上这段关系怎么样，并不重要。

路栀抬起头，见他目光仍旧没挪开，说："但是你现在这个状态很像问我早上为什么迟到的班主任。"

他舒了下眉心，路栀不知道自己又说了什么让他觉得好笑，他俯身和她视线齐平，问："现在还像吗？"

除了接吻，他们还没有靠这么近过，他睫毛很长，淡棕色的。

他提醒："你还没回答我。"

"大体上……算是满意，之前说过的问题，你好像也改了一点，"她不自然地挪开视线，"没有那么凶了。"

"我本来也不凶。"

两人沉寂了一阵，她转过身喝水，吸管被咬成瘪瘪的一条，思绪千回百转，一分钟闪过无数个念头，不知道背后的傅言商在干什么，这好像也不是适合他办公的场景。

就这么沉默地走了五分钟，她正想回头看看他时，忽然被一阵声音打断。

"你好，"有个短发的女摄影师打着招呼靠近，笑着说，"我是做自媒体摄影的，你好漂亮，能给你拍组照片吗？"

她正要摆手，摄影师就已经调出自己的账号给她参考，粉丝很多，流量也不错，不过她不看重这个，吸引她的是这位摄影师独树一帜的拍照风格，很少见的胶片摄影，质感很棒。

她还没遇到过把胶片相机用得这么好的摄影师，朝前指了指："那等会儿能顺便给我和尼克拍一组吗？"

"当然可以，"摄影师也很好说话，"我们助理可以帮你在这儿排队，然后我给你拍照，等你拍完刚好排队也到了，不仅不用等还能收获一组照片，是不是很方便？"

这个条件确实很诱人，她跟傅言商使了个眼色，示意他也可以去咖啡厅休息了。

整个拍摄氛围都不错，摄像找景专业，甚至还有助理在中场休息时给她打伞，路桅摇头说不用，但伞还是举了起来。

摄影师在对面换胶卷，她低头拿出手机，举伞那男生咳了好几声，她都以为是感冒了，心说不会传染她吧——

终于，男生开口："你是来这儿旅游吗？"

"嗯，"她低头给傅言商发消息问他在哪儿，又问出关心的话题，"排队排到我了吗？"

"还没，放心吧，到了我会告诉你。"

一小时后外景的拍摄结束，摄影师打开微信加她："到时候照片就从这边发给你，我的名字就是微信名，艾露。不过，随便叫我什么都行。"

二人又顺便沟通了一会儿合照想要的感觉，艾露还给她找了例图。

她微信头像是新换的，是昨晚拍的舔爪子的小熊猫，刚加上好友，她就发现艾露的头像跟她的背景几乎一致，这才发现她们就住隔壁，是酒店仅有的两间小熊猫房间。

艾露相册里一堆照片："我今晚去住孔雀的，要是好玩分享给你。"

很快排队到她，遗憾的是这个玩偶没有电影里那么帅，她脑子里忽然闪过傅言商的脸，不知道从什么时候开始，她居然会下意识把很多人拿来和他对比。

拍完后她一转身，居然又在人群里看到傅言商。

也不知道他刚刚到哪儿去了，但现在又恰到好处地出现在出口，单手拎着她那只极光菱格包，偏头像是在检查相册——没想到他还记得拍。

人潮熙攘，她走了好一段儿才和他会合，正要开口问他拍得怎么样，爷爷的电话突然打进来，喊他们过去吃饭。

走了十几分钟才落座，傅言商把菜单递给她，她低头专心选菜，冷不丁地，桌上手机屏幕亮了下，是一条微信新好友的添加提示。

傅言商端起杯子，语调听不出情绪："怎么突然有人加你？"

"摄影师的助手吧，应该是给我打伞的那个吧？"说完她停了下，觉得他应该不知道是谁，于是补充，"他提前跟我说过，他是负责剪辑的，拍我的那期视频发布之前，会传给我确认一下。"

点了几个菜后，她把菜单递还回去，然后解开锁屏，正巧，艾露也发来了几张没修的花絮图，还没润色就已经很有感觉了，她还是第一次在迪士尼看到这种氛围感的照片。

傅言商手指一点，指了指照片角落处的黑色身影："这个？"

他不指她还没注意，发觉之后把几张照片来回翻，这个助理起先还戴着口罩帽子，后来全摘了，再到后面，他甚至用发胶抓了一下发型。

路栀莫名其妙，不过想着可能助理一会儿要接替她拍照，也没过多关注。

"不知道他在干吗。"

"这还看不出？"他斜靠在椅背上，闲闲散散的，"孔雀开屏。"

顿了顿，他又问："你没说你不是单身？"

路栀在看艾露发来的一段视频，完全没听清他说了什么，隔了会儿才反应过来，奇怪道："没有啊，没必要说这个吧？"

她跟艾露莫名其妙地说这个干什么，刷到视频的应该大多是女孩子吧，难道她已婚的消息要备注在视频上面？这显得她也太自恋了。

他"嗯"了声，手指把玩着茶杯边沿，没再说话。

路栀看完照片就开始安安静静地等饭，傅言商大概是下午陪她玩累着了，整顿饭只有她和爷爷在说话，等他们回到房间，小熊猫刚好下班。

傅言商先去洗澡，她在沙发上跟李思怡核对近期游戏的进程，忽然听到几声响动，好像还有人说话声，但浴室水声没歇，她听不清，不知道是不是听错了。

没一会儿，浴室门忽然开了，傅言商明显是没洗完，额发半湿地拉开了门。

"怎么不叫我过去开？"她反应过来，偏头问，"谁啊？"

门口寂静片刻，傅言商说："孔雀。"

孔雀？她心念一动，想起艾露说的孔雀房，是工作人员刚下班没管住，所以孔雀跑到他们这一层来了吗？

她三两步跑到门口，正想欣赏这一奇观，速度快到不过一个呼吸间隔，但等她冲出房门，走廊空空荡荡的，一个动物的影子都没有。

只有个人影站在房门口，她扫过一眼没仔细看，回头问傅言商："孔雀呢？"

顶灯下画面微妙，三个人的视线形成一条闭环。

傅言商披了件浴袍，腰带系得松散，一副要解不解的样子，没吹干的头发微卷地从耳侧垂落，水滴像扯散的珠串，不规则地四下滚落。

他偏了偏眼，看向一侧。

路栀忽然反应过来，傅言商说的不是真孔雀，是艾露的那个男助理。

她抿了下唇，看过去，礼貌地问："是找我的吗？有什么事？"

男助理咳了两声，这才反应过来，把手里的卡片递给她："哦，那个，胶卷照片洗出来了几张，给你……参考一下。"

她点点头，感觉这个环节有点匪夷所思的多余，边向后划着照片，边走向屋内，抬头看了眼傅言商："你是不是还没洗完？"

"怎么看出来的？"

她抬手在他颈侧蹭了下："这儿还有泡泡。"

路栀走向屋内，琢磨着这么晚了这个男助理还来敲她房门实在有点不礼貌，挺没有边界感的，她重新挂上耳机没再理睬，殊不知门口的对话还在继续。

门边的人在原地站了会儿，走也不是留也不是，而面前的男人也抄着手看他，一副要听他提问等待解答的架势，于是他缓了缓，问："你们是一起的吗？"

面前的男人嗤笑一声："不然呢？"

"另外，有没有人教过你，"傅言商开口，"现在是晚上十二点，即使没有我在她身边，你在未经允许的情况下用拙劣的借口敲开一个女性的房门，都是骚扰。"

浴室的水声继续响起。

等两个人都洗完躺在床头，一切看似如常。

他们各自忙着这几天积攒下来的工作，路栀相对轻松一点，李思怡帮她处理了不少。

结束后，她顺手拿过床头的照片又看了一遍，洗胶卷照片不便宜，这组里面男助理都入镜了，在摄影的定义中算作废片，艾露应该不会特意洗出来。

那么，是谁洗的就显而易见。

大概是看她盯这组照片太久，她听到一边的傅言商开口："没看出来？"

"嗯？"她转头，"什么？"

他垂了下眼，下颌伴随动作轻微点动，示意："他追你。"

路栀反应了一会儿这句话里的"他"是谁，这才躺下，更正道："不能吧……这算追吗？"

傅言商正要开口，忽然想到什么，当前页面切出，点进她母校苏大的论坛，他高一读的就是苏大的附属中学，如果当初没离开，他不出意外也会留在这所大学。

当年的学号还能登录进去，以她的脸蛋大概不可能在整个学校查无此人，有几条寻人启事类的帖子应当很正常——他指腹点动，输入"路栀"。

傅言商忽然意识到，关于她的学生时代他并不了解。

不知道会出来什么。

下一秒，页面洋洋洒洒弹出整整五页，他眉心动了下，以为是系统出故障了，但从第一页往下，"路"就从帖名中消失，页面自动关联出了大家给她的另一个昵称：栀宝。

她的大学生活似乎很精彩，她比他想象中更受欢迎。

1 楼："在八栋底下唱《情非得已》的那位大一学弟，不要再唱了，栀宝出门了不在寝室……我们整个宿舍都被你吵醒了……"

2 楼："来校园文化节 8 号摊位看热闹的各位同学，不要堵在门口了！栀宝不来！不来！"

3 楼："今天中午给 307 教室送糖的那位男同学，能不能问一下这个上面都是德语的糖要怎么搜购买链接？吃了两颗已经爱上了。"

4 楼："不是一人一颗吗？"

5 楼："我坐栀宝旁边，她把她那颗送我了，抱歉。"

6 楼："？"

7 楼："隔壁机械系的学长们……团建可以，拿你们自己做的机械狗也可以，追求栀宝当然也非常可以……但是大清早操控一大堆脑干缺失的机械狗，像疯了一样冲进教室不可以！给我吓吐了！滚啊！"

8 楼："笑吐了，我抬头一看以为僵尸入侵了。"

9 楼："取代了昨天铺一地玫瑰花瓣，问栀宝怎么样才能追到你的那个长得像慕容云海的哥们在我心中的分量……一跃成为我此生难忘的画面。"

10 楼："谢谢，今年看过最励志的暗恋文，是为了靠她近一点，修双学位读了她的专业，还当了站在她旁边和她一起收当堂作业的课代表……"

再往下是更早的帖子，看时间，应该是她刚入校不久。

同校女生被偷拍，她染了一头云雾绿的头发声援，掀起了整个学校的浪潮。

他在陈年的帖子里翻到一张模糊的旧照片，偷拍的她捧着书，低饱和度的发色在光下过曝，晕出一圈浅金，掉落的碎发勾在颊边，独树一帜地坐在漆黑一片的教室中，她正歪着脑袋在翻书，目光却很淡然。

这发色非常挑人，她染却很漂亮，即使距离这张照片拍摄已经过去四年，她也离开了学校，但这张照片依然回帖不断，在苏大百年建校史中留下宛若白月光的一笔，有人称之一战封神。

二十多分钟的帖子翻下来，不用闭眼都能想到她当年在学校该是何种盛况，怪不得她说那个孔雀根本不叫追求，因为她遇过的早就超之成千上万倍。

合上笔记本，他偏头，挑了句无关痛痒的问她："你以前还染过绿色头发？"

路栀早已放下手机昏昏欲睡，闻言把眼皮睁开一条缝，也没问他怎么知道的，顺口闲聊道："对呀，怎么了，你要看吗？"

她想了想自己如果再染这个颜色的情况，斟酌道："但是，我染这个颜色对你是不是不太吉利？"

"你染这个，应该是对你不吉利。"

"哦，我头上绿？"她说，"那我不在乎，你想看吗？"

傅言商没说话，平静地把被子拉过她头顶，示意这个话题结束。

次日五点，她再次起床迎接没升起的日光。

这次他们辗转到了一个小镇，风景很好，但设施不怎么发达，爷爷是来拜访住在这里的画家老朋友的。

路柩进去时，爷爷的画家朋友正在画鱼拓，她本还犯着困，一见新鲜画法瞬间来了精神，在一旁仔仔细细地看上色过程，老先生这才发现他们来了，笑了一声说："提前到了？"

傅诚也在后方大笑两声："老蒋！"

蒋铭将画纸按上鱼身，仔细拓下鱼鳍上的色彩，摇着头笑："你声音还是这么中气十足，怎么，今天舍得把你这宝贝孙子带来了？不忙了？"

傅言商打过招呼，傅诚在一旁道："也忙，被我硬拽出来的，这不得让他们培养一下感情。"

傅诚背过手，欣赏满墙的书画，嘀咕着"我走的时候带哪几幅比较好呢"，路柩还在看画，鱼身被抹上颜料后再用纸拓印，揭开后就是一幅生动的画面。她正看得入迷，忽然听到面前的老人家低声问她："你和老傅这宝贝孙子……在谈恋爱？"

"不是不是，"她摆摆手，这说法不严谨，正要更正时，忽然被视线打断，"小心杯子——"

好在下一秒杯子被扶稳，蒋铭笑呵呵的："我看你对鱼拓还挺感兴趣的样子，怎么样，要不要体验一下？"

等她体验完，也早忘记自己被打断前是要说些什么。

看完画，傅言商陪两位老人去钓鱼，太阳太大，傅诚体谅女孩子怕晒黑，就让她回房间休息。

终于拥有了自己的时间，路柩抵达客房就栽倒在床上，打算先补个午觉。

不知道睡了多久，被一阵敲门声吵醒，她刚把门拉开条小缝，视线里窜进一只棕色狐狸，紧接着是宗叔的声音："老爷说让我把狐狸接过来，到时候一起拍张照。"

她睡得头正昏，根本没怎么思考，晕乎乎地说了声"好"，关上门就又继续睡着。

这一觉睡到了下午五点多。

恍惚中只感觉有什么毛茸茸的东西钻进怀里，一睁眼，小狐狸正躺在她胸口睡得香甜，难得没有拆家。

她抬手摸了两把，才记起来自己中途确实开过一次门——她还以为是在做梦。

路栀活动了一下睡僵的肩颈，打开手机，发现李思怡在一个小时前发来消息，问她合作的事，傅言商有没有跟她走完合同。

刚睡醒，她有点犯懒，直接把李思怡的问题复制，改了几个词转发给傅言商，等他回复后，又直接截图给李思怡。

李思怡很快看出来，给她弹了个视频电话，道："干吗呢，累成这样？"

她揉了揉眼睛，抱着狐狸坐起身来："刚醒。"

摄像头刚一对准，李思怡马上看到："哎，你们把狐狸也带过去了啊？好可爱。"

路栀把镜头下移了些，小狐狸耳朵动了两下，明显能听到他们说话，但还没醒。

不知是看到什么，李思怡又促狭地"啧"了两声："怎么样，出去玩了几天，你跟你老公有没有什么进展？"

"他问我对他满不满意来着，"路栀缓缓摸着狐狸头，"他给我一种连商业联姻都要拿到优的感觉，这就是优等生吗？"

"你满不满意我不知道，但他肯定是不满意。"

"怎么？"

路栀的身材一直很好，吊带睡裙的套衫刚因为她嫌热被脱掉，胸口中央正埋着只狐狸脑袋，李思怡努努嘴示意："你瞧这只小狐狸。"

"……"

"等等，我确认一下，你老公他还……"

"没有！"路栀忍无可忍，"你能想点别的吗？"

含枙

"这怎么了？这是人之常情！"李思怡道，"你老公不在附近吗？他没生气吧？"

"怎么了？"路枙莫名，"他陪长辈钓鱼去了，钓了四个多小时吧。"

"不是，我前男友也是双子座的，他每次生气都会在消息最后加一个句号，我看你老公今天也加了，巨像。"

路枙："？"

路枙在脑海里过了一遍，这才道："我什么都没做呢，他怎么可能生气？估计是习惯吧。"

"那就行。不说了我又要面试了，先挂了啊，等下把改好的卡面图和七夕活动策划发你。"

电话挂掉之后，路枙又切回和傅言商的对话框，这才发现他之前的消息确实结束时都没有标点，二十分钟前的除外。

难道真生气了？不能吧，她干什么了吗？

她思忖着退出，接到李思怡发来的文件，又字斟句酌地修改了两个多小时，刚结束准备歇口气，慢点又叼着自己的逗猫棒过来，示意她陪自己玩。

陪狐狸玩玩具比爬山还累，玩具箱里所有玩具玩过一遍，一人一狐又累倒在床上。

傅言商到房间时正好九点，刚推开门，明亮的顶灯下，少女正蜷在床垫中央睡得正熟，层层叠叠的睡裙不小心被掀起，露出白皙的两条腿交叠着。

晃落的灯光像是粼粼水纹，目光再向上，顿了一下。

有只狐狸正明晃晃地躺在她怀抱中央，仰着脖子朝上，拱起的鼻尖却隐没在一拢白皙的圆弧中。

还挺会给自己找地方睡。

傅言商三下五除二将狐狸拎起，路枙美梦被扰，只感觉有什么东西"嗖"一下从前方撤离，闷热得到缓解，清凉许多。

但没一会儿，好像有什么东西又重新钻进她的怀抱。

这次触感……不太一样。

挺拔的鼻尖，若有似无被触碰到的柔软的嘴唇，路栀的后腰被人揽过，空隙被填满，这个像拥抱又不像拥抱的触感愈发真实。温热的吐息倾袭她的肌肤，她在梦境中挣扎，颤巍巍的，费了好半天才睁开眼睛。

视线被这一幕冲击，她缓了好半晌才想到撤离，可惜未果，刚蹭了两下就被人摁住手腕。

傅言商的声音像被闷在隔离罩中，不真实的遥远和微妙的骨传导结合，轻飘飘地从下方蹿进她的耳朵里："它可以，我就不行？"

气温入夏，郊外的夜虽比市中心的凉，却也扛不住人的翻动。房间里没装空调，只有一台袖珍的风扇在缓缓运转，随意动两下就会出一层薄薄的汗，像层透明的皮肤贴在身上。

他说话时仍旧维持原来的动作，挪也没挪，气息顺着缝隙像是在往身体里沁，能清晰地感觉到他鼻尖轻陷时的形状。

路栀抬头，和正在舔爪子一脸无辜的小狐狸对上视线，刚醒的余温褪去，她慢吞吞反应过来："也……不是。"

她抿着唇，就真的没再动，也不知道该不该动，调整一下角度什么的……时间就在她的胡思乱想中过去，她能清晰地感觉到自己耳尖开始发烫，哪有人跟宠物比的……狐狸懂什么……

直到手机振动，是李思怡的视频电话打进来，她蓦然一低头，看到傅言商一头黑发，立刻做贼心虚地挂断了。

李思怡立刻警觉。

李思怡："你在干吗？有什么是我不能看的？"

路栀睁着眼睛乱回复。

路栀："在洗澡。"

等她侧着身子发完消息，面前的人还是没动。

她犹豫着开口："……你是不是睡着了？"

"没有。"他答得很快，一说话感受更清晰。

她开始后悔自己开口，但还是紧接着问："你还生气吗？"

"没。"

她撑着胳膊："那我起来了，被你枕麻了。"

傅言商偏了下头，撑着脑袋看她："我要说还生气呢？"

还？那就是说，之前确实在生气吗？

路栀很有志气："那我就再让你枕一会儿。"

"……"

很快，李思怡的电话再次打进来，她按了接听。

李思怡："修改的部分画手改好了，你看一下呢？"

"看过了，"路栀说，"没问题。"

对面的人贴近听筒，声音放大："你讲话怎么这么虚弱，缺氧了？"

"不是，我晚上还没吃，有点饿。"

傅言商："他们订餐没叫你？"

下一秒，李思怡撂下一句"我天！你老公回来了"就挂了电话，搞得好像她们平时都背着他说些不可告人的话题。

路栀稍微克制了一下表情，这才回答他那个问题："问过我要不要订餐，我说不用。中午吃了点，感觉不是很对我胃口。"

"那你晚上也不能不吃饭。"

她舔了下唇，问他："你不是会做饭吗？"

她柔弱地指了指："他们说冰箱里有一些菜。"

他笑："你就不怕我做的也不合你胃口？"

"这样吗，但是井池不是说你做饭挺好吃的吗？"她说，"那你按照我给你的菜谱做吧，我有一些经常吃的菜的做法。"

　　傅言商起身走到冰箱旁边，给客房准备的冰箱很矮，小小的一只，他解下手表，单手搭着柜门，俯身去看冰箱里的食材。

　　路栀一路小跑到他旁边："我看过了，有土豆和牛肉，你就做土豆炖牛腩吧，这个菜很难翻车的，嗯，菜谱我搜到了，土豆去皮200g——"

　　下一秒话戛然而止，他拆了袋薯片塞她嘴里："乖乖等着。"

　　早知道橱柜里有零食，她也不会饿到现在。

　　路栀开始专心致志地搜罗里面的零食，并对他的做菜过程进行监工。

　　水流下，男人骨感而青筋分明的手指仔细冲洗蔬菜，足足三种品类。等土豆和牛肉切好下水，路栀看了眼手机，又看向锅里，叼着包番茄酱疑惑道："你这个步骤怎么好像不对——"

　　下一秒嘴里的番茄酱被收缴，全部被他挤入汤底，路栀完全没有头绪，凑近道："你是不是在报复我？"

　　五分钟后，软烂出沙的番茄被捣开，汤底融化酱料，呈现出极有食欲的浓郁色泽，傅言商最后调整了一下，给她喂了块牛肉，简单解释菜名："罗宋汤，尝尝。"

　　火候刚好的牛腩裹着酸甜的番茄在嘴巴里面爆汁，她眼睛一亮，连连点头："好吃。"

　　"嗯，关火了。"

　　"等等，"路栀不好意思道，"再下点面条吧。"

　　他撑着料理台，抬头看她一眼："你倒是挺会支使我。"

　　她口不择言，脱口而出："那我总不能白给你枕吧。"

　　傅言商点头，抬了下眉："你意思是说把你喂饱了就能枕了？"

　　路栀立刻高声："不行的！我不是这个意思，我是说——"

　　她花了两分钟措辞，不知道该说点什么，好在傅言商也没追问，她就理所应当地没再继续消耗脑细胞。

　　她确实没料到傅言商厨艺这么好，平时在家都是阿姨做饭，他应该很久没有做了才对……不对，之前有次他去厨房帮了忙，只炒了一道她一点都不爱吃的苦瓜，根本尝不出水平。

　　她思考着这几天该怎么用些小小的手段，让傅言商承包她在这个没有外卖的地方的三餐。

　　吃到一半感觉脸上似乎有视线，她转头和他对上目光，问："你是要吃吗？"

　　他气定神闲："把肉吃光了才想起来问我要不要吃了。"

　　"不是！我是觉得你如果饿的话会煮你自己那份吧，"她说，"你们晚上没吃吗？"

　　"吃了，我不饿，"他说，"逗逗你，不用紧张。"

　　路栀撇了撇嘴，低头继续咬面条，他给的量实在太多，吃完之后路栀在屋子里晃了两圈，还是觉得撑。

　　傅言商只看到她在床边荡了两圈，然后慢吞吞地走出房间，没一会儿又折回来，问他："要不要散散步？"

　　小镇的月色总是很好。

　　门口有方小小的池塘，塘边密林里无数飞虫正在奏鸣，路栀吹了会儿风，问他："你们晚上吃的什么？"

　　"和中午差不多，都很辣，你不喜欢。"

　　"你们没吃鱼吗？"

　　"没。"

　　她有些惊诧地转头："一下午都没钓到？"

　　"钓到了，"他说，"都放了。"

　　"你们真有品格，钓一下午鱼，晒得要命，还全放了，这不白干吗？"她随口说着，仰面吹风，又忽然转念，"不过本来很多事就没意义，比如我们俩站在这里。"

晚风吹了会儿，她听到他的声音："怎么没有意义？"

她奇怪地转头，正想问哪里有意义，我们这说的不都是饭后消食的废话吗，但下一秒对上他视线，忽然想起自己不知道在哪儿看过的一句话：亲密感就是在漫无目的、不求结果的闲聊中建立起来的。

她自己都没意识到，散步、闲聊、探讨，这都是在刚同居甚至一周前，他们绝对不会进行的事情。

意识到这点，路栀忽然觉得自己应该多了解他一些，转头问："你有没有喜欢做的事情？"

"如果你只是问粗略的喜欢，那有很多，例如赛车、滑雪、潜水，我都会在当下获得直观的愉悦和兴奋。"

"但你如果问的是持续性的、必要的，没有它人生就好像失去活着的意义，哪怕并不身在其中也会挂念的爱好，"他说，"那么目前没有。"

"不过三个月后你再问我，或许会有不同。"

路栀奇怪道："你是在发掘什么新乐趣吗？"

他笑笑，不置可否："也许？"

他这样子有一点点勾人的痞气，路栀偏开视线，揉了揉耳垂："神神秘秘。"

散了一个多小时的步，她也消化得差不多，回到房间后傅言商先去洗澡，她和李思怡聊了会儿，见他走出浴室，这才打字跟李思怡说拜拜，她要去洗澡了。

李思怡一眼看穿路栀。

李思怡："你现在才洗澡？那你之前说洗澡的时候是在干吗？"

被人当场抓包，还依旧躺在床上，记忆又被丢回两小时前，导致路栀一整晚都在延续那个场景做各种各样的梦。

再睁眼时看到熟悉的脸就近在咫尺，她实实地往后退了一大截。

他今天难得没开始工作，胳膊枕在侧脸下，眼尾有刚醒的懒倦：

"做什么梦了？"

她硬撑："怎么突然猜这个？"

"你表情很心虚。"

难不成他还有读心术？路栀是坚决不可能说实话的，侧过脸说："猜错了。"

手机上时间正是四点半，怪不得他没在工作，痛苦忽然在早起三天后铺天盖地地涌来，她哭丧着脸转头："过会儿又得起床吗？"

想了想今早的活动，他道："不想去？"

"不是想不想去的问题，"她重重地叹口气，"不想早起。"

他低头"嗯"了声，路栀也不知道他在嗯什么，总之从手边衣柜里摸出一件衣服，在被子里磨磨蹭蹭地穿好。

过了会儿听到阁楼上的动静，应该是爷爷起来了，没一会儿，敲窗的声音响起。

"小栀，起了吗？"

她开口正要回答，冷不丁被人一把捂住嘴唇，她还没来得及反应，人已经被扯至他怀中，后背抵住他胸膛。

真切的热度隔着衣料传来。

大概是没听到声音，伴随着一句"那我开窗了"，窗户直接被人从外拉开，但被看见的前一秒，傅言商抬手拉起被子，把她一起遮到视线盲区的角落里。

外面已经有了其他人活动的声音，大概是做饭的厨师，路栀就借着这些乒乒乓乓的声音，小声问他："怎么了？"

"你不是不想去？"他侧在她耳边低声耳语，"我跟他说我们出去了。"

他呼吸喷洒在最敏感的耳郭，路栀忍不住动了下，想说这也不是个办法，可抬头看到他近在咫尺的脸，又不知道该怎么开口，只好悻悻地偏过头去。

又开始闷热了。

被单虽薄，但他们呼吸都在里面，肌肤贴着肌肤，她很快感受到躁意，可窗户迟迟没有被人关上，也不知道爷爷是走了还是还在。

而且……真看不到吗？

明明不想做他的共犯，但此刻被揭穿才更难办，她抿了抿唇，磨蹭着往更角落处退，他的身体跟着更紧地贴过来。

终于，远离的脚步声响起，她松了口气，推着傅言商滚了两圈，悄悄把头探出去看，窗口已经没有人。

路栀挣扎着想出来，但被子被来回滚动好多圈，已经不知道最外层的开口被压在哪里，她找了半天，被傅言商摁住手腕。

"我来。"

他的手探出被单摸索，位置恰好微妙地停在她后腰处，那块儿很痒，她想躲又不好意思说，大概是找到了地方，他翻了半圈，路栀重新被腾到上方。

她双手撑下去，还没来得及用力，听到他问："怎么？"

"我……分担一下重量，"她说，"不然压到你。"

他声音里漫出很轻的笑意："你这样就怕压到我了，那以后怎么办？"

"什么……以后？"

"压不到，安心躺着，你老公不是稻草。"

可这样躺在他身上，几乎共享双方的心跳，她已经快分不清哪一声跳动属于谁。

第一层被拨开，她又被转到下方，傅言商的下巴抵住她肩颈，呼吸声很痒，早晨的感受本来就敏锐，她忍不住轻轻缩起脖子，想往旁边躲。

也不知道他是在专心解被子，还是在逗她，路栀只感觉到脖子上的触感若即若离，一会儿呼吸声近，一会儿又离远，要来不来才是最

含栀

难挨的，她终于忍不住开口确认："你没……逗我吧？"

呼吸声倏然一近。

"怎么逗？"他说，"这样？"

柔软的唇和温热的吐息一并包裹耳垂，他用接吻的方式顺着血管描摹，亲吻她的皮肤，她被亲得很痒，忍不住伸手去拽他衣摆。他的鼻尖还抵在她颈窝下，气息喷向她锁骨那块薄薄的皮肤。窗户还开着，半亮不亮的日光照进来最要命，勾得一切朦朦胧胧影影绰绰，她根本逃不掉，仿佛和他困在同一个茧里。

"傅言商……"

"嗯？"

他答应得好端端的，一点点鼻音增加了斯文的程度，但此刻做的事完全是有辱斯文，路栀感觉到自己已经出汗了，他的手钻入她衣摆，轻轻摁住她后腰。

她被贴得更近。

早知道不早起要拿别的代价来换——他贴近她后背时，路栀模模糊糊地想。

细细一条带子在他指尖被轻轻勾动，下一秒他拢了下手指，一切如常。

路栀模模糊糊地反应过来什么。

很显然，他没有这方面的经验，做到这里也只是顿了下，一瞬间本能回归意识，但找了片刻，也没找到应该存在于预设里的东西。

路栀没忍住笑场，偏过头笑得轻微地抖，下一秒他问："有这么好笑？"

"起来吧，"她推他，"我答应了爷爷要陪他吃早饭的。"

他淡淡道："那我的早饭泡汤了谁管？"

路栀一溜烟钻出被子，声音里有股得逞的狡黠。

"那你就再多做点功课，不然以后的饭也吃不上了，好可怜。"

今早的任务是喝茶以及陪爷爷摘水果，摘水果是个体力活，中午回到房间时，路栀恍惚了片刻，还以为自己在军训。

以前军训就这样，早起训练，吃午饭，回寝室简短午休，然后又突然集合，下午正步，晚上打军体拳。

下午又得军训，路栀打算中午睡会儿。就这么想着，她把窗户锁好，背对着傅言商换回睡衣，白色的细带不小心从肩膀垂落，落在手臂两边。

傅言商看了眼："你防我像防贼。"

"我没防你呀，"她一时没刹住车，"反正你又做不了什么。"

话说出口意识到不对，她嘴唇一抿，摆摆手连忙找补："不是的我不是那个意思——"

但已经迟了。

他抬手握住她脚踝，一拉，床尾的她瞬间被拉向他身前，下一秒裙摆漾起涟漪，身前骤然一松。

不过短短数秒，束缚被打开，她瞪然，还在说话的动作被打断，维持着看着他微张嘴唇的动作，半晌后才后知后觉地反应过来，瞬间消音地把头埋向一边。

隐约的黑发间，耳垂一瞬间红透，傅言商好整以暇地端详着她一秒变红的脸颊和颈窝，慢条斯理地问："刚不是还挺牛的吗？"

第四章

柚子小泡芙

正午安静，有虫鸣和树叶交错的风声，偶尔传来过路人脚底碾过树枝的碎响。

房间的排风扇被打开，开到三挡的立式风扇还是没能驱散屋内热燥，紧闭的门窗难以传入丝毫凉气，热风上行。

他吻过来时路栀想，刚刚不该挑衅他的。

路栀手指再度攥紧他肩上衣料，这个习惯还是很难改掉，不知道是因为紧张还是什么。

她后背紧贴床头，能感受到背后的雕花硌着肩后两片薄薄的蝴蝶骨，她软绵无力地回应着，脑中不合时宜地出现画面。

傅言商掌心带着干燥的温热，此刻正握住她。路栀鼻尖渗出汗意，呼吸也变得滞闷，原来他的手指灵巧并不只体现在打字上，她迷茫地感知着他掌窝的纹理，下陷很深的指尖。

秒针顺着表盘咔嗒咔嗒地走，分针绕过半圈，这个吻断断续续的，给她呼吸留出碎片时间。

安静的阁楼很难隔绝接吻时的声音，干燥的唇瓣被润泽，她努力后仰想压低声音，以免这么大声被谁听到……还是说，只有她自己觉得很明显？

他手心越来越烫。

她本来是耐力很高的人，此刻却全然不同，她在呼吸不上来时试图唤回傅言商的理智："四十……四十分钟了。"

他手指停了会儿，看她已经红到滴血的耳尖，喉结滚了下："怎么还计时？"

她指指他背后："有钟。"

抿了抿唇，路栀说："我只剩半个小时睡午觉了。"

他"嗯"了声，然后撤开，又没忍住，捻了一下红透的那块儿，和刚刚的动作如出一辙："耳朵怎么红成这样？"

某段记忆和触感再度被触发，她"砰"一声躺下去，被子盖过鼻尖，半晌又掀开，含混地说："……热的。"

床头的风扇被人调了下，路栀余光看到他下床俯身，将自动摇头的风扇卡在转不动的角落，持续的凉风袭来。

她说："那你不就吹不到了吗？"

"我躺你旁边，能吹到。"

路栀谨慎地守护自己珍贵的补觉时间，拉了拉裙摆："那你什么都不能干。"

"比如？"

路栀闭眼睡觉，没再搭理他的话题。

印象中这一觉睡了很久，半梦半醒中听到门打开又关上，她以为是要出发了，只暗暗感慨这一觉睡得果然舒服，迷迷糊糊睁开眼时，发现外面天都黑了。

傅言商正站在墙边，不知道在量什么。

她蒙蒙地道："几点了？"

"醒了？"他回身看她，这才道，"五点半。"

"爷爷没叫我出门吗？"

"叫了，我说你困了，让他别来。"

她"噢"了声，靠在墙边缓神，慢吞吞地问他："还要再住几天啊？"

"三五天。"

胜利近在咫尺，她从床上爬起来，正想问他明天去哪儿，就看到他打开一旁的袋子，里面全是刚采买的新鲜食材。

话锋急转直下，她指了指牛排："我吃这个，谢谢。"

他"嗯"了声，取出两块牛排解冻："鸡蛋溏心还是全熟？"

已经到了可以自由定制的水平了吗？

"溏心，溏心，"她心情颇好地重复一遍，然后温柔地提醒，"一块就够了，两块我吃不完。"

他低头撒落黑胡椒，目光平静地说："考虑一下你还有个老公，他也要吃饭。"

"噢，你不早说你和我一起吃。"她说，"那我们都不去吃晚饭，爷爷会不会不高兴？"

戴手套的声音响起。傅言商指尖按进牛排，骨节分明的手指在塑料手套的包裹下带着一种别样的禁欲感："我们两个单独活动，他求之不得。"

活动？什么活动？

她强行把想歪的思绪拉回来，低头仔细看他做菜，慢点也跑了过来，在料理台上安静地享用自己的罐罐。

傅言商察觉到她看得很认真。

"你想学？"他说，"不用学这个。"

路栀很坦诚："不是，我怕你放我不爱吃的东西。"

"你还能有什么不爱吃的，葱、姜丝、洋葱，"顿了顿，他补充，"以及苦瓜。"

路栀讶异他居然记得这些，不过她平时吃饭确实经常跟阿姨强调，也一起吃过好多次了，他记忆力好，记得也正常。

　　她好像根本没关注过他的饮食习惯，还是他不挑食？应该是因为家里的阿姨都是带他长大的，已经很了解他的起居习惯，所以无须他开口。

　　因而她在家里从来没听过。

　　但路栀还是问了："那你不喜欢什么？"

　　"我不喜欢接吻到一半被打断。"

　　路栀心说谁问你这个了？

　　"但是……"她的思绪还是被这个突如其来的话题转走，"那接吻……接吻这个事情不是呼吸，总不能从早亲到晚吧？"

　　她很考究地问："怎么样算一半，怎么样算结束？总不可能是要等你开心了才算结束吧？"

　　"还有，"路栀想起来，最终，好奇心还是战胜了羞耻感，她实在太想知道困扰她的事情了，"那个，今天中午，你怎么解开的……"

　　整片的黄油在锅内抹开，浓醇的奶香味扑面而来，傅言商用其做了层薄薄的打底。

　　傅言商夹起牛排："你阳台上有晒衣服，看一眼就知道了。"

　　看一眼，甚至都没有实操过，第一次上手就能这么准，路栀真的怀疑是打字提升了他手指的灵活度。

　　她撇嘴："那你上手也太快了。"

　　"这种简单的程度防不住我，"他像是很绅士地给出建议，"如果你有这方面的需求，可以想想别的办法。"

　　怎么听怎么像炫耀，路栀顺着他的话，往下给他递麦："那你说说，怎么样能防住你？"

　　"除了你说不愿意，别的都防不住我。"

　　牛排在热油里缓慢地被煎熟，说不清为什么，她呼吸停了一拍。

　　路栀低头摸了摸锁骨，看到他餐盘里的鸡蛋熟透了，思绪被牵过去，问："你喜欢吃全熟的？"

含栀

"不是，跟你说话，分心了。"

这晚的气氛悄无声息地变了，放在圆桌中央的香薰蜡烛安静地燃烧着，她觉得好奇怪，有这么多想相爱的人不能相爱，他们两个在今年以前根本没见过面的人却在慢慢学习怎么相爱。

如果他们遇到的不是对方呢？会怎么样？

路栀抬头悄悄瞥他一眼，玻璃杯的倒影中有很清晰的世界缩影。

她想，如果没遇到的话，应该就这么错过了吧。

次日一早换了新花样，她这次是被床头的电话叫醒的。

她是和傅言商面对面睡的，他的手绕过她侧腰，搭在她后背，她耐心地将他手臂挪开，接起爷爷的电话，说一会儿就到。

驱车到了海滩，傅诚刚支起自己的豪华海钓帐篷，傅言商就已经打开一旁的躺椅，扣下帽檐，开始睡觉。

傅诚气不打一处来："你昨晚干什么了？一天到晚就知道睡觉！"

路栀心虚地低下头。

如果她没记错的话，昨晚他的确睡得很差，因为她半梦半醒之间一直在喊热，他就把她后背的睡衣向后抬，拿手边的文件给她扇风——好像是吧，如果她没记错的话。

终于，在傅诚即将开口数落第二遍时，路栀及时开口："没事的爷爷，让他睡吧，他昨晚没睡好。"

傅诚眼睛一亮，忙道："好好好，让他睡吧，你要无聊就跟我们一起。"又笑着推推一旁的蒋铭，低声道，"看到没，这就维护上了。"

"果然把他们带出来是有用的，"傅诚继续压低声音，笑起的皱纹间孩子气满满，"看到没，旅行就是感情升温的利器。学着点。"

蒋铭笑呵呵："是是是，这个家没你得散。"

傅言商在睡觉，路栀也理所当然地跟着一起偷懒，在他旁边的椅子上补回笼觉，再醒来是被吹牛声吵醒，那人咋咋呼呼，承诺就在对面给老婆买个岛。

傅言商已经醒了,墨镜摘下来放在一边,手边的鸡尾酒喝了半杯,正看着海,不知道在想什么。

路栀开口,知道他肯定也听到了:"你看别人,还给老婆买岛。"

"你想要我也可以给你买。"

他语气稀松平常,既不像跑火车又不像开玩笑,刚路过那哥们很费解地回头看了眼,不知道怎么有人这么能吹牛。

路栀舔了舔唇瓣,善解人意地说:"岛多贵呀,我不要岛,你回去把我们的合同签了就行。"

他手心垫着脑袋,语气跟方才一样稀松平常:"你那合同比岛贵十倍不止。"

下午是傅诚特别准备的合照环节。

"这么久了,都没跟你们拍个全家福。"老人家难得眉开眼笑,将两只狐狸从车里抱出来,"你们俩啊,一人抱一只,来。"

路栀小声问傅言商:"快点也接过来了啊?"

"嗯,在楼上养着。"他说,"全家福,当然都得到场。"

傅诚:"又说什么悄悄话呢!我的话听到没?"

"您一句话能说七遍,具体问的是哪一遍?"

"臭小子!"

路栀低头看了会儿自己怀里的慢点,红棕色偏光的毛发,还是公的,她正想说你看它像不像狐狸尼克,下一秒,怀里的狐狸被人换走,白花花的快点被塞了进来。

拍照过程其实很枯燥,而且还要换很多套不同的主题衣服,幸好爷爷中气十足,时不时就回头看一眼傅言商:"你在没在笑啊?这是我的周年生日照,你给我拍送终照呢?!"

傅言商:"……"

路栀第一次在他脸上看到妥协的表情,男人垂眼道:"我在笑。"

"你就不能跟人家小栀一样，笑得甜美一点？"

"我要能笑得跟她一样甜美，您得报警了。"

老爷子哼一声。

终于到最后一组追忆青春的照片，老人家换上自己那时候念书的长袍马褂，给她挑了一套校服裙子，傅言商也是一身纯黑的运动服，立领松松垮垮地坠在颈间，整个人有股说不出的散漫劲儿。

别的总裁紧绷得下一秒能去联合国开会，他这身跟准备好随时逃学似的。

路栀拿出手机鬼鬼祟祟地对着他按下了录制，下一秒，取景框内的人已经转头将她抓了个现行，路栀此地无银地继续伪装，视线游走过去，再默默把手机转了个面。

傅言商："过来。"

路栀在行走过程中飞速地思考该怎么解释自己什么都没干，但坐下后，却听到他问："高中读的哪里？"

"你不是应该对我的资料了如指掌吗？"她不太满意，嘟囔说，"苏大附中啊。"

"嗯，"他看样子不太意外，应该是忽然想到什么，"我大你，七岁？"

"是啊，怎么了？"

"叫声学长听，我找找感觉。"

路栀张嘴正想骂你个老男人知不知羞，蓦地反应过来："你也在附中念过？"

"嗯，高一。"

终于慢慢想起些什么，她说："你是不是就是那个……早上刚念完学习分享下午就出校看纪录片的？"

傅言商正要开口，她一瞬间坐直："我恨死你了，你知不知道后来学校因为你管得更严了？我本来体育课可以偷偷溜出去吃炸鸡柳的！"

"这样，"他说，"那我今天晚餐——"

"但是我后来又转念一想，炸鸡柳真的太不健康了，谢谢你学长，让我拥有了无比健康的身体，"她狗腿地说，"油炸食品吃多了对身体不好，你一定是想到了这个，你对我们真好，我好感动。"

"学长你学习分享完会坐在第一排第三个位置吧，我也坐过那里，怪不得每次我坐完之后都觉得和某位圣贤心灵共通，就像是得到了某种智慧的洗礼。"

"我坐第三排。"

路栀说："每一个位置我都坐过的。"

他垂眼，笑一声。

路栀的化妆师过来给她补妆，眼影改色时开始推销："我们店最近有个活动，拍三组情侣写真的话，可以送两张去巴厘岛的机票，您看要不要参与呢？

"我们写真价格真的非常划算的，而且拍得特别好看，不拍写真的话也可以参与哦，可以充卡，我们是充值返现的……不充卡的话也可以……"

路栀正在低头回消息，闻言摆了摆手，主打的就是一个真诚："不用了，我们用不上。"

化妆师："啊？"

拍完照后，这趟旅程在次日晚上提前结束。

为了这次或下次的良好体验，傅言商已经给房间装好了空调，她走的时候才知道，原来他那天是在量这个。

十一点钟到家，睡眠失而复得，路栀砸进柔软床垫时，心也跟着软下来。

她给李思怡打了个电话，重新核对了一下明天的工作任务，第二次内测马上要定名额，结束后就可以公测，上架软件商店了。

李思怡听完她的计划，一起跟着想："你如果前期要做这么多活动的话……那还真要投不少，傅言商不能帮你投资吧？"

路栀是实打实的钞能力策划人，画师要找最好的，音乐团队也要找最好的，哪哪都要用钱。

李思怡："我帮你想了一个避免肉痛的好计划。"

"什么？"

"你跟你老公合同都没签呢，你再改改，跟他二八分成？"

"你疯了吧？他怎么可能答应跟我二八啊？"路栀说，"他是有什么把柄在我手上吗？"

"哎呀，你就问问，问问又不掉块肉，动动嘴皮子的事，万一成了呢？打个比方，我们如果年流水一个亿，多要 10% 的分成就是一千万，宝贝。"

"你真想多了，他不可能跟我二八分。"

但当傅言商洗完澡出来，路栀承认，可能是柔软的水雾减少了他身上的攻击性，她脑子还没来得及思考完毕，嘴已经不知死活地开口："我们可以二八分吗？"

傅言商步伐一顿，片刻后道："理由。"

"什么理由？"她大打亲情牌，"我们是一家人呀，你给我放放水，怎么不算人之常情呢？"

"是吗？"他垂了下眼，一滴水珠滚过喉结，气定神闲地俯身看她，"但我怎么听你跟人讲，我们用不上情侣写真？"

床头的加湿器吐出绵绵的雾气，傅言商头发没吹，湿漉漉地被撩至头顶，视线不轻不重地落在她身上，路栀在这一瞬间险些脱口而出，难道我们用得上吗？

但对着他视线，傻子也知道这话不能说出口，她思绪一转，马上改口："我那个是借口呀，那个化妆师当时一直在推销，你难道喜欢别人不停跟你推销吗？所以我就找了个借口，一劳永逸，你看，后面她再也没问过了，大大提升了我们的拍摄体验感。"

他笑了声，没说话，背过身去擦头发，路栀看不到他的表情，但能大概读出这个笑的语气，反正就是不怎么爽的意思。

不过，好像也不是全没希望，路栀起身，坐到他面前的柜子上，指尖搭在他毛巾上跟着动了动，温温柔柔道："需要我帮你擦吗？"

路栀继续举例："你看，你并不缺那点钱，但是每十分之一的分成对一个刚起步的游戏是多么重要的资金，你不如把这部分钱花在更重要的地方，可以获得更多的体验。"

"嗯，"他说，"例如？"

"例如，你每天回家都会得到我的迎接，以及我的笑容，"她正色道，"这可是很珍贵的，我从来没对别人笑过。"

"……"

"试问谁忙碌了一天，回家不想得到老婆一个温柔治愈的笑容呢？"路栀说，"这是我给出的诚意，你考虑一下。"

当然以上全是她胡说八道，因为她实在没什么好说服他的了，先乱说一通，毕竟这件事本身就希望渺茫。

路栀重新趴回床边，看了会儿手机，听到从背后传来的声音："也不是不行。"

她瞬间弹起，端详他的神色，想看他有没有在开玩笑。

这句话介于能做和不能做之间，意思就是要不要做全看他心情。

路栀："怎么呢？"

"很简单，"他视线轻悠悠地笼下来，"那你想办法向我证明一下，我们不是联姻的假关系。"

次日一早，融盛写字楼顶层，四面环光的工作室内。

路栀头痛地比画："这要怎么证明？这好比我去证明牛顿是错的，

世界上根本没有万有引力一样荒谬……"

"你们确实不是,"李思怡倒有不同观点,"什么样的夫妻都有亲密生活,你们没有。"

路栀伸手喊停:"就聊到这儿,谢谢。"

工作室新的文案策划已经招到,一切步入正轨,第二次内测也在今天开放报名,等二测后玩家反馈完,再进行一些故障和细节的修改,游戏就能上了。

推广宣传当然重要,如果哄哄他就能换来更多的曝光,何乐而不为?

反正也不难。

从小到大,偶像剧和各种秀恩爱的帖子她还是看过很多的,路栀在工作的中途拿起手机,飞速输入一行文字,然后重新切回工作状态。

路过的李思怡随意瞥了眼,只见她打开和傅言商的对话框,面无表情地输入了一行话。

路栀:"老公,想你了。"

李思怡满头问号:"你发什么呢?"

"正常夫妻不都每天发这种吗?"路栀说,"他不就想要这个吗?"

"他想要的是这个吗,我请问?"

路栀正要回复,手机屏幕一亮,是傅言商的消息回了过来。

傅言商:"在开会。投屏上去了。"

她还没反应过来这个投屏上去了是什么意思,转头问李思怡:"那他想要什么?"

李思怡一撇嘴:"还没开始做题就要答案了,那这答案你根本就记不住,你先自己想!"

路栀压根没时间想。她一下午都在忙二测的活儿,要修改和审核各种文案和卡面,等处理完已经是下午五点多了,她在电脑前坐太久,盯得头疼,下楼去买杯奶茶提神。

李思怡爱喝咖啡，但还是陪她下楼选奶茶。现在还没到整座城市的下班时间，马路上行人三三两两，还有车辆驶过的风声。

路栀坐在高脚椅上看门外，今天天幕湛蓝，云也清晰。

李思怡见她出神，问："想好没？他的诉求。"

路栀思绪被拉回，摇摇头，笃定道："我不懂男人。"

"他之所以对你那句话不满意，要么是不希望你把你们之间当作联姻，要么是他认为，你们不是联姻。

"路栀，你真觉得你们是吗？"

"为什么不是？"她说，"为了两家的利益选择结婚，开始的时候甚至根本没有爱情，我们是为了两家才结的婚呀。"

"那你们为什么要每天一起下班？"

"那不是他家里人要求……"

"那只在他爷爷来的时候装一下就好了啊。"

路栀怔了下。好像也没错，其实他们也可以不一起下班的。

她今天给宗叔发了消息，喝完奶茶就走，等到熟悉的车停在店门口时，李思怡戳了戳杯子里的奶油，跟她说："你要不要重新定义一下你们的关系？"

路栀到融盛总部时正是五点半，何诏在门口接她，说是专乘电梯正在维修，暂时无法使用，她还浑然不知会发生什么，摇摇头说没事啊，乘普通电梯就行了。

结果刚进门，旁边女生屏幕调得太亮，一长串感叹号猝不及防地撞进她视野里。

"家人们，我遇到老板娘了！真人巨白巨漂亮，身上还香香的，下午开会还说老公想你了，几小时后就迅速出现在公司，哪个男人顶得住啊？嗲精加霸总，嗑死我了！"

路栀脑子里冒出七七四十九个问号，差点把她砸蒙。

女生暗含期待的目光从手机挪到反射的电梯门上，路栀装作置身事外地抬头看电梯按钮，一路上从恐龙灭绝想到小行星撞地球才克制住了尴尬，刚进傅言商办公室就难以置信地问："怎么整个公司都知道我给你发消息啊？"

"不是说了，"他余光悠长，"我电脑在投屏。"

路栀不理解："你电脑投屏的时候为什么开私人微信？"

他像是认真地想了会儿后，才合上电脑："大概是，没人在我开会时间给我发过这个？"

路栀绝望地闭上眼，躺进沙发安详"离世"："下次我不来了，就在车里等你吧。"

"今天怎么提前来了？"

她仍闭着眼，看不清他的表情，面前漆黑一片，只有顶灯透进来的光亮。听到傅言商问话，路栀这才想起此行目的，虚弱地抬了抬指尖："我给你买了你爱吃的泡芙啊，带过来给你。"

整个总裁办大概安静了有三分钟。

她险些睡过去一轮，察觉到些许不对，这才睁开眼，看到他不豫的神色。

"我不吃泡芙。"顿了顿，他补充，"而且，我也从来没说过我爱吃泡芙。"

"嗯？"路栀迷茫，"你不爱吃吗？难道我记错了？那是谁爱吃啊？"

"不爱。是。"他接着回答第三个问题，垂眼淡然道，"也许是你哪个前男友。"

"但愿吧，"她说，"如果我有的话。"

她陷在沙发里追根溯源地想了半晌，这才记起来："哦，是我游戏里有个男主喜欢吃这个，我给记错了。"

路栀发觉他不知什么时候坐到自己身侧，但买都买了，于是她打开盒子，掰开一半，将泡芙递到他嘴边："你尝一下，这个是动物奶油，你不爱吃可能是没吃过好吃的。"

泡芙里面裹着柚子颗粒，是很清新的味道，路栀低头吃的时候想起来："怎么整个公司都在讨论你的私事，你应该雷厉风行，直接禁止。"

"知不知道禁果效应？越禁止他们就越想做，反正小事，无所谓。"他把剩下的泡芙塞她嘴里，"太甜，带回去给你那个——游戏男主？他应该爱吃。"

"……"

回家的车上，路栀慢吞吞地给李思怡敲消息。

路栀："记错他爱吃的了，给人哄生气了好像。"

李思怡："？"

算了，她一直都是众星捧月被追的那个，哪干得了这个。

李思怡继续出谋划策。

李思怡："这样，看我的。"

晚上九点，路栀收到一份来自李思怡的同城闪送。

包装盒还没拆，上面就言简意赅的三个大字：飞行棋。

路栀回想了一下自己以前玩过的盒装飞行棋，也就一本书大小，但手里这个足足一整箱，里面还全是零件晃动的声音。

她没太意外，毕竟时代在进步，玩具更新迭代也是很常见的事。

就是不知道会有多好玩。

她期待地拆开，看到成人飞行棋五个字的时候还是没设防，心说这还分儿童版和成人版？那手里这个应该会更复杂。

傅言商洗完澡从浴室里出来，她招招手问："要不要来玩这个？"

他俯身看了眼，状似不经意道："我的称呼又回去了？"

她还在津津有味地研究棋盘，闻言头也没抬："什么？"

"开会的时候，你不是喊了别的。"

"我说了什么？"路栀一心不能二用，此刻思绪又转回来，半晌后意识到，"老公？"

他没说话，算是默认，房间里又安静了好一会儿，像是在等什么，片刻后，路栀转头对上他视线："我喊完了呀。"

"……"

"快点，现在玩这个，"她完全投入，给他解释新玩法，"这个和你以前玩的不一样，有点像飞行棋加大富翁，就是我先摇骰子，到六就可以出机场，然后摇到几就走几步。有可能会踩中有内容的格子，触发相应的奖励。"

"嗯，"他答了声，"都是奖励？"

"应该是吧，我看着上面也没说有惩罚呀。"

她跃跃欲试，手气极佳，开头就摇了四个六，棋子全部出了机场，又摇到一个三，往前走三步。

正好是红色的格子，写着"12"。

路栀："然后我现在抽卡，看'12'的卡片上写的是什么。"

她存了些炫耀的心思，特意没提前看，坐到傅言商旁边，把12的底牌一把掀开，红色的字体跃入眼帘。

坐在对方面前，掌握接吻主动权。

路栀沉默了整整五秒钟，感叹号和问号在脑子里来回转换，像在跳探戈。

她不太信，以为是混进了什么奇怪的错牌，把手边那沓扑克全部展开，然后在下一秒全部盖上。

一分钟后，在柔软大床中哼歌的李思怡，收到了一通夺命电话。

路栀："你给我闪送的是什么啊？！"

电话对面一阵响动，像是被子一把掀开的声音。

李思怡情绪激动："飞行棋啊，送错了吗？"

"没——这不是重点，"路栀脑子里全是嗡嗡声，"你为什么不早说是这样的？"

"你不知道吗？这个这么火，你怎么会不知道？"李思怡说，"我买给我自己的好吗，结果自从买回来之后就没派上用场，转赠给你了。"

路栀沉默片刻："谢谢，但是大可不必。"

"怎么样，玩上了吗？"

路栀现在面对傅言商只想逃避，尤其是他现在正背对着她，不知道在看箱子里的什么。

和李思怡聊天总比要面对他好，她只好硬着头皮继续聊："你说呢？"

李思怡："什么感觉，怎么样——"

"要是真怎么样了我现在跟你打电话干吗呢。"

或许是她这句话太清晰，箱子旁的男人终于转过身，挑了挑眉，看向她。

路栀捏着手机，抿着唇沉默。

傅言商示意："你这电话，还要打多久？"

路栀："不是，是我朋友，她找我有点事，可能等下还要……"

"嘀"一声，李思怡把电话挂了。

路栀："……"

装飞行棋的箱子就明晃晃地放在他手边，路栀这会儿才觉得后悔，牌面里的东西都那样了，箱子里装的还能是什么？

黑色的绒布被他揭开，他大概还有所舍弃，手里颠了颠有两只猫耳朵的发箍，拜李思怡所赐，有些东西她还是认得的。

例如她知道他现在手里拿的，就不是什么好东西。

"在看什么？"他还特意把那发箍晃了下，慢条斯理地说，"你有一个朋友……送你的东西？"

"这真的是我朋友送我的！"她说，"我要知道是什么，不可能兴致勃勃地拉着你玩然后现在骑虎难下吧，那我是在玩什么，欲擒故纵吗？"

他偏了下头，路栀很少见地，在他眼底看到一闪即逝的愉悦。

傅言商："谁知道。"

她撇嘴："原来我在你心里是这种人。"

他拾起一旁的骰子，路栀敏锐地道："干吗？你还要玩吗？"

他偏头："不玩了？"

"不玩了……吧，"路栀小心翼翼地看着他，"你忙了一天，不累吗？"

他没给台阶："这个对我算解压。"

啊啊啊啊啊——

路栀屏息逃避惩罚，舔了舔唇，斟酌道："不好吧，你平时上班又穿西服又打领带的，那么正经，私下这样多割裂啊。"

"这也不是很割裂。"

路栀："那我困了。"

"我觉得这个，这个一点也不好玩啊，"她起身，"睡觉吧，下次再说。"

"确定？"

"嗯嗯。"

"行。"他把棋盘叠好，和道具一起扔进箱子里。

路栀："要丢吗？"

他反手推到床下的储物间："留着。"

看出他很喜欢了，虽然……但李思怡也算出对了一个主意。

路栀裹上被子，等他上床时才问他："你还生气吗？"

傅言商瞥她一眼，像是思考她为什么会这么讲。

他说："我没生气。"

"真的？"她嘟囔，"那我不是亏了……"

他侧身去关灯，一片黑暗中，路栀努力酝酿睡意，以免自己刚刚说的困了太不合理，思绪游离时，忽然听到他问："你是不是分不清？"

这句话来得没头没尾，路栀不知道自己是不是听漏了："什么？"

"算了。"他扯了下她被角，"睡吧，这个难度目前对你来说还是太高了。"

什么意思？我怎么觉得这不是好话呢？

路栀正要开口，又听到他问："这周末有空？"

她想了想："周六有，怎么了？"

"之前不是说要带你见我朋友，"他道，"那就周六？"

她"噢"了声，说"好"，等着他有没有下一句话想说，例如一共几个人，在哪儿吃饭，谁是什么性格，但还没等到他继续，她就已经慢慢陷入梦里。

周六的见面是在一家香水店。

今天是傅言商亲自开车，她还是第一次体验，他车技很稳，今天换了辆纯白的车，定制的内饰，落地价值不菲，全球也罕见。

淡蓝的灯带映在主副驾驶中央，他在等红灯的间隙用指腹轻轻敲着方向盘，第一次见面时，她就对他这个动作记忆犹新，可能是他手好看，比一般人的更修长，骨节在灯光下清晰分明。

好像也没过去太久，场景再现时感受居然完全不同。路栀问："你很无聊吗？"

"怎么？"

"我看你，好像一无聊就敲东西。"

他眼尾抬了抬，像是赞许她的观察能力："思考的时候会敲。"

"那我们第一次见面的时候，你在思考什么？"

他偏过头，睫毛掩住落下的一半顶光，洒在漆黑瞳仁里只有一束，显出一股意味悠长的探寻，他的回答完全在她意料之外："你说哪次？"

"还能哪次，我们第一次见面——"说到这儿她反应过来，那场高珠晚宴，他可能都没注意到她，"就是我刚跟傅望订婚的那周，有个珠宝宴会，你记得吗？你好像迟到了，全场等了你一个多小时。"

"我说了不用等我，本来都没打算去，"他顿了顿，"谁知道拖了那么久，我还以为已经散场结束了。"

"你低估了自己的人脉关系。"路栀说，"既然不想去，那你为什么过去？你看起来不像会做不喜欢的事的人。"

他笑了下："我在生活里当然可以这样，不想吃的东西不吃，不喜欢的人不见，但是工作上会有很多掣肘，例如那天，合作的项目方邀请，面子总是要给的。"

她一语中的："可你如果真的想给面子，就不会迟到。"

"我那天迟到是开会的问题，当然，你说的也对。"车平稳停进车库，他解开自己的安全带，完全地侧身倾向她，"如果那天很重要，我不会提前安排一场会议。"

"那……"

"也许有一件别的事情，在我打算不去之后，影响了我。"

她还要继续开口，但这个话题看起来不是三两分钟能解决的，他们现在好像应该投入别的事项了。

井池在门口招手。

傅言商不置可否地偏了偏头，解开她的安全带，捏了下她因为吹空调冷风而有些冰的指尖："你这股聪明劲儿能用在别的地方就好了。"

"才开到二十六度，冷？"他又问道。

"还好，我就是……"

她还没说完，傅言商似乎又想起什么："我记性很好，你直接说珠宝晚宴我能想起来，不用特意加一句你在那周跟傅望订婚。那句提醒你让你现在的老公怎么想，傅望现在人在洛杉矶每天被罚站，被老头子骂得半只脚都快入土了。"

"……"你是不是把我的每句话拆解开，做阅读理解和挑刺啊？

不过她真的很好奇傅望现在过的是什么日子，这会让她的心情变得很愉悦，但是考虑到傅言商的嘴，她还是决定暂时乖乖闭嘴，下次旁敲侧击地问一下。

井池这回手里提着东西，路栀还以为是方糖的新品尝鲜，打开才看到里面居然是立体的栀子花瓣蛋糕，她没见店里卖过。

"特意请我家总部甜点师做的，"井池努努嘴，"你老公，说是正式的第一次见面，要准备礼物。"

没有女孩子不喜欢收礼物，路栀谨慎小心地把盒子扣上，生怕弄坏形状："谢谢。"

傅言商："不该谢我？他就动个嘴皮子的事。"

井池："夫妻还说谢谢多生分啊，哥，你想跟嫂子做生分的夫妻吗？"

路栀频频点头："就是就是。"

走出车库，正门口就是一家香氛店，她路过很多次，每次店门口的香味都不一样，据说是老板特调，每个月都会换一次味道。

路栀正想说门口是不是站着人，猝不及防，身旁的井池一挥手："陆哥！"

陆哥？陆承期？

这位的人设在世家圈也是独一份，她不算太了解这个圈子，但也从别人的口中听到过几句，总之就是长了张看起来很会玩弄感情的脸，实则逍遥又厌世，对什么都提不起兴趣，包括家业。

她反应过来，小声问傅言商："这家店是他开的吗？"

"嗯，他是幕后的老板，台前登记的人不是他。"

她微怔，抬头去看，木色的牌匾上写着这家香水品牌的名称——lukko。

芬兰语里的锁。

她买过这个牌子最经典款的香水，所以有所了解，它翻译过来的中文很简单，不期。

这么一想好像就对上了。

她出神时，一旁的傅言商也开口："他是背负所有期待出生的，所以他的梦想是，可以不再承担任何期待，随性地活。"

说话间，三人已经走到门口，她这会儿才看清陆承期的脸，和傅言商完全是两种路子。陆承期不笑时，那双桃花眼看着也像在笑，标标准准一张祸害小姑娘的脸。

他将袋子递过来，跟她简单打了个招呼："下午好，见面礼。"

她礼貌道谢，lukko家最经典的设计就是把香水瓶做成金丝笼，华丽精细到每一根缠绕的金丝都耀丽夺目，logo的部分却是一把简单的锁，没有钥匙，也能很轻易地打开，可玩性很强。

刚接过袋子，微冷的前调扑面而来。她抬头看傅言商："好熟悉的味道。"

"前调和你老公的是同款。"陆承期没想到她还挺懂的，赞许地朝傅言商递了个眼神，"不过放心，一小时后的尾调就不一样了，会更偏轻快的少女香，是栀子香，你老公亲自点的。"

她点头，上楼时问傅言商："你的香水也是他设计的吗？"

前方带路的陆承期没个正形地回头："用'设计'两个字太重了，我瞎调的。"

原来他私下和朋友是这样，放松、适意，怪不得傅言商说他并不难相处，他们之间的氛围确实很好。

二楼是香味实验室，各种各样的味道被制成香水，她甚至还闻到了灰尘混合着泥土的味道，其中还夹杂着风里的薄荷气息，真是一种浪漫的还原。

她小声跟傅言商讨论："他看起来就谈过很多次恋爱。"

"那你高估他了，"傅言商笑，"他是我们里面唯一一个没有结婚的，母胎单身，没谈过。"

路栀瞠然，一时没说出话来。

傅言商："他对绝大多数事情都提不起兴趣，谈恋爱对他来说，也没什么意思。"

她小声感叹："果然，你的朋友都像你。"

他眯了下眼："什么意思？"

路栀想从小路绕出去，被他用腿堵在前方，结果额头撞到他倾身时的锁骨，忙道："特别，特别的意思。"

他挑了下眉，起身："当你夸我了。"

很快，她又辗转到陈列柜前，这是不做出售的特调香水，专为单人设计，此刻柜子里只摆着为数不多的几瓶，全是男香。

她靠气味找到傅言商的那瓶，熟悉、缱绻、缠绵的冷调，但又辗转出一丝绿叶的干净气息，很像他。

Amber cedar。琥珀雪松。

路栀指了指玻璃的柜窗，问陆承期："从来没对外出售过吗？只有他一个人能买？"

陆承期："他怎么能忍受别人跟他撞香。"

她在店里挑了一瓶香水，填了李思怡的地址闪送过去，一小时后李思怡谨慎地回过来电话，颤巍巍地问："你送的什么？你向我复仇了？"

"差不多，"路栀说，"是个'炸弹'，你小心点。"

电话刚挂，他们也已经到了隔壁三楼，这是一间私人台球室。

井池兴奋地倚在一边，跟她说："你老公斯诺克特别厉害，来，让他带你打打啊。"

含栀

路栀转头看傅言商，有点意外："你还会这个？"

井池抢答："我们平时出去都是玩这些的，可惜他因为结婚已经很久没出来了，我还以为他回归家庭煮夫了呢。

"除了这个，极限运动他也玩得很好，像潜水、赛车、蹦极这些，刷新过挺多纪录的。"

这些傅言商倒是跟她说过，只是她不知道他连玩这些都有成绩。

她点点头："我都没见他玩过。"

井池笑嘻嘻的，表面上是在跟她说话，实则直指傅言商："就是，问问你老公，他现在怎么能完全抛弃了以前的'旧爱'？无情！"

傅言商瞥他一眼："既然叫极限，就代表有风险。成家之后我不会再玩这种极限运动，以免出现任何意外，都是对家庭的不负责任，懂吗？"

井池开始怪叫，陆承期受不了地摇摇头。

路栀："也有可能是成家之前玩够了。"

傅言商半靠在桌旁，慢条斯理地给杆头上巧克，俯身开球时，轻飘飘道："我也不是会被肾上腺素支配成瘾的人。"

她恍惚了一下，想起不少人热衷极限运动、甚至不断挑战自我直到发生意外，也就是被肾上腺素的刺激支配。

还没回神，他已经在一旁解释规则："打过吗？用白球分别击打红球和彩球，要按顺序落袋，红球一分，剩余的六颗彩球，最低的两分，最高的六分。"

这种规则一次性听完效率不高，边打边适应才能最快上手。

她点点头："你给我示范一下。"

背后的井池和陆承期已经玩起来了，两球碰撞的声音在身后渐次响起，偶尔传来井池这个显眼包的尖叫，能很清楚地听清是谁得分。

她俯身打了会儿，上手准确率不错，傅言商也在一旁赞许道："学得很快。"

158

她压唇角，背后的衣摆像尾巴，简直要翘到天上去："老师教得好。"

傅言商撑在她背后帮她调整不正确的姿势，闻言停了停，偏头问："什么老师？"

他半靠不靠地压在她身上，因为偏头，唇瓣摩擦过她耳郭，气息也一并跟着钻进她耳蜗，漾起湿润的痒意，路栀恍惚了一下。

要是说他很正经吧，也不像，要是说他不正经吧，更不像，因为他就那么单纯一问，调整完姿势他就起身了。

耳朵……也不是，没有亲过。

她揉了揉耳垂，神情严肃地反思了一下自己，是不是真被李思怡带坏了。

傅言商："怎么？"

"没什么，"她清了下嗓子，忽然听到清脆的落袋声，指了指说，"我进了一个粉球欸，是不是六分？"

等她去洗手间的中途，井池才凑到傅言商旁边，一脸迷惑地问："我眼瞎了？目标球是红球的时候不能进粉球啊，这不是应该扣分吗？"

"人家才玩十分钟，你玩十分钟的时候打得进粉球吗？"傅言商又轻飘飘瞥他一眼，降维打击，"还有，我总算知道你为什么总被你老婆罚去睡书房了。"

井池勃然大怒："怎么还人身攻击呢！"

他们打台球一直打到快五点，等吃完晚餐，已经是九点多了。

全球升温，夜里依旧燥热，井池很有作为显眼包的自觉，怕自己的兄弟跟着被认出来，连忙戴了口罩，跟明星出街似的。

陆承期："你不戴口罩也没人认得出来。"

"说什么呢你！我在全网可是有千万粉丝好吗——还是言商哥哥

教人家起号的，你表面上是在损我，实际上是在质疑言商哥哥，"井池负气地看向傅言商，"哥哥，他说你。"

"别恶心我。"

傅言商懒得搭理他，指了指路边一家手工冰激凌店，问路栀："要不要吃？"

路栀殷切地点头，指了指橱柜里热门的那份："我要这个，薄荷生巧。"

"这款是情侣套餐里的哦，"服务员笑着说，"您可以和您男朋友一人一份。"

"你要这么说的话我也要买一份！"井池突然蹿到前面，"你们这个会不会化啊？"

"加保温袋和冰袋的话可以保冷三个小时的。"

井池美滋滋地付款："那我带回去给我老婆吃。"

陆承期看面前这一对一对的："各位，麻烦尊重一下单身人士。"

傅言商接过冰激凌，破天荒地舀了一勺递到她嘴边："好吃吗？"

陆承期快吐了，摆摆手："先走了，别再见了。"

大家在路口告别，井池开车回家找老婆，陆承期回店里。

上车后，傅言商看了眼手机，道："我先把你送回去。"

"那你呢？"

"公司有点工作，我处理了再回。"

路栀看了眼导航："那你开来开去多麻烦，公司就在这附近，我陪你啊。"

已经快十点了，大部分员工都已经下班，只有几扇窗户还亮着灯，更不要说他所在的顶楼，空荡荡的，只能听到风声。

尽管灯开得很亮，但暗夜和空旷都会催生恐怖氛围，路栀全程贴着他走，等进了总裁办，也时刻保持坐在一抬头就能看到他的位置。

没别的，他的办公室也太大了，资料间都有两个。

冰激凌很大一杯，路栀好半天才吃完，抬头时正好看到傅言商手里握着笔，正在看她。

路栀："怎么了？"

"过来一下。"

她看他面前有文件，还以为是自己的合同，三步并作两步走过去，刚要去看他文件里的内容，被人一把揽住腰，抱坐在腿上。

"看什么？"他说，"都是你不爱看的。"

果然，里面都是专业名词，她看一眼都头疼，也不是她的合同文件。

路栀撇了撇嘴："那你把我叫过来干吗？"

她没坐在正中间，整个人有点往下滑，他抬起腿颠了颠，路栀整个人抖了一下。

他语气缓慢，像在闲聊："你想想，是不是还欠我点什么？"

路栀几乎瞬间想到，但还是装没懂地别开视线，咕哝道："……什么？"

"昨晚摇的飞行棋，奖励你是不是还没兑现？"

她嘴硬："那怎么能叫奖励？"

"我的奖励。"

"……"

"快点，"他催促，"面对面主动接吻，亲完正好到家十二点。"

路栀几乎瞬间脱口而出："时间这么长！你这人怎么乱改？"

他点了点头，了然道："看来你没忘。"

她磨磨蹭蹭："我不会亲。"

"不会才要学，你不学岂不是永远不会。"他说，"你这么好学，还能允许自己有不会的？"

面对着面接吻？办法只有跨坐这唯一一种，她慢吞吞地跨到他身上坐下，光这一个动作已经感觉很羞耻，火瞬间从后背一直烧到耳朵。

她绞尽脑汁地搜刮着记忆中为数不多的"技巧",声音也越问越小:"从左往右……还是从右往左?"

他掌心贴着她腰线往下,停住托着,语调适中:"从外往里。"

薄荷生巧的味道还在口腔里没有化开,他的冰激凌是海盐柠檬味的,唇瓣贴上去时几乎立刻能尝到淡淡的香气……她胡乱想着,攥着他衣领尝试着缓慢亲吻,忽然察觉到对面的人有所动作。

他的手掌朝她拍了下:"别敷衍,认真点。"

"我哪敷衍了……"她又不自然地蹭了下,"你别拍我……"

墙上的秒针咔嗒咔嗒地走动,路栀从未比此刻听得更清晰,她低头亲了会儿,然后说:"你怎么都不动?"

"我接吻的时候你就是这样的。"

好吧,是她的错。

但他肯定是故意的,路栀睁开眼,看到他眼睛果然没闭上,眼皮虚虚睁开一条缝隙看着她,如果不是他眼皮有些动静,她会怀疑他是不是睡着了。

"怎么不动了?"他说,"要按你主动的时间算,你在这儿磨蹭的时间不算在内。"

"凭什么!"路栀说,"接吻不用呼吸的吗?"

她好累,她不知道是不是只有她一个人这么累。

路栀:"多久了?"

傅言商:"五分钟。"

没关系,五分钟也很棒了。她瞬间从他身上弹起,往一边的沙发上跑。

"剩下十五分钟分期付款。"她又回头,谨慎道,"分三期。"

她以为自己没跑到一半就会被他按回去,事实上她也做好了准备,但意外的是他没动作,任由她跑掉。

他起身,躺在对面的软沙发上,然后拍了拍:"过来。"

路栀实在难以搞懂他:"又干吗?"

"分期不要付利息?"

她愕然,而面前的某人泰然自若。

"这回我主动,不让你太无聊,"他抬手示意,"过来。"

座椅空荡荡,魔鬼在人间。

"不要,"路栀看向沙发,"除非你让我抵消那十五分钟。"

"让你抵。"

"真的?"

"嗯。"

她怀疑地走过去,担心他又挖坑,她说:"你要不要关下灯? "

他很坦荡:"我要是关灯今天不可能只接吻。"

路栀还没反应过来就被人锁住腰身,他几乎是一瞬之间抵了进来,她仰不起头,只能更侧靠他的角度沉下去。海盐味混合薄荷的凉感在口腔内横冲直撞,他的另一只手就搭在她后颈轻微摩挲。

因为姿势问题,他亲吻得比以往更深,她还是一接吻就发蒙,此刻脑子里一团糨糊,遵循刚才练习的惯性动了动,些许柠檬的味道递进地侵袭着她的感官,她意识到了什么,几乎一瞬间就要后退,又被人按了回来,感觉更加强烈。

不知道过了多久,她缺氧地趴在他耳边剧烈呼吸,能感觉到他的吻沾着湿润绵绵地落在颈侧:"宝贝好聪明,一学就会。"

她指尖收紧,感觉到血液齐齐涌向大脑,后背一片灼烧,强烈的羞耻感让她灵魂脱壳,如果可以,能一辈子不用面对任何人也很好。

…………

她是不是幻听了,还是他真的叫了?

她乱七八糟地想,很可惜并不能在这里一直趴着,等她平复好呼吸,二人就上了车。

她甚至没好意思问,你那个主要文件处理好了没有。

车子点火时傅言商接到电话，刚接通就是爷爷的一声暴喝："十二点还不回家！你想干什么？荔湖别苑留给我住的吗？！"

傅言商："我跟她在一起。"

现在又变成"她"了是吗，路栀看向窗外，后面的对话她全没听进去了，她开始怀疑自己刚刚是不是真的出现了幻觉。

老男人。烦死了。

等她意识到不对回过神，傅言商盯着她看已经有一阵了，甚至好像还开了口。

她这会儿才转头："啊？"

"我说，等会儿就到家了，你要不要去超市买点什么？"

她现在很敏锐，几乎立刻提起精神看他。

傅言商沉默片刻："我说的是很正经的买什么。"

"我没有想别的，"路栀心直口快，"而且你在办公室都——"

她戛然而止，傅言商顺利地把车驶出车库，靠在椅背上问她："我怎么？"

这是你要我说的。

"你在办公室里做跟工作无关的事情，以后会经常想到的，"她语重心长，"这种特殊事件，会让你以后工作分心。"

他目视前方："这只会让我以后工作更有动力。"

周末傅言商出门工作，路栀在家接收画手发来的稿件，等把微信的事项都处理完后，她打开了一部电影，当睡觉的背景音。

家里没人，宗叔和阿姨们都出去了，外面下起淅淅沥沥的小雨，是最适合睡觉的天气，处理完工作，她也忙得有些头晕。

明明看电影海报觉得还好，没想到电影里还有恐怖情节，她一会儿快进一会儿又暂停，好几遍才把电影看完。

这会儿更困了，她躺下没多久，就这么睡着了。

再醒是被梦惊醒的，她心脏猛地一沉，脑袋里一团糨糊，还在噩梦里没反应过来，手指已经熟门熟路地拨出一通电话。

微信在手里振动过两轮，她猝然回神，按下挂断。

未知的恐惧和迷茫在脑子里疯狂打转，她现在并不清醒，木着脑袋好一会儿才回过神来。

她定定地看着通话页面。

……她做噩梦了，为什么会打给傅言商？

路栀盯着手机出神，疑虑的中途，梦境有一搭没一搭地又跳进脑海里，还好是梦，她按了按眉心，心有余悸。

掌心的手机再度开始振动。

傅言商回电话过来了。

她抿了下唇，其实电话才响了两下她就挂了，估计他不知道，还以为她打了很久。

她接起，晕晕乎乎地起身去开客厅的灯，接了杯温水，听到他问："怎么挂了？"

她愣了两秒，才说："你看到了啊。"

"手机放在桌上，还没接你就挂了。"

"哦，那个……没什么事。"她说，"你去忙吧，不打扰你工作。"

"你这样我没法安心工作。"

因为不想显得自己太大惊小怪，而且这个事她也没想明白，路栀简单道："就是家里没人，做了个挺吓人的梦，不小心打给你了，没事了，我等下不睡了。"

他"嗯"了声："现在还没人？"

她听了会儿动静："好像还没。"

"那把电话开着，"他说，"你想睡就再睡，我马上开完会了，等下就到家。"

她"噢"了声，也不确定自己还要不要再睡，听回声，他应该在办公室开线上会议，可能还没到他的环节，所以还能给她回个电话。

她工作不喜欢被人打扰，所以也很明智地没开口打扰他，多说几句你挂我挂也是推辞，她索性没说。

对面传来他均匀的呼吸和打字声，是跨国会议吗？需要一直打字吗？她这么想着，重新在床上躺平，敲键盘的声音很催眠，明明说好了不睡，但困意还是袭来。

再醒来时楼下已经有交谈的声音，傅言商也在卧室里刚脱下外套。

路栀眨眨眼，看到银光一闪而过，指指他胸前口袋："你怎么钢笔还没取下来？"

他循着视线看过去，半晌才道："……忘了。"

她点点头，裹着被子坐起身，大脑从休眠缓慢进入开机状态。

他摘领带："做什么噩梦了？"

她垂头："说了你肯定得笑我，我不说了。"

他抬眉，神色不豫地看着她。

"真的没什么，"路栀说，"你没必要听。"

"如果我这么跟你形容，"他顿了顿，"你会不会更想听？"

"那你不能歧视我。"

不知道想到什么，他笑了下："小姑娘，害怕恐怖片也很正常。"

路栀认真道："我梦到丧尸在吃我的脑子，而且吃得特别响，真的。"

傅言商看了她半天，她充分怀疑他是被自己给无语到了，正要开口骂他说话不算话，他已经勾了下唇："那我这周去学一下打枪？下回再梦到丧尸，我进去帮你打。"

这晚她睡着时傅言商还在工作，她开了安神的香薰机，幸而没再梦到对她脑子虎视眈眈的丧尸。

第二天去工作室，午餐时路栀跟李思怡说起这个话题，李思怡像突然触电似的，手舞足蹈："你让我想起来，我之前网恋也是这样，做噩梦了给网恋对象打电话。"

"所以很正常是吧——"路栀说，"他怎么说的？"

"他可没你老公这么好，让我下次别突然打电话，"李思怡嘴角不受控地向下扯，"不过也有可能是因为他刚成年在上大学，家里管得严吧，怕被发现在谈恋爱。"

路栀："你都在谈什么？"

"姐弟恋，不行吗？！"

路栀低头挑着碗里的土豆块，不确定地想，她好像有点依赖他了。

不太妙。

下午是跟进玩家意见反馈的阶段，内测服的剧情已经渐入佳境，也新增了限时约会等环节，这一批反馈过来的意见，是认为约会部分人物动态不够自然。

路栀来回拖动动画："说实话，是有一点。"

李思怡："不过我们已经请了很贵的建模师了，要再找更好的话，可能得试试做动漫的那些老师。"

"时间还够吗？"

"稍微有点赶。"

她找了一下午，终于找到一个动画行业的建模师，也给一些国民度很高的游戏做过人物建模，评价都很好。

可惜微博简介已经标明，不再接外包项目了。

李思怡："我看她 IP 就在苏城，工作室好像不太远，开车过去四十多分钟，要不我们明天去一趟谈谈？"

"也行，毕竟当面谈的话成功率高点。"

敲定了明天的工作内容，路栀回家时还在想，得尽快把傅言商那个合同签好了，毕竟游戏就快要上线了。

正巧，刚到家没多久，李思怡就给她微信发来一长串分享，路栀正奇怪是什么，点进去一看，是某个很红的恋爱博主分享的一些自己和老公的婚姻保鲜秘诀，路栀只看了三秒就开始犯困，手指下意识一划，去找新视频看。

似乎是理智回笼，不过片刻，傅言商看到她又将视频翻了回去，但仍旧没忍住打了个哈欠。

路栀在评论区找到课代表总结的"拿捏男人惯用话术"，漫不经心地复制数条，然后粘贴到了常用语录里。她又顺便打开了和傅言商的对话框，预备演练了一下怎么粘贴最为迅速。

"比起每天想起来就给我复制粘贴这些有的没的，"他说，"不如做点实际的。"

实际的？路栀转头问："比如呢？"

"比如，多给你老公打几个电话，发几条语音，"他脱下外套，换上家居服，"比这个管用。"

路栀忽然发现，他平时穿的都是黑色衣服，几乎没有白色，但他其实并不是没有白色系的私服和睡衣，只是都放在衣帽间最后一排，并没有主动穿过，好奇怪。

不过也可能是因为黑色配暗红更好看吧，毕竟他喜欢暗红色，她想。

所以她也没问，说："你平时工作不是很忙吗，还有时间听语音？"

"几分钟的时间还是有的，"傅言商看她一眼，一语中的，"你也不会给我发加起来超过两分钟的语音。"

她撇嘴，说得她好像多十恶不赦一样。

"明天给你发，行了吧，"路栀霸总语气，大度道，"五分钟够吗？"

她也侧了侧身，准备挑一套衣服换上，柜门刚一拉开，顿了顿。

她不常穿的衣服被收纳师理到了后方，靠右手边的全是陌生的当季新款，一般来讲，品牌方上新都会跟她联系，然后带当季的上门给她选，她会挑自己喜欢的留下，有些是成衣，有些是定制。

不过这次怎么……

低头，收纳柜里也新增了全套的胸针和腕表，她转头问："sales过来送成衣了吗？"

"嗯，"他说，"提早到了，你不在家。"

她正想说那你可以打电话叫我回来——

还没来得及开口，她又听到领带摘下的声音。

傅言商："就都留着了。"

行吧，反正花他的钱。

路栀美滋滋地试了一个多小时衣服，尺码都合身，顺便敲定了一下明天出门要穿哪套。

见她还提前把衣服挂了出来，傅言商问她："要去哪儿？"

"明天要出门找个人，"她想起来，"对了，你明天不用等我吃饭了，我还不知道晚饭的时候能不能回来。"

"无所谓，"他拆了根猫条，俯身去喂快点，"我明天也有好几个会要开。"

现在两只狐狸都接到他们这边了，不过因为实在太闹腾，傅言商偶尔会把它们放到楼下给宗叔带，但两只小家伙有时候也会偷偷溜上楼，在零食柜旁边趴着闻来闻去。

快点慢点是典型的无利不起早，不乐意被人打扰的时候，就自己跑小房间睡觉，想吃了才围过来撒娇——当然每次都让它们得逞了。

路栀摸了会儿狐狸毛，品了半天他的意思："那我们到底是一起吃，还是不一起吃？"

"你如果很晚，我也会很晚。"

"那如果我很早呢？"

很可惜，这个问题她没得到回答。

次日吃过午饭，她和李思怡出发前往目的地，路栀盘算着今天大概几点能够下班，如果下得早，就去融盛找他好了。

正在思考间，忽然听到"喵呜"一声，抬眼的瞬间有什么从二楼坠落下来，路栀下意识伸手去接，是一只坠楼的小猫。

小家伙显然是受惊了，被她接住之后在地上扑腾了两下，然后就安静了。

李思怡俯身把猫抱起来，是只品相很好的豹猫，一看就是从封了的窗户里逃出来的宠物猫。

路栀："你检查一下，猫有事没？"

"应该没事，四只爪子都能动，瞳孔好像也没放大，也没流血。"李思怡摸了一把，看向她，"你怎么样？"

"我好像……手有点痛。"

赶到医院，拍完 X 光，路栀荣幸喜提双手骨折套餐。

好在猫确实没事，李思怡一边抱着猫一边给她办手续，还得去找猫主人，给她安排进病房后，李思怡说："我给你老公打个电话，叫他过来接你？"

她正要点头，动作到一半，临时摇头："不用了，你打给我家阿姨吧。"

陈姨很快赶来，哎哟哟地围着她叫唤了好几声，路栀脖子上挂着石膏，终于忍不住笑场："真没事，就是有点不方便。"

"晚上得炖点什么给你补补，我跟她们说一声，到时候给你送来，"陈姨说，"我先通知先生。"

"不用不用，"路栀说，"他现在开会，等他结束再说也一样。"

早几个小时或者晚几个小时，都不影响结果。

陈姨下楼去给她拿药，李思怡奉她之命去给猫找主人去了，私人医院的住院部很安静，高级病房更是整层就她一个人，两只手都动不了也没法玩手机，路栀闲得无聊，想出去转转。

她趴在窗口，听到附近好像哪里传来人声，正在仔细判断这位置出现在哪里的时候——搁在桌上的电话响了。

路栀看了看左手，又看了看右手。

最后这通电话是由她转告智能语音帮她接听的。

"喂？"

那边传来翻文件的声音，她想不通他记忆力为什么会那么好。

傅言商："不是说给我发语音？"

她垂下眼，沉默半秒，又眨了眨眼，斟酌片刻后才说："不瞒你说，我现在真的发不了语音了。"

挂断电话后，路栀下楼散步。医院的绿化很好，她走了两圈，打算走楼梯上去，在六层的时候又听到热闹的声音，靠近一看，几个还穿着校服的男生围作一团，时而沉默，时而爆发。

"我知道了，都闭嘴，都闭嘴，嘘，三长一短选最短，就选 C，听我的。"

"你真知道吗？这是填空题。"

手机搜不出来，路栀就站在他们背后，看他们把一道很简单的题翻来覆去地瞎做，百分之六十的时间用来大喊"你们都别吵了"，百分之三十的时间拿来思考怎么写，剩下的时间发表一个错误见解。

唯一努力的是一个跟她一样打石膏的男生，右手打上了石膏，左手握着一支笔，在卷子旁边画猪头。

"你们编也编一个像话的答案吧，行吗？几何题哪来的 X ？！"

路栀沉默几秒后开口："做一条辅助线，A 到 TG 的，然后从 B 点做一条垂直线，再平行出去，连上。"

没人意识到多了道声音，背对着她的男生醍醐灌顶地"哦——"了声，恍然大悟道："没听懂。"

路栀："TG 那条线看到了吗，用尺子找到中点，然后连接 A 和那个中点。"

"我没手，李霖，帮我用尺子画一下。"

李霖："但是怎么用尺子找到中点呢？"

她真的很怀疑，他们平时是不是真的不上课？

路栀正要开口时，那男生似乎终于意识到背后的人声陌生，突然一转头，差点被吓到。

人群闹闹哄哄，好半天才静下来，路栀现在只想把这道题做出来，又重复一遍："找中点，用尺子量，数字除以二，就是中点的位置。"

如果不是手抬不起来，她真的很想上手去比，视线里忽然出现一双手，沿着她脑子里的路线比过，带出一条："连这里，这里，然后这里，算垂线，七分之二又根号五。"

男生来者不拒，直接把答案先写上，又是半晌才反应过来，抬头愣愣地问："我能相信你吗？"

"再不相信你也填上了。"

路栀看傅言商出现在这儿，也有点蒙："你不是答应我下班再来的吗？"

傅言商："提前下班了。"

路栀："？"

她试图去弄懂这么离谱的逻辑，为什么他还能用这样的语气说出来，只听到他问："怎么弄的？"

路栀想了想，尽量言简意赅："刚到目的地，头上掉下只猫，我伸手接。猫活了，我骨折了。"

"……"

她怀疑自己幻听，不然怎么好像听到他叹气的声音。

"还痛？"

她摇摇头："不痛了。"

那个捏笔的男生瞬间加入话题："她胡说的！骨折怎么可能不痛！我也骨折了一边，超痛，快痛死。"

"因人而异，"路栀说，"你也是接猫？"

"哦，不是，"他腼腆一笑，"我是跟人闹。"

傅言商没说话，路栀正想看他在背后干吗，忽然脖子后面一轻，他把挂石膏的绑带提起一些，不再压着脖子，路栀瞬间轻松了不少。

傅言商："走吧，上去。"

"哎！等等等等，题还没做完呢！姐姐，你晚点再回去，行吗？"

路栀偏头："你先自己做，有不会的再来问我。"

上楼的路上，她想起些什么，问傅言商："你是怎么那么快算出来的？"

他口吻依然波澜不惊："瞎编的。"

回房间过了会儿，陈姨也还是没来，只是取的药已经原封不动放在桌上了，她问傅言商："阿姨呢？"

他正在低头看药盒外面医生的备注，闻言道："我让她先回去了。"

"我今晚是准备住这里，明天还要看情况的，"她愣了下，"那她走了谁照顾我啊？"

"我不能照顾你？"

"不是……但是……"路栀习惯性想捏耳垂，但两只手都被打上石膏，只能作罢，"你……没必要啊，你可以去忙你的事情，公司那么多项目，你工作又很忙，非给自己找活儿呢。"

他从饮水机里接了半杯温水，反扣铝片，药片掉了两粒在掌心。

"我是你老公，你生病了，我来照顾你是理所应当。"

"至于我的工作是什么，忙不忙，和我要不要照顾你没有关系。"他说，"张嘴。"

她"啊"了声，条件反射道："在……在这儿吗？"

"我说吃药。"

她有点尴尬了，但还是努力维持冷静。

"我问的就是吃药，"她欲盖弥彰地为自己辩驳，"吃药张嘴，好像有点暧昧了。"

含栀

　　杯子里的玻璃吸管和杯沿撞出声响，她不知道这个吸管哪来的，吃完药之后又听到他说："很多人都把我看得很遥远，我无所谓，但我希望你只把我当成丈夫，和我的身份没有任何关系。别人老公能做的，我也能做。"

　　"还有，"他说，"为什么不告诉我？"

　　她讷讷，音量变低："我告诉你了啊……"

　　"你知道我在问什么，"他说，"因为你觉得我做得不够好，所以没有第一时间告诉我？"

　　"不是！"她说，"我不想显得太依赖你，就……很多事我自己做也行，实在自己做不了的，我朋友，家里的阿姨帮我做也行。如果大大小小每一个节点我的第一反应都是你，依赖性养成了就很难戒掉，那如果有时候你不在，我自己都不知道这件事该怎么做了……你明白吗？"

　　他坐在床边的椅子上。

　　纱幔轻飘飘地晃动，不知道从哪里传来叫喊声，离得很远，像隔了层透明的雾罩。

　　"不出意外，未来三十年我应该都不会死。"

　　"恰好我有一点工作的权利，恰好也没什么人能管住我，"他说，"所以如果你找我，我应该都是在的。"

　　她的脑子在被冲破心理节点的那一刻下意识劝说自己向回缩，告诉自己原地才是安全区域，前路从没去过，因为未知所以心生犹豫。但他平静地打碎了每一个节点，建立起新的亲密关系。

　　他说："路栀，你可以试着依赖我。我愿意被你依赖，所以，这不是什么坏事。"

　　她一直相信爱是很难的课题，婚姻对她来说也很陌生，要怎么相处，怎样才在界限里算是适合，她不太会平衡，所以只好慢慢适应。

　　原来是可以的，是可以依赖的。她点点头，给他打预防针："那

174

我还挺难伺候的，如果你这样讲的话，要做好心理准备。"

"行，"他不置可否地挑了下眉，"那我试试。"

晚上，在路栀的强烈要求下，石膏的部分被包好，护士小心翼翼地帮她冲了个澡，再换上睡衣。

他的很多工作转到了线上，从她洗澡开始会议就没断过。

投屏上正在放电影，她安静地靠在床头看了会儿，觉得有点困了。她说："你不回去睡吗？"

"我就在这儿睡。"

高级病房很大，客厅和冰箱都有，卧室也有两张床，路栀点点头，准备躺下。

"要睡了？"他拿起一旁的遥控器，"床板调平还是往上一点？"

"平着就行。"

手没法动真的很不方便，几乎没有自理能力，背后的床靠慢慢被降下去，她想起来些什么："对了，你再帮我按铃叫一下护士吧。"

在他开口前她急忙澄清："我不是不依赖你，这个你不会，弄不了的。"

很难听到这个词出现在自己人生里，他将笔记本往后推了推，问："什么？"

她闭着眼，有些艰难地开口："我……因为还要查房什么的，洗完澡贴了一下那个……嗯，就是女生贴的那个，你知道吧。"

"但是贴着没法睡觉，现在得撕下来了。"路栀越说越觉得后背要烧起来了，"你真的不会，你帮我叫人吧，你都没接触过这个东西你怎么弄……"

"这个我会。"他不爱听这两个字，摘下还在晃动的眼镜，搁在桌上，"咔嗒"一声响，"需要关灯吗？"

路栀张了张嘴，还没来得及开口，已经感觉到身下的床板开始缓缓升起。

浴室传来水声，他甚至特意洗了个手。

事已至此——

路栀背对向他："就是一个圆形的，贴在上面，有两个，揭下来就可以，大概十厘米的样子。你……别干别的。"

他像是好奇："我还能干什么？"

她没好气："你自己知道。"

他像是在笑，指尖带一点冰凉的温度，应该是刚用冷水洗过手的缘故，他的手平时并不会这么冰。她不设防，被冰得一颤，感觉到指尖顺着边沿向前，触到薄薄的那一层，然后揭下。

肤色贴有一点点黏性，顺着撕的时候会有些拉扯皮肤，她正想开口让他慢点，已经感觉到他动作放缓，但放缓也有放缓的坏处，时间过得很慢，所有意识聚焦到那一处，甚至能感觉到耳后他的呼吸。

"下来一个了，"他说，"放哪儿？"

"倒着，放边上就行。"

像一个倒立的小碗被放在他一边手心，他的另一只手没那么冰，但找到揭开边角的过程仍旧慢条斯理，循着一点点朝前摸索，她看着窗外连成片的路灯，有飞虫盘旋，树叶轻轻地晃，好像下了小雨。

两枚肤色贴落在他掌心，她没参与，但习惯的条件反射似乎仍能感知到上面的温度，那是落在她身体上的体温。

路栀轻咳一声，尽量维持着镇定，就像一点没受影响："那个，可以洗一下的，就用清水把胶面洗一下，然后还是倒着放在台面上，晾一晚上就干了，明天还要再用的。"

"嗯。"

她几乎下意识开口："可以用热水的，你别再用冷水了。"

气氛安静片刻，他像是意外地挑了下眉："你怎么知道我刚刚用的是冷水？"

她撇过头去，暗恼自己又一时嘴快，克制着脸颊忽然上涌的热意，嘟囔半声："……我又不是没知觉。"

外头的路灯熄了，夜幕终于降临。

他将洗好的两块肤色贴放在台面上，路栀看着窗外，说不清是自言自语还是在和他说话："你还真什么都没干。"

"当然，"他漫不经心地道，"我很听话。"

他应该是积了不少工作，当晚电脑屏幕一直亮到凌晨两三点。

疼痛消耗体力，她醒来就是第二天十点多了，又看到他换了把新椅子，在翻文件。

他察觉到路栀在看自己，这才放下笔："醒了？"

"嗯，"她问出最关心的，"医院的早餐好吃吗？"

"这边没有早餐，而且医生嘱咐过了，你最近要少油少盐。"他拧开盖子，"我让家里煮了小米粥送来，还有两块南瓜糕，你要吃的话可以蒸。"

吃完早餐，她起身下床，吃饱之后就想转转。

她正站在柜子前踟蹰，不知道要不要再叫一下护士，正在出神时，听到他开口："我帮你贴？"

"啊？"

他扫一眼桌面："你昨晚不是说了，洗完之后今早还要贴？"

你记性真好……

"哦，对……"她尽量把两臂展开，给他腾出位置，"那个，再贴上去就好了。"

其实为了牢固，贴之前需要用湿巾擦拭一下皮肤，再用纸巾擦一遍，去除皮肤上的油脂和灰尘，才会更牢。不过考虑到是他帮自己，她就省略了些步骤。

他说"好"，垂眼盯着手机，不知道是在看什么，半晌后才道："我怎么看别人说，要先擦干净？"

"……"

护士进来查房时，卧室门正开着。

二人坐在床边，桌上已经没有东西，空气显出一股黏稠的闷热来，护士见她耳朵红着，不由得贴心地问道："是热吗？这边除了中央空调还有单独的空调，需要帮您打开吗？"

"不，不用了，"她说，"你帮我查一下，查完我出去转转，就好了。"

小护士"哦"了声，没再追问。

早晨才收拾干净的垃圾篓里此刻多出两张纸巾，路栀略过没细看，否则他慢慢擦拭几分钟的画面就会立刻涌入脑海，她一股脑冲向走廊，在走廊来回踱步近十分钟才平息下来。

听到电梯处有动静，她一转头，和刚出来的李思怡撞上视线。

"好点了吗？"李思怡速度很快，"我跟你讲，我给你带来一个好消息……"

路栀："猫主人找到没？"

"找到了，喏，"她一回头，"跟我一起来的。"

李思怡身后，一个长发女人正一路小跑地跟过来，目露感谢地双手交握："你好，我是姜片的主人，真的太感谢了，如果不是你及时托了它那么一下，我都不敢想它现在会是什么情况。"

"它现在还健康吗？"

"健康的，拍完片子做了检查都没什么问题，倒是你……"

"没事，"路栀说，"我这个休养几天就好了，不是什么大事。"

李思怡跟着说道："我们那天不是去找建模的熊茜老师吗，也有其他很多人去她工作室找她，但她真的确实已经不接外包了，今年活都满了，接不动了。"

路栀失落了一下，开口正要说话，李思怡又忽然间变了表情："不过你救了她的猫，所以她破例接了我们这个急单——路栀，你的福报！"

她愣了一下，看向一旁。

熊茜伸出手："真的太巧了，那天猫不知道怎么挣脱了防护网跳出来，我还不知道，多亏了你们，这单我会先加急做的，到时候每个节点都会给你们核实修改，我们先沟通一下具体内容吧，时间太紧迫了。"

傅言商把卧室让给她们，去了书房做自己的工作，熊茜也推了下她，小声说："你老公很帅哦。"

李思怡一副了然的神态，指了指，严肃道："商业联姻天花板。"

下午两点，病房门被人"笃笃笃"地叩响三声。

傅言商："进。"

男生从门外转进来，嘀咕着这怎么那么像老板吩咐员工汇报工作呢……

"那个，哥，下午好，"他抬了抬手，"我是李尧，住你们楼下的，昨天做卷子的时候，我们见过的。"

傅言商目光没往他身上落，淡淡"嗯"了声，还在敲电脑。

李尧："你昨天解那个数学题挺快的，而且还是对的，所以能不能——"

傅言商："我不帮人做题。"

"让我找一下那个姐姐？"

男人终于从电脑背后抬起眼来，工作时长令眼镜微微滑脱，漫着光的金边就压在上眼睑处，他看了两秒，收回视线："这两者间的逻辑在于？"

"没有逻辑，我在尬聊。"真诚是李尧的必杀技，"我想着夸夸你，你帮我去姐姐那边说说好话。"

傅言商看一眼他，懂得很快："她结婚了。"

"怎么可能！"男生完全不信，"她怎么可能结婚呢，看起来也比我大不了两岁，哥，你应该是她小叔吧？"

傅言商冷声："你要真不知道该说什么就别说。"

李尧完全没听进去，陷入自己的世界里："我成年了，真的，我家里也不错，你让我找姐姐再问两题，她在干吗呢？"

没人回答。

"哥，她现在在忙吗？我怎么听见有声音？她快要出院了吧？出院我们是不是就见不着了？"男生问，"她住哪儿呢？"

"嗯。"

嗯是什么意思？怎么还跳着答呢？

李尧："哥，我问了三个问题。"

"是吗，"傅言商表情淡淡的，"记不清了。"

李尧："哥，真的。哥，你别不理我，让我见见她也行呢，万一她觉得我不错呢？现在不都喜欢年纪小的吗？或者她对什么样的感兴趣，你跟我透露一下？我爸跟我说，这世界上很多事情都可以协商，结了婚还可以离啊，这对我完全不算问题！"

傅言商："滚出去。"

"你在考验我对吗？哥，她喜欢什么样的我都能试试啊，我可会疼人了，前女友都说好的。她要喜欢成绩好的我可以请家教给我补习啊，如果喜欢不打架的我也可以不打架，对吧，你为什么要一开始就扼杀一段感情呢，都是可以商量的，只要不是年龄这种硬性指标——"

傅言商被烦得不行，抬起头开口："她喜欢比她大的。"

"啊？"男生愣在当场，下意识就跟了句，"大多少？"

有人天生就有张胡说也显得一本正经的脸，傅言商表情自若，给出答案："七岁。"

"七岁？"

"七岁。"他说，"不是大七岁的她不喜欢。"

路梔在晚上八点办完出院手续回到家。

简单休息了一下，她说："你帮我叫陈姨上来吧，我要洗澡。"

他脱下衬衫："他们放假了。"

"谁？"路梔敏锐地捕捉到"们"字，"全部，所有人？"

"嗯，我以为你还要在医院住七天，就都给他们放了假。"

"那今早的餐……"

"上午刚放的。"

路梔在原地站定了很久，有一瞬间她都觉得自己快石化了："那，谁给我洗澡呢？"

胳膊上的石膏用防水膜包好，有一瞬间她觉得自己很像手办，浴室的灯没开，仅靠卧室泻进来的一缕光线照明，这是她的要求。

衣物都被除下，否则没法洗澡，她实在脸红，一开始只好背对他。但就算这样，路梔还是觉得对着他的整片后背烫得吓人。

只开了一点点外面的光，应该……看不清吧？她说服了自己。

他按下恒温出水的按钮："手往旁边举一点。"

她抿唇，脑袋昏昏沉沉的，是因为手无法控制平衡了所以有点站不稳吗？她不太确定地想。

暗色的光线里，水滴砸落在大理石地面上，像一场独属于地面的烟花。为了防止气氛太过不对劲，她努力搜刮一些别的话题开口："那我们明天的早餐怎么办？"

"我做，"他挤了两泵沐浴露，面色如常，"你不是喜欢我做？"

路梔思前想后，艰难吞咽："你能不能在最后加一个'的'字？"

"……"

"那，你要做七天？明天如果叫她们回来呢？"她说到一半时忽地咬住下唇，不想太明显，又放开，努力分散注意力，"总能回来几个吧，实在不行可以找几个临时的，或者如果觉得不够信任的话，去我家找两个从小陪我到大的……"

路栀的声音终于被压住，飘出来个断句："……你别就在这两个地方……"

"贴过了，"他神色如常，"不应该着重洗一下？"

花洒仍挂在上方，从未被拿下，贴过的地方确实得他照顾。但他这是异常照顾了，比擦拭时还要细致地对待，打着圈儿地生怕洗不干净，路栀偏开眼睛，装作看不到他在干什么："你听我说话没？在医院还有护士，可现在回家了，我们两个人的起居就靠你压力也太大了——"

她眼睑自然垂下，又在下一秒被烫到似的抬起，"嗯"这个音节不在预设之内，她在反应过来的当下立刻噤声，可为了不显得奇怪，本能立刻接话，试图让整句话融合到一起，好让那道声音显不出任何突兀："你觉得怎么样？放了假还叫回来好像是有点不够人性化了，是找新的应付一下，还是去我家那边？"

"都行，你定。"

背面的泡沫被冲洗干净，她被翻了个面，和他面对面。她想遮，但做不到，还打着石膏，会被淋湿。

路栀弓起脊背，微微发颤。

他托过，又放开手，尽职尽责似乎没有任何返思地洗着，除了气息稍有些变，其余一切如常。

"首先是明天的早餐，肯定是叫不到人。我差不多都会做，你想吃什么？"

"都，都可以。小馄饨？用骨头汤的那种，我看阿姨她们都是晚上熬骨头汤，煮一晚上，白天再直接下馄饨，会比较香。"她想了想也不能只顾自己，"你呢，你要吃什么？"

他视线跟着她眼睛轻轻地晃，顺着下沉的雾气一同坠落，然后停格。

春日花苞悬停在枝头，柔雾一片的暗粉，在雾中更显娇颤，她唇色天生浅，被水浸过，像是樱花。路栀正想说别看了，听到他呼吸停顿一下，喷洒下来："我吃这个。"

她眨了眨眼，后知后觉地意识到什么。

两只狐狸正来回玩闹得不亦乐乎，把整个猫爬架全部掀翻，上面的小球也七零八落地滚了一地，还有各种逗猫棒在地面上被蹬来蹬去的声响，铃铛声晃了一屋。

整栋别墅异常安静，今天甚至没有下雨，风也平和，人在暗处，感知更加敏锐些。他掌心贴合得恰好，仿佛生来为此设计，严丝合缝到没有缝隙，耳边也恰到好处地传来铃铛的响声。她微仰起头，开始怀疑声音究竟是否确切，自己真的听到了那只铃铛，还是来自频率共通的幻想。

不知道是哪只狐狸脖子上的铃铛被拨响了，响过一阵又来一阵，来来往往的，像在比谁摇得更快。她察觉到他掌心的温热，有片刻出神，他哪里都是温的，包括呼出的气息。

花洒一直没停，摇铃一直在耳畔响，吵得有些受不了，他停顿片刻，又覆上来，与她厮磨了一阵。傅言商气息不稳地伏在她耳边，好像在笑，有股心愿达成的餮足："好吵。"

是在说外面的狐狸了。

路栀两边手腕被他托着，含糊道："你自己养的……"

但铃声也在这会儿停了。

她低声："我现在手动不了，家里也没人，等会儿你得去收拾。"

他拿下花洒："先别说这么扫兴的话题。"

等到出来时，外面果然一片狼藉，回客厅的路上全是它们的各种玩具，猫爬架也是东倒西歪。

不过她还挺佩服的，很少人养宠物狐狸，所以也没有什么针对狐狸专研的宠物用品，他也没敷衍，买了很多给猫猫狗狗的，它们也都能用。

两个小家伙被他养得毛发顺滑，都发腮了。

路栀俯身去检查它们有没有在打闹中伤到，观察到它们脖子上并没有铃铛，那刚刚的声音……

她怀疑自己是幻听，转身问傅言商："你中途听到铃铛声了吗？"

他抬了下眉尾，不置可否："你觉得我听到了没有？"

画面和触感瞬间涌入脑海，路栀强行压下颊边的燥热，轻咳道："那我怎么没看见铃铛？"

"它们一直这样，玩完玩具会用爪子推到床底，"他说，"下回叫人来打扫，你会看到床底下有多少玩具。"

她"噢"了声，坐在化妆台前，傅言商过来帮她上水乳。

她两颊被人捏着，他没用什么力道，用虎口卡住她下巴，就一个这么日常的动作也被他做得像接吻的姿势，路栀天马行空地想着，被他涂好唇膏后，下巴又跟着他掌心朝上一抬，被人吻了下。

她不自在地缩缩脖子："你别亲了……"

他很坦然："怎么了，我又没干什么。"

猫爬架被他重新扶起，路栀靠着床板坐下，傅言商又去给她调对面的投影仪："要看什么？"

"一直都看电影，好无聊。"

路栀为避免他又提出什么让人瞠目的新活动，迅速道："你帮我给李思怡打个视频吧。"

很快，和李思怡的视频通话被接通，对面很快想到点子："那你看我手机吧，我先刷会儿微博，反正我们关注的也差不多。"

路栀觉得可以："那你换平板跟我通话，用平板拍你手机。"

李思怡先带她看了看热搜，点进她会感兴趣的话题浏览一圈，顺其自然地沉浸式刷起了视频。

傅言商在一旁办公，她用余光瞥了一眼，依然是应接不暇的各种投资文件，他目光一如既往地平淡镇定，指尖在触摸屏上来回移动。

李思怡在这时候忽然开口："对了，我关注了好几个肌肉帅哥，带你看一下，我很爱。"

李思怡的声音实在算不上小，视频通话开的又是外放，傅言商很自然地抬起眼，她视线没来得及收回，就这么和他撞上目光——倒显得像她心虚，偷偷用视线瞟他了。

他办公时会戴那副眼镜，很多时候路栀都想说你别戴了，但开口又会和自己之前的借口相悖，只好眼睁睁看他每晚戴着眼镜坐在她枕边敲电脑，此刻随着他动作，金属链条再一次摇动起来，在他眼下投落晃动的光影。

傅言商："我是不是打扰你们了？"

"……"

他面无表情："需要我出去吗？"

"不用不用，"她在这一刻想捂住李思怡的嘴，"你给我一副耳机就行。"

他没动，路栀说："耳机应该在我这边床头柜……"

话没说完，他镇静地收回目光："既然没打扰你们，还戴耳机干什么？"

她停了一下，还没来得及说话，对面已经传来李思怡的爆笑，回荡在他们早已安静的卧室。

李思怡显然是理解错了："你老公真大度。"

傅言商："还好。"

李思怡："哈？"

迫于某人的威压，李思怡推荐的视频还是没能播放成功，李思怡想了想说："也对，这种刺激雌激素的东西还是适合我这种单身的人看，你都有老公了，就不需要雌激素的额外分泌了。"

路栀倾身，小声咬牙道："你知不知道你在说什么啊？"

"好了，我要独享视频了，先挂了。"

她躺下没一会儿，听到门铃响起，是安保说有外卖到了。

看他下床，路栀蒙蒙道："什么外卖？"

"你心心念念的骨头，"他说，"拿来炖汤。"

她那时候纯粹是太紧张了，只好没话找话，没想到他都……那样了，居然还真的有在听她说话。

方才的画面又跃入脑海，她连忙闭上眼睛。

接下来一整晚鼻间都萦绕着似有若无的骨汤香气。

她醒来时正是九点，傅言商正在桌边办公。这好像还是第一次在家里，她醒来，他还没走。

他正面对着电脑，指腹有节奏地敲击桌面，像在出神。

路栀走过去，偏了偏脑袋："梳头，然后帮我扎一下。"

她被拉到他腿上坐下，指腹做梳滑过一圈，这才拿起气垫梳理顺，气定神闲地帮她扎。

毕竟是男人，对扎头发这事不够顺手，用的时间长些，她就低着头问："汤熬好了吗？好像没有馄饨吧？"

"有，"他说，"什么时候吃？"

"等一会儿？"她转头，"你现在应该没在忙——"

下一秒，和线上会议里的八个分屏的人对上视线。很巧，她的脸出现在屏幕中央。

反应过来的瞬间她起身准备逃，但头发还没扎完，又被人摁回去："内部会议，不要紧。"

刚才隔得远没有看到，傅言商耳朵上是挂着蓝牙耳机的，他没有出声，只听汇报。

路栀看向屏幕的瞬间，八双盯着她的眼睛又齐刷刷低下头去，仿佛只是在趁会议休息时间整理文件，但路栀已经能够预想到，她在公司群里的定位又会发生怎样的变化。

一个……早上起来没有自理能力，缠着正在开会的老公，让他给自己扎头发煮早餐的……嗲精。

她在绝望中完成了不能自理的洗漱。

等到早餐开始，她看着汤碗，想尝试一下自己能不能用这双打着石膏的手独立完成进食，结果失败。

他一边搅着汤匙，一边听对面围绕主题展开规划和评议。

路栀："你先专心开会吧，我等下吃也可以。"

"等会儿口感不好，"汤匙清脆地碰撞碗沿，像是刻意为之，"不知道听过多少人在我这儿拿老婆当挡酒借口，好不容易我老婆也需要我，"他语调慢悠悠的，听不清正反，"……也让我炫耀一下。"

路栀问："你的意思是不是嫌我没在饭局给你打电话，说让你少喝点酒不然我会生气？"

他喂过来一勺馄饨："很聪明。"

路栀没再说话，让他专心听工作会议，等到他开完后，她这才从手边文件上移开视线："你们要修主题公园了？"

他点点头："今年年底差不多开始动工。"

"一般正式开园前都会请人体验吧？"她说，"你可以叫我，我肯定每一个项目都给你写到最精准的意见，我玩过很多项目的。"

"嗯，我会让他们修几个矮的。"

"不要！"路栀第一个否定，"我就要玩高的。"

投资金额还是令人咋舌的数目，她不由得想起李思怡说的，像她那个游戏项目，确实很难越过重重关卡送到他这儿来。

说到游戏，路栀问："你到底什么时候给我合同啊？你是不是想反悔？"

傅言商挺不理解地看她一眼："合同我不是早放你枕头边上了？"

嗯？

"我以为那个是你的东西，"她起身，"你都没跟我说。"

跑到床边，但以她现在的状态很难拿什么东西，傅言商替她拿了，放到她眼皮子底下。

路栀颐指气使："你放到那张桌上，然后给我支笔。"

"……行，祖宗，"他把笔放她指尖握着，"然后呢？"

"合同翻到最后一页呀，我要签字，你们这种大老板指不定什么时候反悔。"

"不检查看一下？"他抬了下眉，像真挺意外，"不怕我坑你？"

"应该不能够，你看不上这点钱，"刚才合同上的数额再度确认了她的想法，"而且如果你连你老婆的钱都要坑，那你这个人也太没有良知了。"

他微妙地偏了下头，不置可否。

手肘动不了，她靠手腕签了个歪歪扭扭的落款，写完后，路栀又用脸刷开了手机，一整页密密麻麻都是李思怡发来的消息。

"李思怡说一会儿接我去她家玩，晚上再把我送回来。"她摩拳擦掌，"正好在家也不能动，那我过去啦？"

"过去看男人跳舞？"

路栀正色澄清道："我们待在一起八卦都说不完，没空看那个。"

说来就来，半小时后，李思怡的车停在楼下。

路栀转身准备走，又看他一个人在家显得有些空荡："你要不要去公司啊？把你一个人留在家，我心里有点过意不去。"

"过意不去就少看陌生男人肌肉。"

"我不看那个！"她再次强调，"那你去公司吧，然后我早点走，去你公司接你下班，行吗？"

他眉心终于难得地展开："好。"

她点点头："要不要给你带什么？吃的？喝的？

"你不爱吃甜品这些……她家附近有家做得很好的饮品店，你要不要喝什么？"

路栀在他思考的中途低头喝水，面前是插了吸管的杯子，就这么空白的两三秒，她眼前画面一闪，居然又跑回到昨晚。

人总是一有空歇就控制不住想起某些画面。

她咬着吸管，仗着他也读不到自己的想法，有些神游……

傅言商："珍珠奶茶吧。别的喝不惯。"

路栀一口水没忍住呛出来，明明就咳了两三声，呛得也不厉害，但硬是整张脸都被咳到通红。

他抽了张纸巾，递到她唇边时，低了低眼："怎么？"

BEVERAGE AND DESSERT SHOP

🍹 饮品热选-

卡布奇诺（冰/热）　¥ 15
KABUQINUO

雪顶摩卡（冰）　¥ 15
XUEDINGMOKA

冰萃冰咖啡（冰）　¥ 24
BINGCUIBINGKAFEI

冰淇淋咖啡（冰）　¥ 18
BINGQILINKAFEI

香柠果咖泡泡（冰）　¥ 18
XIANGNINGGUOKABAOBAO

橙子果咖泡泡（冰）　¥ 18
CHENGZIGUOKAPAOPAO

🍰 甜品热选-

草莓千层　¥ 35
CAOMEIQIANCENG

日式芋泥包　¥ 15
RISHIYUNIBAO

海盐芝士蛋糕　¥ 35
HAIYANZHISHIDANGAO

奥利奥千层　¥ 35
AOLIAOQIANCENG

客厅的灯开得很亮，他嘴唇泛了点红，不知是天生的，还是刚刚吃过早餐的缘故。路栀不自在地别开眼，落荒而逃前心虚道："没，没什么事，单纯被呛到。"

等她上了李思怡的车，李思怡也透过前视镜，看一眼她透红的脸颊："怎么说，我应该没耽误你什么吧？"

路栀对上她的视线。

"怎么了，你那个表情是什么意思？"李思怡熟练地打起方向盘，"你可别小看雌激素，咱女人活着最不能缺的就是它，不然会长痘还会变丑，不能掉以轻心，懂吗？"

李思怡又看一眼她光滑平整的肌肤："不过看你这样子，你是一点不缺。"

她欲盖弥彰："我也没干什么——"

"需要我给你科普吗？雌激素的获取渠道，不过喝豆浆什么的也行。"李思怡叹一口气，"所以要不怎么说，恋爱中的女人特别漂亮呢，不过也得是好的恋爱，像我们这种单身好久的，就只能多看看帅哥，我这是为自己身体着想，你懂吗？"

路栀沉默两秒："那你对自己还挺好的。"

"行吧，我摊牌，我就是想看。"

发现她还没系安全带，李思怡在驶出停车场前，急忙停下："我说怎么一直报警呢，你这手忽然不能用，我还挺不适应的。"

何止她不适应，路柜自己也不适应："养好就能拆了，再忍忍吧。"

李思怡意味深长地看她一眼："你说你老公？"

"我说我自己！"他挺好的，他有什么需要忍的，他完全就是肆无忌惮。

等车开进辅路，路柜看了会儿窗外，忽然又开口："你有没有那种……就是经常不受控制，也没有主观回想，但有些画面就是一直在面前跳的时候？"

"有啊，这不是很正常，"李思怡说，"我第一次跟我初恋亲完，失眠了一晚上，眼睛一闭就是他头凑过来的画面。"

路柜："你居然还有这么纯情的时候。"

李思怡不明白："我一直都这么纯情好不？"

车一路开进小区，李思怡目视前方："好想接吻。"

路柜："你自己看看你在说什么。"

"受不了了，每天听你这种有甜蜜夫妻生活的人在我面前炫耀，你知不知道我有多羡慕？"

"我哪里炫耀了，"路柜说，"而且，我也不算甜蜜吧，你不要对我有什么误解好不好。"

"那你想你随时可以有，我可以有吗？"

路柜转头看一眼她，不知道她怎么会有这种想法："追你的男生也不少，你想有也可以有。"

李思怡家境好，长得也漂亮，属于很有记忆点的那种长相，尤其鼻子很漂亮，看着有点像不好接近的跩姐，其实人挺温柔的。

"等找到帅的再说吧。"

她被拖进李思怡家，第一项任务就是清理积下来的工作。

例如讨论这张卡面是否完全过关，文案的修改有没有达到要求，她手动不了，只能靠嘴跟李思怡进行所有的沟通，等到把这些事处理完，李思怡顺道记起来："你跟你老公的合同签了没有啊？"

"昨天签了，他一直放我枕头边，我不知道。"

李思怡："几几分？"

她这才想起来："……我忘了看。"

路柩："我手不方便，等拆了石膏之后拍给你看看。"

李思怡看她许久，路柩还以为她在听什么动静，但半晌后，李思怡狐疑道："我发现你现在，对你老公还挺信任啊。"

路柩偏头："也没有，我就是觉得……他总不至于坑我。"

"为什么呢？"

"看着不像。"停了下，路柩补充，"他看着不像在乎那点小钱的人。"

"看来你们这段时间感情进展挺大，"李思怡停了下，又声明，"更进一步了别跟我分享啊，我受不了这个。"

她一个头两个大："……我没想给你分享这个！"

五点多，路柩准时从李思怡家离开，履行承诺去接傅言商下班。

说的时候轻巧，临到去买奶茶时才发现，她根本就没手拎。

李思怡美其名曰不影响他们二人世界，把她送到融盛楼下，就喊秘书来带她上楼了。

他不爱吃甜的，所以奶茶她点的也是无糖，点的时候暗暗感慨自己的体贴细致，不愧是个好妻子。

路柩这回进去，他没再开会了，桌上是签完的文件，秘书拿好将门带上，她转头去看。

他正在自己那面绿植墙边查看花叶的长势，这点倒是超出她预计，她以为他只会养多肉这些好养活的植物，没想到不是。

他天生就爱养那种娇生惯养，水多水少都容易死，必须严格控制温度和水分的各种植物，就连养宠物也是，好养的猫狗根本不在他计划内，他就愿意养叛逆得不得了的狐狸，而且还是两只。

可能对于他这种人来说，这样的才有挑战性，太简单了他反而看不上吧。

绿植墙上的每一株植物，都有自己的专属生长皿，旁边还标了温度和湿度。

路栀问："你养死过植物吗？"

傅言商转头，这才发现她来了，顿了顿道："还没有。"

又补充说明："要在我的手上被养死，还有点难度。"

她看了会儿，发现端倪："除了这些叶子，你养的都是春天的花呀。"

"怎么发现的？"

"你看温度，还有湿度，而且……感觉就很像春天的花。"

他"嗯"了声："绿植都是冬天的。"

看来，他这个冷冰冰的办公室也不是全无温度，只是需要被发现。

"奶茶带来了，加了两份，"她说话忽然有点不自然，"两份珍珠。"

他打开喝了口，舌尖萦绕着很浓的铁观音味道："很苦。"

路栀："你应该喜欢喝这种吧？"

"嗯。"

她忽然笑开，傅言商看她半晌，以为她要说什么你喜欢就好诸如此类的话时，忽然听到她点头满意道："我真聪明。"

石膏的绑带挂一会儿就累，她在沙发上坐下，傅言商翻了翻她的袋子，里面还有一个小蛋糕。

不用想也知道她是给自己买的。

果不其然，没一会儿，沙发上的"公主"就开始吩咐："我想吃那个爆浆蛋糕了。"

给她把可移动的桌子推到面前，他打开蛋糕盒，小小一块圆形蛋糕旁，绕着一圈透明的塑料片。

傅言商："吃吧。"

路栀抬头，发现他西服纽扣扣得严整，看起来永远有自己的规则和秩序，也不知道被挑战后会是什么样子。

她突然故意说道："你说公主请用餐。"

傅言商转头看她。

叛逆的念头不过一刹那，她忽然意识到自己是不是越界了，正想着要怎么为自己那一刹那的突发奇想找补，忽然，一勺蛋糕喂进来："吃吧，公主。"

快吃完时她才反应过来，她买的是爆浆蛋糕，但刚刚圆片抽开来的一瞬间，奶油并没有淌下来。

她停了停："这个蛋糕怎么没爆浆？"

傅言商随她视线看去。

"可能是你没跟它说，"顿了顿，他道，"公主请爆浆。"

"……"

回去的路上，路栀跟李思怡在电话里，纠结了一路这个蛋糕怎么没爆浆的问题。

李思怡在那头说："等你拆了石膏，让你老公亲自给你做，肯定符合你要求。"

一周后，放假的阿姨陆续回来，不过大多时候还是傅言商"照顾"她，除了偶尔要收些利息之外，也算良心，等到了复查时间，确定可以拆下石膏后，她终于获得了使用双手的自由。

拆完之后还很惜命地问医生，可以正常用了吧？

医生给出的回答是没问题："你恢复得很好，不提重物就行。"

只是没想到，等她回到家，桌上已经摆好了模具材料。

手刚好，她用得还很珍惜，小心地举起桌上的一瓶淡奶油，问他："这是什么？"

"我也很好奇，"他淡淡道，"那个蛋糕到底为什么不爆浆。"

石膏是他陪着去拆的，走的时候桌上还没有东西，应该是他让别人送来的，但当他们回来，家里又没人了。

她开口正要问，看到他已经端好材料走进厨房，于是跟进去："……你亲自做啊？"

"别人做我担心不爆浆。"

她很怀疑他是被自己烦的。毕竟那天她确实跟李思怡讨论了好久，这阵子只要想起来，就会当个梗反复玩，大概也激起了他的挑战欲。

就在她出神分析间，男人已经挽起袖口，准备配料开始打发蛋清，直到蛋白能提起个小角，这一步骤看起来像在做蛋糕坯。

她从小就很爱当厨房监工，不过因为没人要求她做饭，她又不喜欢油烟，就从来没学过料理。还以为结婚之后要学的，没想到他也不让她做。

戚风蛋糕放进烤箱，路栀忽然回过神，很多余地叠了一下他本就平整的袖口，乖巧地问："你看的是什么教程呀？"

傅言商垂眼。她只要露出这个表情，就不会有好事发生："怎么？"

她温柔地提出诉求："我想吃海盐芝士的。"

"……"

临时换了口味，他看一眼她提出的要求菜单，临时买了些烤杏仁。

路栀不得不承认，看他做饭很养眼，他干什么都有种游刃有余的感觉，动作利落，一点不拖泥带水。

当然，也有可能纯粹是脸好看。

她靠在冰箱旁看了会儿，自己也没意识到究竟是在监工厨房，还是在看他的脸，半晌后，他偏过头："再看要收费了。"

她本想说那就不看了，但话说出口不知怎么就变成了："怎么收的？"

他正在给戚风蛋糕脱模，指尖扒住边沿，一整块柔软的蛋糕就坠到手心："取决于你看多久。"

她抽出张银行卡，夹进他衬衣胸口的口袋："那就再看十分钟吧。"

"忘了说，"他顿道，"我钱比较多，所以支付方式不是用钱。"

她正想说那还能用什么，但很快，爆浆蛋糕重新被淋上芝士海盐酱，他最后覆上一层糖霜："来吧公主，用餐了。"

傅言商眼皮很薄，垂头时很自然地抬起眼，双眼皮外显出一道标准的开扇，就这么看着人时，说不清是暧昧还是审视。连这声亲昵的称呼，也听不出是揶揄还是调笑。

路栀："你干吗，讽刺我？"

她不就说了那一次！

他切下一块三角："我以为你知道，你老公没有讽刺别人的时间。"

他又说："更何况，这块蛋糕他还累死累活地做了一小时。"

她脱口而出："这很累吗？"

话一出口，感觉好像不太对。

她正想开口更正，但又显得欲盖弥彰，终于，他意味深长地开口："看跟什么比吧。"

"……"

他做的蛋糕确实很配合地爆了浆，而且味道很正，不输她吃的下午茶甜点，如果她不是回来的路上刚吃完一支冰激凌的话，是完全能吃掉的。

但，她吃过一支奶油味甜筒后，吃了几口蛋糕后已经觉得有些腻了。

他切下来的三角还剩大半块，路栀给自己泡了壶茶，慢吞吞地吃完剩下的，忽然计上心头，悄悄探出脑袋看他在干吗。

嗯，在看文件。

傅言商目光正在文件上穿梭，忽然听见一道声音，发现路栀从侧方钻进来，手里还端着一大块蛋糕。

她很心疼地说："你好辛苦。"

"不辛苦，命苦。"

路栀挖下一小块送到他嘴边，然后说："那你吃吃这个吧，这个好吃。"

她语调亲昵表情温良，表演人格出没。

他难道不知道吗，事出反常必有妖。

况且这蛋糕为了配合她的口味，放了很多黄油，所以蛋糕和奶油整体很甜，也很腻。

他其实很讨厌吃甜的，但她第一次主动投喂，这个动作，很难拒绝。

为温柔乡付出一些代价是应该的，他很清楚这个世界上没有不付出的回报，好比根本不存在没有风险的投资，指尖在键盘上敲击，他第十二次张开嘴。

吃完后，路栀满意地收了盘子，然后再也没出现过。

她浑然不知这位丈夫的内心活动，因为她在全神贯注另一件事。

李思怡这段时间每天都在高唱好想要谈恋爱，她之前打了石膏无法打字，现在终于拥有自理能力，给她发消息。

路栀："要不要我问问傅言商，他公司应该有一些符合你要求的吧？"

李思怡："干吗？你要你老公动用身份，在威压之下，强行要求别人跟我约会吗？"

路栀："就不能是你们'两相情愿'吗？"

对面回消息过来："那我去做做功课，稍等。"

李思怡这一趟功课就做了一晚上，等路栀躺进被窝准备睡觉时，看她发来语音，点开。

李思怡："我刚刚去看了下，融盛官网能露脸的高管好像都四十岁了。"

她贴在耳边把语音听完，正准备打字，那边不知道什么时候又发来一条新语音，微信开始自动播放，又因为她翻动的动作自动转为外放——

李思怡："男人年纪太大了根本不行，别给我推荐这样的了。"

李思怡的声音完全不收敛，大刺刺地外放在卧室，路栀很迅速地在关键词冒出时按下了暂停，但不知道他有没有听见。

她捂着听筒，小心翼翼地朝旁边看一眼。

他移动鼠标的指尖没停，说的话确实听到了，但他自认为这句话和他无关，听完就过了，但就这一眼——她看过来的一眼，他读出了些心虚的意思。

他今年二十七岁，马上二十八，是整个傅氏最年轻的总裁，没人在他面前提过"年纪大"这几个字，在哪个合作方中都是年轻人士，如果不是她看过来这一眼，他还没意识到，有人的认知出现了偏差。

路栀看他一直没开口，理所应当以为他没听见，把这个话题抛之脑后，给李思怡发消息，咔嗒咔嗒输入了几句，发现卧室灯被他关了，傅言商随之躺下。

他在安静的空隙中平静地开口："我算年纪大吗？"

她下意识回道："你不算吗？"

傅言商停顿片刻："所以你们刚刚的语音，是在指桑骂槐？"

什么语音？

她这才想起来，正要开口，又听见旁边人以一种极为危险、极有压迫感、又极为从容的语气开口："所以，也是因为觉得我不行，所以当时尺寸也买错了。"

啊？这二者之间有什么联系呢？

她脑子转了半天才对上来："那个……尺码的事，我之前真的是随便拿的，就是为了敷衍我朋友，我当时根本就没想到你——"

他又侧身过来，调整她这边台灯的亮度，正巧要伏在她身上，路栀平静地等待他越过，再平静地等他回到原位。

但他没再动了。

傅言商重复："当时根本就没想到我。"

"但这个……真的是实话呀，"她说，"那时候我们都不熟，我才见过你几次，我要是记着你才好奇怪吧——"

"那我们现在熟吗？"

如果是以前，她一定又会觉得他在生气，但现在不了。

她能清晰地觉察到一种危险，一种来自男性身体的张力。他在等待，在等待什么呢？等待心愿满足？还是安抚？或者，都是？

于是路栀开口："真的，真的没有看不起你的意思，也……也没有说你不行的意思，她的意思是——"

"我不在乎她的意思。"

他越来越近，她几乎要靠坐在背后床头上了。路栀气息开始渐渐不稳，攥住他衣领，紧张地舌尖打战："你你，我我我，那盒已经丢掉了我——"

"我说了，在你没准备好之前我不会的。"

她松了口气，但又有一点说不清的失落，从哪一处升起又潮落，可他显然也没那么快放过她，这种感受很奇异，她在轻微地抖，但并不害怕。

好恐怖，她到底怎么了？

路栀努力道："那个……嗯，我的意思是……"

"是什么？"

"不会，不会怀疑你，"她艰难地克服巨大的羞耻，一个字一个字地吐出，"我相信你肯定，嗯，天赋……异禀……"

他额头抵着她肩膀，终于忍不住笑了出来，她这才意识到自己又被耍了，刚想张嘴咬他时，手心忽然被人一带。

他刚洗过，颈间雪松木的香气循着衣领温热地发散出来，他克制着并不明显的抖动，暗示地展开她掌心，下唇蹭过她颈间，气息温热地拂过："是吗？"

枕月湾之所以赐名枕月，是因为每栋别墅的主卧外，都修有泳池，特殊材料的底砖让泳池即便无水，也能清晰地倒映出天幕的月色。

泳池盛水时，水纹更是随着风动漾起涟漪，月光被撞碎，再拼合。

路栀乱糟糟地想着，不知道今晚有没有月亮，而他们枕的，又是哪一弯？

她刚被他逗过，呼吸随着情绪起伏也显得有些紊乱，掌心湿透，显然出了汗，后背也渗出层密密的汗来。

他就在前方不过咫尺，上方的绸质睡衣好端端地穿着，熟悉的红黑色调折射着碎光，张扬放肆勾边的暗红顺着颈后一路勾勒向领口。男人体脂率低，锁骨很明显，衣摆晃动时更明显。落在下摆的投影和光像是鳞片，而她手中的是他亲手交递的一尾鱼鳍，鳞片湿滑，稍有不慎就会从指尖溜走。

视线至此戛然而止，她无法更深地低头去看，只好抬头。

他稍眯着眼仰头，她只能看到喉结克制地滚动，床头新换的水波纹灯在他颈间落下涟漪，像起伏不定的海浪。

路栀想起佩尼达湛蓝透明的海水，顺着沙滩溅上她掌心，冰凉、陌生，此刻却滚烫地复现在她手中。火山爆发的熔岩，无法触碰的蓝色火焰，一浪堆叠一浪，冲刷着岸边礁石，有细微的声响。

或许是察觉到她目光，他低眼，她在同一时刻迅速地移开视线，手背被他覆着，他轻微垂下头来，带着温度的唇珠经过脸颊，落在颈间。

刚吹干的发，软软地扎在细嫩的皮肤上，她偏了偏头。

他声音带着沙哑的质感，像摩挲后的颗粒，和她手心一样："痒吗？"

"……嗯。"

又再没有声音了。

房间里只剩下空调吹风的声音和呼吸声，他的呼吸炙热地落在她颈窝，像酝酿着迟迟难以喷发的火山，起伏不定地被她掌控，但被控住的何止是呼吸？她抿起唇，脸颊一片滚烫，又觉得闷热得不合常理，于是伸出另一只汗涔涔的手，去找一旁的空调遥控器，果然，空调遥控器不知何时被人按到了热风键，房间像一座闷闷的蒸笼火山。

好酸……她努力分心着调回冷风，空调"嘀"的一声，他眯起眼攥住她手心，饱胀感直冲到顶，温度调回到原来的温度，但哪里都在出汗，掌心潮热一片。

空调扇叶下的绿植正在随风摆动，房间的闷热终于得以被驱散。火山观测者终于等到熔岩喷发的那一刻，岩浆落在肌肤上，却遗留漫长的痕迹和滚烫，原来跳动的也可以不只是心脏。

路栀不知道该怎么看他，只好大眼对小眼地盯着空调扇叶，就这么过了三五分钟，终于感受到凉意袭来。

后劲还在，他青筋跳着，低问："刚按什么了？"

"空调，"她说，"不知道怎么变成热风了，越待越热。"

他"嗯"了声，垂眼退回自己的位置上，她偏头，第一次如此希望能看到两只捣乱的小狐狸，但没动静，她只好开口去喊，忽略着手上纸张纹路擦拭过的触感。最终，猫条的开封条被扔进垃圾桶。

傅言商也没问她为什么突然开始喂零食了。

路栀就这么硬着头皮躲避他的视线，喂猫条时瞥一眼自己手指，又挪开，听到浴室里传来声音，是他将狐狸放粮的碗拿去清洗。

猫条里的最后一点总是很难弄出来，结束后，路栀也去浴室洗手，正碰到没出来的他。

他问："弄手上了吗？"

路栀视线飘忽，她知道他是在问猫条，但很难不觉得他是在问别的，于是摒弃杂念说:"洗洗就行。"

两只狐狸又跟着跳了过来，像在检查还有没有新的零食，路栀胡乱想着，也不知道狐狸需不需要定期打疫苗，唾液危不危险之类的⋯⋯

忽然听到他说:"洗手液。"

"啊?"她有些恍惚地抬头。

"我说，用洗手液洗。"

她低头，耳尖通红一片。

回到卧室后，她翻来覆去地睡不着，傅言商那边的灯还开着，但人已经躺下了。

路栀好奇他在做什么，转过头去，他正将手探出被子，用空调的冷风吹着。

路栀:"你很热吗?"

"不是。"

她正要开口，忽然看见他弯了下唇角，手掌覆过来，垫在她脸下，忽然凑近了些，像是在观察:"宝贝脸怎么这么烫?"

路栀嘟哝:"你喝了假酒吗?"

"没有啊，"他说，"我又喝不醉。"

他展平的冰凉的手掌全部贴上她脸颊，路栀被冰得一颤。

极端的冷热对比让她立刻意识到，自己的脸究竟有多烫——以及，他这个姿势，像捧着她。

傅言商问:"脸这么红，想什么了?"

"我没想!"她当即出声反驳，"我是用了那个玫瑰面霜，因为是萃取的玫瑰，霜体是红色，所以涂上来也是红的。面霜里面有一些专利科技，会自发热促进胶原蛋白新生这样⋯⋯"

她有什么编什么，反正他是男人，对护肤这些也不可能很懂。

半明半暗的光线中，路栀听到他笑了下，不知道是信了还是没信。

他手真的很冰，也不知道吹了多久，手心被她染热之后又戳了戳她脸颊，指尖陷进入两个梨涡："还热吗？"

路栀嘴比铁板还硬："本来也不热……"

忘记是嘴硬几句之后睡着的，空调切换到冷风后终于舒适许多，但她并不清楚之前的燥热会不会也只是心理作用。

她是被南瓜粥的香味催醒的。睁眼时，傅言商正站在镜子前打领带，她刚醒还有些恍惚，就看着他动作利落地束好，再扣上西服纽扣。

他今天应该是有会要开。

路栀下意识撑着手起床，忽然手一松，有些茫然地看着手腕，片刻，镜前的人也回头看她：

"怎么了？"

路栀下意识回道："感觉手好酸。"

他靠近了些，端详她的手肘："石膏拆早了？那我带你去医院看看。"

"不用。"她开口得太快，半晌后才道，"应该，应该不是骨折的后遗症。"

意识到什么的傅言商："……"

桌边吃早餐时，她偏头看他："你等会儿是要去公司吗？顺便把我送去工作室吧。"

"手刚好就工作？"

她在喝粥，话说得囫囵："又不干什么……很累的事。"

他快吃完，闻言捏着汤匙坐在那里，一动没动地数着秒。

路栀又忽然反应过来，轻咳了声："没有内涵你的意思。"

刚到工作室，大家纷纷围上来问她怎么样，路栀摆摆手说已经没事了，马上到了要更新资源包的时间，整个办公室都很忙碌。

她挨个看了圈工作进展，确定大家都没摸鱼后，也回到了位置上，李思怡正在接收画手发来的新卡面："草图，发你看看。"

这张是浴室双人互动卡面，珍藏卡的级别，所以她看得很认真，放大抠完细节，这才跟李思怡说："姿势好像有点奇怪。"

李思怡看一眼："这有什么奇怪？"

路栀端详她的神色，感觉好像又上高速了。

"你想点正经的，"路栀用鼠标给她指，"你看这个动作，从女主视角出去，手指放到男主脸颊旁边喂树莓，你不觉得这个胳膊的角度，好像不太对吗？"

"比如呢？"

"就是很别扭，一眼看过去不够舒服。"路栀说，"你没觉得？"

"你这么一说我觉得是有点，那跟画手说一下改改吧，"李思怡说，"怎么改？"

一时片刻很难说出所以然来，路栀说："我先想想，然后今晚多看几遍这个图，把要改的都列出来，明天一次性发给她。"

她拿出手机记录了一下，李思怡绕过来一看，发现她手机里有个备忘录，很有条理地记录了每一次使用工具人老公的提醒。

上到之前文案策划跑路，她不得不亲自出马找灵感，跟他见面出游；下到今天回去造一个相同的景，去看一下这个姿势的角度，到底怎么摆才好看。

她那身价高到吓人的老公被她这样借用，连带一个游戏都开始闪烁着金钱的香味。

李思怡不知道她是缜密还是胆大，总而言之是挺敬业的："你用他用得真顺手。"

"这不就是老公的意义吗？"路栀说，"主要还是我这记性，不记一下真的会忘掉的。"

还好家里有个浴缸，她审完手头的东西，就去商场里买了些浴球和新鲜花瓣，到家就开始忙起来，两只狐狸该出现时不出现，不该出现时疯狂添乱，把她的浴球推到地上，又推进床底。

傅言商进门时正好看到这一幕。

她半趴在地上，像是在跟谁说话，手肘抵着膝盖，腰顺着凹进一截，贴身的牛仔裤送出一整截漂亮的曲线。

忽然有声音响起，不设防的路栀感觉身后被轻轻一拍，起身，难以置信道："你打我屁股干吗？"

他解开领带："今天怎么先回来了？"

"我想泡澡，就买了点东西，回来准备着，"她控诉，"你儿子把我的浴球推到床底下去了。"

他显然处理过很多次这样的突发事件，撕开一根猫条，半蹲着递出："它是想跟你交换零食。"

果不其然，吃饱喝足后，狐狸将她的浴球完完整整地推了出来，路栀揉了揉身后，感觉这一巴掌挨得好冤。

浴缸里的水已经被她放得差不多了，她试了试温度，撒好花瓣，又点了香薰蜡烛，在上方搁好浴缸置物架，连酒杯都还原了。

傅言商就站在她身后："你要喝酒？"

喝酒这个不在她计划内，她不知道他是什么想法，斟酌片刻后说："都行。"

几分钟后，他拎着一个玻璃瓶进来："那喝这个吧，井池送来的新品米酿，度数很低，你应该喝不醉。"

他动作很矜雅地给酒杯满上，还放了盘水果，做完一切后起身，路栀看着他，无声地暗示。

浴室里，两个人就这么对站了五十秒，路栀忍不住开口："我要脱衣服了，你要在这儿看吗？"

本以为下一秒他会走，谁知道他随意地开口："你需要的话。"

不是，我怎么就需要了？

"我不要，"她抬手推，"你快出去，你在里面我怎么换啊？"

"你如果还在打石膏，我本来也可以帮你换。"

"我打石膏也不会泡澡，"路栀没忍住捶了他一下，"你好烦，快出去。"

他抬了下眉，她最近在他这儿，胆子是越发大了。

路栀用起泡机打出软绵绵的白色泡沫，趴在浴缸边，惊觉自己好像享受得太早了。

她怎么把他再次叫进来呢，正发愁间，浴室门已经被人打开，傅言商穿了件浴袍走进来。

行吧，不用叫他，他会自己过来。

路栀见他穿着浴袍下水，坐下后才慢条斯理地开始解，不由得跟了句："你好保守。"

他说不是："怕你看了会吓着。"

她没敢细想他到底是哪层意思，怕自己喝晕了不记事，只好一点点地抿。他喝得就要悠闲许多，配上她调出来的音乐，还真有点在度蜜月的氛围。

路栀打开手机看了眼画面，确认着找好角度，没想到他今天居然也买了树莓，完美吻合。

她挑了一颗，送到他唇边："喏。"

她决心不再多说废话，也没必要跟以前一样，每一步都解释自己的动机，她怎么就不能是突然想喂他了呢？

路栀根本没在意他吃不吃，一边看他，一边看手机，确认画面到底是哪个位置违背了人体美学，最终手指压在他唇角没动，视线锁在手机屏幕上。

指腹下触感忽然一变，舌尖抵住手指时轻微咬合，奇异的触感传来，路栀"嘶"了声。

"……疼？"他都没用力。

路栀才把情绪从画里调出来，反应过来他到底干了什么。

她以儆效尤，偏头在他虎口咬了一口，反问："你不疼吗？"

"不疼。"他垂眼，缓慢道，"我很开心。"

手机掉落在地毯上，路栀的脸被浴缸热气蒸得发红，她嗫嚅："你在说什么啊……"

"实话实说。"他手上还有水，滴滴答答地落在绵软的泡沫上，有很闷的声响，傅言商抬手，又靠过来，"再咬一次。"

她偏过脸，眼尾泛红，不想理他。

她靠在浴缸边沿向后蹭了蹭，忽然感觉到浴缸里水浪翻涌，整个人一个腾空，就被抱到了他身上。

路栀吓得心脏狂跳："你干吗？"

他彬彬有礼："有点冷，盖一下。"

路栀心说你是怎么用这么坦然的表情说出这么莫名其妙的话的？

音响里正播到《夜半小夜曲》，大提琴声悠扬回荡，他手腕搭在浴缸边沿，似乎在跟着轻哼。

路栀惊诧："你还会唱这个？"

他后仰，好整以暇地看她："我在你眼里，是不是没进化的山顶洞人？"

"……"

"总觉得我这也不知道，那也不知道，"路栀耳垂被人捏了下，她听到他说，"所以总敷衍我。"

路栀蒙冤："我什么时候敷衍你了？"

"一直。"

他这话说的，有一种她每次胡说八道，其实他都发现了但没揭穿的感觉。可浴室雾气缭绕，她竟然一时想不起，自己都跟他说过什么胡话。

耳边传来他喝水的声响，从未如此立体地回响在耳边，放下杯子时傅言商才开口，语调随意："乱动什么。"

"我没动，"她咕哝着，"不舒服……"

"哪里不舒服？"

她意识到他误会了，张了张嘴正要开口，忽然见他手指沉至水下，瞬间隐没："这儿，还是这儿？"

她忍不住瑟缩，膝盖却蹭过一块布料，停顿了好半晌，这才开口说："你穿了……裤子吗？"

"嗯，怕你害怕。"他屈了屈腿，"别急，我们循序渐进。"

她又顺着移回原位，只好用手撑在他身前："我没着急——"

还有，他这渐进得还挺快的。

他说："我穿了，你怕什么？"

"但是我没有啊。"

"我知道。"

终于撑不住了，她手腕一松，相贴时听到他闷哼一声，路栀察觉到他指尖，撑着浴缸边就要借力起来，下一秒，被人托住。

密不透风的空间里暖气氤氲，她仰头稍稍皱起眉心，手指用力攥住浴缸边缘，没关闭的水龙头隐约落下几滴溅在台边，若隐若现的纯音乐伴奏声里，只隐约听到他的低笑声。说不清是夸奖还是调笑。

他另一只手掌贴在她后背蝴蝶骨，像攥住一只翩然欲飞的蝶。

进浴室是六点多，等到再出来，已经快九点了。

路栀感觉自己都快饿成一颗舍利子了。

她整个人被包在干燥的浴巾里，发尾被水打湿，像一个雪媚娘一样滚到床上，控诉说："都怪你。"

他抽出一旁的纸巾，拢上她发尾："嗯，让我听听这次又怪我什么。"

"……我好饿。"

"等会儿做。"

"都怪你还没把人全叫回来，不然弄完都能吃饭了。"

"弄什么？"

"泡、泡澡啊。"

傅言商看她一眼："脸又红了。"

路栀转过身子背对他："快去做饭！"

他也没继续迫近，收手问："吃什么？"

"快一点的——"她想起什么，又从收藏里把整个列表发给他，"这些我都想吃，你挑一个做吧。"

自从路栀发现他会做饭，现在刷到美食视频完全无法收手，使唤他使唤得也是越发得心应手。

等他进了厨房，没一会儿，人影尾随而至，路栀套了件白色长T恤，就坐在料理台上，一边吃零食一边监工。

她偷懒没穿睡裤，两条腿就搭着垂落，被黑色的理石台衬得越发白皙，朦胧的暖灯打下来，甚至能照清她皮肤细腻的纹路，像展台里上好的羊脂玉，温软细腻。

路栀注意到锅里已经很久没动静了，叼了片薯片："你有没有在看火候啊？"

他很诚实："没有。"

路栀撇嘴，伸出一根手指，把他的脑袋推了回去。

以最快的速度解决完晚餐，路栀投入和李思怡的选人计划中。

游戏即将正式公测，各种宣传也要安排上，除了华亚也就是她老公可以提供的线上推送资源以外，线下的各种活动也需要铺开，把游戏的知名度先打起来。

她目前计划和奶茶店联名，还有和方糖的甜品联名，除此之外还打算办一个线下的见面会，请一些coser（角色扮演者），以男主的名义和女玩家们现场互动。

选人就成了当务之急。

和傅言商出门散步时，李思怡的电话打进来，她抬头示意走里面的小路，然后轻踢着石子接起电话。

李思怡："我现在在筛选一些资料，有什么硬性要求吗？比如身高，一米八的？"

路栀想了想设定："一米八的不行，起码一米八五。"

傅言商看了她一眼。

李思怡那边声音很小，她把手机全贴在耳边，才堪堪能够听清。

李思怡："要帅的吗？"

路栀莫名其妙的："肯定要帅的啊，不然谁乐意去看？不过到时候都要戴口罩，所以眼部和眉骨条件很重要，但是如果有整张脸更帅的，肯定还是以整体优先。"

"好，行，我差不多懂了。"

路栀："到时候分不同的组来选，每个男主一个组，他们每个人的衣品不一样，所以对应的也有西服、风衣这些，也是要看身材定的。"

"嗯，你先定吧，到时候我们一起选。"

"OK。"

对面又灌进一阵风声，路栀只隐约听到什么屁股翘之类的字眼。

她没听清："什么屁股啊？"

傅言商："你们还看屁股？"

"不是。"她摆摆手，又听到对面李思怡再开口，聚精会神地去听。

李思怡："就是玩家嫌圣诞节那张卡面，男主的屁股画得不够翘，让我们改翘一点，要不要改？"

"哦，这样子，那肯定重要啊，行，安排吧。"

傅言商眯了眯眼，感觉自己头顶好像有点变色。

挂断电话后，路还剩很长一截，她直觉自己好像有话没跟他说完，正在努力回忆时，又被迎面而来的萨摩耶吸引住视线。

主人很友好，小狗也摇着尾巴，她低头快乐地抚摸，很快就忘记自己刚刚是要说什么。

到家已经很晚，她很快就上床睡觉，傅言商照例在一旁处理工作，总裁总是有签不完的文件，他浏览时笔就夹在食指中间，衬得手愈发修长，偶尔转笔，那双手也不只有在敲字和签文件时这么灵活。

她思绪开始神游进浴缸。

傅言商扫了她一眼，像在暗示："有什么话要跟我说？"

她完全忘记散步时候的事，随手一蒙被子，偏过头迅速作答："没有啊，赶紧睡吧。"

"……"

既然要大浪淘沙般选人，那么势必要延迟下班。

宗叔在下午接到她的消息，说不用等她吃晚饭，也不用接她，但六点钟时，家里的车还是准时停在写字楼下。

宗叔看向后面："要等多久呢？太太有可能九点钟才出来。"

傅言商合上笔记本："我倒无所谓，反正回去也是看电脑。"

"等不了的话，"他偏偏头，"我给您今晚放个假，回去陪小孩？"

说话间，电动门打开，一排身高平均一米八五以上的体育生有说有笑地列队走出，很是明显。

宗叔下意识道："以前在这边没看过这么多男生，哪个公司新招的吗？"

傅言商："我太太的公司。"

宗叔一时有些结巴："都，都是吗？"

"应该选几个，"他指尖在灰银色的外壳上浅浅地敲，"也可能多定几个，谁知道。"

第一拨结束没多久，第二拨穿着机长制服的年轻男大学生再次走出，紧接着不超过五分钟，穿着西服的演员继续从门后源源不断地涌来。

"您先回去吧，"傅言商看一眼手表，"我去看看。"

路栀面了一下午，本子上密密麻麻的全是记录。

今天只能大概定好每个男主的组别，一组大概五六个人，最后再从每组里挑出一个。

李思怡："按照你的要求，我从模特公司、戏剧学校、体育大学里挑出来各种符合要求的，还有一些今天有事，后天才能来。"

路栀赞许地点头："你办事，我放心。"

新一拨面试人员进来，路栀挨个看，临到最后一个时，还没抬眼，一旁前台的程莘莘已经凑过来，小声跟她附耳："这个很帅！"

她看到西装的时候就觉得不对了。

这套西装面料明显区别于她之前看过的所有，能看出精致的手工制作痕迹，合身到像是高定裁衣，就连喉结也……

她抬起头："这个——"

程莘莘："是吧，是不是很帅？"

路栀："是我老公。"

程莘莘："？"

路栀问："你怎么站那儿去了？"

他随意道："前台带我站过来的。"

程莘莘瞬间站起来，一下就开始语无伦次："不，不好意思！我看你穿着西服，又没说找谁，还以为是，是……"

"没关系，"路栀拍拍手安慰她，又拍拍旁边的位置跟他说，"你坐过来吧。"

李思怡在一旁惯例提问，她就转头小声问他："是有什么事吗？"

"没事，"他说，"就是很好奇你们的工作程序。"

路栀品了品这句话，一时品不出其中奥义，索性不再关注，继续去看每个人和人设的贴合度。

看到一半，又听他在一旁云淡风轻地道："好看吗？"

"还行。"下意识回答完毕，她又停了那么两秒，在危机四伏中找到出路，"没你好看。"

她又正色道："这是工作，你不要戴有色眼镜看我。"

他平淡到仿佛完全没上心的样子："我没说什么。"

路栀咬着笔杆心想，真的吗？我怎么觉得你的眼神把话都说完了呢？

等她看完今天到场的这批，跟傅言商在外面吃了法餐，二人这才驱车回家。

她有些累了，上车没一会儿就睡熟，再醒来，是被熟悉的声音叫醒。

降下车窗，井池正抬手和她打招呼。

傅言商："怎么过来了？"

"嫂子约我过来谈联名合作，好吧？"井池欠嗖嗖地凑近，"不是来找你的。"

傅言商轻嗤一声。

客厅内，每个男主的立绘和大头证件照摆了满桌，每个人物都有对应的资料卡、喜欢的食物，以及代表性元素。

他们需要讨论的是，每一个男主对应的蛋糕要怎么设计，摆上哪些元素，送哪些周边。

大框架定下来后，剩下的交给蛋糕设计师。

路栀去房间里面接电话，井池则在外面跟傅言商叙旧。

"这么多纸片人，你有没有觉得威胁到你的地位？"

傅言商面无表地情玩着手里的小卡，淡淡地开口："想多了。"

与此同时，屋内的路栀正打开电脑，问李思怡："对了，昨天玩家说的那张卡面，画师把屁股改翘了没？"

井池伸长脖子去听："我怎么听到里面在说……"

傅言商把他按回去："她有自己的工作要做，给她一定的空间，是种尊重。"

顿了顿，他又拉长音节："不过你这种已经睡了七天书房的人应该不会懂。"

井池一怒之下怒了一下："行，你大方，你不在乎你老婆看大帅哥。"

就这样，路栀接连忙了三天。直到第三天才把组分好，不过接下来挑选就容易多了。

终于空下来，想起之前都是傅言商等她，她难得善心大发去接他一次，已经是八点多的光景，霓虹反照不夜城，她在车里坐了十分钟，还没看到他下楼。

路栀电话打过去，先是听到一阵喘息。

她承认思绪确实游走了一会儿，这才怀揣着各种不确定问他："……你还在办公室？"

"嗯，"他仍喘得厉害，"过来了？"

"嗯……"她也不知道该说什么，想问点什么，又不知道该怎么问。

那边在短暂的停顿中道："上来吧，我一会儿就好。"

上次在他办公室被亲的画面还历历在目，她这回多留了一分心眼，警惕道："那你现在……在干吗？"

"练臀。"

嗯？路栀上楼时，还在他那句"练臀"里没有反应过来。

她不知道那具体是个什么运动，只知道自己磨磨蹭蹭到总裁办时，听到其间一片安静。

推开大门往里走，才隐约听到淅淅沥沥的水声，他在洗澡吗？

路栀绕到旁边的健身室看了一下，同他办公室一致的装修风格，简洁又利落，但该有的设备一个没落，她甚至还去尝试了一下他的哑铃——自然是没能提起来。

水声也在这时候停下来，换成细微的摩挲声，好像是在擦头发，或者是身体。

她有一个非常善于想象的脑袋，因此当想到这里的时候，随之浮现出画面，然后在意识到的下一刻被她精准掐断。

里头好一会儿没再传出声音，不知道他在里面干吗，路栀手指搭上把手，正要拧开一探究竟时，门从里面被人打开。

散了一半的雾气慢悠悠地飘逸而出，他看起来像是想看她怎么还没来，视线向外落了半秒，这才转到她身上。他微微抬了下眉尾："又想看我洗澡？"

话题拉回分开半年后的首次见面，她不知道他提前回家，打开浴室门的时候，正好撞上他在洗澡。

那时的情况和现在全然不同，无论是哪里。

路栀仰头："你洗澡有什么好看的。"

他轻笑了声，像是被无语到。

"是吗，"他揉了下眼尾，"但我怎么记得有人在原地站了好几秒，最后话题都揭过了，在车上还要欲盖弥彰地说她什么都没看。"

"不是，我很诚实的，"路栀说，"真什么都没看到，雾那么大，要不是你围条浴巾，我都没意识到你没穿衣服。"

他点点头："记得很清楚。"

说不过他，她转过头，一副拒绝沟通的架势。

傅言商又跟她聊了两句，路栀见他手一直放在眼下，凑过去看："怎么了，睫毛进眼睛了吗？"

"好像是。"

路栀："别弄了，你都弄红了，我看看。"

她借着光坐上洗手台，抬起他的脸来回看，路栀看完一圈后才开口说："没东西啊。"

"有。"

也不知道他为什么这么笃定，她说："那我给你吹一下，你别动。"

她吹了两下，又凑近些问："这样呢？"说完又补充，"其实有时候没东西，就是心理作用……"

他在这一瞬间忽然睁眼。

路栀吓了一跳，手一松，听他低声问："吃什么了？"

她反应了会儿："薄荷糖……你怎么这个都能闻出来？"

"你自己吹过来的。"

她别过脸，后知后觉感知到浴室里的闷热，半掩的门输送进点点冷气，他肩膀上还有没擦干的水珠。

"帮我扶一下，"他说，"浴巾快掉了。"

路栀低头，他腰间的浴巾围得松松垮垮的，正有要散开的架势，她嘟囔："你自己弄啊。"

"嗯，"他说，"那就这样。"

她脸更红了。

但浴巾往下滑落的速度更快，她当场一闭眼，伸手拽住两端，摸索着去系紧，硬着头皮说："你能不能文明一点？"

"什么意思，"他慢悠悠地，"你是说我不知羞？"

"嗯。"

下一秒，密闭的全黑世界里，路栀的耳朵忽然被咬住，熟悉的温热气息窜入，她的手下意识一松，掌心布料滑落，浴巾落地。

他嗓音温温淡淡的："怎么还解我衣服？"

路栀想出去但又没法睁眼，气鼓鼓地一推他肩膀："你快把衣服穿上。"

"等会儿。"

等出来时，他套了件白 T 恤，头发也已经干得差不多了。

她根本不敢想，如果宗叔还在车里，她要怎么面对他，但好在下楼时，宗叔已经很有眼力见地提前撤退了。

晚上睡前，路栀踢了下被子，忽然想起什么，转头跟他说："对了，我这周五要去江城出差，大概五天。"

他正在翻财经杂志，闻言手指顿了顿："怎么去这么久？"

"也没很久吧，"她说，"我之前冬令营都去了三个月。"

他"嗯"了声，也不知道是在看杂志还是在想别的。

她翻了个身："你在那边有没有推荐的酒店？我自己看好麻烦。"

他这么挑剔，应该住过不少，住的也是最好的。

"我在那边市中心有顶层套间，"他说，"住吗？我可以让何诏把卡给你。"

她点点头，有些困了："好，那我住你的房间。"

"你朋友要不要跟你住一起？"

迷迷糊糊间，她翻了个身："李思怡吗？不太清楚，我到时候问问她。"

第二天，等她问完，李思怡的答案当然是和她分开住："万一你老公来突袭，我在房间不是很影响你们？"

这措辞没个正形，路栀有被无语到，懒得和她更正，确认了一下飞机票。

周五傍晚她们顺利抵达江城，放完行李之后逛了一圈，这才回到酒店。

李思怡开了十二楼的房间。

路栀洗完澡之后，给傅言商打了个视频电话。

响过几声后接通，他的脸很快出现在右上角："到了？"

"嗯，给你看下房间。"

他似乎确实有些意外，抬了下眉道："现在还知道视频报备？"

"肯定要给你拍一下啊，免得你又说些奇怪的话。"路栀深有其感，"你像那种有疑心病的老公，每天怀疑你老婆房间里有没有可疑的人。"

耳机里传来很低的笑，路栀靠上床沿："你笑什么，我说的不对吗？"

"你说什么都对。"

路栀也没空管他是不是在阴阳自己，说："你还记不记得这个酒店什么比较好吃？我有点饿了。"

"黑松露比萨？"他翻了页书，"我印象中不错。"

"那个很胖人，晚上吃了不好消化。"路栀放弃，"算了，我吃点零食吧。"

她条件反射去拉一边的抽屉："你有没有留下过什么好吃的？或者消费卡？"想了想又道，"我不会翻出你的什么秘密吧。"

"比如？"

"比如？一些人留下的印记，可以推翻你给自己设立的纯情人设之类的……"

"我什么时候立过纯情人设？"他说，"路栀，哪有男人是柳下惠，除非他不行。"

路栀敷衍之声溢于言表："是是是。"

翻动的声音响起，她忽然发出声惊呼，像是真看到了什么不得了的东西。

傅言商了然："别在那儿演戏，我没有。"

骗不了他，她悻悻作罢，老实地回到床上："你这人一点情趣都没有。"

翻开酒店的菜单，她点了些干净的菜，然后问他："你在家吗？"

"没。"

"被我抓到了吧，你又不回家。"她悠闲地道，"那你在哪儿？酒吧？"

"能看出来。"

"什么？"

"能看出来你没去过酒吧，"他说，"酒吧能这么安静？"

"万一你开包房了呢。"

"包房也没这么安静，下次我带你去你就知道了。"他说，"你不在家没必要回去，我在办公室，手上有点工作。"

她"噢"了声："那我不打扰你了，先挂了。"

她正要按下挂断，耳机里又冷不防传来声音："你一个人睡不怕？"

"你拿我当小孩儿呢？"她按挂断的手顿到一半，为自己正名，"我都多大了，当然不怕。"

"这层就我那一个房间。"他讲话时很有些慢条斯理的味道，像是在特意吓唬她，"而且楼下的房间也贵，入住率不会很高。"

这话说得就很……

她撇嘴："那你什么时候弄完啊？先通着吧，等你准备睡了再挂电话。"

顿了顿，怕他又说些不做人的话，路栀飞速开口："不许说话了！我睡了。"

她把手机放在枕边，耳边传来文件翻动的声响，他应该不常来这边，酒店里留下的东西很少，路栀翻身时忽然觉得什么硌着脑袋，打开一看，是本《玫瑰画集》。

按照文字指引，手指在书签上摩挲，用指腹的温度揉热一角后，凑近鼻尖，能闻到馥郁的玫瑰香气。

她问："你喜欢玫瑰吗？"

"没有。"他说，"如果我喜欢，我会把它带回家，而不是留在这里。"

"怪不得没见过你养，"她趴着翻了几页，是各式各样的玫瑰图鉴，如果不是翻开这本书，她不知道蔷薇科的花系竟然有这么多，"你随手买的？"

"嗯，路过书店，挑了几本。"

"回去的时候我帮你选，"她合上书，胸有成竹，"等着拆盲盒吧。"

每次有重要事项时，路栀的生物钟总会自然早醒。

她睁眼时天正蒙蒙亮，独属于套房的寂静声中，偶尔有敲击键盘的声响。她一瞬有些恍惚，揉了揉眼，脱口而出："你来了吗？"

听筒里传来声响，裹着微沉的电流："什么？"

她动作迟缓地低头，手机屏幕仍然亮着，敲击键盘的声音从中发出。

路栀这才回神："噢，我听到敲键盘声还奇怪，以为你过来了。"

"想我了？"

她被这三个字慑得一个激灵，憩息中的大脑血液流速忽快，澄清说："没有！你别自恋！"

说完，没等他回答，她连珠炮似的自己讲完："我一会儿还有事，先挂了，你赶紧吃早饭。"

她冲去洗手间用冷水洗脸，扑了好几个来回，心绪才镇定下来。

想他了？怎么可能。这人总爱胡说八道，她早该习惯了才对。

等路栀回到床头，打算拔下充电器时，才发现视频还没有挂。

还好刚刚没发出一些奇怪的声音，她正要开口，又意识到些别的，怔了怔说："你干了一晚上？"

他语气漫不经心的："干什么？"

一句普普通通的问句，被他缓着语气问完，就变得很奇怪。

"工，工作啊。"路栀说，"我说你睡的时候可以挂电话，你没挂，不就等于没有睡吗？"

"中间躺了会儿，不久。"

"那你赶紧休息，"路栀说，"我们今天时间有点赶，我先出门了。"

今天是筹备已久的见面会，她生怕宣传不够，但刚到漫展门口，就发现已经排起了长长的队伍。

路栀有些意外："这么多人？"

李思怡："你也不看看你挑人多严格，挑了几乎大半个国家的帅哥，最后就定了一个素人，别的都是有知名度的 coser，本身就自带流量。"

路栀跟她同步走入后台："我得考虑 coser 和角色的吻合程度嘛，要挑气质最像的，这样玩过的玩家不会出戏，没玩过的体验感也会更好。"

她设计了很多环节，每个男主都有一份周边作为见面礼。

根据剧情，每位男主的见面礼也都不一样，在电影院初见的男主送的是电影票，在花市见面的是干花书签，在雨天车站遇见的，则是带着水渍设计的车票。

李思怡清点着周边，啧啧感叹："这还不把她们迷死。"

当然，与此对应的，周边礼包中也有每个男主的立绘镭射票，还有双闪吧唧这种玩家的最爱。

道具清点完毕，路栀最后跟所有 coser 强调了不可以崩人设的重要性，大家这才被放上台。

很快台下传来欢呼，宣传的预告片在大屏中播放，每个男主都有属于自己的一句名台词，用来制造独特的记忆点。

她最开始做这个游戏的初衷，是"陪伴"。任何时刻，打开游戏就能够得到的陪伴——这是她小时候殷切以盼的梦想，她比任何人都希望能够成功。

预告循环播放，握手会有条不紊，路栀担心女主角，也就是玩家们，排队太久后会体力不支，她还贴心地准备了免费的水，以及补妆台——恋爱游戏嘛，谁都想以最好的状态面对和恋人的每一次约会。

现场体验好，准备得太周到，很多玩家惯例打卡剪视频，没想到热门了好几条，词条轨迹的浏览量在后台直线上升。

路栀在话题里看了好久，她的心脏仿佛也跟着那些玩家打出的感叹号一同升温，一方薄薄的屏幕有时能承载的实在太多，连爱意的传递都如此具象而清晰。中间锁屏时，她才看到自己已经笑了好久的眼睛。

她在后台找了个角度，拍了几张人山人海的照片，发给傅言商。不知道他在忙什么，居然没有回。

不过她暂时无暇管他，不管是对现场的夸奖，还是对游戏或男主的夸奖，本质上都是对她能力的肯定，这几年的付出有了实质性的意义，这是比热度更珍贵的事情。她开始对未来更有动力。

由于刚起步，所以她设置的环节不多，傍晚时迎来结束，她站在出口，从每一个玩家路过时的兴奋和愉悦中，补充到难以复刻的能量。她比玩家还要更加满足。

也不知道是哪个工作人员走漏了风声，出口处不少玩家居然知道她就是游戏的制作人，看着她瞪目好久："这么漂亮还来做恋爱游戏？"

路栀偏头："你们不也是吗，这么漂亮还玩我的游戏。"

几个女玩家被她夸得心花怒放，其中有一个离场时还跟她招手："宝贝下次做个泳池派对吧，想看穿泳衣的老公！"

出口处附和声阵阵，路栀转头看向李思怡："那能播吗？"

李思怡朝她挤了挤眼睛："反正你总会有办法。"

玩家既然都提出需求了，不考虑一下不是她的风格。

接下来的几天，她不是在忙着漫展，就是在思考这件事。

路栀一共办了三场见面会，长达五天的疲惫后，见面会宣传完美收官，她一口气睡到下午三点，醒来时房间内仍旧一片漆黑，遮光窗帘太好，室内仍旧遮天蔽日，看不出今夕何夕。

按下开关，沸腾的日光终于从落地窗外涌入。

傅言商的这个总统套间外有个露天的泳池，路栀吃完午餐，对着外面的泳池起了想法。

她是学过游泳的，但已经是很早之前，那时候年纪小，被人盯着的时候好好学，大人一走就开始在泳池里摸鱼，导致只会点皮毛，现在还忘得差不多了。

她看水浅，在外卖软件上买了套泳衣，打算探探虚实。

水刚没过胸口时心跳不自觉加速，她适应了一会儿，等心跳平稳，这才开始憋气适应。

咕嘟声灌入耳道，本就安静的顶层因此更加寂静，一时间耳边只剩下水声，憋到肺活量开始告急，她从水下蹿起。

面前卧室里多出个人影。

她结实地被吓了一大跳，盯着那个影子半晌，确认自己不是被溺死出现了幻觉："你怎么来了？"

一滴水顺着睫毛落下，从她视线中掠过，她看到傅言商推开隔断门，好整以暇地靠在一边："我不能来？"

"不是，你……"她趴在池边，仔细确认这场景，"你来怎么也不说一声啊？"

"说了就看不到这么精彩的场景了，"他在池边蹲下，"你不回家，就为了在这儿游泳？"

"刚忙完，过两天就回去了。"路栀抬手，"正好，你会游泳吗？教我。"

事发突然，老师也来得突然，很快傅言商下水，问她："自己都不会就在这儿游？出意外了怎么办？"

"我会憋气啊，"路栀示意他放心，"死不了。"

她从小就爱走偏锋，学游泳也是一样，那些众所周知的蝶泳、自由泳她没练一会儿就觉得无聊，趴在池边搜游泳视频，忽然眼睛一亮，回身看他："我们玩那个吧。"

傅言商盯她半晌，喉结滚了下："哪个？"

"水下走路，看这个很好玩。"她戳戳屏幕，下了定论，"沉到底就可以了，我如果呼吸不了了就跟你打手势，你把我托上来就行。"

没等他开口，她已经一头栽下去，练习过几次之后很快掌握要领，在水下划拉着像只企鹅，还偏头跟他展示自己的成果。

水底无数的微小气泡贴在她颊边，她难得将头发扎起，只有几簇弯弯绕绕的小碎发，分体的泳衣显出一整段纤细柔软的腰肢，腿根贴着并步朝前走，他一时分不清是谁在练习耐力。

很快她走到深水区，竟然是真的憋了有一会儿，他正打算开口，她就已经憋到极限般跟他打手势，然后被他托出水面。

深水区确实有一定距离，她在水下，不知道自己居然走了这么远，沉底上潜的这段路超出她的预料，一浮出水面，她就极限般趴在他肩上深呼吸，氧气好像在肺里被压成薄薄的一片，需得十分努力地起伏呼吸，才能重新填满。

她紧紧攀着傅言商，像株攀缘的丝萝，手指牢牢地扣合着他的后背，用力到指尖有些发痛，他却好像没有感觉。

两人贴靠得很近，她快分不清自己的心跳是否正紧紧压着他的胸口。

他问："受不了了？"

她摇摇头："好玩的，再来。"

她是典型的人菜还爱玩，就喜欢挑战刺激的。

就这么来回三趟，她仗着傅言商在而愈发肆无忌惮，每次都憋到快不行才打手势，浮出水面就开始剧烈吸氧，到第四遍的时候，背上挨了一巴掌。

傅言商："玩不了了，上去洗澡。"

路栀的笑容定格在脸上："为什么？"

"你说呢？"他头一偏，讲话时喉结滚动得厉害，"你趴我身上蹭成这样，再玩下去恐怕就不是玩这个了。"

他这话说得放肆，路栀这才意识到，自己刚刚玩得有多放纵，甚至现在还挂在他身上，整个人一点力没用，像软骨头。

她下意识要往后撤，但动作来得太快，身体没跟上，脚踝忽然一麻，是抽筋了。

她心一慌，被人重新托住："别动。"

傅言商把她放到池边趴住，路栀背对着他，只能感觉到脚踝向前，被一双大手捏在掌心轻轻松动，满池的水刚刚还是她的玩具，这会儿撩动在锁骨，又泛起全然不同的滋味。

他另一只手撑在池边，有明晰的青筋和掌骨，水痕蜿蜒。

脚踝差不多好了，她终于拿回身体的控制权，一刻不能等地就要往上爬，蹦了一下，力道不够，又贴着他，重新滑了下来。

傅言商："……"

路栀坚持不放弃，又撑着手臂往上一跳，依然滑行回原位，再跳，再落下。傅言商反反复复地被她摩挲着，甚至能察觉到她裙摆的温度。

终于，路栀第五次起跳时被人摁住，傅言商问："能不能用梯子？"

背后的声音可辨地沉哑，她吓了一跳，这才反应过来自己刚刚做了什么。

腿间的水流也滚烫起来，她红着脸去摸一旁的手扶梯，终于颤颤巍巍地攥紧了，要往那边移时，又犹豫地回头："……你还好吗？"

他如实作答："不太好。"

她干涩地为自己辩解："我不是故意的。"

"我知道。"他说，"上去吧。"

面前的人却没动，指尖早已在扶梯上捏出一片青白。

"你……那个……"她第一次觉得讲话这件事都显得艰难极了，

几乎是一个音节一个音节地往外蹦，"就——"

"就什么？"傅言商确实不知道她在说什么，怕她缺氧，凑近了想仔细听，脸颊贴上的那一刻像贴住了一只刚出炉的烤苹果，忽然一顿，意识到什么。

路枙大脑的表述系统已经全部被拆解掉，像在高温中被烤到失效，滋啦啦冒着"罢工不干"的白烟，那点语言系统可怜地东奔西走，挨家挨户地乞求收留。

她忽然听到耳边的声音，竟有一种闲庭信步的感觉。

傅言商忍笑时，那点微不可辨的笑音就变得尤为明显，落在冰凉台砖上的手指动也没动："宝贝的意思是想，帮帮我？"

白烟在这一瞬间也停了，一枚精准无误的导弹把脑内剧场炸得灰飞烟灭、一片空白，怎么能这么直接……为什么有人能这么说话啊……

她耳膜也开始跟着炸响，她从没觉得自己说话能这么快："我没说！"

皮肤上覆上温热触感，傅言商说："心跳得好快。"

路枙："因为我没有你那么不怕羞。"

"我随便说点什么都是容易……"她点点头，像是自我认可地附和，"嗯，害羞的。"

他跟着笑起来。连轴转了三十多个小时，打算来这里的一个小时前，他一定想象不到世界上也会存在如此简单、迅速，让他觉得愉悦的事情。

这无关乎夫妻生活，也无关乎稍后他是否会得到什么。

他轻轻捏一捏她的脸，然后说："怎么这么可爱。"

"你干吗啊……"路枙用手肘把他往后推，"说些有的没的……"

他松一松她攥紧的手腕，然后说："别紧张。你喜欢玩过山车，也喜欢憋气？"

话题忽然跳到这个，让人拿不准他到底想做什么，路栀发现自己其实还是不够了解傅言商，他在想什么呢，怎么又在讲别的事情？

"也不是……就是有些害怕，但是会觉得兴奋……"

他像是顿悟，简单地做了总结："宝贝喜欢刺激，是不是？"

她忽然发现他好像也没有那么难懂，因为话题正以一种奇异的方式在绕回来……

他轻轻贴着她，偏头问了一句，尾音轻轻地消失在她耳朵里，字句都滚烫。

露天泳池上，江城刺眼的日光，正以一种炙烤的方式灼烧着她。

她来之前，也曾对这里的天气早有耳闻，但并未预料到，七月会是这里最热的季节，哪怕临近傍晚，闷热的温度像是蒸笼，湿透地贴在人的肌肤上，连给一丝风都吝啬。

好或不好的询问都像是走个过场，脸颊再一次被他贴上，耳畔之间声音传来："很烫？"

遮阳棚被烤烫，落下的日光也跟着升温，池内水纹随他的动作而迭起，一浪交叠一浪地从后方冲刷上她撑在池边的手腕。她眯了眯眼想努力看清光的方位，半晌作罢，喉咙间的声音也被水纹冲刷得破碎："是……啊。"

她下意识垂头，又飞速抬眼，耳垂实在红到没有更红的余地，只维持着温度，她说："你不觉得很晒吗？"

"我不是说这个。"

他知道她害怕看到人，还是"坏心眼"地转到朝外那侧，沙滩在眼底虚化成一片协调的底色，旅客行人三三两两，她紧紧攥着栏杆怕掉下去，但身体为克服恐惧又分泌出更多的愉悦将其压制。

她好想问他，你喜欢极限运动也是因为这个吗，但他看起来又不像是会被激素控制的人。

有人拍照，偶尔也有人仰头，来看这座城市最高的酒店上方，哪怕明明知道他们看不见，但她还是下意识一个瑟缩，被他握住下巴。

他的掌控感是有分寸的，很早时她就感觉到了这点。

面前用以保证安全的高透玻璃此刻才被路栀发现，因为太过清晰，在某些角度能完全倒映出她身后的画面。

一望无际的池水，晃动的水面，以及他湿掉的发，匀称的胸腹肌肉和起伏的胸膛。

察觉到她偏头，他在间隙中问："躲什么？"

她声音含糊，被晒出又或者不只是被晒出一层淋漓的汗意："能看到啊，这个玻璃。"

"什么，云？"

"……"

"什么能看到？"他像是极有求知欲地问，"我怎么看不到？"

路栀抬头，似要怀疑自己也出现了幻觉，但抬头看了眼遮阳棚，影影绰绰的倒影中分明在玻璃中和他对上视线，反光材质终究不如镜子清晰，但空白的地方又给出更多的脑补空间，她没好气："你眼睛不好使。"

他被骂了也高兴，也不知道是不是为了佐证自己的视力，末了时分就一直盯着她的脸不放。她下巴被握在虎口，实在躲不了，跟他对视下，好不容易平息的思绪又一层接着一层沸腾。哪儿都太烫了，光把栏杆也照得滚烫，水面都被照得接连不断地升温，腿间涌动的都是暖热的池水，在她掌下，冰冷的瓷砖也拥有温度。

所以她脸也被晒得通红，是……能理解的吧。

路栀磨蹭："别一直看我啊……"

他鼻尖随着动作在她脸颊上轻轻地剐蹭，笑了笑说："你知不知道自己什么表情？"

不知道不知道不知道——反正跟一个月之前，喝醉之后不小心给他设置的那张壁纸差不多，他都不用开口，她就知道他想说什么。

他似有所思："原来动态是这样的。"

路栀："你好烦，壁纸换了没有？"

"没换。私人手机，谁看得到？"

她气得想咬他。

阳光在落日时终于全然收敛。

傍晚时正好下了场大雨，路栀趴在一边检查，等泳池放完水，这才骂骂咧咧地进去洗澡。等她磨蹭一两个小时出来时，他已经在另一间洗完，躺在床上睡着了。

他好像很忙的样子，但这么忙，干吗还要跑来这里一趟？

路栀跪坐在床中央，没注意到自己已经看他许久，突然鬼迷心窍地伸出手，学他刚刚那样去捏他脸颊，很快被人用力一拉，她借不住力，"咚"一声栽倒在他身上。

他没说话，不知是惯性还是故意的。

路栀贴着他胸口，能很清晰地听到他的心跳声，平稳，有力，并没因为她的靠近而变得紊乱。

她想起之前不知道在哪儿看到过一句话，说有些人天生就是这样，情绪稳定，很难被外物左右，也不会被谁影响。同样，也很难爱人。

不过她想这个干什么？她又不需要他爱她。

不需要被爱的人生才轻松，她很早之前就是这个观念了。

如果想要被爱，就要患得患失，要忍受失落、失望，无尽的漫长的等待，十岁那年的小小路栀已经提前替她经历过了，所以，还是不要再经历了。

路栀回神，撑着手臂重新坐起身，然后说："你睡吧，我先走了。"

"去哪儿？"

"书房。"

含栀

晚餐定在了一家江景法式餐厅。

夜景绮丽，游船缀满华灯来来往往，两岸高楼连成一片，霓虹灯光各异却和谐地在楼宇中变换光影，浸在江面里，像倒过来的海市蜃楼。

她没让侍应生加红酒，空荡荡的酒杯倒映出她把玩干花的指尖，路栀就这么百无聊赖地看了会儿外面的江景，听到他问："吃不习惯？"

她莫名地低头看了眼餐盘："这不是还没开始吃吗？"

菜谱在他手中被合拢，黑色压纹的皮面反出颗粒感的肌理，傅言商看着她，似有所感："怎么忽然变冷淡了？"

路栀心虚地蹭蹭头顶："有吗？"

然后她又摇摇头，给他把话推过去："没有，你太敏感了。"

她只是觉得，他们之间有一点分明的界限，也许更好。

下午的时候，他出现得太突然，是她有点越界了。

决定并不影响食欲，这家餐厅的菜品味道还不错，她把红酒换成了葡萄汁，从前菜到甜品都给予了很高的评价。

饭后应该散步，但江城的街道实在太热，任谁都没耐心在四十摄氏度的高温下轧马路，在商场里逛逛也是个不错的选择。

电梯下到一楼，他伸出手。

路栀愣了下："嗯？"

"怎么了，"他习以为常地说，"结婚了，不能牵手吗？"

"噢。"她理亏，被冠上冷淡的头衔，只好乖乖让他牵着，一楼总是人多，他牵她应该只是为了防止走散。

她强迫自己不去感受他掌心传递过来的触感，因为那感觉实在很奇怪，她又不是没有牵过手，小学跳交谊舞的时候拉过的，那时候脸红的还是对面的人。

她往常话总是很多，今晚却难得话少，像只播不出声的唱片机，傅言商觉察到她的反常，于是也再不说话。

很快她想玩一边的虚拟过山车，等人陆续上座时百无聊赖，结果把自己的安全带玩开了，他就站在一边，等着她习惯性地喊自己，但她没有，偏着头，又叫来了工作人员。

比起实地过山车，虚拟的显然要温和许多，除去画面冲击再不能提供更多，只是座椅前后摆动，下来时她仍不觉尽兴，奶茶在手里捏出轻响，听到一旁两个女生正情绪激动地聊天。

"我怀疑他移情别恋了，真的，结婚才半年，出来吃晚饭一句话都不说，牵手也要我提，怎么了，亲吻是不是也要我建议啊？"

她一时觉得微妙，但又没想清是哪里微妙，明明这说的也不是她——

正抬头时看到傅言商的脸，她略停顿了一下，问："你干吗那个表情？"

他淡淡："我们敏感的人习惯这种表情。"

"你怎么记到现在，"她嘟囔，"你就当我有心事吧，行不行？"

一抬头正好看到目标店铺，路栀转移话题："我要去买衣服，你要不要帮我挑？"

她视线尽头，是一家内衣品牌店，开在商场的线下门店，门口的模特模型身上，穿的正是当季热销的蝴蝶吊带内衣。

很显然，他的注意力被她这句话带走："……没穿的了？"

"就，出来又不方便洗，没多的了，"她说，"你没刷到过那种挑战吗？就是博主让老公进店去挑，喜欢的全都可以直接买下来，男人买完心情好像都挺好的。"

"机不可失时不再来，你去不去？不去我自己选了——"

"无所谓。"他说，"但我挑了，你要穿。"

她提前声明："不喜欢的我不愿意穿。"

"你不喜欢的我不会买。"

反正今晚总归要买，能让话题短暂地转走也是好的，路栀松了口气。

　　她之前有看过这个品牌的秀，还有线上店，包括之前刷到的视频。因此她只当是普通内衣店，只是吊带多了些，都是成套的……而已。进店第三分钟，她才意识到自己错得有多离谱。

　　这也就比之前李思怡送的那些……稍微收敛了一点点，而已。

　　比如这件蓝色的，这能叫睡裙吗？这能穿着睡觉吗？这里面不还得再穿一层吗？

　　再比如这件，设计个丝带干吗呢，她看着挺多此一举的。

　　傅言商举起一件："这个？"

　　她心下一喜："不喜欢。"

　　他"嗯"了声，像是不意外。

　　不过……路栀目光扫过，抛开内衣特点不言，客观来讲，挺多款式都挺漂亮的。

　　但傅言商不知怎么，总是能在最漂亮的那一堆里挑出最不适合她的那个，然后她也就顺水推舟、喜不自胜地给予了否决。

　　就这样，他一连点了九套，没一套入选。

　　路栀挑了两件基础款，闪进试衣间借机给李思怡打电话。

　　李思怡很是惋惜："他怎么想的？尽挑你不喜欢的，我要是他起码挑个二十套才能行，那么贵一套怎么啦？有钱难买我开心！"

　　路栀："你跟谁一边的？"

　　"抱歉我不跟任何人一边，你穿上这牌子直接无敌，我要是男人直接理智出走，他不是男人？！"

　　路栀："这个机会他错过了，我也会替他沉痛哀悼。不过可能他视之为身外之物呢，也许他不在乎。"

　　李思怡："那我会为你未来的生活担忧的。"

　　试完后，路栀拉开帘子，导购满面春风地和她打招呼："这两件也要吗？"

"不用了，"路栀摆摆手，"不太合适。"

"好的，那您稍等，单据打完就给您一起装起来。"

路栀下意识接了个"好"，顿了顿又偏头："什么……单据？这两件不要的。"

"是的，在结之前您先生下的单。"

路栀一时间站在原地，耳边只剩下打印机印刷的嗞嗞声，半晌后，犹疑道："那九件我不是都不喜欢吗？"

"对的。"导购脸上洋溢着爆单的温柔，"您不喜欢的那几件都没拿，剩下的都包起来了呢。"

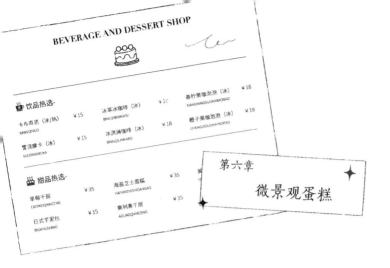

BEVERAGE AND DESSERT SHOP

☕ 饮品热选-

卡布奇诺（冰/热）　¥15
KABUQINUO

冰萃冰咖啡（冰）　¥12
BINGCUIBINGKAFEI

香柠果咖泡泡（冰）　¥18
XIANGNINGGUOKABAOBAO

雪顶摩卡（冰）　¥15
XUEDINGMOKA

冰淇淋咖啡（冰）　¥18
BINGQILINKAFEI

橙子果咖泡泡（冰）　¥18
CHENGZIGUOKAPAOPAO

🍰 甜品热选-

草莓千层　¥35
CAOMEIQIANCENG

海盐芝士蛋糕　¥35
HAIYANZHISHIDANGAO

日式芋泥包　¥15
RISHIYUNIBAO

奥利奥千层　¥35
AOLIAOQIANCENG

第六章

微景观蛋糕

十分钟后，回酒店的车上。

路栀手机里，传出李思怡惊动整个地下车库的爆笑声。

傅言商神态自若地煽风点火："你朋友看起来很高兴。"

她说："应该没你高兴。"

他抬眉，不置可否。

路栀偏头看他，难以置信："你钱多了没处花啊，买那么多干什么？"

他置身事外，目视前方，好像刚才下单的不是自己："这东西不是每天都要穿？"

"那也不会每天都穿那样的啊！"

"你自己让我买的。"

路栀："我以为，你至少会有一些，良知。"

他挑了下眉："良知？我不太有那种东西。"

"……"

那么多套内衣和睡裙，车里根本放不下，留了一些在车上后，剩下的打包邮寄回家。

路栀伸手朝后座捞，随意提起一袋，想看看随手拿的这件是个什么风格，结果四方的尖角刚放在腿上，就无法自控地"嘶"了声。

傅言商："怎么了？"

她伸手轻按，感应着："不知道为什么……这里好像有点痛。"

车里大约安静了五秒钟，傅言商已经反应过来，她还在那儿复盘："难道是撞到哪里了？"

"不是。"

"你怎么否定得那么快？"路栀转头，"你知道？"

"我的问题。"他说。

她在这瞬间忽然反应过来，整张脸以一种奇异的方式飞速升温，早知道就不说了，可是，可是，也没听过就……会这样啊。

本以为是瘀青，可怎么想应该也不至于，偏偏现在话题被架起来，她也不好意思再多戳几下，感应一下究竟是什么情况。

整辆车在高架上被开得飞快，她还以为是自己的错觉，直到回到酒店停车场时，时间比去时缩短了整整一半。

路栀换好鞋子，刚在沙发上坐下，面前半蹲下一个身影。

他表情不像是在开玩笑，路栀下意识并拢腿："干吗？"

"我看看。"

她把裙摆往下扯，哪怕他什么动作都没继续："没事啊，过几天自己就会好……"

他手掌托起她腿弯，很少见地皱了下眉，他知道自己没表情时她也会觉得凶，皱眉之类的就更是控制到很少，此刻叹了声："别闹宝贝，乖点。"

路栀被他喊得头皮发麻，整个脑子烧成一团，她一直以为她已经够小题大做，平时发个烧感个冒都要哭哭啼啼好半天，没想到这人更夸张，又不是什么大事……

她埋到一边枕头里："我不要，太羞耻了。"

空气安静了会儿，膝盖上的裙子被掀开一半，叠在上方，他没有别的动作，只是托着膝盖窝往上抬，她能清晰地感觉到视线有如实质般一层一层地覆盖在皮肤上。

"有点红，肿了一点点。"他说，"还有没有别的？"

"我都说没事了……"怕他等下又大张旗鼓地买一堆药回来，她忙说道，"我包里有一支急救膏，什么都能涂的，如果你实在想抹点什么，拿那个就好，我平时也用。"

说完她就后悔了，因为他真的会当真。

软绵绵的药膏被挤到指尖，绕着腿上那块小小的红肿打圈按摩，指腹的摩挲加剧酥栗感，更恐怖的是还有两边。

路栀压在抱枕上的脖颈像寸无瑕的白玉，在灯光下轻微地发着抖。

"痒。"她说。

他安抚道："一会儿就好。"

"我自己能涂，"她身残志坚地说，"你让我来。"

"你看不到。"

她顺着这句话回忆了一下当时的场景，所以她的确……很难看到位置。

终于等到结束，她整条发僵的腿这才拥有少许知觉，听到他放下药膏说："明天再看看，不行的话去医院。"

路栀大骇："谁会因为这种事去医院啊？"

"不用去？"

路栀撇撇嘴："哪有人为这点小事还要去医院跑一趟的，你起来，我要去洗澡。"

没有一回酒店就洗澡是个不明智的决定，因为她洗完澡又被抹了一次药。

睡前他难得没有忙工作，而是一反常态地先躺下，枕着手臂，但没有睡。

路栀被子拉到一半，看他半晌，怀疑道："你在干吗？不会是在自责吧？"

傅言商偏头看她："我下次会轻一点。"

……这次就这次，怎么又扯到下次了。

路栀也不知道该说什么，脱口而出道："那你这个心理素质不太行，这才哪儿到哪儿。"

沉寂许久的气氛终于被她敲出一个破口，她听到很低的一声笑。

"你能行？"

"我也不行，"她认真地说，"我会笑场。"

"……"

傅言商醒时，怀里正冒着热气。

她睡觉不老实，翻个身就窝进了他怀里，浑然不觉地睡得香甜，她侧着脸，碎发落在颊侧，呼吸起伏。

不知道是做了什么梦，不过几秒，她又磨蹭着靠得更近，他颇有些意外地抬了抬手，落下时正好搭在她腰上。

宽大的罩衫，极细的腰，薄薄一掌地抵着他手心，怎么会这么瘦，应该监督她再多吃一点。

路栀十多分钟后才醒。

腰间极痒，下摆被人撩开，手指作乱的瞬间她睁眼，下意识往前蹭，又被他握了满手，反应几秒后才去抓他手腕，还没来得及开口，倒是听到他道貌岸然地说："十一点了。"

"十一点了，"她理直气壮地问，"你为什么还没起床？"

他声音仍旧慢条斯理："我过生日，不能睡个懒觉？"

她气焰无端降下去三分，蒙蒙地问："你今天生日？怎么昨天没说？"

"我以为你知道，"他说，"毕竟昨天给了我购物权。"

这是怎么连上的？

"谁生日送人家那个，"没制止他，她竭力忍住窸窣的音节，尽量平稳道，"都没见过你睡懒觉。"

"谁知道，以前也不睡。"

被他抱到身上裹了好一阵，她借不住力，更深地沉下去，无法自控地贴向他，他亲吻得用力，清晨的珍珠奶茶是什么味道，大概没人比他更有发言权。

路栀在浴室磨蹭了一个多小时才出来，顺便洗了个头，擦着头发问他："那你今天有什么活动？"

他正在打领带，闻言抬了抬头："要谈个合同，我一般不过生日。"

他问："你想过？"

她摇了摇头，朝浴室走，铝合金包裹的吹风机更显冰凉，她说："你们可能天生是不爱过这些吧，你都不过，我过干吗，我今天也有事要忙的。"

所以说啊，他从苏城赶过来肯定也只是为了出差，谈这个合同，还能有什么别的原因。

昨晚前台送来一份快递，是游戏和方糖联名赠送给消费者的周边，每款都至少打样了五种，送来给她决定。

她低头拆着样品，忽然有阴影覆下，傅言商侧身过来，贴她还在发热的脸颊："生气了？"

"没有啊。"她说，"我有什么好气的。"

"我不知道你想过生日，所以答应他们今天谈个合作。你要不喜欢，也可以推迟。"

路栀依然低头拆塑封："你的生日我那么想过干吗？"

他没再说话，她以为这个话题揭过去，没想到再响起声音时，已经是他在打电话。

何诏的声音出现在那头，傅言商开口："下午和晚上的都推迟。"

路栀忽然转头，捂着他听筒，眼睛也睁大几分："你推迟干吗？"

傅言商反手捂住她的手，徐徐道："路栀，我虽然没谈过恋爱，但这点察言观色的能力还是有的，不高兴没必要装高兴，为什么你觉得我不会迁就你？"

一番话把她噎得没了话头，她想起之前李思怡还跟她闲聊，说现在大家要谈恋爱，就要能知道要送花，把人惹生气了会主动道歉，知道要真诚哄人，情绪不能过夜。

她那时候没想过，从出生开始就可以称得上众星捧月，都是别人看他脸色的傅言商，有天会对她说出"察言观色"四个字。

于是那点情绪也跟着散了些，她说："我不是一定要过，我就是觉得你过生日，起码也要留一顿饭的时间，和家里面的人吃吧？"

他的确在认真听，闻言点了点头："你说得对。所以会议可以推迟，也不是今天非开不可，我会让何诏跟他们重新定时间。"

这句话让她顿了顿："你们是提前约定好的吗？"

"差不多，何诏之前问过我时间，我说可以。"

原来不是才定的要开会……她"噢"了声，情绪反应在脸上其实很明显，漂亮的眉眼又重新舒展开："那你就不要放人家鸽子了，不然显得我无理取闹。"

"那这样，会议都挪到下午，我晚上回来陪你，"顿了顿，他改口，"你陪我过生日，好吗？"

她点点头。事情在他手上解决得好快，情绪还没来得及发酵，已经被妥帖地安抚好。

路栀偏了下眼，余光看到他屏幕还亮着，仍旧是通话页面，何诏的备注清晰地出现在中央。

她惊道："你为什么没挂电话？"

何诏在那头早已经汗流浃背，为已经听了老板这么多私人秘事而

含栀

感觉到职位难保。

傅言商垂眼，他也是第一次处理这种问题，暗暗感慨自己居然也会像个毛头小子一样失了分寸，全神贯注在这件事上，连电话都没顾上。

但……他好奇地问何诏："你为什么没挂？"

"老板，我……我……我以为……我是你们中的一环。"

"……"

傅言商在两点多离开，保证会在八点前回来。

她选了一会儿样品，又想给李思怡打个电话，让她上来跟自己一起选，她这两天光顾着跟傅言商折腾了，都没问李思怡在做什么。

不过按照她那个性子，不是在酒店躺着睡觉，就是通宵玩去了。

结果语音电话拨过去，很长时间没人接通，路栀正要挂断，听见一道男声，明显带着刚睡醒的困顿："哪位？"

她大脑在这一刻完成了一种全新的演变，确认了一眼备注，下一秒，对面尖叫声响起，她甚至能在顶层听到回音。

片刻后，听筒那边传来熟悉的声音。

李思怡："说来你可能不信，路栀，我好像看到我前男友了。"

路栀："在哪儿？"

"我这里。"

"网恋、读书、异地，后来分手那个？"

"嗯。"李思怡重重一捶脑袋，悔不当初，"我昨晚不是遇到了个陌生帅哥吗？怎么还是他？我这不是亏了？"

路栀还没开口，听到对面有不清晰的男声："我能听到。"

"骂的就是你，我昨天不是在……等等，前段时间给我发消息的那个，还是你？你跟我网恋三次？我网恋三次都是同一个人？你是不是欠揍呢？！"

路栀及时退出群聊，把沟通的空间重新让给他们。

她不像何诏，她可不想成为他们中的一环。

但李思怡没给她这个机会，很快，她房门被人敲响，李思怡火急火燎道："快点，借我一套衣服。"

路栀端详地看着她："你们俩……"

"我晚点跟你说，我又被这个可恶的人安排了，"李思怡裹着浴巾来回窜，"快点，随便哪套都行。"

路栀努了努嘴，随手指了一套："那个吧。"

李思怡抽出来一看，随手扔床上："这个太好看了，重大日子你穿吧，我就穿点普通的。"

路栀："你的意思是这套他今晚也能看到。"

李思怡举手立誓："我绝对没有这个打算，但是万一出了意外，我不想显得还特意打扮过，懂？"

路栀："你分手之后有天晚上还叫过他名字。"

"那都是黑历史，别提。"

李思怡背对她扯下浴巾，后背简直一片斑驳。

路栀凑近询问："你背上这，疼吗？"

李思怡一回头，吓了一跳，又回她："还好，你到时候就知道了。"

"……你快走吧，"路栀推她，"去收拾你的一地狼藉，弟弟还在等你。"

停了下，路栀又问："你还要和他见面吗？"

"不清楚，看我有没有定力吧。"站定片刻，李思怡诚恳道，"毕竟我不像你，我已经单身很久了。"

跟李思怡火急火燎地忙完工作，时间也才四点钟。

路栀自己待了会儿，嫌无聊，又打开手机，搜索附近的蛋糕店。

过生日，怎么能没有蛋糕呢。

她是个很注重仪式感的人，自己过生日也会提前准备一大堆，只是今天时间太紧迫，只能做到这里了。

她拎着蛋糕回酒店时正是七点，傅言商还没回，江城的气温太高，她先进浴室洗了个澡。

她擦头发时习惯性掀开被子，打算窝在里面吹，视线却忽然顿了一下，是刚刚李思怡扔过来的一件睡衣。

她实在不理解，拍了张照问李思怡："设计师是怎么想的？能穿吗？"

消息在三分钟后回过来。

李思怡："能，你别看单看这么莫名其妙，穿上还挺好看的。"

路栀不太信。

李思怡："你自己试试就知道了。"

傅言商刷开酒店房门时，时间正好是八点。

房间有些暗，被智能地调低了亮度，只剩一盏床头灯还开着，柔和的光线照映出温柔的光圈，将白色的床榻照得愈发柔软，路栀就蜷在其中，昏昏睡熟。

她像只没成熟的蚕蛹，长发散在身后，整个身体蜷到一起。

路栀平时闹腾，睡着了倒安静。她将被子裹得很紧，身体随着呼吸轻微起伏，像哪本童话书里掉进现实的女主角。

他忽然想起从前，老爷子为了催他结婚，总是无所不用其极，极力为他描述晚归时看到有人在家等他的幸福感，而那时呢？他不以为意，从没想到今天。

好像能理解一点了，他放下手中盒子走近。

被子太厚，她空调温度习惯性打得高，靠近才发现她鼻尖和下巴的汗意，他伸出手，没想要吵醒她，只是用手将被子剥开一角。

哪知道平日根本不会发觉的她，此刻因这个小小的动作，居然瞬间惊醒——是的，惊醒，好像她被子里真的藏有什么秘密。

路栀在惊醒后牢牢抓着被角，闷闷地说："你迟到了。"

"嗯,"他低头亲了下她眼角,也没反驳,"怎么盖这么紧,不热?"

她迷迷糊糊地摇头,看到床头柜上摆了新的盒子,出神片刻:"你买了蛋糕吗?但是我也有准备,还是我亲手做的。"

"没买,"他说,"买的花。"

"真的?"她不信,凑身上前想看,手指不自觉就放松力道,被子打开一个小角,浅粉色的蝴蝶结一闪而过。

他抬眉,像是反应过来什么,在她还没反应过来的瞬间,被子轻而易举地已聚合在他指尖。

昨晚买的一套睡衣极为幸运地被她选中,软软地垂着,纯手工的极细花纹却比不上她的皮肤细腻。路栀几乎在下一刻就要重新钻回被子里,很可惜没有成功,颈窝和身前全是密密的汗珠,在动作间汇聚滚落。

傅言商抽了两张纸巾,替她把汗擦净,语调是她几乎没听过的笑音:"我就说怎么一反常态盖得这么紧,原来我的生日礼物在这里。"

"我没——"来不及反驳,他的吻落下来,堵住她所有说话的空间,这回他亲得很凶。她开始后悔,但抓在他衣领上的指尖却开始变软,傅言商托着她下巴以便探得更深,像要不知餍足地尝一尝她究竟是什么味道。

最后的结果是她很没出息地被亲得气喘发软,努力获取氧气时,裙摆露出柔滑的腿,以及垂下来的一道丝带——这个真的是意外。

他动作极缓,目光就随着手指一动不动,她终于觉得注意力太集中也不是什么好事,膝盖没忍住蹭了蹭,小声说:"我要换的……"

"嗯,我帮宝宝换,好不好?"

怎么又变成叫这个……

他不按常理出牌,而她居然也真的傻乎乎信了,新的被他放在床边,却没有换上。

她被亲得缺氧的脑袋还没反应过来,就像煞有介事地问:"你干吗呀？"

"嗯？"他偏了偏头，吻一吻她的膝盖，"蛋糕这么漂亮。"

可是蛋糕都没打开……她还蒙着，全部神志在下一刻烧成灰烬。

栀子花花蜜的成熟期，通常在三到七月。

温润香甜的花蜜隐在花柄深处，蜜蜂需得勤勤恳恳探进去好一截才能捕获到最新鲜甘甜的蜜，鼓鼓囊囊地存获在蜜囊当中。

作为节肢动物，蜜蜂的嘴往往是采集花蜜的不二之选，人类将其定义为咀嚼式口器。蜜蜂下唇延长，连同下颚、舌组成细长的小管内部置有长槽，于吸吮有很大助益，把小管深入花柄中，即可采花粉和吸吮花蜜。过程中偶尔能品到香气，那是独属于成熟后的栀子的清润微甜，完整弹润的花会酿出取之不竭的蜜糖，有人工酿造无法比拟的天然香气。

若是清晨，花叶上还会布满露珠，目的地准确的蜂会先在露珠上停憩片刻，再离开。

又或者，即使采集完成，也并不会离开。

那句话怎么说的来着，凶手常常在案发后，反复出没于犯罪现场。

她从前不知道原因，这会儿才想通一点，大概是满意于自己亲手制作出的作品，反复地观看欣赏，也只为了获得多一点的满足感和愉悦。

蜜蜂也常常停留在花瓣上，也许只是喜欢。

夜间开放的栀子会有馥郁甜香，极具侵占性的气味不多时就会遍布整个房间，路栀低头看到他的发顶，像被浇筑成型的深棕色琥珀，画面美得很有冲击性，也让人很难再看第二眼。

他回来得急，手表都还没摘下，禁欲克制地贴在床沿，手掌扣住时绷起道道青筋，那是一双很有力量感的手。

只是今晚，那双手始终扣在床沿，只是微微陷入侧边时指尖会压出青白，她从不否认他有双受造物主偏爱的手，修长、分明、匀称，否则晚宴时，她也不会将视线多挪过去两眼。

她被他托着，便向后撑起身体，头由于没有着力点，只能绵绵向后垂下，像是熬夜太久身体出现故障一般，飘然得好像快要晕掉。她脑袋里像有根弦，随着他一下又一下地被拨动，震颤。有什么好像掉进她的心里，荡出不绝的涟漪。

感觉有点缺水了，是不是睡了太久？她嗓子干得厉害，但声音却从喉咙口出不来，全部变成微弱的鼻音。

本就刚睡醒没有力气的身体愈发柔软，能量守恒定律在此刻完成流动，她缺失的水分落进他唇中，漾起一片的沼泽。

他微微偏侧过头时，冰凉的金丝镜框毫无阻隔地传来尖锐的、冰凉的触感，和他唇中的灼热完全相反，她禁不住轻轻抖动，说："眼镜……"

"嗯？"他又将她抬起少许，似乎在笑，隔着她皮肤一路传递进心脏，"哪儿？"

"眼镜没……"

话没说完，她一怔，失焦的瞬间骤然失声。足尖蓦地绷紧。

她脚踝被人握住。

漫长的空白，他腕上的秒针沿着表盘走过整整一圈六十秒，她全身的力气在这一瞬间倾泻而出。脚踝还被人捏着，像是在替她延长什么感觉，她彻底软成没有骨头的鱼，落在海面上，搁浅了，只剩下本能的呼吸。

灯变成光晕，好一阵才聚焦起来。

指腹落上来，轻轻抚一抚她脸颊。

"怎么了？"他好像还在笑，"话怎么不说完？"

……这人坏心眼得要命，怎么可能不知道原因。

路栀想开口，但说不出话，窒息太久，起伏得厉害。

含栀

很快她被人捞起，靠着他肩膀。

他在床沿坐下，手表被漫不经心地搁在床头，不轻不重的一声响。

纸巾就在手边，但他没有抬手去抽。

他端起柜子上她的水杯，没什么介怀地喝完剩下半杯，他吞咽时喉结有很清晰的滚动，她的瞳孔地震换算到心脏和大脑中，掀起一阵并不算小的风暴。

路栀的视线偏过去，又在他偏头看过来时飞速收回视线，摆弄没什么玩头的被角，腿还维持着刚才的惯性没收回来，探出被子一截，足尖有明显的红润汗意。

力气终于慢慢回来。

傅言商问："不是有蛋糕？"

总算到了正题，谢天谢地他能开得了口，路栀忽然反应过来，差点搞错了重点。

"这个，"她终于恢复力气，掀开被子起身，去够手边那个礼盒，"柠檬焦糖的，底下还有饼干。"

随着她动作，被角滑落，露出整片雪白后背和蝴蝶骨，他挑了挑眉，注意力完全没在蛋糕上，抬手挑了挑她的衣服，好整以暇地问："这睡裙是这么穿的？怎么还穿两件？"

路栀不自然地动了下肩膀，微微回神："那不然呢？"

蛋糕盖子被她全神贯注地小心打开，路栀给予了最大程度的神秘感："看看，亲手做的。"

四方围拢的立牌随着盖子揭开而落下，一整块覆满植被溪流的微景观蛋糕呈现在眼前，立体、细致，化冻的碎冰在湖泊中融化成水潺潺流动，一块精致到无可比拟的艺术品。

专业的蛋糕师中，也只有顶尖几人能够完成的创作。

傅言商："……"

路栀沉默两秒，试探道："太明显了吗？"

"我没骗你，真的，"她指了指，"有我亲手做的，这块焦糖立牌。"

他挑了下眉，不置可否："让我听听怎么做的。"

"就，拿模具在糖饼上按一下，就好了。"

他失语，垂眼笑起来。傅言商拿起那块糖饼，烘烤的微苦和焦糖的香甜完美融合，或许是有额外摄入，也显得平时很难接受的甜品并不显得过于甜腻。

她将蜡烛插在一侧，点起后殷殷催促他："许个愿？"

他从不曾过生日。出生到现在，一次也没有。

摇曳的火光中，微暗的沉默被点亮，他垂眼，心念微动。

"我希望——"

路栀及时制止："等下，愿望说出来就不灵了！"

但还是迟了一步。

傅言商："下次你穿这件的时候能别穿内搭。"

她一时间不知道是要觉得他小题大做，还是大题小做，哽了半晌，憋出来一句："……这么重要的生日愿望你就许这个？"

"这不重要？"他说，"与其把愿望寄托于并不存在的神灵，不如由你决定我这个愿望是否值得被实现。"

他是标准的无神论者，想要的会以自己的方式去站稳、抓牢，与其寄托于谁能听到自己的愿望，不如自己做自己的神和光。

也从不需要谁给他任何，感情、权力、金钱，包括但不限于人生汲汲营营存活在世所需要的每一样。除去今晚，他也会希望她能低眼，用一点时间去探听他那些涌起的陌生的贪欲，这些，只有她才能给予。

出神不过片刻，她终于完成自己的使命。

"今天你……寿星嘛。"她说，"勉勉强强可以……满足一下。"

一波未平一波又起，她方才还没干透的汗仍湿软着贴在脸颊，他从下向上看时发现她的颈紧绷着，小巧的下颌拢成一方无限延伸的弧，她其实很少皱眉，让人分不清她最喜欢的腮红是只打在了脸颊，还是会连带着扫上她的眼尾和眉间。

他伸手，指腹蹭了蹭她后颈："我先去洗澡。"

浴室水声响起，路栀在床上从左翻到右，又从右翻到左，隐约觉得当初欧·亨利式结尾的教育在此刻完成了闭环，好像意料之外，又像情理之中，她不太明白这个发展到底正不正常，因为她也没有经历可以拿来比较。

手指握上耳垂，不知何时已经变得滚烫，她在水声中昏沉欲睡，然后在谈话声中重新醒来。

睁眼的那一刻还有点恍惚，现在已经是白天，他在书房，有隐约的光线透进来，她听力很好，能听见他是在打电话。

对面应该是井池，她不太能听清，但可以从频率和声调中辨认出来。

傅言商："你现在发我，我昨天在过生日。"

井池的声音清晰一瞬，大概是忽然加大了音量："你不是从来不过生日的吗？！"

房间内沉吟半晌，传来他尚算愉悦的声音："就觉得，过一下，也不错。"

即使并没被人注视，她也在瞬息之中偏开视线，不太自然地将手搭在腿间，还没反应过来时，房间的门被人打开。

他停了两秒："醒了？"

路栀点点头，昨晚睡得太死，都不知道后面怎么了，她启唇正要问，忽然反应过来什么，一把将被子拉到胸口。

"挡什么？"他低头掰开一支蜂蜜，流线型的勺子设计让蜜糖流入杯底，搅拌后化开，放到她眼前，"已经看过了。"

路栀嘟哝："昨晚是昨晚……"

而且光线又暗，他能看到什么的。

傅言商大方道："你今早睡觉的时候没盖被子。"

　　路栀起身，忽然扫到桌上盒子里的花，错落有致摆放的十二枝栀子，他昨晚买的居然真的是花。

　　他早上好像很悠闲，能看出心情不错，找了只花瓶将花取出，斜切裁剪完成后装进水瓶里，加了一点她喝剩的蜂蜜。

　　路栀问："花可以用饮料养吗？"

　　"可以，加了这种甜水的花，会活得更久一些。"

　　他看起来是个养花高手——当然，从她这几个月被他照顾的这件事中可以得知。

　　很快，熟悉的栀子香气飘到鼻间，和某些气味精准吻合，她下意识嗫嚅："原来昨晚是这个味道。"

　　香气盈盈地飘满整个房间，她并不知道是真的花香。

　　傅言商瞥她一眼，洞悉道："嗯？你以为是什么？"

　　这么小声他也能听到，路栀腹诽。

　　半晌后，她很诚恳地问他："你平时工作的时候，也很擅长像这样装不懂吗？"

　　"……"

　　他的私人飞机定在下午回苏城，问起她时，她摇摇头："不回去，我还要去杭城一趟，谈一下奶茶店联名的事情。"

　　他"嗯"了声："几天？"

　　她也不太确定："两三天？"

　　"你上次也这么说，然后在这边住了七天。"

　　"那……总有很多琐事嘛。"说话间，她拿起手机，李思怡即使在混乱中也不忘工作，给她发来一段录屏。

　　李思怡："这个老师有点太敬业了，一句台词给我录了二十个不同的版本，我听不太出来，你选选。"

　　很快，路栀打开视频，男主的配音传出："知道我会担心，昨晚到家后就应该给我打一通电话，或者，让我去接你。"

很标准的恋爱游戏男主音，是内测到现在人气最高的角色。

李思怡接连播放，看录屏的路栀便一条接着一条地听。

她听得非常认真，甚至闭上眼睛，试图听出这几条中到底有怎样的语气区别。

这不能是同一条念了二十遍吧？

即将接近胜利时，一旁的窗帘被人按开，傅言商低头，漫不经心地问："很好听？"

路栀犹疑地抬头。

他面无表情："值得你听十三遍。"

她哽了一下，这才由衷地夸奖说："你记性真好。"

"配音老师录了二十条，听不出区别。"能看出他也听不出，路栀拉到头又听了一遍，"就第一版吧，好像深情一点。"

他问："奶茶店是谈什么合作？"

"就是很火的那种联名，和井池他家的差不多，买奶茶，然后送杯套和周边这些。不过这次会加一个扫码听语音，所以可能会审一下这个。"

他们离开酒店是在下午三点，整个江城弥漫着蒸腾的暑气，酒店正对面，融盛投资的环贸广场中，正摆着一幅江溯的巨型海报，顶级香氛的首位全球代言人。

路栀说："我还挺喜欢看他的电影的，你看过没有？我们当时还翘了晚自习出去看的。"

"把安全带系上。"

她撇了撇嘴，又想起什么："好像一楼还有个画展吧，开了吗？"

"延期了，"他似乎想了会儿，"你想看？"

"嗯，你能拿到票吗？"

"可以，等开展了我带你过来。"

路栀坐上车时并没觉得有什么不对，想着他可能是顺便送她去机场，上了他的私人飞机时仍然没觉得不对，反正在空中开一圈，送她过去也是人之常情。

但是当飞机落地杭城，他跟着自己走进酒店时，事情的发展，和她的想法产生了一些偏差。

路栀："你不回去吗？"

傅言商看她一眼："路栀。"

"嗯？"

"我住在这里好像也不犯法。"

她被噎了一下，这才想起来有一种说法，说是有些人，一个人久了不觉得有什么，但是一旦有人陪过之后，就显得从前也能接受的独行也变得寂寞，跟她待在一起，当然比他一个人住办公室有意思。

于是她就同意了。

刚落地已经到了晚上，她简单休整一下，保存好体力就躺床上窝着了。

熟悉的银灰色笔记本再度出山，傅言商坐在她旁边进行了两场会议，签了三份文件，明明穿着睡衣，工作时说的话又不留情面字字珠玑，有点说不上来的反差。

那束栀子被他从江城带到了这里，他之前好像也没说错，如果喜欢，他会把想要的东西带在身边，而不是留在某间酒店。

赏花的期限也就只有那几天。

路栀惊觉自己怎么把他的话记得这么清楚，转头时，看到他也若有所思地盯着自己。

"怎么啦？"

"要睡觉吗？"

这句话就问得很奇怪，她都躺好了，不睡觉还能做什么。

路栀福至心灵地想起什么，转头幅度过大，差点扭到脖子："你不会是错过了昨晚的机会，想要今天补吧？"

"我昨晚，怎么能叫错过？"

"你自己说的要去洗澡啊……"说完这句话，她忽然结合着他的表情反应过来。

傅言商也适时给出回答："你觉得我说的洗澡，是什么意思？"

"不是……你洗澡，我睡觉的意思吗？"

"不是。"

她以为他至少还会粉饰一下，没想到他能开口得这么干脆，毫无心理负担，毫不婉转。

"噢……我以为，以为你是那个意思。"她说，"可是后来我睡着了，你也没叫我啊。"

"你都睡着了，我能怎么办？"他气定神闲，"把你从被子里抓起来？"

她在被子里僵了几秒，感觉空调又开始吹热风，灌得被子里滚烫一片，慢慢吞吞道："你说话能不能……注意一点。"

"注意什么？我从来都不注意，"他声音低了一下，好整以暇地捕捉她脸上每一个微表情，"这就受不了了吗？那我以后说别的的时候，宝宝怎么办？"

又折腾了一通，等他洗完澡出来时，路栀正卷在被子里，脸颊上的绯色褪了一半，耳尖却仍然红透，想含住咬一咬，滚烫的耳郭会是什么味道。

但心思还是被收起，他发现她正看着天花板发呆，傅言商问："在想什么？"

路栀卷在被子里，产生了新的担忧："明天要去谈合作了，第一次面对面谈这么正经的……我还有点紧张。"

他擦了擦手指："明天几点？"

"下午三点多的样子。"

"我的会在上午，可以陪你过去。"

她本以为他说的陪，是指送她到门口，给她一些心理支持。

万万没想到，傅言商居然是和她同步落座，在她的注视下，冷静专业地递出一张名片，简单道："路栀小姐的助理。"

路栀心情复杂地绕出一个九曲十八弯，然后在他的胡言乱语中开启了今天的谈判。

他全程坐在旁边一言不发，只是打开电脑时不时敲击，也不知道是在写什么，但确实让她安定很多，能够全程条理清晰地谈下了资源、价格还有合作时长。

路栀心说，其实也没有那么难嘛。

合作愉快地落地，负责人看着二人背影离开门口，惊讶于现在已经发展到游戏公司也得带助理了吗？还是这么帅的助理？

负责人很自然地拾起桌上纹理清晰的米白色名片，是手感极好的纸纹卡，低调简洁的三个字后的职位是，融盛总裁。

那人手指跟着一顿，脑子里晃过无数个相关词条：世界上还有第二个融盛吗？还有第二个公司敢管自己叫融盛吗？

名片举起，亮极的日光下，却衬得那张只烫了暗金的名片仍旧金光闪闪，夺目不可方物。

他狠狠拧了自己一把，出神般地打开手机，给就近的朋友传出一条魂魄游离的语音："我感觉我眼睛瞎了。"

走出茶馆，路栀偏头看他，表情微妙地复述道："我的……助理？"

"怎么，"他说，"这不是要给你撑场子？"

她很难想象，假如对面的负责人一时兴起，回去后拿出名片扫上一眼，看到那张和她八竿子打不着的名片时会是怎样的心情。

"那你下次改个后缀，"她笑眯眯地摸摸他脸，"就写我的'小娇夫'。"

他抬一抬眉:"你还挺会得寸进尺。"

路栀想起昨晚,由衷承让:"没有你会。"

对面正是商场,反正还有多的时间,路栀拉他去里面的超市逛了逛,顺便问道:"你刚刚在位置上一直打字,是在写什么?我们的记录?"

"没,改他们的文件。"

她惊了惊:"你全程都没听我说话吗?"

"有听,但不至于记录,"他说,"我觉得你的工作能力应该还没到需要我操心的程度。"

人还是喜欢听很少听到的夸奖的,路栀瞬间飘飘然,十分肯定地点了点头:"实话实说,老板很满意,明天别干助理了,给你升职。"

"升成什么?"他说,"一般的我不想干。"

她无言地撇嘴,懒得回他。偶然间走到某样必需用品的货架前,路栀正要装作没看到路过,被人拦腰抓回来。

"要买。"他说。

路栀:"你自己买啊!"

"倒也不是不行,"他自如道,"只是我这个人喜欢尝试,如果你让我自己买,那我就每款都会买一盒。"

想起他之前的壮举,路栀有短暂的退缩。

终于买完,她闷着头就往前冲,走到冰柜前才有短暂降温,低着头去看新品的冰激凌。

傅言商在她身后推着车,悠悠地走。

除了冰激凌,她还选了不少零食,出超市时拆开塑料纸,在她身侧的男人收获满满。

她火烧火燎地撇开眼,假装和自己无关。

车发动前,他手机响了两声,路栀一般对他的电话不感兴趣,但这次的来电显示是傅望。

她很想知道这人的近况，如果他过得不好她就开心了。

如果不是当时傅家瞒得好，假如傅望当时的消息传遍整个圈子，以她的要面子程度，恨不得雇人把他打一顿——由此，傅望真的应该庆幸。

她假意认真吃着冰激凌，实则偷偷将身子挪近中控台，去听他的电话。

傅望好像是打电话来诉苦的，啰里吧唆一大堆后，苦兮兮地进入正题："哥，我什么时候能回国啊？"

傅言商："这不归我管。"

路栀从前视镜看他一眼。这人好无情，好歹是堂弟。

傅望就差哭了："爷爷最近好像没什么可操心的，隔三岔五就让我去锻炼身体学泰拳，我快被教练打死了，我是不是他亲孙子啊？惩罚也得有个限度吧，我才二十三岁啊，我不想死在这里！你替我跟爷爷说一声吧，我想回国了，好吗？"

"这才几个月，"他说，"你当时怎么没想过傅家的家风？"

"我知错了，哥，我真的知错了。我以前觉得咱俩关系特别淡漠，你又特别高不可攀，但是当时如果不是你替我救场，我可能真的要没命了。"傅望捶胸，"你这份大恩大德我永世难忘。真的，作为叩谢，我决定就算是回国，也绝对不和你争融盛。"

傅言商："你争不赢。"

"我知道你是刀子嘴豆腐心，当时要不是你出马替我结了婚，我真不知道该怎么办，你当时帮了我一次，这次也一定能帮我的，是不是？"

傅言商瞥一眼身边已经快贴到他手机上的耳朵，语调莫名又冷几分："下次别还手，被教练打到进医院之后把病历发我。"

路栀心说你这说的是正话还是反话呢？

傅望口中的傅言商，分明是一位完美的、舍己为人、热衷奉献的兄长，但从傅言商语气中，分明可以听出，他并不喜欢傅望。

而且身侧这位大老板和舍己为人、热衷奉献这两个词，其实搭不上任何关系。

而对面没长大脑的傻白甜居然真的一口答应："好的哥！爱你，哥！"

路栀沉默半秒，傅望小时候是不是高烧把脑子烧坏过？

另一边，大洋彼岸的洛杉矶。

好友凑到傅望身边，满腹疑惑地道："你哥干什么了？值得你对他这么崇敬？"

傅望神秘地摇摇头："你不知道他有多伟大。当时家里逼我联姻，我连那女的照片都没看过，后来在会所和别人约会被她抓到了，我爷爷是特别讲究合约精神的一人，而且大家族，你知道的，很重面子。

"那时候拟定的未婚妻已经不愿意和我结婚了，但是两家的合作契约已经签下，这时候如果突然取消婚约，会让整个圈子的人看笑话——

"而我哥，你知道吗？我那么帅的一个哥，我从前说他冷漠无情都是误解，他洁身自好了大半辈子，居然愿意替我娶了那个平平无奇的未婚妻，让我继续单身，逍遥快活，这不是神，还能是什么？"

…………

好友花了一分钟的时间消化了一下，然后说："你没看过那个未婚妻的照片，怎么知道她平平无奇呢？"

"你傻啊！她有个姐姐，长得还挺不错的，反正经常替家里出席各种宴会，圈子里都传的。我们圈子有个不成文的规定，宴会上不是吹自己老婆就是女儿，如果她也漂亮的话，不会从来没出现过的。"

傅望"啧"了声，突然说："搞不好是上不了台面的那种。

"而且我之前还旁敲侧击地问过我哥，问她长得漂不漂亮？是不是跟漂亮八竿子打不着？不然也不会在圈子里一点消息也没有啊——"

好友问："你哥说什么？"

"忘了，没说话吧好像，应该是默认了。"傅望慷慨激昂，刚被教练揉过的胸口，还因为激动隐隐作痛，"你说，我这个哥，是不是刀子嘴豆腐心，十分伟大？"

好友思考半晌："有没有可能是她长得很漂亮被你哥看上了呢？"

傅望听不得有人说他哥半句不好，当场暴跳如雷："你少放屁！怎么可能！我哥不是那种人！"

"再说了，有哪个人能逃过小爷我的关系网？她要真那么漂亮我能不知道？！那我半夜都要坐起来抽自己两个巴掌好吗？"傅望正色地严肃道，"下次这种违背事实的话还是不要再说了。"

朋友无语："行行行。"

听完电话，路栀默默从中控台挪回副驾驶，装作无事发生地看窗外景色，认真吃着手里快化掉的冰激凌。

其实泰拳也不是很残忍，就是吐的能比吃的还多。

傅言商似乎也没发现她偷听了一阵，沿路都没提起这个话题，等回到酒店，他又被几通电话叫进书房，延续不断的会议声从门缝中传出。

傅望大概并不清楚，傅言商之所以会替他承下这个婚约，是迫于家族压力，以及爷爷的逼迫。

对傅言商这种人来讲，觉得结婚是没有必要的，但如果在必要情况下，婚姻也只是他的一个选择而已。

换句话来讲，傅言商如果真是那种非心动不娶的人，当时的路家和路栀，也很难下得了台。

路栀是看重结果大于过程的人，既然已经有了结果，过程怎么样，其实没必要深究。

等傅言商忙完，又是晚上了。

路栀洗完澡哼着歌出来，满脑子都是傅望被打的愉悦，打开手机和李思怡检查了一下近日工作，余光见他正在一旁整理从超市买来的购物袋。

旁边还有一大袋是她的零食，她拿了包薯片，拆开吃到最后时，察觉到他的目光。

下意识以为他也要吃，但最后一片已经进了她的肚子，一个人吃完一包好像显得很不懂分享，她清清嗓子，准备劝退："你这么挑食，不建议你吃这个。"

路栀有理有据："这个不健康，现在都十二点了，吃多了不好。"

片刻沉吟后，傅言商说："我前晚连……都吃了——"

中间的字因为她在咀嚼，所以没能听清，但生日那天的画面还是瞬间涌入脑海……

路栀瞬间应激，一跃而起，光速用多余的那只手一把捂住他的嘴，在难以置信中，头甚至磕到了床顶，泪眼蒙胧地超大声截断："你别说！"

傅言商看她几秒，忽然扬了下唇角，好整以暇地道："我说的是奶油蛋糕，你想什么了？"

他挑起的唇角就压在她手心下，能清晰地感受到弧度。

路栀自觉理亏，悻悻收回手，正要从他身上下来时，对方也没打算放过她，一把抓住其手腕。

傅言商盯着她的眼睛，隐隐带笑："嗯？宝宝想什么了？"

"没，没想什么啊，"她目光闪烁，"就是奶油，奶油蛋糕，我以为你要说那个糖片不好吃，然后我会不高兴——"

"真的？"

手腕被他捏在手心，不知怎么就是挣脱不出，他摆明了是不想放过她，非要从她口里撬出点什么，好让她今天一整晚都没个安生。

她偏移开眼神，努力维持着要颤不颤的睫毛，像停憩在枝头的蝴蝶，慌乱而不得章法，强装镇定地固定目光。

他得了趣，愈发不想放开她，看她还能怎么圆，忽然听到"啊"的一声，她毫无预兆地捂住脚踝，拙劣道："脚扭了。"

"怎么扭的？"他笑意分毫不减，"一动不动也能扭吗？"

"本来就，就不舒服啊，然后你还一直固定住我，然后突然就有一阵钻心的疼——"她又换只手捂脑袋，这回是想起来了，"我刚还撞到头了。"

他笑着也不揭穿，将她放在床头，自己跪坐在她腿边，大掌托起一只足踝，慢悠悠地道："让我看看，宝宝哪里扭到了？这里吗？"

指腹力道恰好地按住两边，既没有大到生疼，又没有小到毫无存在感，他捻在指尖缓慢揉捏，极其慢条斯理，可目光却没落在手上，依旧锁在她脸颊上。

她第一次知道这么简单的动作，也能被人做得这么暧昧。

"不是这只吗？"他语气也和平时完全不同，分明是暧昧的语调，讲的话却正经，浮想联翩地不知道要把人拐到哪儿去，换了另一只脚踝后，又放在手中轻缓地把玩，"还是这一只？"

早该知道赢不过他的。

只被他抓着脚踝，路栀就已经被捏到全身都开始发烫。什么是老狐狸，这就是，就算掉进了她的圈，他也能准确无误地翻身而上，她的目的像是达成了，又好像没有。

见她不说话，傅言商又将她小腿放在自己膝上，捏着比目鱼肌那一块儿缓缓地按。

多么正经的放松手法啊，多么不正经的氛围啊。

不知道事件是怎么离谱到这个程度的，偏偏话是她挑起的，这会儿要撤回已是很难，只好看着那双手在自己小腿上一歇一停地轻捏，大拇指捏在上侧，食指弯曲，在走路惯常发力的肌肉上缓慢地刮。

多体贴的丈夫，辛苦了一天回到家，还要帮她按摩。

如果不是知道他究竟在干什么，路栀简直快要被感动哭了。

她脚趾蜷在一处，陷进床单很深。

"还麻吗？"他问。

眼见台阶下来，她连忙摇头，制止道："不麻了不麻了。"

"让我想想，宝宝还有哪里不舒服？"

面前阴影毫无预兆地覆下，温热手掌托住她脑后，在她刚刚撞到的位置用掌心徐徐地转："啊，还有这里。"

他根本不是认真地想要帮她按，整个身子覆上来，只遮住她半边，一只手撑在她身侧，另一只手心猿意马地在她脑袋上摸，视线透过一片长睫，只落在她眼睛上，像要看出些什么才好。

他力道加大，她脑袋就随着力度向前点一下，呼吸在须臾之间和他交错，温热气息弥散一片，他甚至好像还向前凑了凑——

但下一秒，手指一松，她的脑袋又退回床头。

她甚至能很明显地感觉到他就是在玩，故意的，像船下波澜不惊的湖，只轻轻抖动涟漪，看她随着涟漪找不准重心。

最后一次碰上，他短暂地吻了一下她的唇珠，又松开。现在的路栀被他颠得晕晕乎乎，整个身子全是麻的，于是她抿了下唇控诉道："你能不能别这样……"

他无辜："我怎么了？"

"你好奇怪——"

"腿疼是你说的，放松是我做的，头是你撞的，位置也是我揉的。"他说，"哪里奇怪？"

她无法呼吸，憋得脸上闷热一片："你的按摩很不正规。"

"我按哪儿了？"

"腿啊，然后我的脑袋。"

他眉梢一抬，又落下来看她，像是在问她要不要听听自己在说什么。路栀攥住他袖口，揉得皱巴巴一片，迷离到视线失焦，感觉到他缓慢地试探："宝宝喜欢，是不是？"

一句"没有"来不及高声反驳，窗外忽然落下一道闷雷。

这么好的天气，从没听说过今晚会有雨。

她猝不及防地被吓了一跳，颈后神经一路跳至大脑，连带着他指尖也跟着轻轻一颤，软得和豆腐一样。他睫毛跟着停了一拍，这才抬眼，缓声问："怎么了？怕打雷？"

她摇摇头，又恍惚半秒，被震起的心跳仍如鼓擂，在胸腔中呼之欲出。

路栀深吸口气，说："你不觉得这个声音，很像枪声吗？"

小姑娘，怕这些也很正常。于是他笑一下，安抚说："枪不是这么响，别怕。"

苏城雷暴不多，她鲜少听到极响的雷震，小时候听到总会害怕，没想到长大了，身体里也还遗留着条件反射。

忽然想起他是亲身经历过枪战的人，她眨一眨眼，蒙蒙地问："你那时候，害怕吗？"

"嗯？"

"就是在美国保护一个小朋友的时候。"

她还记得他那个像一簇跳动的火焰的文身，只有在他仅围一条浴巾时，才能从边沿看到火苗。

"没想那么多。"他说，"那时候街头太吵了，都是哭声。"

她抿着唇不说话，明明是思维很活跃的人，跟着话题想要努力构筑那一刻的场景，却无论如何都无法成像。

"响动太大刺激听觉，害怕很正常，"他说，"没事，一会儿应该不会打了。"

她点点头，于是不再去想。

感官从话题中抽离，又回到打雷前的情形。窗外好像开始下雨了，淅淅沥沥地浇筑在玻璃上，有噼啪的声响，她清晰地感受到指尖形状，不知道下一秒会发生什么，他这人和天气一样不可捉摸。

于是本能地微怵，手腕又忽然抬起，抓住他袖口。

傅言商："嗯？"

她抿了抿唇，目光湿漉漉的，像是身处溺水中想要求救一般，她不说话，只是挣扎着呼吸，分不清是仍旧后怕雷声，还是紧张。

挣扎了好半晌，她嗫嚅，本能地有些退缩："我觉得，有点吓人。"

路栀咽了咽口水，说："我说过我很娇气的，你记得吧，我怕痛的，说不定会把你一脚踢下去。那，那时候怎么办？"

他笑一笑："之前有让你不舒服吗？"

她一怔，摇摇头。

他背过手，蹭了下她脸颊，路栀偏头去躲，也就他不在意。

傅言商保证似的安抚道："先放松，今晚只看看你适应到多少，好吗？"

舌尖干涩一片，她莫名觉得缺水，也许空调开多了就有这样的后遗症，忽然想起之前的事，攀着他袖口的手指又紧了紧。

以前觉得他凶果然是错觉。

他并不会着急，十分擅长安抚，只看她的表情也能知道，不需要她开口说话。

她觉得他像会引导的老师，还好她成绩好，从不需要课外补习，否则如果每个老师都像他这样，最后补习的效率一定一塌糊涂，课本知识没学到多少，全在看他低眼时嘴角溢出的笑。

探测结束，他大概清楚，再多一点就是她的极限。

总归没关系，不用那么着急。

"好了，"他说，"也不吓人，是不是？"

她被他哄得七荤八素，本能地点点头，又听他说："不吓人就不用紧张，下次再放松一点，对你更好。"

雨势回归到稳定的和缓，一直在落，只是雷声不再响。

天气阴晴不定，第二天也依然有雨。

路栀在次日一早看着窗外灰蒙蒙的天，捧着杯子出神："世界末日一样。"

他在一旁翻阅公司送来的文件，钢笔在纸张上移动时有明显的沙沙声响。

"那明天就不用工作了。"

她耸耸肩，回头："我还以为你很喜欢工作。"

"以前没什么喜欢的，对比起来，工作不算无聊。"他指尖点着桌面，签不完的文件像一摞重叠的雪山，"现在有别的事想做，很难不觉得耽误。"

她问："什么事？"

他笑一笑，没回声，低头签着文件，路栀反应了片刻，真的很想骂他，但是怕又被他一脸清风霁月地反问，显得她还另有图谋了。

他饶有兴致，像在等："怎么不问了？"

路栀顾左右而言他："突然不感兴趣了。"

雨天适合宅家，现在不在家，宅酒店也一样。

她拿出前几天收到的周边打样，除非时间紧迫，否则她会留出几天决策时间，每天抽空都会看一遍，最后再决定定下哪一版，这样更准确。

不知道身后签文件的声音是什么时候停下的。

她窝在圆椅里，忽然感觉到背后有阴影落下，她回头，傅言商正在低头审视她面前这堆镭射票周边。

"这套卡，你三天内起码看了十遍。"

"我要挑的。"

"不是都长一样？"

"哪里一样了，"她说，"同一个图，但是用的烫色工艺不一样，比如这个男主，他喜欢绿色，所以烫色材料都是绿的，但是——"

她在灯光下举起票根，随灯光折射："每个都不一样，烫绿，绿镭射，绿流沙，绿迷宫，绿小圆点，绿大圆点。"

她几乎把印厂里的同色材料全试了一遍："我看哪个更耐看一点。"

想了想，路栀举起其中一张："这个吧。"

绿迷宫材质在柄图旁绕过一圈，横平竖直，傅言商很快看出区别："迷宫的？"

"嗯，有种走不到出口的感觉。"

认真把打样挑好，这段工作算是结束，她把镭射票收进箱子里，听他问："什么时候回家？"

"我都弄好了，但是雨这么大，不适合回去吧。"她说，"你要忙可以先回去呀，我再玩两天。"

"我没打算这两天回去。"

这话不像他的风格，她抬头："嗯？"

他也低头看她，发尾在鼻尖落下浅浅一层光："找到一家很有意思的酒店，想不想去试试？"

雨势稍停时二人出发，目的地位置有些偏，开了一个多小时车才到，傅言商去办入住时她就在大厅沙发上等着，这是一家开在悬崖旁边的酒店。

男人穿了一件浅口的黑色衬衫，缭绕的暗红色花纹点缀，手边的黑色行李箱质感哑光，将证件放上台面，定了一间最贵的。

遥看一眼也觉矜贵。

服务生正要核对，一身职业装的前台经理已经从一侧迎来，虽不知他身份，但能料到这是位尊贵的客人。

女人笑笑，拿出一份须知手册推至台前，示意前台服务生，这位客人由她负责。

涂有红色甲油的指尖在手册边比了比："您好，您定的是全透观景台的房间，仅一间的悬崖套房，观景台是从悬崖边延伸出去的，有一张双人床。

"安全问题在开业前做过测试，但恐高人士不建议入住，您是否了解相关须知呢？不了解的话，我这边可以再和您细致介绍一遍。"

借着去看客人的表情的瞬间，看清男人深邃的五官，漫不经心的眉眼，单个的行李箱，似乎是单身，好似有什么顺着心脏一晃而下。

但面前的客人已经拿起笔，利落地在下方签上名字："不用，我太太喜欢有挑战性一点的。"

太太？

女人微诧，不可思议和失意瞬间在眉眼间很快被压下，她了然地笑了一下，重新恢复职业笑容："好的，请跟我来。"

路栀进电梯时还有些犯困，这两天总是动不动跟他折腾，时间一不留神就过了十二点。

她平时都是住连锁五星比较多，布置大差不差，这种特色酒店的入住经验很少，布满岩石的装修让她稍微醒了醒神。

她坐在行李箱上，傅言商单手掌着，她抓住行李杆问他："你定了几天？"

"五天，"他说，"你喜欢的话可以再续。"

"五天？"路栀说，"你打算在这儿永居吗？"

按钮一侧，为他们引路的女人投去一眼目光，所有情绪忽然消失得干干净净。坐在行李箱上的少女碎发掖至耳后，露出极为漂亮的一张脸，显不出一丝攻击性，软软嫩嫩的，像能掐出水来。

看一眼都觉得呼吸也变得轻盈起来，她暗自感慨，二人真是相当地养眼。

路栀进了房间，关门时，听到大堂经理发自内心的一声赞叹："入住愉快，你真漂亮。"

突然被夸，她在门口还反应了会儿，直到被傅言商叫进去看陈设，问她满不满意。

"什么满不满意的，"她说，"下这么大雨，不就躺着睡觉嘛。"

她有一点雨天综合征，有人喜欢雨天，有人雨天心情不好，她属于后者，有时候为了快一点把时间消磨过去，会选择看一场电影，躺着睡一觉。

住新房间需要花费一点时间，路栀把常穿的衣服挑出来挂好，又把护肤品这些东西在洗漱台摆好，跟李思怡开了个会，时间就到了晚上九点。

等她磨磨蹭蹭洗好澡出来，已经快到十一点。

面前的景象忽然陌生。

从进门开始就紧闭的窗帘被拉开，她还以为只是一面平平无奇的落地窗，此刻却在她面前铺开一整扇青绿的画卷，从客厅向外延伸的，是一整个透明玻璃的观景台。

他们住在二十七楼。

路栀几乎立刻跑过去看，在踩上透明玻璃的那一刻，心脏就开始狂跳，这居然是透明的玻璃栈道，脚下是一整条湍急的河流。

面前的落地玻璃开了扇小窗，送进独属雨天的新鲜空气，除去熟悉的绿叶香气，还有山的灰尘、岩石的苔藓气味，像会呼吸的森林。

对面是另一堵悬崖，左右侧再没有房间，四下全是透明玻璃，相当于她在这里站着，能看到所有自然景色，但没人能看到她。

好恐怖的房间，但是她好喜欢。

她的腿脚立刻开始没出息地发软，身体里的探索因子却被激发，她将手伸出窗外去接一滴雨水，然后殷切又惊喜地递给他看。

腰身被人从后揽住，他问得随意："喜欢吗？"

她害怕，但又爱探险，被他一搂，几乎快站不稳的腿更是直接开始旷工，整个人软绵绵地贴上他身体。

路栀说："你要是揽不住我，我不会掉下去吧。"

"试试？"

她眼皮跳了下，心脏在此刻奇异地以极快的搏动速度瘫软开来，被浇筑了淋淋的水汽，手指紧贴玻璃，温差氤氲出一圈雾气。

"试，试什么？"

他一言不发，只是用唇轻轻碰一碰她侧颈，她受不住地跟着轻颤。

这座悬空的观景台离地九十七米。

足下的高透玻璃一览无余地呈现所有景色，湍急的河流，瓢泼的雨，恍惚一秒，会有种已经掉下去的错觉。

好在傅言商将她从后抱着，否则以她的胆量，别说开口了，连动一下也不敢。

她手指毫无预兆地扣住他撑在玻璃上的手，像在替自己找一个过山车的安全带。

"如果我们掉下去了，要怎么办？"

很显然，他现在心思完全不在这件事上，专注地调动她的感官，他头也不抬地道："一般来讲不会。"

"万一呢？"

他是真的为她这个问题停了半秒，不知是想到什么，意有所指地笑了声："那我们也挺厉害的。"

她思维本就活泛，脑子里自然而然地涌现出画面，窗口的冷风飘然地吹进来，她忍不住瑟缩。即使是夏天，山内的空气也太冷了。

路栀抓住他掌心，小声问："是下雨就冷，还是山里一直这么冷？"

他怕她滑下去，将她往上颠了颠："主要是天气原因。"

屋内是夏日的热，窗外是山雨的凉，她被风吹得紧绷，甚至开始发颤，他就亲吻她覆着薄汗的后颈，摩挲着她手腕。

她不知道该说什么，半晌憋出一句低低的"嗯"。

他开始找话题让她转移一下注意力，唇抵着她耳垂，含住问："明早吃什么？"

"……有什么吃的啊？"

他挑弄着，声音难得不稳："想吃的都能有，没有的我让人送。"

"我不知道，"他的呼吸落在颈窝，酥酥麻麻的触感遍布全身，她仰头，无措道，"我不知道，别问我……"

"那宝贝知道什么？"

因为实在吓人，她猛然一个低头，然后皱起漂亮的眉尖。他一定知道她害怕，但是这是她自己说的，自己招供的，她就喜欢过山车、喜欢跳楼机，因为害怕，所以兴奋，不害怕也不会兴奋，这是实话。

怎么会有这样的人，选这种地方……

像是刚坐上过山车，扣住锁带时的惊茫，她声音微颤地说："我知道你……不是什么好东西。"

他开始笑起来，情绪传递到她这儿，实在分明："怎么了，宝贝不喜欢吗？"

不知道在问什么，她抿唇，拒绝跳入他的圈套。

他真挺懂得享受的，还开了音乐，都是很应景的曲调，柔软绵长的气音唱法仿佛要勾人去往另一重漩涡，将本就浓郁的氛围感推上一个崭新的台阶。

就这样，乐声换了一首又一首，路栀终于长长地歇了口气，没有察觉更多。

群山之中，野兽低吼。

她忽然怔怔地转过头，问他："这里会有狮子或者老虎吗？"

他就借着如此方便的角度和她接吻，亲了会儿才意犹未尽地退开，低声道："电视打开，还有美洲豹。"

能看出他想遮掩，但没藏住的笑音，显得心情很好。

不知道这有什么好笑的。她没忍住，牙尖嘴利地咬住他手腕。

他不觉痛，指腹顺势按上来，压上她尖尖的下齿牙，问的话又像是关切："咬这么用力，不痛？"

她真是天生很难跟别人一样，连下排牙都长得尖尖的。

她嗤了声，但因为吹着风，鼻音浓重，听起来像在撒娇："你们这种人就是喜欢做……无用的关心。"

"那怎么样算有用？"他这么问着，频率没停，抬起手，贴一贴她脸颊，"好烫。"

她咕哝："我脸皮薄。"

风在停歇片刻后卷土重来，猛兽在群山回唱中低吼。

她的最高纪录也不过是在玻璃栈道上走过三十秒。

有一瞬间感觉真的会跌落下去，但这种刺激感如同过山车，高空的恐惧也会置换出兴奋，有点像高中冬天在没有暖气的宿舍，没穿外套起了个夜，身体控制不住地轻微发抖。

玻璃上的雾气被他擦净。

她重新在玻璃倒映的影子中看到他的脸，他扣住她腰，捏一捏她脸颊，路栀在瞬间挪开视线，可画面里那人却一如既往地变本加厉，只看着她，追踪她每一个表情变化。

被这人一盯着，眼皮都开始发烫。

路栀："别看了啊……"

她好像听到声音了……

他全不收敛，贴着她耳骨问："不看这个，那我看什么？"

她没好气地道："美洲豹。"

他终于又笑起来，把她翻了个面，抱在身上，问她："害怕吗？怕就抱紧我。"

路栀半夜被渴醒了一次。

她半夜极少醒，更别说是被渴醒，睁开眼迷茫了会儿，窗外风声依旧飑猛，一下接一下地冲撞窗玻璃，在山谷中荡出一种微妙的恐怖感。

她在胸腔里感知到自己再度跳快的心脏。

门窗紧闭，房间内重新开起了空调，伴随着加湿器的声音极轻地运转，她动了下被子，不知道水在哪里，伸手去床头柜上摸索。

这么小的动静也还是惊动了他。

他声音有些低，自然地从后方覆身，有温热气息落下："怎么了？"

"……想喝水。"

他打开台灯，微弱光亮下的柜子上正摆着两瓶酒店准备的矿泉水，路栀正要伸手去拿，听到他说："别喝那个，凉。"

他下床走到饮水机旁，撑着桌台接了整整一杯温水，出水口的响动安静地回荡在空气里，她想说话，又有点不知道怎么开口。

接到杯子，路栀莫名有种小题大做的别扭感，半张脸埋进去，声音有一点点哑："我喝不了这么多……"

"嗓子不舒服吗？"

她清了清嗓子，心虚地说："还好。"

抬眼时和他对上视线，她把杯子还到他手里，他已经换好一件周正的睡衣，微敞的领口露出一截锁骨和肌肉轮廓，路栀在蜻蜓点水的视线相接后，很快转开眼睛，但还是在视线余光中，捕捉到他一闪即逝的笑意。

他伸手蹭了下她唇角，然后说："羞什么？"

"没有啊，"她嘟哝，"就是困了，喝完不要继续睡吗？"

枕边手机忽然一亮，她转过眼，表情也随之一停。

傅言商能很明显地捕捉到她的情绪变化，意外、惊讶，一点无所适从的慌张，还有几分难以言喻的微妙表情。

很快，他看到她接起电话。

"喂？嗯……没有，在外面。"

"好。不是啊，没有，知道了。"

"你先回来再说吧。"

挂掉电话，她长舒一口气。

傅言商："谁？"

"我哥。"她说，"估计刚刚就是被他的消息振动吵醒的。"

他"嗯"了声，这才继续手中的动作，将杯子收起后，状似不经意地问道："这么晚了，给你打电话干什么？"

"他说他过几天要回国，跟我说一声，我说'好'。"路栀捧着手机，犹疑地反应一会儿，"因为他还……不知道我结婚了。"

傅言商："嗯？"

"他当时反对意见很激烈，说什么也不同意，我爸妈没办法，就把他打发走了，国外的工作一个接一个，我们俩又……比较低调，所以，"她有些棘手地说，"他还不知道。"

"他是反对你和傅望，还是反对和我？"

"他反对所有人。"

"……"

"他这个人，比较难相处，"路栀斟酌道，"和你不一样，他属于那种容易发疯的类型，不是说因为害怕，不敢惹他，而是惹到他之后，全家鸡飞狗跳。所以很难处理。"

他点点头，意思是知道了："没关系，我来处理。"

她"啊"了声，有点意外地试探："你要跟我一起回家吗？"

读出了她这句话的潜台词，他大概明白了她刚刚表情和语气的原因，停顿半晌，问："我不能见人？"

"不是，我是怕我哥生气。"她舔了舔唇，"你要是突然出现，他

含栀

有可能会应激。"

"没记错他应该跟我差不多大，"在手边抽屉里翻到一支备好的蜂蜜条，他在搅拌声中开口，"我总不能一辈子跟你偷偷摸摸。"

明明是合法领证，怎么从他口里一说，很有种被金屋藏娇的委屈感？

路栀："那我哥如果'发疯'，你要做好准备。"

"我这辈子没见过比傅老板更疯的人，"他说，"放心，你老公还没脆弱到一碰就碎。"

路栀问："爷爷知道你这么说他吗？"

面前重新递过来一杯蜂蜜水，他说："先喝了睡觉，等他回国，我跟你一起去。"

她点点头说"好"，冲化开的蜂蜜甜度正好，顺着舌尖润过因脱水和过度使用有些干涩的喉咙，胃也要舒服很多。

她开始怀疑他是不是早就准备好了要在这儿住。

躺下之后，她窝在被子里回路屿的上一条语音："那你回来告诉我，我会回去的。"

这人半天没回复，反常得很，也不问问她到哪里去了。

事出反常必有妖，每次路屿只要开始一声不吭，就是在憋大招。

她还记得自己五岁那年，正碰上路屿叛逆期，家里没收他大量零花钱，甚至锁了所有的电子产品。

他一开始还各种抗议，结果后来又躲在房间里安安静静地躺了三天，一声不吭，家里人一进去，发现他早没影了，甚至还留了一封信，上面写着自己游戏的账号密码。轰轰烈烈的开头也收获了轰轰烈烈的结尾——他被逮回来了，被庄韵严厉惩罚，还登他账号，给他的网友都删了。

"作"深刻贯穿她哥的一整个人生，小时候养得太过随性，导致长大也只能在这基础上进行一定程度的纠偏。路屿结婚后变得稳重了

272

一些，不过那也是装的，没人知道他会不会哪天又发个大疯。

路栀躺好，但困意并不明显，傅言商躺在她身侧，不知道在想什么。

她能感觉到他并没有睡着。从未对他产生过的倾诉欲，居然在此刻喷涌而出，她不明白是为什么，但仍然没有控制住地开口，仿佛睡前闲聊时的分享："你知道吗？"

"嗯？"

"小时候我家里管我和我姐很严，就是因为刚生我哥的时候，家里生意有了起色，忙着工作，没空管教我哥，只给了很多钱，等他们意识到的时候，我哥已经七岁，所有纨绔的坏毛病全部染上了——"

"所以我妈只好更努力地把我和我姐看管起来，从小零花钱不会多给，奢侈品也是不给买的，到大学才渐渐宽松，还有聚会这些，姐姐只去过几次，我甚至都没怎么去过。"

有了大哥的教训，庄韵觉得很多场合对小孩来说太过纸醉金迷，已经有了一个路屿，就不能再这样养剩下的两个小孩——更何况还是女孩儿。

姐姐路盈比她大两岁，天生性格就要乖些，母亲见自己对姐姐的管束有成效，轮到她时就不由得稍有懈怠，也就养成了她这么个看似乖巧，实则叛逆的性子。

傅言商："怪不得一直没有见过你。"

她不意外，因为就连傅望也没有见过她，当时只是传去了一些照片和视频，也不知道最终有没有到傅望手里。

她说："你参加得不也少吗？之前还听爷爷说有人想来家里找你。"

傅言商笑一声："他连这个都跟你说了？"

"而且我也不太喜欢参加这种活动，觉得很无聊，"她说，"有空还不如多多睡觉，上学就够忙了。"

他停了会儿，问："你哥对你好吗？"

没想到他会忽然问这个，路栀愣了下。

"好啊，哥哥对我们都很好，不过我姐总说他对我更好，"路栀想了想，"他是那种，过年零花钱被管制，手里只有五百块，都愿意给我花四百五的人。"

她说："不过我后来才知道他卡里还有几万。要被他气死。"

他因她语气跟着笑起来，那些琐碎的事于她来讲，也许有些是蜜糖，有些是困扰，但对他而言，可望不可即，像场轻飘飘的梦。

次日醒来，天气稍有好转，酒店送来早餐，她失手放多了辣酱。

吃完后路栀又磨磨蹭蹭地跑去观景台那边，一边搜索附近有没有什么好玩的，一边看着台风天发呆。

有声音响起，她回头确认，是傅言商的电话。

"一会儿再说。"傅言商这么说着，挂了对面电话，又在这时候走近，问她："有没有哪里不舒服？"

她理所当然以为是在问辣酱的事，摇摇头说："没有啊，那个酱就是看着红，其实不是很辣。"

"我问的不是这个。"

他手里本该有文件，或者一台笔记本电脑，但他什么都没有，就站这儿光明正大心无旁骛地问她，路栀被盯着，挺不自在地摸了下耳垂，然后说："好像，还好。"

他并不意外，意料之中地点了点头，出去一趟后又回来，路栀正要问他买的是什么，看到药膏外壳，是褪红消肿的。

上次被抹药的一幕幕涌上心头，路栀心有余悸："我没事，我不要用这个。"

傅言商抬了下眉："谁说给你买的？你又没事。"

啊？她茫然。

他双手交叠在衬衣下摆，步履闲散地抬手脱掉，泛红的后背一晃而过，隐没在磨砂的浴室玻璃门后："进来宝宝，看看你的杰作。"

路栀："……"

她在原地磨蹭，手机振了下，是姐姐发来的消息。

路盈："赶紧订票，阎王爷回家了。"

路栀大脑死机片刻，语音回问："他昨晚跟我说不是还要几天吗？"

"提前了。"

"为什么？"

"他说听到你那里，有男人的声音。"

很快，对面发来一张机票，路屿会在下午五点落地苏城。

路栀沉默片刻，正要回复，浴室里传出傅言商的催促声音，有股懒散的轻漫："人呢？"

她放下手机，心猿意马："来了来了。"

她还在路屿提前回国的震撼里没缓过来，没设防，一进浴室，又迎来更大的震撼。

他衬衣已经脱了，随手丢在洗漱的大理石台边，胸肌腹肌匀称微凸，腰带松松垮垮地缠了一圈，围在腰间，身前看不出任何异样——

只是背后的镜子，几乎能清晰地映出后背。

前后对比，视觉更具冲击力。

男人指间夹了一支铝制的小银管，晃了两圈，递到她掌心。

路栀："干，干吗？"

他理所应当地道："宝宝不要帮我涂吗？我自己又看不到。"

她的杰作，由她善后也是情理之中。

他还是维持原样，两臂在身侧撑着，就那么低眼看她，连要转身的动作都没有。

路栀挤了一点到指尖，说："你转过去呀。"

"转不过去。"他将她抱到身上，"就这样抹。"

他背后拜她所赐，路栀理亏，没法跟他讲条件，只好面对面坐着，撑在洗漱台上。

浴室总是安静，排风扇没开，只偶尔有水声荡在水管中静微的回音，不知道是哪间房间又在用水。

路栀把药膏在他背后推平，指尖下的肌肉随着她动作轻微起伏。

只靠镜子很难看清，她大腿用力，抵着膝盖将身体支起来，下巴悬在他肩上，语调放轻了些："疼啊？"

他没回，伸手扶住她腰。

她靠得本就近，被他这么一掌扶上去，完全失去了后退的能力，腰后被他手掌的惯性一带，轻撞上他不着寸缕的腹肌，再不留痕迹地退开。

路栀抿唇，屏住呼吸想要速战速决，为看清只好更加坐起身来，没来得及涂完，手腕被人捉住。

他声线有些沉："别涂了。"

路栀偏开视线，不自然地摘清自己："你自己让我帮你。"

"嗯。"他只这么答着，也不说话。既不放她走，又没有后续动作。

她一动不敢动，觉察出些什么，勉勉强强地转移话题道："你不要把上衣穿起来吗？"

他垂下眼，极黑的睫毛下掩着平静翻涌的欲潮，湿漉漉的像热夏的海滩，腹肌在微弓的折叠下也没有一丝赘肉，像一种完备呈现的蛊惑。

手被他捉着放上腹肌，从第一层滑到缝隙的沟壑，他难耐地微皱起眉心，眼尾下缘有一股忍耐过后的红，仰头时喉结吞咽明显，在流畅的脖颈处，凸出一颗微尖的果。

路栀后脑被人覆住揉了揉，他手指陷进她发间，指腹稍稍用力，她低头时，便与他扬起的颈无限趋近，听他声线不稳，哑声喊："宝宝，亲一下。"

"哪里？"

"喉结。"

鼻尖碰到他侧颈，闻到蒸腾的、翻涌的雪松木气，如此干净清冽的气息此刻却被荷尔蒙搅得分散而紊乱。路栀启唇吻住，听到从齿间传来一声极其钝重的、低哑的闷哼，傅言商气息紊乱，捉住她手腕，眯住眼睛。

镜面上的雾气几分钟后才散去。

路栀还埋在他颈间，说话时，剩余的热气仍旧落在他泛红敏感的喉结上，鼻息轻微地问："好了吗？"

回应她的是呼吸。

吐出的气息像烟花一样在耳蜗内噼啪炸响，像通了微弱电流的引头，触得她血液深处跟着轻微地颤。

他好像还在回味。

"好了，谢谢宝贝。"不知道多久之后，她听到他偏头说。

她无言地脸热半晌，又去收一旁的水乳，闷声说："那你收拾一下，和我一起走的话……要提前出发了。"

"嗯？"

很少见他这股放空的表情，路栀残忍地说："我哥提前降落了。"

烟花刚放完，江面乍起寒风——差不多就这么个感觉，他算是知道她刚刚为什么难得地这么配合，顿了顿道："这算什么？打个巴掌给个甜枣？"

路栀拉上洗漱包拉链，想了想，说："那不是至少甜枣也吃到了吗？"

"……"

私人飞机随时待命，但落地时间被路栀更改到了十二点。

路屿五点到家，如果他们七点回去，免不了被捉住一顿磋磨，但——家里雷打不动的熄灯时间是十一点，如果他们回去已经是十二点多，那么到时候整个路家都会陷入一片黑暗，免去不少麻烦。

至于剩下的，就明早再说。

能躲一时是一时，万一路屿明早又出国了呢？

一切按照她的计划，有条不紊地推进，等二人到路宅时，除了门口的小路花园还亮着灯，家里已经是漆黑一片，这个点连她家的阿姨都睡了。

她朝傅言商比了个手势，小声说："我们开手电筒进去。"

路栀凭着手电筒的光按亮电梯，然后看他推着行李箱转身步入。

电梯门合拢的一瞬，依然没有出现顶灯，整个轿厢内黑黢黢一片，她觉察到他应该是有话要说，将手机挪了挪，探照灯对向他。

如此不含修饰的灯光下，他依旧站得笔直，像不被大雪压弯的松木，就站在一半的黑暗中镇定地点评："像偷情。"

"忍一忍，就几天。"她安抚，"很快的。"

门在四楼打开，路栀在前方带路，滚轮的声音和他的问询一同出现在身后："几天？"

她没明白这句话的意思是嫌长还是觉得短了，一回身，正好踩在滚轮上，整个人没法控制地一滑。

在这个瞬间，同步被傅言商搂住，而她的手也及时打开了客厅的吊灯。

噼啪，一张又黑又臭的脸出现在沙发中央，抄着手，往额头上烙个月牙，能去当少年包青天。

她在下一秒，以迅雷不及掩耳之势，重新把灯敲灭。

傅言商："怎么了？"

"没事，"她借着他胳膊的力道，重新站直，"赶紧回——"

脚步声响起，路屿重新打开灯，不爽道："当我死了是吧？"

大概过了两秒，路栀一惊，仿佛刚看到般回过神来，诧异地道："哥哥？！"

她说："你什么时候回来的呢？"

路屿冷笑："你别管我什么时候回来，我问你，现在几点了？"

路栀立正："好的哥哥，我明天跟贵叔说把你的手机送去修一下。"

"你别给我顾左右而言他。"

"我没有啊，"路栀可太冤枉了，"你手机不是坏掉看不了时间，才问我几点吗？"

路屿只是冷笑，于是她很好心地说："快四点了，赶紧睡觉吧，再不睡会猝死的。"

路栀光速说完，然后回头一拉傅言商衣角："走，睡觉去。"

路屿："等下。"

他球鞋横在二人中间，踩了下地面，问路栀："这男的是谁？"

"你都二十七岁了，不要明知故问。"路栀很真诚地说。

傅言商放在她腰间的手动了下，她试图去制止，但没成功，那双手已经在她后腰狠狠地捏了一把，像是惩罚。

路栀又痛又痒，顺势后仰，落在路屿眼里，她跟面前这个陌生男人不清不楚的，一边扭还一边说："有什么明天再说吧，很晚了，现在是肯定要休息的，不然妈等下要出来打你了。"

路屿盯她半晌，看她的确像是昨晚没睡好的样子，这才摆摆手，勉强同意："你先去睡，明天说。"

她点点头，从善如流地拉着傅言商衣摆，下一秒又被人喊住。

路屿不爽："你们俩，睡一起？"

她无言，听到路屿说："让他睡客房啊，第一次来就要睡你房间吗？你的房间能这么随便让人进吗？！"

路栀正要开口，中控的音箱忽然响了响，庄韵的声音忍无可忍地传出："路屿，你再大半夜给我扯着你那个嗓子敲破锣试试看？"

　　路屿置若罔闻："你刚把人带回来就让他睡你的房间？我不放心！"

　　庄韵："你非要我掀开被子下来揍你是吧？"

　　路屿从小就爱半夜跑酷，所以家里后来索性装了中控音箱，以保证谁半夜被他吵到，都能拿起手机先把他骂一顿。

　　路栀还要开口，手背被人拍了下。

　　"没事，我睡客房。"傅言商说，"很晚了，别把他们都吵醒。"

　　路屿总是能凭一己之力达成目的，倒不是多么让人信服，又或者多有气场，纯粹是他能磨人。

　　路屿目的达成，傅言商去洗澡时，路栀回到房间。

　　路屿抄着手在等她："我知道你结婚了，什么时候结婚的？"

　　路栀如实道："年初。"

　　她低头清点行李，背后的路屿说话像连珠炮："我是不是说让你别结？就完全不听我的？我当时跟你讲了一下午，你听进去一个字没有？"

　　"都听到了。"她说，"但你自己不是也知道吗，你的话，我反正也不是很听。"

　　路屿被她气无语了。

　　"那平时也没见你那么听妈的话啊，"说到这里，路屿停了下，又说，"至少听也是假听，这次为什么真听？"

　　路屿："我后来也想过，导致你这个结果，我也存在一定问题，我当时应该替你抗争的，我就担心你是听话听习惯了，听到最后你已经不知道你要什么了，这样的话，哥也会很自责。"

　　路栀已经开始犯困了，昨晚也没睡多久，这会儿只好回："你没必要。都发生了，接受吧，赶紧去睡。"

　　"我接受不了！"

　　"……"

"我向你道歉，是哥对你还不够关心，但是我也希望你能理解，因为那时候我确实也没太大能力，三年前我不得不联姻，你姐的联姻我也阻止不了，但是——"路屿说，"我觉得现在还有转机，但需要你直面你的诉求，你懂吗？"

路栀真没听懂："你在说什么啊？"

"我不希望我们所有人都沦为家族企业的牺牲品。"他说，"我牺牲了，你姐姐也牺牲了，我至少觉得，你不应该牺牲。"

"一个什么样的企业会沦落到需要三个孩子都联姻？一个自由人都没有？"路屿又绕回那个话题，"难道是因为我太没用了？"

路栀："很高兴你能有这样的反思。"

"所以我说了，我会努力，出去的这两年我能力已经有进步了，现在结了婚没关系，有能力之后哥哥会努力争取到你的自由，好吗？"

路栀困得神游天外，敷衍说："你怎么给我自由？"

"可能现在，家里的发展是需要我们去做一些联结，但是如果到时候企业发展是我来决策，我绝对不想牺牲任何一个人，我不会用你的婚姻去换筹码，你要想离婚，哥会全力支持你，好吗？"

路屿说："反正到时候如果咱爸走了，那家里不就是我来管吗——"

一个拖鞋远远飞来，准确地命中路屿的后脑勺。

路平生："你给我滚蛋！"

"……爸。"路屿站起身，"我不是那个意思，我是假设……"

"假设得好，再假设我明天就被你假设进棺材了，"路平生瞥一眼时间，"你自己发疯我管不着，让你妹妹睡觉。"

路栀感恩地点点头。

最后路屿被鬼哭狼嚎地带离四楼，路栀这才松了口气，他说的话在脑海里一闪而过，她站在花洒下，也只是恍了恍神。

半晌后，她把这些话摇出脑海。

洗完澡，她有点饿了，去三楼路屿的那层找零食，又想起傅言商的客房也在这里，走到门口时，发现里面还亮着光。

她很轻地敲了两下门，唯恐再大力一点，又把路屿从房间敲出来了。

敲门预告后，她缓缓将门推开。

傅言商正靠在床头处理工作，耳机挂着单边，听到声响抬起眼，指尖一停。

她小声问："还习惯吗？"

他挑了下眉，拍拍床沿。

是让她过去说的意思？路栀走到床边，刚掀开被角，就因为实在太累，还是选择了躺下，她调整了一下姿势，确保舒服之后才说："我哥这人就这样，你别跟他计较。"

他没在意："你家里人，我不会计较这些。"

"那就好。"

客房当然不比家里，也不比她的卧室，路栀说："你要有什么不习惯的，或者有什么需要的，随时跟我说，我帮你弄。"

"嗯。"

口袋里还装着刚搜罗来的零食，路栀翻了个面，拆开吃了两口，才问他："你吃不吃？"

一口一个的牛奶小饼干，整张床上被她吃得全是奶香味。

他从袋子里拿出最后一个，然后塞到她嘴里："饿了？"

她不置可否："忙一天了。"

"我可以去给你弄点吃的。"

"不用，你对我家厨房又不熟悉，好麻烦。"路栀揉了揉手里的塑料袋，"这个房间不太隔音，明早可能会听到路屿唱歌，你早点休息，别忙太晚了。"

她用气音道："那我走啦。"

翻身朝外，小腹被人从后拦住，他问："去哪儿？"

路栀："回我房间睡觉啊……"

"过来了，还要回去？"

"我过来只是看你还适不适应，"她轻微挣扎，"我要回去睡的啊，你不是都说了，你住客房。"

"我又没说一个人住。"

路栀试图去掰他手指："那你也没说要我陪你住……"

"现在说了，"傅言商一用力，她根本对抗不了，整个人裹着被子被拖回他身前，"大晚上来了还能放你走，你以为我做慈善呢，宝宝？"

她是真怕他叫这两个字，因为一般这两个字只要出场，就没什么好事。

路栀回身，一瞬间精准预判，及时捂住他压下来的嘴唇，像只无力扭动的蚕蛹："路屿明早会发现的……"

他停下来思考了一会儿，然后点点头。

"那就被他发现了再说。"

她振振有词："……我这叫多一事不如少一事。"

他捏住她手腕压下去，"嗯"了声："选 A。"

路栀蒙了下，一时注意力被他迁走，问："什么 A？"

"我选多一事。"

路栀心说我没让你选！

这人难得退步："就亲一下也不行？"

路栀谨慎："真的吗？"

他伸手打开前扣，想了想说："应该是假的。"

她整个人落进他手里，脸颊跟着红起来，唇珠像是奶茶里的珍珠被他咬着，随他辗转吮吻的声音而愈发红透，她实在不清楚这个房间的隔音怎么样，如果路屿没睡，会不会听到……

这可不行，路栀推一推身前的脑袋，他抽离，发出轻微的一声"啧"，问："什么？"

路栀："我真得回去了。"

她话音正落，在他齿下的肌肤忽然一疼，又好像听到外面传来脚步声，果然是有人开门了。

路屿的声音从门外传来，像在给谁发语音："我怎么好像听到动静了，你没过来吧？"

她放在枕边的手机一亮，是路屿给她发的消息。

路栀绝望地闭上眼睛。

傅言商将她重新抱到身上，吻着她耳骨："你不是说，想要什么跟你讲？"

"是啊……"她心猿意马又不得不过分专注地问，"你要什么？"

"你。"

安静的空间内只剩呼吸声，鼻息交错，他声线轻柔，像是勾引："宝贝还欠我三分之二，忘了？"

客房外传来很轻微的灯被打开的声音，软底拖鞋摩擦地砖的声音由远及近。

沿三分之一向前推进，光亮和声响一同泄露，过于安静的呼吸声中，任何细微的响动都会刺激耳膜，他无论何时都在践行那句察言观色，仔细分辨她的表情，在她漂亮的眉心蹙起时歇了一歇。

他伸手，将她垂下来的碎发拨至耳后："你哥经常半夜找你？"

"没有……他今天纯粹是应激了。"

突然就说要回国，家里所有人都在为他跑前跑后。

她从小就被家里管得很严，上下放学全在路屿的盯梢之中，方圆百米的男生都很难近身。可以说从小到大，路屿几乎没允许过有异性靠近她。

客房的空调不在集中开关之列，是傅言商进来之后才开的，几百平方米的空间降温本就需要时间，更何况浴室门还开着，他刚洗完澡的热气还在外涌。

现在也说不清温度到底降下来了没有，他鼻尖覆了层汗，大概也被闷得很辛苦。

路栀背后是面书架，摆满了装饰品和厚厚的古书，路栀指尖往后蹭着，被一本厚厚的硬壳精装压住指尖，忍不住轻轻吸气。

不牢固的书柜，陈列的瓷碗发出摇晃的易碎声。

她的心脏跟着提起来，感知愈发敏锐，像被人掐着脊骨一路抚到天灵盖，烟花从他这儿放到她脑袋里，摇摇晃晃一场无声的爆炸，连同指尖被火灼烧着。

"别抖，宝宝，"他亲一亲她唇角，"冷吗？"

她摇摇头。有热风从背后灌进来，她起先以为是自己后背发烫……被吹了几分钟后才意识到不对，回过头。

窗帘被拉开着，露出个小角，外面的风涌进来，拉着帘角小幅度地晃。

"你没关窗，"她感觉到有滴汗顺着颈窝淌下去，鼻音闷闷地化在他唇齿里，"我说怎么这么热……"

话没说完，她惊呼一声，被他抱起来走到窗边，沿途吻没停，她断断续续的气音像滚落的水珠溢出，又全数被他收缴，终于艰难地走过去，她被放在窗台上，又亲了好一会儿，二人缓过劲来，他才把窗户从外拉上。

"窗户也得我关，"窗户是内外推的设计，他倾身去找把手，随着朝前的动作靠得更多，路栀的瞳孔愈发睁大，他语带调笑，"这就是宝贝的待客之道？"

她完全不领情，瞥开眼，唇瓣已经变得水红："我待客怎么啦？我待客还不够好吗？"

他抬了下眉尾，找到她藏在下方的那颗小尖牙，有种一语双关的意味深长："嗯，挺好的。"

如果不是被拍门声打断，她都快忘了路屿可能还在门外。

与此同时，路栀桌上的手机开始振动。

来电显示是门外的不速之客，路屿。

傅言商再度一把抱起她，常年的运动让他的单手抱也显得富有余力，意识到自己又要被抱到门口去，路栀足尖蜷缩，手肘向内扣，去敲他的后背："你把我放下来。"

他没听，盘着她低头问："你要我的命？"

终于折腾到门口，路栀脸已经红透，她想张嘴让路屿回去，才发现自己不能开口。路屿不知道她在这儿。

与此同时，门外的人也开口问："路栀？"

这么心机的一个圈套，她差点就要开口了，但下一秒，被人托住往上颠了颠，他声线从容得好像刚开完一场正儿八经的会议："有事？"

路屿："……没事，你还不睡？"

"啪"一声，他独处的意愿强烈。

门外路屿无言，脚步声再次响起，似乎这才消失。

但他为了应付路屿把灯全关了。

什么都看不到，视觉被遮蔽，其他感官就更敏锐了，他被拖得狠了，已经有点不够从容，将她放回书架前，卡着她下巴就又吻了上去，路栀被他拨弄得不上不下，一泊眼泪从眼尾坠下来，还没来得及成形，就蜿蜒地消失在皮肤上。

接吻声太明显，像一弯流而不淌的银色山泉，她颈后仰着，最大限度地折成一张弓，又被他扶住后颈，含着耳垂，气息剧烈。

她没控制住，手因承受不住向后压，忽然头顶传来摇晃的声响，啪嗒，听声音，像是掉下来一尊小瓷杯。

"完了，"她忽然又紧张起来，"是不是碎了？"

他喉结跟着微微滚动："古董吗？"

"不是，"她说，"就是普通……"

她是心里放不住事的人，几分钟了事情还是没翻篇，身子一偏想下去。

傅言商眼底已经有些暗了："嗯？"

"我先去收一下，不然明早起来，万一踩到怎么办？"

"等会儿。"他眯着眼，视线有短暂虚焦，她被视线烫得不知道目光该往哪儿放。

大概过了一分钟，他鼻尖呼吸稍一停，这才撤离说："你先睡，我来。"

路栀没住过客房，一开始还怕自己睡不惯，但这两天实在很忙，她起先还能靠声音判断他在做什么，没一会儿，意识就已经一片模糊。

六点半时，傅言商的生物钟准时将他喊醒，路家还是一片安静，众人应当都还在梦中。

包括他的太太。

六点半正是她熟睡的时分，他在手边挑了块正好的毯子，搭在她肩上，然后将人打横抱起，出了客房，打算把她送回卧室。

刚走出去两步，半昏的晨光下，沙发上抄手，坐着个熬了一夜，脸比锅底还黑的人。

傅言商："……"

路屿："……"

路栀十点多时被惊醒，她忽然意识到这是在她家。

庄韵有一套自己的教育系统，其中就包括早睡和早起，坚决不会让任何一个人超过八点半还不起床。

现在是才七点，还是，出什么状况了？

一颗心在胸腔里越跳越快，她并不记得中途有人来叫过自己，但庄韵也是绝对不可能让她睡到这个点的——

她打开手机，才发现这是在自己房间，身旁传来熟悉的声音，像一种久远的错觉："醒了？"

她"噌"一下坐起来，看向傅言商："我妈没叫我起床吗？！"

"叫了，"他镇定自若道，"我说我来叫就好，她同意了。"

路栀飞快地复盘了一下他这话的意思，也就是说，他表面上说着来喊她，实则跑到她房间里无声无息地开始工作，连一点噪音都没发出来。

她撇嘴："你阳奉阴违比我玩得还熟练。"

他笑了下，不置可否："不是累着了？"

她噎了会儿，这才说："但是你来喊我喊了两个小时，这不可疑吗？谁不知道我在里面睡觉呢？"

"公司有事，她上班去了。"他了若指掌，"我确认过了。"

路栀平静地躺下："那我再睡会儿。"

缓了一会儿，再睡是睡不着了，路栀揉了揉头发，见他还在工作："你先弄着，我找我哥。"

"嗯。"

阿姨今早给她煮了汤圆，路栀坐下没吃两颗，路屿就已经像个鬼魂一样飘到她对面："你昨晚怎么从他房间里出来的？"

路栀惊诧："你什么时候看到的？"

路屿冷笑："老子守了一夜，就为那一刻。"

她说："你上次这么用功还是看球赛。"

路屿不知道该怎么说，又低头扯了把头发，面前的对话框仍停留在他和死党的对话页面，从他这边发出的绿色气泡异常打眼。

路屿："我一想到我妹以后要跟人亲嘴，我就想打断那个人的腿。"

死党："？"

路屿跟路栀说："我一会儿要跟他说事，你别进来。"

"在哪儿？"

"书房。"

她"噢"了声，想了想，抬起头欲言又止，斟酌半天，还是没说。

路屿："干什么，想让我嘴下留情？"

她表情微妙："……是他在容忍你，哥。"

想了想，路栀还真想到个事："你也别什么都说啊——"

路屿不耐："又怎么了？"

"我平时在家都很注意的，都不会提，"路栀抿了抿唇，"他父母都不在挺久了，你不许说这个话题，听到没？"见他没回，路栀又重复道，"听到没啊？"

"听到了听到了！还什么都没说呢，你就在这儿打预防针，"路屿嗤了声，"胳膊肘往外拐。"

十二点时，路栀去院子里，看自己去年走时种下的一棵草莓苗。

草莓的花期已于五月结束，小花棚里乌泱泱一片全是藤蔓，她问阿姨："哪一株是我之前种的啊？"

书房内。

路屿把手里的一个红色按钮抛到男人怀里。

傅言商低头看了看。

路屿解释："我妹担心我对你说话太重，所以我给你发个按钮，受不了的时候按一下，懂？"

他笑了下，也不知道是在笑什么，路屿昨晚没细致观察他，这会儿才发现，这人坐在这里，真不是一般地从容。

没靠什么分散注意力或是纾解情绪，傅言商就靠在椅背上，手指镇静地搭在扶手边沿，笑笑说："你还伤不到我。"

怎么感觉不对，这人昨晚在他妹旁边的时候，怎么好像不是这个样子？

不过路屿没过多纠结这件事，他废话很多，但现在懒得讲，挑了顺嘴的一句做开场白："我家栀宝从小就很漂亮，读三年级那会儿班上就有男生把每天的牛奶全攒起来留给她，四年级的时候有男生专门给她送暖宝宝……"

傅言商："……"

"你知道她从小是怎么长大的吗？那么漂亮，小小一只，全家人包括她姐姐都怕她被骗了，上学放学，没有哪一天不是亲自去接的，越怕就越宝贝，越宝贝又越容易害怕，就像养一枝花，你怕它受风雨摧残所以养在温室里，但忽然又怕哪天变了天，那习惯在温室里长大的花要怎么抵抗。"

"所以后来我想，既然送到外面就有风雨交加的可能，那不如就在家里给她搭一个花房，只要我们在，她还是可以被保护得很好。"路屿走到窗边，双手架起来，形成一个防御的姿势，"我当然知道傅家条件有多好，但是她的生长环境太单纯了，越大的家族、越复杂的关系，越有可能掣肘她、禁锢她，甚至伤害她、耗费她。"

"她不爱应付这些。"

傅言商在此刻换了个倾听的姿势，路屿不知道自己说的哪句话触动了他。

路屿："她……从小没受过什么委屈，但是爸妈因为我的关系，对她们姐妹两个从小严格到一种病态的程度，你可能很难想象，但她的精神需求其实是一直被忽略的。假如她不听话，我妈会狠心到连她十岁生日都让她自己一个人过。只是怕她变得跟我小时候一样。

"所以很多时候她不得不听话，因为对于小朋友而言，她会很清楚地知道，不听话，是没有妈妈爱她的。"

"她姐姐比她稍微好一点，性格还圆滑一些，她这孩子有时候又很犟，很别扭，可能小时候的一些结其实一直没有解开……让她很抵触去碰那些东西，有时候问她她也会逃避。"路屿说，"怪我。"

"我不知道她是怎么同意跟你结婚的,你们之前见过吗?订婚以前。"

傅言商:"有见过。"

"几面?"

"几面。"

完全撬不出什么,路屿放弃。

"我知道她之前是要跟你弟结婚的,不知道怎么就变成你了,我没那么缺德,享受了家里的好又高喊恋爱自由,所以你看,我是各过各的,但我不希望她那样。"

路屿说:"她是需要被爱的。"

傅言商没避开:"我能懂你意思。"

"能懂就好,虽然我不知道你是出于什么目的跟她结婚,但是在我们这一列里,说难听点,真正相爱的没几个,我也知道——"路屿停了停,扫他一眼,"你这个条件和身份地位,身边的诱惑只会多不会少,但我不管你和她达成什么共识——"

"首先第一,之前你要有什么……她如果不知道,我就不跟你计较了,今天之后你不能对不起她,我知道了会找你算账,我不开玩笑。"

傅言商笑了笑。

路屿:"你笑什么?"

他不爱解释,只摇摇头,道:"没什么。"

路屿:"第二,你家里有多复杂我不知道,但我家绝对不贪你们家任何钱,不要把她卷到任何风暴里,这是我的第二个要求。

"第三,她的婚姻按理来讲我不能过多干涉,但是她这人心思太简单了,不要让她受委屈。"

他点点头,然后问:"还有呢?"

"没有了,"路屿谨慎地看着他,他出乎自己预料的不反驳,"你没什么要说的吗？"

"没。"

很难想象一场谈话，由他从开头讲到尾声，面前分明不是什么很好搞定的人物，但是对他从昨晚的冒犯，到现在突飞猛进式的无理要求，傅言商居然连眉都没有皱一下。

路屿奇怪："我妹不是说你嘴挺厉害的吗？"

"我当然也可以讲，"他道，"但她说的没错，你对她很好，所以就够了，我不会多说什么。"

路屿沉吟，见傅言商起身："说完了吗？"

路屿："完了。"

客厅似乎传来声音，路栀极具辨识度的嘀咕声传来，是忧心忡忡在问，自己那株草莓苗结的果能不能比路屿的那株更甜。

傅言商回身："速战速决？等会儿还得吃饭。"

"你提的三件事。"顿了顿，他说，"第一件，我这辈子只会有一个伴侣，就是路栀。"

"第二件，家里之前也复杂过，不过都是在我回国之前，这两年已经清整得差不多，融盛的大部分核心项目都在我手上，她作为我太太，家里人对她除了尊敬不会有别的。

"第三件，我父母在世时很恩爱，我奶奶走后，我爷爷也没有过再娶。"

"我从小受的教育是这样，"他说，"到目前为止，我应该还没让她受过委屈。"

二人出来时菜已经上齐了。

路栀刚吃完没多久，这会儿没胃口，拿着筷子奇怪道："说什么说这么久……"

傅言商抽出她身侧的椅子，闻言道："你哥交代了一些事情。"

庄韵用公筷夹菜过去,迭声心虚道:"不好意思啊小言,我们家路屿不懂事,从小也不服管。"

"没事,"他说,"妈。"

路屿听到这个称呼,眉头皱得比山还高。

这个称呼还有点陌生,路栀微妙地拢了拢眉心,听身旁的人道:"结婚之后工作一直比较忙,也没正式来拜访一下,是我的问题。"

"能理解的,"庄韵说,"主要是小栀她那个冬令营时间太紧,这次把你们喊回来也匆忙……"

说着说着,她实在气不过,狠狠打了路屿几下。

路屿头疼:"妈!"

"都不知道你说了什么不礼貌的话,"庄韵说,"你赶紧给人家道歉。"

路栀低头翻着碗里的青菜,声音很轻地说:"他光坐在这里,拿脸对着人,就很不礼貌了。"

路屿:"我——"

最后一道菜上齐——还冒着热气的糖醋排骨,离路栀有一段距离,傅言商问她:"要不要?"

庄韵:"没事小言,你吃你的,她平时吃甜食很少,主要吃青菜比较多,都放到她面前了。"

路栀心虚地低头。她清楚地感觉到傅言商的视线挪过来,很微妙地挑了一下眉尖。

庄韵:"没事的,你们刚相处,不了解这些也很正常。她虽然小习惯是有一些,但大方向都很守规矩,平时不会在床上吃东西,过了八点也不会再吃别的了,像碳酸汽水、冷饮这些也不多吃。"

在家里有一整面冰激凌柜的路栀,差点咳嗽起来。

她低头,战术性埋头吃菜,听到他说:"这样,那确实是好习惯。"

路栀用余光瞥他一眼,不知道这人是在讽刺她,还是在配合她。

吃完饭后，傅言商表示下次会挑一个合适的时间正式登门拜访，这场突发性会面才暂时告一段落，走出家门时，路栀还有点难以相信。

"都说什么了？我哥居然这么快就放你走了。"

"我对他的话表示了认可。"

"对他？"路栀难以置信，"你对他的话能表示认可？他说什么了？"

傅言商打开车门，语焉不详："他说你小学的时候，有小男孩给你送很多东西。那时候我在想，如果让他听到我平时都跟你说什么，我还能不能活着走出你们家。"

路栀语塞半晌："他是虚张声势……"

这会儿车里不是只有他们，还有开车来接他们的宗叔，自然不是什么话都能说。他笑一下，克制住手指上的习惯动作，放在自己膝上捻了捻指腹，这才道："还有甜食，你到底爱不爱吃？没记错的话，家里的青菜要塞到你碗里你才能吃得下。"

"我妈不太让我吃那些。"她说，"小时候太喜欢吃，吃蛀牙了，牙疼到躺在地上狂哭，后来换完牙就严格给我控糖了，要我多吃青菜，因为维生素 B 指标低。"

他表情似是恍然，平铺直叙地复述："还有不爱在床上吃东西、八点以后不进食、不吃冷饮——"

路栀心虚地打断："她的话你反着听，所有的坏习惯我都有。"

他笑一下，然后说："其实按时洁牙没太大问题，你吃得不算超量。"

指腹摩挲着，但还是难以克制不知从某处升起的欲望，越忍耐越泛起无名的瘾，他看向窗外，试图转移注意力，压制这种全然陌生的不受控，以前从不会有。

数分钟后，车行驶上高架桥，她低头翻包时带出来些响动，他终于顺理成章地侧头去看，并在同一时刻拨下后座按钮。

路栀听到轻微的"咔嗒"一声，她茫然抬眼，玻璃挡板迅速起雾，隔开前排和后座。

她忽一仰头，惊诧地问："怎么了？"

"没有。"

她指过去："那这个为什么会升起来？"

"我按的。"

她努力压制着气氛里升起的异样感，启了启唇想说话，但全部卡在喉咙口，一个字也说不出来，谁会好端端地在后排升挡板？

她就连组织语言的系统都开始磕绊，又怕他反将一军，只好沉默地抬手，想去辨认一下挡板上雾气的真假。

水汽在指尖融化成水，在雾蒙蒙的玻璃上晃出一抹透明的弧，又很快自愈，重新起雾。

他抽出张湿巾，仔细地擦拭手指，动作也变得慢条斯理起来："忽然想起来，甜食吃多了，不知道你平时有没有认真刷牙。"

路栀："嗯……所，所以呢？"

他靠近了些，美其名曰："看看有没有蛀牙，宝贝。"

她刷牙一直很仔细。

不只是吃了甜食会漱口，每天早晚雷打不动地刷牙五分钟，包括之前，每年也都会定期去做牙齿检查。

她还记得自己生怕蛀牙，大张旗鼓地给牙齿打了窝沟封闭，当场被李思怡嘲笑，说哪有成年人会做小孩儿才做的窝沟封闭？结果两个月之后，李思怡就因为窝沟太深蛀了两颗牙。

不过今年因为太忙，她好像还没有去检查。路栀天马行空地想着，思绪一飘远，身体就跟着放松，齿关不自觉扣住，他的食指被咬在齿间。

他曲了曲指节坐近，睫毛动了一下："宝宝咬着我怎么看？"

她想说话，但异物感强烈，怕一开口反而漏出来什么，只好皱了皱五官，不太情愿地张开一点点。

下巴被人抬起来，他虽然看起来专业，其实连个探照灯都没有，她下巴被抬着，能看的范围就很有限，只好闭上眼。

他像是真的在看牙齿有没有破损，能清晰地感觉到他指腹在牙尖摩挲，动作很缓地顺着朝内，她一开始还以为他是想干别的，但好像没有，他像是纯粹地在检查她的牙齿。

她眨了眨眼，又没忍住睁开。

傅言商："很紧张？"

路栀努力克服着含混的声线，说："谁看牙齿能不紧张……"

消毒水的气味，冰冷的牙科工具，张到酸软的口腔和下颌，洗牙时会溅到眼皮上的水雾……这些几乎是条件反射地出现在她的脑袋里，牙科有一种很特殊的消毒水气味。

毫无阻隔的柔软触感传递到最敏感的牙齿神经，她不想一直张着嘴，喉咙动了一下。

"是没什么问题，"他公事公办地说，"一般多久去洗一次？"

"半年到……一年。"

"年底带你去？"

"嗯……差不多。"

说话时，难以避免地动用所有的唇部肌肉。

舌尖碰到上牙膛，扫过他手指，发出上下唇相碰的音节时，嘴巴短暂闭拢。

他仍旧是那张波澜不惊的脸，看不出什么太多情绪，轻轻眯了眯眼，问她："在做什么？"

路栀催促："你看好没有……"

没等他开口，她没忍住，舌尖抵着吐出来，一脸不爽地看着他，也不知道刚刚是压到哪儿了，下眼睑红红的，像是被欺负得狠了。

她说："看好了你就自觉一点。"

傅言商顿了顿："怎么办？牙齿是看好了，但是现在，想做点坏事。"

路栀："……"

车驶入荔湖别苑空荡明亮的地下车库，驾驶座上的人早已下车，空荡的前排只亮着些基础的操控灯，主副驾驶构出的空间太过安静，甚至听不到后排的出风声音。

空调一分为二，各司其职，布满水雾的挡板隔开前后。忽然，有纤细手指撑上，借不住力地在雾气上蜿蜒画出几道模糊水痕，白皙的指尖挂上水珠，蜷缩片刻，又被玻璃冰得巍巍地颤。

他埋在她颈窝处，需以全部精力克制，才能不拉着她衣领往下滑。

忍耐比放纵更需心力。

现在还不能留印，傅言商给她把衣服理了理，自己身上的衣服还端正，如此以一副极有礼节的皮囊问她："可以在车上吗？"

她被车库的灯照得脑袋发晕，但他的话更是重磅级，路栀反应半晌，才说："你是不是忘了我们现在在哪里？"

出去买了茶叶，现在去往祖宅，准备带给爷爷。

傅言商："我说下次。"

她翻身去一侧拿礼盒，莫名其妙地嘟囔："你真是一点亏都不愿意吃。"

"是啊，我就愿意吃奶油蛋糕。"

路栀忍无可忍，平静地把四四方方的茶叶包装袋罩到他头上。

进了院子，她远远就听到爷爷的声音。

傅诚："回国照顾我？！你在洛杉矶好好待着才是对我最好的照顾！"

"我说了，谁稀罕你的道歉和忏悔？有用吗？人要为自己的选择负责任，你的责任就是接受惩罚！"傅诚完全没耐心，"等你什么时候认清错误，我什么时候考虑给你换个打人不吐血的教练，行了，滚去训练吧。"

路栀小声问傅言商："爷爷又在给傅望打电话？"

傅言商："你倒是听得清楚。"

"一听不就是吗，没难度，"她说，"你们家家训你完全没践行。"

"……"

傅诚挂了电话，升起来的气还没降下去，郁郁地堵在胸口，一转身看到小姑娘远远地朝他招手："爷爷。"

一时间忽觉天朗气清，鸟语花香。傅诚无法控制地舒心一笑，笑眯眯地问："出去玩回来了？"

"嗯，"路栀点点头，"给您带了些茶叶。"

傅诚："也就看你我高兴，不像他们，天天气我。"

路栀一时无法分辨这个"他们"里到底包不包括她老公。

上楼的工夫，傅诚收起手机，又叹一声，左右觉得棘手，还是问她意见："小栀，傅望你还记得吧？他最近一直跟我说想回国，当然，我肯定没同意，但我就怕他到时候过年偷偷跑回来……

"当时那件事，不能说不提就假装没发生过，肯定对大家都有影响的，如果到时候过年一起吃饭，傅望也在桌上，你会不会很介意？"

路栀想了想，说："我应该还好，无所谓的。"

说实话，也不可能一辈子不见。既然早晚要见，那什么时候见，没太大所谓。

"那就行，如果你不想跟他一起吃也没事，跟爷爷说，我到时候让他滚出去住。"

停步在书房门口，傅言商难得插进了话题："您怎么不问问我愿不愿意？"

"你有什么可不愿意的？"傅诚哼一声，"你弟弟在电话里可是跟我说，不知道有多崇拜你——你干什么了，让他突然就对你这么死心塌地的，我记得你不是一直看不上这个老五吗？"

傅言商漫不经心，答得敷衍："谁知道。"

"……"

二人进了书房聊工作，最近好像有一个很重要的收购，路栀通过情况大概判断了一下事情的重要程度——

她还没见过什么事，是需要爷爷亲自出马，和他一块儿谈的。

傅诚怕她无聊，给她在外面桌上放了水果，她靠近时，偶然在地上看到一本书。

应该是从书架上掉下来的，路栀拾起，松散的书页里掉出一张泛黄的纸。

男人的笔迹，字迹并不潦草，扫一眼便很清晰。

　　月舒，你走之后只觉岁月实在太漫长。窗台的月季开花了，已经十七年，每每看到还是会想起你，若你还在，应当欢喜。

她一瞬间反应过来，这是傅言商母亲的名字，于是立刻收敛了目光没往下看，重新夹回书页里。

他父亲写给他母亲的。

这样厚厚一本，捏在手中，比书脊还要厚出许多，能猜到其中应该有不少信件，也许就是坐在这里写的。

她一时出神。

她从前也不是太相信爱情，因为了解，所以知道它禁不起诱惑，权力和欲望太容易被满足，纸醉金迷也不显得奇怪，比起一生一世一双人，更多人会信仰人生得意须尽欢。

在这样的环境里长大，怪不得傅言商会和她说，婚姻和爱情对他来讲，都是很神圣的东西。

她撑着脑袋，很是放空地想了一会儿，半晌又虔诚地踮起脚，将书塞回书柜里。

齐腰的柜格处，像是被谁当作置物架，随手放了张机票，不过收得很好，还用纸镇压着。

时间是 7 月 23 号。

下周。

目的地是洛杉矶。

回程的车上，路栀靠着椅背想睡一会儿，但没睡着，又看了会儿窗外，这才转过头问他：

"你跟爷爷谈的工作是下周的吗？"

他现在倒是没在车上抱个笔记本了，闻言抬了下眼尾，像是意外她会问这个："嗯。"

"很重要？"

"算是。"他说，"他这两年基本不插手公司的事了，这还是第一件。"

路栀"噢"了声，又问："什么事啊？"

"收购一家院线集团，作为融盛的全资子公司运营筹划，"他尽量以她听得懂的方式陈述，"因为是全球第三大影院，所以复杂一点。"

"怎么了？"他说，"你还是第一次对我的工作这么感兴趣。"

她摇摇头说没事："就，问问啊。"

她其实想问怎么谈，可又觉得这算不算商业机密，所以没再问。

可能也没她想得那么复杂吧。

路栀撑着脸颊看窗外，夜色不知何时笼下来，路灯下一团连接一团的起伏灯影，这个点习惯堵车。

有忽远忽近的鸣笛声，和沸腾人潮的熙攘声。

含桅

傅言商说："你呢。"

"嗯？"她出神地转过头，"我什么？"

"为什么想要做游戏？"

都没人问过她这个话题，以后如果这个游戏做成功了，或许会有人采访，不过到目前为止还没有过，她呼吸轻了一拍。

"因为我小时候经常玩，又觉得我想玩的那种没人做出来，所以就自己做了。"

这说的是实话，但因为一笔带过显得简短，是回答的人刻意省略了很多因果，听起来就像个陈述句，没什么感情。

她知道他能听出来，但他只是"嗯"了声，没再问。

后排又沉默了好一会儿，挡板已经被调下去，能看到前景窗上，外面开始下雨。

路栀又开口："小时候我经常……不听话，我妈总是让我一个人在房间待着，我房间又很大，这话说出来可能有点炫耀但是……我小时候真的好讨厌那么大的房间，什么都有，不出门也可以在里面完成一切，所以大人关我进去也显得理所应当。

"一个人待着的时候很无聊，没有办法，但又没有人会来陪你，所以只好玩游戏，那时候的游戏其实都是竞技比较多，很少有人会关注游戏体验感，也就是情感陪伴。通俗来说，就是带来的一切感受都很短暂，只要关掉游戏，游戏里的东西不会给现实的人留下什么。

"那时候就在想，如果有一个游戏，能让我短暂地逃离现实之后，即使再次回到现实，也还是可以被治愈，就好了。"

她说："所以后来学了游戏专业，也是背着我妈填的，她那时候对我太放心了，完全没想到我会报这个。"

"可惜那时候我都长大了，"路栀笑笑，"她也没办法，不过还是跟我生了一年的气，后来我答应联姻，她才好一些。"

他没问是什么好一些。

是对她的态度，还是对她的放心程度，还是关系？他都没问。

路栀以为他睡着了没在听，转过头时才发现他在看着自己，他有双能洞悉一切的眼睛，这导致她有时候没法和他对视。

她揣着一个又一个秘密，她不想太快被人读透，这是她的安全区域。

在他启唇开口前，路栀率先打断："讲点别的吧——我不想说这个话题了，好吗？"

"好，"他说，"抱歉。"

她不知道他为什么要道歉，他都没做错什么。

她将此刻短暂的心情不好归结于雨天，然后说："明天也有雨吗？"

"这周是梅雨天。"他说，然后在后排握住她被风吹得有些冰凉的手，捏了捏，又松开，"晚上吃什么？"

话题就这么被带过去，在外面折腾了一圈，终于回到家，她长长地舒了口气。

箱子被清空，行李放到台面上，等着阿姨明天来收，路栀从拉链袋里拿出几本书，放到床头。

长途旅行回归后适合放松，她打算泡个澡，但今晚浴缸出了些问题，只好转战五楼的木桶温泉。

放水需要一点时间，她洗完澡后出来，发现傅言商已经坐在床边了。

亮着灯的电脑被他搁在一边，看样子他正准备办公，但有什么事打断了他，路栀视线挪过去，是她买的书。

他问："怎么突然买这个？"

"当时不是在电话里跟你说，我给你选几本书。"她说的是刚出差第一天，他在酒店留了本《玫瑰画集》的事，"结果后来刚买回来，你也来了。"

知道他养花，她买的都是一些植物和花卉相关的，中间还给他介绍："这本书的作者你可能不知道，是个微博上还挺火的植物学家，他还有个很火的表情包；这个是一些植物图鉴，主要看画面的。其实热门的花都有相关的合集书，但是我没买，之前打算买月季来着，后来一想，不知道会不会也像玫瑰专辑一样被你冷落——"

她问："你喜欢什么花？"

他偏头看她："你说呢？"

路栀莫名："我怎么知道？"

"……"

她从他身前抽出一本书，精细地讲述了自己挑选的全过程，末了道："你有空看吧，我先下去了，阿姨和我说水放好了。"

"去哪儿？"

"泡温泉。"

温泉和桑拿房在同一层，远一点还有泳池，路栀围着浴巾上楼，阿姨已经帮她放好了水，还加了牛奶和花瓣。

绕着木桶一圈，向内的位置有椅子，路栀在边沿坐下，仰起头，将脑袋搁在桶边，又想起那张机票。

如果他 23 号要走，为什么不和她说？

没一会儿听到脚步声，不用睁眼也知道是谁来了，她换了个方向趴着，蒸了一会儿后才睁眼。

路栀："过几天我可能也要出差。"

傅言商看她："又去哪儿？"

加了牛奶的温泉水半透明，被一层干花瓣盖着，看不清下方暗涌。

"游戏到时候可能会做一些少数民族主题的，画卡面会比较好看，我要去苗族和一些少数民族看看。"

她本来还想说，你不是也忙吗。正好各忙各的，我也有好多事情要做。

傅言商顿了顿，这才问："……定了？"

"不知道，看我心情。"

房间有排风系统，并不会闷，她心猿意马地趴在池边，碎发掉落在颊边，脸颊被热水蒸得发红。

傅言商："累了？"

她觉得这像在问废话："你出去一趟不累吗？"

颈后覆上只手，带着热水的温度在她颈后缓缓地捏，路栀不是很想理他，把头撇过去一边："干吗？"

"不是累吗？给你按按。"

这按摩理所应当被她当作致歉，虽然她知道，傅言商并不知道她现在正在生闷气，但是姑且就这么理解吧，她会高兴一点。

按着按着她就被抱到了他身上，他问："哪天走？"

"还不确定。"

"确定一下。"

她谨慎地眯起眼，沉默几秒："你是有什么事要趁我不在的时候做吗？"

"说反了。"

反了？那意思就是，有什么事要趁她在的时候做？她下意识直起身，但水面很低，一起身就会跳出水面从而走光，于是她只好又弯下去，拒不配合地歪过头，然后被他扭正。

"怎么了，"他说，"一副我惹你不高兴的样子。"

她不吭声。

"我这么配合还不高兴啊？"他说，"上回让你不舒服了？"

他们靠得很近，几乎鼻尖对着鼻尖。

"不是。"她闷声。

有水珠溅到她下巴上，他抬手抹掉，但忘了自己手上也有水，越擦越乱。

恒温的温泉池水，将空气浸得湿润。侧上方开了扇很高的窗，别墅群后是片山林，植有一年四季恒绿的雪松。

水面在她身侧微微波动，她脸颊被泡得红润，眼下一片都跟着泛起红来，下巴微微仰着，散落的长发漂浮在水面上，与雪白脖颈构成强烈对比，像一种无声的诱引。

圣洁，但堕落。

微踮起的脚尖旁，似乎触到一块小小的木板，她下意识低头去看，又在反应过来的瞬息意识到不能低头……但还好，牛奶浴，半透明。

傅言商漫不经心地钩玩她的长发，声音有些沉："动什么？"

热气毫无阻隔，自下而上冲往脸颊，热热的池水泡得人很舒服，似乎每一块骨骼都被揉化得酥软，她一边克制着想往下沉的脱力，一边抿了抿水红的唇瓣，说："好像有什么东西掉下来了。"

"我看看。"他说。

他朝前去找，路枙面色更红，肩膀忍不住轻轻提起，锁骨被绷得愈发清晰。

水珠游走其上。

路枙："会不会是放水的闸门，刚刚不小心被我踢开了？"

"正方形的吗？"

"……嗯。"

"有可能。"他说，"我看不清，自己踢回去，嗯？"

她实在很难找到地方借力，但不借力就会沉下去，全然如他所愿……之前还说要慢慢来，是慢慢了，但不是他来——她胡思乱想，还好泡温泉本就会将身上蒸得红红的，于是可以心安理得地不做遮掩。

路枙有瞬间都觉得自己在水里跳芭蕾。

但实在是很害怕水都放掉……那她不就全暴露了吗？

她现在也感觉池子里的水位正在下降，水面在安全线的位置游离，再降一厘米，就……

于是她只好用脚尖去找那块四方的板，靠那点触觉感知这究竟是正面还是反面。她一心很难二用，注意力全在板子上了，就很难高高踮着脚，结果一下没支住，左脚足底没踩实，陷进水面一寸。

傅言商看着她，喉结滚动。

路栀嘟哝，挪开眼："……别看我。"

"之前不是都说了要看？"他说，"宝贝这么心口不一，我不看，判断失误了怎么办。"

她去踢那块可怜的板子，注意力又转回来，很僵硬地说："我什么时候心口不一了……"

他笑一下，也不跟她计较，伸手揉了揉她耳垂，道："小姑娘不是都这样吗。"

"你看起来跟很多小姑娘谈过恋爱。"

他抬了抬眼尾："我不是和你说过我是——"

"那又不代表恋爱都没谈过。"路栀说，"你在国外待那么久，怎么可能没谈过？"

"你可能不知道我二十四岁以前学习，二十四岁以后工作有多忙，"他甚至不用怎么回忆，喉结也被蒸得有些发红，"还真没有。"

"牵手也算。"

"哪有你这么算的，牵一下手也算谈恋爱？"

路栀看他表情，就知道他这么一说，肯定还是有了，撇了撇嘴正要说话，好像又落进他的圈套里。

"好可惜，牵手也没有。"太过完美是不能相信的，路栀眨眨眼，"谁信你。"

"这有什么好不信的？"

"一个男的，二十七岁了，跟我说他都没牵过手，你看你说出去谁能信。"

"别人信不信关我什么事。"他说,"你信不就好了?"

"我也不信。"

"……"

他笑起来,水面开始跟着颤动,毫无阻隔地同频传递到她这里,酥酥麻麻的像被电击麻醉,路栀本来就在努力忽视这种感觉,这会儿看着他嘴角,忍不住抿唇低着眼。

傅言商伸手,把她鼓起来的脸颊捏下去。

"傅老板的样子你也看到了,我们家家教从小就严,因为严所以有钱,因为有钱所以更严。万一出了什么意外只会更麻烦 —— 傅家承担不起这样的麻烦,所以会从根源规避。"

他停了一下,似乎突然回忆起什么:"不过有一次。"

路栀:"什么?"

"我不是跟你说过,在美国救过一个小姑娘,我抱过她。"他说,"那时候场面很混乱,我得带着她逃出去,但她吓傻了,一动不敢动。"

路栀反应过来,颇有微词:"人家才七岁,这算什么?"

他颔首:"那就真没有了。"过了几秒,又问她,"板子弄好了吗?"

她磨磨蹭蹭:"还没有。"

"快点,"他轻轻拍一拍她的脸,似在轻叹,"别折磨我。"

"……"

终于将那块木板推到边沿,路栀用足尖缓缓立到阀门口,由于位置太靠下了,她只好又沉下去一些,感觉视线纵向收拢,反应片刻才意识到自己是在眯眼,她第一时间去看他有没有看到 —— 事项推进完毕,傅言商屏息片刻,从唇中吐出绵长的一线呼吸,埋在她颈窝,张嘴咬住。

有一点痛,她忍不住轻微"嘶"一声,他终于放轻力道,然后说:"可以咬回来。"

"……"

"要不要？"

"不要。"她别开视线，半晌吐出几个字。

他笑，也不说话，手托在她下颌，像在仔细欣赏什么艺术品上的花纹，半晌后，动一动指腹，缓声说："好漂亮。"

她不自然："什么漂亮？"

"我太太。"

水里实在没有什么可以抓握，他这句话来得太突然，她没做好心理准备，第一次面对这种赞叹居然不知做何反应，半晌撇撇嘴，嗫嚅："……现在知道说漂亮了。"

"怎么了，现在不可以说吗？"

岸上还放着托盘，是她提前准备好的牛奶和水果，以防缺水或是饥饿，傅言商伸手拽过来，拿了个橘子。他现在良心倒是来了，橘子剥皮后哄她吃完，又问："真要去？"

话题跳得好快，她断断续续回想起来，之前是说要去出差的。

"要去啊。"

"去的时候和我说一声。"

她"哦"一声，说不出情不情愿。

他视线在雾色蒸腾下显得模糊不清，有股放纵的游离，伸手按一按她颈窝，问："胀吗？"

"……"

一夜睡得很沉，梅雨季的小雨淅淅沥沥，下一阵停一阵，但她睡得很短。

睁眼时，他已经出门上班了。

隐约记得他走的时候好像跟她说了什么，但不确定是不是在做梦，或者……也可能不是和她说的。

已经记不清了，她很反常地七点就醒。

昨晚两点多才睡。

大脑意外地清醒，甚至没有赖床，她坐起身来，发现李思怡凌晨三点发来的消息。

"生日是不是要到了宝，我在给你选礼物，你想要什么？

"23 号是星期天呢，你是要我陪你，还是跟你老公过？"

她托着脸颊就坐在床上，反应过来时，就这么过去了半个小时，李思怡都记得她的生日，没道理他不知道。

但他不知道……其实也很正常。

她都没说过，不是吗？

脑海里又闪过在祖宅看到的那张机票，23 号飞洛杉矶，不出意外就是他这两天忙的那个收购案，应该是他回国以来最重要的一件。

这时候让他陪自己过生日，显得多无理取闹、不合时宜。

她开了窗帘，雨后初霁，清晨绒绒的光洒下来，难得地出了太阳。

她拉开抽屉，打算找一下自己出门会带的化妆包，视线忽然一停，又落在那张熟悉的机票上。

依然是 23 号飞洛杉矶，时间和她昨天看到的一模一样，右上角有被纸压过的痕迹，从祖宅被带回到了这里。

她没什么情绪地抿了抿唇。

原来柜子上那张机票，真的是他的。

第二天一大早工作室内，李思怡按惯例端着杯美式咖啡，站在落地窗前向外看："所以你的意思是，你老公不知道你的生日？"

路栀耸了下肩膀："应该吧……应该不知道。"

"万一他知道呢？"

"万一知道也还是去美国谈业务——"路栀笑了下，说，"那还不如不知道。"

李思怡"啧"了声："其实我太理解你这种感受了。"

"理智上完全理解他有工作要忙，"李思怡的脸被咖啡苦得发皱，喝了这么多次也还是无法脱敏，"可感性上又不能避免地会不高兴，很正常。"

李思怡："你有没有和他说啊？"

路栀出神一会儿，今天抹茶粉失手给了太多，全脂的牛奶也显得苦了。

她说："……我不想和他说。"

左右她和傅言商也没到可以随便提要求的关系，而且要怎么提呢，怎么可能和他说，让他把这个收购案暂缓，就来陪她过个生日——这事别说她觉得离谱，她也不想这样。

"而且提要求本来就要鼓起很大勇气了，万一没被答应，岂不是更……"她说，"难受。"

李思怡："你这话说的，就像你的要求经常被拒绝一样。难道你被拒绝过吗？"

"有啊，"她说，"经常。所以我后来就不提要求了。"

她十岁的时候还很叛逆，那时候庄韵和路平生工作都忙，她说想让他们回来陪自己过个生日，庄韵在繁忙的工作中抬头，说好啊，你这次数学考到满分妈妈就回来。

考试那天题目其实很简单，但鬼使神差地，她想，难道考不到一百分就不可以吗？他们就不会回来？她不知道自己当时怎么想的，居然真的敢给数学交白卷，她成绩一向名列前茅，那天就连老师也察觉异常，问她是不是身体不舒服，但庄韵勃然大怒，问她是不是跟哥哥学坏了，是不是在考试的时候分心了、睡觉了。

那时候她真的好难过，虽然随着时间的推移已经逐渐淡忘了细节，现在想起，也很难怪任何人，她其实理解，理解庄韵怕再养出一个二世祖的担忧，理解十岁的小小路栀也偶尔想要任性的决心，好像谁都没有做错，只是现在想起，总觉得好无奈。

小时候得不到的东西，长大也不想要得到了。

小时候遗留下来的阴影，长大后需要用成百上千倍的力气才能一点点地去修补分毫，还要常常面对回想起那一幕的复杂心情。

庄韵太想把她养好了，于是对她太严，只要她不听话，任何要求都无法被满足，渐渐地，小路栀也就学会了点头，学会了说"好"，学会了要听话，学会偶尔的卖乖，去换来一些有条件的爱。

她很小就知道了，爱是有条件的，你需要长成对方想要你长成的样子，那个人才会来爱你。

因此最初结婚时，她早早就告诉自己，她并不需要他爱她。

他们维系着遥远距离，不互相讨厌就好。

爱是需要条件的，为这些别人需要的条件，她也许会变成她都不认识的自己。

不想要重来，所以，宁可自己从来不需要被爱。

但是怎么办，现在好像偏离了她一开始给出的预设，太远了。她到底想从傅言商这里拿到什么呢？她不知道。

路栀撑着脸颊，然后说："他对我太好啦。"

好到潜意识已经开始想要得寸进尺，好到已经分不清到底是他本身就好，还是因为目前的她尚算听话，所以拿到了那一点点"好"。好到她不知道怎么说服自己，不要因为这一场生日的忽视而不高兴。

她说："你还记不记得我和你说过，十岁之后我就再也不在家过生日了，因为生日那天我妈冷淡对我，我好犟，半夜发烧了，忍着在床上不跟任何人说。"某种程度上来说她和路屿确实是亲兄妹，如出一辙的犟骨头，"后来早上醒了，退烧了，好像什么都没发生过一样。"

"晚上出来的时候，才发现我爸妈又回公司了，桌上还摆着我那个没拆开的生日蛋糕。"

十岁的小路栀尝了一口。本该甜而柔软的动物奶油，在她舌尖却是一股坏掉的苦味。

又或许，蛋糕其实并没有坏。坏掉的，是她那天的心情。

那股钻心的麻苦，是所有难过摞叠的收尾——太苦了，以至于十年过去，她依然没办法坦然地再尝一遍期待落空的失望，没信心用真实的自己投入一段亲密关系，不想问，不敢听。

今年这个生日，其实没有那么重要。

重要的是，她在这一天，会看到以前的自己。

李思怡就在那儿站了好一会儿，最终问："那你还是决定不和他说了？"

"不说了吧。"她说，"反正无非也就两种结果，一种是他还是选择去美国开会，我不开心。一种是他不去了，留在国内陪我过生日，这个结果我也觉得没有必要。"

她是结果主义者，既然好像怎么样都没办法完美，过程就无须因此变得更复杂。

她说："我就是跟你倾诉一下，没事。"

手上积攒的工作还是要做，路枙一直忙到了晚上十点多，宗叔已经在楼下等着了，但回到家，傅言商还是没有回。

由此可见这个收购案的确重要，她几乎从没见过他这么忙。

要学着懂事几乎是所有人都会被教授的课题，她但凡懂事一点，也该知道这时候不能任性，要让他好好做完这份工作。

她打开电脑，建了个文档做少数民族的资料，不知不觉就查到了一点多，保存关闭文档时，发现自己之前建立的一个备忘录。

之前徐菁从公司离职，留下来一大堆带着缺口的工作，她为了补上这些缺口，跑到傅言商那儿找灵感，又因为记性不是很好，还把一些必要事项给记下来了。

例如什么时候和他出去玩，了解他的生活，什么时候泡澡、看看那张卡面的人体有没有崩坏之类。

这些事好像都是很久之前了，不知不觉他们居然就走到了现在，但走到这里是更好的吗？她下巴抵在膝盖上发呆，过了好一会儿，才想到拿起手机。

电话没响两声就被接通。

她问："你今晚不回吗？"

"回。"那边的声音带一点疲态，"你先睡宝宝，我晚点回去。"

能听到电话对面的开会声，翻译同传、笔译记录，只听背景音也能听出的繁忙冗杂，他应该是抽出时间接的这通电话。

路枙说了声好，但没关机，合上电脑。

半梦半醒间，能感觉到他在五点多回来，没睡一会儿，手机振动响起，六点多他再次响动轻微地离开，像没回来过一样。

她觉得总把心思放在这件事上也不好，转移一下注意力，看了一下去苗族自治州的机票，中间路屿给她发了两条语音，她还没来得及听。

在手机软件里挑了个觉得还不错的时间，她发给李思怡，让她帮自己参考。

图刚发出去，还没来得及打字，一旁很少响起的内线电话嘀嘀出声，她接起："喂？"

"太太，"宗叔说，"您哥哥过来了。"

路屿这个人跟风一样，路枙怕他有什么大事，快速下楼走到门口，盯着他确认半晌："你怎么又来了？"

"不欢迎我？"

她无语两秒，听到路屿说："妈又要把我发配到北城了，哥提前来跟你说一声，免得你回家找我，我不在。"

"噢，怎么这么突然？"

"这不是正合你意？"路屿翻一个微妙的白眼，"免得我又来敲打你老公。"

路栀没说话。

"但是，"路屿说，"如果不开心，随时来找我。哥哥给你撑腰。"

聊了十多分钟，说了点题外话，等路屿离开，路栀重新回到房间里时，和李思怡的对话框已经跳出了很多新内容。

这二十分钟够思维敏捷的李思怡尽情发挥。

李思怡："突然发截图给我干吗?

"哦，你要去是吧，懂了，要我给你买票?

"就我俩这关系你还遮遮掩掩的，允了。

"什么时候? 就你发我的这趟航班?

"人呢? 那我买了啊? "

路栀连忙发过去一条语音："我发给你帮我参考的，结果打字到一半我哥来了，你就买了啊? 什么时候? "

李思怡："明早啊。

"你不早说，那我退了? "

"等……等等。"电光石火之间，心念冲动一下，路栀说，"别退了，我去吧。"

反正待在家，这周也会一直想过生日的事情，正好傅言商也忙，她还不如现在去一趟，生日也在那边过了。

之前也经常这样，十几岁的时候为了逃避生日，每次都提前说自己那天有事要忙，好像这样就会显得不那么落寞，是自己主动不要过的，而不是别人不陪她。

她打开行李箱，东西收得很快，中途又收到井池送来的甜品打样，阿姨帮她摆在床头柜，包装得很漂亮。

拆开精致的包装礼盒，有张白色纸片掉出来，她看刀叉都在盒子里，想着掉出去的应该不是什么重要的东西，就没特意去看。

她处理完卡面，这才想起要尝一下味道，于是挨个尝了下，味道都很不错，没什么问题。

　　她给井池回过去消息，只有一些颜色的修改，等折腾完，没来得及睡一会儿就出门登机了。

　　等到落地，这才想起之前答应要跟他说自己走了，路桅低头，给他发消息。

　　路桅："我来苗族这边出差了。"

　　想了想，那点微妙的骄傲驱使，显得自己云淡风轻，她又发过去一条。

　　融盛会议室里，提神的咖啡摆了三排，傅言商捏一捏眉心，屏幕上出现第二条消息。

　　路桅："你不用过来。"

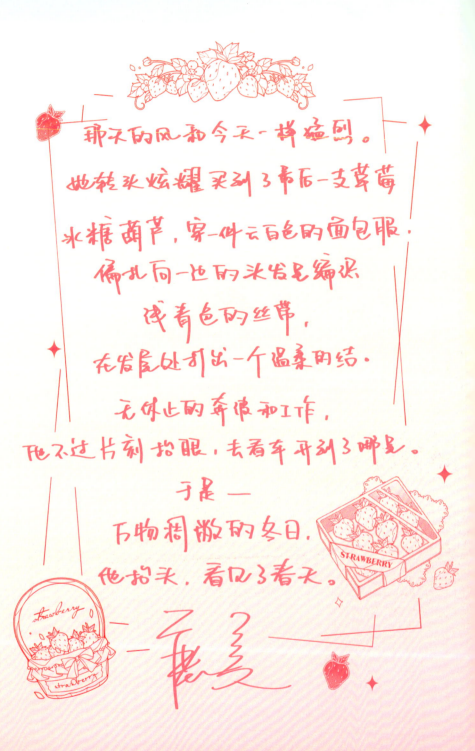

那天的风和今天一样疯到。

她转头炫耀买到了书后一支草莓

冰糖葫芦，穿一件云白色的面包服．

偏扎同一也的头发毛编浆

浅青色的丝带，

在发尾处打出一个温柔的结。

无休止的奔波和工作，

他不过片刻抬眼，去看车开到了哪里。

于是——

万物稠微的冬日．

他抬头．看见了春天。

含栀

下

鹿灵 著

江苏凤凰文艺出版社
JIANGSU PHOENIX LITERATURE AND
ART PUBLISHING

contents

目录

contents

目录

HANZHI

LuZhi

Flower

傅言商回到枕月湾时，正是早上七点。

车子停稳熄火，副驾驶开门声响起，宗叔侧头："不再睡会儿吗？"

他只在车上眯了半个多小时。

"没事，"他说，"不算困。"

连轴转，为了维持清醒的思考能力，他已经灌了六杯黑咖啡，这会儿睡意很浅。

傅言商："夫人去哪儿了？"

"安城，早上六点走的，说是时间最短，"宗叔说，"现在应该刚落地不久。"

落地了才给他发的消息。他有些疲惫，甚至懒得点头："突然就走的？"

"是的，不过走之前，她哥哥来过一趟。"

"路屿？"

"嗯，是的。"

门禁识别打开，他在楼梯口停了停："来说什么的？"

宗叔想了想："说得不多，说自己要去北城了，来跟夫人告个别。

然后聊了会儿带的衣服，最后说……"

"说什么？"

"说什么，如果过得不开心，随时可以停止之类的。"宗叔道，"不知道在讲什么事，可能是工作。"

"她哥从来不管她工作。"

宗叔噎了一下。

"知道了，"傅言商说，"我先上楼，您歇着吧。"

"要不要准备早饭？"

"不用。"

电梯在三楼停下，他缓了会儿才走出去，预料中的一片安静，他已经很久没面对过这种安静了，以至于即使早有准备，仍然从某处泛起一股无所归属的空虚来。

不知道她要去几天。

卧室里有些微凌乱的痕迹，阿姨还来不及清理，她收拾过后，留下的东西东一件西一件。

床尾摆着两条最终没被她选中的裙子，化妆包里的口红被挑出来两只，电脑键盘上还摆着一张歪歪斜斜的，刚被剪下来的吊牌。

她不喜欢剪外套吊牌，美其名曰这样才知道哪件没有穿过，有时急着出门，才慌慌张张地剪了扔在手边，此刻眼前并无预设地出现画面，好像她正在眼前。

他拾起那块吊牌扔进垃圾桶，视线毫无预兆地掠过床头矮柜，那儿摆着一张四四方方的白底卡纸，印刷的方正黑体被纸巾挡开少许，他抬手拨开，端正的"合作愉快"四个大字映入眼帘。

某段回忆毫无预兆地跳进脑海——是在度假山庄，她回头，煞有其事地对他说："婚姻也算另一种意义上的合作。希望我们合作愉快。"

他极力克制着此刻冒出来的，不太安定的念头，这四个字常常出现在哪里，恐怕没有人比惯谈合作的他更加清楚。

会议室，合作间，偶尔茶香弥漫，有时檀香轻幽，合约签订结束，一般会礼节性起身，在分别之前说一句，合作愉快。

应当不是，总不至于——但路屿为什么会来，又为什么会说一段这样的话，路屿在劝她，而她动摇了？

早知道就再多划给路屿几个项目，让他忙得连合眼的时间都没有。

他抬手，捏了一下鼻梁，很罕见地出现一点慌乱，这在他的人生中是低频词汇，因他常常习惯于计划，做决定前，又会提前想到最差的结果，以最坏结果看看自己是否能承受而定下该做何种决策。

头也罕见地疼起来。他已很久没有偏头痛了，医生开的药吃得也少了，高负荷的工作下脑细胞被透支，头痛其实常见，医生常说要换一个舒适放松的环境，他想起，从六月开始，这药就没再吃过了。

可能是因为从那时下班开始，家里有人在等他。

他深呼吸稳了稳心神，谈合作时常常要试探对方的筹码，每个人都想实现自己公司的利益最大化，他分明早就习惯于内敛情绪，不被人看穿底牌，现在居然要靠深呼吸来稳住心率。

他抬手，想给路柜打个电话，面前电脑却亮着，还没熄。

她电脑没有密码锁，因她记性很差，设了几个，过几天就全忘了，后来索性关掉，这次大概是走得急，忘了关机。

刚才吊牌摆在这里，他拿的时候应该是误触了。

键盘按下，电脑被触发，页面还留在备忘录里，她应该是在对着之前整理的核对旅行用品有没有带齐。

知道自己记性这么差，为什么不带他？他记忆力天生就很好——想到这里，他视线一停。

右侧，备忘录的概览中，他看到自己的名字。

整整一面的备忘录，详细记载了什么时候要和他做什么，为游戏的哪一个缺漏找灵感，甚至是……初次接吻的感受。

他第一次希望自己的记忆力不要这么好。

否则……隔着车窗她第一次看别人接吻向他要个奖励；买超市里售货员推销的接吻喷雾；送他的眼镜、醉醺醺的壁纸，甚至是浴室里红着脸颊坐在他身上……

他还以为，她是喜欢他。

原来不是。

原来她没喜欢他。从一开始。

车库中，他私人驾驶的车驶向空地，宗叔看到，远远地走来。

"是要去太太那边吗？需不需要我加订机票和酒店？"

"你知道她住哪里？"

"知道的，走之前有给我们信息存档，不过太太说不知道住宿怎么样……有可能会变。"

几天以来，苏城从未有过这么好的清晨。

光照适宜，舒适温暖，他就坐在驾驶座上，其实并没想清自己要去哪里。他原本只是打算，随便开一开，停到哪里都行。

他思绪停了会儿，见宗叔站在窗外，忽然问："您是什么时候喜欢上祝阿姨的？"

宗叔没想到他会问这个，站了好一会儿才说："不记得了，我和她是家里介绍认识的，好像是相处了一个星期，有天在河边散步……"

喜欢上一个人，应当是件很快的事情。毕竟他相信爱情是天生吸引，本能选择。

这么长时间，她如果还是没办法喜欢他。可能以后二十年，也一样。

宗叔："不需要订机票吗？"

"不用了。"

他闭上了眼，戴上耳机。

他不喜欢强求。

午觉结束，路栀出门逛集市。

这里有很多苗族的服饰租赁，正是旅游旺季，很热闹，还有蜡染和刺绣的体验馆。

她沿着集市逛了会儿，手机拿出来，对话框里没有新的消息，仍然停留在数小时前傅言商的那句回复：好。

好个屁。

她撇了撇嘴，意识到自己怎么会在等他消息？她有点烦躁地把手机塞回口袋里，强行晃晃脑袋，进了一家服饰店。

老板娘很热切，要拉着她拍照当模特图，路栀说今天时间不够，明天再来多试几套。

她今天只是先来踩踩点，路栀视线偏转，落在一整套带着金属光泽的服饰上："这个好重工。"

"是的，这个是锡绣的婚服，我们苗族特色，用金属锡绣的。"老板娘跟她介绍，"很复杂的，一个地方绣错了，幸运一点是重绣，否则的话就是全部重来，我们苗族很多出嫁的小姑娘，到结婚的时候也只能绣出两套呢。"

她本来还站在那儿，一旁的小情侣听了这话，也从后方绕了过来，殷切地询问婚服的事。

"喜欢这个吗宝贝？要不我们结婚穿这个吧？"

"这个贵不贵？会不会不好看啊，头上戴什么呢？"

老板娘："有一点点贵的。"然后伸手比了个数。

"啊？"女生震惊，"这么贵？"

男生在一旁说："你喜欢吗？喜欢的话就买。"

"你就知道说得好听，你也买不起啊。"

含栀

男生左一句"宝"右一句"宝"地哄，说租也可以，路栀站的位置是秀恩爱最佳观赏视角，她沉默片刻，往旁边退了退。

外面的集市热闹，几乎都是情侣，她站那儿出神了一会儿，提前回了酒店。

电脑打开，是李思怡发来的游戏预约破百万的战报，她们下一项任务是给手机软件定图标。

游戏一共五个男主，需要绘制五个不同的图标，然后测试投放到下载市场，最后看哪个图标的下载量最高，游戏的正式版就会采用那个，作为最终的确定版。

李思怡："你不高兴吗？"

路栀："高兴啊。百万，怎么可能不高兴？"

不过高兴了五个小时，到晚上，工作了一下午的疲惫感袭来，她觉得有些累了。

她住的酒店地理位置很好，但缺点是条件一般，跟她之前常住的肯定比不了，但如果要住五星，过来这边集市就得走四十多分钟，她最终还是妥协于位置，在这里订了八天。

晚上蚊子和小飞虫有点多，路栀找了一下，房间里没有电蚊液。

杀虫剂是不是也得买点？

她是第一次一个人出来，除了带了个安保人员之外，其他都没带，安保还是她姐硬塞给她的。

十点多钟，路栀困意袭来，打开手机，全是李思怡和路屿的消息。

很好。让你别来你就真的不来，消息也没发一条。

她打开与李思怡的对话框，正要输入，忽然听到外面传来响动，像是婴儿的哭声。

她心脏一沉，害怕过后是恐慌，这么晚了，谁把小孩子丢在这儿？

听了半天，也没有听到大人在哄的声音。

322

她犹疑地下了床，站在门口又听了会儿，拉下门把手的那一刻，有熟悉的声音透过门缝钻进来："你在干什么？"

门向内拉开时，听到有人落荒而逃的脚步声，手机屏幕的亮光一闪而过。

路栀怔怔地抬眼，看到傅言商的脸。又偏一偏头，好像有人从右边跑走了，婴儿的啼哭声也停了。

她启了启唇想要说话，想说的其实很多，但半晌后，只问出一句："你怎么……来了？"

"你说我怎么来了，"他道，"大半夜，能随便给陌生人开门？"

"我听到有小孩子哭啊。"

"放的音频，就为了引你出来的。"他呼吸停下片刻，又长长地吐出一息，"我如果没来，怎么办？"

她说："我有带安保。"

傅言商转头，看了一圈，道："安保人呢？"

这会儿才有脚步声从电梯口出来，一个高大魁梧的男人一路小跑过来，递给她一个袋子。

路栀："帮我买电蚊液和杀虫剂去了。"

她就站在那儿，走廊的风一阵接一阵往房间里灌，睡裙尾摆被吹起，贴在小腿，漫开一片痒意。

路栀说："你是路过，还是什么？"

她其实想问，你要去美国了吗？是临别来看我一眼吗？那就先走好了，也没必要特地来跟我说声。

傅言商也站定在原地，他们之间其实很少有这样对立无言的时刻，半晌后，他道："不知道。"

不知道是什么意思？路栀抬眼看了他两秒，不知道该继续说什么，于是退回屋内，把决定权留给他。

大概一分钟后，房间的门被关上，门口处安静得像没有人来过，如果不是反锁锁扣的声音响起，她还以为，他是走了。

"下次不要在一个人住的时候给别人开门，"他说，"有安保也一样。"

她不高兴："你来就是为了教育我的吗？"

他无奈地叹了口气："我如果不在，你会很危险。"

"我学过一点散打。"

房间的空调被她开得很低，但制冷效果一般，路栀窝在软椅上，见他将手机放在桌面上。

傅言商："我去洗澡。"

私人飞机上不能洗吗？跑到这边来洗澡。她心里这么想。

他双手空荡，哪里像带了衣服的样子，但路栀也坐在那里没再问，想看他到时候怎么出来。

但他哪是会忘记这些的人，水声响起没一会儿，就有人送上来一个箱子，衬衣、睡衣、浴袍、电脑全都有，像私人飞机上随时会准备的出差套餐。

她支着腮，不知道他这一趟究竟要去哪里，但负着气，不愿意低头问。

等他出来了，路栀也就是没感情地问一句："吃晚饭了吗？"

"……没。"

她从袋子里抛过去一包草莓味的粟米条，然后踢开拖鞋，准备睡觉。

咚咚咚，敲门声又响起。

路栀偏头，看到他已经进入工作状态，戴了耳机，手机屏幕亮个不停，明明才刚打开电脑，这会儿就已经进入会议模式，开出九个分屏弹窗。

……他在总能开门了吧？

路栀起身，理所应当以为又是送什么的，或者是酒店的工作人员。

结果门一拉开，是张完全陌生的脸，那人也没穿工作服，抬头就问："弄好了吗？今晚星星很好看。"

路栀停顿半晌："……我们认识吗？"

门外那人这才一抬头，脸涨得通红，忙道："不好意思不好意思！我敲错门了！"

她撇撇嘴，把门带上，慢吞吞地走到床边时，才发现他耳机摘了一边，正在看着她。

本来今晚都不想和他再说话了的，但被这道视线看着，很有一种无声的质问，像是说，怪不得不辞辛苦地跑到这儿来，原来是还有别的人要见。

"我不认识他。"她不情愿地说。

他挂上另一边耳机："我没说什么。"

你表情可不是这个意思。路栀躺下，但没能立即睡着，只是睁着眼看他开会，肉眼可见的忙碌，按道理来讲，如果公司正常运转，是没有那么多工作要他处理的。

她中途醒了一次，看屏幕上的时间是四点多，他居然还没结束。

她再醒时，傅言商终于睡下了。

这会儿正是早上九点，路栀抿抿唇，猜他大概很久没睡，于是她躺着，没起身。

手机的电放空又充满，下午两点，傅言商醒过来。

标标准准的一天只睡五小时。

他似是缓了会儿，声线有些沉："怎么没起？"

"你在睡啊，不知道你睡得沉不沉，"她抬手把充电器拔下来，"我起来容易吵到你。"

酒店的窗帘不够遮光，她熄了手机屏幕，脸拢在半暗的光中，只看得清轮廓。

"不用这么照顾我。"他说。反正你也不喜欢我。

路栀看他一眼，不知道他又在说什么奇怪的话，拿了根发圈把头发扎起来，进了浴室洗漱。

昨天答应了要去拍照的，她换了一身好穿脱的吊带裙，本来想跟他说自己箱子里有吃的，但转念一想何必，他难道还能把自己饿死不成？

走出房间没多久，电梯里一转身，即将合拢的电梯门前，有男人骨节分明的手指抬手挡住。

将合的电梯门重新打开，傅言商走进来。

这间酒店地理位置极好，绕过一圈就是集市，情侣依然很多，路栀好几次都想开口，又硬生生忍住了，抓着斜挎小包带往路中央走，又被人拽回来。

嘟嘟两声，一辆电动车从她身侧擦过。

路栀依然面无表情："你下午不要开会？"

"不开。"

她眉心蹙了下，视线落在他手边："那你带电脑。"

"要看文件。"

"……"

忙呗。都忙。忙点好。

进了昨天那家店，高价的锡绣婚服依然摆在最显眼的位置，老板娘看到她，一脸欣喜地迎上来："我还以为你今天不来了呢。"

苗族的头饰和颈饰都是纯银的，她做功课时查过，上面的纹样除了从古延续至今的传统纹样，还有不少是苗族的本地特色，她问："做这样一顶头饰大概需要多久？"

"很麻烦的，要做一周左右，先把银融化掉，然后做成薄片，再加工艺，不同的款工艺也不一样。

"街上很多是镀银的，会发乌，不过价钱也便宜点，纯银的一套也得两三万。"

路栀一边穿一边看，低头摩挲布料："这个是蜡染吧？"

老板娘有些意外，给她系腰带："你好了解。"

她笑笑，视线又回到那个婚服，其实可以画一下的，她拿起手机给李思怡拍了照，当作参考，她又问老板娘："这个是一点丝线都不用的吗？"

"会用，不过压在下面，等用锡线绣完之后，就可以透出底下的暗花，更好看。"

她恍然般点点头，对这次的主题有了些头绪。

在她一件接一件看的时候，老板娘也低头不知道在忙什么，没过一会儿，路栀视线中央出现一张手机照片："这个是我儿子，你觉得怎么样呀？"

"啊？"路栀愣了会儿，扫过一眼，没懂她意思，"还挺……眉毛还挺浓的。"

"我儿子还蛮帅的哦，他正好没有女朋友，你觉得怎么样？"

老板娘指了指那套贵价婚服，说："如果跟我们苗族人结婚的话，我可以给你绣那个婚服的，就这样的。"

路栀下意识侧头，傅言商手指还维持着在键盘上打字的动作，抬了抬眼，眼神中有一种预料之中的了然。

路栀摆摆手："我……我结婚了。"

老板娘很明显是不信："哎呀，不要骗我。"

"真结了，"路栀虽然不太情愿，"那个，坐那边的，就是。"

老板娘视线挪过去："我还想把他介绍给我侄女呢，还挺帅的。"

"那个是你老公吗？"老板娘很惊讶，"我看你们两个小时一句话没讲，还以为你们不认识呢。"

等从服饰店出来，路栀买了几套寄回工作室，到时候给策划做

含桅

参考。

　　时间过得很快，这会儿已经到了傍晚，半落不落的夕阳夹在碎片状的云絮之间，路桅在一边看了会儿蜡染和扎染的过程，又拍视频发给李思怡。

　　她和傅言商在酒店吃完晚饭，老板又说今晚星星漂亮，撺掇客人都上天台去观赏。

　　路桅往天台上去的时候还在想，他究竟是来干什么的。

　　她不问，他还真不说。

　　不爽，更不爽了。

　　两个人还是那副半死不活的状态，她坐在那儿敲手机，他坐在那里敲电脑，天台开了氛围灯，不算透彻的明亮，很适合拍照和观星。

　　别的时候话那么多，现在沉默得像个哑巴。路桅低眼腹诽，忽然，衣摆被人扯了下。

　　她低头，是个小朋友。

　　"姐姐，我可以给你拍照吗？"

　　"可以啊，"路桅表情柔和一些，"你几岁啦？"

　　"十岁。"小男孩一板一眼，"我拍得还不错的，你要不要看看我给其他姐姐拍的？"

　　"姐姐你想拍个什么，我可以帮你拍的。"

　　路桅想起来最近经常刷到的："拍那个吧，今生戴花，来世漂亮那个，你知道吗？"

　　"我知道，"小男孩说，"姐姐那你上辈子一定拍过这个，戴了好多花。"

　　她一惊，笑起来："我看看啊，楼底下好像有卖花的。"

　　"没事姐姐，我让我舅舅去帮你买！"

　　盘发花了些时候，还没开始拍，已经到了十点多。

　　路桅问他："你要不要先回去？"

傅言商："不用。"

等到真的拍完，灯也暗了，小男孩拿着相机，从口袋里摸出一个小方袋，递到她手上："姐姐这个是卸妆巾，辛苦你了，谢谢。"

又递出一个袋子："这个是蒸汽眼罩，希望你睡个好觉。"

最后是一张纸条："这个是，我舅舅的微信号。"

路栀："……"

回去的路上她还在给李思怡发消息，全是被骗了的愤懑。

她就说一个小孩子，身上怎么能准备那么多东西，搞了半天，是他舅舅的僚机。

她到房间还在骂，等傅言商洗完澡也在骂，等她洗完澡出来，发现他已经躺下了。

指针悄无声息地晃到十二点。

手机上，李思怡越想越气："你把他微信号给我，我帮你去探。"

那纸条早不知道被她扔到哪儿去了，路栀在桌上摸了摸，没有，枕头底下也没有，手机壳里面也没有，最后终于找到了，被她掉在地上，床柜的缝隙中。

路栀展开纸条，给李思怡拍照传过去，相机自带的声音没关，"咔嚓"一声。

傅言商："拍完了吗？"

"……拍完了，"她说，"我发给李思怡的。"

说完就后悔了，她干吗跟他解释？

他闭着眼，看起来是真困了，路栀也没折腾，蒙着被子也开始专心睡觉，没再多说一句话。

半小时后，她进入深度睡眠，呼吸也变得均匀。

路栀翻了个身，傅言商伸手，毫无预兆地一拉，扣在她腰后，她为这动作条件反射地一仰脖颈，落进他手心。

她睡得不是特别沉，有种半梦半醒在看自己做梦的状态，一时分不清，到底哪层是梦。

脖子上传来酥酥麻麻的痒意。她半睡半醒，几乎使不上来力气，只感觉到自己双手被人调整了方向，搭在他肩上，像个任凭摆弄的洋娃娃，她困得很，没设防。

她还闭着眼，真分不清是不是还在睡……怎么能还在睡？他微微蹙眉。

她睡得沉浸，胸口均匀地起伏，有种"随便吧爱谁谁反正我先睡觉"的置身事外，气息乱起来的是他。

他开口叫醒她："路栀。"

她不太情愿地答了声，不知道是在应，还是让他别叫了。

听不出来。

就像她这人，分明简单得没有一点心眼，为什么连喜欢和爱，都看不出来？他这么擅长观察的人，也看不出来。

他抬手托住她脑袋，指腹用力，向上颠了颠："睁眼。"

"……你干吗？"

她还是不愿意睁。

他喉结滚了滚，声音落在沉沉的夜里，有种清醒冷静的无力。他已经想不到办法证明，于是只好贴在她耳边："说要我。"

她这会儿终于有了一点反应。

路栀眼皮颤了颤，不确定自己怎么能在半睡半醒中听到这种词汇，偏开脑袋："……什么啊。"

她这么聪明，怎么会不知道他在说什么。

爱的呈现方式常常是需要与被需要，但抛去那串长长的备忘清单，她从不需要他。

从不会主动找他要拥抱、亲吻，不会主动靠着他，贴近他，手从后绕着他的腰，不会像撒娇一样把腿盘在他腰上，都不会，都没有。

不需要他，为什么，就连现在也不。

人总试图证明一些不存在的东西，这在客观角度上叫不自量力，他从前也对这四个字嗤之以鼻，此刻却只找到这唯一的办法，试图将她卡得不上不下，主观创造一个她需要他的土壤，似乎再哄她多说一个字，那股不确定性就会安定一点，再安定一些。

不爱他也好，起码她需要他。只要需要，总不会突然跑掉。

他伏下身去，自己都没意识到脊背在轻微颤抖，他怎么会害怕？他从来不害怕的。

蹦极时从高空一跃而下，深潜到两百英尺也镇定到异于常人，赛车起跑时那瞬间巨大的后坐力也不会让他害怕——原来他也会害怕。

他抬手，捞起她一条腿，内侧肌肤贴着腰侧滚烫的火焰文身，指尖下陷。

路栀在这瞬间完全清醒过来。后背升起电流，顺着脊骨一路炸响，从腰椎到大脑，放起络绎不绝的火星，最终在耳边"砰"的一声炸开，耳畔轰然。

傅言商就垂眼看着她。如果不是他目光清明，她甚至以为，他在说梦话。

他视线一动不动。

她舔了舔忽然有些发干的唇瓣，血液里流动的好像不再是液体，而是一簇又一簇火星，灼得她五脏六腑深处都开始发起烫，薄薄一层皮下肌肤，好像因此要被烧着。

他的脉搏，与她一道跳动。

她想问你怎么了，又想问是不是受了什么刺激，还想问这是你的新爱好吗，可被他这么看着，喉咙也像被堵住，鼓膜咚咚作响像回弹的鼓面。

说不出来，一个字也说不出来。

路栀艰难地吞咽一下，踟蹰半晌组织语言。

窗外的圆月游离出云层。

"算了。"他说,"睡吧。"

他翻身回到原位,窗户关得严实,窗帘一动不动,平静得像是什么都没有发生,只有路栀的大脑皮层还在一下接一下地跳动。

这怎么睡?突然喊她,把她弄醒,然后又让她睡觉。

……他是不是有病?!

他就躺那儿一动不动,像是死了。

路栀莫名其妙,翻来覆去,但不管她翻出多大的动静,傅言商就一直安静地躺在那里,像一尊石像,甚至连要纾解的意思都没有。

……什么意思啊?什么意思啊?

路栀从震撼到迷茫到越想越气,翻到凌晨五点才睡着。

九点多时,她被一通电话吵醒。

酝酿的新鲜起床气在看到"爷爷"两个字时全部消散。

"喂,爷爷,"她接起电话,"怎么了?"

"小栀啊,我听公司的人说阿言没去上班,打他电话也不接,你知道他到哪儿去了吗?"

路栀转头。

傅言商正背靠床沿,打开的笔记本搁在曲起的腿上,面色平静地处理工作。

路栀:"你怎么没接爷爷电话?"

他说:"没听到。"

"爷爷,他没听到。"路栀回着电话那边的爷爷,"他现在在安城,是有什么事吗?那我让他赶紧回去吧,也不知道他来做什么的。"

傅诚:"你也在安城吗?"

"是的,我来出差。"

"忙完了吗?"

"……差不多了。"

"那你也回来吧,总在外面住着也不舒服,你们一起回来,他过去应该有私人飞机的，你回来也方便。"傅诚说，"或者你如果还忙的话，就过几天再让他过去接你。"

"不用了，太麻烦了。"

"这有什么麻烦的！"傅诚的语气毋庸置疑。

路栀想了想："那我跟他……一起回去吧。"

"行行行，你要是忙也没事啊，到时候让他去接你也一样的。"傅诚说，"他要是不愿意去你告诉我，我去揍他。"

路栀笑笑，说不会。

电话挂断后，她起床洗漱，洗完脸后他还是原姿态坐在那里，一动不动，除了目光偶尔上下翻阅，和昨晚别无二致。

路栀深深呼吸。

回去的车上，二人依旧一言不发，这是风景极好的一处田间小路，两侧都植满了正在花期的向日葵，远远望去灿色一片，阳光也恰到好处，落在车内，耀目一片。

这么好的天气，他们却在冷战……不过也可能是她单方面的冷战吧。

她把脑袋搁在玻璃窗上。

回到苏城，天气也没有明显的变化，夏季的尾声少了些燥热，车先在荔湖别苑的祖宅停下。

"我去跟爷爷说两句，"他道，"让宗叔先送你回家。"

书房门刚推开，书案边的傅诚重重一拍桌子，气得眉毛横飞。

"臭小子！我的电话都敢不接！"

他淡淡道："真没听到。"

"那你在干吗？"

"发呆。"

少见他这么魂不守舍的样子，傅诚哼一声，也看出他状态不好，只以为是忙最近的收购案累的。

"我都跟你说了不要改工作安排，现在知道忙了吧？"

他不置可否，从手边随手敲了支烟，点起来，却没抽，只夹着，垂眼看它安静地燃烧。

他对尼古丁并不成瘾，正如他这人，一向极有规划，克制、自控力强，鲜少放纵。

傅诚觉得稀奇："好久没见你点烟，你在家也抽？"

"不抽。"他说，"她娇生惯养的，哪闻得了二手烟。"

傅诚越品越不对："我就能？！"

"我在家也闻您的。"

"……"

烟在指尖变换角度，横夹在大拇指和食指指腹间，傅言商就那么看着，没有要吸的意思，半晌道："前年冬天，我在剧院门口碰着个小姑娘，那场音乐会只剩两张票，我买走了，她没得看，后来车开进停车场，我改了主意，回到门口的时候，她已经没在了。"

没想到他忽然开口说这个，傅诚反应了会儿，这才想起："我有听井池那小子说过，说你跟剧院提了一嘴，后面每个月这个乐队演出，你都往对面咖啡厅送门票。我以为他胡说的，还真有？"

傅言商平静地阐述："我后来见她第二面，您猜在哪儿。"

"酒店她和别人的婚礼？"

他摇了摇头："第二次见她，是在我爷爷的手机上，他正跳过自己单身的长孙，给一事无成的老五挑老婆。

"路枙，我第二次见她，是在您口中得知她要跟别人结婚。"

大概过去一分钟，傅诚猛然坐直："等等，你去年冬天遇到的那个是小枙？！"

"您这反射弧挺牛。"

有什么正在初步地冒出苗头。

"你等会儿，我理一下，"傅诚抬手，"去年冬天，正好是井池买了亭台路那个剧院，对吧？"

傅诚："你偶然路过，打算去支持一下，但是只剩两张票，这时候小栀出现了，你把仅剩的两张票买光了，她就没得看了。结果车子开出去之后，你想了想，又回去找她，但她没在了？"

"嗯，我走之前最后一眼，后视镜里，她进了对面的宠物咖啡厅。"

"你去叫她一起看啊！不是买了两张票吗？！再不济你让井池给你开后门啊！"傅诚痛彻心扉，他这宝贝孙子，二十七年了，凡心就动过这一次，"你去找啊！你为什么没找？！"

"我去买了杯咖啡，"他道，"但她已经不在了。"

像大海捞针，不知道她和那间咖啡厅究竟是什么关系，背后的老板或是……她只是单纯的顾客？但已经别无他法，只好和井池讲，只要那个乐队来演，就给咖啡厅送张门票，尽管他自己也知道这举动无异于刻舟求剑。

如果座位有人上座，第一时间通知他。

可惜第一排正中央那两个位置，总是长久缺席。偶尔他去，右侧也始终空缺。

他在那瞬间意识到，有时候人的机会只有一次，就那唯一的一次，错过了，就是错过了。

"这样说的话，那——"傅诚脑子一转，"当时，我逼你娶小栀的时候，你就已经喜欢上她了是吧？！"

"那时候没到喜欢，但我确定，好感是有的。"

否则他那辆从不走回头路的车，不会从地库重新倒出来，停在咖啡厅门口。

傅诚："那我当时演的戏——"

"我看出来了。"

那是路栀抓到傅望的第五天。

　　老爷子急中生智，想破了脑袋，才终于想出这么个办法——让傅言商替傅望结这个婚。

　　无论样貌、能力、地位还是品行，毋庸置疑，他都比傅望好上太多，唯一的问题就是，年龄差有点大。并且他这个长孙的脾气他知道，根本不是坐那儿听家里安排的人，否则也不会二十七岁还是单身。

　　于是老头子未雨绸缪，先去私人医院躺了三天，跟医生吩咐完后，把傅言商叫到床头，细数自己身体林林总总的毛病，又拿出准备好的话术，说不看到他成家死不瞑目，又说如果这桩婚事吹了，自己会气得早死。

　　傅言商那时就坐在他床边，一言不发，不知是信了还是没信。

　　一旁的人该劝的劝，该哭的哭，傅诚拿出了他这七十多年来最好的演技——终于，这喜怒不形于色的长孙起身，淡声说："您下来吧，明天我带傅望出来赔罪，顺便问一问她们意见。"

　　傅诚那时候还以为自己演技练得炉火纯青，他说："我当时还感动呢，我说你平时那么嫌弃傅望，关键时刻居然真能拿出大哥的气魄替他善后——搞了半天！你根本就不是看在我或者他的面子上？！"

　　傅言商掀了下眸："您也不想想，从小到大，我真不想做的事，谁能逼我做成过。"

　　傅诚心说，我当时还请表演老师来练了三天。

　　一线暖光从阳台落进来，蔓延往前，烟将燃至尾声。

　　傅言商忽而开口："爱情对我来说是很神圣的东西，如果遇不到，我这一辈子宁可不结婚。"

　　但我遇到了。

　　还有半截没说完的话，随烟灰轻飘飘断了一截。

　　可她不爱我。

　　路栀从健身房下来时，正好碰到傅言商回家。

不知道他谈了什么，大晚上才回，估摸着又是他那什么工作，反正他上心的也就这一样东西。

她看人说跑两千米分泌的多巴胺仅次于恋爱，跑完心情会很好，于是给自己跑步机弄了两千五百米，现在精疲力竭，已经没工夫想那么多。

等她洗完澡出来，看到李思怡十分钟前发来的消息。

"班长问我你换号没，他有东西要问你。"

他们大学班长也算是朋友圈一直活跃的人物，路栀时常能在点赞动态里看到他，当然作为回礼，她也常常给班长的工作进展点赞。

班长也在游戏公司做高管，经常在群里发调查问卷让大家帮忙填，顺带发个红包。路栀之前有空一般都会帮着填，不过上次的她没填，因为人在外面，没那份闲心。

她还以为班长要来催她帮忙，毕竟大家都是做游戏的。

路栀："你回了没？"

李思怡："回了，我说没换。"

不过手机里没显示有未接来电，她就没放心上。

九点多时，快点跑进来要吃的，一蓬雪白的大尾巴在空气里晃啊晃，在傅言商腿边蹭来蹭去。

傅言商从抽屉里取出一根猫条，路栀正在观看，手机忽然响起。

是班长的电话。

备注还在，她能认出来，路栀接起："喂？班长？"

"喂，路栀，"班长还是用大学时的称呼喊她，端端正正的名字，"没打扰你睡觉吧？"

"还没，我没睡，"她说，"怎么了？"

那边背景音嘈杂，有点像部门聚餐，还有餐厅的叫号声音。

"哦，也没什么，"班长说，"想问下你什么时候有空，我下个月生日，打算请客。"

做游戏现在这么赚钱了吗，刚毕业才两个月，班长居然就办生日宴了。

"下个月应该行，"她说，"几点钟啊？"

她顿了顿又问："几桌？有别的班的吗？"

那边微妙地沉默了一会儿。

班长似乎有些醉意，说话也前言不搭后语，略有些大舌头道："没桌子。几点都可以其实，就我们俩，你看行吗？"

路栀："就我们俩？"

她下意识转过眼睛，视线范围内，正俯身喂猫条的男人短暂地停住了手上的动作，不知道是什么时候停的。

猫条内仍有余粮，但上方的手指不挤，管口就没有新鲜食物，白色的狐狸急得来回转圈，雪色的大尾巴和鼻尖不停碰头，焦急地低叫催促：爸爸你看我一眼，爸爸你专心一点，爸爸吃的呢？我那么大一口吃的呢……

电话对面传来杯底碰撞桌沿的声音，像是有人又灌了一口酒，班长说："我们在聊天，他们一直起哄我，我一下子脑热所以就打给你了。路栀，我一直很后悔大学的时候没有……"

背景嘈杂，班长的声音也随之抬高，似乎想要压过叫号声音，即使没开免提，也依然清清楚楚地回荡在卧室里。

路栀："你别说了。"

"啊？"

她说："我老公生气了。"

卧室里，狐狸舔动猫条袋的声响清晰可闻，路栀清楚地听到对面顿了一顿。

班长沉默的那几秒很明显，嘈杂的背景音像海浪一样，透过听筒扑面而来："你结婚了？什么时候？"

"就，今年年初。"

"毕业之前？！你怎么都没和我们说？"

路栀心说，我两刚结婚的时候几乎都不认识，要怎么说？

班长："那时候你不是才二十岁没多久吗？"

路栀微顿："二十岁不是法定结婚年龄吗？"

"……"

她姐也是二十岁联姻的，当时还加了学分。

那边一下显得局促，班长酒也跟着醒了大半，噎了噎之后才说："那……打扰你了，不好意思，我先挂了。"

路栀说："没事。"

电话刚挂断，客厅外的那只狐狸闻着味也蹿了进来，傅言商用空余的另一只手取新猫条，但手上那只还没喂完，路栀伸手，说："我来吧。"

她趴在窗边喂慢点，这只棕色狐狸叫慢点还真是有原因的，速度极快，冲来冲去，路栀在它脑袋上打一下："能咬我手吗？"

打完才意识到这是傅言商的狐狸，不是她的，她这是不是能算越级管教了？

管他的，打都打了。

等她教育完，慢点果然收敛许多，就趴在那儿端端正正地吃，她就撑着脑袋，一边看狐狸一边出神。

傅言商喂完手里的东西，余光瞥到她正趴在床沿，淡蓝色的灯光下身前白皙一片，领口因重力折向两边，有极淡的粉色透出边沿。

他别开视线，半晌道："谁的电话？"

她思绪收回，这才反应过来："以前大学的班长。"

"说什么的？"

"就说要过生日了啊，问有没有时间。不过后面没说了，估计又不办了吧。"

他摩挲指腹转移注意力，垂眼，意味不明："结婚好像耽误了你不少桃花。"

"什么桃花？"路栀问完才反应过来，其实她都没觉得这算桃花，想了想说，"也没有，结不结婚一直都这样。"

"他大学追过你？"

路栀如实："没有。"

"……"

路栀没想到他会主动开口说话，问："你消气了？"

"你说刚刚？"他道，"没气。"

"前几天也没气吗？"

男人沉默几秒，这才开口："有。"

虽然猜到了，但听他这么直白地说出来还是会有点不爽，路栀不情愿道："我什么都没干吧？"

"不是生你的气。"他说，"气我自己。"

"气你自己？什么？"

面对面坐着，虽然有电脑挡住，但难免心猿意马。他起身，将她衣领提起，这才淡淡道："气我没能力。"

"什么没能——"路栀低头一看，立马坐正，要问什么也忘了，"你刚怎么不拉？"

"刚没看到。"

让他烦心的多半是工作，路栀还奇怪，什么工作居然能让他觉得自己没能力？

正琢磨着要不要安慰一下他，但又不知道安慰什么——你还挺有能力的，起码我找不到跟你一样忙的人。

可这副模样落在他眼里，就是一副标标准准的欲言又止。

她总能忍，悬崖玻璃前被他耐着性子磨的时候也能忍，忍到受不了就会换一副有点委屈怼怼又无语的表情看着他，声音不被他催一把也是出不来的，就像现在，马上要过生日了，居然可以一个字都不和他说。

她是打算跟谁过？

已经不剩几天了。

想到这里就会被一股无名的烦闷裹挟，他指尖在键盘上敲了敲，这才道："路栀。"

"干吗？"

"你今年生日过不过？"

她惊了一下，抬头问："你知道啊？"

"我知道。"他说，"如果不是傅老板喊你回来，你打算在安城住到几号？"

"二十五。"

"……"

他还有话要说，只看到她蒙着被子打了个哈欠，问："很困？"

"你说呢？"她眼睛几乎快睁不开，思绪也停摆，"你最近的恶趣味是越来越重。"

要说的话被她的困意打断，在这晚短暂搁置，但已经给了几天逃避时间，总不能不面对。

否则问题如果滚雪球式越滚越大，他就只能眼睁睁看着自己曾空缺多年，好不容易找到归属的那张音乐会门票，再度空缺。

次日下午，他在公司处理完需要亲自出面的工作，又返回枕月湾。

三楼没人。

他下到一楼，问陈姨："太太出去了吗？"

"没有啊，"陈姨回忆，"太太找我要了些冰块，应该去顶楼的调酒室了。"

酒这个关键字让他联想到一些较为危险的情节，傅言商没等电梯，大步上了二楼，好在人这时候还算清醒。

她面前正放着一大桶碎冰，给手机那头发消息："为什么这个冰总滑下来呢，粘不上去啊。"

路栀将高脚杯重新塞回冰桶，抽出时没有一缕碎冰挂壁，正一筹莫展时，听到背后声音。

傅言商："要干什么？"

她回头，吓了一跳："你怎么提前回了？"

她又想起自己的酒杯："我想做那个勇敢之心的调酒，第一步就出师不利，我的冰都没办法像他们的一样粘在杯子上。"

"我看看。"

原因不用问了，估计又是游戏或者什么过程需要，她得亲自体验一把。

把视频看完，顿了顿，他道："七十五度，你能喝？"

路栀："七十五是什么概念？"

"你喝完起码醉三天。"

"那我就喝一半。"

"一点。"

一半的一点？她喵喵："也行吧。"

傅言商："酒买了吗？"

"都买了。"

他摸了下玻璃杯，这才道："杯子温度太低，要热一点，才能粘上。"

路栀："为什么？"

"跟冬天舔栏杆，舌头会粘住一个原理，"他说，"冰霜遇到热源会蒸发导致吸热，热源上的水被快速蒸发，就会粘在一起。"

一听也有道理，果不其然，他用热水泡过一遍杯子，杯口很快沾满碎冰。

各个度数的烈酒被混合在一起，奇异地调出冰蓝色调，像修过图的冰湖，在碎冰中朦胧透出，颜值冠军名不虚传。

他没尝，但大概能估出来味道，柠檬的酸、烈酒的涩，再夹杂少许甜味，她应该会喜欢。

递过去给她尝了一点，他把杯子收回，将酒收回柜子里怕她打翻的工夫，再回来时，酒杯里水位线已经下降不少。

路栀"咚"一声咽下一口，被呛得微微皱眉。

他靠近："喝了多少？"

"不是你说的吗？可以喝一点。"

"我说的一点，是我手上的一点，不是杯子里的一点。"

果不其然，高浓度的烈酒在她身上只需要十多分钟就上头，他清晰地目睹了她意识逐渐模糊的全过程，路栀抱着抱枕，斜躺在沙发上："头晕。"

"你的酒量是多少，"路栀问，"全喝光会醉吗？"

"不会。"

她撇嘴，忽然听到他说："路栀。"

"嗯？"

"你原本生日打算和谁过？"

喝醉的人毫无防备，一点在被套话的感觉都没有，眨着眼认真地答："自己过啊。"

"为什么？"

她不高兴："你管我呢。"

脑袋晕晕，但四肢还灵活，她拿起杯子准备灌给他，不想一个人喝醉，递出去的动作到了一半，忽然又一停："不行，不能灌你。"

"为什么不能灌我？"

她有点晕，为了防止自己栽倒，只好暂时靠在他身上，脸颊已经开始升温，忽然一瞬间和他靠得极近，小声说："我们去车上吧。"

喉结无法自控地滚了滚，他不合时宜地开口："去车上……干什么？"

五分钟后。

路栀坐在副驾驶，扣好安全带，心满意足地欢呼一声："开车！"

主驾驶的傅言商："……"

"我要飙车你会难受，"他道，"而且这里是公路，不是赛道，开不了。"

"那出去玩吧，"她顺着窗户看出去，"想听乐队现场。"

"哪个乐队？"他说，"明天可以请他们来家里表演。"

"我不要，"路栀后仰，"就是要听现场氛围啊，人多才有意思，你往前面开开，我记得那里有场馆的。"

他把从家里拿的未雨绸缪的盒子扔进储物箱，低叹一声，点了火："不舒服跟我说。"

他速度开得慢，唯恐她胃难受，但路栀已经摇下了车窗，在惬意地吹晚风。

前面就有 Live House（小型现场演出），她虽然头晕，但居然奇异地也算清醒，在手机上买了两张票，然后跟他说："就进这个吧，荧光棒要去现场买。"

天色已经暗下来，从他这个角度看过去，她的脸被月色沉静地照亮。

傅言商先下了车，她迟迟没动，拉开副驾驶车门，他道："还不下来？要迟到了。"

"安全带，解不开。"

给她把安全带打开，路栀表情使劲几次，但身体半晌没动，她抬头，蒙蒙道："我好像没什么力气了。"

他好笑："那你怎么下来？"

纯白的内饰里，她茫然地偏一偏头，因醉酒而愈显水色的眼眨了一眨，然后张开手，朝他说："抱。"

傅言商眉尖微不可察地一挑："什么？"

她还维持着双臂张开的动作，一眨不眨地盯着他，分不清是不是喝醉的缘故，眼下微微泛红。

他呼吸错了拍，为她这第一次向他提出的亲密举动——虽然只是因为喝醉。

他上前，弓身压进副驾驶，揽住她后背和腿窝，将人打横抱起，她使不上力，胳膊软绵绵地钩着他脖颈。

傅言商颠了她一下。

路栀仰头，脑袋往下垂："这个摇摇车好晃。"

她现在这个样子实在太引人遐想，他进了对面商场，买了两只对戒。

路栀本来还在迷迷糊糊地睡，忽然，无名指被推进一个冰冰凉凉的东西里。

她有些迟钝地睁眼："怎么了？"

"戒指戴着，免得有人误会我把你怎么了。"

"但是我不喜欢这个牌子的戒指，"她说，"我喜欢别家的。"

"……"还挑上了。

"行，"他说，"去买别家的。"

傅言商又给她买了只经典款的 T 字开口满钻玫瑰金，终于折腾进入场地，她还知道要挑有座位的 Live House，路栀坐下，然后差使他去买两支荧光棒。

傅言商："我不要。"

路栀："我一个人用，一手一个。"

观众开始零散入场，等到灯光熄灭，路栀左看右看："我们旁边的三五个位置，怎么都没人？"

"我加买了，"他说，"不喜欢人挤人。"

以他们为圆心，直径以外三个位置，全没人，好在上座率还不错，她想要的氛围感是有的。

路栀小声和他说："你如果觉得吵，可以先出去。"

柠檬的香气还留在她唇齿，透过衣领往他颈窝里浸。

傅言商看她："你一个喝醉的人自己坐在这里，我出去怎么放心？"

他说："看吧，一会儿就结束了。"

她低头去拔荧光棒的插销，两个小小的透明塑料片，她穿的裙子没有口袋，左找右找，塞他那件高级定制的西裤里。

傅言商："……"

前面几首歌都比较舒缓，她也拿着氛围荧光棒有一搭没一搭地挥，碰到会唱的就跟着唱两句，其他时间都在晕晕乎乎地微醺。

第五首切到快歌，电音响起切至高潮，第一排的人站起身高声投入，边跳边叫，第二排为了看清也只能站起来，导致一排一排的人浪起身，路栀坐在原位，有些恍惚。

她跪在椅子上，但还是看不清，面前是一堵堵的人墙，她只听得到声音，连台上的灯光都看不到，全是背影。

她买的是最后一排，怕自己万一不舒服，可以提前离场，这会儿察觉到了失误，前面的女生还直接坐男朋友肩膀上，她更是什么都看不到，被挡得严严实实。

路栀自己努力蹦跳了一下，然后放弃。

她撇撇嘴，有些失望地拉拉傅言商衣摆："走吧，看不到了。"

"还有几首？"

"好像……五首？"她说，"不记得了。"

他俯身，拍拍自己肩膀。

路栀问："你背我吗？"

他说不是："坐上来。"

坐上去的那一刻他站起身，一瞬间路栀只觉天旋地转，本就有点晕眩的大脑更是像被摇匀，但下一秒睁开眼睛，舞台在她面前全部展开。

他这么高，坐在他肩膀上，再加她自己的身高，足够没有任何遮挡地看到舞台，像从云端俯视。

她觉得刺激，跟着喊了声，小腿就搁在他腰腹，被他牢牢摁着，以防摔倒。

大腿内侧能感觉到他侧颈的温度，被空调吹得微微发凉，贴在她暖烘烘的皮肤上。

台上的乐手一眼就看到她，指向后排和她互动，间奏不过多久，熟悉的伴奏响起，是她很喜欢的一首歌。

"《小城夏天》欸——"她伸手去摸傅言商脖子，惊喜道，"今天有这首歌啊？"

他往旁侧挪了两步，也能看到舞台，那乐手也不知道怎么回事，往旁边转一圈转完了，又回到原来的角度和她互动，像给她献唱似的，路栀记得歌词，从身体的晃动也能感觉到兴奋。

> 橘红色的日落沉没在海平线
> 夜色慢慢摊开露出星光点点

她晃动着跟唱，场馆设备好，收声效果做得沉浸，捕捉画面的无人机从台下一晃而过，捕捉值得记录的观众画面。

没一会儿，无人机在她面前定格。

未几，屏幕上出现无人机实时捕捉互动的画面，纷乱的灯光下，那张脸依然精巧漂亮，像费尽心思捏出的瓷娃娃，摄像机缓缓向下——

拍出一张，冷漠的、无言的、一动不动的、不爽的帅脸。

从里面出来，路栀意犹未尽。

后面几首歌全是她常听的，她买票之前又没看具体曲目，这会儿有一种赚到了的惊喜感。

竖着听完，横着出去，她被抱上车。

傅言商把副驾驶向后调，移出足够多的位置，直接把她放进去容易撞到头，他先进了副驾驶坐下，打算再把人迁移进来。

等他坐下，身上的人偏了下脑袋。

傅言商侧眼，见她直白地看着自己，不知道在出神想什么。

路栀喃喃开口，感叹："你长得好像我老公。"

"……"

"谢谢。"

他从柜子里取出一瓶气泡水，喝了几口后，罐身被人捏住。

路栀看他喝得喉结上下滚动，料想应该是很美味，仰着脸："我也要喝。"

"有酒精。"

"有酒精我也可以喝。"

"你会吐。"

她讨价还价："我尝尝味道。"

傅言商把易拉罐对到她嘴唇边，做了个倾倒的动作，边沿的一点点余量沁进她唇线，路栀抿了抿，没尝出来味道。

但唇边的那双手再没调整角度，就只给了她一点点。

他将易拉罐放回一边，低头给宗叔发消息，刚喝的时候没太注意，现在尝了酒精饮料，是不能开车了。而且她坐在这里也挺……没想完，忽然唇上被人一啄。

他抬眼。

路栀扬扬得意："尝到了。"

"是吗，"他眼底不自知地微微发暗，握在她颈后的手指紧了紧，

"什么味道？"

"嗯……葡萄的。"

"错了。"

她皱起眉，像是有点疑惑。

傅言商："是桃子酒。"

"不会吧，"她木然，"我味觉出问题了？"

她手指拉着他的衣领，微微犹豫。

看到有手指点了点被她吮一下就发红的唇瓣，说："再尝尝。"

于是路栀很怀疑地又尝了一遍。

味道已经变得很浅，只有似有若无的果香，她没忍住起身了些，听到身前的人很低地"唔"了声，扣住她后颈的手微微用力。

撬开齿关的过程异常简单，她在其中得了些探索的乐趣，于是变得愈发得心应手，只是始终没他灵活，腰肢被他扣住紧贴。路栀被这猝不及防惊得发抖，迷迷糊糊地想，她味觉是不是真出了问题，怎么只能尝到葡萄味道？

退开时她挫败："没有尝出桃子味。"

很快，"刺啦"一声响起，他单手掰开拉环，桃子味的甜香覆满车内。

傅言商将车门拉上，按了反锁，再压下来时说："现在应该有了。"

街上提着篮子的小女孩儿一早就发现目标，回家里的鲜花店挑了几枝玫瑰，准备等那位看起来就很有钱的哥哥下车，然后把鲜花全推销给他。

但过了一分钟……五分钟……十分钟，上了副驾驶的二人，却迟迟没有一个人下车。

车就停在路边，一动不动地停驻在灯光下，不启动，也不开门。

女孩儿站一会儿，疑惑地走了。

第二天，路枳是被梦忽然惊醒的。

梦里丧尸又在吃她的脑子，甚至还开了扩音外放音效，音效太逼真，她把自己吓醒了。

吓醒的第一个念头是，还好，是在做梦。

第二个念头是，她是怎么睡着的？

断断续续的画面跳进脑海里，唯一有印象的是她在调酒，喝了一点，剩下的画面就开始变得朦胧，从她坐进车内的那一刻彻底开始断片，再有印象，就到了现在。

现在大概正是凌晨五点多，傅言商还没走，闹钟刚响。

他睁眼和她对上视线，路枳来不及闭眼，只好就这么对视一会儿："我昨晚又喝醉了吗？"

"显而易见。"

她讪笑："我不记得了。"

"没事，"他淡然道，"我录了视频。"

路枳脑子里冒出一排扭曲、尖叫、爬行的问号。

以为他是随口说的，路枳昨晚睡了挺久，这会儿没有睡意，等他洗漱完之后赖了会儿床，没再睡着，索性爬起来。

等她进了浴室，傅言商接到电话，老头子打来的。

傅诚："起了吧？抓紧来公司，项目收尾了。"

"嗯。"

路枳刚洗完脸，玻璃门被人敲响两声，听到他说："我先出门。"

她不意外，"噢"了声。

"我让厨房做了暖胃的，一会儿记得下去喝。"他说，"你昨天刚喝了酒，今天别吃海鲜和柿子，还有头孢。"

交代得跟今晚就要走了似的，路枳看一眼日期，好像还真快了。

起这么早，不能辜负这么好的早上，于是路枳点了一份早餐，她按人数，给工作室的伙伴们也点好，这才打开电脑，准备处理一下工作，反正也闲着。

电脑居然没关，应该是当时走的时候忘记了，路栀重新启动了一下，这才接收李思怡在这几天不间断发来的文件。

少数民族卡面的草图已经出了。

出图的速度很快，她看了眼五张都没问题，点了通过，又试玩了一下公测版的主线和副本。

都没什么问题了，很顺滑、不卡，剧情也流畅，该修改的地方都被修改完毕，广告开始投放，预约人数也在快速上升。

她们现在得往后做，毕竟到时候每个月都要更新资源包，玩家把游戏玩到一个阶段，得继续往后拓展，现在也才展开了一个开篇而已。

要处理的事情其实很多，卡面、剧情、宣传、联名，等她从电脑前离开已经七点多了，路栀累得厉害，出门做了个按摩护理，到家已经快十点。

手机上收到一则傅言商传来的视频。

预览图是偏暗的车内，还以为是他的出发视频，她撇了下嘴，先没看，进浴室洗澡了。

等傅言商回来，听见熟悉的声响从卧室传出。

路栀正背对着门口，打开他那段视频，预料中的跑车启动或飞机轰鸣声都没响起，是很微妙的，昏暗的空间里某些细微声响。

接吻的声音。

她的大脑一瞬间被这个认知袭击，僵坐在那儿，半晌没回过神来，直到视频播完，开始重播。

直到背后脚步声响起，她结结实实地被吓了第二次，猛然一回头，傅言商正抽走衬衣领下的灰色领带，挂至一边。

她想问你怎么又回来了，忽地吸了吸鼻子："你喝酒了？"

"嗯。"

喝酒了所以行程暂缓了吧，这么想着，她就没问，直到视频重播第三遍，他问："你还要听几次？"

昨天在车里，念着她喝醉，他什么都没干，忍得很辛苦。

路栀一手摁下锁屏键，应激般起身："你怎么还录这个！"

录就算了，录了之后，她还隐隐约约回忆起了一点……

"你上次喝醉的时候我说过，下次我会录像。"

她已经完全不记得这回事，只记得那时候他耳垂好像红了，对她进行了一番内涵，她拒不承认，他说，下次他会录着。但她没想到他是认真的。

路栀坐起来正要说话，忽然被睡衣的吊带卡了一下，她出来的时候系得太紧，这会儿勒着肩膀，很不舒服。

于是她话锋一转，缄了口，低头先把系带给拉开，然后重新绑蝴蝶结。

自己给自己肩膀上绑有些难度，容易松或紧，正当她第三次抽开重来时，另一只手伸了过来。

傅言商："要怎么绑？"

"松一点。"

他手指灵活，当然包括但不限于这里，没两秒就系完。

她正要开口，肩上的吊带已经顺着滑落，堪堪掉到手肘上。

路栀一把捂住，问："你这系得是不是有点太松了？"

"你自己说松点。"

他平时的理解能力不会这样，路栀闻了闻，浓重的酒味更加明显，她犹疑道："你喝醉了？"

他"嗯"一声，说不清是回答，还是只是单纯地回了个音节表示听到。

可他不是说他喝不醉的吗？果然男人都爱吹牛。

她正要继续讲，忽然被人握着脚踝一拉，人被拉至他身前，裙摆也顺着层层叠叠，几乎要滑到腰上。

他问："洗过澡了吗？"

这不是废话——但他应该不是单纯地问这个，路栀察觉到一点别样的气息，涌动的、潜伏的暗潮。

喝醉了这么不舒服，他还有心思想七想八。

在他唇落下来时，路栀及时后仰："你会死的——"

傅言商好整以暇地看她："怎么？"

"你不是……不舒服吗？"

像是赞许地附和，他颔了颔首，握住她脚踝的手再度用力，将她完全拉到自己身下，坦率道："过会儿就舒服了。"

不是，过会儿什么？你要干什么？

路栀手腕被放到他颈后，他探身下来，鼻尖抵住她鼻尖。

路栀被噎得"唔"了声，鼻尖泛红，眼睫轻微颤动，漫上一层并不清晰的雾气。

靠得太近，能看到他因为舒适而轻微收缩的瞳孔。像他养的那只狐狸，被摸得舒服时，会稍稍眯起眼睛。

他垂下头，如同灵魂终于归位般，从喉咙间溢出一道性感音调，很低，带着沙砾感。

后颈被人托住，他掌心很烫。

他身上的气息微妙，皑皑雪松的木质香调混合酒精尾调，再加上一点点荷尔蒙的气味，连房间内的空气都变得混沌。

他撑着桌台，指尖扣着边沿，水意漫开轻缓抽送，路栀脸热半晌，还是问："你喝了多少？"

"没记，"他气息略一停顿，"但不少。"

她颊侧的发随仰头的动作轻晃，卧室的灯落在她身上，显得过分柔和。

被他看着，她鼻尖蓄起汗来，含混地说："不能喝就不要喝那么多啊……"

他垂眼，捕捉她视线和表情，片刻后问："这话怎么不打电话跟我说？"

不讲道理。

她说："我又不知道你今晚要去喝酒。"

"拒绝不了。"他停了好一阵调整气息，朝手机屏幕看了一眼，"毕竟远道而来。"

"谁远道而来？哎——"傅言商向后托着她膝盖将她抱起，路栀的话被打断，气鼓鼓的，"你能不能别动不动就抱来抱去？"

再抬头时，目光已经对着窗外，她衣服仍穿得端正，除了他系过的吊带微微滑落，他的衬衣也仍旧齐整，只是脱掉了西服外套，领带抽下来，衣领处显得有些凌乱。最上方的扣子因不好呼吸被他主动解开，露出脖颈和锁骨，蜿蜒向内。

路栀没好气："怎么，请我看夜景？"

她又说："已经欣赏过很多次了，谢谢。"

枕月湾地段好，隐私性也不错，和中心马路用一片密林隔起来，但透过这扇窗往下看，能在树冠掩映中，隐约看到疾驰而过的车影，和宝石灯带一般相连的路灯。

再往上，远处商圈光影斑斓，有些写字楼还错落地开着灯，像某种像素小游戏里的置景，更远处就是湛蓝的夜幕，今晚没有星星。

城市里已经很难看到星星了。

写字楼中一片一片的小灯落在她眼里，像倒映在水波纹中，随涟漪很轻地晃。

他不说话，路栀也不说，靠在背后微冰的镜面上，也不和他对视，但镜子就摆在空调下，原本冰凉的物体又被冷风吹了一天，她几乎是刚靠上去就被冰得瑟缩几下，连带全身都开始发颤，"嘶"了一声。

傅言商眼神微暗，绷了好一阵才忍过去，伸手捏一捏她耳垂："后面要没镜子你就翻下去了。"

路栀："你不是抓着我吗？"

他手撑在桌沿，眼底暗色未消，就垂着眼，慢条斯理地去抹她的嘴唇，这动作让她想到不熟时在度假山庄的那天。

他动作太缓，像有沙沙电流透过他指腹渗透下来，路栀偏头去躲，被他吻住下唇。

终于亲上，他低低叹了声，吻得纯情，呼吸却纷乱。

就这么碰了会儿，他退开，她嘴唇压一下就泛红，这会儿颜色比刚才又深几分。

她有点莫名地看着他，像在疑惑他今天一反常态，玩的又是哪一出。

路栀嫌冷暂时关掉空调，他喉结上有汗，大概是被热的。她现在仿若身处冰火两重天，身前热，身后冷。身体也是烫的，像有熔岩在游走，血液临界沸点，她快要烧着了。

夏天就是这点不好。

正在她胡思乱想间，忽然听到头顶的人低低问："别人亲你，你也这样吗？"

路栀奇怪地冒出个问号，他不对劲，好不对劲。

傅言商："怎么不说话。"

"你这个问题根本没意义，好比你问工业革命时代没有发明空调怎么办，那就不吹啊，这是个悖论——"说着说着感觉有点跑题，她换了个类比，"就好比我问你，如果你和别人结婚，你会不会也对她好？"

说到这里，她忽然停了下，又说："不过你应该会吧，跟谁结婚你都要践行你们家的祖训——"

"不会。"他忽然说。

猝不及防被打断，路栀蒙了下："什么？"

"我说，不会。"

路栀看着他，自己都能感受到的目光震动，这是种本能，她启了启唇，正要说话，窗外忽地猛然升起一簇烟花，几乎映亮整片夜空，她下意识视线被牵拉走，等到烟花绽开，预想中的爆炸声却并未到来。

她连被吓一跳的条件反射都做好了，但烟花声很低，并不刺耳。

路栀："怎么忽然有人放烟花……"

"路栀。"

"什么？"

他说："生日快乐。"

她一惊，为这意外的一句生日快乐，仰头去看，指针刚到十二点，对面大楼灯光全亮。

她差点以为今天是什么重大节日。

路栀眨了眨眼，一时间不知道要先说什么，整个后背密密麻麻全被激起了一层战栗。

桌上的手机开始噼里啪啦地振动，很多条消息进来，李思怡给她拨了个视频电话。

路栀手比脑子快，脑子刚想说先挂掉，手指已经点了接听。

她一把将吊带捞起来。

李思怡："生日快乐！你在哪儿呢？消息也不回。"

路栀轻咳两声："在家。"

"你回来了也不跟我说！"李思怡道，"你老公呢，走了？"

"……没。"

李思怡忽然凑近，五官在屏幕中无限放大。

路栀下意识把镜头拉远，手挪了一点，又被傅言商按着推回来。

他说："这能拍吗？你真不见外。"

路栀："……"

她硬着头皮说："我忘了。"

好在李思怡开的外放，那边很吵，没听到他们说话，李思怡只是盯着屏幕，然后怪异道："你今天磨皮怎么开这么大啊？"

故意开磨皮遮红的路栀沉默几秒，支支吾吾地说："不知道，可能是软件升级？"

"我在外面给你挑礼物呢，"李思怡说到一半，忽然又一转头，"这烟花放三分钟了，哪家总裁又在给小娇妻追爱啊，有人在乎过我的感受吗？我像游戏里的路人甲。"

"……"

李思怡："挂了啊，买好给你送过去，你说话我都听不清。"

路栀："那你给我打视频干吗呢？"

"啊？"

"……算了。"

"什么赚了？哦！我多给你买几个，你肯定赚！"李思怡镜头摇晃，"薛定！你别拽我！"

鸡同鸭讲的电话打完，工作室群里也很热闹，路栀低头看着。

傅言商在对面平静地注视着她的分神。

划动、发表情、点击红包、输入金额。

终于应该算是忙完了，他略微整理呼吸，又看到她按下了说话键。

把感谢红包发完，路栀觉得还得说点什么才算有诚意，琢磨着按下语音："我们——"

他猛然朝前一挤。路栀微微惊讶的瞳孔中，他五官放大，唇落下来，蜻蜓点水的一下，但感官聚焦的重点不是这里，吻只是顺带，她被亲出道鼻音。

傅言商低眼，额前的发尾垂下来，落在她眼皮上，痒得要命。

这人怎么这么坏心眼？

路栀哽住半晌，手指上移，忙去检查是不是取消了发送，警告地看他一眼，又按下语音："谢——"

这次甚至没来得及说出第二个字，他故技重施，俯身过来时将她忽地打断，她手指在屏幕上猛然一捏，鼻尖微微皱起，锁骨因呼吸变得起伏，她说："你能不能让我发完？"

"你能不能专心？"

她现在有种吃噎了的感觉，上次这样还是在上学的时候，李思怡兴致大发做了一桌子菜，非要她全部吃完。

路栀连讲话都变得困难，最后一次警告地捂住他嘴唇，打算把这条消息发完就结束："明——"

他轻轻眯起眼，嘴唇碰到她掌心。

路栀的话再次被中断，被抵到镜前，忍无可忍地抽出手，他挺无辜："怎么不说了？"

你说呢？我还能说吗？

路栀气鼓鼓："我忘记我要说什么了。"

他伏下身，忍不住轻轻笑起来，路栀能感受到他脊背的颤动，不高兴地推一把："别笑了。"

"不笑了，那干什么？"见她半晌没说话，他甚至还催促，"嗯？"

路栀："……"

这一整夜手机都在进消息。

不过居然有这么多人记得她的生日，说不高兴当然是假的。

烟花也放了好一阵，中途她还被傅言商挪到办公桌边，听他给何诏发消息："放远一点，好吵。"

原来烟花也是他让放的吗……

这么迷迷糊糊地想着，又睡着，她闲适地翻了个身，想着今天可以睡个懒觉，估计现在已经九点多了。

手肘一翻过去，砸上个什么有弹性的东西。

她瞬间惊醒。

比看到傅言商还在更可怕的是，他还躺在床上，闭着眼睛。

听到她的动静，他微微侧身。

路栀："才四点吗？"

她只睡了两个小时?

傅言商："九点半了。"

"那你为什么还在这里？"

傅言商看她一会儿，问："我是不是不能放假？"

"……"

没来得及赖床太久，很快内线电话响起，她刚接起，听到爷爷的声音。

傅诚："小栀，生日快乐！"

她吓得立刻端坐，爷爷居然过来了。

很快，她在大厅见到拎着生日蛋糕的爷爷，四四方方的包装盒，牌子是井池家的方糖，果不其然，又是没有发售过的定制款。

"考虑到你们小姑娘怕胖，做的减糖版，"傅诚道，"快尝尝。"

她去洗了个手，再回来时，爷爷已经不见了，可能是又回去了。

只有傅言商坐在沙发上，将碗碟刀叉取出，正漫不经心地划动着打火机的滚石，像在思索。

见她走近，他问："我给你点还是你自己点？"

"不想自己点。"

厚厚一层奶油的草莓蛋糕，草莓摆满了一整面，他挑了个角度把蜡烛放进去，滚石摩擦，火苗蹿出，点蜡烛的动作也被他做得很有格调。

"好了，许愿吧。"

窗帘自动合拢，路栀双手合十，仔细地许了个愿，这才把蜡烛吹熄。

他问："许的什么？"

路栀很迷信："说出来就不灵了。"

"说出来，"他偏了下头，"说不定我能帮你完成。"

"我的愿望都得靠自己。"

"你的愿望里,"他停了一下,"就不能有我?"

路栀还维持着动作,合掌的手来不及放下去,有些意外地抬眼,火光重新燃起,亮出一层橘黄色的暖光,正映在他眼底。

等等,火光?路栀看一眼:"这蜡烛怎么又烧起来了?"

她刚刚不是已经吹掉了吗?

他说:"那就再许一个。"

路栀将信将疑地又许了一个。

再吹熄,盯着它,不过三秒,又自燃了。

她将信将疑,又吹一次,依然春风吹又生,好像不会熄。

她奇怪:"它为什么吹不灭?"

他抬抬肩膀,像也不明所以:"大概,要许到你的愿望里有我为止。"

路栀:"刚刚那个有你啊。"

"许的什么?"

她说:"希望你健康长寿。"

傅言商:"……"

"路栀,别许这种东西,好像我明天会死一样。"

"你自己要我许的!"

"我指的不是这个。"

她说:"那你自己许,我把我的愿望分你一个。"

火苗仍在燃烧,这个蜡烛出乎意料地能续,他就在半明的火光中垂眼半晌,路栀问:"你是不是也不知道许什么?"

"不是。"

在他陷进在自己的世界,不知是在想什么的时候,路栀开始拿起蛋糕刀,将蛋糕按对角线开始平分。

推给他一份后,路栀又伸出手。

男人停顿片刻，将手搭上来。

路栀说："你能不能别这么自恋？"

"……"

"礼物呢，你知道我生日，肯定有生日礼物吧？"

生日礼物满意的话，她就原谅他。路栀很大度地，在心里如是想。

"你等等。"他起了身。

路栀在这个中途也怀疑过，她的生日礼物会不会就是昨天晚上的烟花，毕竟印象中真的放了好久……

等了大概几分钟，脚步声重新出现，他手中出现一沓纸，讲实话有点超出她意料——从小到大，她虽然生日过得少，但礼物一直都是有的，而且确实不少。

学校里会收到一些巧克力、工艺品杯子、香水之类的，家里人或者朋友送的大多数就是包包、高跟鞋、手链项链这些……

其实她早都没什么可收了。

路栀翻开："这是什么？"

"图纸，"他说，"之前你不是知道要做游乐场？看你很喜欢玩这些，中间的设计推翻了，给你做一个园区，这是里面所有的主题项目和设施，都是草案，你想要修改风格、高度、外观、玩法，都可以。"

她真的有点惊到。融盛的主题乐园里，他送了她一个游乐场。

顺着草案往后翻，每一个设施都是专门设计过的形状，从全景图，到路线，还有，设计思路。

几乎垂直的高速跳楼机，360 度翻转的海盗船，带动画和隧道的激流勇进……

路栀一边翻一边震撼，居然还有冰激凌和周边的主题商店。

他站在她背后，看不清她的表情，只能看到她不断翻动的手，不知她是否会喜欢。

他承认他有私心，这没什么好遮掩。

距离这座游乐场竣工起码还需一到两年的时间，他希望，起码在这之前，他们能稳固地同行，起码她会想，要一直合作到玩上这座定制的东园为止。

当然，为了这份私心，他付出了同等程度的用心。

路栀看到后面，大脑几乎已经空白，什么讯息都无法读取进去，但眼睛仍旧在机械性地扫描，读完，却又忘掉。

她被一种陌生的情绪裹挟，胸腔里一颗心跳得好快，几乎要跳过喉咙蹦出来。这种情绪已经超越了单纯的喜不喜欢，像一根绷紧的弦，被拨到一下接一下地颤，颤得她头皮发麻，心脏也像被拧住，能渐渐沥沥地滴下水来。

傅言商碰了碰口袋。

当然，以防她不喜欢，他还准备了通俗一点的礼物。

一张黑卡被放到她面前。

路栀仰着脑袋回头，这个角度很考验腰的灵活程度，她说："我有钱。"

路栀转过身，给他细数："到现在除了花费，我卡里还有……"

"你那些钱够干什么？"他说，"你可以刷这个，这个没有限额。"

路栀："那我岂不是可以把你的财产全部转移？"

"可以，"他说，"但是你这么做有什么意义？我的钱本来也是你的。"

"……吓吓你。"

"我还没这么不经吓，"傅言商气定神闲，说到能掌控的范围，他就放松许多，"你花光了我也能赚，况且，"他顿了顿，"要花光，也挺难。"

"收下了，"路栀说，"拿去做游戏。"

"拿去养五个男人，"他平静地陈述，"除此之外还能有别的用途吗？"

她颇有微词："你这样显得……我给你准备的生日礼物，很随便。"

他品了品这句话背后的意思，她应该是喜欢了，毕竟这句话听起来是一种很让赠送人愉悦的赞誉。

"哪里随便？"他似乎陷入回忆，"那晚的生日礼物很不错。"

"我们说的不是一件事情，"路栀说，"我在讲情怀。"

"我指的是那个糖饼。"

"……最好是吧。"路栀尝了一口奶油，绵密的草莓香混合奶香，入口即化，像液体冰激凌。

她继续切蛋糕时，听到傅言商开口。

"昨晚你说，我娶了谁都会对她好，那时候来不及说更多。"他道，"你怎么会这么想？起码今天站在这里的不是你，剩下的一切都不会成立。我那时候说的意思是——"

"路栀，我不是和谁结婚，都会希望她爱我。"

我不是，和谁都会结婚。

她手上动作顿了下，没收住力，猛然切斜了一块，草莓果酱的夹心顺着淌出来，像被奶油包裹的真心倾泻一地，沾在锐利的刀锋上，泛出点点红。

猝不及防切出来的东西，不只是蛋糕。

她不敢和他对视，如同害怕去确认某种假设的成立，但他的目光太直白，像一张密不透风的网。

怎么建立一段他想要的亲密关系？这一直都不是她的强项。

她点点头，说知道了。

"好了，"再多说怕给她压力，他给她一点私人空间，"傅老板还在楼上，你给他送块蛋糕过去？"

原来没走，她问："是在陪快点慢点玩吗？"

"嗯。"

她装好第一盘，内心有点颠覆地上了四楼。

傅诚正在拿逗猫棒逗狐狸，玩累了，坐在一旁休息。

路栀抿了抿唇："您怎么自己上来了？"

"我想着给你们留点空间嘛，我待那儿干什么。"

说完，傅诚尝了口，有点意外："这个味道不错啊，还有夹心。"

她出神："这不是您订的吗？"

"不是啊，我准备去订一个，小池跟我说正牌老公已经先订了，我今天路过，就顺便拿了。"

她"噢"了声，过了半晌，想起什么似的开口："他再不走，会不会晚？"

"什么？"

"我看他……不是有个机票，要去美国，谈收购吗？"

"哦，这个啊，"傅诚道，"机票是那边给他寄过来的，还说要亲自去接他，总而言之有个态度嘛，不过他要过去，肯定还是私人飞机方便一点。"

"我也猜到了。"所以她也一直在想，他怎么还没动身。

路栀："再不走他今天要到不了了。"

傅诚笑一笑，看她："他不去了啊。"

路栀怔了下："为什么不去了？"

"我那天跟他说了，他说你要过生日，你没发现他这几天特别忙吗？"傅诚放下手里的盘子，"不打算过去之后，很多事就要在线上做，会多出来很多流程，整个融盛又是一套周密旋转的齿轮，大家各司其职，突然多出来这么多工作，再怎么分给手下的人做，他自己要做的也会变多。所以就变忙了。

"不过昨晚美国那边派人飞过来了，组了个酒局算是收尾，他也有惊无险地在你生日之前全部搞定，免得当天出问题。"

今天的信息量太大，信息一个一个，砸得她头晕。

路栀在原地站了好一会儿，傅诚拍拍她肩膀："好了，赶紧去吃蛋糕吧。"

路栀在三楼的阳台来回踱步，咬住下唇，很是纠结。虽然很高兴他会腾出这一天的时间，但愧疚的是……

"怎么不过来？"她转头，傅言商正站在阳台门口。

路栀踟蹰，还没想好要怎么说，便磨磨蹭蹭地走过去。

"……对不起。"她承认得很快，头埋下去，像个自觉理亏的小鹌鹑。

他顿了顿："让我听听，什么事值得让我太太这么正式地跟我道个歉。"

"我不应该误会你,"路柁双手合十,"不应该觉得你不知道我的生日,或者明知我生日的情况下还毅然决然地跑去美国开会,所以——"

他中断:"你怎么知道开会的事?"

路柁嗫嚅:"我看到票了啊,一开始以为你有可能不去,但是后来你又带回家了。"

"那个是祖宅的人以为我要用,给我送过来的。"傅言商道,"你这么聪明,就没有想一想,就算我要去,也是坐私人飞机?"

"我想了啊,"她理不直气也壮,"所以我不知道你什么时候要走,我就打算出去散散心,谁知道你又一直在,一看到你就一直又想到这个事,想要不敢说地别扭了好多天……"

他本打算等她说完,但这次实在没有忍住。

"你说什么?"

路柁被卡了一下:"嗯?"

"想要,但不敢说,是什么?"他问,"你想要我陪你过生日,是吗?"

她现在有点像那种不知道哪里解对了,但就是选中了正确答案的考生,站那儿迷惑道:"是,是啊。"

像是有一块什么东西终于倏然落地,他长长叹出口气,失而复得的心跳重新在胸腔中充血活跃,她是需要他的,她在需要他。

"那为什么不愿意和我说?"

"我说不出口。如果小时候每一次伸手都没办法得到蛋糕,那长大了,就没办法再伸手了。"她不知道怎么比喻,"你不了解我,你不知道我可能其实会这么想,你以前看到的,也许只是我想让你看到的我……你能明白我的意思吗?"

"就像,你可能一开始是觉得我很乖巧,所以愿意满足我的一些要求，那如果我不乖巧了呢？让你留下陪我过生日就像一块巧克力，小朋友知道自己是因为听话所以得到了这块巧克力，但是如果一旦主动开口去拿，就不再听话，那还能得到这一块吗？"

她尽量比喻得通俗，因为人的性格这个课题本来就弯弯绕绕，三言两语很难说清："如果我一直让你看到的是我的假象，但这个想法却是真实的我，那我一旦开口，不就颠覆了吗？"

他在这一瞬间明白，这就是他一直感受到的那面墙，是她竖起的防御机制，是她的很多秘密，是她偶尔的欲言又止，是她的顾虑。

但是……乖巧？她怎么会觉得自己在他面前很乖巧？

她恐怕都不知道，他第一次遇到她的时候，发生过什么。

但现在，这点小事并不重要。

他清晰地看到了一道突破口，生长在这几天几近耗至干涩的土地上。他忽然很感谢这场乌龙，如果不是误会，他大概还需要很长的时间，才能面对这个最关键的问题。

路栀还在碎碎念："而且那时候我也考虑到结果了，让你去吧，我没办法装作很不在乎地让你去谈案子；不让你去吧，小小一次生日，其实也没必要，肯定还是这个收购更重要——"

"不会，"他说，"我觉得，你的生日比较重要。"

她知道这种时候，百分之百的男人都会开口说这句话，至于他们实际怎么想的——生日能过很多次，而收购就这一次，哪个更重要岂不是显而易见，她不是这么分不清的人。

不过说了总比装死好。

"你真实是怎么想的，下次可以直接告诉我，不需要直接给我一个结果，"他说，"你可以告诉我你的纠结、你的想法，你想没想清楚都可以告诉我。人生有时候重要的不只是结果，还有过程和沟通。"

路栀讪讪道："那你要觉得我无理取闹呢……"

"那只是你自己这么想，我没觉得。很多事不是非黑即白、非此

含栀

即彼，你可以把它们当成一些乐趣。"他说，"四平八稳、一潭死水的生活，也没什么意思。"

从他养宠物也能窥见一斑。

"你总不能一辈子都像你说的那样，有些藏着，有些不说。"

路栀又开始比喻，试图让这个道理更好理解："好比我是一支冰糖葫芦，如果我藏起来，那就只有外面甜甜的糖衣，怎么尝都是甜的，不是更好吗？"

庄韵就希望她做一支全是糖衣的糖葫芦。

草莓冰糖像是赌博，好吃的很惊艳，难吃的酸到透顶，全靠糖衣撑着，还不如不要吃。

"那你总得给我看看，敲开你这层糖衣，里面的草莓是什么味道。"

她问："万一很酸呢？"

他说："万一更甜呢？"

二人回到屋内，没一会儿，李思怡的电话就打了过来。

李思怡："老公不在家？速来畅宜路 108 号唱歌，一米八五白皮帅哥恭候你的到来。"

路栀抬头，和傅言商对上视线。

片刻后，她诚恳地回复："不用了，我不喜欢男的。"

傅言商："……"

李思怡："赶紧来！快点，刚打你电话半天没人接，我在这儿等俩小时了，布置得巨好看，巨出片，发朋友圈能惊艳全场。"

路栀看他，这人抬了抬下巴，示意她想去就去。

一刻钟后，路栀在包间的沙发上坐下，顶着一头闪蓝的灯光问："这就是你给我准备的一米八帅哥？"

沙发上，五个等身玩偶排排坐，全是游戏男主。

路栀："我出来过生日还要工作？"

李思怡倾身："但是你老公怎么过来了？"

路栀："他来抓我，我净身出户，他可以拿到全部的钱——"

脑袋被人敲了一下，她泪眼盈盈地捂住，抬起眼，听到他说："先走了，你们玩。结束给我发消息，来接你。"

包间门被关上，李思怡这才凑过来："我也不敢真给你找啊，万一被你老公知道了，你是安全，我家还有活路吗？"

路栀："我也没让你给我找。"

李思怡拍拍胸口："但我心里有你。"

"你跟网恋对象怎么回事？"路栀叉一块苹果吃，"昨天还听到你叫他。"

"分手了，他死皮赖脸地缠着我，好不？"

"拉扯是吧，"知道李思怡最爱搞这个，她没多说，"你小心点，别逗人家。"

"不是！我没有你想得那么开放。"

路栀："你那套给自己准备的飞行棋已经够开放了，姐。"

"行，不聊我，"李思怡说，"早知道你老公陪你过生日，我今天就不当电灯泡了。"

"当一下也挺好，给我点喘息的空间。"

李思怡瞬间兴奋起来："什么喘息？"

路栀奇怪地看她一眼，这才把话题拉回来："我们把生日的事说开了，其实他讲的也有点道理，我不能一直不让他了解我吧？之前是觉得没有必要，但现在……好像也到了要进一步的程度，我得习惯的。"

"那就让他了解呗，"李思怡其实想说你老公是什么人，看人他门儿清得很，就你这不谙世事的小姑娘在他面前能有什么秘密，但看路栀一脸郑重，又不忍心扫她的兴，遂助攻，"你先回去给他看看你以前的毕业册啊什么之类的，从之前开始慢慢聊，会比较好。"

"他万一跟我妈一样，一看到我本性，就不乐意了呢？"她没有恋爱关系可以参照，唯一对世界的感知来源只能是相似的亲密关系。

"那你就对他使用美人计，我老婆要长你这样，每天回家给我两个大耳刮子都行，"李思怡献计，"你把那个飞行棋玩完，他怎么会不乐意，他爱死了！"

路栀："……"

早知道不问了，李思怡是真不靠谱。但分享一些青春期的过往……好像是个还不错的切入点。

她先回家了一趟，在抽屉里翻出几本相册和留言册，带回了枕月湾。

到家已经九点多，他道："怎么没让我去接你？"

"我回家了一趟，"她晃晃袋子，"有东西给你看。"

等她洗完澡出来，他已经穿着睡衣靠在床头，将她那些相册悉数拿出，道："这是什么？"

"你不是要了解……我吗？"她说，"真实的我，那就先从这里开始好了。"

初中那会儿还很流行写同学录，她抄起厚厚的一本，一翻开，掉出来一个信封。

她毕业之后根本没翻开看，不知道还有这个东西，更不知道它究竟是什么时候被放，是从哪一页掉出来的，很奇怪地拿起来，字迹已经变得模糊，只隐约有什么崇拜、欣赏之类的词汇。

她实在好奇，对着光去看信上的文字，半晌后意识到什么，又把信封放到一边，朝傅言商战术性地讪笑："意外，这个不重要。"

但其实路栀还是很好奇那个消失的姓名是谁，她怎么都没印象了？

翻了没两页，又掉出来一封信。她感觉必须说点什么，缓解这尴尬的气氛："他们还挺脑腆的，我都不知道还写了这个。"

傅言商："……"

终于，暂时保持安静，翻到最后一页，掉出来一个粘在纸面上的袋子。

路栀轻轻一扯，千纸鹤散了一身。

傅言商看着她："分享得很好，下次记得带降压药一起分享给我。"

"不是！"路栀摆手，"应该是因为我当时下课，我哥每天都来接我，凶神恶煞的，所以我同学可能就只好把东西藏起来……我哥这人你能看出来吧，他根本不允许有这种情况发生。"

他道："但你看起来像是会为了对抗他，反其道而行之的人。"

路栀微惊："你怎么知道？"

没想到会猜中的傅言商："……"

路栀本着求真精神跟他分享："所以你看，这就是我，我那时候因为被管得太严，就想要去气一气他，我还去侦查了目标。"

她记性实在不太好，但对这件事印象却很深："最后差不多有三个，有一个很会打篮球的，一个数学很好拿了挺多奖，还有一个是俄罗斯混血的。俄罗斯混血欸，我那时候第一次见。"

路栀："可惜我后来就把这事忘了，没气成我哥。

"然后我不死心，又准备了一次，我怀疑是我之前设置的没有挑战性，我特意去理科一班找那种看起来只喜欢学习的人聊天。"

"结果看了一眼就放弃了，"路栀沉痛地说，"我那时候才发现，我跟他们没什么好聊的。"

"说完了吗？"

"差不多了。"

"今天就分享到这里，"他说，"睡觉。"

"我还有高中的名册没分——"傅言商拉被子的时候，衣服隐约被带上来一截，露出匀称平整的肌肉线条，路栀忽然想起来什么，"我听人说，腹肌在不充血的状态下是软的，这是真的吗？"

他正从她裙子上把那堆千纸鹤拿掉，又拿起那两封信，捏在指尖，懒洋洋地答："嗯。"

很明显他心思不在这上面。

路枙跃跃欲试，更好奇了："那什么时候是硬的？"

信件打开，看了两行，听到她问，傅言商呼吸停了下，这才平静地叩了叩手指："今晚告诉你。"

头顶的空调微妙地一停，路枙在镜子里对上他看过来的眼睛。

"不、不用了……"她往旁边挪了挪，过了会儿，又开口，"我是认真地在问你。"

"我也是认真地在回答。"他道，"之前在浴室你不是摸了？"

"那……那是意外啊。"路枙说，"腹肌我就只是……碰，碰到了一下。"

傅言商："……"

路枙这才看到他手上拆开的信："你怎么打开了，写的什么？"

"还能写什么。"

卧室门口传来动静，两只小狐狸蹑手蹑脚地钻进来，不知道在计划着要发什么疯，她思绪短暂游离，忽然听到他开口："路枙同学，你好。"

他声线很淡，有种置身事外的感觉，让人分不清是在朗读、陈述，还是在不爽："从在教学楼撞到抱作业本的你开始，我就常常在想，如果我那天不是着急路过，而是帮你捡起了那些散落的作业的话，你会不会认识我是谁，会跟我说一句谢谢。

"那天午睡醒来，我居然梦到了这一幕，睁开眼还是在学校，对角就是你的班级，我看着你和你的好朋友挽在一起去买水，我想，如果那个朋友是我，就好了。"

读到这里，他顿了一顿，面无表情地折起，塞进信封："胡言乱语。"

路柜看着他的表情逐渐复杂。

"这是胡言乱语的话,"她说,"那你之前在苗族自治州那天晚上说的叫什么?"

"那不一样,"他道,"我合法。"

她在这一时刻奇异地和路屿统一战线,路柜撇嘴:"你吊打他们八百个来回带拐弯。"

他来了些兴致:"你指什么?"

"讲话。"

"不爱听吗?"他好整以暇,"我怎么觉得我每次一说,宝贝的反应就很多——"

路柜在下一秒及时捂住他嘴巴,与此同时,加湿器被打翻的声音响起。

淋漓的水泼出来,将地板打湿。两只狐狸在水上打架,尾巴被搅得湿乎乎的。

她头疼,两个人跑下去收拾战场,把狐狸交给阿姨清洗,路柜这才躺回枕边。

她平躺着刷手机,做睡前准备工作,没一会儿,傅言商也回来,在床沿坐了会儿,问她:"你之前出差的时候,有没有留什么东西给我。"

路柜愣了下:"比如?"

"纸,卡纸之类的。"

"没有啊。"她说,"什么卡纸?"

一张白底的"合作愉快"被放到她面前,她仰着头,背光看了好一会儿:"因为我打算去住一周多,所以拆了不少礼盒,带了一些护肤品和沐浴露过去……可能是从里面掉出来的吧。"

她正想问怎么了,忽然隐约想起些苗头,坐起身道:"我记起来了,这个是和方糖联名的甜品,那天井池寄打样过来给我尝,盒子打开，卡直接掉出来了，我看也不重要，就没拿起来看。"

她接过，对着光仔细看了会儿："你看，左下角有个很小的钢印。"

一张白底的大卡纸的左下角有一方小小的钢印，还需要挪动灯光才能看清，极不显眼。

他有时候真是服了井池这种莫名其妙的仪式感。顿了顿，他道："所以你不是特意留给我看的？"

"我特意留这个给你看干吗——"路栀说到这儿停了下，结合他抵达当天的奇怪举动，以及这些天偶尔让人摸不着头脑的话，忽然在瞬间洞悉一切，"你不会以为，我想跑了吧？"

不知道他怎么会突然这么想，她宽慰道："放心吧，两家合作都没结束，我怎么会在这个时候忽然和你离婚？别担心。"

"和我离婚？"他捏一捏眉心，"路栀，别气我。"

"怎么又生气？"路栀起身，按一按他眉头，"你这个想法完全没道理。"

他道："你哥之前一直劝你离。"

路栀："可我从小也不听他的啊。"

昨天把话说开就是这点好，她现在居然可以如此坦然地说出这种话。

傅言商："想想也不行。"

"我就说说……"

"说也不行。"

她一撇嘴："你真不讲道理。"

余光看到他正拨出电话，路栀又问："你给谁打？"

"井池。"

此时，三千米外，临河国际书房内，井小公子被一通电话吵醒，顶着睡乱了的头发，再度确认了一下来电。

……什么大事？傅言商这个点从来不会给他打电话！

电话被瞬间接起，井池问："喂？"

对面略一屏息，单刀直入："你无缘无故印什么合作愉快？"

在梦中被吵醒忽然又被骂的井池："？"

然后电话挂了。

井池真的好委屈，坐那儿想了半天自己做错了什么，然后决定不能白白被骂，总要捞一些同情分。

缓缓推开主卧的门，他那视工作如生命的女强人老婆，还在敷着三明治面膜干工作，听到动静瞥他一眼。

井池可怜兮兮道："老婆，我挨骂了，我今晚想睡主卧。"

路栀四点半时醒了一次。

又下大雨，雷声阵阵，她不出所料地被吵醒，看了眼时间。

傅言商还在睡。很少见他睡着的样子，她偏头看了会儿，又闭上眼睛准备继续睡，但她被雷声吓醒，心脏还在快速跳动，需要些时间才能平静。

他睡得好像很熟，路栀偏过头去。

她想检验他睡熟了是不是真的什么都感觉不到，又或者是好奇，再或者是一种本能的挑衅，她手臂伸进被子里，一寸寸地缓缓摸到他睡衣衣摆，然后微微向上撩起。

腹肌没充血的时候果然是软的，像猫爪垫，很有弹性，压下去，又跟着手指回弹上来。

他睡着时确实什么都感觉不到，路栀从第一排摸到第四排时，面前人仍旧没有动静，她打算收回手，却忽然被什么东西钩住。

她下意识低头，头顶传来他的声音，带一点困倦的深沉，问她："怎么不往下了？"

七点半，路栀第一次上了这么早的班。

打卡进工作室的时候还没有人，灰沉沉的一片，她抬起有些酸的手打开了灯的开关，第一千零一次痛骂物尽其用的某人。

早知道他醒了，她才不会在那儿试探来试探去，最后的结果就是手被人钳制住去偿还昨晚的嘴债，感受一下什么叫"充血的腹肌"。

好累，真的好累。

她在椅子上放空了十分多钟，最终因为坐在椅子上可以舒服地平躺，而陷入第二轮睡眠。

再醒时，空气净化器在耳边低声运转，窗帘被人拉了一半，李思怡坐她对面，一脸认真地看着电脑。

路枙缓了会儿，喝了杯水才开口："什么时候来的？都没叫我。"

"美人卧睡，舍不得打扰，"李思怡喝了口冰美式，感觉她的命和咖啡一样苦，"但是总有人舍得。"

路枙："说什么呢？"

"你之前没觉得徐菁他们过分安静了吗？"李思怡说，"我以为她认识到自己的不足，所以彻底退场了，或者就一直没有公司要她——但是你知道我刚刚看到了什么？"

其实路枙早知道这事还没完，徐菁这人把面子看得比天大，这些天静悄悄的，肯定是在憋大招。

对徐菁这种看重所谓阅历大过能力的人，在她这里折了戟，势必会想再一次找回主场，沉默的这些天只是在想办法而已。

路枙问："她又干吗了？"

"她的游戏要上了，版号都下来了，"李思怡移动鼠标滚轮，"故事梗概乍一看跟我们的不一样，其实就是换汤不换药，但这个我不意外，问题就是这个游戏的出品方居然是她和郭方，也就是那个大学时候白嫖我们创意的地中海，他俩玩一起去了？！"

"我当时在展会上不是和你说过，好像看到郭方和她在一起。"路枙说，"不过没想到，他们现在还没分开。"

也算另一种程度上的般配。

李思怡叹一口气，觉得她的命比美式还苦："点这么背？合伙朝我俩开炮？"

路栀站她背后，看了一眼徐菁他们的游戏备案，这才安慰说："别这么消极，你往好了想想。"

"比如呢？"

路栀想了想："比如……如果这个游戏没赢我们，就是他们俩一起看我们领奖，一箭双雕？"

李思怡："我们游戏质量肯定比他们高啊，但是……你看，他们上线时间比我们早，早整整一个月！一个月欸，等我们上的时候，玩家万一玩腻了怎么办？"

路栀："万一玩家通过他们的宣传喜欢这个题材，但是觉得他们的不好玩，我们的更好玩，都跑我们这儿来了呢？"

李思怡还想说什么，路栀眨了眨眼："等等。"

"怎么了？"

鼠标在游戏简介的某行上晃了晃，路栀问："徐菁那时候的项目表，还有备份吗？"

"有啊，我存起来了，给你找找。"

路栀坐回位置上，仔细对比完，才发现徐菁游戏里的一个支线，确实是她近期才写好的。

而那时候徐菁已经离职很久，表单里也没有参与过相关工作的记录。这代表，也许有人泄露了工作室的进度，卖给徐菁。

路栀透过玻璃门看出去，百叶窗没拉下来，工作室内氛围极好，每个人都在座位上各司其职，沉浸投入，隔挡台上还摆着她买好的早餐。

她偏头想了会儿，听到李思怡说："这徐菁怎么想的呢，官博都是才开始运营，看原画也不怎么样，完全是个劣质的皮包游戏，为什么这么着急提档在我们前面？"

一瞬间醍醐灌顶，路栀顿悟："我知道了。"

李思怡："你知道什么了？"

"我知道她想干什么了，"路栀说，"先买监控吧，大概几个监控能覆盖工作室全部范围？"

"那得问问，起码四个吧，"李思怡说，"什么时候装？"

"越快越好，我等会儿去问问。"

"还有。"路栀说，"装监控的事先不要说，我看看是谁泄露工作。"

她速度很快，下午就联系好了监控公司。等到大家下班，人都走光了，才联系专业人员上门安装。装好监控，已经到了七点多。

确认好监控画面可以全覆盖后，路栀这才关灯下楼。在电梯里，一时恍惚，她其实挺不愿意相信，工作室会有人把资料泄露给徐菁。

她自认为自己对公司员工足够好，工资远高于市场薪资，节假日会发礼物和红包，有六险一金，能不加班就不加班，如果加班会有高额加班费和调休，公司还有零食柜、饮料箱。甚至只要她醒得早，早餐也会给大家带一份。

有些唏嘘地走出大楼，面前的车鸣笛两声，路栀转头，有些犹疑地走到车窗边："不是说今天很晚，不用等我吗？"

"总得看看你在干什么，"傅言商道，"忙什么了？都这么晚了。"

"很重要的事。"路栀坐进车内，"如果被我预判准确，这将是一次重大的成功。"

傅言商看她半晌，似乎在等她开口，但她就说到这儿，转身去零食箱里翻东西吃。

他问："连我也不能说？"

路栀拆了个小面包："事以密成，语以泄败，懂不懂？"

"不太懂。"

"就像你第一次碰到我，就应该知道，我很神秘。"路栀说，"哦，你可能不记得了，就是当时你迟到的珠宝秀，我坐在干冰后面，我看到你了，但你可能没有看到我——"

"看到了。"车内大概安静三秒，他说，"而且，那不是我第一次遇到你。"

面包撕开的刺啦声停住，路栀拆到一半，转头看他："啊？"

他启唇，片刻后，对着她泛起的清澈懵懂的眼神，放弃道："算了，你不记得。"

"别呀，我记得的，"路栀说，"什么时候，在哪里？谁过生日吗？还是谁结婚？"

"不是，两年前。"

路栀沉默半秒，然后说："……哪里啊？"

"络绎路的剧院，有一场音乐会，对面是咖啡厅，有一条银杏路。"

路栀看着他，眨眨眼。

傅言商看着她，意料之中："记得吗？"

她诚实地说："……忘了。"

她说："但我是记——"

"记性不好？"他道，"你不是，你只是不记得不重要的而已。比如现在我问你，那五个男主喜欢的颜色和蛋糕，你一个都不会忘。"

路栀正色："不喜欢蛋糕。"

"什么。"

"他们里面有人不喜欢蛋糕。"

他哼笑半声，懒得再说，路栀眼观鼻鼻观心地给李思怡发消息。

路栀："我们去过络绎路吗，两年前？"

李思怡："好像去过吧，那天下午没课，我们去逛街来着。"

经李思怡提醒，她大概想起来了一些。她总觉得那天好像有什么事，但想不起来。

路栀："那天是不是发生了什么来着？"

车子驶过街道，灯下婆娑的树影落进车内。

含枳

路枳紧盯屏幕，等着李思怡回答。

傅言商侧头看她："还在挣扎？"

路枳坚持："我肯定能想起来。"

对面"正在输入中"十几秒，李思怡大概也在回想，没一会儿，给她发来一连串的哈。

路枳："？"

李思怡："我想起来了，你那天很牛。

"你不记得了？那天我们过马路，人很多，红灯时间巨长，有个六七十岁的老头一直往你前面那个女生的身上贴，她往旁边挪，那个老头又靠上去，真的很恶心。

"你直接在旁边的便利店里买了把长伞，特别尊敬地递给那个老头，问他是不是腿有问题，不靠着别人站不稳。哈哈哈哈，你忘了？！

"这么精彩的事你怎么能忘？那女生后来还给你买奶茶了呢，老头气得脸都绿了。"

路枳在细致的描述还原中，终于隐约记起了一点。

那个红灯确实很漫长，漫长到她看到那个老头往路人女生身上靠了三次。人潮拥挤，女生一直避让，被逼到最后都没有退路了，看起来要哭。路枳背后正好是个便利店，透明的长柄雨伞就挂在外面，路枳花十块钱扫了一个，然后超级恭敬地递给那个老头。

老头看她一眼，语气很凶："干什么？"

她特别有爱心地说："给您撑着呀，这里没有拐杖，不过雨伞也能受力的。"

老头气冲冲："你什么意思？我看起来走不了路？！"

"啊？不是吗？"她好惊讶，"我看您一直往这个女生身上靠，她躲三次都没躲开，我还以为您没腿站不稳呢——"

李思怡憋笑帮她唱唱双簧："就是就是，我也看到了，你怎么这样啊。"

路人纷纷出面，附和的附和，赞同的赞同，还有不少指责的，很快，人潮把他们隔开，红灯此时转绿。

她还很有礼貌地说了爷爷再见，老头气得看起来心脏病都要犯了，又不好骂她，毕竟她态度真的好好，看起来好乖，好善良，好有爱心。

李思怡："后来我们又看到附近有个音乐厅，你看那个主题的名字里有栀字，就一时兴起说要听，结果票没买到，就买了根草莓糖葫芦。"

路栀："……那我真的很一时兴起。"

李思怡："是啊，你后来再没说要听那个音乐会了，就是心血来潮，后来我们去咖啡厅逛了下，本来打算坐下撸撸猫的，被辅导员说要开团会，紧急叫回去了。

"你怎么忽然问这个？"

路栀低头敲字："他说他第一次碰见我好像是在那时候，但我记不起来了。"

李思怡发来个感叹号："真假？你老公看到你伸张正义了？！"

路栀耐心地思了一会儿："应该没有吧，他说在音乐厅看到我的。他要是看到我当'马路判官'了，后面还能跟我结婚吗？"

李思怡不服："判官怎么了？"

路栀："看起来精神状态不好。"

对面发来一个问号。她反扣手机，看向傅言商。

车在枕月湾正门口停下，他抬眉："记起来没有？"

"差，差不多了。"跟马路相关的回忆记起来了，但是买票和草莓糖葫芦这种细节实在不值得记忆，不过她总算是知道了——只是没画面而已。

傅言商一看她表情，就知道还是没想起来："下车吧，下次带你过去，你应该能记起来。"

路栀下车时还在为自己正名："其实我之前记性很好的。"

"哦？"

"真的，你别不信，我小时候记忆力很强，"路栀说，"就是十岁的时候发高烧，那年的事忘了好多，再后面就只记得重要的事了。"

"你的意思是，"他说，"我不重要。"

"我什么时候说了？"路栀都不知道他怎么理解到这一层的，"两年之前我都不知道你是谁，不记得很正常呀。"

他颔首，反推："那就是说，我很重要。"

圈套，第二个圈套。

正好傅言商也没吃晚饭，等到家，厨师已经在准备，没一会儿，路栀洗好手落座。

吃到一半，她夹了块炒蟹，然后想起来，问他："你们公司有没有合作的，比较擅长使用电脑的？"

"比如？"

"比如，如果有一个人要攻击我的电脑，修改创建和各种数据时间，能不能先监测，录存过程，然后再帮我恢复回去？"路栀又说，"但是不知道这个人什么时候行动，可能得先写个程序，等有黑客恶意入侵的时候再实行？"

她补充道："我也不太懂这个，总之怎么实现不重要，能实现就行。"

傅言商："意思就是如果有人篡改你的电脑文件，需要监测留下证据，但不打断，等修改完成后，再恢复原样。"

"嗯嗯。"路栀盯着他，期待他能说出有或没有。

但他只是拿起勺子喝了口汤，然后气定神闲地说："我重要吗？"

"你很重要，你超级重要，我钱包里都会放我们的合照。"她双押了，"给我推荐一个，我有重要的事，真的。"

"我帮你联系，周三下午你来融盛。"

等到周三下午，她很专业地还写了个备忘录，生怕自己有缺漏。

她到总裁办没一会儿，傅言商在签文件休息的中途，跟她介绍待会儿要来的人："南大计算机系的，程序写得很好，如果后续你有什么技术上的问题，也可以找他。"

南大，南江大学，就在他们学校对面，高校排名也是名列前茅的。

她"噢"了声，因为到得早，这会儿还在核对备忘录。

会议室外走来一位挺拔少年，穿着一件浅色衬衣，扣一顶黑色鸭舌帽，露出的下颌线条清晰，唇线抿着，好像刚跟谁说完话，唇角还有一点没散尽的笑。

很高，很白。

路栀跟傅言商确认："这么帅？"

傅言商蹙了下眉，在说谁帅？

路栀回忆了一下，感觉这个男生好像有点眼熟，她还以为学计算机的都秃顶呢。

"你好，裴渡。"男生拉开椅子，在她对面坐下。

路栀点点头："你好，我的诉求我先生应该都和你说了，我有一点点要补充一下……"

时间没花费太久，差不多半个小时，这件事就已经沟通完毕。

裴渡起身："基本上没问题，我刚刚说的那些，整理好传我邮箱就可以。"

路栀说"好"。等人离开，她这才想起什么，问一旁似乎已经在那儿坐了很久的傅言商："好像还没谈价格？"

"走我的账。"

"这么好？"

傅言商散漫地抬起眼，指腹略有不爽地搭在铝合金桌面上："所以我太太刚刚在说谁帅？"

"我那是陈述事实，又不代表我有想法，我觉得狐狸尼克和杀生丸也很帅，我有时候还觉得很多博主拍的狗很帅，"她朝窗外看去，一楼大厅，似乎有人在等他，"那个，是不是他女朋友？"

三四点的日光落下来，他经过女生时伸出手，像是想要搭一下肩膀，但就在落下的那瞬间，换作另一个动作——抬手扯下女生发圈，一头沁着光的金发铺散下来，金光闪闪。

路枙认出来了。

这头金发实在不能更有辨识度，她之前去染发的时候，正好碰上过她染金色。

"那个女生我知道，很有名，'南大维纳斯'。"她有种撞破什么的兴奋，"她之前给她们学校拍过高校手势舞，几百万点赞，很漂亮。"

刚傅言商说什么来着，裴渡也是南大的？

路枙脑袋疯狂转，她低头给李思怡发消息。

路枙："'南大维纳斯'叫什么来着？"

李思怡："安渺。"

路枙："裴渡你知道吧，我看到她和裴渡在一起，在等他。"

李思怡："不能吧？我纵横苏城各大高校吃瓜群，没听说有这一桩啊？"

路枙一听到八卦就变得很有精神。

路枙："说不定是你们消息不灵通。"

李思怡宁可承认自己脑子不灵。

李思怡："怎么可能？他们俩在南大是两根定海神针，好不？双风云人物、双黄金单身人设，无论多少人追，反正不恋爱，他俩要在一起了学校能不兴起血雨腥风吗？你是不是看错了？"

路枙："没有吧，不是谁染金发都那么漂亮的。"

想了想，路枙又打字："有可能是偷偷恋爱，反正我看着不像单纯朋友。"

李思怡："就你那恋爱细胞，我还是相信你看错人了比较准。"

路栀真不乐意跟李思怡再聊，转头看傅言商时，才想起刚刚有话没说完："你知道手势舞点赞量几百万什么概念吗？我们学校最高的点赞量也才四十多万。"

"你没拍？"

路栀一愣："你怎么知道我没拍？"

"你拍了应该不止这些点赞量。"他平静地陈述，像在讲一个事实，"毕竟互联网不会淹没任何一个大美女。"

"谢谢。"路栀有点猝不及防，"你还挺会夸人的。"

傅言商："所以你为什么没去？"

路栀有点不好意思："我记错时间，那天睡过头了。"

"……"

回去之后，把裴渡需要的东西整合发到邮箱，路栀也不确定自己猜得对不对，会不会真的有人按照她的猜测入侵她或李思怡的电脑，但，只能先未雨绸缪。

她从手边拿起颗草莓，八分甜两分酸，这个季节很难找到这么好吃的草莓，忙完之后，她仔细地摘除了草莓上的蒂，递到傅言商嘴边。

傅言商："你吃不下了？"

"没有啊，"她字正腔圆地说，"这是为了感谢你帮我顺利找到人，免掉了我自己找的很多麻烦。"

"那我不要这个感谢。"

路栀："你要什么？"

"陪我，"顿了顿，他说，"玩游戏。"

"可以呀，"她答应得很快，拿出身后手机，"要玩什么？"

"飞行棋。"

怎么有这么奇怪的要求？不过虽然这么想，路栀还是在小程序里搜出了飞行棋，并且很快进入页面。

路栀抬头看他:"进来呀,我开房间了。"

他垂眼:"不玩这么幼稚的。"

路栀:"……那你要玩什么?"

"上次玩过的那种,"他道,"我放床底下那个。"

当时被他收起来的飞行棋,在此刻重见天日。

一箱子道具,一箱子衣服。

路栀合理怀疑,以他们的速度,其实还够玩好几轮。

他把棋盘在地毯上铺开,箱子道具放到自己身后,防止她偷看和做手脚,一沓卡牌放她面前,骰子像是筹码。

路栀一瞬间感觉他就是那个怎么都不会输的终极赢家。

"站着干什么?"他洗牌的动作矜雅熟练,修长指尖拢着,又晃开,"宝贝不想坐下来?"

一个坐字,他说得很轻,微妙的同音字说出口,像是调情,但一如既往地字正腔圆。

路栀深刻吸取了之前自己先抽的教训,这次把主动权推给他:"你先抽。"

"确定?"

她郑重地点了点头。傅言商摇完骰子,才发现她正在搜索:"飞行棋如何不摇到六"。

这把确实如她所愿。傅言商连着摇到六,而她频频在四五里回跳,终于,他的棋子全部进入待飞区,摇到一个三,走了三步。

他这时候居然还抬头,一副很是体贴的模样,迤迤然道:"我翻还是你翻?"

路栀撇了下嘴,根本不想拆穿他的恶趣味:"你自己翻啊。"

"行,听你的。"

翻开牌面,他眉尾几不可察地一挑,路栀心觉大事不妙 —— 不过没什么好不妙的,她难道还指望这牌里能有什么好东西吗?

她硬着头皮问："什么？"

他将牌翻转，递到她面前。上面是挑选一套衣服亲手给对方穿上。

这不是……正中他下怀吗。

他满怀闲情逸致地看着她，路栀看回去，半晌听到他说："宝贝可以自己挑。"

"真的？"

"真的，"他的放水有限度，手指抬起圈了圈，"但只能选这一边，和箱子里的。"

能选就是好的，她跪坐起身，膝盖陷在奶白色的全丝毛毯里，摩擦间微微发红。

那边衣物全是他上次扫购来的，幸好当时是直接寄回家，否则她不知道如果她亲眼看着阿姨收纳，该是怎么一副无地自容的情形。

除了那些，还有一件是前几天李思怡送她的，当时美其名曰自己刷到一套很好看的睡衣，买完之后决定不能独享，于是给她也买了一件，让她别太爱自己。

等收到之后，她才发现这哪里能穿得出去。

这一件，她偷偷加个内搭，他应该发现不了。

路栀抿了下唇，计上心头，她举起李思怡送她的衣服："这套？"

"可以。"

她一个起身准备冲向卫生间，下一秒，被人拉住手腕。

"怎么有两件？"他道，"把内搭放下，宝贝。"

路栀："你说让我自己选的！"

"这不是让了？"他说，"只是有一件被我否了而已。"

"还有，是我帮你穿，宝宝。"

手腕软绵绵地垂下，但又本能地面红，她几乎整个身体侧转，差点要转到他胸膛里去。

好在这样也算是穿好。

他指尖撤离，但仿佛还能留下空气印记，指腹偶尔在穿衣中划到她皮肤，带来一道很短、很轻的轨迹线，甚至几乎于一触即离，却仿佛给她身体烙下印记，她感觉被划过的地方，正泛着滚烫的红。

"别抖，"他说，"冷吗？"

"……不冷。"

空调被他往上调了两度，但她适应不了改后的气温，因此泛出些湿润的潮热。

她摇了五，还是不能走，他摇出六，那枚棋子又顺着往前走六步，傅言商抽出一张卡牌。

她仍旧被他抱着，不用翻转就能看到内容，看了一眼，头迅速埋回去。

傅言商："看到了吗？"

她甚至耳朵都开始充血，眼观鼻鼻观心地道："没有。"

"给你涂身体乳。"他逐字逐句地复述完，然后道，"宝宝，身体乳在哪里？"

她头摇得跟拨浪鼓一样："我没有。"

他似乎早有准备："好，那我就干涂。"

路栀憋出："洗漱台上，面霜旁边，透明瓶子……荔枝玫瑰那个。"

他声线很低，像在逗她："这么香啊。"

其实她有好几瓶……挑了个最好推开的。

等他把身体乳拿过来，出乎意料地，他居然不是从肩颈开始。

挤了一泵，他在掌心展平，捏上她小腿。

但路栀很快就发现，从下往上更煎熬，她根本无法预判，而他还在小腿上慢条斯理地推，和之前某次一模一样。

那次是假意在帮她好好按摩。

他问："身体乳都要涂哪里？"

路栀闭着眼胡诌："这里涂完就可以了。"

"但我怎么看，身体乳都要涂全身？"

……知道你还问。

路栀闷着声不回答，为了憋住他捏出来的一切声音，张嘴咬住他锁骨，听到他"嘶"的一声，手上力道加重，揉着她小腿肚。

路栀肩胛骨立刻绷起。

小腿结束，他挤了第二泵，往膝盖以上涂，他就有做什么事都衣冠楚楚的本事，慢悠悠地，节奏全由自己掌控，路栀呜呜两声，听到他很好心地问："怎么了？"

"……"她不吭声。

"怎么了，宝宝叫什么？"

她克制着发抖和掌心渗出的汗，嘴硬地憋出一句："……你听错了。"

第三泵，他的手再往上，摁着腰窝，路栀痒到脚趾都陷到地毯里，为了憋住声音，整个人克制不住地往上拱。

衣服上的蝴蝶结被人打开。

她整个人僵住，蝴蝶结是双边的系法，他只开了单边，路栀一下惊到连捂住都忘了，蒙蒙道："你怎么知道是这么开的？"

他顿悟般挑眉，低声跟她附耳："原来宝贝以为我不知道。"

"这件衣服原本是被挂到右边的，右边放的是你平时出门穿的衣服，"他这么说着，挤了第四泵，耐心地在掌心涂开，然后拉开另一边蝴蝶结，"猜猜它是被谁挂过去的？"

滚烫的掌心终于落下，覆住她脆弱娇嫩的皮肤，她猛地一闭眼睛，齿关跟着松开，从向上的弦变成反弯的弓，整个人陷进他腿弯的缝隙中，手指扣住他肩后。

漂亮的眉心跟着轻微蹙起，睫毛像冰雪风暴中迷路的蝴蝶，扇动得茫然又剧烈。

空气灌进来，冰得发颤，而他还在慢条斯理地打圈涂揉着，她紧紧闭着眼睛埋在他颈窝，听他叫自己。

"路柸。

"宝贝？

"宝宝。"

有种不把她叫过来不罢休的架势，她闷闷地开口，鼻音很重："……要干吗？"

"别闭眼。"他另一只手覆过来，托住她后颈，弥漫开更浓郁的荔枝玫瑰香气，略一用力，扳过她的方向，"看着。"

两分钟后，男人的声音在卧室内响起："怎么又闭眼了？"

路柸想骂他你是不是监考老师，但无法松开齿关，只能紧紧咬住，才能咬住不该说的话和另一些声音，但要说的也因此被湮没到一处，她被冷气覆盖，却烧得滚烫。

窗外气温正要变天，临近深夜，露气更重。

四季常青的雪松并不会受到影响，只在风里摆动松针，伫立凝望，枕月湾湖畔栽了棵同样四季不凋的火棘，蔷薇科的灌木，绿叶红果，果实期只在八月，此日将临近，竟提前开出两枚殷红的果实出来，覆在雪松木的绿叶下，似打眼，又不像。

路柸说："肚子有点疼。"

不像假话，他看过去："肚子怎么疼了？"

"……可能是例假快来了。"

身上的白色缎面泛着冷光细闪，向内接触的那块肌肤忽然覆上泠泠的玫瑰荔枝香，清冷又热烈。

他笑了声，拿了条毯子把她裹上，放在沙发上："很晚了，厨师应该睡了，我帮你煮点热的喝。"

路柸看着他，一时间不可置信地问："中场休息？"

"今天结束。"他像是保证。

他泡了一杯牛乳姜茶，路柸晚上不爱喝牛奶，换成了好消化一点的燕麦奶，她喝完小半杯，精疲力竭地趴在床沿。

他捏一捏她手腕："还疼吗？"

她摇摇头，身体其实这二十来年都被家里养得很好，很少会痛。

"行。"他拉上被子说，"睡觉。"

梦里都是被玫瑰荔枝味覆盖的香气。

清晨的聊天由李思怡拉开帷幕："这他都能忍住？！"

好在她已经到了工作室，心虚地左右看一眼："你小声点。不过，能单身到二十七岁的男的，自制力可能确实非同寻常吧。"

"但是我送你的衣服是不是确实很牛？"

路栀："……下次别买了。"

"好，下次遇到再给你买。"

闲聊没一会儿，她们开始进入工作。

徐菁的游戏《恋爱方向》提档到了明天公测，路栀其实还是抱着最后一丝希望，开了个全员会议。

会议重点不少，但是游戏方向路栀只说了一个，在每日签到上玩一些花样，逢双数日不断签，玩家的星钻奖励翻倍，她特意说了这个想法的创新性和前瞻性、增强玩家黏性之类的——其实她自己知道，都是瞎扯的。

她特意强调，这个点很重要，已经交给外包的程序师重新写一套框架，届时游戏上线，一定会采用。

傍晚时，《恋爱方向》的官博也在进行最后的预热。

果然，徐菁把她这个实际上没任何意义的新提议抄了过去，逢单数日玩家签到，赠送的抽卡次数翻倍。

她好像真没猜错，无论是徐菁的打算，还是工作室这个内鬼。

虽然猜中，但一丝喜悦都没有，她沉默地坐在电脑前，看着徐菁游戏的官博页面，仿佛透过屏幕看到张牙舞爪的黑暗地带，透支她的信任，蚕食她的心血。

李思怡看出她的情绪："宝，别伤心，他们不值得。"

"我只是觉得我对他们都很好，"她说，"但是人被辜负也很容易。"

橘色的夕阳在天幕交织，落在地上，像打翻的橘子汽水，她已经疲于转头去看，去揣测这个人究竟是谁，虽然总会找到，但她宁可这个人没有出现过。

"好了，赶紧下班。"李思怡推她，"我看你老公的车来了，今天允许你提前下班，你的活儿我替你干了，好吧？"

路栀洗了个手，补喷了香水，调整好状态才下楼。上车后，她靠着玻璃看向窗外，路过形形色色的人群。

傅言商问她："怎么了？"

她头偏回去，一时不知道怎么说，半晌后才问："你遇到过吗？被人卖消息，一连两次，还是卖给明知心术不正的竞品公司。"

话音正落忽觉多余，他怎么可能没遇到过，他在商场上遇到的，应该远比她这件残酷直白得多。

"遇到过，"他漫不经心地说，"处理过几次，手段下得狠，后面就没人敢了。"

"或许人都需要被束缚，"她看着倒退的街景发呆，"也许是我对他们太好了，好到他们觉得怎么做都可以。"

"不是。"

她一怔，看着他。

"别人背叛你、伤害你，不是你做得不够好，"他说，"不要本末倒置，没错的人就是没错，你的好没有错，只是人性里总有恶，林林总总遇到那么多人，总有人心术不正。"

"不是你的善催发了他的恶，别怪自己，宝贝。"

她忽然觉得很想哭，明明之前都没有的，怎么被他一安慰，像受了天大的委屈。

"人有情绪，所以不可能不为任何一件事难过，但不要难过太久。"他说，"每个下雨天都在为摔跤难过的话，相当于你每一个雨天都在摔跤。明明打着伞，或是在家里喝咖啡，却好像又在摔跤，是不是很不划算？"

她扁了扁嘴，带着点湿润的鼻音说："但是我不喝咖啡，谢谢。"

"草莓麻薯奶茶喝不喝？"他从储物格里拿出袋子和吸管，"刚买的，现在喝还热着。"

塑封被他戳开，也不知道怎么就塞到了她手里，路栀低头喝了一口，草莓混合牛奶麻薯的清甜驱散了大部分阴云，茶香中和甜味，尾调也很香。

"好喝。"她说。

"高兴点了吗？"

她点点头。

想到花十分钟随便瞎想然后乱吹的一个提案，徐菁的六七位数就打了水漂，这么想还有点高兴的。

奶茶喝了会儿，吸管被人捏住，她不明所以地看过去，听到他说："一会儿再喝，不然你吃不下晚饭了。"

她其实也有点喝不进去了："你好像我爸。"

他眯了下眼，正要开口，前排的宗叔回过头，补充道："爹系男友，这是最近流行的夸人的手法。"

路栀跟着频频认可地点头，总算是知道宗叔为什么能脱颖而出当上管家了。

等到晚餐吃完，他居然又起身换上外出的衣服，路栀问："要去哪儿吗？"

他换了身运动服，很有些闲适的风格："走吧，带我太太出去散散心。"

等散完步回来，她心情已经完全好转，当然可能也是买了好几条

含桅

粉宝石项链起的作用。

待她洗完澡躺到床上，已经完全没有傍晚上车时的阴翳。

只是喝了点奶茶，入睡就没有那么容易，她在黑暗中躺了会儿，又睁开眼睛。

她凑过去一点，想听他的呼吸，但没听出来，只好撑着身子去看他，但也实在看不清，只好轻声问一句，几乎贴着他耳郭，气息温热："睡了没？"

大约过了三秒，身前传来微微的动静。

"你要是想做别的，我就没睡，"他声音有些沉，"你要是想让我看你那五个男主，可以当我睡了。"

正想说一句你好小气，但脑子又在逐字逐句分析这句话，她觉得这两个选项未免显得太过片面，于是这么一混合，不知怎的，她忽然被傅言商压在床上，他这会儿才问："肚子不痛了？"

她摇摇头，想说我不是那个意思，我真的就是问一下，因为你这两个选项忽略了很多可能，但已经来不及了。

整个过程行云流水，无比自然，她甚至来不及反应。

她手肘向后撑着，颈窝凹进去一大片："……游乐场开始建了吗？"

"还没有，"他呼吸停了一瞬，在适应，"不是在等你回复？"

"回复什么？"她说，"没有要改的了呀，都挺好的，可以直接开始建。"

"好，到时候跟他们说。"

"大概多久能建好？"

"两年。"

"两年？"她吓了一跳，呼吸提起来，被他按住手腕提醒，路桅这才放松，说，"这么久？"

"修设施都要这么久。"

"那我两年之后才能玩上吗？"

傅言商看了她一会儿，不知是在想什么，半晌后才道："也可以提前。如果你想提前玩上，可以加派人手，一个一个设施地修，先修好第一个，可以去体验。"

这倒是个好办法，她点点头。

他手指放在她肩上轻捏，和无火香薰一同催发她的放松，路栀渐渐躺下，下巴微微仰起来一点，闭着眼睛，像是在专注感受。

享用服务的同时，大小姐还不忘差使："肩膀酸，你力气再大一点。"

下一秒，肩膀上力气一收，酸胀感铺天盖地，灵魂仿若被撞击，她瞳孔骤然睁大，已经说不出来话，胀麻感一阵接着一阵，他在报复，他绝对是故意的。

她咬着牙绝不让他得逞，直到他偏头吻过来，像是在笑。

忽略他明显的笑音，路栀闭嘴，感觉到浓烈的耻辱，抬手捶他一下，被他握住手腕放他肩膀上："那你给我捏。"

"没力气。"

"那我给你捏。"

"别捏了！"

他又笑起来，忽略太阳穴忍到频频直跳的搏动感，揉一揉她耳垂，路栀鼻尖还有汗："你下次还是去玩极限运动，潜水和赛车都可以。"

"早不玩了。"

他说："极限运动没这个好玩。"

"……"

路栀早上在隐隐约约的会议声中醒来。她犹疑地坐起身来，缓了会儿刚醒的困倦和晕眩，走到一旁书房，果不其然，他正在开会。

路栀折返回来，进了浴室洗漱。

等她收拾完，会议正好结束，路栀擦了擦下巴的水珠，问："你怎么还没走？"

"弄好了？"他起身说，"送你去上班。"

她不知道他今天为什么突然要送自己去上班，车开到写字楼下，她正要解开安全带，忽然听到驾驶座也传来声响，他将自己的安全带也一并解开。

路栀坐在位置上，反应半晌："你要去哪儿？"

"跟你一起上去。"

不过片刻，她抬头："你是要帮我处理昨天的事吗？我自己可以解决。"

傅言商看着她："确定？我可不想晚上来接人时，又看到我太太哭哭啼啼。"

"我那个是情绪问题，不是能力问题。"她甩开安全带，"放心吧，我早就布置好了。"

"怕你心太软。"

"我心很硬，"她说，"比你的还硬。"

话音落下不过两秒，察觉到一丝歧义，对着他挑起的眉尾，路栀飞速道："先下车了，拜拜！"

他低头重新扣上安全带，抬头看了看前路，计划着大概几点能到公司，忽然又听到副驾驶门拉开的声音，有什么从余光里一晃而过，脸颊被人蜻蜓点水地亲了下，等他偏过头，又只看到落荒而逃的背影。

他取出手机，低头打字：怎么偷亲？

后视镜中，落荒而逃的人看了眼亮起的手机，没回消息。

他笑一下，点了火。

徐菁和地中海的《恋爱方向》今天公测，路栀下好了游戏，玩了三个多小时，把所有的环节都摸了一遍。

李思怡也一样。

路栀放下手机没一会儿，李思怡也停止了游戏进度。

李思怡："好烂……比我预想中还要烂。"

在路栀预料之中，徐菁根本就没想好好做这个游戏，甚至连赚钱都不是目的，但也绝对不是抄袭出来恶心她这么简单，因为这件事的付出成本大于收获，徐菁不会这么笨。

路栀："我们的游戏也要上了吧？"

"对呀，八月七号。"

"快了。"她说。

"快什么？"

"他们快开始动作了。"路栀说，"等着吧，不用慌。"

当晚她就收到了邮件提示，裴渡写了个程序，当电脑被入侵时，会自动给她发送记录。

这次的记录视频很短，入侵者只是尝试进入了一下她的电脑，看了她各个文件放置的位置，甚至找不到的文件还用了搜索。入侵者确实是工作室内部人员无疑。

看完后，那人也没做什么，仿佛只是提前踩个点，然后退出。

怀疑、失望、愤懑等等情绪过后，她现在居然有一丝期待。她很好奇自己提前布的探照灯是不是准确的那种期待。

第二天她自然醒得很早，在楼下甚至还碰到了李思怡。

"这么早？"李思怡拽着她，"正好我想吃那条街的馄饨，陪我去。"

李思怡找的地方在一个学校门口，这会儿有不少卖零食糕点的小贩，也陆续开始出工。

一般这种地方，口味都不会太差。

等二人吃完，路栀踏下台阶，李思怡也开口："对了，你上次找我要的 IP 和邮件地址，我昨晚收到了一个……"

"砰！"

她结实地被吓了一跳，第一反应是蜷住身体，好半天才直起身来，不远处，有一个商贩正支起摊子，爆了一桶米花。

李思怡早已习惯，毕竟从认识起她对声音就很敏感，将她拉起来，这才继续道："收到了一个邮件，里面还有视频，但我怕是诈骗就没点开，说是有人入侵了系统，大概十二分钟。"

李思怡看她仍是一副灵魂出窍的样子："你有没有在听我说话啊？"

"……在听。"她声音很小。

"不是我说，"李思怡盯她半晌，"你对声音是不是有点太敏感了啊？去医院检查过吗？"

路桅："但你们不是都说正常吗？"

她十岁起，确实就开始比较害怕这些声音，不过朋友或亲属都觉得很正常，毕竟怕打雷的也不在少数，即使不怕，被突然的雷声吓一跳，也很常见。

"是很正常啊，我虽然不怕，但是洗澡的时候听到响声，心也是会跟着一沉的。"李思怡说，"不过你在这个状态里这么久……我觉得有点不太正常。你对什么声音反应比较大？"

路桅也是第一次开始正视这个问题，因为之前身边的人都没当回事，她也不觉得奇怪。

"大概就是这种引爆声、打雷、重物落地，比较像'砰'的声音都会让我很难受。"

"难受？"

"嗯。"

"不是那种，被吓了一下，然后忘记？"

"不是。"路桅说，"一般会难受一会儿，如果有人跟我说话的话，注意力慢慢被转移，就会好些。"

"从小就开始了？"

"嗯。"

"那你可以回去问问你家里人，你小时候是不是被你哥看鬼片给吓到了啊？"李思怡说，"人的恐惧一般来源于未知，找到症结的话可以对症下药，就没那么大反应了，我一般是这样。"

路栀说："有机会的话我问问。"

说话间，二人走出街道，狭窄的视线变得开阔，路过警局，或许是空气也变得更好，路栀这才缓过神来，继续道："你刚说十二分钟，然后呢？"

"没有了，视频我没看，邮件是你发的吗？"

"差不多，反正安全，等我回去看看。"

看完视频的结果不出所料，和她当时被翻看的路线一样，都是看一些重要文件的位置。

路栀忽然反应过来，说："其他电脑也得装上。"

她立刻给傅言商发消息，因她和裴渡都是邮件往来，根本不方便，她也不知道用那个邮件对方能不能读到，但傅言商迟迟没回消息。

"不行，"路栀说做就做的劲儿又上来了，"我得去公司找他一趟。"

李思怡抬了抬下巴，示意："顺便问问他，当时那个合同到底是怎么分成的？"

"……你还没忘。"

当时谈的游戏和华亚的合作，收益怎么分成，李思怡怎么可能忘。

"对你不重要，对我可重要！"李思怡道，"分成的比例决定了我一年能拿多少钱，他不会真的跟你五五开吧，那我晚上睡觉都会做噩梦的。"

路栀俯身，拉开抽屉。

李思怡："你找什么？"

"我上次从家里带了一些资料过来，我看看分成的合同有没有被我带过来。"

"好像带了，"路栀直接翻到最后一页，是她当时打着石膏的、熟悉的扭曲签名，"应该是这个，你翻开看看。"

李思怡摩拳擦掌，祈祷后接过，翻开看了两页，表情逐渐变得离谱。

路栀："怎么了？"

李思怡确定："你没看吗？"

她有点慌了："没，我当时打着石膏，不方便。手肘不能动，只动了手腕签的名。"

她心里开始打鼓："你别吓我，五五？六四？他六我四？"

李思怡："你当时是想问他要什么，华亚的宣传资源是吗？"

"对啊。"

李思怡长长地吐出一口气："我服了。

"他把整个华亚送你了啊。"

路栀眨了眨眼。

华亚？送她？她问："你没看错吗？"

"这有什么可看错的！白纸黑字！"李思怡把合同推过来，"而且还有你这个骨折版限定签名，不就是那天写的吗？"

她低下头确认，第一页被白纸做了不让隐私泄露的覆盖，一同装订，翻到第二页，才是被她忽略的抬头——《公司整体转让协议书》。

李思怡："他后来有改过吗？"

"没有……"路栀说，"签完就放我抽屉了。"

李思怡："……"

"大早上的给我看这个。"李思怡抬头看着她，诚恳地问，"我是什么很惨的人吗？"

"算了，好歹拿到的钱也会变多。"李思怡在一瞬间释怀，"帮我一起祈福你老公永不破产，我跟着你吃香喝辣，谢谢。"

路栀在二十分钟后抵达融盛总部。

她坐了私人的直达梯，方形灯嵌入其上，三面环有定制的黑色绒帘，拉开一角，融盛建筑中心的商标和攀岩区倒映在足底，这竟然是扇透明的电梯。

他偶尔也会拉开视察吗？

每一层能看到靠近圆圈中央的办公区域，察觉到好像有人立刻坐直并用余光扫过来，她放下帘幕。

来他办公室已经轻车熟路，路栀手指搭上把手，"咔嗒"一声后开启，他竟然没有锁门。

他正背对着门口，看起来是在欣赏自己那面绿植墙的中途来了工作，于是低头在看手机，只在人体工学椅的扶手边露出一点黑色的袖口。

路栀蹑手蹑脚地走过去，想看他在干吗。

傅言商手指正按下语音键，她屏息在听，下一秒天旋地转，一把被人拉进怀里："鬼鬼祟祟的，要干什么？"

路栀还以为他都没发现自己，撇了撇嘴，没劲道："你怎么知道是我？"

他好笑道："这还不明显？"

"万一是何诏呢，"她说，"试想一下，你一把把你的秘书拉到腿上坐着。"

他散漫道："他不敢不敲门就进来。"

她启唇，还有话想说，被人捏着下巴吻下来，舌尖在顷刻之间闯入，扫荡着她口腔里为数不多的空气，在安静的办公室里发出格格不入的声音。

她被吻得后仰。路栀有一搭没一搭地发颤，一只鞋掉在地面上，臀被他托着，另一只手放在她腰后。

终于结束，他抽了张纸巾擦干她唇上水渍，问得置身事外，好像刚刚亲得那么凶的根本不是他："怎么肿成这样？"

路栀还在平复呼吸："……"

他向上托了托，手指摆弄着裙摆褶皱，像在玩什么解压的史莱姆："什么事？"

"嗯？"

"来找我，有什么事？"

"想见你，来看你。"路栀的表情非常真诚，"顺便让你跟裴渡说还要加点东西。"

"……顺便？"

她郑重地点头："嗯，顺便。"

"行，那应该也不严重，"他故意说，"过会儿吧。"

路栀："是专程来的。"

他哼了一声，但得了好处，心情还算不错："加什么？"

"工作室其他的电脑，也把之前那一套都装进去。"她说，"有可能所有的数据都会被改动。"

看他发完消息，面前视线转了一圈，路栀回到桌前，正要下来，刚直起腰，又被人摁回去："用完就丢？"

"我总得起来吧，你不工作吗？"

"就坐这儿。"他说。

路栀："这么抱着，你能好好工作吗？"

她低头玩手机，因为掉了只鞋，脚掌被空调冷风吹着，情不自禁地一蜷一蜷，身体也在这动作间前后晃动，贴在身下的他的西裤布料也随之挪移，摩挲着腿缝。

傅言商拉开一旁的软椅，把她放上去。

路栀："又怎么了？"

"高估了我的自制力。"他说，"文件看不进去。"

路栀凑过去看着，半晌后，看他将这份浏览后签完，然后说："你是把华亚转让给我了吗？"

整个办公室大概安静了七秒。

他再开口："谢天谢地，不是等我死了你才发现。"

"我那是对你信任，所以才没有看好不好。"她为自己辩解，"这么大的事，怎么也不和我说一声？"

"不是什么大事。"他将桌面上的文件处理完，然后问她，"吃午饭了没有？"

一刻钟后餐送进来，路栀下巴搁在膝盖上，有点诧异："你吃这么好？"

他也觉得这话荒诞，挑了下眉："不吃好点哪来的体力？"

陪他吃完午饭，路栀说今天下午和家里姐姐有约，让他晚点再去接自己。

公司事多，路盈也不常闲下来，更何况宝宝才刚一岁，除了姐夫照顾，她也得上心。

路盈住的位置在临河国际，好像和井池是邻居，不过路栀今天没碰到显眼包，一路上了七楼，正好听到婴儿的哭声止歇。

路盈松了口气，对她比了个手势："还好睡着了，吵得我头疼。"

路栀拍拍自己肩膀："你要不要靠我睡会儿？"

"不用，中午睡过了。"路盈笑着递过来一杯花茶，问，"怎么突然来找我？我还以为出了什么事。"

"没有，就是之前正好和朋友讨论过我害怕特别响的声音，你又说你有空，我就过来了。"

路盈想起来："哦对，关于声音的，你现在还是很害怕打雷吗？"

"也不算……害怕？"路栀说，"只是忽然听到打雷，心跳会特别剧烈，持续好一阵子，耳膜也会跳，只是你们之前都觉得我年纪小，害怕很正常，我也没当回事。"

路盈又笑："这还不算害怕？"

她说："哪有二十多岁的人还怕打雷的，我胆子也没有那么小。"

不然她也不会那么热衷于玩跳楼机，之前李思怡一说，她也觉得这件事在普通人身上当然也会有影响，只是落在她身上的，反应似乎太大了。

"你这么一说倒是，你小时候胆子可大了。"路盈回想，"你小时候最爱守在你哥旁边看他玩枪战游戏，砰砰砰，你一边捂着耳朵一边兴奋，那时候就不害怕。"

"真的？"她记不太清了。

路盈："我那时候还拍了视频发空间，"又笑了一下，"好久远的词汇，好像后来上大学就删掉了，不知道相册有没有自动保存。"

她在一旁等待，仰头喝了口水，红枣和玫瑰花在温水里弥漫出宁静的香气，精神也跟着放松下来。

猝不及防，手机里传来接连的枪声，路栀忽然被水呛到，猛地咳嗽起来。

"怎么了？"路盈拍拍她后背，给视频调了静音，确认道，"没事吧？"

"还好，"仔细探寻确实也觉得蹊跷，路栀说，"只是有点突然。"

她这才发现，那时候的自己确实一点都不害怕，甚至还在一旁欢呼，睡着了被枪声吵醒，也只会跃跃欲试想要玩一下。

……现在怎么会觉得有点呼吸不上来？

她问："我当时几岁啊？"

路盈："就十岁，你哥桌上还摆着要送你的礼物，但那天我们都在学校，所以只能让你自己拆。"

路栀陷入微妙的沉默。

但姐姐读错了她沉默背后的意义，只是跟着思索起来，很多事确实身在其中时被时间揭过，等到有了结果再回忆，就渐渐品出些端倪来："我想起来了，你哥生日就在你之后不久，但是那天他通宵打游戏，你给我发消息，说姐姐能不能让哥哥小点声。"

路盈停顿："你在中间，去过一次美国。"

路栀倒是记得这个："好像回来就发烧了，记性也是从那时候开始不太好，只记得重要的了。"

"当时你生日，妈没给你过，后来你比赛拿了奖，考得又很好，她就说奖励你去美国，但是他们被工作耽误了，怕你玩得不尽兴，让郑阿姨先带你去。"

路盈一边说，一边绞尽脑汁地回忆："好像……好像隔两天他们就要过去的，但你去美国第二天，郑阿姨就把你送回来了，说你吵着要见家里人，等大家赶回来的时候，郑阿姨在外面买菜，你已经发烧了。"

"我们那时候都以为你是贪凉，吹了太久的空调，后来退烧了，又带去医院检查身体，也没什么事，这件事就揭过了。"

路盈："郑阿姨在那之后没过多久就辞职了，去年我生宝宝的时候给她打过一次电话，想问她能不能来帮我看小孩儿，结果电话、资料什么全部注销了，问介绍人，也说她一辞职就蒸发了，而且，她还改名了。"

路盈说："她有没有可能是没照顾好你，发烧了把你送回来的？毕竟我们也不知道你的状态，你自己也不记得。"

路栀："可如果只是发烧的话，也不至于害怕到马上辞职注销信息吧？她都在咱家做了十五年了。"

路盈思考："除非是……"

路栀将信将疑地说出口："发生了重大失误？"

重大失误，怕被追责。

但什么重大失误才值得这样做？万一，郑阿姨只是家庭变故，她们俩猜错了呢？

姐姐说："嗯，还得再确定一下，我再联系一下当时的房东导游，问一问。"

事件捋到这儿，暂时有了些头绪，得顺着这个方向再找找，如果不对，就得换别的思路了。

路盈："正好我周末要回一次家，我看能不能找到当时的东西，找到了和你讲。"

路栀点点头，又说："先别和妈说……"

"我知道，小事，不会惊动她的。"

聊完这事，她们又聊了些近况，小孩子没一会儿就睡醒了，路栀陪他玩了会儿，五点时，收到傅言商的消息，说过来接她。

她问："怎么提前啦？"

傅言商："祖宅来客人，傅老板说今天的厨师你应该会喜欢，喊我接你过去吃。"

她怔了一下，随即打字："傅望？"

傅言商的回答只有一串省略号，没说是或者不是，路栀上车见到他面后就挂念着刚才的问题，好奇道："是傅望吗？"

"不是，"傅言商瞥她一眼，眼尾下压，"怎么，很失望？"

能不失望吗，她还指望看他鼻青脸肿地回家。

傅言商淡道："他怎么可能是客人，家里的扫把星还差不多。"

路栀骇然："他可是把你尊为长兄，对你言听计从。"

他漫不经心："哦，所以你在为他求情，希望我口下留情？"

"不是，我是陈述，陈述。你能不能别总是给我的陈述加上语气？"想了想，路栀靠过去，"他回家的话，可以通知我去看吗？"

傅言商眯着眼看了她一会儿，这才道："你到底为什么这么想看他？"

总不能说实话吧，毕竟当时傅望差点让她钉在众人茶余饭后的耻辱柱上，如果不是她嫁的这位很有威信，导致大家不敢提起，否则，她敢肯定，线下商场柜台的柜姐们都会对他们这段豪门秘辛了如指掌。

于是路栀选择了沉默，半晌才道："就，随便看看。"

他气笑了："你这不像想随便看看的样子。"

可以近距离观看傅望挨打现场吗？路栀转了念头："那我仔细看看。"

下一秒被人放倒在后座，他几乎咬牙切齿："你还仔细看？"

车停了。宗叔以迅雷不及掩耳之势下了车，重重地甩上门，好像在强调自己已离开。

路栀神思被分走，下意识看向驾驶座，又在瞬间回神，腰上的痒痒肉被人轻按，这个力道最要命，她没法控住地叫出声音，被他捂住嘴："叫什么？"

她抗议："痒——"

他手指力道又轻了些，问她："你有没有良心？"

路栀已经什么都听不到了，她真的怕痒，气血上涌堵住耳朵，疯狂乱扭妄图躲开这几根手指，然而无论在哪里都躲不掉。她脸上红得厉害，红成一片，仰着头，痒到眼眶湿润，一滴很小的泪珠顺着眼尾滑下，发出近似于求饶的、细微的、可怜的呜咽。

路栀快不能呼吸，下一刻终于得到解脱，她被傅言商抱起来，抵向车门。

还没来得及松一口气，那人又埋在她颈间。

吻渐渐向下，耳边也传来有点奇怪的声响，她略微偏了下头，这会儿是彻底被有别于雷声的声音吓了一跳。一双小手正贴在窗户外面，就在她耳边，擦动着车窗，似乎想踮脚往里看。

在擦什么呢……她想，下雨了吗？还是起雾了？

他的声音闷闷的，像是在山谷间荡出的回音，他带着一点点压抑的笑音问："干吗呢？"

路栀："这个小孩子，好像是……之前，之前爷爷过生日，也在外面那个。"

谁家小孩啊？好奇心这么强！

他鼻尖轻蹭着："嗯，你小时候也是这样？"

路栀觉得蒙了天大的冤情，脱口而出："我小时候不会看别人亲吻！"话脱口而出的瞬间，她希望自己变成哑巴。

路栀要挣扎，被他反手摁在车窗上。

不行……会被看到的……

上次来祖宅吃饭是给爷爷过生日，坐的好像也是这辆车，但现在怎么一切都全然不同了，她心如鼓擂，灵魂紧张得要飘起来，听他的吐息轻敲着耳垂。

他蛊惑着她，让她做党羽，或是同谋。

🍵 饮品热选-

卡布奇诺（冰/热）　　¥15
KABUQINUO

冰萃冰咖啡（冰）　　¥18
BINGCUIBINGKAFEI

香柠果咖泡泡（冰）　　¥18
XIANGNINGGUOKABAOPAO

雪顶摩卡（冰）　　¥15
XUEDINGMOKA

冰淇淋咖啡（冰）　　¥18
BINGQILINKAFEI

橙子果咖泡泡（冰）　　¥18
CHENGZIGUOKAPAOPAO

🍰 甜品热选-

海盐芝士蛋糕　　¥35
HAIYANZHISHIDANGAO

黄油海盐卷　　¥8
HUANGYOUHAIYANJUAN

奥利奥千层　　¥35
AOLIAOQIANCENG

抹茶泡芙　　¥18
MOCHAPAOFU

★ 第十章
树莓珍珠奶茶

天色转凉，流云遮蔽。

断断续续的小雨终于加剧，一滴一滴有力地砸落向车窗，一样的场景，一模一样的位置和同样的人，但今非昔比。

她的手指还是一如既往地牢牢攥在他衣领上。

傅言商的手指扣住她下颌，以防她绵绵无力地垂下脑袋，她打开齿关，因此这个吻的战线被拉长，直到她受不了地发出呜呜两声，他才退出。

车内明明开了换气，但还是燥闷得厉害，她感觉自己像一块在热水里泡发的海绵，浑身上下每一处都渗出接连不断的热气，临近沸点，被煮得散架。

她喘得很剧烈，也就接个吻而已，却像劫后余生。珍珠白的新中式旗袍盘扣散落开来，折向两边露出盈盈雪色，他道貌岸然地将她领口整理好，但没扣起来，只是搭着。

领口银白色的丝线做了刺绣，在光线下泛出细闪，他的视线却微黯。

她思绪这会儿回笼一点："那个小孩到底是从哪儿来的……"

"从外面看不见里面。"他说，"到祖宅了。"

"到祖宅了？！"她几乎立刻受惊，就要下车，"不是有客人吗？"

他眼神示意："你觉得你现在这样能下车？"

怪不得这个小孩，和上次那个好像。她在原地坐一会儿，脑子里居然走马灯似的冒出挺多画面，但是只闪过，稍纵即逝，像是哪里的街景。

可太模糊了，脑海中的场景是这儿吗？

路栀抬头向外看去，听到他问："好了？"

理所当然以为是在说下车的事，她点点头，弯了身子正要下去，余光看到窗外的小手仍牢牢扒着。

来不及被吓一跳，她忽然被人拦腰拖回，吻再一次更深切地压下来，傅言商说："我还没好。"

她完全没想到还有第二轮，方才那些画面也被突如其来的亲吻打断，直至消失。他轻轻蹭着她的唇珠，但旋即吻得更加凶狠，她像置身于风暴中心，分不清下一秒是和煦微风还是瓢泼大雨，被吻到后颈止不住和背后玻璃轻撞。贴上被冷气吹到冰冷的玻璃，她被冻到下意识前倾，又送进他唇中。

他眼皮半垂不垂，微眯着眼看她，见她眼尾又颤出一滴小小的眼泪，将落不落地挂在睫毛上，路栀闭眼时像柔软的洋娃娃，嘴唇软，脸颊也软，当然软的远不止这些……

傅家祖宅内，傅诚问："宗怀，他们人呢？"

宗叔沉默半晌："应该快来了。"

"你刚刚就说快来了！现在还没个人影！"傅诚气又上来了，"你跟我说句实话，他们现在在哪儿？"

"在，在车上。"宗叔拿出手机，低声道，"要不我给少爷打个电话？"

"哪里？"傅诚反应两秒，"从刚刚起到现在，一直在车上吗？"

宗叔擦了擦额上渗出的汗："应该是的。"

"等等，"傅诚按下他的手，"那行，别打了，我们先吃吧。"

…………

伴随祖宅餐桌旁的动筷声响，车内的餐点也在慢条斯理地烹饪中。

路栀在思绪模糊的边缘，又听到了车窗外的声音，到底是谁家小孩儿，怎么比她小时候好奇心还要强。

她很想降下车窗说别看了，但被人用掌心压着，无法动弹，窗户上刺啦的声音仍在刺激耳膜。

早知如此刚刚何必多此一举，道貌岸然的家伙。吻至停止，她气喘吁吁道："我们是不是缺席太久了？"

他隐隐觉得事态失控，一开始并不打算这样，稳了稳声线道："他们会先吃。"

"真的吗？"

"嗯，所以我们最好是等吃完了再进去。"他指尖动一动问，"饿不饿？"

说实话，有一点。

她仰着头，车上方不知什么时候装了星空顶，绕过一圈覆盖在本该有天窗的位置上，柔和的灯光此刻也变得刺眼，眼前开始有点模糊，灯带的光晕串联成宇宙银河。

上次的雨好像比这次的要大。

她忽然冷得想打喷嚏："外面……"

"单面玻璃，宝贝，"他安抚地亲一亲她唇角，"外面看不见里面。"

怪不得那个小朋友一直在外面擦玻璃，路栀说："你去问问她在看什么。"

"还能看什么，外面看里面一片漆黑，而且什么声音也听不到，自然很好奇，这漆黑的是什么。"

路栀推一推他，示意他还有正事："下车了……"

她眼湿得厉害，睫毛也是湿的，目光也显得迷茫。

"别用这种眼神看我，"他抬起手捂住，"我忍不住的。"

"我本来也没想……"

"我想。"

"……"

路栀推他："走了。"

等进祖宅时，客人早已离开许久。

从没迟到过的路栀没脸，先扎进书房假装投入地看风景，过了会儿才出来，问厨房工作人员："傅言商呢？"

"洗手呢。"

她垂在两侧的手指动了动，转头在无人时握了握手心，她的手好像也有一点黏腻，刚才明明也擦过好几遍了。

洗手间内传来声音："宝宝，过来洗手。"

……感觉他不仅挑食，还很讲卫生。

等傅诚下楼，厨师新做的菜摆在中央，两个人面对面坐得老远。傅诚脸上的笑僵住，反思自己是不是判断失误了？看起来像在车里吵架了。

路栀低着头扒饭，从没希望时间过得这么快过，爷爷的脚步声越靠越近，她屏息，几乎快埋到碗里。

傅诚开口质问，还好问的是坐她对面的傅言商："你们在车里吵架了？"

"……差不多。"

"你能不能让我省点心？！"傅诚一拍桌子，"多大人了还吵架？你就不能包容一点？为什么吵的？"

门外传来铃声，是路栀点的草莓大福奶茶外卖，傅言商扫了眼，说："探讨了一下珍珠奶茶的做法。"

绵绵的麻薯差点把她呛得原地去世。

傅诚怒目圆睁："这也能吵？你想把我气死？"

"没事爷爷，"路栀咽下之后说，"现在已经没事了。"

傅诚："你看吧，还是小栀懂事。"

等二人离开祖宅，某人靠在椅背上悠悠道："好人你做，坏人都让我来当。"

路栀深切地嗯嗯两声："我等下要去我姐那里，你看你是回公司，回家，还是去找井池？"

"我就在车里等你。"

但事与愿违，路栀刚下车，就碰到翘班的井池。

井池远远地跟她打过招呼，目送她离开后，光速跳进车内："哥哥，今天怎么忽然来找人家了？"

傅言商面无表情地把人推开两米远："宗叔。"

"啊？"

"找个袋子来，准备吐。"

井池："……"

路栀也没想到自己这么快就会再来。

今天小少爷没睡觉，坐在婴儿车里啃玩具，她记得之前就看过科普，说婴儿感知世界的方式，就是靠嘴。

路盈正在旁边看书，阿姨在旁边一边给玩具消毒，一边严格监测小少爷的一举一动。

路栀："你昨天回家啦？"

"对，正好回去拿东西。"姐姐说，"还找他们要到了你当时在美国的导游和房东联系方式，好在他们的联系方式都没有换。"

路栀凑近："他们怎么说？"

"导游说本来安排你们去中央公园，但那天你们改了自由行程，去了帕伦克街。"

"他怎么记得这么清楚？都快十一年了。"

"我当时也是这么问他的。"路盈看着她，复述说，"因为那天在帕伦克，正好发生了事故。"

路栀怔住，一时间没有再问。

路盈说："我又问了当时的房东，她也记得那一天，因为离她的房子不远，能听到声音。我问她，那天有没有发生什么，她说不清楚，郑阿姨没有和她说，但是巨大声音响起之后不久，郑阿姨找三楼的她借了测温枪，也就是温度计。

"借测温枪之后不久，郑阿姨就带你回国了。"

路栀一瞬间被一种劫后余生的窒息感攫住，脉搏都开始横冲直撞地加速，一颗心忽上忽下，好像与死神相距极近。

怪不得她会害怕这样的声音，原来她和傅言商十七岁时遇到的，极有可能是同一场。

此时，心脏像泡到了一片海水里，她问："美国持枪抢劫案多吗？"

"很常见。所以后来妈没让你再去过美国了。"

她长长地舒出口气，瘫坐在沙发里："我肯定看到现场了，看到了所以被吓到，然后发烧，郑阿姨怕家里人怪罪，就立刻带我回了国。"

路盈的猜测也是这样："这样的话就能说得通了，如果你能想起来，就更清楚了。"

她最近得到些苗头，眼前也偶尔闪现过片段，不知道是不是有关于这件事情，她猜测大概是创伤后应激障碍，大脑为了自保，删除了那段记忆，否则会对年仅十岁的她带来巨大创伤，于是记忆抹去之后只留下了对声音的本能恐惧，要想起来，估计还得被刺激一下。

路栀循着事件去回忆，太阳穴开始被牵得隐隐作痛。

路盈拍拍她："没事，到时候慢慢恢复吧，用力想头会很痛。"

她总感觉自己要说什么，但很快被姐姐打断："对了，我在我房间正好翻出这个，是不是你的？"

一个极其精巧的搪瓷珐琅音乐盒，色彩浓郁复古，宛如油画，雕花镜窗包裹四周，细腻生动，拨开开关，镜窗会缓缓打开，露出中央一只正在弹钢琴的兔子来。

她记得，这是她小时候第一次学会弹一首完整的钢琴曲子的时候，妈妈送给她的礼物。

意大利的纯手工定制，将兔子搁在中央，雕花窗就会开始旋转，正上方的金属花瓣也会缓缓绽开，她自收到起就爱不释手，把那个玩偶就放在最靠近右手的口袋，晚上睡觉也要放在枕边。

很久没看到了，原来东西在这里。

"我后来找过好多次，"她说，"一直没找到，还以为弄丢了。"

路盈笑："估计是哪次你带到我房间里来玩，忘记带走了，我也没看到。"

路栀拨下开关，思绪忽然游走至傅言商在车里的样子，她连忙摇摇头，将思绪重新聚焦到面前，猜到有可能会打不开，但出乎预料地，音乐盒居然还有电。

音乐盒开始旋转，镜窗随旋转展开，却始终没有声音。等窗户全部打开，她才发现，里面的小兔子已经不知所终。

"里面的东西没有了吗？"

"什么东西？"路盈说，"我拿到就这样了。"

那可能是被她弄丢了。

"只有把兔子放进去，才有声音出来。"她忽然很好奇自己当年保存在里面的是什么声音，时间久远，已经快要不记得了，"没事，我再买一个。"

好在这个品牌传承百年，仍然在售，只是价格极高，卖的也是整套。

路栀在官网上下单了一套，不知道什么时候才会送到。等到了之后，她再把新的兔子放进旧盒子里，就能听到之前保存的声音了。

印象中音乐盒播放的好像是她学会的第一支钢琴曲，很有纪念意义。

好遗憾那时候都没有留存。她想。

话题顺利引渡到小时候的玩具上，她和路盈聊了好久，走时还颇为不舍。

回去的车上多个人，她一上车就听到井池的叽叽喳喳，见她来了，井池抬手打招呼："嫂子，不介意我去你家蹭饭吧？"

路栀："当然可以。"

傅言商："你在外面订不到餐厅？"

"看着别人我吃不下饭，"井池深情地说，"哥哥，只有看着你我才有食欲。"

傅言商还没开口，前面宗叔递过来一只黑色垃圾袋。

井池无言，勃然大怒："没必要吧！他刚也没真吐！"

有井池的一路格外热闹，甚至热闹到了吃饭，在饭桌上，井小少爷三两杯酒下肚，哭得好大声，路栀这才知道，原来他蹭饭的原因是他又被老婆赶出了家门。

井池抽抽噎噎："今晚可能要在你们家借住了。"

"想都别想，"傅言商拿出手机，"我给你订酒店。"

井池抬手制止："一定要跟我这么见外吗？"

"嗯。"

结果刚吃完，晚上的茶喝到一半，接到老婆一通电话，脆弱的井小少爷又哭了："老婆，我在外面流离失所，为什么现在才给我打电话……"

傅言商在一旁拆穿:"你现在跟流离失所还是有一定差距的。"

井池立刻起立:"喂,老婆!不是,我没在傅言商家,你听错了,没人收留我,我没吃香喝辣,真的没有。老婆?喂?喂?"

最后一道电话声,结束在井池摔门而出追老婆的步调中。

路栀看着他的背影,由衷感叹:"他每天都活得好精彩。"

"精神病人的人生一般都精彩。"傅言商给她递了杯茶,"喝不喝?"

路栀:"会失眠吗?"

"第五道了,不会。"

喝完茶,他们回到房间,路栀先去刷牙,等出来时,发现他正站在床头柜的抽屉前,似乎在检查什么。

"该买新的了。"

他表情端正,路栀还以为是什么生活必需品,然而走过去……

路栀:"……"

不过,怎么就只剩一盒了?她记得他买了好多……

路栀就在原地站了会儿,等他转头看过来时,瞬间装作没看到一般闪回浴室,开始洗澡。

洗完澡已经是一小时后,她擦着头发走出,看见床前的地垫上,两个熟悉的箱子摆在一旁,傅言商正在利落地洗牌。

熟悉的老朋友,熟悉的飞行棋。

路栀:"你怎么又拿出来了?"

"睡前游戏,"他说,"有助于增进感情。"

路栀擦着头发坐下,抽了张卡牌:"别摇骰子了,没意义,速战速决,直接抽卡。"

她牌正对着他,问:"写的什么?"

他没回答,直接转过来给她看,上头写的赫然正是:以任何形式固定住对方。

好像不算太难，路栀稍稍思考了下，拿起一边的发带，将傅言商的手腕系在了一旁的桌脚上。

然后……她凑上去，带着沐浴露甜香的气息就洒在他喉结尖，路栀亲了一下，又凑到他耳边，湿掉的头发沾上他干燥的衣领，衣领也被一并带得濡湿。

他的耳垂下缘有颗浅色的痣，舌尖碰到他那颗小小的痣，咬了咬，很明显感觉到他吐息厚重起来。

她膝盖往下压了压，手指点在他后颈上，然后用她能控制的最轻柔的声音开口："我走啦，要去吹头发。"

傅言商神情震惊地看着她："……"

几乎第一次看到他这种被人摆了一道的表情，她没忍住笑起来，眼睛弯成月牙，明媚又生动。

但是还没结束，她又伸出手，摁住他喉结，他难受地蹙了下眉，吞咽时喉结滚动，再度从她手中跳出，她学他那样拨弄着，但是很遗憾，他还是很愉悦。

好了，路栀起身，脸颊碰了下他肩膀，用最撒娇的语气说最绝情的话："这就是我要给你上的第一课。"

她亲了下他，然后说："不要相信女人说的话。"

从傅言商身上起来的一瞬间，带起一阵气味互相交绕的风。

她想过很多种可能，例如在她起身的瞬间，傅言商会扣住她的腰将她拉回原位，但没有；

又或者在她去吹头发的途中，他把她扛回去，但没有。

她就这么很顺利地离开，吹完头发，又做完一整套护肤流程，等再进入房间时，她已经将这件事忘了个大概。

因此，她踏入卧室的瞬间，看到眼前的画面，僵在原地。

他就支着腿，在那儿睡着，顶灯开得很亮，一切都没有移动过的痕迹。

路栀三两步走过去，拍拍他的脸，温声问："你怎么在这儿睡了？"

他睁开垂下的眼，难得地没有一丝攻击性，只淡声陈述："不是在等你吗？"

她忽然被浓浓的愧疚淹没。"以前也没见你这么守规则。"她说。

"睡吧，"他动动手腕，"这个，能解开了吗？"

他手腕就挂在上头，下方已经被勒到泛红，路栀一时失语，无奈道："你怎么不自己解开啊？"

"忘了。"他轻描淡写地说。

她系的是个死结，但其实也不怎么难拆，路栀解开后叹了口气，下一秒被他抱起，放在床中央，被子盖上来，他仍是一副轻飘飘的语气："睡吧。"

他如果卖卖惨，倒还好说，他越是什么都不说，路栀反倒越觉得对不起他。

一时片刻睡不着，她掖着被子偏头去看，他也没睡，听到布料摩擦的声音转头看她。

不知看了多久，他翻身上来，手指轻抚她，眼底和夜色一样浓稠。

他俯身，脸颊贴向她颈窝，吻顺着侧颈酥酥麻麻地向上到耳垂，吮弄一会儿，游移到她唇边，她全身上下都是身体乳带着花香的奶味的尾调，被热气蒸腾得愈发明显。

她手臂圈上他肩颈，气息缠绕上来，像造了一个温热的茧房，偏头迎合上这个吻，像是在尝一只快要化开的冰激凌。

傅言商指尖拨开她颊侧汗湿的碎发，绕至她耳后，路栀侧过头，唇角贴一贴他的手腕。

路栀大概是在做梦的某个瞬间幡然醒悟的，她醒来时傅言商正在隔壁书房开会，她坐在床沿，过去七个小时，终于后知后觉地意识到不对。

他扣上电脑起身："起来了？"

路栀眯眼："你昨晚是不是故意的？"

"什么故意的？"

"故意待在那儿，营造自己很惨的假象，然后，激发我的愧疚。"

"不是假象，"他说，"我被你弄成那样，然后自己在那儿待了一个小时，确实惨。"

顿了顿，他道："不过也很值。"

路栀绝望地闭上眼，率先捂住耳朵不愿再听，只是分神地想着，他今天怎么还没走，是等她一起去上班吗？

路栀洗漱完上了车，他沿路都若有所思地，仿佛陷在自己的世界里。

路栀："你今天怎么没办公了？"

"在回味。"

"……"

这人得了甜头，还说要送她上班，路栀说不必，然后飞速逃进写字楼。

刚到公司就有骚乱，她这才意识到自己从起床就没取消手机的飞行模式，调好的瞬间，无数消息从屏幕中弹出，在她推开门时，李思怡也走了过来："电脑被黑了。"

路栀扫过去一眼："全部？"

"对，全部。"

也不知道是不是该夸这个黑客还有点脑子，知道把自己那台也黑了，洗清嫌疑。因为有准备，所以路栀并没有太慌，只祈祷裴渡关键时刻不要掉链子，该做的全部做好。

她问："什么时候？"

"昨晚。"李思怡说，"你不知道吗？那你昨晚在干吗？"

"……有点事。"

李思怡哼一声。

工位间乱成一片，大家的早餐都因这个突发意外而放凉，一个个此刻全看着她，路栀低头想给他们叫点热奶茶，下手的瞬间又顿住，继而想起傅言商的话。

对他们好，怎么能算是她的错。不能因为一个人，而改变她自己。

于是她还是下了单，但现在不能跟员工透露太多，她和李思怡进了办公室，这才问："你怎么都不慌？"

"我看你不慌，感觉我也没什么好慌的了。"李思怡说，"早知道你这么淡定好像早就猜中的样子，我刚就不会在外面发那么大疯了，我把那个人祖宗十八代都问候了一遍。"

来不及再多说，路栀打开电脑确认，果不其然，邮件里面已经收到了视频，凌晨两点多，把她的文件建立时间和修改时间全部篡改，可以佐证时间的聊天记录传输也通通清空，各种备份软件里也被删个精光。

总之，涉及能证明时间问题的，全部被修改。

那个人没敢全部删掉，不知道是否是来自徐菁的授意，但恐怕徐菁也知道，以路栀自己的性格，如果全部删掉，整件事就会变得难以收场。

徐菁应该只是想给她制造一个一时难以解决的小困难，不是打算彻底让她走投无路，因为——徐菁还有别的目的和打算。

一切稳步进行。没过半小时，词条空降热搜，直指她的《轨迹》抄袭徐菁的《恋爱方向》，和她猜测的大差不差，既然做了个皮包游戏，不为赚钱，那价值势必就在击垮她上。

解说讲得有鼻子有眼，说徐菁这个项目早在三年之前就已开始策划，放出的各项文件时间也在《轨迹》之前。《轨迹》公测在即，看客不会花那么多心思，最近娱乐圈又没什么瓜可以吃，多数人趁着无聊，就点进词条里开始站队。

在她的游戏后公测，本就吃亏。

路栀撑着脸颊，问李思怡："你知道黄金公关时间是几小时吗？"

李思怡："二十四小时？"

路栀摇摇头："信息爆炸的时代，黄金公关早就从二十四小时，变成六个小时。"

她说："我就先给她六个小时。"

徐菁的目的无非在此，如果路栀没有准备，早就被接二连三的事件崩掉心态，要自证吧——很难找到证据；不自证，也就坐实抄袭。

如果她没猜错，徐菁第二天会再次出现在半枝宇宙，以极其高傲优雅的姿态向她抛出橄榄枝，只要她愿意退让，达成合作，或者让他们加入投资，他们也就会配合重新再做一次公关——到那时，这就是她唯一拯救这个游戏的机会，他们在赌，赌她的爱和沉没成本，甘愿让她低这个头。

营销的时代，每个看客都会被巨大的媒体声量蒙蔽，因此假新闻层出不穷，真不真相，其实大多数人不在意。

只要有渠道，有手段，愿意投入金钱——不然某些男明星是怎么一个个被洗白，再次出现在大众视野中？

和裴渡沟通完，确认一切没问题，路栀还吃了个午饭，只是拉上百叶窗，门外的人看不清她的态度和表情，内鬼理所当然也会以为她情绪失控，将消息传给徐菁。

只要对方放松戒备，那就是好时机。

午饭的中途，她竟然还收到艾露的消息，说是当时在迪士尼拍的照片和视频已经在昨晚发过了，流量极好，很多人问她是否有账号ID，艾露问她有没有，没有的话，想不想要开一个，自己会放在评论区。

这个视频一个月前曾给她确认过，她都差点忘了这件事情。

路栀眨了眨眼，察觉到一切好像严丝合缝地扣上了。

她开了一个新的账号，把 ID 复制给艾露，从一点多就开始涨粉，到了五点半，六个小时时间到。

她直接用这个新号发布一条视频，没有编辑任何文字，视频中记录着黑客攻击时间和篡改数据的全过程，以及裴渡提前写好按下 enter 一键复原的程序，其中也包括徐菁在半枝宇宙的入职书、工作表……这些都是她和李思怡的私藏。

徐菁并不知道，原来自己的每一项工作都在被记录。

发完后，她将手机扔在桌面上，伸了个懒腰，问李思怡："好累，我能出去溜一圈吗？"

李思怡瞬间读懂她的意思："接下来的交给我。我办事，你放心。"

路栀从抽屉里拿出车钥匙，她的车已经放在停车场好久没开，因为这阵子都是坐傅言商的车上下班。

忙了小半个月，就当奖励自己，出去逛一圈。抵达一楼时，路栀脚步停了下来。

看来她也有猜错的部分，徐菁并没打算明天再来收割人头，而是坐在一楼的咖啡厅里，在最显眼的位置上，静候她的到来。

路栀推门进去，徐菁并没发现她。因为此刻徐菁正眉头紧锁地盯着手机，但从精心打扮可以看出，她在一小时前心情有多么愉悦。甚至手链都戴了两条，发型也从万年不变的直短发夹出了弧度造型。

徐菁拿起果汁，听到背后人声，几近不可置信："路栀？"

不知道她在不可置信什么。路栀笑着回过头，打了打招呼："菁姐。"

她一如既往的乖巧模样，更是让徐菁堵着的一口气膨胀得更加剧烈。徐菁想要质问，但无论如何都开不了口，是自己先出阴招的不是吗？现在质问除了把自己捅出来，还能有什么结果？

而且，她居然在看完视频后，害怕路栀此刻也有所准备，带个录音笔或者是什么，等着她出丑。她居然在害怕，怕这么一个小姑娘。

放在桌上的手开始发抖，徐菁忍耐到面色发青，胸腔也因为呼吸剧烈起伏着。

发泄不出来的感觉一定不好受，所以路栀怎么会让她发泄出来呢。

路栀是个聪明人，没用的话她不愿意多说，因为没意义，她不是个得了便宜还卖乖的人，除了在傅言商面前。

因此她只是举了举杯子，朝徐菁做了个隔空碰杯的手势。

晚霞下，漂亮的少女偏了偏头，轻巧地说："谢谢菁姐的免费广告位，走啦。"

太久没开车，路栀先在熟悉的路上适应了一会儿，绕着写字楼慢速开了两圈。

每一圈都能绕过咖啡厅，也是怪了。还能看到徐菁对面坐了个男人，看眉眼跟徐菁有几分相像，难道是徐菁把家里人请过来给自己当保镖了？看来徐菁还知道自己做的事挺讨打。

绕过第三圈，她感觉徐菁的视线也落了过来，很可惜她的手感回来了，没有绕第四圈，径直开了出去。

这季节的晚风很舒服，她降了些车窗吹着风，走了条无人的小路，享受这难得的静谧，她甚至还开了音乐，想着晚上要去哪里吃饭，她要先去踩个点。

蓝牙响过几声，是有电话进来，她点了接听。

风声先灌进来，傅言商问："不在工作室？"

"没呢，"她说，"好累，开车出来逛逛。"

"怎么没叫我？"

"你多忙啊，我可不敢。"

傅言商像是在笑，半晌后才问："怎么猜到的？"

其实这个问句连着上面的对话也不违和，但很奇怪，她就是知道他是在问徐菁那件事。

于是路栀小装一把："常规操作。"

路栀看着前路，炫技之心已经准备了很久："你看啊，她既然抄我游戏，要么是为了赚钱，要么是为了给公司打品牌形象，但是游戏又是肉眼可见的烂，做烂游戏其实没必要非得抄袭，因为你要是贴着我的游戏抄，稍微用点心不至于抄得那么烂。"

"又没用心，又抄袭，还被我发现在公司安置了一个内鬼，那答案就显而易见，是想要通过某种手段影响我——按照她的习惯，一般就是反咬一口了，这个她擅长。"路栀说，"猜到她要做的，再提前准备好，其实不难。"

顿了顿，路栀松了脚油门，然后说："不过我这个也是马后炮，万一我猜错了，我现在已经在哭了，没有办法跟你侃侃而谈。"路栀"啧"了声，"但是谁让我猜对了呢。"

他在对面笑了声，然后说："不会让你哭。"

"什么？"

"有我在，不会让你哭。"

路栀反应两秒，才意识到他在回答上面自己说的万一猜错的事，不太认可道："……昨晚除外？"

话音正落，忽然降速的后视镜内，出现一辆车。她"嗯？"了一声。

傅言商："怎么了？"

"好像有车在跟着我，"她不太确定，但十分钟前确实见过，"我再看看。"

"别挂电话。"五分钟后，他又道，"确定在跟着你？"

"好像是。"路栀说，"我在这条没车的小路绕了三圈，他都跟着我，除非他智力有缺陷。"

傅言商："去有车的地方，我给你发了定位共享，点一下。我马上过来。"

"嗯，我往你公司那边开。"

点开位置共享，路栀专心开车，通往融盛的路上，渐渐繁华起来，伴随着下班高峰期，车流增多，那辆车也渐渐消失不见。

她开始怀疑自己是不是猜错了，没再注意身后。

不过片刻，面前正是车道的绿灯，人行道的红灯，却忽然从视线盲区里冲出一辆电动车，路栀躲闪不及，用力踩下刹车——好在没有撞上。

高强度刹车的那一秒，安全带勒得人骨骼生疼，车还来不及停稳，伴随高频刹车声响起，她感觉车身猛然一震！

后车瞬间追尾，安全气囊弹出，她身体受到冲撞，脏腑似乎都跟着晃了下，一瞬间耳边只剩下漫长的耳鸣音缭绕，好像天地之间都安静下来。

十秒、二十秒……大概一分钟过去，左手边的女司机着急地走过来，确认她的安全："你好，你没事吧？"

她想说没事，却晕晕的提不上力气，仿佛能量被人抽干，连抬一抬手、转一转脑袋的力气都没有。

路栀闭上眼，想努力深呼吸来找回身体的支配权，左侧的女司机也在频频呼唤她，却仿佛隔得很远。

"不要睡，我已经打 120 了，救护车马上就到！"

她想咳嗽，但连咳嗽的力气也没有，面前雾蒙蒙一片，有什么正在脑海中极速运转，像要破壳而出。

"路栀？路栀？"

熟悉的声音从耳边传来，已经分不清是来自听筒还是现实，或是从听筒跨越至现实，她听到玻璃碎开的声音，有手穿过碎片找到中控台，将车门打开。

她好像闻到了血的味道。

打横被人抱起，她努力再次睁开眼睛，这不是她的血，她分明也没有闻过傅言商的血，但此刻怎么会如此熟悉？

记忆运转，世界的声音嘈杂地倾倒进耳朵，喧嚣、叫喊，救护车的鸣笛，小孩害怕的哭声，街道中闪动的红绿灯，一瞬间画面重叠，仿佛有响声撕破夜空——

"砰！"

她在一片混沌中醒来。

迷蒙间听到医生的声音："没事，只是有一点小的皮肉擦伤，应该是太害怕所以晕过去了，不用多久应该会醒。"

"不严重？"

"不严重！"医生说，"你这个被玻璃划伤的位置比她的严重多了！赶紧打麻药缝针，算我求你了，不然你爷爷得找我麻烦，真的。"

她睁眼看着天花板，属于她的碎片般的记忆一帧一帧地跳转，在遗忘的角落里，重新被人捡起。

嘈乱的声音，血的味道，被染成红色的白衬衣，晃动的视线……

小女孩稚嫩的声音响起，带着惊惧的茫然："哥哥，你流了好多血……"

她伸手按住那块伤口，却无法阻止血迹的蔓延，很快鲜血染红大半衬衣，从指缝里淅淅沥沥地往下淌。

小女孩吓到发抖，哭到抽噎，再说不出一句完整的话。

那个小女孩是谁？是她吗？

她看着掌心，血迹已经被人擦干，只隐约能从掌心纹路中看到一点点暗红，她放至鼻尖，已经没有味道。

路栀就那么躺了半个多小时，葡萄糖输完，感觉力气也回来了不少。她掀开被子，膝盖上有一块擦伤，不过很轻微，只是破了皮。

她看了看镜子，脸上也没有伤口，松了口气，出了病房循着声音往前找，推开一扇门，里面正好缝完最后一针，此时他黑色的衣摆落下来。

眼前竟然有白色衬衫的画面一闪而过，是他吗？

可又不像，因为从来没见他穿过白色衣服。

路栀步伐缓慢地上前，想撩开那个衣角看一眼伤口，但下一秒已经被人拥进怀里，他长长地叹出一息，手掌放在她脑后轻微摩挲，像是安抚："不怕，没事了。"

她还有些迟钝，机械性地抬起衣摆，是另一侧的腰伤，和他那个火焰文身的位置相对。

她抬起头，问："疼吗？"

"不疼。"

一旁的老医生哼一声："麻药过了就疼了。"语毕拿起手机发语音，"老傅啊，你孙子在我这儿呢，你……"

"劳烦您先不要跟他说。"傅言商道，"不然太吵了，我没法养病。"

手指上划取消，老医生看他一眼："你拖了一个小时硬要先给你老婆照 CT 的时候，没见你怕他知道，你是钢铁侠啊，那玻璃扎进肉里不疼吗？"

"还好。"他说。

"……"

二人回到病房，天色已经黑下来了，不知道是几点钟，路栀问他："你要不要先睡一会儿？"

他打了麻药，又流了血，现在应该会很困。

"不用。"傅言商问，"好些了吗？"

"好多了。"

她坚持："你睡会儿。"

傅言商躺上床，又抬眉看她一眼："你是不是想等我睡着了走掉？"

"不是。"她无奈道，"我陪你啊。"

路栀握着他的手，然后在床边坐下："这样就跑不掉了。"

她没猜错，他果然是乏的，没一会儿就睡着，路栀接了杯热水，喝完之后已经恢复许多，给家里的阿姨打了个电话，让拿一些衣服过来。

陈姨说："有什么要求吗？"

"给他拿一些不常穿的衣服过来吧。"她家一直有这个传统，在医院穿过的衣服回去不会再穿，图个好寓意，给他拿不常穿的，回去不穿了也不可惜。

"好的。对了太太，宗叔说之前您有个一直在问的快递到了，要不要一起给您拿过去？"

她低头翻了下单号，是那个音乐盒到了。

"要的，麻烦您顺便把我放首饰台上的那个盒子，一起带过来。"

她握了握手心，从他掌心传来温热的汗意。路栀就趴在床边，没想到上次是他照顾自己，这次就变成自己照看他。

没多久衣服送到，陈姨帮她把旧的音乐盒摆在桌上，中间的零件依然缺失。

她把新快递拆开，满心期待地将新的兔子放进旧音乐盒的中央，但预料之中的音乐声并没响起，盒子一动不动，甚至没有开始旋转。

怎么会这样？

她有些犹豫地将东西拿出来，拨动旧盒子的开关，依然可以转动，也不是没电了。但她明明记得，这个玩具放进去，是会自动开启所有程序的。

路栀在新的盒子里又试了一遍，这次开启得很顺畅，她也是在这瞬间才忽然想起来，这个盒子是一码一物，对应的盒子，必须和对应的玩偶匹配，否则是不能运转的。但她的那只旧兔子早不知道被扔到哪里去了。

她轻叹一声，看来是开不了了。

没办法再打开，她只好暂时先放弃这件事，陈姨已经把他们的衣服都挂好了，她打开衣柜，给自己找了套睡衣，顺便把他明天要穿的外套拿出来。

是一件咖色外套，也是很少出现在他身上的颜色，口袋鼓着，看起来应该是很久没穿过，有一股木质洗涤剂的味道。

正在她动作间，口袋边像露出内侧白色的一角，她的旧衣服里也经常有这种惊喜，有时候是一些旧的面单，忘了扔。

于是路栀抬手想替他拿出来。出乎意料，掉出来的是一整个小袋子。

是干洗店的小物袋，用来收纳顾客口袋里出现的一些零碎小物，上面甚至还印有一串英文。

地址也是英文。

……他在美国上学时穿的吗？

她好奇地打开袋子，下一秒僵在原地。

一只小兔子。

有被摩挲把玩后留下的时间的痕迹，一只耳朵垂下，另一只耳朵高高竖起，仰着脑袋，仿佛在等待夸奖。

路栀心脏猛然一沉，不可思议的念头排山倒海般涌出。她脑中空白一片，甚至无法再有多余的思考。她快步走向桌边，他的脸半拢在昏暗的床头灯光中，睡得很深。

她自己都没意识到手腕发抖，定了定神，才敢将那只兔子缓缓地，放进旧音乐盒中。

契合的咔嗒声响起，乐声缓缓奏响。

清澈缓慢的音符流淌，像阳光晒后的草地，她记得这首曲子，是她那年最喜欢弹的一曲——*Always with me*。

一直，就在我身边。

画面猛然冲进脑海：深夜，街头，她和照看自己的阿姨走失，跟跟跄跄地进了一家珠宝店，想要寻求帮助。

雨声，怒吼，震耳欲聋的声音交织，十岁的小路栀僵在原地，震惊到无法动弹，与死神擦肩而过，某一瞬间，她忽然落入一个温热的怀抱。

枪弹与她擦肩而过，却打入身侧少年的皮肉，她听见极低的一声闷哼，抬头，看见一顶黑色的鸭舌帽，帽下的五官深邃，却看不清晰。

恐惧让所有人开始尖叫，人群四下奔走，她也想跑得更快，但双腿仿佛被死死锁住，无法控制，她在这一瞬间同时腿软和僵直，看到血像花一样从面前少年的衣服上绽出，他脱了外套盖在她身上，将那顶黑色的帽子盖在她脸颊。

风声呼啸而过，她被抱起，恐惧后知后觉地倾袭而来，眼泪一串接着一串，仿佛本能。

白色的衬衫，红色的血，洇开仿佛朱砂，清晰到打眼，她呜咽着抬起帽檐，试图用手按住渗血的中央，然而无济于事，血从她指缝流出，砸在地面上，仿佛冷漠的宣告。

她无措，眼泪包不住地滚下来，哭着害怕："哥哥，你流了好多血……"

少年怔了下，那年的脸还没有出落得严峻，青涩又无谓地笑一下，没看她，仍旧跑得很快："放心，死不了。"

死这个字眼让她更加害怕，被养在温室里的小孩儿，在声音响时已经透支所有勇气，她更大声地哭起来，一旁短发的男孩子跟着说："你怎么吓小孩儿啊你。"

"别说话了，"少年说，"真挺疼。"

她身子被人颠一下，眼前的人问她："住在哪里，知道吗？"

她愣愣地举起手中的手环，那里有路屿在她离开时一定要她绑在手上的记号，她听到少年"嘶"一声，大概在强忍痛感，然后叫了声朋友的名字："把她手环摘下来。"

井池摘下来，松了口气说："很近！对面就是医院，你千万别死，求你了。"

第二声"死"顺利击破她的最后一道防线，她被吓晕过去，最后一秒看到的，仍旧是昏暗的夜，更远处刺眼的灯，淅淅沥沥的小雨能见度极低，包裹住他的脸，无法看得清晰。

小路栀觉得不能忘记救她的这个哥哥，可她该怎么记住呢，她口袋里最后一个随身携带的信物，一只弹钢琴的小兔子，这是她最爱的玩具。

塞进身上衣服的口袋，她彻底晕过去。

路栀跌坐在侧，眼泪滚滚而出，不可置信地捏住自己脉搏，然而是真的，面前的场景是真的，她的回忆也是真的。

到底应该庆幸我们会再次遇见，还是要祈祷宁可没有那次的受伤。

她捂住脸，沉默地颤抖，没发出一丝声音。

不知过了多久，她眼眶干涩地放下手，好在没有吵醒他，他因药效睡得很沉，路栀抬起手，轻轻揭开他的衣摆。

那里是一团清晰的火焰，包裹住陈年的伤口。

她小心翼翼地探出指尖，轻轻触碰，轻柔地捂住。

一瞬间，像回到十年前的那个雨夜。

警车鸣笛、叫骂、哭喊、哀号等声音混乱交织，撕破夜空，她额头紧紧贴着一方温热胸膛，近到能听清骨骼里的心跳，十七岁的少年抱着她飞奔在他国街头，穿过拥挤和血腥，恐惧与死亡。

她手掌微动，那团蛰伏的火焰如有实质，毫无阻隔地灼烧着她脆弱的掌心。

窗外钟楼敲出沉默的十二声钝响，歌颂即将到来的晨曦。

原来我们早就相遇过了，在命运的齿轮开始转动之前。

傅言商醒时，凌晨的天正黑着。

正是六点多，私人医院内很安静，路栀趴在他床边，居然就这样睡着了，手还握着他的手。

路栀睫毛动了下，从并不沉的梦里醒过来，察觉到自己被人抱起，塞进暖和的被窝里。

她迷迷糊糊地睁开眼。

傅言商："怎么趴着就睡着了？"

"……太困了，"她含糊地说，"只想趴一会儿的。"

"洗过澡了吗？"

"嗯。"

他直起身，套上外套："你先睡，我去洗。"

她反应过来："你不是刚缝完针吗？医生说不能洗的。"

"伤口很小，防水创可贴多贴几层，没什么事。"

"那也不……"

他失笑："那我叫别人来帮我洗。"

路栀在原地坐了会儿，仿佛在思考什么，等过了几分钟他拿好睡衣，她这才磨磨蹭蹭起身："……我帮你。"

浴室内，很快响起水声。

路栀把创可贴包了三层，一层大的盖一层小的，以免伤口发生感染，末了，又把他手放上去："你两只手按着，我帮你冲。"

水声哗啦啦地响了会儿，有雾气从门缝间溢出。

足够大的高级病房，浴室外就是客厅，浴室内的男人声音在空旷的屋子里回响着。

"怎么跳过了？"

"……这里也要洗吗？"

　　"你说呢。"

　　"……"

　　"嘶，轻点宝贝，弄坏了以后怎么办？"

　　"你别说话了。"

　　两秒后。

　　"就洗完了？"

　　路栀："那，还要怎么样？"

　　"洗得是不是有点太敷衍了？你帮我洗，不得按照我平时自己洗
的标准？手放上去啊。"

　　"……"

　　"快点，宝贝。"

　　"你刚让我慢一点的。"

　　"我刚说的是时间，现在是速度。"

　　…………

　　一次在她构想中本该非常迅速完成的洗澡，硬生生洗了半个多
小时。

　　等她出来时，身上衣服也湿透了，紧紧贴在皮肤上，她迫于无奈，
又洗了一遍。

　　天色隐约有亮起的趋势。

　　路栀怕翻身时压到他的伤口，因此换了另一张床睡，大概睡了两
个小时，醒来时，居然又躺在他身边。

　　她睁眼反应了会儿，他那张床上已经没有人，只有掀开的被角。
他又跑到她这张小床上，靠在她枕边。

　　路栀往上蹭了蹭，刚睡醒，讲话也慢吞吞的："你别乱跑……万
一伤口又撕裂了怎么办？"

　　"那就再缝。"他讲得漫不经心。

　　"……"

她又断断续续地睡了半个多小时回笼觉，直到微微亮的晨光洒进来，光线不算太亮，是昏昏沉沉的阴天。

路栀看到桌上有新东西："托盘上是什么？"

"药。"他道，"刚他们来换药，我让他们就放这儿，免得吵到你。"

路栀忽然惊起："刚才的创可贴拆了吗？"

"早拆了。"

纱布掀开，里面的伤口不算太触目惊心，清理得很干净，只有旁边一圈染了色，能看出来是擦了碘伏，极细的美容线缝进去，医生处理得细致，她才松了口气。

路栀把旧的纱布丢掉，用碘伏重新消毒，然后用棉签上药，再覆盖上新的纱布，用胶带贴好。

她全程动作很轻，但拿不准麻药劲儿过后，伤口会不会碰一下就疼："痛吗？"

"不痛，"他笑，"别拿你老公当棉花。"

"你嘴里没一句真话，都缝针了怎么可能不疼？"

"你让我抱会儿就不疼。"他拍拍肩膀，"过来。"

路栀躺过去，被人扣住手腕摩挲，她忽然说："你跟我讲讲吧，你在美国的事。"

他停了下："怎么忽然好奇这个？"

"想知道你在那边有没有遇到什么好玩的事啊，"她说，"这不是你的一部分吗？"

他沉默片刻，大概确实在思索，半晌后道："没什么有印象的事了。"

"……"

"我刚去那儿时候，派对的确很多，但都没参加。你可能只知道我父母去世，但不知道我妈妈是生我的时候走的，我每次看到我爸怀念她都很有负罪感，我觉得好像是用她的命换了我的命。"

这样的事也被他说得轻描淡写，但还是有些沉："我从有独立思维开始，就希望我是一个有价值的人，所以我做什么都很努力，其实没有那么多神话，起码我的成就都是用超出常人的付出换来的。"

"我也不是无忧无虑长大的，"他笑一下，"路栀，我也吃过很多苦。"

她忽然哽了一下，抬头看他。

傅言商视线落在窗外，似乎在出神："不过我妈妈走后，家里面的人对我当然也不错，大概是觉得我可怜，出生起就少一份爱。因为我从不需要别人敦促，所以我爸在学业上也没有给我任何压力，反而经常和傅老板一起'敲打我'，让我多睡觉，多休息。

"我妈妈走后，我爸的情绪状态就一直不是很好，你应该也知道，他们很相爱，我爸几乎每天都会给她写一封信，就夹在手边的书里，每年都有厚厚一本书被塞进书柜里。那是我从懂事起，初次对爱有了具体的感知。

"我爸情绪不好，身体当然也不会很好，我每年都会陪他出去旅游。他经常提起我妈，我妈妈也很期待我的出生，给我留了很多长命锁和玩具，到我初中时，我爸几乎全靠钱续命，十七岁的时候，他去见我妈了。

"他应该很高兴，医生说他走时都是笑着的，手里还握着第一次约会时我妈送他的怀表。我那时候在学校，赶去医院也要很久，是最后一个到的，他撑着最后一口气在等我，但实在没有太多力气……"

他是很少情绪外露的人，大概要到很动容时，声线才会有明显颤动，路栀听出他深深吸了口气，稳住情绪说："你知道，人到弥留之际，说话也变得难听清，我就跪在他床边，耳朵贴在氧气面罩旁，艰难地在一片抽泣声里听到他的声音。"

路栀问："他说什么？"

他笑着摇摇头："我还是没听清，只听到一个快字。后来想了想，他说的，大概是要我快一点。

"快一点什么呢？我那时候不知道，回去想了一天一夜，大概他希望我快快长大，然后坐稳他的位置，扶持傅家，让我妈泉下有灵也能安息，一直都是这样，我也习惯了做榜样。

"后面的你也知道了，我为了快一点成长起来，一个人去了美国，接受更独立的教育。我始终要比别人快一步，最年轻的博士，最年轻的获奖人，最年轻的融盛总裁……

"但我常常也在想，我走到现在这里，是否如他们所期待，足够快吗？

"大概还不够，怎么样才能让他们以我为骄傲，我是不是还得再快一些，总归还有很多事没有做，可是时间太吝啬了，甚至不肯多给我一分钟，让我听一听他们究竟对我有怎样的期待，我都会完成的。只要他们开口。"

可惜没有。

可惜命运也吝啬。

路栀抬起手，曲起的指节蹭一蹭傅言商脸颊。他手指也覆过来，指腹摩挲过她眼尾："好了，哭什么。"

半晌，路栀闷声道："我总觉得他们说的应该不是这个。"

"不是什么？"

"不是快一点。"

他似乎一顿，继而又道："那是什么？"

她摇摇头，还没想好，但直觉总觉得不会是"快一点"。

这三个字是魔咒，是他少年时的第一反应，他把自己困住了，从小到大。

她终于明白，为什么爷爷和她说，他其实活得很累。

他似乎是想跟她说些轻快的："好玩的事我想起来，有一件，不过不是我的。毕竟我每天都在学习，其实挺无聊。

"我去了美国后，井池也被家里人送了过去。井池成年后，好不容易恋爱上了，结果那年圣诞，他和他老婆分手了，一个人在阳台唱死了都要爱，被投诉，拉着我哭了一夜。"

路栀又泛起些困意："他和他老婆那么早就恋爱了吗？"

"不好说，"他道，"他觉得他们在恋爱，女方怎么觉得我不清楚。"

"……"

"他们两家彼此认识，但是读同一所学校才再碰上面，井池后来追他老婆追了好久。"

说到这儿，感觉到怀里的人呼吸渐渐均匀，大概昨晚没有睡好，她的困意一阵接一阵，他垂眼看了会儿，将被子给她盖好。

路栀不记得是什么时候再醒的，天色一如既往地朦胧，一层浅灰色的光，空气仿佛都沾上湿润的水汽，他正挂了半边蓝牙耳机，在听汇报。

他略微侧着身子，去翻桌上的报表，大概在对照检查，路栀一把将他拉回来，小声叮嘱："会压到伤口的！"

"没事。"话说到一半，他几不可察地蹙了下眉。

路栀立刻掀开被子去看。纱布被掀开一点，还好没有血迹渗出，刚刚大概只是伤口动了一下，她又盯着观察了半天，确保没有渗出的迹象。

她弓身趴着的位置鼓起一个小小的山丘，就在他腰侧，他垂眼看着，只能看到她脸朝着的方向，迟迟没有动。

他手在上方，隔着被子托住她脸颊，轻轻碰了下，调情的兴致明显："看什么呢。"

她吹了吹伤口，又将纱布重新贴起来，有光从边沿透进来，看得不算清晰，有种深夜爬山的感觉，余光里有什么正在吹拂中慢慢苏醒。

她僵了会儿……

电脑放在他身前，没开视频，耳机里正断断续续输出例会内容，是一周一度的汇报，不算什么大事，只是需要敲打员工不能懈怠。

此时山丘缓缓移动，他眼神一紧。

忽然，他蓦地抬手捏住笔记本边缘，喉结泛红滚动，视线也跟着发紧，根根掌骨绷得明晰，确认般看向左下角。严整肃穆的内部会议窗口中央空白一片，只有汇报名称，他的个人窗口处已经点了静音，此刻也没有改变。

他死死盯着那处，好似生怕关闭的麦克风变为打开，就连他的呼吸也跟着不稳起来……

十多分钟过去，他道："九点多了，在这里吃还是出去吃？"

理所当然地以为这个话题被揭过，她还是有点僵硬地坐起来："出去吃吧……"

路栀换好衣服出来，他就靠在墙边，说："自己洗的所以比较信任是吗？"

她没说话，装作听不懂他在说什么："附近有早餐店吗？"

他起身过来，答非所问地一捏她手心，似在把玩："怎么这么敷衍我，十分之一有没有？"

这就是大小姐，伺候人是不会的，一般到自己舒服就行了，一旦不舒服了，就不给了。

路栀："……"

吃完早餐回来，路栀给李思怡回了个电话，说自己没事，李思怡让她好好休息，工作室的事自己可以先处理。

没一会儿，李思怡的消息又跟过来："徐菁问我要你住院的地址了。"

她这才从当前的世界里走脱出来，想起昨天傍晚撞了车，后续她这儿一点都没有关注，因为是傅言商处理，她都默认自己不用再关心了。

李思怡："给不给啊？她找你又想干吗啊？'暗杀'？"

路栀："不至于，这里安保挺好的。"

李思怡："？"

其实昨天应该只是意外撞车，路栀能感觉到，因为如果想撞，早在没人的小路就已经被撞了。昨天她是为了躲那个不守交规的人，才被迫追尾。

路栀想了想，给李思怡打字："我还挺好奇她想来说什么的，你给她吧，让她下午三点准时来，其他时间我没空。"

李思怡："OK，很跩，女王行为，我喜欢。"

中午，大摇大摆的井小公子前来探视。

他带了一桌子午饭，还特意做的是少油少盐无辣无海鲜版本，吃完之后，路栀去阳台跟李思怡打电话，井池撩了撩袖子，坐在一旁："又缝针了我们傅总。"

想起十年前的傅言商："……"

"还是我陪在你身边，"井池大打回忆杀，"今天让哥狠狠疼你，给你削个苹果。"

他这个家境，从小是十指不沾阳春水，吃鱼有人给挑刺的类型，按理来说是学不会削苹果的，但是没有办法，谁让他有老婆呢。

井池说："我老婆对我哪哪都不满意，除了我削苹果的技术，今天给你展示一下。"

傅言商启唇，懒得搭理他，手腕垫在脑后，微仰着头陷入自己的世界。

缝针后的短短十几个小时，值得回味的地方实在太多，他不愿意把珍贵的时间浪费在这个显眼包身上。

井池："对了，你什么时候能出院来着？"

"明天。"

"明天就出院了啊？这么快？"

……好像确实太快了。他手指蜷起，这十几个小时舒展得像是做梦一样，能一辈子就这么住下去也未尝不可。

他转头，余光瞥到井池手上，一贯挑剔的人忽而道："住院待遇有点太好了。"

井池大骇："什么啊？什么待遇能让你都觉得好？"

傅言商："要不我再找点事住个院？"

井池就差直接扔刀站起来了："不是，几个月之前，谁骂我老婆脑来着？"

等路栀打完电话，回到房间里时，只听到井池说："等着吧，晚点就把'老婆脑'打印出来贴满你办公室，我言出必行。"

她看了眼，井池已经匆匆地拎起手包跟她告别："嫂子我先走了！我老婆喊我！"

路栀在一旁坐下，问："他刚跟你说什么了？"

"说要给我削个苹果。"

路栀四下环顾："苹果呢？"

"他自己吃了。"

"没有一点照顾病号的自觉，"路栀说，"等一下，我给你买个果盘。"

另一边，井池正健步如飞，进了车里又嫌无聊，给陆承期打电话。

那边接得很慢，一如既往地逍遥厌世，电话也不爱接，接起来也不说话。

还是井池先起头："喂，陆哥，你怎么也不说来住院部看看，明天傅哥就出院了。"

"明天就出院，"陆承期缓慢道，"他今天不会希望我过去打扰他和他老婆的二人世界。"

"什么意思？"

"病人，被照顾，感情升温，"陆承期都懒得跟他说，"这么简单，不懂？"

"怪不得他说自己待遇很好，叫我早点走，还要找点事再住个院……"

手机振动了下，井池低头一看，这才想起来，追悔莫及："我今天过来是有事要跟他说的！"

陆承期早已预判："那跟他说，别跟我说。"

井池偏不："你还记得吧，去年，不对，是前年，他一直让我往剧院对面的咖啡厅送票，所以每次那个乐队来演，我都会吩咐人去送的。

"虽然他什么也不说，但我觉得应该是在找人……而且八成不是男的，但是他现在都结婚了啊，剧院问我这个月的票还要不要送？我如果继续送的话，嫂子不得生气吗？"

陆承期："他不像你金鱼脑子，如果不需要继续送，他会提前说。"

"我就是这么想的啊，但是，"井池又有点不高兴，"那我为嫂子鸣不平！我得上去教育他！"

陆承期沉默数秒："你觉得，有没有一种可能。"

井池等了一分钟："什么啊？"

提示都给完了还猜不出来，陆承期无言道："他两年之前要找的人和现在的老婆，是同一个人。"

井小少爷那满是老婆的脑子艰难地运转，大概品味了半秒，忽然道："你怎么知道的？他和你说了没跟我说？他不把我当兄弟？！"

"他没说。"

"那你怎么知道的？"

"我比较聪明。"陆承期说，"还有事没？没事我挂了。"

井池："你又不忙，打会儿电话怎么了？"

"忙，"对面说，"哄人呢。"

井池:"？"

下午三点，路栀准时收到前台联系，说徐菁来找。

她午觉刚睡醒，掀开被子，给伤口涂了点凝胶，同电话里说放行。

徐菁一开始并没想到她会在这家医院。

听都没听过的名字，进了住院部才感觉到诧异，原来这家医院并不是不知名，而是并不对她这个阶层的人开放。

偌大的绿化，间隔极远的独栋楼，设计过的大面积落地窗和绿植形状，不菲的装潢，如果电梯间的消毒水气味换成香水味，跟五星酒店并无差距。

而随行人员告诉她，她要去的地方在顶楼总统套房。她第一次知道私人医院还有总统套房。

她进去时，书房正有人起身关门，看起来像是秘书，里间男人搭在桌上的腕表一闪而过，无须细看也能看出其昂贵身份，有会议的声音，隐约的"融盛""傅总""投资"之类的汇报声传出。

徐菁心脏跟着一跳，心中隐约觉得不可思议，但下一秒，她想起融盛写字楼顶层的绝佳地段，居然会开出一个新人工作室，想起突如其来的被辞退以及各方带给自己的压力……忽然在瞬间明了，不是同姓，那么就是……

她居然不知道，路栀的男友是融盛的总裁。

看来有人生来就是命好。如果早知道 —— 思绪中断，她被人带到了病房。

"坐吧，菁姐。"路栀正放下手机，抬了抬头。

徐菁有些意外。她过来是做了受难堪的思想准备的，她甚至想过自己会遭受怎样恶毒的语言，但她没想到路栀会这么冷静，或者，这么体面。

路栀不爱撕破脸，平静地问她:"你过来找我，有什么事？"

她忽然感觉到自己的狭隘，深呼吸一番，这才说："我弟的车撞了你，我过来看，是理所应当的。"

这话没错，但路栀也没接，就靠在墙边看着她。

徐菁说："这么说你可能不信，但是说实话，那天我确实生气，又刚好看到你的车，所以跟他说让他跟着你，给你一点压迫，吓吓你。

"后面的事你也知道了，他绝对不会故意做这么危险的事情，行车记录仪也有显示，追尾是意外情况，他也骨折了，刚做完手术，不过，是他活该。"

路栀没想到，有朝一日能听到"是他活该"这几个字。

她不说话，仍旧听着徐菁说："他撞了后才告诉我，说他撞的是一辆很贵的车……你的委托律师和我联系过，我弟没有工作也没积蓄，跟车太紧才撞上，主意也是我当时失了智提的，理所应当应该我来赔。不过是限量款，我手头暂时没法一下拿出那么多钱——"

路栀大概明白了她的来意。

徐菁深呼吸一下，也觉得在她面前说这话十分难堪，在 24 小时甚至更早之前，她都绝对不可能相信，她会对一个小姑娘用这样的语气。

她递出一个 U 盘："这是《恋爱方向》这个项目已经写好但还没公测的部分，我全部删档存到这里面了，我向你保证后期这个项目我不会再经手，赔款的部分，希望可以分期。"

路栀沉默了好一会儿。

徐菁说的应该是傅言商请的律师，具体怎么讲的她不知道，这钱，说实话分不分期她不在乎，她问："你现在语气忽然变得这么好，是因为有求于我，还是因为真的愧疚？"

徐菁一怔。

路栀说："菁姐，道歉如果不是发自真心，说再多也没意义。"

徐菁就站在那儿，感觉血一直冲到头顶。这一刻相形见绌，跟路栀比起，自己看起来市侩又低级。

"分期可以，"路栀接过 U 盘，声音平静，"我需要道歉。"

"当然，这是应该的。"徐菁说，"我改天会找个时间，带上我弟一起，然后正式向你道歉。"

"我说的不只是这个。我是说《恋爱方向》的官博以及你和郭方的公司，需要发微博向你们抄袭的游戏道歉。"

她甚至说的不是"我的游戏"。

徐菁觉得有些呼吸困难，《恋爱方向》确实抄了不止一个游戏，但大部分融的都是她的框架，剩下空的那些随便填了填，因为当时也没想做个怎样的内容出来。

她居然在为别的游戏一起发声。

徐菁察觉到自己的声带仿佛都在跟着颤抖，一直以来，自己怎么会对这个小姑娘怀有如此深的敌意和偏见，她分明有这么多的闪光点，而自己居然全部视而不见。

门被敲了两声，随意而松散，徐菁理所应当地以为是秘书或医生，但转过头，发现方才坐在里间的男人居然走进来，手里还端着一只瓷碗。

她怎么会不记得，但凡见过一面都会印象深刻的脸，是那时游戏展会，出现在路栀身边的男人。

路栀抬头："怎么了？"

"煮的银耳莲子，"傅言商道，"喝一点。"

他很自然地将碗搁在她手边的桌上，然后坐在她旁边。看样子像是担心她不够心狠，提前到场，以备撑腰之需。

徐菁没坐下，此刻也显得有些局促："可以，后期我也会退出和郭方合作的公司……"

谈话暂时中断。路栀忽然被汤烫到，难以置信地转头问他："怎么这么烫？"

"……没想到你会现在喝。"

"我怕不喝就冷了啊。"

融盛的总裁，未来的董事长，傅老先生的长孙，徐菁在心里推测他的身份，只看到身份尊贵的男人端起那碗滚烫的银耳莲子，慢慢拨动勺子，是在吹凉。

路栀看了一眼，这才把目光转回徐菁身上："那希望你说到做到。"

徐菁其实没想到会这样顺利，也没想到会如此难堪，这种难堪并非是谁施予，像是小偷在神像前被人格凌迟，本能让她还想说些什么："如果你需要我以后退出游戏市场，我也……"

"没必要，成年人要为自己的错误付出代价，你已经付出了，我不会紧咬。"路栀说，"毕竟我还是觉得当年，你三五次跑来工作室面试的时候，是真心喜欢这个行业。"

徐菁再一次感觉到心脏被剜开，好像被当初的自己戳得鲜血淋漓。

"市场的平台这么大，一个人跳不完一支舞，百花齐放才会更繁荣，"她说，"我不怕竞争对手，我也不是想赢过每一个对家游戏。如果有天你能拿着你亲手做的游戏，光明正大地拿来和我对打，也许那个时候，我会尊重你。"

谈不上原谅，也不会原谅，毕竟伤害就是伤害，背叛也是背叛，只是如果对方迷途知返咬着牙又站起来，她或许也会敬这是位值当的对手。

只是不知道徐菁会不会有那么一天。

徐菁忽然笑起来，虽然面色在光照下显得异常苍白，那笑里有抱歉和释然，或许还有一点点眼泪。

"看来我想错了。你不是命好，"徐菁说，"你是本来就好。"

"剩下的我会处理好，道歉函也会发，最后还是跟你说一句抱歉，你的游戏做得很好，祝你未来更好。"

　　离开时，徐菁又看到方才那位秘书站在门口，有隐约的对话声传来，他叫她太太，然后说了个名字。

　　路栀在里间的声音有些苦恼："啊，姐姐怎么知道的……"

　　徐菁脚步一顿，很快声音在她身后消散，她终于缓慢记起，路盈这两个字，似乎在新闻里看见过。

　　原来他们结婚了，原来她家世这么好。

　　她居然没用这些来压过自己，哪怕一次。

BEVERAGE AND DESSERT SHOP

饮品热选·
卡布奇诺（冰/热）　¥15
KABUQINUO

雪顶摩卡（冰）　¥15
XUEDINGMOKA

冰草冰咖啤（冰）　¥17
BINGCUIBINGKAFEI

冰淇淋咖啤（冰）　¥18
BINGQILINKAFEI

香柠果啤泡泡（冰）　¥18
XIANGNINGGUOKABAOBAO

橙子果啤泡泡（冰）　¥18
CHENGZIGUOKAPAOPAO

甜品热选·
草莓千层　¥35
CAOMEIQIANCENG

日式芋泥包　¥15
RISHIYUNIBAO

海盐芝士蛋糕　¥35
HAIYANZHISHIDANGAO

奥利奥千层　¥35
AOLIAOQIANCENG

第十一章
草莓冰糖葫芦

等徐菁走后，路栀才知道，原来自己午睡时姐姐有打电话过来，是傅言商替她接的。

路盈过来看了看她，顺便带了厨师过来给她做晚饭，她不好意思地说自己其实没什么事，主要还是傅言商受了伤。

路盈给她打电话，本来是想说当时在美国的事，但看她都住院了，自然先没说，吃完饭嘱咐她好好休息就离开，说等她好了再联系。

这一天都尤其忙，等姐姐走了，路栀又给傅言商换了药，洗完澡，已经十点多了。

她开着电视躺下，打算过一会儿就睡觉。结果电视看着看着就想到徐菁，说老实话她也没想到，有天徐菁居然会说出，祝她未来一帆风顺这种话。

她仰头问傅言商："你觉得曾经恨不得把我踩在脚底下的竞争对手，跟我说祝我未来很好，是真话还是假话？"

傅言商放下文件："当然是真话。"

看他在看文件，她把视频声音也关了，索性不再看，专心跟他说："我又总觉得这件事不可思议……"

"她说得没错，你人格魅力很强，"他道，"一开始能力不够所以恨你，其实不是恨，是害怕你，到最后了解你，所以认可你，这并不冲突。这点你其实很厉害，要让曾经质疑你的人佩服你，不是谁都能做到。"

路栀后面都没听进去了，满脑子都是那句"你人格魅力很强"，这句夸奖突如其来，说实话其实很少听到，她停半晌才道："你怎么突然……"

"说的是实话，不是吗？"他牵了下唇角，"我坐在那里，发现我的担心的确是多余，你不会欺负别人，但也不会受人欺负。我的太太，连讲话格局都很大。"

路栀盖上被子，有点承受不了了："好了好了，睡觉吧。"

能看出她真有点害着了，毕竟一开始确实是很正经地想跟他讨论这个话题，他伸手抚过去，意料之中的软滑："怎么忽然装睡？"

他翻过手，她半张软软的脸颊就贴下来，手感很好，呼吸均匀，很早之前是谁劝他养只小猫做伴，说光是看到小猫躺在床上睡觉，都会觉得很幸福。

其实看她睡也差不多。

她睡相其实很好，睡着后更显柔软，能在他旁边睡熟，是一种近乎于小猫翻肚皮的信任，他很喜欢。

他说："刚睡一起那时候，我早上有时会把你的被子盖好，你每次都会吓到，一个激灵睁眼看我。那时候我都怀疑，我在你心里是怎样的一个人。"

路栀完全没印象："我不记得了……"

"后来就没有了。后来无论我早上怎么打扰你，甚至把你的手放到被子里，你都不会醒。"

路栀："那可能是睡熟了吧……"

他忽然极缓地回忆："所以每次出门上班，看到你就这样睡在我旁边，我都想把你弄醒。"

他甚至这时候，还非常重视地问她意见，有股慢条斯理的绅士：

"可以吗？"

她完全蒙了："什么……可以？"

他贴一贴她的脸颊，俯过来问："早上在你睡着的时候把你弄醒，可以吗？"

时间都像是被拉长，路栀第一次感受到，人一动不动时，后背也会出汗。

而他一直看着她，仿佛并不是玩笑，是在等一个回答。

路栀只感觉视线滚烫，他的或她的都一样，有些发热地移开视线："你怎么总是……"

"嗯？"

她将视线挪回来："你是最近才开始变奇怪的，还是一直这么奇怪？"

"不知道，"他说，"遇到你之前没有这种奇怪的想法。"

窗外遥遥传来叶子的沙沙声，以及回荡的风声，路栀就这么听着发了会儿呆，感觉到他轻轻摩挲自己颈侧的血管："可不可以，宝宝？"

她被催得头晕，血糖升高得厉害，口腔里也泛起一股莫名的腥甜气息，像是口渴，血液被蒸发。

她声音细微，他没听清，凑近了些："什么？"

"……可以，你别问了……"她整张脸憋得通红，声音也轻微，"但是九点之前不可以，因为我没睡够被叫醒的话，会生气。"

"……"

这晚路栀做了一个很长的梦。

梦到她变成一朵混进云里的棉花糖，在努力把自己捏成云的形状而不被发觉，一开始相安无事，偶尔和别的云碰到一起，会一下变得紧张，生怕自己的糖丝被对方粘过去，然后化开，导致事情败露。

好在没有，只是轻微触碰一下后，又被弹开。天上太拥挤，她浑身各处都被别的云轻轻碰触着，会有些痒，但更多的是紧张。因为是软绵绵的糖，所以也有弹性，陷进去后又会被弹开。

她开始安定放松，慢慢觉得自己是一朵居无定所的云，轻飘飘地升起来，软绵绵的，仿佛能包裹住一切。突然，执法者发觉她是异类，她恐惧着要往四处躲，但根本躲不开，那双大手忽然将她捏住，因为太过用力，以至于一时无法还原。

棉花糖被捏成一团糖，她的糖丝在那人手中化开，荡漾着变成一摊糖水，她听到四下传来呼吸声，无孔不入地，像是别的云在窃窃私语，说她为什么会格格不入地跑到这里，又笑她碰一下就化开。

她着急着，但说不出话，无法解释，只努力伸展着想要复原，待到终于展开，执法者的判决锤却忽然落下来，她躲不了，逃不掉，滚烫的锤心直入，被她软绵绵的糖丝包裹。

她终于化开，从云端坠入地面，忽地惊醒。她睁眼的第一个念头是：还好不疼。

第二个念头：还好是在做梦。

窗帘被拉开了一点，明亮的光透进来。

她怎么会做这个梦？路栀平躺着，将头回正，睁开一点点眼睛时，看到傅言商近在咫尺的脸。这时候，第三个念头冒出来：怪不得她会做这个梦。

那个梦实在消耗精力，她还没缓过劲儿来，心脏现在还跳着，有种紧张又刺激的隐秘感，就连声音也变得含混："你怎么说什么是什么……"

昨晚刚跟她确认完可以，今天就这么直接地把她……弄醒了。

"那不然昨晚不是白问了？"

今天的窗帘不知道为什么没有合拢，她头一偏，刺眼的光就透进来，路栀难受地皱起眉心。

傅言商看着她的表情，俯身将人抱着，像在哄："九点半了，别生气，嗯？"

"没生气，"她探出手臂，圈住他的肩颈，迷糊地又侧过头，"太阳好晒……"

昨晚窗帘没关好，他重新按了按钮，最后一点缝隙被合拢。

"好了，宝宝。"

她迷迷糊糊地"嗯"了声，眼皮睁不开，又没完全睡着。

她从刚醒到全醒之间，有大约半小时到四十分钟的时间，处于一种半梦半醒的状态，不算完全睡着，但又没有那么清醒。她哼哼唧唧地闹起床气，能听见很低微的各种鼻音，像伸懒腰，又像赖床，又或者，都不是。无论是视线所及还是温暖感受，都完美吻合傅言商的想象。

路栀偏着头呼吸起伏，又圈着他的脖颈，有源源不断的热气从被子里吐露，环绕在二人之间，热气里都是她的气味，是很淡很淡的栀子香，她自己也被这热气蒸得升温，脸颊泛红到眼尾，颈后也是烫的。

苏城今日降温，天气预报播有疾风冷雨，此刻被窝里却如此温暖舒适，他从前最是不屑一顾的温柔乡，此刻得到具象体现，如同被软绵绵的棉花糖包裹住，寸步难行，向前时陷进棉花里被裹住，后撤时棉花又松散开，他几乎快要爆炸，从前怎么会觉得那些极限的挑战有任何意思？

短暂的赛车所带来的激素上升不过几分钟就会消散，比不上此刻从头至尾，从身体到意识的彻底舒张，这是一种灵魂享受。

路栀迷迷糊糊地在梦里梦外，完全下意识动作。他的亲吻落下，她朦胧间感觉自己又变成那朵云，断断续续地梦着。

审判的锤一下接一下地落，她仿佛是被鞭笞的载体，云也被包裹成审判的形。

今天游戏要公测了。她忽然想到，于是一个激灵惊醒。

腰被人拥住，抱得更紧，他低声夸："好暖和，宝宝像棉花糖。"

"棉花糖是冷的……"她晕乎乎地说，"暖和的话会化的。"

"我说的就是化开的。"

她抿着唇，咕哝着捂住他这张嘴。

二人过了会儿才起床，今天的早餐是红豆酥。烤得热腾腾的脆酥皮，有黄油和牛奶混合的香气，不再另外加糖，微微的咸香混合烤好的红豆，有点坚硬的红豆壳像是砂糖的质感，路栀一边吃一边刷手机看消息，感受到有视线落在自己身上。

她抬手，把红豆酥递出去："你要吃吗？"

"我不吃，"他说，"太甜了。"

"那你一直看我干吗？"

"看看也不行？"

她继续低头专心啃，掉在身上的酥皮被他拾起，丢进袋子里。

《轨迹》公测微博数据很好，她没想到的是，井池居然用自己的号帮她转发了。

井大少爷这次很阔绰地做了转发抽奖，她这才想起已经好久没有刷到他的微博，升级之后的新版微博总是会筛掉关注人的消息，推送一大堆不认识的人。

点进他的微博去看，才发现还是一如既往的精彩。

@今天小池总离家出走了吗："翻出一张跟兄弟们的照片，姿色略逊我一筹。"

照片是第三方视角拍摄，傅言商只在左下角昏暗的灯光中露出轮廓，但她还是一眼就认出，陆承期在低头摇筛盅，只有井池这个显眼包在对着镜头要帅，照片是谁安排拍摄的，一目了然。

评论是他近期最高的，已经破万了：

"传说中的融盛太子爷和陆家那位吗！终于有照片了？池，这是你能混进的圈子吗？"

井池："？"

评论："左下角是 Eric 吗？老公！"

井池："Eric 结婚了，谢谢。"

网友在底下聊了起来："一秒失恋？"

另个网友回复："换个人爱吧，天空一声巨响，陆承妻闪亮登场。"

井池回复："你最好不是故意打错别字。"

再往下是井池个人分享，方糖新出的和三丽鸥联名甜品，他站在柜前打卡。

"都吃了吗？做出这个小爷今晚将不再离家出走！"

网友："好像玉桂狗。我说你。"

井池："你礼貌吗？"

但热评第一，近万赞，来自一个认证账号。

@ 夜雪 River："像布丁狗。"

井池："老婆说我是什么，我就是什么。"

楼中楼的网友快吐了：

网友一："怪恶心的，井池。"

网友二："好好好，你小子又在这儿搞双标是吧。"

网友三："堂堂方糖二公子，你就是个老婆奴。"

井池："老婆奴男人最好命，懂不懂？！"

再往下，又是井池宣传新品的一天，拍摄了当季热推的生巧礼盒，不慎拍到窗户一角。

热评："看到你的私人飞机了，今天勉强做你老婆。"

@ 今天小池总离家出走了吗："@ 夜雪 River，老婆你看她们！"

他老婆本尊回复："尊重，祝福，支持，眼已瞎。"

底下是一连串的哈哈哈。

紧接着又是分享日常的一天，井池拍摄新品，附文："这个奶油卷巨好吃兄弟们。"

刷不到的这些天里，居然这么精彩。

她也没意识到自己笑起来，傅言商问："在笑什么？"

"看到井池微博了。"

"怎么忽然看他？"

"他帮我转了游戏的微博，我就顺便去看了眼。"

划动不过多久，她发现路屿居然也转发了，还有她姐常年只分享穿搭的账号，居然也破天荒给她发了条微博，说这是她从小到大的梦想，做了一条长微博软广。

路屿在底下回："姐，你这样显得我很不用心。"

虽然路盈比路屿小，但在家里路盈才像那个长姐，路屿经常这么喊她。

路盈："就你那心，用不用都一样。"

路屿："伤人，销号了。"

路栀正想给他们发消息，刚切进微信，李思怡的消息传过来："融盛官微也转发游戏微博了？谢谢栀总的馈赠！你辛苦了！"

路栀一愣。她好像……没说这件事吧？

她有点蒙，转头问傅言商："你们官微是不是为了讨好你，转我游戏的微博了？"

他讲得云淡风轻："我让他们转的。"

官微底下已经彻底热闹起来了：

网友一："嗯？小编切错号了？"

网友二："笑死，你们融盛的官微皮下还打两份工啊！！Eric，我滴老公，你没钱了吗？！"

网友三："Eric：从我爸爸的爸爸开始，就没有哪一辈是没钱的……"

看到这儿，她一转头："不过大家怎么都知道你的英文名？井池说的吗？"

傅言商"嗯"了声："能不把我名字贴满整个微博，已经够难为他了。"

路栀看他在打字，也没多问，时刻切进群里看有没有什么意外，当时游戏预约破百万后引发破圈效应，搭载各方宣传及数次内测一路来到千万级，预约破了恋爱游戏的纪录已经是意外惊喜，公测就更不能掉链子。

公测后，随着玩家手机类型的多样，也容易有一些测试期很难出现的小问题，都需要及时优化修改。

好在顺利上线，李思怡也给她发来工作室的上班图，大家一脸严肃地严阵以待，但脸上也有期待的兴奋和喜悦，同时，每个人的桌上都放了束庆祝的粉玫瑰。

目前看来一切顺利，只是有个位置空着。

现在离开，身份已经很清楚，就是篡改文件和泄露工作室消息的那个。

但路栀没想到会是他。

他是个很安静的男生，独来独往，工作做得也不错，他有个妹妹，所以会经常买一些可爱的小玩具，公司发的零食他也经常带给妹妹吃。

李思怡："哦对了，魏阳交辞职信了，他说很对不起我们，还给你留了一封信。"

那封信路栀很久之后才拆开。

魏阳并没过多为自己辩解什么，他的懊悔字里行间都能看见，他写了很多抱歉，说一开始自己只是想要多挣一点钱给妹妹，妹妹喜欢画画，他想买高配的手绘板和高清显示器送给她当礼物，但价格高昂，对方提出的价格让他心动，踏出一步后覆水难收，他中间也想过要喊停，但他想，自己已经开始烂掉，总要让妹妹如愿以偿。

其实路栀想告诉他，如果没有多余的那一步，到了年底，她会给他们发一笔很可观的奖金，就算等不到年底，游戏公测的这个月，也有不少的奖励。

他完全可以用这些奖金买东西送给妹妹的，只不过迟一点，只不过不是走捷径。

路栀扣掉了他的奖金，又对着电脑看了好一会儿，按照他之前的地址，给他妹妹买了一套水彩笔，和一本纯白的画本。

里面还有一张颜色很浅的手写卡片。

　　妹妹也不是一定要手绘板才能学会画画，人也不是踩过一次泥泞就永远都洗不掉，虽然半枝宇宙无法和你继续合作，但祝妹妹画得更好。

　　…………

傍晚时，徐菁和她弟弟再次前来探视并道歉，结束后，家里的阿姨也来收拾东西，准备接二人出院回家。

出院前，医生再次一对一检查了一遍傅言商的情况。

"满七天过来拆线就可以，"老医生撩起他衣摆，"我看看你的情况，应该不……你这个伤口，怎么回事？这里怎么有点崩开了？"

傅言商："不正常吗？"

"正常，但你爷爷说你平时不怎么用腰啊，你一个总裁，忙什么了？"

"做棉花糖去了。"

医生怒目："棉花糖比你养伤还重要吗？"

"嗯。"

这么波澜不惊的回答，气得医生连连摇头。

等到路栀回家，打开手机才知道，在医院忙的这一下午，究竟都发生了多少事情。

起因是融盛官微转发后不久，傅言商的私人账号也进行转发，漫不经心较劲儿的调调："看看我老婆每天关注的男人。"

他那微博万年不用，涨粉全靠神秘感和井池的微博，但粉丝数也百万有余，不到半小时那条微博就变成热门打卡地，一边涨评一边涨粉：

网友一："竟发微博了？"

网友二："不会吧，哥？你老婆是我昨天看街拍视频刚注意到的漂亮姐姐？"

网友三："这狭小的世界……"

井池很快到达战场，让本该发酵的热度再一次提前降临：我让你转我的微博你当耳旁风，你老婆的游戏你转得比谁都积极，我真的伤心了，我恨你。

评论区热闹一片：

网友一："什么什么？怎么一个恋爱游戏这么多人转啊？"

网友二："这不是普通的恋爱游戏，这是融盛总裁的老婆，路家的千金大小姐亲自做的恋爱游戏。"

网友三："下载了，别的不说，大小姐严选，她能害我吗？！"

网友四："大小姐每天身边环绕的都是什么样的男人，她选的男人能差吗？都给我下载《轨迹》，开服还送一千点钻石，0氪也能玩。让我们说，谢谢大小姐。"

这话题网友爱看，没一会儿，#大小姐严选#直接上了三个平台的热门，大家津津乐道，连带游戏下载量也一路水涨船高，这个宣传完全在路栀意料之外，网友自发，重要的是还很有效。

玩家涌入比她想象中还要多，工作室扩容的同时，路栀那几个月也加倍地忙起来，每天都在为各种新增的手机型号做游戏适配，还要修改一些因型号不同带来的问题。

中途还收到了一份快递，是魏阳寄来的江城特产，看来已经换了新的城市，只是工作比工作室这边的普通很多，他还是为自己的行为付出了不止一倍的代价。

他还寄来了绿植的种子，说他那个工位太阳好，让新同事记得利用光线；为她游戏昨天发现的新问题提出了更简单的修改意见，以及感谢她。

等到忙完，已经是十二月底了。

苏城天气转凉，下了第一场雪。

路栀刚进门，就脱掉外套一路跑进书房，跟傅言商说："下雪了欸。"

她围巾还没来得及摘，粉色的、毛茸茸地圈在脖子上，今天他本来放假，但在家里也无事可做，只好翻出些资料处理，这会儿起身，将她围巾摘后握到手心，不满的态度很明显："怎么，记起来你还有个老公了？"

这几个月她确实好忙，但也没到见不上面的程度，不就是这周出差了几天吗，这个人好小气。

路栀靠他近了些，安抚般蹭了蹭，语气也放轻："哎呀，这两个月李思怡生病，我得把她的一起做完，那以前你拉着我出去旅游的时候，不也是她帮我做很多吗？现在她好了，男朋友陪她坐班，我这不是能陪你了。"

她数了数："今年过年好早，快过年了，过完我们可以出去玩一趟。"

"不够。"

"什么？"

"补偿不够。"

"那你想要什么？"路栀拿出万能交易货币，伸出根手指，"飞行棋，一次。"

傅言商看她一眼："我这么好收买？"

"三次。"

"行。"

"……"

他捏一捏她后颈："以后都这么忙？"

"没有，开始忙一点，后面进入正轨就好了。"

她本来都要跟他说之前美国的事情，但是事情一件接一件，一直没找到合适的机会。

毕竟这件事在她这里很重要，涉及他们第一次见面，不能随随便便找个空当就给说了，现在好了，闲下来，再找机会跟他讲。

路栀正在心里盘算着，又见他拿出双手套，给她戴好："要不要出去玩雪？"

她迅速地点着头，像小弹簧，以前小时候玩雪生过病，家里就不让她玩了。

她收好装备，傅言商正在跟厨房说先把热茶煮起来，外面隐约传来说话声音，她打开门，看到个陌生的背影。

"是，爷爷，我回来了。您放心吧，我现在在我哥这儿，我马上叫他回去吃晚饭。嗯嗯好，知道了爷爷……您能不能别骂人呢。"

电话对面一阵咆哮，路栀不用听清内容，仅凭语气就知道傅望回国了，爷爷正在骂他。

她半倚在门框边，但傅望居然没有立马转头，而是又接起一通电话，语气里有很是畅快的春风得意："是，我回国了！终于不用挨打了，我每天半夜都会痛醒，你知道吗？

"……说到这里，还是要感谢我哥，我宣布他以后就是我最亲的人。哎，虽然我在国外受苦，但也只是皮肉之苦，我哥应该才更苦吧。你懂吗，我觉得人这一生，尤其是我们这种家世，娶的人要么很喜欢、要么很美、要么家世很般配，一个都不占的话，日子过得得有多烦呢，没有爱情的婚姻你知道吧，人在其中只是消耗品……"

路栀听到身后脚步声，正想跟傅言商说你的信徒迷弟来了，还没开口，听到他问："红枣茶要不要另外加糖？"

电话声戛然而止。

傅望脸上还挂着笑，不做任何防备地转过头来。

很好，和她想象中没有差别的，想一锤子抢死的脸。

四目相对，傅望转头看向她。

路栀正要开口，下一秒听到噼啪一声，傅望手里的瓷器和手机一同落地。

在瓷砖上砸出清脆的，四分五裂的声音。

路栀不太清楚，傅望怎么会吓成这样？

她回头看了眼，难道是被傅言商吓得？总不会是被她吓得吧，傅望虽然没有跟她见过面，但照片应该是看过的，她和傅言商结婚的事，他应该也是知道的。

但此刻傅望就站在那里，仿佛世界观被颠覆了似的，表情僵到凝固，手里的东西掉了一地，对面电话"喂"了两声，也挂断。

她这才发现，包裹里的瓷器已经碎开，碎片在地面四散开来，就尖锐地横亘在她面前。

她抬腿。

"先别动。"身后的傅言商拉住她，"会踩到，我一会儿让人来收。"

她"噢"了声："那我先下去了。"

"好。"

路栀绕过傅望下了电梯，电梯门合拢前看了一眼。

二人正对站着，好像有话要说。

似乎过了好一会儿，电梯合拢的声音也断绝许久，傅望这才张了张嘴。然而断掉的思绪却并不能迅速地连上线，发出好几个空音，傅望问："哥，刚刚那个……是你新认识的吗？"

傅言商正挂断给宗叔的内线电话，闻言瞥他一眼，冷淡道："你要不会说话可以闭嘴。"

脑子里"轰"的一声，像是什么被剪断后的余音，尖锐得生疼，傅望感觉五脏六腑开始漏风，但他不死心，居然又问一遍："真的不是吗？"

"你以为人人都跟你一样？"

碎片很快被陈姨上来清扫干净，傅望整个脑子都是木的，空白一片地跟着下了楼，满脑子都是刚刚回头瞬间的那一瞥，如果是她……他当时怎么……为什么没人告诉他……

混乱的思绪喷发，掌心热一阵冷一阵，连汗都变得冰凉。

　　路枙不知道他们在楼上说了什么，今天雪下得很大，已经积了厚厚一层，她换好雪地靴踩在几厘米厚的雪面上，有嘎吱嘎吱的脆响，很治愈。

　　她挑了一块亭子旁干净的雪，正捏圆，远远看到二人居然出来了，也不知道傅言商说了什么，傅望面色已经是煞白一片，可这么短的时间，也不能说两句话。

　　口袋里电话声响起，她跑到傅言商面前时正好听完，点了点头说："知道了爷爷，我们马上过去，是还在上次吃饭的院子吗？晚饭吃完还要去别的地方吗？"

　　傅言商牵住她的手："你不想去可以不去。"

　　很显然，他离得太近，这句话也被完全收进去，下一秒，路枙耳边传来暴喝："这浑小子又在说什么！小枙，你开外放！"

　　"没什么没什么……"路枙连忙将电话拉远，"没事爷爷，我们马上过去。"

　　不知道今晚怎么忽然有饭要吃，不过也习惯了，爷爷跟她差不多，想一出是一出。

　　她和傅言商上了车，没一会儿，车门被拉开。

　　傅望闷着头冲进来，路枙吓了一跳，为了躲他只好坐到中间，整个空间都弥漫着爷爷给宗叔打电话的指挥声，宗叔没观察到后排动静，路枙也懒得说，靠着傅言商坐过去一些。

　　爷爷说主院最近在翻修，让从旁边的小路进。

　　路枙摘了手套摸上面的绒毛，刚握完雪，上面还有一点点湿气。

　　没一会儿，感觉到右侧视线。她缓缓把头转过去，正对上傅望确认的目光。

　　他定住半天没动，像有什么正在坍塌后，艰难地重建。

　　她不太理解："有事吗？"

　　傅望这才回过神似的，第一眼去看她身后的傅言商，又摇摇头，把头摆正。

没一会儿，她感觉到有人正从前视镜里看自己。路栀戳了戳左侧的傅言商："换个位置吧，我坐你这边。"

他说"好"。

下一秒，路栀感觉自己被人托着后腰和腿窝抱起，然后被抱到了他身上。

嗯？

车里还有人，她大腿小幅度地蹭了蹭，表达一种意外："我的意思是……我坐你这里，你坐中间。"

"我知道。"但说完了，他也没动。

这两个人一个比一个奇怪。

傅望就算了，她本来就不了解，但傅言商也不对劲，一副暗地里要使点劲儿的样子。

算了，路栀不再研究，打了个哈欠，忽然有点困了。

这段时间都没睡好。

她翻了个面背对傅望，也看不到他是不是在看自己了，眼不见心不烦，看着如出一辙的街景，慢慢就把眼睛闭上了。

二十分钟后，车从小路进入荔湖别苑。

傅望："哥……下车了。"

"你先下，"他这不近人情的哥对他淡淡道，"她还没醒，马上下车吹风容易着凉。"

傅望一个猛子扎进风雪里，从暖和的商务车内冲出，猝不及防的漫天风雪，像他此刻心情。

脑袋被吹得晕眩又清醒，他踉跄地跑进屋内，迎接他的是熟悉的腰带……

傅望抱着胳膊，见窗外，两个人正在靠近。他仍旧不死心，走到老头子旁边："爷爷，我哥旁边那个……是路栀吗？"

"不是。"

傅望眼里的光一跳，来不及心脏复苏，结果一皮带又抽了下来。

傅诚毫不手软，一下比一下重："还路栀！路栀！那是你能叫的吗？！那是你嫂子！"

傅望跪地惨叫："爷爷，疼，真疼！轻点！"

…………

路栀刚进来就看到这幅景象，站在原地欣赏了一下傅望被打得鸡飞狗跳的样子，一时间看得入迷，被傅言商一把拉走。

走进餐厅，菜已经上齐了。

傅望疼得直抽冷气，嘶声走进餐厅，数了圈位置然后说："爷爷，这里没有我的凳子。"

傅诚："你蹲在地上吃。"

傅望眼含热泪地在一旁罚站，全程站着夹菜。

爷爷之所以今天把她叫过来，是因为傅望的父母也到了，老头子坚持要让当事人连同父母跟她正式道个歉，否则那件事不算揭过。

简单聊完，饭局的尾声，爷爷又问起来："小栀，你们要来祖宅这边过年的吧？"

"嗯，"路栀点点头，"我哥他们过完年再回去，我到时候跟他们一起。"

"行，那我让阿姨先把房间收拾出来，下周你们就可以直接过来了。"

傅言商在一旁："您怎么不问我意见呢。万一我们要出去度蜜月。"

老爷子哼一声："等我死了，你们有的是蜜月可以度。"

爷爷后半局都在喝酒，聊得热络，路栀中途偷跑出去透气，顺便透一透一身的酒味。

雪越下越大了，在路灯下仰头看，整个世界像只万花筒，雪从那端倾倒过来，纷纷扬扬。

她抬头拍了段视频，刚发完朋友圈没多久，听到背后有脚步声。

因为落雪，陷入的脚步声就变得尤其明显，她回过头，傅言商正穿一件浅灰色风衣，里头的白色高领毛衣微微覆住下巴，显得愈发挺拔修长，问她："怎么一个人在外面？"

"里面不好玩。"她说。

他身上还有室内的余温，雪落在肩上就融化，甚至都不用她伸手去拍。

他喝了些酒，目光沉了几分，但走路还是很稳，路栀一时间分不清他醉了没有。

虽然他说他不会喝醉，但又总是做些喝醉的人才会做的事。

路栀问："你手上有车钥匙吗？"

他被风吹得轻微眯起眼睛，额发半掩在眼角处，问的句子有些意味深长："怎么？"

可惜路栀没听出来，她忽然想起："我之前买了一个防止增生的凝胶，还有表皮再生因子，都放车里了。"

"涂伤口的？"

"嗯。"

车为了方便开出，就停在院子门口，此刻落了些雪，路栀拍开，钻进车里。

他也跟着坐进来。

路栀示意："你进来干吗？在外面等着我就行了呀。"

她在储物格里找到当时放进去的药膏，拆开检查了一下，不小心挤出来了一点，可以给他抹上去试试。

伤口拆完线很久，已经处于最后的恢复阶段，弄不好很容易留疤，她之前已经让他留过一次，这次不会重蹈覆辙了。

车内暖气打开，很快闷热起来，傅言商脱掉外套大衣，铺在一旁。

路栀看完说明书，然后说："你把衣服撩起来，我给你涂一下。"

伤在腰下侧，她鼻息凑近，是温热的，手指却冰凉。冰火两重同时覆盖，随着她轻轻推开，腰侧的触感愈发明显。

涂完之后要等它尽快成膜，不然容易蹭到衣服上，效果不好。

她轻轻吹了下，然后说："我还买——"

脸颊被人捏住，他说："别吹了。"

她就趴在他膝盖上，后知后觉地意识到什么，突然被人一把抱到身上，窸窸窣窣的解衣声响起，路栀还没反应过来，锁骨绷着，圈出一泊好似盛着灯光的湖。

白皙的皮肤在冬天被养得愈发细腻温润，肩头露出来。路栀蒙了好几秒："你不是说车上没……"

"现在有了。"

锁骨上细细的带子被人朝两侧拨开，却迟迟没有下一步，他只是垂眼看着，仿佛在和自控力进行一种带痛感的拉锯战，傅言商将她垂下来的头发都拨至身后，这会儿问："刚要说什么？"

她觉得冷，伸手捂着露在空气中的皮肤，见他神色自然地调高空调，然后说："我还买了别的药，说是旧的伤口也管用，你十年前不是还留有伤口……"

他解得很专心，此刻被她摁住的布料，被从前端驾轻就熟地打开，从她指尖落下，没能抓住。

他依然问得散漫："刚给我涂的呢？"

"就是……防止疤痕增生啊，里面含皮肤生长因子，我以前摔跤都会用的……"鼻息温热地拂过，这回是他的，她难耐地低哼一声，他只看着，看花苞探出头来，却不采撷。

路栀的感官极度敏锐，风一吹就颤。他仿佛只是欣赏者，极近地看着，没有动作。

路栀实在受不了他就这么盯着看："你快点……"

"喝了酒，头晕。"

她看他一眼："你不是说你喝不醉吗？"

"有时候会。"

早知道他有计划，就不该让他得逞，但她好奇心又很强，只好问："你到底想干吗……"

"手抬不起来，很沉。"

路栀心说你刚刚挺利索呢……

他靠向后，五官在影影绰绰的灯光下显出一种迷离的好看，难得见他勾人，勾的还是自己："想要你来，好不好？"

酒席仍未散场。

傅望在原地罚站三个小时，实在腿抖，趁换茶时溜出去，以为自己兄长还在屋内。

他问一问旁边管家："赵叔叔，你有看到路……嫂，嫂，呃，路栀吗？"

实在叫不出口，因为他很难觉得甘心。

"刚还看到了，好像在院子里面看雪。"

"这么大的院子，去哪里找？"

"湖心亭。"

他加速冲出门，忘了穿外套，踏下台阶不过几步，已经觉得很冷，忍不住地打战。

院子里停着辆车。他刚从这上面下来，所以不觉得奇怪，但亭子里分明没有人影，池塘边也没有，四处只有静谧的鸟叫和落雪声，他仔细端详着，从这里踏出去的脚步，走向了前处。

厚厚一层大雪昭示脚步和路线，自台阶而下有两行脚印，一大一小，落脚时分明是两个方向，沿着秀气的那双脚印往前找，却和另一双在车门前会合。

他怔住，顺着那重合的脚步，再度往那辆黑色的车身看去。

苏城百年难得一见的大雪。

不过三个小时，已经在车顶积了厚厚一层，飘飘扬扬又沉静地覆盖着，车门紧闭，那层从他下来就覆盖许久不曾动弹的雪，忽然震落一捧，坠往地面。

车内，铃声忽然在座椅的缝隙间响起。

路栀后仰的颈一颤，手指向后扣住不知道是什么陈设的皮面，本想等它自己响完，但她怕漏接爷爷的电话，特意取消了静音，此刻默认的铃声实在吵闹，难以忍受。

她前倾，抽开只手，另一只手还被他握着，为了拿手机，前倾时和他靠得更近，不得不往前更多，但好在只有几秒，她重新回到原位。

她点了挂断，把手机扔到一旁。

两秒后，铃声再度锲而不舍地响起。

她第二次挂断。

当李思怡的电话第三次进来时，她知道，这电话是非接不可了，否则对方会打到她接为止。

她推一推傅言商肩膀，小声说："我要接电话……"

"嗯，"他出乎意料地好说话，"接吧。"

"喂，"她清了清嗓子，问电话对面的李思怡，"什么事啊？我在祖宅这边吃饭。"

"那你现在过不来吗？"

她垂眼愣了几秒，察觉到他抬起的目光时，这才慌慌张张地挪开视线："……嗯，有点事。"

"啊，"李思怡声音压下去，"画手找我要一个文件，但是在电脑上，我现在也过不去，今晚如果她不画的话，你也知道这些拖延症，下次画不知道是什么时候！"

路栀没说话，左边耳里是李思怡那边的嘈杂声音，右边是他的轻微吞吐声，伴随吞咽的动作，也不知道为什么这么清楚……

好在李思怡那边实在很嘈杂："你说什么？"

路栀抿唇，停顿两秒："我没说话。"

"哦，是广播，这也太吵了，"李思怡捂住听筒，声音一下子更清晰了，"那你老公呢，他现在有空吗？"

路栀垂眼不过两秒，被烫到般迅速抬眼："……没。"

李思怡："那我在他家家宴时忽然给你打电话，他不能骂我吧？"

"放心吧，他现在很忙。"

说完才意识到自己脱口而出了什么，她停顿两秒，很快牵拉感从他齿间传来，他松开，笑得脊背轻轻抖动。路栀脸颊瞬间涨红："别笑了……"

李思怡："什么？我没笑啊？"

路栀觉得还是要先尽快结束这通电话："除了找人过去，还有没有别的办法？"

李思怡："那只能让住得近的小郑去一趟。"

路栀谢天谢地："你让人家好好休息吧，大晚上还加班。"

"那怎么办嘛？"

"这样，我们之前不是下了一个远程操控的软件吗，"路栀说，"你把密码输进去，看一下能不能远程。我不确定默认设置是否还有效。"

"那倒是好主意，幸好我出来带了电脑，"李思怡说，"密码多少来着？"

路栀翻开备忘录，还好记着了："CC0621。"

身前的人微一挑眉，用气音问他："我生日？"

路栀沉默两秒："……这个真的是巧合。"

只能说软件的默认密码可能暗恋他。

和前排离得太远，路栀没办法后靠，否则会翻下去，因此只好扶着车门稳定自己，很快李思怡连接成功，一声"好了"之后，她还没来得及挂断，手里手机被人抽走，这边的手腕被他握在掌心。

　　另一边搭在车门上的手腕，也落入他手中……

　　池塘内全是落雪，锦鲤仿佛都被冷到，蜷进深处，只有池塘水位疯长，湿皑皑一片。

　　垂丝海棠不是花期，早已更替了新的花种，傅望在门外被吹得冷，半小时后也不见什么动静，躲进门口开了一局游戏，玩得心猿意马，这把游戏太长，足足玩了一个半小时，等他疲惫地抬起头时，也终于听到声音。

　　路栀站在车门前，身上裹着他兄长那件外套，极大的温差让她站在那里忍不住发抖瑟缩，暖白色的复古贝雷帽毛茸茸地包裹住黑发，但额前的刘海和碎发还是被吹得飘飞，露出的那张脸并不逊色于任何明星。此刻她脸颊红润，眼底雾蒙蒙一片，泪眼盈盈似的，不知道是不是冻的。

　　漂亮姑娘他其实见过不少，但这个实在漂亮得挪不开眼，身上披块麻布都我见犹怜。

　　不知道撒起娇来是不是更惹人心怜。

　　他几乎本能地忽略了那件外套从何而来，不过数秒之后，有人从另一边下车，手里拿着一条白色的羊毛围巾，在她脖子上绕了好几圈。她见脸被蒙住，一把将围巾拉下来，但又没什么力气地把手里的空盒子扔他怀里，傅望自己都吓了一跳，然而他哥并不生气，反而笑着接过，伸手去拉她。

　　傅望坐在大厅里，等了足足十多分钟才见二人进来，路栀手里还捏着一颗雪球，他听到一道沉稳些的男声问："还能走？"

　　路栀："你刚怎么不知道问呢？"

　　她手里雪球抛起，下一秒看到傅望的脸，吓了一跳，雪球也砸在地上。

　　路栀把围巾多卷了两圈，加快脚步上楼。

傅言商看了他一眼，傅望本以为对方会说些什么，这样自己也好问一问他们刚刚去哪里干什么了，但傅言商就只是瞥了一眼——

傅言商脚步没停，踩上了楼梯。

临近过年，各处都热闹起来，路栀挑了个时间和李思怡给大家准备好新年礼物，按次序放在工位上。

过年那天，祖宅年味更浓，四处被重新布置一番，她收了不少红包，吃完年夜饭，就在大堂陪老人家看春晚。

她已经好久没看过春晚了，偶尔会刷到一些片段，除非有比较喜欢的艺人才会看。

祖宅开了地暖，她穿了一件很薄的绛青色毛衣，窝在沙发角落里，看着并不好笑的小品，撕开一袋薯片，打了个哈欠。

傅言商："困了？"

"有点。"平常这时候路栀其实不困，但节目太无聊，又不好干点别的分散注意力，困意就跟着不断袭来。

傅言商将肩膀靠过来，她抵着分神去听小品，起先还能听到几句台词，渐渐就被从声音中剥离出来，听不真切。

傅家上下二十多口人，全坐在电视机跟前，隐约有声音响起："路家那小姑娘睡着了，不跟你侄子说一下把她叫醒？我们家可是要守夜的，哪天大家不是硬撑到早上六点的。"

"我不说他也知道，再说了，老爷子就坐那姑娘旁边呢，不能睡我爸会叫她的。"

路栀闭上眼的第八分钟。

傅言商抬了抬手，对傅诚说："您把左手边那毯子给我一下。"

傅诚："干什么？你才多大就怕冷？"

他不说话，侧了侧眼，小姑娘正靠在他肩上睡熟，手里还捏着那袋没吃完的薯片，眼睛闭着，呼吸均匀。傅诚递过毯子，但语气不算太好:"这毯子这么薄能顶什么事,着凉了怎么办?"

"知道了,一会儿抱她上去睡。"

跨年前十分钟,四下聒噪起来,晚会上也在酝酿着新春祝福,傅望放下手机一抬头,暗色花纹的毛毯下,傅言商正横抱着她站起身,那姑娘头侧进他衣领里,挡住大半张脸,只露出一方极小巧的下巴,闭着眼已经睡着。

光线被挡着,因此她睡得很香。

他一惊,转头和大家面面相觑,傅家从来都要守夜,上到老爷子本人,下到他们这些小辈,连同叔叔婶婶都是得把春晚看完的,哪有人敢中途睡着,他哥没跟她说吗?

可他哥怎么会忘记这种事?

他转头去看爷爷,傅诚正乐呵呵地看晚会相声,身旁两个人走了也不知发没发觉,过了一会儿,傅言商才下来。

傅诚:"门关好了吗?"

"关好了。"

"那就好,过年家里人多眼杂,虽然都是认得的亲人,但也不能就把门敞着,不然多危险。"

傅言商:"您每天要操的心真多。"

"……"

新年从傅诚敲的第一下桌拉开帷幕。

傅望还以为今年解放了,过会儿就能回房间休息,谁知道打瞌睡的第一秒就被抽醒,傅诚杀鸡儆猴:"困了是吧?困了去阳台上吹风清醒清醒!

"还有你们!都别给我耷个脸,平时晚上熬夜、玩手机、打麻将比谁都积极,过个年熬不动啦?"他又哼一声,"我告诉你们,我每年都这么过来的。"

临近一点,春晚结束,开始重播。

众人靠喝茶清醒，傅望转头，只有傅言商低头看笔记本，还能不被老头子揍。

早上五点，新年早饭，吃完后才得以回房休息，祖宅在六点准时安静下来。

路栀在困倦中感觉到被子被拉开，眼睛睁开一条缝隙，发现傅言商正换好睡衣躺下来。房间里的暖气来得慢，她不自觉地把被子拉一点过去，匀给傅言商："……几点了？"

"六点多。"

她晕乎乎地说："怎么现在才睡……"

她这边被子太冷，只好往他那儿挤一点，挤着挤着手臂就被搭在他肩上，她迷迷糊糊的，说的话近乎睡着时的呓语："……你又干吗？"

"宝贝暖和，"他说，"取会儿暖。"

骗人。

他明明……好烫。

路栀是典型的睡眠有时限的人，一天要睡够九小时，除非有闹钟，否则不会自然醒。

中途被打断，再醒已经是十一点了。

窗户太隔音，她拉开门，才听到底下有小孩子的尖叫。

……连小孩儿都醒了。

她硬着头皮下楼，不知道该怎么解释自己一觉睡到现在的事情，但好在一楼大厅没有人，她窝进小餐厅，傅言商让阿姨给她下了碗馄饨。

他倒是起得早，路栀一边动勺子一边问："你几点起的？"

"只比你早一点。"

她不知道全家都是六点多睡，十点准时起，这是老头子对新一年的虔诚，于是道："我本来也可以早起的。"

窗外，大家正在给每个小亭子贴对联挂灯笼，她吃掉一只小馄饨："说好九点钟之前不弄的……"

"宝贝那时候说话了，"他把她抱在身上，神色散漫地说，"以为你醒了。"

"……"

手机开机之后接连接到两通电话，她亲哥亲姐询问她回去的时间。

路屿还给她包了个大红包。

路栀："你手头上不是没钱了吗？"

路屿："没关系，给你转完之后哥会自己去喝西北风。"

她给他回过去一个更大的，路屿受宠若惊。

路屿："还是妹宝疼哥哥！"

路栀："傅言商的钱。"

她本以为路屿会很冷酷地退回来，没一会儿，收到新消息。

路屿："谢谢妹夫的馈赠。"

下午三点，又到了祖宅午睡时间，路栀看大家在一楼睡得形态各异，忍不住跟傅言商说："你家的作息好奇怪。"

他笑，没说话。

五点多时大家才陆续清醒，爷爷下午颁发的任务是包饺子，路栀不愿意学基础款，跑到傅言商旁边要包金元宝的，她学东西很快，没一会儿就出师。

旁边小朋友都跑过来，要她教自己包，路栀就蹲着很有耐心地讲。

傅望路过，本是想跟傅言商搭话，忽然视线一停，立领毛衣下，她后颈上有枚清晰的吻痕。

他原本以为自己会没有情绪，但心尖还是仿佛被人掐了一下，然后沉进凉透的海水里，有一瞬间无法呼吸，要说的话也跟着一并忘光。

傅言商："怎么？"

"没，没事，"他说，"哥，你们今晚也住这儿吗？"

傅言商下午回了趟枕月湾，晚上七点，驶回祖宅，在亭子里碰到一脸低落的傅望。

有酒味，但他并没在意。

"哥。"

身后忽然有声音响起，傅言商停住脚步，后备厢里仍放着东西，他无心于此，随意地"嗯"了声。

"你说……如果我当时懂事一点，坚持两个月不惹祸。"傅望说，"会不会现在也结婚了？"

傅言商转过身："你想说什么？"

傅望摇摇头，脑子里乱得很："爷爷为什么不让我和她先见一面呢？为什么不给我看一下她的照片？我还以为她……"

"以为什么？"傅言商声音冷淡，"以为她长得不漂亮？然后呢，她长得不漂亮就活该接受你，受你的苦，活该订了婚差点成为圈子里的笑柄，是吗？凭什么？"

傅望愣住。

"你从小到大走过多少次岔路，如果不是因为年纪小，你真以为那些事可以一次又一次用钱摆平？是，比起有些人，你确实拥有更高的学历，让你看起来拥有能够迷惑人的条件，但你扪心自问，如果不是有外教、私教，让你受更好的教育，你能有今天吗？"傅言商抬眼，问得直白，"脱离这个家的光环，你还有什么？"

"是她也好，不是她也好，即使你当时订婚的不是她，是任何一个人。今天这些话我都要和你说。傅望，没人欠你的。"

亭子四面透风，傅望被吹得清醒，意识却被酒精催得模糊，余光看到傅言商要走，又开口："哥，你喜欢她吗？"

"你要不清醒就跳进池子里再醒醒酒。"

"哥，我认错，我那时候不该因为没见过面就违背契约精神，但是你呢，她呢，你们非彼此不可吗？有没有一个机会，让我把错误改正？"

傅言商转头，确定这醉鬼此刻是真疯得不轻。风吹得呼啸，他露出鲜少的愠色："没有下次机会，这是我最后一次听到你说这样的话。收起你那没用的假设、不甘，以及，后悔。"

顿了顿，他重新抬腿："再对她有任何别的念头，你连国也不用回了。"

…………

卧室内。

路栀听到响动，起身去看："让你帮我拿个游戏机，怎么去这么久……"

"碰到傅望了。"

"是吗？"她打开游戏机，随口问着，"跟你说什么了？"

他在此刻呼吸停驻。在傅望面前，他尚且有威严和决定力，然而在她面前却没有，他可以平静地驳回傅望的念想，但不敢想，如果她想要重来，他该怎么办。

虽然他自觉自己比这个脑子还没清醒的堂弟好得多，但不知为何，路栀总是对傅望的事格外关注。当时她那张要发给傅望的照片是被他拦下的，傅望确实一概不知，但她有没有见过傅望？或者她当时同意联姻，会不会确实觉得是因为傅望还不错……

如果她犹豫，他要怎么抉择？

路栀完全没意识到他在沉默，发现游戏机已经被自己玩没电了，跑去把电充好，又发现床头不知何时出现两个熟悉的箱子，都不用看，盖子一开，熟悉的飞行棋。

好像答应过他玩三次来着。

怪不得去了这么久，路栀回头问："你今晚要玩吗？"

"不玩了，"他说，"没心情。"

路栀端详他的表情，很意外的陌生表情，她趴过去凑近看。"没见过你这样。"她说，"什么重要的事能让你这么心烦？"

他沉吟良久，久到路栀都觉得这个话题揭过了，被子一掀想去上个厕所，忽然被人摁倒。

一瞬间天旋地转，她的手在晃动之间拍灭床头灯，一片漆黑中，他的声音贴在她的颈窝里："后悔过吗，和我结婚？"

……话题跳转得好快，她眨眨眼，感觉胸腔里一颗心脏跳得飞快，启了启唇，想问他出什么事了吗，下一秒，这话题又被他揭过，像不愿意听到可能会出现的，不喜欢的回答。

"算了，不重要。"

她无言几秒："你要不是因为职位够高，在公司里每天这样东一下西一下真的会……"

话到这里戛然而止，他俯下身来，转而开始新的话题。

光线柔和，浅浅覆盖在她脸颊上，拢出一方温柔的圆弧，她在安抚声中渐渐放松下来，闭起眼睛，刚刚点开的综艺已经放完，来不及关闭，自动跳到一场电影。

傅言商低眼看着她，就在此刻，仿佛此前所有杂念都化为飞灰，尽管知道他的心烦也许不过多久又会卷土重来，但此刻他就只想这么看着她，看她此刻产生的些微愉悦与他有关。

供暖来得慢，空调暂司其职。

楼下传来摔门和关切的声响，大概是傅望回来了。

这么想着，他眉头一皱，路栀也跟着皱起眉，恍惚间想起来："你刚刚的问题……是认真问的吗？"

"怎么这么说？"

空调的暖风有点干燥，她没忍住关了，此刻又有点冷，皮肤随着冷空气轻轻抖着："如果你是随便问问，而我认真回答，不是很丢人？"

"晚点说。"他暂时不是很想回到现实，自顾自地在这个氛围中再沉溺几分，"还有工夫想别的？"

她很快就没工夫了……

人确实在闲的时候才能想七想八，一旦外力作用加大，神思就全跟着汇聚在那儿，脑袋里也就剩一片空白。

他记起之前有想过投资一个项目，全自动的按摩汤池，但最终没有定下，原因无他，机器跟人的本质区别就是挡位固定，一挡、二挡、三挡，没有中间值可选，定了就是那一挡，他不喜欢太死板的东西。

法国电影播着，全是独属于法国人的浪漫温柔，空气里仿佛也弥漫着烘焙面包的香气，或者还有被催熟的树莓……

她在努力获取氧气的间隙看他，他表情很认真，不知道开会决策的时候是不是也是这么认真，全身穿戴得齐整，袖口处还做了收紧，配着法语的背景音，衣冠楚楚。

路栀伸出手。

"怎么了，要起来？"

她说："不是，要抱。"

他心尖仿佛跟着溺向一片漫无边际的海里。于是他俯下身抱住她，共享这一刹的心跳。

她脊背滚烫，有薄薄的汗意，他手臂收紧，这一瞬间的力道有些发狠，她缺氧的同时仿佛看到临界点的烟花，绽放在广袤宇宙的尽头，连光点也在燃烧，闷着声嘟囔了句什么，被他驳回。

电影里正放到煽情部分，主角分手，她也贴在他掌心泪眼蒙眬，她的眼泪染湿一片睫毛，再被他吻掉。

这电影放得漫长，临近一个半小时终于到了结尾，男女主久别重逢，配角哭得厉害，她也是，贴着他呜咽出声，被他笑着抚一抚后颈。

她全汗湿了，头发到睡衣，枕上到枕下。

路栀洗完澡出来，看到阿姨正在换床单时，脑内发出尖锐的爆鸣，迅速重新冲回浴室，一把关上门。

后遗症一直延续到下午。

她闷着声坐那儿喝新炖的小盅银耳，傅言商过去，捏一捏她耳尖："好了，真打算一下午不跟我说话？"

她耳郭憋得通红："我以后怎么见人啊……"

"这有什么？"他好笑道，"你恐怕不知道她们在家里干了多少年，见证过多少……"

路栀不管："都怪你。"

"行。"顿了顿，他说，"怪我什么？"

银耳已经见底，路栀还在机械化地舀着，声音回荡在碗里，血都往一处涌："我以前都没有……太丢人了。"

像是装满水的气球被吹破，她难以回忆。

"谁告诉你以前没有，"他道，"宝贝，你质疑我的能力？只是以前都是我自己换的，你没看到而已。"

"那你，非要，非要用……"

"换个风格嘛，你要不喜欢，下次还是换我。"

终于外面传来声音，她推一推他："爷爷叫你，赶紧去。"

老头子最擅长扰人清梦，他逗她逗得好好的非要喊他上楼，说一大堆有的没的，工作计划绕了一圈，他等不及："您到底要说什么？"

傅诚表情一脸的不争气，不情不愿地问："你跟小栀到哪一步了？牵上手没有？"

"……"

等他回到小餐厅，已经过去半个多小时，发现人已不翼而飞，也不在房间。

给她打了电话，也没有接，他就在那一层沿着自己的房间去找，房间太多，好一会儿才在书房找到。

他正要推门进去，听到声音。

此刻傅望也在。

不知道在这里站了多久，也不知道傅望说了什么，他站在原地没有推门进去，门半掩着，露出一方窄窄的缝隙，只能看到她的背影。

傍晚光线太好，连带着她的裙子都被光打得过曝，窗帘被吹起，她的声音却很清晰："没那么多如果，我就算跟你结婚也不会喜欢你。"

"如果我一直都老老实实的呢？"

"那也不会。"

"为什么？"

"因为我会爱上的人，不会问我这种问题。"

…………

书房内安静许久，傅望在这一刻死心。不知道家里有没有人告诉过她，在订婚之前，她真的是他挂在嘴边的理想型。"追悔莫及"四个字烙印在他的人生里，成为之前每一次放纵后，长久的惩治。

她说："不管你信不信，爱是宿命论，就算重来一百次，我们两个也不会有故事。会跟我相爱的人，很早之前，我们就已经遇到了。不管有没有你。"

她话讲得冷淡，傅言商几乎从未听过她这么冷淡的语气，原来她也是会拒绝人的，这么干脆、利落、不拖泥带水，知道对方最关切的是哪里，因此一击致命。

寥寥几句，傅望再没多说一个字。他在书房足足站了十多分钟，还是路栀开口提醒后才离开。

路栀拿着手里的东西回到房间，那么大的别墅，供暖确实需要些时间才能覆盖，书房冷得要命，她又裹进被窝里。

轻轻一转，腰上被压上什么，路栀转头，吓得半晌没动："……你什么时候回来的？"

"一直跟着你。"他盯她眼睛，"看什么呢？这么入迷。"

"你的相册，之前爷爷让我看来着，我那时候不感兴趣。"

他道："现在怎么又感兴趣了？"

路栀一下语塞，半晌，听到他问："你不喜欢傅望？"

这话问得好奇怪，她莫名地抬头去看："我为什么会喜欢他？"

"之前每次说起他，你都很关心。"

路栀启唇："我总不能说我想看他挨打吧？我听他挨骂，关心一点不是很正常吗？爷爷每次都在骂他，你也是。"

路栀简直觉得蒙受了天大的误会，难以置信地道："傅望那种草包，我怎么可能喜欢他？"

"那你喜欢谁？"

"……"她裹得像只蚕蛹，这一刻觉得有些无法呼吸。

他问："我吗？"

怀里的蚕蛹慢慢背过身去，然后缓慢地，点了两下头。

他像是觉得不可思议，又半是逗弄地确认一遍："喜欢我，是吗？"

蚕蛹半蜷着，又慢吞吞地点了点头。

本以为到这里是结束，身后半晌没声音，路栀还以为他睡着了，轻飘飘地转过头去，却被人抱坐到腿上。

他问："什么时候喜欢的？"

路栀正色："一次不能问超过两个问题。"

"真喜欢我？"

她不堪其扰："我不喜欢你能让你亲我吗？你动脑子想想——难道谁跟我结婚都能跟我亲吻吗……"

他顿悟："那是第一次在车里，外面有情侣在亲。"

"……没有那么早！"路栀憋红脸，"那次明明是你偷袭，要亲都没说，还说是我要亲，你太狡猾了。"

他手指捏着她小腿，继续缓慢地猜："那是我们第一次回来，你背后有狐狸。"

还在做排除法，路栀："没到。"

"车里那次？"

她含糊着声音，像嘴里含了颗汤圆："有，一点点吧……"

"喜欢？"

"就……好感，有一点。"

他视线搭着，溢出道气音，意外过后的恍然："原来这么早。"

"很早吗？"她说，"那不喜欢了。"

脸颊像被惩罚般捏住，仿佛怕她又说出些什么，小腿还落在他另一只手心里，轻轻缓缓地捏。

路栀全身几乎卸力，蹭来蹭去想摆脱："好酸……"

"路栀。"

"嗯？"

他说："我一直觉得对我来说，人生有意义的时刻很少，但这算一次。"

她启了启唇，忽然抬头："美国那次不算吗？"

"哪次？"

"就是你，救了一个小姑娘的事。"

"那算什么？"他笑，"我都不认识她。"

"怎么不算了？"她不高兴，"要算的。"

不知道她为什么在这件事上展现出超出寻常的执着，但她一直很好奇这事，因此他也没多想："宝宝，一个再见面我都不会记得的人，要怎么算？"

路栀嘟囔："站你面前你也认不出来吗？"

"认不出。"

当时天色那么暗，他又受了伤，连兼顾力气和看路都很难，更别说还得留意周遭环境，小姑娘头上一顶黑色帽子，从他视角看下去黑漆漆一片，能看到什么？

他启唇，正要说话，忽而看她凑近，那张脸就在视线之中无限放大，玻璃一样的瞳仁泛着水光。

她说："那你再仔细看看呢？"

噼啪。

是哪里的雪团落下，在屋檐上砸出轻微的声响。

时间仿佛在此刻静止，她盯着傅言商的视线，他手指托在她腿间顿住，凝视她良久。

她感觉那只手指陷得愈深，他呼吸跟着停了一拍。

路栀眨眼："看出来了吗？我，那年十岁，哪里像七八岁的，我很矮吗？

"还有，你怎么都不和我说救的是中国人，我一直以为是美国小姑娘。"

他喉结滚了下，似乎仍觉得不可置信，眉心蹙了下，又松开，定了定神，好半晌，将她抱起："你没跟我开玩笑？"

"这要怎么开玩笑，"路栀一颗心也跳得飞快，"就，我不是给你口袋塞了一个小玩具吗，你有没有看见？那个玩具是音乐盒里的，一盒一物，只有把一套拼在一起才能转，换别的同款都不行……"

他闭眼，从喉间漫出一道近乎于落定的宿命感，怪不得，怪不得她怕声响，怪不得她忘掉了美国那段记忆，怪不得她的潜意识会对这件事如此在乎。

路栀还在回忆："还有手环，是井池从我手上摘掉的，是不是？"

他低眼，目光在她脸颊上落了下来，沉沉地道："那时候你在我怀里才那么一丁点，现在已经长这么大了。"

"如果那时候我记得，你还能看着我长大。"

"那还是算了，"他道，"我适婚的时候你才刚成年。"

他轻轻咬着她侧颈，像在进行一种秋后算账的报复："后来怎么不来看我？我住了七天的院。"

"我回去就发烧了，"路栀也好后悔，轻轻抓着指尖，"烧完就把美国这一段全忘掉了，你不记得吗？还没到家我就吓晕了。"

"我那时候还以为你睡着了，"他道，"还在想，我的怀抱这么有安全感吗？"

路栀说："后来阿姨连夜把我带回国，因为没有看好我，让我一个人满手是血地回来，所以害怕得不敢说，没多久就辞职了。除了害怕声响之外，我和平常人也没区别，因为看起来像是胆子小，家里人也没有多想。"

他问："除了怕声响，还有其他哪里不舒服吗？"

"没有了。"

他手臂牢牢地箍着她的腰，像是唏嘘感叹，命运如此荒诞奇妙。

路栀说："你那天还穿了白色的衣服，后来为什么从没见你穿过？"

"你哭得太吓人了，"他道，"后面不敢穿了，全换成黑色了。"

居然是这样。

他问："什么时候知道的？我第二次受伤，进医院那天？"

她"啊"了声，正想问你怎么知道，听他揭开谜底，抚一抚她的下唇："怪不得那天对我那么好。"

路栀嘟囔："你能不能忘了……"

"这怎么能忘得掉？"他极其平静，"我的人生就是为那一刻而活的。"

她有些热，把裹起来的被子重新打开，然后说："我以为我们第一次见面是珠宝宴，你以为是那场音乐会，原来都不是，我们第一次见，"她轻声说，"在好早好早之前。"

"也许更早，"他将枕头拉到她身下，笑了一下，几乎荒诞，"上辈子？"

路栀撇嘴："你不是唯物主义无神论者吗？"

"忽然决定信一下，"他觉得也不是坏事，"如果能让我遇到你的话。"

路栀这晚反复做了同一个梦。

像某种昭示，一个预言，从她的年幼梦到生命的最终——但每次都在梦中人开口说最后一句话时停止，她只能一遍又一遍循环，像在找一个最终的答案。

闹钟被她关掉，她翻了个身，落入一方宽大的掌心里。

她软得像棉花糖，他指缝几乎满得要溢，好笑地捏了下："起床了宝宝。"

她迷糊地"嗯"了声，也不知道是不是真的听见他说话，但半晌没动静，估计是还在睡梦中。

他房间的窗帘并不遮光，估计也很难睡得安稳，此刻清晨的光从窗帘中穿过，照亮她薄薄的耳垂，泛着橘粉的绒光。

每次亲她，她都会颤，他总乐此不疲，他都会一下接一下地亲，亲到她抗议为止。

于是低眼复刻，碰到的第一下，她果然条件反射地抖动一下，他唇顺着下挪，从耳郭到耳垂，再到侧颈。

每一下她都像未被包装的果冻，颤时带起轻微的瑟缩。

终于，路栀翻了个身，抗议地抵进他怀里，他伸手将人抱住，听她问："……几点了？"

"十点半。"他说，"再不起赶不上吃午饭了，你姐姐不是还在家等你？"

她很显然没睡够，从喉咙里发出赖床的音调，他抬手揉一下她耳垂："做别的事的时候也能这么爱出声就好了。"

路栀说："我做了个梦。"

含怆

"你不是经常做梦？"

"我好像知道你爸妈要和你说的是什么了。"气氛陷入微妙的沉静，他听到她说，"我想了好多天。"

"傅言商，"她刚醒，音调实在好听，温温柔柔的像在撒娇，"如果，我是说如果。我们有一个小孩，如果我们不小心出了些意外，只能留给她或他一句话……"

"如果第一个字是快，你会希望他快一点，还是希望，他快乐？"

他喉间一哽。

她这个话题实在是意外，他母亲生他时去世，所以他并不打算让她经历生育的风险，由此没想过。有没有小孩都不会影响他爱她，但此刻她预设了，于是也可以想象。

岁月漫长，其实也有很多人安慰过他，用尽各种语言，各种方法，但都没有她发自真心的这一句来得醍醐灌顶。如果他有个小孩，他希望是女儿，因为像她，但如果是男孩儿，也无所谓——如果真的在弥留之际，对着自己和挚爱的希望，他要说的怎么会是快一点？

当然不会是快一点。

他会说，慢一点也没关系，但爸爸希望你快乐。

从年少时就被困住的镣铐，在此刻开始溃散。

她沉默很久，再开口时也有些哽咽："所以不要因为妈妈在那天离开，就觉得过生日也是亏欠，她会希望你记得她，但不必时常觉得亏欠她，她不希望自己的任何一刻成为你的负担，因为她爱你。

"也不用过得那么辛苦，因为你是爸爸在这个世界上唯一和母亲相关的信物，他单纯地爱你，也因为爱她所以爱你，你的爱是双份的，他希望你快乐，就像你妈妈希望的那样。他看出你很辛苦，所以走时，只希望，你快乐。"

她在此刻得到答案，也变成答案本身："没人会后悔生下你，就像我，也从来不会后悔嫁给你。"

许久许久，他将她更紧地抱住，声线随着身体轻微地颤动，这场在他生命里瓢泼已久的暴雨，终于在此刻开始停息。

"……好。"

她手指陷进他发间，轻轻亲一下他的颈。

最后的结果还是迟到了，他们在房间里拖延了四十多分钟，待到爷爷都过来敲门，问他们是不是走了。

在门口时，路栀摆手说不用送，谁知道傅言商上车后，爷爷站她面前，语重心长地道："到哪一步了？还没有牵上手吗？"

她上车，见他情绪缓过来，终于算是好一些。

傅言商也侧过头来看她，握着她手道："傅老板跟你说什么了？"

路栀思忖着："他问我，我们到哪一步了。"

"他成天爱操心这些，"他道，"你怎么回的？"

"我只能笑，"她说，"我还能怎么回啊？难道说你已经'大满贯'好多次了吗？"

…………

光凝成一个小点，他肩起伏着，终于笑了。

车程二十多分钟，话题终于慢慢聊往别的方向，解开了一个结，路栀心里也轻松许多。

等到了家门口，远远地就看到穿着青绿色羽绒服的路屿，像棵圣诞树。路栀下车问："你站外面干什么？不冷吗？"

"还不是为了等你们，我肚子都快饿瘪了，快进门。"路屿抬了抬头，过了半晌，又跟后方的傅言商道，"……进来吧。"

虽然迟到了半小时，但厨师还是等他们到了才开始做饭，傍晚时，雪又下起来。

路栀在七点多溜出家门，已经全副武装，路盈和路屿站在二楼阳台上，揣着热水袋往下看。

"这么冷的天……她怎么还和小时候一样，每次下雪都要出去玩。"路屿冷得戴着口罩。

路盈："你也一样，每年都一边嫌弃一边帮她望风。"

路屿嘴硬："我还不是怕妈出来看到了，到时候怪我没看好她。"

和小时候的每次一样，她偷偷跑出去，他们在上面帮她望风，看了好一会儿都没见她出现在熟悉的区域里，不知道是在做什么。

路屿："劝她离婚好几次，结果她还是把人带家里来过年。"

"你从小到大就是管得宽，你自己的婚结得不高兴，她可未必，从小到大，她能让自己受委屈？"

路屿："这话你怎么不早说？"

"你也没问我。"

说话间，熟悉的人影终于出现，她穿一件低调的白色棉服，几乎和雪地融为一体，身上比刚走时多了一顶帽子一对手套，滑行出去好一段距离，肉眼可见的兴奋。

路盈说："看到没，她老公刚刚肯定给她戴这个去了。"

"你怎么知道？"

下一秒，从她身后，高挑人影跟出。

"我们每次都是帮她望风，但是，有哪一次敢真的挑战权威，陪她一起？"路盈扬了扬下巴，"也许她要的就是这个。"

路屿思索许久，朝楼下看去。

路枙每年的必修课，给庄韵养的那棵树上挂满彩灯，顺便把结的苹果全摘走。

他每年都背锅。

但今年不一样，那个总是独自攀高的身影，终于有了同行的人。

傅言商接过苹果塞进她帽子里，她被压得沉，迭声叫好重，他说那换我来摘，她说不行，踩着梯子跨上枝头，被掉落的雪冰得直眨眼睛。

路盈收回视线，说："你也是，别总先入为主地看待每一段关系，也许和你结婚是别人在容忍你。你好好想想，虞小姐也有很多优点，你们何必做仇人？"

路盈又说："你不满的只是束缚，也许她也是被困住的人。"

次日清晨，庄韵再一次发出灵魂质问："我树上结的苹果怎么又没了？"

路栀抬起头，真诚地问她哥："你有什么头绪吗？"

路屿："……"

"我就知道又是你！又是你！"庄韵起身，"每年都是你，今年偷了又送谁？！"

"啊！妈！我夹的鸡腿掉了！"

或许是找人背锅的因果报应，路栀当天下午就发烧了，迷迷糊糊只记得有人一直在给自己盖被子，昏昏沉沉地睡了几个小时，有手探至她额头上，歇一口气道："……还好退了。"

她迷迷糊糊地问："不用打针了吧？"

傅言商："现在知道要打针了？让你别脱外套——"

她睁眼，可怜巴巴地看着他，他忽然又说不出什么重话，半晌叹了口气。

"喝不喝水？"

路栀点点头。喝完一杯水，她说："也可能是因为要来例假了，我有时候在快来例假时就会有一点低烧的。"

"那之前怎么没有？"

路栀心虚："偶尔发一下烧对身体好的，我好几年没烧了。"

喝了水，她舔舔嘴唇："嘴里好像没味。"

"我看附近有蛋糕店，蛋糕吃吗？"

她点一点头："要草莓的。"

这个季节的草莓正鲜甜，她没想到他带回来的会是她十岁生日时，庄韵买的那一款。

连锁品牌好像就是这样，畅销款会一直升级，很少下架。

路枙怔了会儿，听他问："怎么？"

她摇摇头，说"没事"。用勺子挖掉一小块，她闭上眼，五官皱成一团。

和十一年前记忆中一样的麻苦，横跨她少女时代的一片阴云。

傅言商见状切了一块，吃进去，路枙仔细看他表情，然后问："不苦吗？"

"不苦，"他说，"甜的。"

她在那一刻僵在原地，不可思议的记忆一帧帧回味过来，一模一样的苦味，为什么会这么苦？她还以为今天的蛋糕也坏掉了。

他伸手把她唇边的奶油擦掉："发烧有可能会缺锌，这样吃东西就没有味道，一会儿给你买点锌片，吃几次就好了。"

路枙怔怔地看他。

蛋糕放过一夜，和十岁生日那年一模一样的过场，吞过几次锌片，她再次张口——这次是甜的。

原来那天的蛋糕没有坏。

苦是她的味觉，不是他们留下的蛋糕。

路枙难以置信地坐在那里，像是跨越十一年，终于与那时的自己对话。

原来不是只有听话，才有资格吃到好的蛋糕。

原来不是做我自己就不能被爱，但在被爱的这一刻，才终于有勇气与过去的某一刹那和解。

她捂住脸，听他问："怎么哭了？"

她摇摇头，更深地埋进他怀里。

初七，外面的店铺在短暂休憩后，开始大面积陆续开张。

路栀在家里上上下下找一遍，才在三楼找到傅言商，他正从庄韵的茶室里出来。

路栀："你跟我妈聊天了吗？"

但很快，这个念头又被她抛之脑后："我家离那个音乐厅好近，今天要不要去？"

等到上车，她从副驾驶看出去，熟悉的络绎路，靠近人行道的斑马线上，有一片镂空的枫叶。

路栀正低头看着，忽然听他道："第一次见你就是在这里，你拿了把伞，对性骚扰别人的老头重拳出击。"

路栀难以置信地停顿了好多秒，这才惊诧道："你看到了？"

他挑了挑眉："我看到，很奇怪？"

路栀陷入漫长的沉默，好半晌才找回自己的声音："你后来结婚的时候也知道那个是我吗？"

"当然知道。"

早知道傅言商一开始就看到了她真实的一面，她就不装了："那我刚结婚的时候不是白白装乖了吗？"

像是没太听懂她的话，他道："什么？"

"我们刚结婚的时候，我表现得非常乖巧、听话、懂事，当时我过生日的时候没和你说，有部分原因就是我觉得……"这话是有些难以启齿，"你喜欢的乖巧的我，都是我装的，我一旦开口，就暴露了。"

车忽地停下。

虽然说的这些的确都是中文，但他像是需要花些时间确认一下："你，乖巧？"

路栀不服："怎么，我不乖巧吗？"

"爬山偷偷坐缆车，我饿着肚子看你在里面吃完一整份薯条，嘴角还有番茄酱；送我的眼镜根本不是给我买的，"他又补充，"估计又是你那个什么男主，借花献佛。"

"还有之前我给你做了几个小时的爆浆蛋糕，你吃几口就嫌腻，美其名曰觉得我辛苦，其实让我当你的垃圾桶，把剩下的全吃完。"

"喝醉了坐我肩膀上，给别的男人挥荧光棒。敢在傅言商头顶蹦迪，谁能有你胆子大？"他道，"你乖，你哪儿乖？"

提起这事他就上火，那歌手全程还在跟她互动，不知道的还以为他们俩才是情侣，不过后来也好让他在车里得了些趣。

他视线微动，漫不经心地哼笑道："也就接吻的时候乖点。"

路栀憋了半晌，实在说不出话，她扯着安全带，装听不懂地看窗外的云。

车重新点火，他看向前方："你之前问过我，晚宴那次，是什么让我决定不去后又改了念头，所以迟到——"

手机忽然响了一声，傅言商说："你先看消息。"

"没事啊，你先说。"路栀这么说着，低头看一眼，忽然怔住。

是庄韵发给她的，很长的一段。

庄韵说那天其实早就买好了礼物和蛋糕，想给她好好过十岁生日，但路栀却不在考好的承诺内，庄韵怕再养出一个二世祖，不想违背承诺出尔反尔，因此心焦。

　　今天听小言说了才知道，原来那件事对你伤害有这么大，妈妈也很愧疚，妈妈确实严格，但那天的蛋糕没有坏掉，晚上我让她们放冰箱了，等你开门才拿出来。

　　本来想说下次发烧要告诉我，但是应该有人能更好地照顾你了。

　　不管怎么样，家里都是你的避风港，不要伤心，不要置气，妈妈也在学着做一个更好的妈妈，不管你回来与否，家一直都在。

　　如果喜欢吃甜食和冷饮，以后不要再瞒着妈妈，让她们量做少一些就是了。

小言很细心，跟我说完这些我更加放心了。你们好好相爱，晚上就不做你们的晚饭了，玩好再回来。今天没有宵禁。

她哽咽好多次，其实不是不理解，她知道这些行为背后的原因，但她就是觉得她需要这样的解释。

她掩盖起真实的自己走了好久好久。在学校时放松，回到家又小心地叛逆，不想再一直面对这样的自己，所以选择了联姻。

万幸没有选错，命运带她走到了正确的轨迹。

有人从一开始就看到了被掩盖着的自己。

路栀吸了吸鼻子，说："我先下车。"

下车买好票，已经过去十多分钟，她收拾好心情，正想回去叫他，才发现他一直就在她身后。

路栀小跑过去，递给他一张，奇怪道："他们说我不用买票，名下有一个固定座位。"

这天的风好冷，她缩一下，余光看到卖糖葫芦的小店拉开了展示柜。

他答非所问，先说了上一个话题："那场晚宴我之所以会去，是因为我突然得知你要去。"

路栀怔了一下，看着他。

"你的照片，我在傅望之前看到，所以照片被我扣下了，他没有看到。"

她胸腔里，一颗心怦怦跳得激烈，像下一秒就会跳出来，然后融化开。

"不奇怪吗？为什么那天傅望会出现在你朋友常去的俱乐部，为什么你朋友会知道他的具体方位，为什么你出现后没多久，我就出现。"他牵住她，"当然，如果他不做那些事，我确实也没有机会。"

"但可惜他向我证明，他确实配不上你，那我想，不如我来，我会做得更好。"

路栀开口道："那如果是个你觉得和我相配的人呢……"

"那我会含泪祝福你们。"他说得轻巧，"但很可惜，除了我，那个人应该还不存在。"

原来是这样，原来从傅望换成他，并不是巧合。

是他蓄意为之。

"我是不是没有告诉过你，"傅言商低下眼，握住那张票，"我对你是一见钟情。"

呼吸进来的风变得温柔，画面变成一片片具象的云，落进她脑海。

"那天工作很忙，我累得头疼，就坐在后排。

"宗叔开车带我路过，我听到你的声音，当时就觉得挺有意思。

"但没多想，只是想要不要停下来，在井池的剧院买一张门票，你就站在这里，排在我后面，被我提前买走最后两张。我从后排接过票，但你没有伤心，绕到车窗前，背对着我买了串糖葫芦。

"我忽然认出是刚刚那个背影，车启动的时候，你回头，和朋友在笑。"

那天的风和今天一样猛烈。

她穿一件云白色的面包服，偏扎向一边的头发里编织着浅青色的丝带，在发尾处打出一个温柔的结，转头炫耀买到了最后一支草莓冰糖葫芦。

无休止的工作和奔波，他不过片刻抬眼，去看车开到了哪里。

于是——

万物凋敝的冬日，他抬头，看见了春天。

饮品热选·

卡布奇诺（冰/热）　¥15　　冰萃冰咖啡（冰）　¥18　　香柠果啤泡泡（冰）　¥18
KABUQINUO　　　　　　　　　BINGCUIBINGKAFEI　　　　　XIANGNINGGUOKABAOBAO

雪顶摩卡（冰）　¥15　　冰淇淋咖啡　¥18　　橙子果啤泡泡（冰）　¥18
XUEDINGMOKA　　　　　　BINGQILINKAFEI　　　　　CHENGZIGUOKAPAOPAO

【正文完】

甜品热选·

海盐芝士蛋糕　¥35　　黄油海盐卷　¥8
HAIYANZHISHIDANGAO　　HUANGYOUHAIYANJUAN

奥利奥千层　¥35　　抹茶泡芙　¥18
AOLIAOQIANCENG　　　MOCHAPAOFU

★ 番外一
　　冰岛芬兰夜

后来一整场音乐会，路栀都看得心猿意马。

傅言商那段话时不时就随着乐声荡进脑海，一遍遍地加深印象，遗漏的细节也在回想中慢慢被补充完整。

怪不得，怪不得她在俱乐部捉到傅望的时候，没过几分钟，傅言商就恰到好处地出现，然后救场，再体面地把她请进自己的包厢，并让侍应生端来热茶。

她那时觉得他和傅望是一家人、一个队伍，因此并没多想，谈话也没往心里去，出了俱乐部就忘光了。

再见就是他作为兄长，"好心"替傅望善后，请她们一家人去汤池泡温泉，以一种极为妥帖的方式，提出当下最好的解决方法，这个婚由他代结，既能不毁傅家的名声，也能保住路家的面子。

他并未步步紧逼，给了时间让她考虑清楚，对于这样的选择。路家家里人当然同意，那唯一的决策权自然就捏到了路栀自己的手上。

她被这事磨得心力交瘁，晚上泡温泉时，不知怎么就"恰好"遇到他，晚上总是感性易冲动，她找到他，然后问："那结婚前我可以看你的体检报告吗？"

在傅望的事上栽了跟头，她开始觉得上流圈的男人一个都信不过，不管外部风评怎样，谁知道本人是不是金玉其外、败絮其中，还是要自己了解才靠谱——傅望不就是吗？所有人都说好，谁知道实际是那个样子。

但那时他答得很快。

"可以。"他目光很坦率，在雾气中有股出其不意的直白，"不过你不用担心，我是第一次。"

现在想来，从那时候就能看出他这张口无遮拦的嘴了。

当时怎么看都觉得这人极有责任心，庇护堂弟、成全傅家，四平八稳八风不动地，一点也看不出有别的企图。

他果然很会装。

看音乐会休息的中途，有服务生前来送水，见到她时明显惊了一惊，但很快掩饰住，礼貌微笑着递来一杯煮好的荔枝茶，这才离开。

路栀小声问："他为什么好像被我吓到的样子？"

他在喧哗声中不动声色地靠近，轻轻捏一捏她的手："大概是因为，这个专属的位置空缺了两年，第一次有人出现。"

她眨眨眼。

"你走得太快，找不到办法联系你，我以为你喜欢听这个乐队，就在他们每次演出的时候给你送票。"

路栀缓了会儿："那你送到哪儿呢？你又不认识我。"

"对面咖啡厅，"他讲得随意，"最后看到你是在那儿消失的。"

如果她等会儿过去，大概能收到不少过期票根。

"可是……咖啡……"她恍惚，"万一我只是路过呢？"

他笑："你应该确实只是路过，因为这里从来没有人上座，偶尔我自己来听，身边也没人出现过。"

"那你还送？"

"是啊。"

她在这瞬间反应过来什么，这是一种别无他法的刻舟求剑，他也知道不行，但，万一呢？

路栀不可置信："你这么精明的人，居然会做回报率这么低的事。"

他抬了抬眉："很意外？"

她点头："很意外，在我的预设里，你应该是那种'错过就算了'的人。"

"算不了，"他说，"怎么能算了？如果再等不到你，按照我的计划，今年就不会送票了。"

"嗯？"

"我会去找你，"他肯定地说，"直到找到你为止。"

命运预设出截然不同的两条路，但不管走向哪一条，相遇的结果，都是必然。

路栀后来在咖啡厅拿到了所有已经过期的门票，厚厚的五十多张，一张也没漏掉。

"你一个人看过多少场啊？"

"记不清了。"

路栀撇一撇嘴："你别这样，这样搞得我还挺愧疚的。"

"什么？"他偏头靠过来，"宝宝说要补偿我？"

"……我没说！"

次日下午回家的时候，听宗叔说傅言商已经回来了，家里还有客人。

客厅没看到人，路栀最终在调酒室里听到声音。

调酒室遮天蔽日，关上门后暗色一片，只有微弱的橘色灯光点落，靠外的位置延展出一块巨大的大理石吧台，那是聊天品酒的地方。

傅言商正半陷在沙发里，握着一只冰山纹的玻璃杯，威士忌被喝到只剩浅浅一层，纽扣解开两颗，衣领折散，正笑着跟客人聊天，不知道是讲到什么。

大概是聊天到了尾声，没一会儿，井池和陆承期就先走了。

"你还要喝吗？"路栀在想要不要给他留私人空间，"那我也出——"

忽然被人揽住腰肢，她没站稳，直接跌坐在他身上，他托着她后颈问："去哪儿？"

"就，"她忽然屏息片刻，"外面，等你啊……"

"在这儿陪我。"

路栀开口正要问我待这儿干吗，下一秒，脚踝被人捏住。他轻轻揉着，有股慢条斯理的缓劲儿："外面不冷吗？"

"冷的，"料想他应该是在说自己裙子穿得短的事，路栀解释，"但是室内暖和，外面套了厚的……"

他"嗯"一声，捏过酒杯的指尖很冰，她费尽心思钩住的拖鞋，"啪嗒"一声在转弄间从足尖脱下。

路栀攀着他肩膀，手指动一下，然后问："你还喝酒吗？"

"不喝了。"

"但还有这么多冰块——"

起先路栀只是想找个话题来分走他指尖倾注的过分的注意力，但似乎是被提醒，傅言商偏过来，雪松木的香气混合微醺的酒意，危险馥郁："不能浪费，是不是？"

不知道他在问什么，路栀只好本能地点点头，她又坐起来了些，觉得沙发的角落太闷，不承认是他作乱所致："好热。"

靠内的调酒室是低温，外面却有暖风，她就抵着暖烘烘的出风口，像要被吹起。

他好像在笑："我捏捏脚踝就热成这样？"

"不是，是风——"话没来得及说完，小腿忽然一冰，几枚冰块在他指尖下灵活地游走，贴在她皮肤上蜿蜒滑行。

四四方方的冰块刚刚化开，此时奇异的感受升起，心脏怦怦跳着，她手指收紧，微微仰起头来。

她被喂进一口烈酒，呛得厉害，身体也随之升温，贴于皮肤冰冷的冰与之缓冲，贴在冰面又好似被火环绕，她脚踝轻轻晃着。

指尖向上，抵达小腿时，冰只剩一半，服帖地落进他掌心，随揉按嵌进她皮肤，有种钝角的颗粒感。

她足尖全绷到一处，可怜地蜷着，实在凉，但也实在解暑。

她攥住他衣领揉成一团，这个习惯还是没能改掉，他指尖太冰了。

他安抚着："酒呛吗？"

她合上眼皮，也没做什么，但就是累得厉害，晕晕的像是缺氧，没一会儿靠着他睡着，似乎没睡多久，听到哪儿传来的动静，还以为是门被推开了，她一个激灵，睁开眼。

"醒了？"

视线所及仍是暗色，灯很淡，门没被人推开。

路栀点点头，正要从他身上下来，腿一动，被他止住："别踩到。"

低眼一看，冰块融化，落在地上的水滴滴答答地汇成一摊。

她僵在那儿一动不敢动，显然是没预料到这个场面，像个稻草人直直地矗在那儿。

路栀鼓嘴，用手肘推他一把。

"好了，"他道，"过完年再忙一阵我可以休息，要不要去芬兰看极光？"

二月底，他们出发前去冰岛。

路栀特意提前做了攻略，刚进房间时还很兴奋，盈盈白雪中的独栋玻璃屋，他大概提前吩咐布置过，三面都环了起来，以确保隐私性，只有一面正对着森林和天空，抬头就能看到——

她顺着抬起头来，然后顿住。

等下，头顶怎么会是一整面高清的，连表情都分毫毕现的，镜子？

她转过头，看向傅言商："酒店安排的？"

"当然不是。"他抬了抬眉，"你之前不是让我自己去做功课？"

路栀一时语塞："我是让你去了解一下，又不是说要实践……"

"了解了，但不实践，不是相当于白了解？"他挺有道理，"我不做无用功，宝贝。"

不行，她没法跟他继续这个话题，她脑子的幻想能力太恐怖了，光是抬头和他在镜子里对视都觉得要去了半条命。

路栀低头跟个鹌鹑一样清理东西。

十点多，他洗完澡从浴室出来，见她已经很期待地坐到了玻璃前，在等极光。

他擦了擦头发，道："现在估计还没有。"

路栀："是吗？"

声音从头顶传来，她坐着他站着，路栀很自然地抬起头，然后在看到镜子的下一秒，又缓缓撤回了一道视线。

她盯着手指，顾左右而言他："那大概在什么时候？"

"一个半小时，"说到这儿，他顿了一顿，似乎有新的灵感，"正好可以做点别的等着。"

"不好吗？"他好整以暇地征求她的意见，"只看极光多无聊，会困。"

路栀无语，心说你好有道理啊，你是不是有一套自己的逻辑系统？

说到这儿，身后的声音停了。

他很有耐心地擦完头发，然后将她一把从垫子上拉起："准备好了没有？"

路栀回头，有点茫然："准备什么啊？"

他笑一声，抵住的玻璃上弥漫开一片白色雾气。

"一会儿要抬头的，宝贝。"

芬兰夜里很冷，好在房间里有壁炉，还开了暖气。

绒绒的橘色暖光照亮整间屋子，屋外落了雪，厚厚一层积在草地和枝丫上，青绿映衬白雪，像是被冬日覆盖的春天。

路栀双手猝然撑上玻璃落地窗。

她撑不住，脑袋垂下去，但这样又能将他灵巧的指尖尽收眼底，只好用力闭上眼，感觉到后颈都在发颤："……抬头干吗？"

他在后方，偏头就能含咬住她耳骨，平稳地说了个"嗯"。

路栀反应了整整三分钟。

突然这一瞬间懂了这个"嗯"的意思，她过电般抬起头，后背几乎立刻炸开火星，脑热又没法面对地，用手肘往后推他："你要点脸——"

他在背后震颤地笑。

壁炉旁，草莓果茶煮出咕嘟咕嘟的治愈声音，除了人影摇曳，窗帘也不吹拂。

他另一只手搬过她的下巴，吻得断断续续，芬兰是极夜天气，屋外冷，里间却暖和，路栀掌心终于缓缓渗出汗来，贴在冰凉的玻璃上降温，她已经适应很多，只是偶尔空间太安静，一切都……太清晰，让人不得不全神贯注。

"放松，宝宝，"他捏一捏她的耳垂，似乎在和她闲聊，"明天去哪儿？"

"明天还要出去吗……"

"还有很多可以玩的，"他说话的时候也在积极调动她的情绪，"比如雪橇、麋鹿或者雪橇犬都可以拉，还有极地列车、雪地摩托……"

一说到这些，她思绪稍微不那么专注，果然就放松许多。路栀其实还是稍微有点看不清面前的树林或雪山，想了半天，思绪神游天外，又不知道具体想出了些什么。

他那些话好像就是从她耳朵里路过，然后从另一侧倾倒出去。

路栀："……不知道，你定吧。"

"那刚刚想那么久在想什么？"

"你别管……"

"真不管吗？"他握住她手腕，一并撑在玻璃上，"怎么能不管？真不管宝贝要怎么办？"

她被磨得没办法，眼睛跟着酸软："好，你管。"

"嗯，管着呢。"

窗外不知从哪儿跑来只麋鹿，路栀抬手将窗户上的雾抹净，发现鹿不是幻象，她理所当然以为跟车内那次一样，是单面玻璃，因此当小鹿充满好奇地靠近，并兴致勃勃地凝视她的时候，她也顿觉新鲜地凝视着对方。

鹿蹄踩在厚厚一层大雪里，有分明的脚步路线。

身后的人揽着她的腰，另一只手压着她的手腕，向前时让她靠向自己，他懒散低沉地说，像是夸奖："现在胆子这么大了？"

路栀隐约觉得不太妙，但又不太信："不是单面吗？"

他笑起来，很明显："不是啊。"

她立刻惊醒，想转身："快走，快走。"

"不看极光了？"

"不看了！不看了！"她快崩溃，这人怎么这么坏心眼，为什么都不和她说？

他像是还有挺多耐心似的："怎么了，宝宝为什么不看了？"

"……"

路栀没好气："我害怕鹿，可以吗？"

他偏头，气息再一次漾进耳蜗："那怎么不怕我？"

她这回是真听懂了，捉住他手腕边咬边骂，什么为老不尊不知羞，她把能想到的都骂出来了，到最后被他握住脖颈，头只能向后仰着，枕在他肩上，迫不得已只能叫老公。

她好委屈，好可怜。

傅言商吻掉她眼角的一滴眼泪，手一松，她头"咚"的一声撞到玻璃上，声音很小，但他被吓到，还以为是自己弄的，顿了两秒，才发现是她自己不小心撞到的，但他还是心疼。

闹完二人都停了会儿，她有点累，靠在玻璃上恢复体力，冷不防听到他说："宝贝，极光。"

于是她仰头。

暗色的天幕中，青绿色的极光像是绸缎，从树林中生长而起，蜿蜒盘旋。

只为这抬眼的一秒钟，他们等了两个小时。

她靠着他静静欣赏，掌心被人扣住，但他先忍不住，主题又切回去，路栀视线一晃，看到天花板上的镜子。

她已经没精力再顾及其他，居然开始出神，直到半分钟后，和同样抬起头的傅言商对上视线。

偌大的镜面，精确地映照出房间所有的布局，壁炉、圆桌、地毯、边角的窗帘，木板的纹理，以及二人肤色清晰的对比，他手横着，不知道在保护什么，现在又没有狐狸要来闹他们。

她眼皮在要动的下一秒听到他说："不准闭眼。"

但她并没有闭眼。

他奇怪于她今天居然一点都不叛逆："怎么还真没闭？"

路栀："眼睛也累了。"

睡时是极夜，醒来时也是。

芬兰的白天很短，她一口气喝了三壶草莓茶，才在这个闷热的房间里补足水分。

她很明智地没有选择麋鹿雪橇，跟他说要阿拉斯加的，但某人不是好东西，最终上车时还是由鹿领航，她实在分不清每只鹿的区别，在她看来都长得一样……于是这只也好像昨天那只，那只也好像，像是五六只一模一样的鹿围着她观赏，她默默地把防寒的口罩上拉，盖住整张脸。

突然想起好久之前，爷爷带他们出去玩，他说三个月后或许会有新的乐趣……

想也不用想就知道，这个新乐趣是什么。

路栀在慢悠悠的风声里问他："你什么时候去潜水？"

眼皮上的口罩被拉下，他的脸映进来："想在水里？"

路栀重新把口罩戴起来："你当我死了，谢谢。"

芬兰太冷，她畏寒，待了五六天就回国了，在被窝里瑟瑟发抖好一阵。

他确实不是什么好人，走的时候她在外面确认一眼，才发现明明就是单向玻璃，但他为了要她看到野生动物时出现的那几秒蜷缩，故意吓她。

四月初开始回温，她挑了件针织衫，提前结束工作后看还有多的时间，悄悄溜去融盛看他在做什么。

这回超出预料，人不在办公室，在会议室开会，她在椅子上坐了会儿，又听到何诏的汇报声由远及近，想到他应该是快来了，就藏在书架后边。

这回她很谨慎，也确实没被他发现，听到总裁办里安静了会儿，这才屏着呼吸走出去，然后忽然出现在他身后："在干吗？"

他确实惊了一下。

他眉一抬，背上的人像一只精巧的、方方正正的羊毛小毯子，就这样趴在他肩上，带着光照的暖意。

他把毯子扯到身上，毯子发出挣扎声："让我坐椅子啊……"

她只是想来看看，不是想把这里变成不务正业的场所。

他很镇定："我就是你的椅子。"

路栀："？"

余光扫到他正在开会，线上会议的页面都弹出来了，谁能想到刚开完又要开，怕他的话被人听到，路栀连忙一把捂住笔记本的麦克风。

谁知道这样简直是给他提供可乘之机，仗着她手忙脚乱，对面又听不到，他擒住她另一只手臂，牢牢贴在她腰侧固定，路栀挣扎不能，唔唔几声被他封在唇中。

她眼前一片雾蒙蒙，明明没有眼泪，却开始失焦，头顶的灯像一片片光圈烙下来，忽然手一松，她自暴自弃地闭上眼，下一秒，吻骤然一停。

他也像在玩什么触发按钮，这会儿很好心地偏离开，见她迷茫地睁开眼睛，笑着看她。

路栀抬头去咬他，锁骨上牙印清晰，他故意偏过头来，早知道话筒按钮没开，也不告诉她，压着气音仿佛真有可能被人听到似的，低声说："很开心。"

路栀快疯了。

一场快到只有二十分钟的会议，像是开在她生命的一场循环，缺氧、脱力、松手。

她到最后已经没有抵抗的力气了，任由他胡作非为。

进电梯时她还蒙着，全身乏力到大脑空白。

他正在接电话，因此电梯门关闭后没有立刻按楼层，路栀实在走不动，因此也在等着他电话打完，但爷爷实在说了很多，一两分钟不像能结束的。

他的私人电梯是透明的，不过为了隐私性，内部加装了一层黑色的绒面帘幕，拉上就看不清，打开就能环视员工的工作状况。路栀悄悄将帘幕拉开一个小角，他们所在的楼层很高，看下去有股悬空的失重感，她对高度非常敏感，这也是她对跳楼机又恨又爱的原因，因为害怕所以刺激，如果不害怕又不觉得刺激。

等她放下帘幕，不知什么时候，他的电话已经打完了，正看着她。

路栀："看我干吗？按电梯呀。"

等他按电梯时，她尤其谨慎地确认了一遍帘子是否拉好，连一个缝隙都没有放过。

傅言商端详她："想干什么坏事？"

"你不要以己度人，"路栀说，"要干坏事的是你，我只是拉好。"

他挑一下眉："等会儿要带一只狐狸过去，还记得名字吗？"

他贴在耳畔笑一声："要带哪只？"

…………

到祖宅要吃的是晚饭，他们上车时，狐狸也在了。

棕色的慢点正在后座上舔爪子，一副刚饱餐一顿的模样。

不知道被喂了几根猫条，或者罐头。

路栀朝副驾驶去看，被他惯性揽住腰，语调里很有一副吃饱喝足的满足感："找什么？"

"狐狸，"她说，"快点没接过来吗？"

"你不是只要慢点？"

好难接的一句话。如果不是狐狸真叫这个名字，宗叔还在驾驶座，她能直接跳车。

想了想，路栀说："但是你不是，也没听吗？"

☕ 饮品热选-

卡布奇诺（冰/热）　　￥15　　冰草冰咖啡（冰）　　￥18　　香柠果傅泡泡（冰）　　￥18
KABUQINUO　　　　　　　　　BINGCUBINKAFEI　　　　　　　XIANGNINGGUOKABAOPAO

雪顶摩卡（冰）　　￥15　　冰淇淋咖啡（冰）　　￥18　　橙子果傅泡泡（冰）　　￥18
XUEDINGMOKA　　　　　　　　BINGQILINKAFEI　　　　　　　CHENGZIGUOKAPAOPAO

🍰 甜品热选-

★ 番外二
人造雪求婚

海盐芝士蛋糕　　￥35　　黄油海盐卷　　￥8
HAIYANZHISHIDANGAO　　　HUANGYOUHAIYANJUAN

奥利奥千层　　￥35　　抹茶泡芙　　￥18
AOLIAOQIANCENG　　　MOCHAPAOFU

六月初，气温上升。

终于到了能吃冰激凌的季节，路栀没忍住，晚上一口气吃了两只，正常来讲不会有事，结果第二天很不凑巧地来了例假，喜提痛经套餐。

她请了假没去工作室，窝在沙发上可怜兮兮地喝红枣茶，开了电视转移注意力，最后晕乎乎地睡过去。再醒时，本该在外地出差的人出现在枕边，她翻了个身，发现自己进卧室了。

他一只手臂垫在她颈下，另一只手替她揉着小腹，她平时很少腹痛，因为实在是被家里事无巨细养得太好，所以不知道这双手在别的时候也能这样轻缓地揉，而不是像其他时候凑到她耳边，蔫儿坏地问她到哪儿了，是不是这里，然后还非要听到她回答。

路栀缓了会儿，十多分钟后才醒透，回身问他："不是在外地出差吗？"

"提前回了，"他道，"反正也没什么事。"

路栀："那你怎么和他们说的……"

总不能说因为老婆肚子痛就回家了吧……

"我说，"他语调挺缓，"家里有株很金贵的栀子花，我得每天好声好气地养着，一天不在，她自己能把自己养死。我得回去看看。"

他手一点没移位，跟平时不一样，这会儿又正经了："还疼吗？"

"睡一觉，就不疼了。"

他"嗯"了声："那等会儿起来吃饭，让厨房给你炖了汤。"

她忽然回过头，想起什么："游乐场还没修好吗？"

"早上刚跟我报备完，"他说，"有两个设施好了，等你结束了，六月中去玩？"

路栀缓缓坐起身来，一杯新鲜的红枣姜茶已经泡好，傅言商递到她唇边，她抿了下唇，不太喜欢姜的味道："好辣。"

"我不在的时候，阿姨说你自己喝得眼睛都不眨。"他觉得好笑，挠挠她下巴，"怎么，我一来就这么脆弱？"

路栀这才怔了一下，连她自己都没有发现。

他起身，路栀问："你去哪儿？"

"去给你加点糖。"

等他回来没两天，她又生龙活虎，十号就启程去了游乐场。

大概是他提前吩咐过他们要来，今天园区全部停工了，修好的两个设施都做了清扫，园区内也挺整洁，除了完整度不够，看着也不像在施工中。

修好的是水上乐园和跳楼机。

水上乐园卖相上佳，跳脱出古板设计，整体采用青绿色，蜿蜒盘旋的水上通道如同藤蔓，曲折来回地缠绕，托出最中央栀子花形的跳台，清透水纹随着风粼粼地晃，相映成趣。

她当时看的设计稿，也没想到落地会这么漂亮。

"怎么都用的绿色？"她这会儿想起来才问。

他抬眉："你不是喜欢？"

她特意做了功课，下水前和他说："夏天的时候要勤换水，不然对女生不太友好，我看很多女生玩别的水上设施，容易过敏和感染。"

"行，我到时候和他们说，多换几次。"

"然后还有那种水下隔离贴，入园的话就每个女生发一个吧，"她说，"等我回去测评一下，看哪款比较好用。"

她今天是包场，跟私人泳池没差，就不用弄那么繁复的过程，但如果真的开园，她看别的游乐场都不会这么人性化，但她还是希望自己的游乐园能更有责任心一点。

她话音刚落没多久，他真的就打电话去说了这两件事，很多事在他手上的响应程度都尤其快，完全不会拖到明天或后天，路栀下水没一会儿，就听到他说已经安排妥当。等到时候开园，会有专门的负责人跟进这件事，还会定时抽查。

她对这个处理速度和结果都很满意，放心地开始测试。说是测试，其实还是玩更多，整个水上园区非常大，有适合小朋友的温和设施，也有成年人可以玩的水上过山车、跳楼机、漂流等等，她每个都体验了一下，一开始还抱着要提意见的心态，到后面完全玩得很投入，好在整个园区这么大，除了他们没有别人，连机器都是智能操控，尖叫声都不必收敛。

玩了三个多小时，她彻底累瘫，在最后一个项目的通道里仰躺着，最后被人给抱下来。

某人不疾不徐地数落她："不是说能玩一下午不喘气？"

"三个小时不算一下午吗？"

他很严谨："三个小时只算三小时。"

"……"

路栀下到水里，走了一会儿，在角落处发现一个小台阶，以为是可以休息的座椅区域，往下一坐。

身体浮浮沉沉，仍然像坐在水里。

她以为自己没坐下，但手一撑，分明可以摸到东西——

忽然，有什么记忆涌上脑海，在反复回想之中异常清晰，她嗖地一下站起身来，不可置信地问他："你为什么还要在这儿放个充水床垫？"

很明显，面对她这番指控，他也有片刻停顿。

傅言商走到她身侧，因为还在水里，动作也异常缓慢，水面在他小腹处起起伏伏，若隐若现。

他低下头，确认了半晌，这才觉得荒谬地笑开，水珠顺着耳郭徐徐下滑。

"我就说，傅老板前两天为什么这么执着于问我们的行程。"

她觉得不可置信，难道又是爷爷想出的招？她说："不可能吧？"

"没什么不可能的。"他淡淡道，"我在他眼里只是一个还没牵上手的家伙，他操心也是情有可原。"

她站在原地僵住，一动不敢动。

多么贵重的礼物，多么荒诞的惊喜。谁能想到这东西能藏在这种地方。

她表情复杂，心情更复杂，手腕被人捏住，轻轻摩挲："上去试试？"

三点的日光浇得滚烫，落在池面，又随水纹迭起被晃碎。

占地两千多平方米的水上乐园，光是空中游玩的通道，都错综复杂得像是迷宫，此刻盘桓在她头顶，构成交错的脉络，像是一把藤蔓编织的雨伞，极有安全感地将她挡住。只能透过交错的小口，看见头顶的天空。

她头发早已经完全绾在脑后扎成一个小丸子，玩过太多项目后有些散开，一缕一缕的碎发就贴在颊边，被溅起的水珠打湿。

刚结婚那会儿，所有由他略过的作案工具，原来不是他不看在眼里，而是没到时机。

这守株待兔的老男人，怎么这么有耐心？她含恨在心里骂。

"别忍着，"他单手揽住她的腰，另一只手捏一捏她的下巴，"宝宝，骂出来，让我听听。"

"你自己说的，那我——"她启唇，正要让他听一听时，还没来得及切入正题，瞳孔骤然一缩，那些句子顷刻间被快速冲击得零碎，变成单个的音节，一开口完全是背道而驰的陌生甜软，她没办法，终于在过电的酥麻中躲开他的吻，"你让我说呀……"

"怎么了，我堵住宝宝的嘴了吗？"

他挺无辜地看着她，有水珠顺着湿发滑下，明目张胆的欲望横生："嗯？宝宝怎么不说？"

她充分意识到，谁能玩得过他。

池水和软垫共振的陌生触感，她像陷在棉花里被包裹，四下无法借力，晕眩感如同海盗船，她开始思考这个水上乐园，究竟是谁的乐园。

很快这个问题得到了答案，他的感受和她一样，因为下一秒，她听到男人在颊侧附耳："宝宝又变成棉花糖了。"

路栀已经懒得再骂他。

转移阵地，接下来的两个小时，路栀又解锁了新地点水上迷宫，还有水上胶囊舱。

这回达成了她的豪言壮语，在水上乐园玩了足足一下午，晚上到了房间，她已经累到倒头就睡，十点多才醒。

她终于知道她生日时，他说专门为她设计的这个"专门"，究竟是什么意思。

路栀睁眼，意外地捕捉到一抹视线，他也躺下，正撑着手肘在看她。

看样子，他像是没准备睡，就只是在工作间隙想看她，于是她躺下。

路栀眨了眨眼，和他对上视线，半晌才开口："……你知道我醒了吗？"

"不知道啊，"他道，"看着看着你就醒了。"

好奇怪，像现在这样的时刻，她能清晰地感觉到具象的爱。

路栀翻了个身面对他，道："高中老师这周末喊我回学校，你要不要一起？"

他们回校时正是下午。

沿着学校长廊向前走，很快看到优秀校友的展示框，路栀掠过，径直往前走，却发现男人在自己身后停下。

她回过头，凑过去看，才发现他正抽走她旁边那人的照片，将自己的照片与之交换，放在她的照片旁。

路栀撇了撇嘴："你幼不幼稚。"

走了会儿，她又说："那个照片是按照级数排的，你突然混到我的照片旁边，人家看了会觉得很奇怪的。"

他挑眉："意思是说我老？"

很快在拐角处遇到老师，路栀抬手打招呼："郑老师。"

郑琴立刻笑起来，问她："终于有空过来了？"

郑琴又看到她身侧的傅言商，表情更是惊讶："小傅？"

路栀："老师怎么知道你？教过吗？"

"没，"他说，"因为去年我给学校捐了钱。"

郑琴："你们这是……认识？"

"不止，"傅言商代她回答，无意间抬了抬袖口，露出无名指上的戒指，"结过婚了，送我太太过来。"

孔雀开屏。路栀有点受不了地偏过脸。

郑琴惊了好一阵，这才笑开："那你真有福气，小栀上学的时候很受欢迎的。"

又转向路栀："你老公在学校也是风云人物，我没少听校长说，每次运动会他长跑，跑道旁边一大圈子学生围着看呢。这次正好来了，也做个分享发言。

"你们俩怎么认识的？"

傅言商："我追的。"

路栀："商业联姻。"

…………

半秒后两人改口。

路栀："他追的。"

傅言商："联姻。"

…………

郑琴被他们逗得笑得不行，摆摆手没问了，路栀跟在老师后头，问他："你什么时候追的我了？"

"我费尽心思拦下你的照片，你去捉傅望那天我放着几个亿的生意没谈去俱乐部在你面前刷存在感，接你们一家人去泡温泉，还有那些音乐会的过期门票——"他滔滔不绝，"我这老婆追得没比谁容易。"

"要不是我费尽心思，你现在得在傅家家宴上叫我一声，"顿了顿，他道，"大哥。"

"……"

不过这个话题一说起来，她还真挺好奇。路栀问："那如果当时我真跟傅望结婚了，你怎么办啊？"

"还能怎么办，"他毫无心理负担地说，"在新婚夜把你从房间里偷出来，在全家上下焦头烂额在祖宅找你的时候，我再——"

"好了，就到这儿。"路栀双手合十。

终于走到学校礼堂门口，他继续道："不过我不会让这种事发生。"

路栀："……"

不是，怎么还在想啊？

分享会很快进入正题，她的发言分享讲究的就是一个快准狠，因为她当年念书的时候也不爱听这些讲座，推己及人，她的发言稿非常短，五分钟结束，然后进入提问环节。

连着回答几个提问分享后，忽然有男生举手问："学姐，你结婚了吗？"

顺着他视线，路栀也看向自己无名指上的婚戒，正在礼堂的探照灯下熠熠发光。

"啊，"她说，"英年早婚了。"

台下的一潭死水被搅动，顷刻间热闹起来，一阵八卦的骚乱后，路栀发言结束，换傅言商上台。

他只轻轻拉了拉领带，双手撑在桌台两侧，靠近黑色话筒，启唇，说了发言的第一句话："刚才是谁在问我太太有没有结婚？"

像一簇火星被投向引线，台下像炮仗一样，噼里啪啦地炸开，全是惊呼和起哄声。

这流程根本不在台本里，主持人微惊，低声问校长："怎么办？"

"没办法，包容吧，"校长双手交叠，有一种"爱看热闹想多看"和"但这可是学校的热闹"交杂的自暴自弃，最终摆了摆手，"毕竟捐了钱的。"

很快，一个男生被身边的人推出来，伴随着看热闹不嫌事大的呐喊："这个！他问的！"

"那一会儿就麻烦你了，"男人倾了倾身，示意一旁工作人员推开的礼盒，"帮我发一下喜糖。"

"哈哈哈哈哈哈哈哈哈！"

"怎么说，杀人诛心？"

"叫你多嘴！人家有备而来！"

热热闹闹的校庆结束，今晚住酒店。

回去已经九点，路栀洗澡时间长，十点多才磨磨蹭蹭地出来。

他正斜靠在金丝钩边的沙发上，微敞着浴袍打电话。

好像在说什么场地安排，路栀坐过去，正凑近想听，脸颊被人捏住。她唔唔挣扎两下，没挣扎开，像个包子一样被他捏在手心。

电话很快被挂断，什么也没听着。

"在说什么？"她问，"还有讲座时候的喜糖，什么喜糖？"

她怎么一个都不知道？

路栀："你在瞒着我干吗？"

"既然瞒着你，当然有瞒着你的意义。"他手掌向后摩挲，抵住她两边耳后，轻轻捏了捏，像不轻不重的按摩，"宝贝好奇心怎么这么重？"

"好奇心重才对，"她有一套自己的歪理，"等哪天我对你不好奇了，你才应该担心，这就证明我对你不感兴……哎……"

话没说完，人被他放倒，头顶的男人有些危险地眯了眯眼睛，问她："不什么？"

路栀像个扭扭薯条一样来回晃，企图躲避腰上那双大手，然而无处可逃。他气息覆下来时，她抬手捂住，戏瘾大发的眼里满是惊惧："大哥，别这样……会有人发现的……"

傅言商："还真玩上瘾了？"

路栀撇嘴，及时切回频道："不过你要订什么地方？不告诉我事件，告诉我位置总行吧？"

很可惜，她还是没得到回答。

新年一月底，计划内的香港旅行。

整体轻松愉悦，傅言商因为工作来过很多次，已经替她安排好了，她什么也不用干，安安心心地上车、下车，然后等待投喂就好。

热闹的小吃街外，停着一辆低调但奢华的黑色加长版豪车，挂有FV的内地牌照，有路人频频回头看，似乎是好奇，这按理来说应当停在寸土寸金CBD处的限量版豪车，怎么会出现在这么富有烟火气息的地方？

吃完之后，他们去维多利亚港看夜景。

维多利亚港灯光璀璨，海面也被照映得明亮，路栀吹了会儿海风，忽然转头看他，他正定定地目视前方，不知道在思考什么，很认真的模样。

路栀本想问你是在想什么工作吗，但在她开口之前，他已经提前一步启唇："我在想。"

"嗯？"

"维多利亚港，和你之前买的那个内衣品牌，有什么关系。"

"……"一个美国的一个中国的，能有什么关系？

"特产，"她无言道，"买点带回去？"

他垂眼笑起来，脊背跟着轻轻颤动，连发丝都在抖，能看出心情非常不错。

"爷爷还说你不苟言笑，"她摇摇头，"我看你每天都挺开心。"

"遇到你之后才这样。"

在港城玩得开心，但也有遗憾，譬如错过了苏城的大雪，她撇撇嘴，赶回苏城时，雪已经停了。

冬天不看雪算什么冬天？

听说江城有雪，两人又马不停蹄地前往江城。

但很可惜，这次江城的雪不算纷纷扬扬，还是在半夜下的，等她一觉睡醒，地面上已经融化得什么也不剩了。

路栀念叨了两三天，一度觉得自己年年看雪的人生目标，要在今年不能实现了。

周六，计划中的环贸商场一夜游。

之前也来过。

当时策划游戏cos（角色扮演）展的时候来江城出差，和他提起有一个很想看的画展，但那时候商场开业延期，画展也没法如期举办，后来再度开展时，傅言商才带她来看。

画师笔锋精湛，画过很多电影海报作品，每幅画都很漂亮，还有一幅起名叫作"溯"，还是傅言商说完她才知道，那是画师男朋友的名字。

上次的画展很成功，所以时隔挺久，画师又开了第二次的新展，有不少刚创作的作品，路栀拿到门票后，盯着开展人后面的"沈听夏"三个字。

忽然反应过来，她转头："江溯之前官宣的女朋友是她吗？上次开展的时候他们就在一起了啊？"

傅言商看她一眼："什么官宣？"

"就是江溯，演员，我之前还看过他电影的那个，前阵子官宣了女朋友，是圈外的，就叫沈听夏来着，跟这个画展的策展人一样。"路栀想了想，"应该就是一个，沈听夏好像去过他们剧组来着。"

所有平台采访，江溯都表示是自己追的女朋友，但是她看李思怡发给自己的小道消息，貌似是女生从高中就开始暗恋了，只是男方很维护她，从来没把她放在下位。

"哦，"他敲了敲方向盘，漫不经心地说，"我记得，你说你们大学翘课去看他电影那个？"

这是重点吗？路栀看向窗外，又冷不丁地叹了口气，想起自己错过的雪，今年该不会看不上了吧？

窗外风景变换，路过鹤溪塔，是这边有名的寺庙地标。

路栀及时喊停："我想去拜拜。"

车子停下，傅言商下了车，将她脖子上的围巾围了两圈，这才问："怎么突然要拜？"

"你不懂，拜每个寺庙是当代年轻人旅游的必打卡事项。"

路栀认认真真地拜完，转头就看到鹤溪塔，高耸入云，听说很是陡峭漆黑，也不知道谁会爬这么高上去许愿。

她在周边的殿堂许了许愿，上完香，捐完功德金，这才离开。

傅言商："许什么愿了？"

"希望逆转时空，江城下雪。"她双手合十，很是殷切，"我今年过年都没看到雪呢，港城也不下雪。"

不过估计是很难，天气要回温，更不会下雪了。

她念叨了三天下雪的事，想必真的是很喜欢，他挑一挑眉："那与其求佛，不如求我。"

"求你？"她说，"下雪是自然现象，又不是能人工干预的呀。"

他笑笑，没说话。

很快，车在商场的车库停好，路枙坐电梯直达画展门口。

今天的环贸没什么人，不用想就应该知道，是他又包场了。

一楼惯例是画展，大大小小的画，旁边还有创作灵感的便签，或者是画的简介，她拍了不少照片，傅言商就在前头给她带路。

但意外的是，这次居然上了二楼。

"二楼还有吗？"她说，"画展区域不是只有一楼这部分吗？"

二楼门打开的那一瞬，崭新的推拉门几乎没有发出任何声响，但伴随而来的，是铺天盖地的惊叫。

商场没有顾客，但并未歇业，工作人员都在，包括餐饮和珠宝店面。

此刻，有声音实在意外地从周遭传来，完全是本能，无法控制："……下雪了？！"

路枙愣了一下，但还没来得及有什么反应，面前的门在此刻拉开。

圆形的镂空露台，缀满玫瑰、夜灯和气球，亮了灯的商场在夜色里像一只水晶球，大雪从中纷纷扬扬地覆下，有乐声随着她的脚步响起。

……今天不可能下雪的。

她看过天气预报，国内的科技水平与日俱增，天气预报极少出错。

今天是不会下雪的，她肯定，并且为此，很是心伤了一阵子——

可是，但是……

心跳一瞬间加剧，她抬头，不可置信地看向傅言商。

但他并不意外似的，仿佛对这场落雪的开始和结束成竹在胸，因此并不着急，只是笑，问她："不出来看看？"

他这样平静，如同对这么一场预料之外、堪称奇迹的落雪，早有准备。

某个不可能的念头愈发清晰，她心跳得几乎快要溢出来。

走进露天回廊，空气里处处弥漫着新鲜粉玫瑰的香气，还有点缀的栀子花瓣，这样长的一条圆形回廊，却处处挂满了画，画风不难辨认，来自她刚刚看过的画家之手，用色干净、纯粹、治愈，但画的……全都是她。

站在银杏路上，提一把透明雨伞的她、捏着一只草莓冰糖葫芦的她、消失在咖啡厅门口的她、站在人群里的她……更年幼的，十岁时，趴在珠宝展柜旁，迷失在人群中的她。

"啪嗒"一声，什么盒子被打开。她几乎在那瞬间转过头。

雪落得更大，这场大雪本不在这座城市的计划之中，而即使存在，她也本该错过，沉浸在茫茫雪色中的夜景更加浪漫缥缈，仿佛在昭示，她的遗憾，有人替她圆满。

她用有些颤抖的声音问："……人工降雪，是吗？"

傅言商取出戒指，挑一下眉，话倒是说得轻巧："好聪明。"

她低下头，带着鼻音："已经结过婚了啊……"

他不置可否："结婚是结婚，求婚是求婚。我可不想等我老了躺在床上，遗憾没有给我太太所有最好的。"

他说的是他，而不是她。

不是单纯为了讨好她所以这样做，只是因为觉得，她应该有。

他说："在遇到你之前，我没想过爱情这件事，会和怎样的人牵手、拥抱、亲吻，都是很模糊的概念。

"我热衷所有的极限运动，但是遇到你，我开始惜命了。"

"再陪你久一点吧，"他说，"长命百岁最好，我本来就比你大七岁，如果能走在你后头，可以一直照顾着你，直到你闭上眼的那一秒。"

"他们说人在临近死亡时看到的最后一个人，来生还会再复刻同样的羁绊，那就算我自私一点，下辈子我们再做夫妻。"

"我知道你又得笑我，"男人偏一下头，眼尾却有些红了，"但那句话怎么说的来着？我这一生都是坚定的唯物主义者，但是遇见你，我希望有来生。"

"人家求婚都得说很多承诺，既然我们没有这个环节——"

"也不能算了。"他指间那枚戒指，在风雪中显得愈发无坚不摧，"嫁给我？"

他低声，和她说："我会给你所有。"

只有这一句话，我给你所有。

我有或没有的，没有也努力挣得，我觉得所有配得上你的一切的，都给你。

人工降雪的直升机列队在云层上空，为了这一场覆满全江城、不会停歇的大雪，足足配备一百一十七架直升机，才有这一次载入史册的传奇。

转动的螺旋桨拨动云层，没听清那句"我愿意"，但俯视茫茫人海，有人正在雪中告白。

少女拉下男人衣领，扑进他怀中，用仰头献上的吻，再一次回应。

我说好。

我愿意。

路栀点头时，将无名指穿入戒圈，完全吻合的弧度，她又哭又笑，最后在眼泪的咸味里，尝到一点他唇间的味道。

草莓酱。

甜的。

这场降雪很快在惊叫声中，荣登热搜第一。

网友一："谢谢！谢谢上天的馈赠！天知道之前半夜下雪有多过分，一觉醒来什么也没看到！谢谢霸总和他的美女老婆！"

网友二："什么什么，下雪了？我也要看我也要看！"

网友三："有人求婚能让江城下雪，有人论文被导师打回七次重写！"

网友四："啊？真是求婚啊？我以为极端天气呢？你们有钱人这么谈恋爱的？"

网友五："为了下这场雪整整发动一百多架直升机，其实根本用不上这么多，总裁怕出意外特意做了充足准备，极端天气算不上，极端爱意吧。"

网友六："不止，融盛那个主题公园里，有一个专门的游乐场园区，就叫栀园，整个设计灵感就是一朵巨大的栀子花，总裁老婆名字里带栀，你们品，你们细品。"

网友七："又是在现实世界里当路人甲的一天！谁玩的我这个角色啊，你充点钱行不行，算我求你了！"

…………

这场雪下了整整一夜，满足了她所有的心愿，起床时，积在地面上，厚厚一层。

踩上去，有治愈的落雪声。

她很喜欢，也受用，但拉了拉围巾，忍不住小声说："其实等到时候别的地方下雪，我再过去看也行的。"

"万一不下呢？"

万一我就是想在今天，让你得偿所愿呢？

后来，这真的是冬天的最后一场大雪。

只属于她的一场雪。

旅行结束，堆积的工作也需完成，傅言商抵达海城出差。

会议结束，回到酒店时，发现房间里开了一盏小灯。床沿边有双陌生的鞋，被子有被人扯过盖住的痕迹，在下方有轻微的隆起。

他眉心几不可察地一皱。

他很久前就说过，这些合作方不需要为了取悦他特意做这些，他对这套不感兴趣，只是结婚后就没有强调，他以为他们会明白。

转身欲走，他接下来会好好考虑是否需要取消这次的合作。

但就在转身的瞬间，他发现桌上摆着一只打开的包，充电线、纸巾散落在侧，很是随意。

熟悉的感觉。

眉心几乎瞬间展平，他将门再次关上，走到床边。

路桅盖着被子睡着了，呼吸声很均匀，手机放在一边，还知道给自己枕两个枕头。她在迷迷糊糊中醒来，感受到有热气蔓延进衣领。

"怎么过来了？"

她反应了会儿。噢，傅言商回来了。她答得随意又混乱："来，陪你啊。"

"怎么没提前跟我说？"

"提前说了还叫什么惊喜。"她慢吞吞地醒了，察觉到他的动作，但没力气阻止，手指搁在他肩上，"这个酒店的东西都不好吃，堂堂五星，居然跟我在……嗯……苗族自治州那边吃的差不多，"她忍了下声音，这才继续，"苗族自治州那个酒店都不是五星。"

"早说你过来，我给你带点吃的。"

"你今天吃的好吃吗？"

"还不错。"

"最好吃的是哪个？"

"现在这个。"

"……"

"说到苗族自治州，"他想起来，"是不是还欠我点东西？"

路栀睁开眼，蒙蒙地问："什么啊？"

那天不是他自己弃权的吗？

果不其然，他低声开口："求我，宝贝。"

路栀含混不清地骂他："你想得美啊。"

"真不求？"

她咬紧牙关，无论他如何进攻都不松开齿关。

傅言商忽地停下，又超出她经验范围了，路栀在睫毛垂下的缝隙里看他。

"快点。"他催促，恶劣地覆在她耳边，"不然不动了。"

路栀微微仰起下巴看着他。

顶灯没开，只开了一盏很小的落地灯，暖色的光圈落在他的额发，流动似的向下，陈铺在他的眉眼和睫毛上，随着汗珠止不住地往下落，像凝出了光点的琥珀。

他在等她。

路栀忽然抬手，掌心贴在他的脸颊，大拇指指腹就落在他的唇角，这是他常对她用的动作，抚摸她的脸颊，指腹摩挲她的肌肤。她轻轻移动指腹，在他眼睛里看到自己的倒影。

他在这一刻和呼吸一样缓下来，问她："在看什么？"

她轻轻地笑一下，然后说："在看你。"

她忽然想起之前去英国，浪漫古典的爱丁堡前，有头发花白的奶奶在摆摊画画，那时候他去给她买冰激凌，她在原地无所事事，偏头看到画摊，想着要不要跟他一起画一张。

奶奶在和旁边的熟人聊天，说起来画的意义，忽然又说，就算以后分开了，也可以做个纪念。

她在那一刻愣了一下。

爱不是突然降临的，也不是突然发生的，但却是忽然被捕捉到的。

她意识到，分开这个词，她在这瞬间几乎无法承受。哪怕它只是来自一个陌生人和另一个陌生人的对话。

但她无法想象，她和傅言商分开这件事。

傅言商轻轻按着她的腰肢，指尖下陷，察觉到她的出神："嗯？"

她回过神来，唇角扬起："我爱你。"

他等的并不是这句话。而这句话却比答案，更满更重。

他愣了一瞬，几乎只有一瞬，紧接着把这更满更重全部归还给她，路栀很难承受住，侧着身去躲他，像是被挠了痒痒肉最脆弱的那块儿，她居然在笑，然后被他捏住脸颊，他问："你说什么？"

路栀："嗯？"

"再说一遍。"

"我爱你。"

她一般是绝对不会配合的，但这次竟然回得这么快，这么不假思索，没有迟疑，看着他，眼里是不会陨落的漫天星光。

他心尖一颤，神经末梢输出铺天盖地强烈的快感，他咬住后槽牙，明明擅于忍耐，但这三个字如同打开开关，他眉一皱，闷哼一声。

路栀指尖动了下，也怔住，她没想到自己这句话杀伤力这么大，片刻失言："你……"

"宝贝，"这声有点餍足的沙哑，"你知不知道，说这句话是犯规？"

她眨了眨眼："犯规吗？"

"我爱你我爱你我爱你，"她抬起纤细的手腕，"那你抓我好了。"

"不抓你，"他咬她耳尖，"但是也不会这么快放过你。"

"……"

他想听的那句话，路栀最终还是说了。

　　翻来覆去地说了好多遍，从十二点说到凌晨三点，棉花糖可怜兮兮地转着，直到只剩一根竹签。

　　第二天他居然还能早起去开会，路栀睡到下午才起来，酒店的餐不好吃，他就亲自下厨，等她醒才进厨房。

　　路栀依然坐在料理台上当监工，指了指："这个能不做甜的吗？"

　　"有点麻烦，不过，"他缓缓道，"你求我一下，我考虑考虑。"

　　关键词被触发，路栀转过头，声音还有点哑："……求不了。"

　　"怎么求不了了？"他低头，慢条斯理地剥着虾，面色一本正经，讲的话却完全背道而驰，"昨晚不还——"

　　路栀戴上耳机："聋了。"

　　"……"

　　给李思怡发婚礼请柬，请她来当伴娘的时候，李思怡也分享了关于地中海的最新进展。

　　郭方在她们上大学时期抄了她们的游戏，后来又和徐菁联合开公司，徐菁退出之后他仍旧不死心，还是想证明点什么，结果这两年是做什么亏什么，被她们的游戏按在脚底下摩擦，到最后血本无归，最终注销了公司。

　　李思怡精准点评：活该。

　　好消息不止一个。

　　最终，她和傅言商的婚礼定在春天。

　　她想过会热闹，没想到这么热闹。堵门的时候，新郎和伴郎被堵在门外，红包跟不要钱似的从门缝里飞进来，李思怡捡起一个掂了掂，跟她吐槽说："这么薄，你老公怎么这么抠啊？"

　　结果打开一看，里面是张银行卡。

　　李思怡立马改口："不愧是你老公，大气。"

　　李思怡隔着门问："银行卡密码怎么没写啊？"

"她生日。"

尖叫声此起彼伏，里应外合，几乎把屋顶掀翻。

后来门终于开了，井池和陆承期被派出来玩游戏，对面一个是井池老婆，一个是陆承期女朋友，李思怡做中控裁判。

"三二一看这边！"

"三二一看这边——"

这游戏是反着玩，对方指上面，你就不能看上面，指右边就不能看右边，剩下三面看哪儿都行。

井池赢了，下意识举起水杯，准备泼陆承期女朋友，陆承期就坐在一边，看着他。

井池又看一眼自己对面的老婆："……"

最终，获胜的井池无法选择，只好泼了自己。

井小少爷："你们这是压迫！封建压迫！我要报警！"

游戏里也有很烧脑的环节，傅言商就坐在那儿做高数题，陆承期在一旁笑着看他。

傅言商瞥他一眼："好笑？"

陆承期："说过了，我这个是微笑唇。"

"……"

井池也凑过来："哥，难吗？"

"还行。"

井池没听到想听的，"啧"了声："我们傅哥，全身上下嘴最硬。"

"嘴第二硬。"

井池立刻怪叫："别，别别，这是我能听的吗？！"

"拳头最硬。"他抬起手，"要试试吗？"

复杂的高数题还是被他解开，如同她和他在一起后面临的所有困难，最终都被他一一拆解。

离开前的最后一个环节是找婚鞋，傅言商找了一圈，掀开她裙摆，发现就在她脚踝边，盖在婚纱层层叠叠的裙摆之下。

他挑了下眉。

路栀振振有词："最危险的地方，就是最安全的地方。"

他单膝跪下，名贵的手工西服随动作弯出皱褶，神情认真更甚于工作时的重大决策，有种莫名的虔诚。

"合脚吗？"他问。

"合呀。"路栀起身，准备前往，"走吧，上车。"

婚礼定在户外，因她这人本就难以受限，只是精致程度完全不受影响，打光灯都有数十盏。

婚礼随乐声缓缓铺开，她身上的婚纱以花为主题，由千颗顶级钻石和绿宝石托举刺绣而成，在她裙摆缀出花瓣图案，在灯光下随步伐流转，如同踏入花瓣星河。

之前在苗族自治州时的婚服他也已经买下来了，作为婚纱中的一套，很是合身。

交换婚戒时，她忽然灵光一现："我能问个问题吗？"

"你说。"

满座宾客注视于此，而他们低声，仿佛完成属于自己的秘密。

路栀："你为什么会养狐狸做宠物？"

这就是她。一个时时刻刻不受拘束的灵魂，丝毫不在意自己的问题是否和这场婚礼有关，他喜欢她这样，真实而自由，向他展露全部的自己。

他为她挡住开向心脏的那一枪，她为他缝合贯穿成长期从未愈合的伤口。

他们本就紧密相连，无法分割，所以即使不记得，也不会走散。

"因为我天生喜欢叛逆又难掌控的，"例如狐狸，例如总裁办那些娇贵的花，例如她，他说，"所以我爱上你，是命中注定的吸引力。"

路栀启唇，但怔了下，没有出声。

戒指被推到指根，属于他们的婚姻，在此刻完全地、丰沛地、在任何维度抵达圆满。

"好了，"他扬唇提醒，"傅太太。"

路栀揉了揉耳朵，然后说："想叫很久了吧。"

她太娇贵，提前说明日常佩戴的钻戒不要太重，否则她怕傅言商会找来世界上克重最大的钻石，很不日常。

最终抵达她手上的这枚，净重整整 21 克，因有个说法，说 21 克是灵魂的重量。

这枚钻戒，在珠宝首席设计师的图稿里，拥有更浪漫的中文翻译——我爱你，以我的灵魂起誓。

婚礼结束，当夜，路栀不知是刷到什么，掀开被子就准备下床。

傅言商抬头看一眼，已经十二点了。

"去哪儿？"

"他们说今晚有流星雨，这儿是郊区，应该能看见。"路栀已经在穿鞋了，"我去看看。"

他笑："谁婚礼当晚熬大夜出去看星星？"

路栀很坦然："我啊。"

他跟她一同起身，路栀问："你不睡吗？"

"陪你。"

木质的阳台在脚步声中发出低缠吱呀的声响，有种回归纯粹的意趣，路栀一开始喊得那么带劲，结果没等一会儿就困了，对着黑漆漆的天空，枕在他肩膀上，跟他随口闲聊："我想起来个事。"

"嗯？"

"之前在祖宅的时候，就是我俩闹别扭之前，我在书架里看到你爸爸写给妈妈的信，我那时候忽然觉得，是不是有人生来就很会爱人。所以那时候也会想，"她停了停，"我感受到的那些，到底是你随便一给就显得很充沛的关心，还是真的——"

他在此刻打断。

"我是天生就擅长爱人，"他说，"但我的爱不是对谁都会打开。我的爱是有开启条件的，宝贝，你是其中的必要条件。"

一直在想的一个疑问被解开，她点点头，含糊不清地给自己脸上贴金："所以你爱我爱得发狂。"

他笑起来："是这样。"

她又跳到下一个想法："不过你说……要是在美国那时候，我真记得你了，我们是不是就不会在一起了？"

"不好说，"他也随口道，"我不做人不就行了？"

"那你会在我十五岁的时候陪我出来看星星吗？"

"不会。"她嗤了声，还没来得及开口，听到他说，"我二十五岁才回国，你那时候应该是十八岁。"

她"噢"了声："十八岁，也行。"

"十八岁还是太小了。"

"也对，"她说，"我十八的时候你都二十五了，是有点老了。"

他笑一声，正想跟她算账，看到她已经困到不行，眼睛闭起来，枕在他肩膀上昏昏欲睡。

"不看星星了？"

"再说吧，"她含糊不清地说，"反正以后还有时间。"

反正还有很多个以后。

岁月迢迢。

而我爱你，就是答案。

BEVERAGE AND DESSERT SHOP

饮品热选·

卡布奇诺（冰/热）　¥15
KABUQINUO

雪顶摩卡（冰）　¥15
XUEDINGMOKA

冰草冰咖啡（冰）　¥15
BINGCAOBINGKAFEI

冰淇淋咖啡（冰）　¥18
BINGQILINKAFEI

香柠果啤泡泡（冰）　¥18
XIANGNINGGUOKABAOBAO

橙子果啤泡泡（冰）　¥18
CHENGZIGUOKAPAOPAO

甜品热选·

草莓千层　¥35
CAOMEIQIANCENG

日式芋泥包　¥15
RISHIYUNIBAO

海盐芝士蛋糕　¥35
HAIYANZHISHIDANGAO

奥利奥千层　¥35
AOLIAOQIANCENG

番外三

假如我记得

自习课也太无聊了。

路栀看向窗外，第一百零一次这么觉得。

即将高考的紧张感，遍布高三的每一间教室，却丝毫影响不到路栀——

十岁之前，她妈还对她采取严格监管的教育政策，结果那年一趟出国游，她险些送了命，幸好被人搭救，否则现在已经看不到第二天的太阳。

俗话说大难不死必有后福，从那年之后，庄韵对她的管教就要放松很多，大概是看她在鬼门关里走了一遭，心疼得很，舍不得再说重话。

所以她成绩起伏得也厉害，认真学的时候能考年级前十，一旦那个月跑去看小说，就有可能滑到年级前一百。但她心里有数，就是贪玩了点。

她有时候都在想，如果她妈不知道美国的事，她现在会不会长成表面乖巧、实则叛逆的样子。

今天一下午都是自习，路栀写完作业，跟窗外的麻雀大眼对小眼了整整半个小时。

她一提书包，跑去办公室请假，即使成绩在全年级浮动，但在班上永远稳定在前五，老师别提多喜欢她，加上她长了张乖巧听话的脸蛋，只是揉揉肚子，还没多说两句，班主任就批了假："是不是要来例假了呀？没事，今晚做卷子，你把卷子带回去写，好好休息。"

临走，她还从办公室里顺了几包红糖。正好，确实快来例假了。

好学生的翘课是光明正大的。

她蹦蹦跳跳地走到校门口，看到一辆黑色的车驶过，平时她根本不会在意这种事，之所以会注意——

是因为不过一会儿，那辆车又倒了回来，停在正门口，像是看到了谁，正在确认。

她奇怪地看了两眼，但也没多想，把请假条给了门卫，那门卫爷爷还笑眯眯地冲她挥手："不舒服啊？那赶紧回家吧，注意安全哈。"

她乖乖巧巧地说了好，一转身，差点撞到来人胸口。

路栀抬头。

第一印象是：好帅的一张脸。

第二印象是：胸肌好像练得也不错。

她以为是意外，往左一偏，正要走时，听到面前的人问："下课了？"

第三印象：长得很帅但是爱管闲事的一个男的。

但她还是礼貌地回："没。"

"那你怎么出来了？"

路栀心想好奇怪啊，你是谁啊，怎么连这个都管？她不愿意跟陌生人透露隐私："家里有事。"

"家里有事我怎么不知道？"

废话啊，那是我家你怎么可能知道？路栀莫名其妙，看到门卫探出头问："哪位？"

面前的男人："我是她哥。"

我哥？路屿的脸浮现在眼前。

路栀觉得自己遇到了奇怪的人，回头看向保安，言之凿凿、斩钉截铁："我不认识他！"

傅言商："……"

本来还想让她上车，但现在看来是不必了，一边的井池笑得不行，宽慰说："人家不认得你了也很正常，走吧，我们先过去。"

那辆车驶出视线时，路栀还在奇怪。

现在的人贩子都这么猖狂了吗？

她提前下课，家里的车来不及过来接，她一路走走玩玩吃吃，四十五分钟后才到家，先去冰箱里拿了支雪糕。

一边拆一边往客厅走，还以为客厅的热闹是路屿在发癫，她没在意，开口挤入话题："妈，我刚遇到了新型诈——"

说到这儿，声音戛然而止。

视线开阔，而客厅正中央的沙发上，正坐着刚有过一面之缘的两个人，面前摆满了新鲜水果，可见招待仪式之隆重。

她手里的雪糕袋子卡在当下。

庄韵："栀栀，快叫哥哥。"

啊？她看看左边，又看看右边："什么哥……"

"七年前在美国救你那个哥哥啊，你忘了？！"

没忘记这个人。但是，忘记他的脸了。

路栀抿了抿唇。她刚刚，是怎么污蔑人家的来着？

老老实实地叫完哥哥，路栀又在沙发上如坐针毡地坐了会儿，找了个借口就回房间了。

家里热闹了会儿，又忽然安静下来，她奇怪地推开门去看，人都走了，只剩下阿姨和两位客人。

路栀眨眨眼，也没有别人可以问，只好问他："哥哥，我爸妈呢？"

"出去订餐厅了。"

"要出去吃吗？"

"是啊。"

路栀有点茫然："那我呢？"

傅言商搭着腿，故意逗她："让你在家吃，作为逃课的代价。"

"我没逃课，就是自习无聊，我回来学，这不是一样的吗？"

她的毕生挚爱就是下馆子，路栀在原地犹豫了会儿，这下学乖了："他们肯定是请你吃饭，那你带我去吧，哥哥。"

傅言商看她半晌，有兴味地挑挑眉："怎么，现在认识我了？"

"……"

坐进他的车里之后，路栀抬头四处看了看。

后座很宽敞，中间有挡板，那个叫井池的哥坐在副驾驶。

见她东张西望，傅言商问："怎么，不习惯？"

"不是，"她也觉得有点奇怪，"就觉得这个位置……好熟悉。"

明明也没坐过，为什么有种莫名的熟悉感呢，像灵魂来过一样。

这顿饭是她家里特意为傅言商接风洗尘的，听庄韵说，今天是他正式回国的日子。

其实也不能怪她不记得，那会儿她才十岁，记忆力有限，而且那么大的事之后都吓傻了，腾不出很多工夫去留意他的长相，但她自己也知道这个哥哥对她很重要，逢年过节，她都会定时给他寄东西的。

只是记不清他长什么样了而已。

路栀打开手机，去翻和他的聊天记录，最近一次也不远，是十月的时候，他说寄了一些美国的手工巧克力给她，让她记得吃，再往上，是家里让她寄的国内水果和月饼。

她的措辞也如出一辙，基本都是——

好的哥哥。

谢谢哥哥。

知道了哥哥。

辛苦了哥哥。

他比路屿还像她亲哥。毕竟路屿都没救过她的命。

酒足饭饱，路栀吃得很开心，也因此对他的回国表示了巨大的欢迎，回来的时候她坐家里的车，只听到路屿回头，严肃地跟庄韵说："妈，我觉得以后要让他少来。"

"为什么？"

"他长得不安全，像花孔雀。"

"你给我闭嘴！"庄韵气得拿车后面的球杆抽他，"还花孔雀，你要有人家一半争气我家祖坟都冒青烟了！你不就是嫉妒人家当哥哥比你当得好吗？这话不许在人家面前说，太失礼了！"

路栀帮腔："就是就是。"

路屿回头看她："这才见几个小时，路栀，别伤你亲哥！"

跟傅言商就见了那一面，仿佛一个可有可无的小插曲，接下来一个月，她再没见过他，手机上也没有他的消息。和以前一样，只有到了节假日才会联系。

直到期中考试考完，她考得不太好，成绩单拿回家那天，家里面一整天的低气压。

她趴在餐桌上，心情也不好，听到外面有大门拉开的声响，没在意，不过一会儿，熟悉又并不熟悉的身影出现在眼前。

屋外这么大的雨，但他身上一丝潮湿的水汽也没，矜贵妥帖，是她这个年纪所接触到的异性中，从没见过的模样。

她怔了下，差点以为自己在做梦，直到那股雪松的香气真切地落入鼻腔，这才恍然开口："哥哥？你来找谁的吗？"

好突然，都没人和她说。

"来找你的。"

"找我？"她问，"什么事？"

"你爸爸和我说，你想出去旅游。"

是啊，说考好就能去的，结果这次没考好，当然泡汤了。

路栀撇了撇嘴，还没来得及开口，听到他说："收拾好行李，我带你去。"

三天后，出发前往南非的私人飞机上，路栀还在问："真的？我爸真的同意你带我出来玩？"

这怎么可能呢？

"真的？"等飞机驶入高空，他这才慢条斯理地开口，"但他和我提了条件。"

她就知道！她就知道没这么简单！

这人还故意等上了飞机才告诉她，现在想反悔也不行了。

路栀不想问是什么条件，因为如果条件简单的话，早在前几天就和她说了。

但傅言商仍旧不疾不徐地开口："你爸爸和我说，你成绩起伏得厉害，就是贪玩。马上高考了，他很担心。"

路栀翻来覆去就是那几句话："我心里有数。"

他也不拆穿她，仍旧笑着说："正好我要过来谈收购，我告诉他，可以带你过来。毕竟贪玩的本质，还是没有得到。"

这话其实说得没错。

哪有一天三顿都吃麦当劳的人，还每天都想吃麦当劳呢？早都腻了。

"我带你过来玩这一趟，玩到你觉得够了为止，玩完你这一个寒假都可以，但是你得答应我，玩够了回去，接下来高三，你得认真上学。"

路栀："自习课无聊啊……"

"作业做完了还有别的练习可以做，不知道做什么可以问我，我给你布置作业。不想学习了就休息，养精蓄锐，比你每天看电视要好。"

这跟她亲哥有什么差别。路栀撇嘴，没说话。

"你有几天可以考虑，我这个收购案大概谈三天，三天之后，如果你想留下来好好玩，就告诉我。"他看着她，"毕竟哥哥也得从工作的百忙之中，抽空陪你。"

"……"

她本以为这又是一场巨大的骗局。但没想到，傅言商带她玩的，真的比她之前玩的那些小儿科有意思多了。

酒店在一片森林之中，所有的狮子猎豹全是散养，和那种把动物围起来的动物园不一样，这家酒店，是将人围起来。

这种刺激紧张但安全的模式，非常对她的胃口，早上起来时能看到羚羊就站在窗外，更远处是喝水的象群，她还为此胆战心惊地问过他："哥哥，半夜不会有狼来攻击我吧？"

傅言商看她一眼："你听话点，就绝对安全。如果偷偷逃出去，那哥哥也很难保护你。"

"……"

她和傅言商分开住，但是中间有一道打通的门，她和带来的阿姨住在这边，傅言商和井池住在另一边。

三天期满，她听到隔壁有声音，敲了敲中间的门，井池过来帮她打开门锁。

他们正在喝酒。

南非森林昼夜温差大，正开了壁炉，整个房间弥漫着辛辣的酒味和温柔的银耳香气，她转头，炉子上正用瓦罐煮着银耳羹。

好奇怪，哪有人一边喝酒一边喝银耳的？

玻璃瓶上贴着她看不懂的酒名，傅言商坐在一侧，问她："想清楚了？"

"想清楚了，留下来玩，"她没法放弃这里每天会有的越野车探险，和他说，"回去我会上交手机，好好学习。"

"行。"他扬了下眉，似乎并不意外，问她，"喝吗？"

路栀眨了眨眼，其实她确实也很好奇酒精的味道，但是因为没成年家里人一直不让她喝，就将所有的酒全部锁在酒窖里面。

路栀坐到桌边，很矜持地说："就喝一点。"

"想什么呢，"傅言商笑她，"我说让你喝银耳，你才多大，喝什么酒？"

她不满地撇了撇嘴，小兽似的哼唧一声。

"成年再喝，"他说，"到时候想要什么酒，我都给你找来。"

傅言商顿了顿，又补充："太烈的不行。"

虽说傅言商答应了留下来陪她玩，但他手上工作很多，况且……人家又不是她的谁，她不可能天天缠着他一块儿。

导游见她是收购方的妹妹，也是百般讨好，天天开着越野车带她去看狮子，那么体型庞大的狮子，又是丛林的捕猎食肉动物，但是居然没有过来攻击他们，这很新鲜。

导游向她介绍："狮子是注意整体观的动物，我们在它眼里不是单个坐在车里的人，而是和车连在一起的庞然大物，只要你不下车，它不会冒犯你。"

或许是有经验的导游和太安全的环境，催生了她莫名其妙的自信，傍晚时酒店的工作人员出去采购，她也嚷嚷着说要一起，结果不知怎么就走散了，她在山里迷路了，来回乱转，手机没信号，不停地拨打电话，电量也即将被耗光。

枯树枝在脚底踩出混乱的碎响，她听着四面八方的声响，几乎神经衰弱，连身后风吹树叶的声音，都害怕是有猛兽逼近。

她找了棵巨大的树靠着，天冷、很饿，体力告竭，她坐在树边，想着该如何自保。

忽然，一道强光从视线尽头出现。

她心脏猛地一跳。

寻找太久，傅言商气息开始紊乱，将外套扔到一边，蹙着眉厉声道："如果让我发现她有一点事，哪怕只是破了块皮，你今晚就去办离职——"

下一秒，一道人影扑进他的怀里。他下意识俯身。

小小一只，浑身颤抖地抱着他的肩膀，"呜"的一声埋在他胸口哭出来，到底只是十七岁的小姑娘，又黑又饿，怎么可能不害怕。

他心下一松，下意识拍拍她后背，温声道："不怕，没事了。"

她越哭越小声，越哭越委屈，抽噎起来，隔着一层衣衫染湿他，像小动物的啜泣。他手指攥着他衣领，将那件平整到没有一丝褶皱的高定衬衫揉成面团。

众人心惊胆战的围拢中，只见那高高在上的投资人，以一种极为难受的姿势俯着身子，却动也不动一下地任由小姑娘抱着，方才的威严消失不见，只是温柔地拍着她的背，告诉她没事了。

他来了，所以不用再害怕了。

路栀哭了好久，到最后已经忘记为什么哭，只剩抽噎和流泪的本能，回到酒店才止住。

路栀因跑得太快脚崴了，只能被他背着，身上还盖着他的外套，狼狈到自己都觉得有点丢人，埋在他衣服里面装死，听到他的训诫和质问："谁带她出来的？"

傅言商："说话，谁同意你们带她出来的？"

"没人说？"男人不怒自威，抬起眼睑，"那今晚全部一起离职，滚回国不要再——"

"哥哥，"她小心翼翼地探出两只眼睛，"是我非要他们带我出来的。"

傅言商："……"

"你别罚他们了，是我的错，我没跟紧，他们手上都有东西，没办法一直看着我，我……"她觉得不好意思，瘪了下嘴，不知道为什么又觉得好委屈，刚停住的眼泪又要蓄起来。

路栀："还有导游姐姐，她找不到我肯定也很害怕，她也是受害者，你给他们一起加钱吧。"

傅言商："……"

对峙半晌，他不退步，因他说的话从未撤回过，工作或生活一直如此，如果说出话又更改，还有什么威信可言？

路栀双手合十，自觉罪孽深重："求你了，哥哥。"

傅言商深吸一口气："何诏。"

何诏："在的老板。"

男人面无表情："加钱。"

当秘书这么多年，还没见过这场面的何诏一头雾水："啊？"

路栀从小娇生惯养着长大，没一点抗压能力，一晚上噩梦做了七次，梦到自己被七种不同的野兽围堵。

最后她直接吓醒，嘴巴里脱口而出一句"哥哥"，睁眼的那一刻想骂自己是不是疯了，但下一秒，手心一紧，她握住的那双手动了动。

傅言商："怎么了？"

她惊魂未定地大口呼吸，就这么看着他，那些画面一帧一帧地跳进来，过了好半晌，她闷声说："……我好像给你添了很多麻烦。"

亲人之间尚且会觉得感恩感动，更何况陌生人。

"没事。"他说。

就这么两个字，或许他也觉察到太过简单，几分钟后又补充："我们家这一辈全是男孩儿，我是长兄，弟弟们都很吵，所以我小时候经常在想，为什么不能有个妹妹，乖巧可爱，有多好。

"我拿你当亲妹妹，所以，不用觉得不好意思。"

她呼吸微滞，第一次在同一瞬间，体会到暖流和失落。

可是为什么会失落呢？她不明白。

在想通的瞬间，她仿佛触电般地抽回手。他觉得奇怪，但既然是她要握的，松开也正常，也许她现在想一个人待着，静一静。

所以他问："那我回去了？"

路栀点头，除了点头她不知道该说什么，因为此刻有个混乱的、不可思议的念头从她脑子里冒出来，她需要时间梳理，需要想通，需要确认一下……

傅言商起身，走到门口时，路栀又喊住他，本能地喊住。可又不知道该说什么了，幸好手边还有东西，是他那件牢牢裹在她身上的外套，路栀干涩地说："衣服……还你。"

天地静寂，只有心跳声，一下又一下地回应她。

傅言商起先没当回事。将她背回家没当回事，给她握住自己的手也没当回事。在他的观念当中，这都是哥哥可以做到的事情。

所以，当挂在床头的衣服上传来少女发丝的洗发露香气时，他也没当回事。

小姑娘嘛，香香软软也很正常，毕竟从小谁受到的教育都是这样，妹妹是需要精心打扮的。

用香香软软形容她时他也没当回事；发觉自己有些开始疏远她时他也没当回事；连着三天梦到她……不行，这次必须当回事了，这已经到了骗自己也骗不过去的程度了。

他捏捏眉心，烦躁地提起外套，去了户外。这趟出门，他足足有六个小时才回来。

刚进门，井池就觉得奇怪："你到哪儿去了？电话不接消息不回，你忘了你有工作了是吧？"

井池又仔细看他的神色："你不会是……"

傅言商当即蹙眉，条件反射："你乱说什么？"

只是想问他是不是想辞职了的井池："啊？"

井池看到他在沙发上坐下，于是坐在他对面，就这么对视了半分钟，男人沉沉地吐出一口气，难以遏制地开口："嗯，你说得对。"

还什么都没说的井池："啊？"

不是，这什么情况，活见鬼了？井池张牙舞爪，试图驱邪："不管你是什么东西，马上从我哥身上下来！"

过了五分钟，觉得他被鬼附体之后鬼应该是走了的井池，这才开口："你到底干吗去了？"

"去忏悔了。"

井池狐疑："忏悔什么？"

房间内又安静了近十分钟。傅言商动了动搭在外套上的手指，闭上眼，无言地向后仰了仰。

南非之旅提前结束，是由路栀先提出的。

回国后她全身心投入学习，不是因为答应他，也不是忽然想找到人生价值，只是想填满自己的脑袋，好让自己不要胡思乱想，把要做的题翻了三倍。

那年高考，首战大捷。

她以超高的分数，让路平生再次在饭桌上提起了傅言商："你哥哥说的确实没错，带你出去玩一趟，居然真的能收心，厉害，太厉害了，他们脑子灵光的人就是有先见之明。栀栀，你要好好谢谢你哥。"

路屿嘴里含着一大口饭很茫然："我啥时候带她出去玩了？"

"不是说你。"

路屿："哦！"

第二天的电影院，她和李思怡在等开场之前聊起这事，李思怡大骇："你那哥哥从旅行回来，就再没给你发过消息了？"

"嗯，"路栀撇嘴，"他好过分，以前节日都会给我寄东西，从手机上告诉我，但是今年的东西居然是我妈直接拿给我的，我打开手机才发现，他已经不通知我了。"

李思怡："为什么？"

"肯定是嫌我烦了啊，"路栀咬着吸管，"我都和你说了，出去一趟给人家添了那么多麻烦，人家表面上不说什么，心里肯定不愿意跟我接触，我要是真走丢了，他怎么跟我爸妈交代。"

李思怡安慰她："算了。"

"我就是那天感动了而已！"

李思怡："就是就是。"

李思怡："你手机亮了。"

路栀连忙拿起来，又在下一秒反扣："又没给我发消息。"

李思怡："……"

再见面，是她高考结束的庆功宴。

路家请了一趟，傅言商也回礼请了一趟，邀请她去傅家的祖宅玩。

客厅人很多，唯独她要找的那人不在，路栀拆开一只可爱多，"状似"无意地问阿姨："傅言商在哪儿？"

她补充："我没找他，随便问问。"

"今天家里来了个追求者，"路过的井池好心地解答，"他现在估计在后花园接受告白呢。"

等路栀反应过来的时候，她已经跑到后花园了。

我就看看，她心想，有八卦不爱看是傻蛋。

但是今天的风有点大，她绝不承认是自己偷听技术不高。被落下的树叶惊扰了脚步声，她在一棵树后轻易地被他发觉。

傅言商看她半晌，问："怎么过来了？"

路栀踢着树叶："迷路了。"

对面的女人和她截然不同，好漂亮，也不是小说里写的那种看一眼就知道的恶毒女二，她有着温柔的长卷发，涂着奶茶色系的口红。

她问："这是？"

"我妹妹。"

女人笑："看起来是挺小的。"

如果路栀今年二十七岁，还能把她这句话当夸奖，但很可惜，她才刚成年。

所以她本能地觉得这是句不太悦耳的话，咬了口快要化掉的冰激凌："我成年了。"

对面成熟的女人看着她，温柔地笑："成年了也是小孩啊。"

"行了，去吃零食吧，"他扬了扬下巴，道，"我还有点事，说完去找你。"

什么事？你俩要在这儿私订终身了吗？

路栀"噢"了声，转头，走出去几步，又悄悄回过头。这两个人居然还在看她。

傅言商以为她找不到位置，开口道："左边那栋楼。"

"……"就这么想把我支开。

她很识趣，不会踢铁板，二十分钟后他才回来，手里提着一杯奶茶，放她面前。

路栀问："嫂子送我的？"

他没听清，靠近了些，但在意识到的下一秒直起身来，不动声色地拉远二人距离，问她："什么？"

她摇摇头。

那餐饭吃了很久，傅言商的爷爷很喜欢她，她不知道要叫什么，就也跟着叫爷爷，傅言商拿公筷给她夹了很多青菜，散场时督促她吃完。

路栀不满："我是小孩儿吗？吃个青菜还要人催。"

他一挑眉，正要开口，听到她说："你喜欢成熟的，是吧？"

他将眼神递过来，不说话，不知道是在想什么。

路栀又问："那我什么时候能喝你喜酒？"

宴席正要散场，四处都喧闹，人声鼎沸中，傅言商读出她的意思，但没回答。

路家的车已经开到门口，他替她拉开车门，而后道："先上车。"

和他侧身而过时，听到他的声音，很低，很轻，像一阵风掠过耳边，又被吹散。

"我不喜欢她。"他说。

送走路家的车，傅言商回身，发现井池还伫立在原地："你还没走？"

"我走去哪儿啊？"井池说，"你可别忘了！当时在美国救人，我也出了一份力！我也算她小半个救命恩人呢！"

"什么力？"傅言商抬起眼皮，"帮她把手环摘下来？"

"不是这个！"井小少爷气极，"你忘了？我那天半夜不知道为什么突然惊醒，我以前睡眠质量都可好了，然后我去她家里面看她的情况，正碰上保姆要带她回国，还想把这事跟她家里瞒下来——要不是我，她都不知道你是她救命恩人！"

"也是，"傅言商道，"那走吧。"

"去哪儿？"

"去听听救命恩人不当人的故事。"

二十分钟后，祖宅茶室。

上好的普洱茶香四溢，井池倾身："上次你不是都自己决定了吗？你就是单身太久了，出了点问题，稍微跟她拉远一点距离，自然就好了。"

"已经过去很久了。"傅言商道。

"这么长时间以来，这是我和她第一次说话。"他很冷静，就连分析自己感情时都有种出乎意料的镇定，像是在做数学题，精准地列下公式、带入数据、给出解答。

"我给自己设了一个期限，和她分开一段时间，再看看。但我没有告诉自己，假如分开、冷静、冷却后该怎么办。"

井池瞠目地看着他，这是他第一次看到傅言商身上带着这么平静的疯感，像平静地准备赴死。

"如果我真的喜欢了。"傅言商低声说，"怎么办？"

最后的最后，傅言商给出结论："你想想办法。"

井池："不是，我能想什么办法？我是情圣吗？"

但是怎么办，这是认识这么多年以来，傅言商第一次让他帮忙。这是一种枷锁，但更是一种肯定。

提出几种方案被否决后，井小少爷震怒，质问他究竟是不是人。

"再骂狠点。"傅言商就坐在烟雾里把烟摁灭，淡淡地说，"你这骂得还不如我骂自己的十分之一，有什么用。"

于是，派对，泳池，鸡尾酒，裙摆，鲜花和蛋糕。

路家的车已经到门口，傅言商看着自己手里刻满爱心的项链，第一千零一次，想把井池就地打一顿。

男人深吸一口气，抬眸道："我是让你，帮我清理念头。"

井池："啊？"

"不是让你，帮我追她。"

"你的念头我怎么帮你清理？我是丘比特吗？还能把你心口的箭拔出来！"井池心说你别太离谱，"傅言商，你自己的喜欢收不收得回来，你心里清楚！"

嗯。他清楚。所以他没办法了。

在路栀的视角中。

那天借由一点点上头的酒精，最终发生了一些意外，当然她认为

含柂

这是傅言商诱她在先，谁让他扣子不扣好还一直目光沉沉地朝她看，所以她不小心朝他亲了一口，也是，正常的吧？

嗯，正常的。但是从那天之后，逃窜的人开始变成了她。

傅言商消息，不回；电话，不接；傅家，不去；她死死地，固守在寝室。

就连意外在路家碰到了，被他强行摁在阳台上要一个解释的时候，她也是很怯懦地说了一句："我喝醉了。"

那不然呢？不然怎么解释呢？

傅言商："你喝醉了还会乱亲人？"

她信口开河："我认错人了。我把你认成我男朋友了……你们俩，就，还挺像的。"

傅言商："……"

"就亲一下，别太当回事，"她说，"亲一下怎么了？！"

傅言商："……"

深夜，井池背负任务，紧急出动。

井池："你的意思是，她有男朋友，但是她亲你？"

"她没喝醉。"他说。

他知道她的酒量，看过她喝醉的样子，因此知道，她那时顶多是微醺。她知道自己在干什么。

他虽然某些方面的天赋异于常人，但这题，确实超纲。傅言商蹙眉，烦躁地玩着手心里的打火机："她什么意思？"

"这还不简单？你喜欢她吗？"

"井池，别问废话。"

"不是，我是说，她知道你喜欢她吗？"

"当然不知道，她把我当哥哥，我告诉她我喜欢她，算什么事？不得把人吓死？这于情于理都不合适。"

546

井池："那不就是了啊，她应该也有点喜欢你——但是呢，她知道你对她没意思，那她难道一辈子为你守着吗？有合适的也谈啊。"

井池想了想："她不仅会恋爱，她还会和她男朋友牵手、拥抱，还有接——"

傅言商："闭嘴。"

井池："接吻。"

傅言商："出去。"

井池一边走一边回头，关门前，温柔且坚定地，杀人诛心："傅言商，他们还会狠狠地亲。"

"……"

次日合作会议，傅言商全程低气压，满室高管面面相觑，都不敢作声。

井池："失眠了？"

傅言商抬眼，极有杀气地看向面前的罪魁祸首："谁睡得着？"

会开完，井池上车，跟宗叔说："先送我回家，叔。"

车驶过路口，后座的人临时开口："右转，去苏城大学。"

路栀被偶遇得很突然。

她们寝室里有个妹子很高，穿个马丁靴身高直接一米八，于是打算开拓副业，没课的时候出来做 cos 委托搞兼职。

委托很好理解，有很多游戏角色或是动漫角色深受玩家喜爱，就会有人专门扮成他们的样子，以他们的性格和顾客一起出去玩。

这天，正是她室友戴诗文打算拍照宣传的第一天，她穿好马丁靴戴好口罩，再来一顶假发，远远看着很是还原角色的，路栀搂着她，正思考什么角度更有"女友视角"的感觉，忽然听见一道声音，从身后传来。

"男朋友？"

这是傅言商第一次上来就跟她直入主题，路栀措手不及，愣了几秒才反应过来，想起来自己是说过男朋友这个谎，脸一下子红透了，还真有恋爱被抓包的那种感觉。

"啊，"她拽了下戴诗文，示意她配合，"对，那个，我男朋友。"

戴诗文收到讯号，但根本不知道为什么要这样做，又不敢开口，因为一开口就暴露性别，于是只是高冷地点了下头。

傅言商看了半晌，又道："不打扰你们约会了。"然后转身就走了。

戴诗文小声跟她说："好帅啊，我穿了增高垫都没他高，是你说的那个人吗？"

"嗯，"路栀奇怪，"莫名其妙的，来了又走了。"

"说不定就来看看你啊，看见你在忙就先走了。"

她确实有事要忙，陪戴诗文拍完照片，然后买了点吃的就回寝室了。戴诗文下午还有一个委托，要去见单主，她今天的行程很满，一直到半夜十二点，一共接了三个单，赚了大几百。

戴诗文满意地在群里发消息，说给她们带消夜回去吃。

她浑然未觉，身后有辆车正驶离街道。

井池打着哈欠："哥，看人一下午了，你是偷窥狂吗？"

"他出轨了。"驾驶座上的男人亲自开车，面无表情地道，"一下午还出了三个。"

他就没见过这么猖狂的人。

"嗯嗯，你都说一下午了，是的，出轨了，我让你跟路栀说，你又不说，你想干吗？"

傅言商没回，半晌后才道："你说，为什么成年男人不能跟年轻小姑娘谈恋爱？"

井池："也没人说成年男的不能跟小姑娘恋爱啊？"

"我指普世价值观上的。"

"哦，"经常冲浪，在微博上看各种帖子的井少爷懂了，"因为女生还在读大学的话，和社会上工作的男人差别太大了，容易被降维打击，被骗感情，被伤害。主要是现在很多男人太坏了。"

"嗯。"他说，"但是她们学校的男的也不怎么样。"

"所以，只要那些因为年龄差带来的问题，不存在于我和她之间，"他说，"我就可以追她。"

井池："不是，也没人不让你追她啊？"

你到底在说服谁呢？我吗？我看是你自己吧？

"我会对她好，也不会骗她伤害她。"傅言商给自己下了论断，"所以，换我也可以。不对，换我更好。"

他慢悠悠地说："我不比那些没钱又花心又不会照顾人的同龄人好多了？"

井池启了启唇，正要说话，被他打断，像是不想从他口中听到自己不爱听的内容。

傅言商："行了，就这样。"

井池："那你叫我陪你看一下午干吗呢？"

又不让他说话！

路栀在次日晚上接到傅言商的电话，问她在不在寝室。她如实说在，电话那边"嗯"了声："下楼，给你带了东西。"

"什么？"

她走到门口，下意识又回头看向衣柜，但思虑片刻，最终没有折回去。

算了，他只是把她当妹妹，她还换衣服干吗，搞得跟要约会一样。

傅言商："我在你们学校附近吃饭，吃完了，给你带点来。"

他带的是块小蛋糕。

路栀也没问你们吃饭的地方怎么有蛋糕，不过被记挂着也是好的，她接过，然后抬头："还有事吗？"

他停了片刻："没了。"

"噢，那你回去吧，"她指了指，"走那边出去更近，你让门卫帮你开一下门。"

"就这么着急赶我走，"他眯了下眼，"忙着跟你那男朋友约会？"

路栀选择以不变应万变，用沉默把他送上了车。

见车点了火，她才转身往寝室里走，不知道为什么，感觉好奇怪，这车她明明也没见过，但就是有种亲切感。

"那个……路栀？"身后忽然有人喊她。

她愣了下，回过头，发现是班长："怎么了？"

"就，我看你发朋友圈说老咳嗽，这是我外婆做的枇杷膏，止咳特别管用，我正好……正好路过，就想着可以给你。"

路栀接过，说了声"谢谢"，想起来之前流感季，是有好多人在班长那儿买枇杷膏。她点头说："钱我回寝室了转给你啊。"

"不用，"班长挠了挠头，"我主要是那个——"

忽然，路中央，"轰"的一声。傅言商那辆车打开大灯，精准确切地将二人照得异常清晰。

一瞬间，昏暗的校园里，只有他们尤为刺眼，那一束椭圆的光将面对面的两人烘托出来，像一种着重强调，又像一种警告。

班长："呃……"

路栀莫名其妙，不知道傅言商在干什么，但还是先问班长："怎么了？"

他还是不太习惯站在这么高调的场合里，摇摇头，转身走了："没事，明天再说。"

就在他转身走出去的第五秒，灯关了。

班长大喜，重新跑回去，再次喊住她："路栀！"

轰！灯又亮了。

班长："……"

最终班长什么也没说，路栀莫名其妙，一边上楼，一边给傅言商发消息。

路栀："你在干吗？"

他应该是还没开走，消息没一会儿回过来。

傅言商："我看他犹豫不决。想着帮一下。"

路栀："你是在帮我吗？但他应该这辈子都有阴影，不敢来女生宿舍这边了。"

傅言商："那也行。"

路栀："？"

那边娓娓道来："女生宿舍附近，异性逗留太久不好。"

她觉得有必要提醒："你也是男的。"

傅言商："我不一样。"

路栀无言："哪儿不一样？你是我哥是吧？"

她这条消息，并没等来瞬时的回复。

直到路栀洗完澡爬上床，手机一亮，最新消息映入眼帘。

傅言商："我也可以不是。"

那一整晚，路栀脑子里都是那句"我也可以不是"。

文字仿佛自动转换成他的语气，在她耳边循环播放。等她好不容易把这声音驱逐出去，第二天下午，这罪魁祸首居然又给她发来消息。

傅言商："怎么不回我？"

……你倒是告诉我要怎么回。好在很快，他开启第二个话题。

傅言商："昨天那男的，今天去你宿舍找你了吗？"

路栀："没有。改到教学楼里找我了。"

傅言商："哪栋？"

问这么细做什么？

路栀："就我上课的这栋，三教。"

散课时正是六点，完美的晚饭时间，每个人都饿了。

路栀只在下课的吵闹间听到有人说学校停了一辆车，也没在意，直到她走近时，那辆车打了双闪，副驾驶车窗降下来。

傅言商："下课了？"

她吓了一跳："你怎么来了？"

他依然是那副说辞："在附近谈生意，正好路过，想着接你吃个饭。"

哥哥接妹妹吃饭，多正常。

路栀拉开副驾驶上了车，室友们一个个窃窃私语地、假装不明显其实又特明显地往里看，时不时传来八卦声和压低的笑，在她眼里别提多明目张胆。就差把眼睛贴他脸上，然后问她："这就是你在寝室说的那个哥哥是吧？"

傅言商："她们怎么看我？"

"我室友，"她硬着头皮说，"就，随便看看啊。"

"和她们说起过我？"他像是随口闲聊，"怎么说的？"

还能怎么说？那个对我没感觉但是又对我很好，一直把我当妹妹的家伙。

路栀战术性地咳嗽了声，这才拉了拉安全带："我说，你是我很敬爱的哥哥。"

车平稳地点火，驶出嘈杂的校园，瞬间安静下来的街道里，传来他的声音，尤为清晰："只是敬爱吗？"

"当然是敬爱，不是敬爱还能是什么呢？！"这句话，被她欲盖弥彰慌不择路地重复了三遍。

他"嗯"了声，像是信了。

跟他在一块儿待遇总是特别好，等到餐厅楼下时，她才发现这是自己收藏很久，但没排上号的餐厅。

下了车，她跺了跺脚整理衣服，再抬头时，和他胸口的衬衫已经无线趋近。他靠近，像是随意地比了比她的身高："长这么高了。"

路栀撇了撇嘴，以为他又要说一些小孩长大了之类的言论。她说："我本来就长大了啊。早都长大了。"

"嗯，"他想了想，也没想太久，"差不多到了可以谈恋爱的年纪了。"

她愣了一下，感觉自己也太会联想了，人家就是随意一说，又不是暗示你，你干吗呢路栀？

"我早就到了，"像是为了分心，她特意快速地开脱，"我现在十八岁就可以谈恋爱……"

接下来的一顿饭，路栀都在"这也太明显了"和"是不是我看言情小说把脑子看坏掉了"里面反复横跳。

她觉得气氛好暧昧，又觉得是自己想得太多。万一他本身说话就这么暧昧呢？

快吃到尾声，她手里换成了冰激凌球的甜品，慢吞吞地拿勺子挖着，看看窗外的江景。

傅言商毫无预兆地提问："在学校很多人追你吗？"

"也还好吧。"嗯，名副其实的来自哥哥的关切，教导你要好好学习。

路栀，少看点言情小说和偶像剧！

"还好，就是有。"他道，"你现在年纪小，没有分辨能力，追求者也要仔细甄别，更别提恋爱之后，要仔细分辨对方品性如何。"

又来了，又来了，这回是纯纯的教导。她就说吧，果然是她想多了，哥哥在这儿给妹妹提点人生呢。

路栀："哦。"

傅言商："追你的，最大有多大？"

路栀："那还挺老的。"

傅言商："？"

"大我五岁呢。"校外一家法餐店的老板，也太没有边界了。

傅言商："五岁，算大吗？"

"五岁还不算大？"

他默了片刻："你觉得多大算大？"

路栀很客观地说："大一岁也算大啊。"

"我指的是在你心里算年纪大，不是客观意义上的年长。"

"哦，"路栀说，"随便吧，看我心情。"

"不能什么都看心情，恋爱对象很重要，要仔细分辨，知道吗？"傅言商将手边的照片递过去，"虽然这样做非君子所为，但我认为我作为你的哥……亲密的人，也有权把事实的真相告诉你。"

路栀拿起照片："这什么？"

"你男朋友出轨。"他说，"还挺受欢迎，十天见了二十个姑娘。"

路栀吸了吸鼻子。怎么回事，有股好浓的绿茶味？

"谈恋爱要擦亮眼睛，但是不怪你们小姑娘，因为现在男人确实善于伪装，但你心里也要有数，知道什么样的才算好的。"

路栀看着他："那什么样的算好的？"

"我这样的。"

烛火摇曳，餐厅里的法语歌浪漫悠扬，路栀忽然觉得血液流速快了起来，心脏悬起来："所以……呢？"

"还看不出来？"他双手交叠，坦诚地说，"他配不上你，我在挖墙脚。"

"我在挖墙脚"是什么意思？很显然，除了那层意思，应该没有第二个意思。

路栀说"行"。

傅言商无语半晌，笑起来："行是什么意思？"

"你挖着吧，什么时候挖好了我告诉你。"

那一个多星期，傅言商送什么，她都高高兴兴地说"谢谢哥哥"，约吃饭也经常穿漂亮小裙子出席。

　　但她就是还天天管他叫哥哥，好像他在餐厅里说的那话不存在。送她回去时，他问："跟你男朋友分手了吗？"

　　"还没。"是还没，毕竟都没谈男朋友。

　　傅言商这回真被气笑了："不分手，但是收我的礼物，跟我出来吃饭？"

　　"是的，"她故意报他之前冷落她的仇，"毕竟，要不要同意的主动权，是在我手上，哥哥。"

　　"……"

　　回去之后，她又给傅言商发消息。

　　路栀："我想了想。我觉得你在车上的那番话，有点太冒犯了。"

　　傅言商："？"

　　路栀："毕竟你现在，还只是一个追求者。"

　　万圣节，傅言商约她出来，她答应得很快，他还奇怪。

　　偏偏当事人还打扮得漂漂亮亮地跟他出来玩，穿一件红色斗篷，配上短裙，连靴子都到膝盖往上，露出一截白皙的大腿。

　　他强迫自己挪开在她腿上的视线，压抑着某种灼热，想确实到时候了。

　　十二点钟声响，路栀准备回寝，被人一把摁在腿上，他半跪在地上，用毛毯将她牢牢裹住，低声："就到今天。"

　　路栀蒙了："什么就到今天？"

　　"跟你男朋友分手，就今天。"

　　路栀停了下，这几个月太潇洒了，都忘记还有"男朋友"这回事了……

　　"啊，"她斟酌着，不知道该怎么解释，"是这样……"

　　她慢吞吞想着措辞，在他眼里，就变成一番犹豫的模样。

微信电话响起，头像正好是戴诗雨，还是 cos 时的男装，她举起手机放到他面前，发现他面色瞬间变了，迅速道："不是。"

"不是？"

"嗯，不是，"她说，"是我当时……"

"分手了？"

路栀还没来得及开口，又听到他说："你知道对一个对你有图谋的男人说你刚分手，是什么意思吗？"

她几乎有点呼吸不过来，感觉到他视线愈发灼热昏沉，像一张网将她密密地盖住，他指腹握住她小巧的下巴，轻轻摩挲一下。

路栀忍不住有点发抖，她听到他哑声说："他会忍不住吻你，像现在这样。"

她被亲得厉害，在他怀里发着抖，后背也颤起来。

舌尖探入，愈发掠夺她的呼吸。

路栀回寝后才把事情跟他说清。

傅言商："你的意思是，男朋友是假的。那个人是你室友？"

路栀："嗯，你拍的那些，是她在出委托。"

路栀："所以你追你的。"

傅言商："？"

路栀："好好追，加油！追好了我会告诉你。但是像今天这样的错误别再犯了，这样显得我们会有点暧昧。"

傅言商："……"

路栀："你下次再这样我要扣你分了。"

傅言商："？"

他又追了好一阵子。

路栀每天乐得车接车送，心情轻快，中间他偶尔要出差，会消失几天，但手机上总会报备。

晚上收到他的消息，几张照片，问她穿哪套？

他还是第一次问她要服装参考，路栀问："你要去哪儿吗？"

傅言商："你们学校，有个演讲。"

她忽然在瞬间下了决定，心脏又因为这个决定稍稍悬起来，唇角扬起，想着他的反应。

路栀："第三套。明天见。"

傅言商低头，一句"明天见"刚打出来，那边冒出第二句话。

路栀："男朋友。"

是突然有名分的，修成正果的称呼。

路栀发完就睡了，故意让自己保留一点明天看消息的期待感，结果四点多就醒了，打开手机，三条消息。

凌晨一点。

傅言商："不准抵赖。"

两点。

傅言商："过来了。"

三点。

傅言商："买了点东西，你醒了下来拿，记得带室友。"

最后一句真是明智提醒，他"路过超市随手一买"居然买了几大箱，全是零食，每个室友都被他收买得明明白白。

再见面是在下午的讲座上，跟他短暂地对上视线，路栀偏了下脑袋，又躲在前面的座椅后头。

他笑了下，收回视线。他的小女朋友怎么这么容易害羞？

讲座开始之前，李思怡还在用胳膊一直捅她，路栀还以为她在发疯，等回神才发现，李思怡正一脸无语，把手机递给她："怎么有人嘴巴那么欠啊。"

她低头一看，原来是这些天傅言商接送她都被拍到了，发在学校论坛上。

"不是吧不是吧，还有人不知道苏大白月光已经有男朋友了嘛？

八九位数的豪车随便换，晚出早归，这就是你们喜欢的白月光啊？"

底下也有一堆无语的。

匿名论坛里有人回"装什么呢，阴阳怪气的，酸什么呢，长得漂亮就是好啊没错啊，你怎么不去坐豪车呢，是不想吗？"

"不好意思，人家高奢当礼物送室友，你就知道人家不是门当户对了？"

"污蔑女性容易得很嘛，发几张照片就是晚出早归了，有视频吗？有录像吗？"

路栀看完之后辛辣点评："这个评论还挺好笑的欸。"

"看着像男的反串的，"路栀说，"我发给我哥，让他找人看看发布地址。"

十多分钟之后就找到发帖人了，那些发表不好言论的全是男的，果不其然，全是大张旗鼓追过她又被她拒绝的。

路栀无语，正要开口，看到台上暗下去，是傅言商开始发言了。

于是她暂时收回了对话，看向台上。

路栀起先还在认真听，后来发现自己帮他看过这篇稿子，不知不觉居然睡着了，再睁眼，是被四下的哗然声喊醒的。

她一睁眼，还没来得及适应。清晰的、朦胧的世界里，有人穿着西装，俯身过来。

再眨一下，面前形象变得清晰，他托着她脸颊，含着点笑意问："你男朋友还在上面讲话，你在底下睡着了？"

整个礼堂鸦雀无声，又有种莫名的克制的沸腾，李思怡跟戴诗文低声念叨着"嗑死我了""嗑死我了"，全部钻进路栀耳朵里。

傅言商朝她伸手，她睡得有点晕，蒙蒙地站起来，听到他问："是谁到处传你的谣言来着？"

她一惊。他怎么知道的？路屿和他说了吗？

但很快，她还是靠着视线在观众席里找到，指过去。

她就站在他背后，一个一个慢吞吞地指，颇有点小朋友找大人撑腰的架势，而替她撑腰这人，也确实有权势。

刚刚所有人都听到了，融盛的总裁，给学校拨款翻新教学楼。

谁敢忤逆他，这学还上得了吗？

男生被她揪出来，网络上重拳出击，现实唯唯诺诺，站那儿胆子都快被吓破了，傅言商就站对面，沉声道："手机，删帖。"

几个散播谣言的男生慌慌张张地把手机掏出来，哆哆嗦嗦地删完，正要收起的时候，又听他说："发帖。"

"啊？"

"道歉。"

道歉、记过、在校期间无法参与任何评优评奖，是学校最终对他们的惩罚。

论坛的道歉帖下，有人快笑死了。

1 楼："一群追不到的人靠口嗨发泄，就没想到确实是男朋友呗？"

2 楼："没想到男朋友确实这么刚呗？"

3 楼："没想到人路栀家里也有钱，学校的图书馆是她家捐的呗？"

最早发现不对劲的是路屿。

庄韵组的饭局，路屿在天台碰到搂搂抱抱的两人，气火攻心，趴在栏杆旁边，扬言自己要跳下去。

路栀："跳吧。"

路屿颤声："你再说一遍？"

"这很矮，你不会有事，"路栀说，"顶多把脑子摔坏。"又补充，"但你这脑子，不摔也坏了呀。"

傅言商象征性地拦了拦，路屿根本不想搭理他，满心都是妹妹被傅言商拐走的绝望，他向路栀要一个保证："那你告诉我，我还是你最爱的男人吗？"

她说："你本来也不是我最爱的男人啊。"

路屿："……"

跳吧，就现在。

最后路屿还是把傅言商拦着说了几个小时，路栀不用想，都知道他说的话会有多冒犯。

等上了车，她问傅言商："我哥主要跟你说什么了？"

"没说什么，列了一些不让我做的，"他道，"也就几百条吧。"

路栀启唇："他……"

或许是觉察到她的欲言又止，他目视前方，神色如常道："你放心，你二十岁之前，我不会和你做别的。"

路栀："？"

她没问这个啊？

本以为他就是这么随口一说，结果没想到，她在整个寝室最早谈上恋爱，但在大家都上了高速的时候，她依然没有一丝进展。

每次女寝夜话，听大家讨论自己的性生活，她都觉得好茫然，好陌生，好像被孤立了。

李思怡还在寝室肆意展示一些物品，路栀扫一眼，觉得好眼熟："这个……"

"怎么，你玩过？"

"没有，"她说，"但是就觉得好眼熟，为什么？"

因为经历实在贫乏，李思怡特意为她制订了一个计划，给她买了性感小睡衣，然后把她送上了和傅言商的暑假旅行。

"按照我的经验，出去旅行，肯定能成。"

"真的吗？"路栀说，"但这是我们出去旅行的第五次。"

当晚，同一床被子里，男人熄了灯，然后闭眼。两个人中间宽得像条河。

路栀没忍住，是真的很好奇："你是有什么心事吗？"

"怎么这么问？"他说，"最近确实有个案子他们办得很烂。"

路栀："……"

打开手机，李思怡给她发来消息："此刻距离你洗澡已经过去三小时，怎么样？"

路栀："0"

李思怡："你的句号怎么这么大？"

路栀："零，没有的零，无事发生的零。"

李思怡："他没看到吗？"

路栀："看到了。"

李思怡："那为什么？"

路栀："他不行。"

他们俩在一起两年了，是个椰子也该熟透落地了。

只有她男朋友，还是那个清心寡欲的和尚，擅于独善其身的天才。

路栀对着屏幕看了下，一转身，对上他的视线。

路栀哽了下："你怎么偷看我聊天？"

"有没有一种可能，是你的手机，太亮了。"

正当路栀拿不准他有没有看到具体内容的时候，听到他问："你想，是吗？"

"我没有啊！"她说，"我……"

但是男人没给她说完的机会，挑了挑她的肩带，沉声道："所以，穿成这样来诱惑我？"

"我没有！"路栀吓得差点坐起来，"我只是，就是好奇……我对你没有吸引力吗？"

傅言商看着她。

"知道我晚上为什么不抱着你睡吗？"他说。

路栀瞪然，启了启唇，居然说不出话来。

"所以这个问题，知道答案了？"他长长地笑出一声，像是无语，又像是什么随着冲出禁锢，"心疼你年纪小，怕折腾你，怕你吃亏，结果你说我不行。"

路栀手腕被人拿起，她险些口吃："你，你，你干吗——"

"不是好奇我行不行？"他"嘶"了声，"不准动。"

她完全没经验，被吓得大脑一片空白，卡带地问："要，要多久？"

"一晚上。"

啊？没听说过啊？

那晚最终什么也没发生。

路栀还好，就是手辛苦了一些。

有一有二就有三，旅行共计两周，离开的前一天有点失控，空气闷热，她隐隐察觉到不对。

他似乎忍得很辛苦，不过也是，两年了，没病都要憋出病来了。终于，听到他第一次对自己的人生信条松口："你现在是大三，所以我也不算违背承诺，是吧？"

路栀："……"

有时候真不知道他在坚持什么。

"快点吧，"她脱口而出，"我室友都说男人过二十五走下坡路了。"

话一出口就察觉到不对，完了，完了，路栀正要逃，下一秒，被人狠狠拉到身下。

"挑衅我，是吧？"

"我没……"

"行，"他把她双手束过头顶，"等会儿让你还有求饶说话的力气，算我输。"

次日，路栀没回李思怡的消息。

第三天，路栀依然在群里失联，第四天、第五天也是如此……

等她回到寝室，李思怡奇怪地问她："你走路怎么腿在抖。"

路栀努力挤出一个笑来："没什么，是我活该的。"

旅行回来没过多久，傅言商上门公开恋爱关系，并提出结婚打算。大家的接受态度良好，这点超出路栀预料，但路屿依然寻死觅活——这点她倒是猜到的。

从家里离开时，路屿的叫喊声仿佛还回荡在身后："我就说不该让她去美国吧！！你们不听我的！作孽啊！"

路栀想起什么："井池哥和我说，他那天是刚好醒了，才想到要去看看我，他以前晚上睡觉从来不醒吗？"

"嗯，那天也不知道是怎么，像突然开窍了。"

"如果他没来找我，说不定我都不知道救我的人长什么样。"

她就这样展开联想："说不定连有人救过我都忘掉了——你说，如果我把你忘了，怎么办？"

他笑一下，牵紧她的手，很肯定地说："没关系。"

就算忘记了我，茫茫人海里，我也会找到你。

再一次，每一次。

井大少爷从小就不怎么开窍。

初一的时候因为太活跃，被老师御赐讲台旁边的位置，一坐就是三年。

初中毕业那天，有女同学穿漂亮的制服裙子，扎个双马尾在他面前拍照，一边越过他和朋友聊天，朋友一边大夸特夸，吸引所有人的目光。

井池抬起头看了两眼，然后在人家充满期待的目光中说："你好，你挡着我看黑板了。"

高一的学习委员是女生，课间时，他拉着傅言商和陆承期，一脸的语重心长，仿佛面临人生重大困难："你们看出来没有？"

陆承期："看出来了。"

"就是，"井池很困扰，"学习委员得多讨厌我啊？天天嫌我拉低平均分给我讲题，粘在我位置上赶都赶不走。"

陆承期："你是真有病。"

傅言商："……嗯。"

井池费解："为什么骂我？！"

但这样的生涯终于迎来了转机。

那会儿学校组织起来一个乐队，他路过时看到有一位女生正斜斜倚在沙发里，一头微卷的黑色波浪，穿一条正红的长裙，两条腿匀称纤长，冷着脸，碎发堆在颈窝里。

第一眼他想，怎么回事，这么耀眼？！

次日中午路过，她换了衣服，但他看脸就一眼认出。那女生这回换了风格，微敞的短皮衣外套，贴身的黑色牛仔裤，半截脚踝骨被束进靴子里，戴一顶银钉鸭舌帽，一次性的卷发洗过后变直，松散凌乱地扎在一侧。

第二眼他想，怎么回事，这么帅？！

周三再次路过，她这次没打扮，普普通通的白色宽松校服，衣摆一直垂到腰胯，她蹲在地上，在吹一只气球。

第三眼他想，怎么回事，她好有个性？！

一旁的陆承期："连着三天迷路到这儿，怎么，这儿的空气里有糊涂药？"

要么怎么说他这人运气特别好呢，周五早上，他破天荒地迟了个到，站门口罚站时，看到那张又冷又踮的脸。

侧背着灰蓝色的书包，头发扎起来，鬓角掉出来些碎发，露出好看的眉眼。

他倒是不觉得有什么，毕竟从小到大闹事惯了，但是怕女生在这儿不自在，于是开口跟她搭话——

"同学你也迟到了？你叫什么名字？你是什么星座的？"

话音刚落，旁边迟到的女生们打着商量："小江总，最近我们老班很暴躁，不记名了，行不行？"

她站在那儿，一堆女生围着撒娇，她说："行行行，那今天就不记了，快回班。"

她转头一看，井池还在原地。

她问："你怎么还不走？"

井池："我留一个。"

她一脸莫名地看着他，还没见过主动要记名的，但并没多管闲事，把本子递出去。

哗啦啦的摩擦声传出，没一会儿，上面出现一行潇洒臭屁的落款。

池，188xxxx0777。

井池潇洒地递出去，无视所有规则："我的手机号。"

号码给出去，手机一连七天没动静。

他对着那只手机翻来覆去地看，新的好友提示没进来，倒是听到家里人说，跟他从小定了娃娃亲那女孩子搬到了苏城，正琢磨着要不要两家见一见面。

"不要！"井大少爷立刻跳起来，"不要！我绝对不要！绝对！"

他"一哭二闹三上吊"，疯了整整一周，才总算让父母打消念头，觉得就他这样，就算见了面也只会消磨两家的感情。

当晚两家见面的事取消，井母坐在沙发上轻轻一叹气："夜雪这孩子不错，你跟老江说，做不成亲家，做我干女儿也行。"

井池回头："谁？江夜雪？"

"对啊，她刚转到你们学校，你可能不知道，听她妈妈说，还在社团乐队里当鼓手呢。"

井少爷开始不依不饶："妈！你怎么没早说？"

"你也没问啊。"

井池站起身："我决定法定年龄到了就结婚。"

井母白他一眼："我已经拒绝了娃娃亲的事。"

少爷又开始撒泼打滚："为什么这么听我的话？为什么？！"

井母忍无可忍，拿起一边抽人的藤条："井池，你欠抽了是不是？"

没关系，娃娃亲由家里人出面取消，他可以单方面当作没取消。

第二天一大早，井少爷就提着一盒巧克力去乐队请罪。

江夜雪抬头看他一眼："取消了正好。"

好端端的冷艳美人，名字居然起得这么恬静。

"那是我妈喝醉了说胡话，你别当真。"井池说，"你看将来什么时候订婚比较好？国内还是国外？你要几枚戒指，婚纱选什么牌子，是一边办一场还是办两场——结婚也听你的，我很听话的！"

她还没开口，挤在门口的队员笑得惊天响，井池回头说："帮我照顾好我未来的未婚妻，以后社团经费我都包。"

五天后，江夜雪看着社团里多出的"本场次由小池总赞助播出"，陷入了漫长的沉默。

队员们负荆请罪："对不起，他给的实在太多了。"

一来二去，所有人都知道俩人从小绑定娃娃亲，每当这三个字开口，江夜雪都冷着一张脸，无语地回："……别问我，去问井池。"

他开始像狗皮膏药一样参加她所有的社团活动，一来二去和社团每个人都混熟，下学期期末时，玩密室逃脱，他在黑暗中被人扮演的鬼堵在角落。

他慌不择路地跑进衣柜，"吱呀"一声，陈旧木门关上，他对上一张面无表情的脸，差点叫得更大声。

不过他很快反应过来，这是江夜雪。

"你怎么在这儿？"他问。

江夜雪冷笑，嫌他问得多余："来这儿吃牛肉面的。"

井池："那我们刚说的话，你听到了？"

"我又不是聋子。"

"……"

江夜雪说："我没什么契约精神，不想联姻，随时可以取消。"

"不要。"他说，"我不想取消。"

借着透进来的冷白色灯光，他清晰地看到她愣了一秒。

密室之后，二人关系突飞猛进。

傅言商在位置上听他念了一整节自习课："让我听听，突飞猛进到了什么地步？"

"她现在会回我消息了欸。"井池伸出手指，"而且是十分钟之内。"

对面的人忍无可忍："井池，快点清醒。"

很快，井池的不清醒得到治疗，傅言商在那年前往国外，没过太久，他成年后也被家人遣送，怎么撒娇都没有用。

但他仍旧坚持每天都给她发消息，有时是早上，有时下午，特意细心地调了两个时钟，怕给她发消息时影响她休息，都选在午休和晚自习下课的时候。

那天圣诞，他想了好久，想学小说里男主人公那样赶回去见她，但最终还是没能实现，于是悄悄给她打了两个电话，但是都没接。

打第七个电话时，她才终于把他的电话接起来，井池说："圣诞快乐！"

"嗯。"她难得应声，这让他意外，但下一秒，他听到她说，"今年不用联络我了。"

他在这瞬间被高高抬起又重重摔落，有些蒙地问："为什么？"

"最近成绩下滑有点严重，爸妈要收我手机了。"

他张了张嘴，其实想问很多。

例如，我可以偷偷送你一个；又或者，那你考好点可以拿回来吗；再或许，我可以在周末给你家的座机打电话，办法有这么多的。

是啊，办法有这么多的，为什么不用联络了呢？

他想问，这是不是你的借口。但没敢问出口，因为他知道，这大概才是答案。

所以他说了"好"，挂断电话，然后把柜子里傅言商用来做啤酒鸭的啤酒喝了个精光。

那天的气氛很好，绿的圣诞树，红的灯，还飘了雪，他站在异国他乡，第一次体会到了这种失落又难受的感觉。

睡着的傅言商被他拉起来尽情倾诉，坐在壁炉旁，不理解怎么会有人如此患得患失。

他那时哽咽着："你最好没有这一天。"

在美国的日子过得很快，井池消沉了大半年，然后开始认真上学。

大一那年期中，他回国了一趟。

那天是校友会，他隔着人群远远地和她对望，虽然两人都已长大，但她仍旧是他熟悉的样子，江夜雪看了他一眼，说不出情绪。

他那晚喝了很多酒，不记得自己究竟做了什么，再醒来的时候，是在酒店的床上。

来不及歇斯底里，他瞬间穿好衣服，看着床上的人发呆。

空气里都是酒精的气味，杂乱的衣服堆在床尾，他出去买了套新的裙子，再回来时，她已经醒了。

被子拉到胸口，江夜雪正在低头打字。

"对不起。"他闷闷地说。

她抬头看他。

井池觉得被自己搞砸了，又一次。

他说："你别讨厌我。"

他这一生一向自尊，在此刻第一次称臣。

她问："为什么？"

井池不知道她在问什么，理所应当地以为是在问昨晚，自己也觉得这话像说辞，但确实是实话："我，我喝醉了，对不起。"

"为什么要道歉？"她说，"我没喝醉。"

他在瞬间抬起头来。

她拿起一旁的短袖套上，然后问他："我衣服呢？"

"啊？哦，好。"他大脑一片空白，循着她的声音去找，半晌又回过神，惊惶地问，"你没喝吗？"

"没。"

胸腔里一颗心跳动得猛烈，他血液从未以如此快的速度流动，他干涩地问："所，所以，我们是和好了吗？"

"什么和好？"

"就去年你让我别联系你。"

"我不是说了吗，我被收手机了，你联系了我，我也收不到你消息。"

他坐在床沿，像只委屈又伤心的小狗："我还以为……"

她听不清，凑近去问："什么？"

"我以为你不想理我了。"

她正要开口，还没来得及无语，颈窝里忽然砸进一颗毛茸茸的脑袋，湿润的液体沾上来，他鼻音很重。

她叹口气，只好安抚地拍一拍他脑袋："没不理你。"

当天下午，他就自来熟地忘记了过去的痛苦，仿佛他们已经谈了很久，老婆前老婆后地叫上了。

"老婆那你为什么不给我发消息？我在国外你都不联系我。

"你没给我发消息，我以为你恋爱了。"

她说："你乱叫什么。"

"不可以叫吗？我们是男女朋友。"他一双眼很无辜，"我们又有婚约，叫一声老婆也不可以吗？"

他一直以为自己很不擅长恋爱，也常常因为太欠吵过很多次架，但居然一直奇迹般地和江夜雪谈下去，他一颗心因此愈发惴惴不安，总感觉哪天他老婆就要憋个大招。

大学刚毕业，他回到国内，她的个人护肤品牌也在那一年成立。

求婚是在她生日那天，烛光、气球、蛋糕，他举着钻戒的手微微发抖，破釜沉舟道："你以后遇见的人可能比我高比我帅，但是能比我还笨吗？"

她接过钻戒，然后说："你挺帅的啊。"

那天他喝了挺多，在两个哥们面前吹了大概一个小时，谁也没想到他会是最早恋爱结婚的那个。

陆承期觉得没意思，傅言商心不在此。

当晚没控制住到凌晨五点，老婆一个星期没理他。

他老婆是个标准的、不折不扣的工作狂，婚后也没专门留出时间跟他腻歪，为了自己的护肤品牌天南海北地看原料、试样品，他常常因为她过于投入工作无暇顾及自己前去捣乱，也就因此经常被罚去睡书房。

当然有时候不是被罚的，是她工作经常熬夜，怕开灯影响他休息。

那天晚上十二点多，她还敷着面膜在打电话会议，说新品原料改进的问题，他推门进了卧室："老婆，我不想睡了……"

江夜雪看了他一眼，很明了地知道他要说什么，于是没搭话。

井池："我想……"

他老婆嗤地看他一眼："你一天到晚脑子里除了这些还有什么？"

"还有老婆。"

他像小狗，精力实在旺盛，每回都是她受不了喊停，让他控制一点，最高纪录是旅游的时候连续三天没出酒店。

那天她开会，他非要来捣乱，说就抱着，不干什么，她坐他腿上，一边开会说面膜纸的事，一边感觉不妙。

话筒暂时关闭，她开口："井池，别一直亲我。"

他声音有点委屈："我忍不住。"

当然，他老婆偶尔也有坏心眼。

那天出去拍周年照，发型师给他弄了个顺毛造型，他身上一件纯白的泰式校服，看起来很有点清纯男高中生那味。

再加上他那天不太舒服，话也不多，没空贫嘴，就显得更好欺负。

晚上他难受得厉害，喉结到眼下全红了，像渴到极致的人在求水。江夜雪涂着红色指甲油的手指半搭在他脸颊上，微微凉，她就笑着，垂眼看着他："怎么不叫了？"

他喉结滚了下，心有不甘的小狗看起来也不会咬人："你怎么调戏我？"

她摩挲他的脸颊："叫姐姐。"

小狗额发都被汗湿："姐姐，姐姐。"他急切地咬她指尖，惯用的柑橘洗护将整个空间浸染成一股热带雨林的氛围。

小狗牙尖嘴利，不注意分寸，事后又是一片狼藉，她已经没力气，指一指床头柜："井池，水给我。"

井池容光焕发，看不出不舒服的痕迹，他睁着湿漉漉的眼睛，还拿鼻尖拱她："我喂老婆喝水好不好？"

"可以，喂完你睡书房。"

于是老老实实地给弄了吸管，她趴着喝，伸手去刷平板里进来的新消息。

"老婆别工作了，跟我聊天。"小狗不满，没收她的工具。

她困得很，但脑子很清醒："聊什么？"

"你是什么时候转到我们学校的？"

"国庆收假。"

"那天我好像在门口执勤——"

"不记得了。"

"你记得的，"他要赖，"你肯定记得。"

怕她真不记得，井池挨着她提醒："我们第一次正式见面是那天我迟到了，十月十五号，我记得很清楚因为日子特别吉利，然后我给你留了我的电话号码，但是你都不加我微信，我——"

嫌他话太多，也怕他一直讲到明天早上，她忍无可忍地打断："十月八号。"

"什么？"

井池反应了好一会儿，这才说："十月八号？不对老婆，我们第一次正式见面是十五号，八号那天我们都没——我都在站岗，才是你第一天进校——"

"等下！"井池忽然坐起身来，"老婆，你见第一面就注意到我了啊？"

"……困了。"

"老婆！老婆！"小狗去拱她软绵绵的颈窝，"你居然对我情根深种！"

"……你别给自己加戏。"

他完全不听："天啊，老婆你……"

"闭嘴井池。"

"老婆！"

"……"

"你好爱我！"

次日她起得很早，井池在滚轮声中迷糊地醒来。

江夜雪将行李箱竖起来，拉直拉杆。井池朦朦胧胧间还以为在做梦："你去哪儿？"

"出差，德国。"

小狗委屈："怎么不带我？"

"你起得来吗？"

"起得来啊，"他说，"你不带我，我也会想办法自己飞过去……"

她看一眼手表："还有一个小时。"

"嗯？"

"快点，起来收拾行李，我定的酒店是双人间。"

他的行李箱正被人摆在床尾摊开，放了一些她箱子里装不下的卷发棒和化妆品。

小狗揉眼睛："老婆我就知道你是爱我的，你只是脸冷了一点，脾气直了一点，其实你内心……"

"五十九分钟。"

他立刻从床上跳起，问："十分钟就好，早上吃什么？"

"你定。"

"吃我。"

"……"

她忍无可忍："井池。"

这人立马立正："知道了我马上收好……"

飞机早在停机坪上等候多时，他听到她用流利的德语朝电话那边介绍，随行的还有她的丈夫。

飞机落地柏林，阳光一片灼然，她抬手戴了墨镜，回头和他牵手。

井池紧了紧掌心，突然凑过去，在一片飞鸽扑棱翅膀的嘈杂声中臭屁地说："老婆，我也好爱你。"

"知道了，"她说，"你说过很多遍了。"

"是吗，什么时候？"他不太记得，"那你也说一遍给我听听。"

他的目的这才浮现出来，她眯着眼看过去，井池莫名紧张得喉咙一哽，正要说话，被人揽着脖子吻上去。

振翅欲飞的白鸽群后，二人在日光中接了一个漫长的吻。

她睁开眼，说了句德语。井池凑上去："什么，老婆？听不懂。"

"德语的我爱你，听不懂就算了。"

她加快速度往前走，试图甩掉这个黏人精，下一秒又被贴上。

白鸽重新停在广场，二人的影子拉开距离，又贴紧。

井大少爷臭屁地想，谁说我对爱情不开窍的？我是恋爱天才。

又抬头一看："老婆，等等我——"

☕ 饮品热选·

卡布奇诺（冰/热）　¥15
KABUQINUO

雪顶摩卡（冰）　¥15
XUEDINGMOKA

冰萃冰咖啡（冰）　¥18
BINGCUIBINGKAFEI

冰淇淋咖啡（冰）　¥18
BINGQILINKAFEI

香柠果咖泡泡（冰）　¥18
XIANGNINGGUOKABAOBAO

橙子果咖泡泡（冰）　¥18
CHENGZIGUOKAPAOPAO

🍰 甜品热选·

海盐芝士蛋糕　¥35
HAIYANZHISHIDANGAO

奥利奥千层　¥35
AOLIAOQIANCENG

黄油海盐卷　¥8
HUANGYOUHAIYANJUAN

抹茶泡芙　¥18
MOCHAPAOFU

✦ 番外五
解酒软糖

　　路屿一直觉得自己的爱情故事没什么好说的。

　　因为他根本没有爱情故事。

　　他跟虞佳凌是商业联姻，结婚之前就见过三面，连对方睡觉是头朝左还是朝右都不知道，最靠近的距离是饭桌上面对着面的一米直径，再靠近的就没有了。

　　他不愿意结婚，但实在是被逼无奈，虞佳凌也是，他知道。

　　说实话，因为负着气，他其实连她长什么样都没太看清楚，新婚夜，他逃避地在外面敬了一圈儿酒，差点连路过的狗都喊过来一起喝两杯了，最后实在是没有别的事可做，只好回到房间。

　　其实一开始他还是有点愧疚的，那是很复杂的情绪，愧疚和厌倦交杂，他想着让人家自己在婚房等了那么久不好，但他又实在不想去见——结果推开门，迎接他的是一片黑暗。

　　虞佳凌自己在床上睡着了，连盏灯都没给他留。

　　另一个枕头被她丢在沙发上，意思很明显：要么睡沙发，要么睡客房。

　　还没见过这么蹶的人，路屿坚决不认输，去客房睡了一晚，打算等一早起来就挑明：我们以后各过各的，互不干涉。

　　结果第二天一起来，连他老婆的人影都没见着，人走了，不知道去哪儿了。

路大少爷这辈子没受过这种委屈，当即拿出手机准备给她打电话，气势汹汹地点开通讯录，发现，自己没她手机号。

再次见面是两家的家宴。

那天路大少爷特意精心打扮，穿得风度翩翩，在餐前理了理领带，终于对她说出那句准备已久的："我们虽然结婚了，但我希望，以后我们井水不犯河水，互不干涉。"

那会儿，虞佳凌就坐在沙发里，低眼看着手里的平板，傍晚的光落下来，他也是第一次发现，她还挺漂亮。

但一秒，两秒，对面的人完全没有要回话的意思，路屿都有点怀疑她是不是暗恋自己，想装作没听到也不想跟他划清界限了。

似乎是感受到他的目光，虞佳凌偏着头，摘下被发丝掩住的蓝牙耳机，问他："你说话了？"

路屿："……"

饭局结束，回去的路上，她拉开车门，对他说了今天的第二句话。

"对了，"虞佳凌拢着外套，摘下眼镜的手法很潇洒，"我们在外面当陌生人就好。"

路屿："……"这好像是我的词吧？

接下来就是长达半年的不见面时间。

虞佳凌在忙什么，路屿不知道，手机号微信号也通通没有，这婚结了跟没结也没太大区别，确实是如他当初所愿，但不知道为什么，他心里总是有点不太爽利。

等到他好不容易回国，在家里住了两周，想着婚房那边总不能一直不过去吧，老让人家独守空房，是不是也不太好，遂收了行李风光地莅临婚房，结果发现里头只有阿姨，虞佳凌比他还绝情，根本没住这儿。

再见面就是三个月之后了，那天是个意外情况，他和朋友组局出去玩，开到山路上的时候车忽然抛锚，就这么卡在了路中央，正巧还是大雾大雨天气，雷声大作，碎石滚滚。

一车的公子哥们，就这么瑟瑟发抖地等待救援，满车哀号，说咱们不会要死了吧？话音刚落，一道惊雷劈下，大家打开手机留遗言，跑车的发动声由远及近，路屿心里只有一个念头：对方不会看不到我的车，直接把我们撞下去吧！

银灰色的车型冲破雨雾，在前方急刹，主驾驶上的人迈出长腿，踩着雨水走到车前，比了个手势："还不下车？"

她没举伞，锐利的五官在雨里也显得柔和，雨水打湿她的睫毛，眨眼时，有水珠滚滚而落。

等到被她带出去，路大少爷还觉得有点不太真实，避雨的房子内，其他人的女朋友和老婆也陆续赶来，一阵嘘寒问暖，其乐融融。

虞佳凌在这时候坐到他身边。

路屿竭力克制着嘴角的笑意，想，她也不是不在乎我嘛。

紧接着，虞佳凌开口："老实了？"

他心说你这跟一家人似的熟稔感是怎么回事，你就爱我爱成这样吗？他清了清嗓子正要回答，旁边的费鹏老老实实地开口："老实了。"

路屿转头：不是，怎么个事？

虞佳凌："还出来吗？"

费鹏低着脑袋："不出来了。"

路屿左看看右看看，然后起身，哼了一声。

等人走后，费鹏奇怪地问："他是不是生气了？"

虞佳凌正低着头看手机，没回答。

这天晚上，两人终于见面了。

虞佳凌正洗完澡，对着镜子擦头发，路屿状似不经意地路过，然后不经意地倒退回来，问她："你今天怎么会出现在那儿？"

虞佳凌："接人。"

"谁？"

"我表弟。"虞佳凌像是奇怪他话怎么这么多，"不然呢，去接你吗？"

路屿反骨一下上来了，立马问："怎么不能是去接我的？"

虞佳凌笑一声，擦了擦发尾："不是你说，在外面就当陌生人？"

路屿："这好像是你说的吧？"

虞佳凌扫他一眼："你不是这么想的？"

路屿："……"

没过几天，朋友聚会上，收到虞佳凌寄来的闪送，这会儿两人已经加上微信了。

路屿："你表弟又在了？"

消息过了会儿才传回来。

虞佳凌："没。"

路屿："那你寄过来三袋解酒软糖是什么意思？"

这回对面好久没回复，他百无聊赖地点进自己朋友圈，最上面是他一小时前刚发的，说喝多了，很想吐。

退出朋友圈，虞佳凌的消息正好在这时候回过来。

虞佳凌："你发那个朋友圈不就是想让我给你送东西？"

意识到自己被看穿，路屿当即应激，激动地一串语音回过去："我没有！"

到家还是一片空荡，他仗着喝醉给她打电话："为什么不回家？几点了？赶快回家！"

不知道是不是为了报复他，接下来的一周，只要在外面超过十点没回，虞佳凌的电话就准时打过来，冰冷无情的两个字："回家。"

然后挂断。

他觉得很不爽，但更让他不爽的是，他居然对这种管束，又有点上瘾。

从小到大，没什么人能管住他，但虞佳凌做到了，他也不清楚为什么。

十二月的某个周末，外面飘着细雪，是这座城市的初雪，他坐在景观壁炉前，忽然没头没脑地冒出一句："我感觉我有点喜欢上你了。"

虞佳凌诡异地看了他半秒，然后拉开抽屉，给他递了一袋软糖。

他不明所以："干什么？"

"你又喝大了？"虞佳凌的手势很熟练，"吃完解酒的去睡觉，明天一早起来想起自己说了什么你会后悔的。"

他明明也不是多听话的人，但听到这句居然下意识起身朝卧室走，睡前还记得撂下一句："我没醉。"然后就睡死过去了。

事实证明，虞佳凌也有猜错的时候，一觉醒来，想起自己昨晚说了什么，他并没有后悔。

只是恨不得把自己嘴巴抽烂再一头在地板上撞死而已。

但是话都说了，要有担当，当天晚上他就做了一大桌子菜，不过很不幸的是，还没来得及做完她就回来了。他狼狈地拿起蜡烛准备点上，却差点把桌布烧着。

虞佳凌很是不明白："你在干什么？"

路屿："在准备烛光晚餐。"

也挺新鲜的，他第一次在她脸上看到这种表情。

饭快结束的时候，他忽然问："我今年能去你们家过年吗？"

她神情微妙了一会儿，这才说："去我家过年的话，你不会不习惯吗？"

他以为这是无声的拒绝，但二人也相安无事地过到了一月底，过年前一天，一起看春晚的时候，她问他："还不收拾行李？"

路屿早把这事抛之脑后，问："去哪儿？"

"不是要去我家过年？"

"你不是拒绝我了？"

虞佳凌看了他一会儿，冷笑中带点无语："我什么时候拒绝你？我那不是在为你考虑？"

"为我考虑？"一说这个路屿就不困了，忽然一下凑到人家跟前，"在你心里我的感受这么重要吗？"

虞佳凌懒得搭理他，拂开他凑近的脸，路屿又问："还有，你刚为什么要冷笑？"

"我什么时候冷笑了？我就长这样。"

"那你能不能对我温柔一点？"

"不能。"

"……"

她双手抱臂，这会儿是真的冷笑了，有一种居高临下俯视的感觉："你不就喜欢我这样？"

虽然不想承认，但路屿承认，她说的是真话，他就喜欢她那种淡淡的压迫感，很爽。

过年那天，虞家的晚餐很丰盛，吃完之后他们去花园散步，路屿问："你觉得我这人怎么样？"

虞佳凌瞥他一眼，正要开口，又被他打断："过年了，说点好听的，别骂我。"

虞佳凌觉得很稀奇地笑一声："对你来说，我骂你不就好听？"

路屿："别拆穿。"

他补充说："我的意思是，我们好好相处，像正常夫妻那样。"

她声音很淡，往前走的时候有些莫名地说："不早就是了？"

"是什么是——你都没让我跟你一起睡主卧！"

"你自己不把枕头搬回来的，我又没说不让。"

意识到对方说了什么的时候，路屿发现她已经走出去很远了，他控制不住嘴角上扬，然后快步跟上。

风声细碎，灯影蒙蒙，今晚月色很漂亮。

他想，从今以后，他再也不用一个人了。

某天晚上睡前，路栀调了部电影当睡前故事，电影讲的是女主角每天起床，发现自己变成了一只陌生小动物，一连七天，每天如此。结果还没看完她就睡着了，大概是因为电影故事没看到结局，所以当天晚上，她的梦也延续了下去。

睁眼的那一刻她还有点茫然，为什么她睡在地板上？站起来，视线也矮矮的，仰头，只能看到一把椅子的边角。

低头，踩在地板上的已经不是拖鞋，而是一只毛茸茸的白色的爪子。

等等……爪子？

这不是我的吧？她迷惑地抬起右脚，那只爪子也抬了起来，在空中挥了两下，软绵绵的粉色肉垫也在空中画了两枚瘪瘪的圆。

别吧？她吧嗒吧嗒地跑到镜子面前，与她面面相觑的，是一张白色的狐狸脸。

她变成狐狸了？那快点慢点呢？她不会穿越到狐狸身上了吧？

她一转头，和椅子上的两只狐狸大眼瞪小眼。身为原住民的两只小狐狸也迷惑极了，瞪大眼睛看着她，不明白怎么一觉醒来，多了一只同伴。

她焦急地跳上桌子，想要说话，结果开口就是一声狐狸叫，把她自己都吓了一跳。

这会儿，床上的人也醒了。傅言商在手边捞了一圈，发现枕边没人，不太确定地看了眼时间，凌晨六点。

他老婆这个点可不会起床，于是他理所当然地以为她在上厕所。

男人起身，将外套拢好，打开浴室门，没人。厨房，没人。一楼，没人。

他辗转回到床边，打算给她打个电话，但发现她的手机仍在枕边，应该是没离开家，也没走远。

那问题就来了：他老婆，去哪儿了？

傅言商正打算给阿姨打个电话问问看，一低头就看到一只奶白色的小狐狸正趴在床头柜上，用雪白的爪子扒拉桌上的纸和笔。

等等，这只狐狸……

他低头看一眼，又看向猫爬架上两只同样疑惑的狐狸。

路栀这会儿都快急死了，就怕他把自己拎起来扔出去，用嘴叼起笔，可写不了字，不知道该怎么说明真身，急得呜呜直叫，但下一秒，傅言商凝视着她，稍做停顿后开口："……路栀？"

路栀蒙住。啊？他怎么认出来的？

她呆呆地看着他，又呆呆地点了下头，然后忽然被人一把揽起来，四脚悬空，被举到他面前。

男人立体的五官无限凑近。就这么看了她一会儿，他忽然笑了。

狐狸栀左右摆头，耳朵一晃一晃，不明白他为什么会笑。

"怎么变成这样的？"梦里的他问。

我怎么会知道！小狐狸怒气冲冲，用脑袋顶他的头，不帮我就算了，还在这儿看热闹！

傅言商被她顶到额头，笑着揉了揉，这才说："走吧，先陪我去开会。"

于是整个融盛上下今天都知道了，总裁带了一只宠物狐狸来上班。那狐狸金贵得很，随时被他抱在怀里，连开会都要抱着，他坐在主位上，狐狸坐在他怀里，谁都摸不得。

那宠物狐狸的待遇好得要命，今天降温，总裁不仅把自己那条围巾给她裹起来，还让采购紧急加买保暖垫。总裁签文件，狐狸就在垫子上呼呼大睡。

路栀快到大中午才睡醒，醒了之后感觉肚子有点饿，下意识想要揉揉肚子，等发觉揉到一手毛——还手短短、揉不到肚子的时候才想起，她现在是只狐狸。

狐狸栀惆怅地趴好，把尾巴垫在下巴底下发愁：该怎么变回去呢？

"饿了？"桌前的男人扫了她一眼，"要不要吃饭？"

她一个箭步冲起来，在看到罐头时耷拉下了尾巴。

我要吃肉！谁要吃猫罐头！

"你吃不了别的，"似乎是看出她的内心活动，傅言商在一边揉揉她软乎乎的脑袋，"人吃的怕你消化不了。"

猫罐头不好吃，猫条也不好吃，原来宠物零食是这个味道，她应付地舔了两口，去看面前摆着丰盛午餐的傅言商。

傅言商刚拿起筷子，忽然"咚"一声被撞掉，小狐狸风驰电掣，斗牛一样撞掉他的餐具，然后泄愤似的在键盘上噼里啪啦地乱踩，打出一串乱码加句子——

jhdfjhfgaaaa 我要吃牛肉！

他失笑，把狐狸抱过来左揉右揉，捏着她的爪子在键盘上打回复——

明天就可以吃了。

还学她，坏透了。

"是不是今早变的？"他猜测，"那应该明早会变回来？"

第二天凌晨，她果然变了。但没变成人，又变成了一只兔子。

兔子在被窝里左右乱拱，被人托起来安抚，傅言商给何诏打了电话，说今天先不去公司了。

她的爪子在键盘上左右踩，十多分钟才打出一句。

那你要去哪里？

傅言商把她托起来，用打湿的纯棉巾给她擦脸："去给你想办法。"

事实证明，就算在梦里，傅言商也在给她兜底。

三小时后，山里的某位老先生摸了摸胡子，慢悠悠地道："这属于超自然现象，不知道她是怎么变成动物的，自然也没有办法把她变回去。"

兔子栀心情很不好，咬着自己的耳朵黯然神伤。

"那有没有别的法子？"傅言商给她把耳朵解救出来，问对面的老先生，"比如，把我也变成兔子？"

路栀："……"

哪有人会提这种要求？她用一种没救了的眼神看着他，想问他是不是睡一觉把脑子睡傻了？

"总不能让你一个人变成小动物，"他是这么回答的，"多无助。"

我也变成兔子，你会不会更有安全感一点？

路栀也是在变成兔子之后才知道，歌里唱的不对，兔子不爱吃胡萝卜，在她的味觉里这个一点也不好吃。傅言商严谨地查完资料，给她把青草晒干净，放在她脑袋上。

兔子的窝里满是青草的香气，她趴在阳光的味道里，困倦地闭上眼睛。

第三天，路栀睁眼的第一刻，看到的是傅言商的脸。

吓她一跳，她还以为自己变成傅言商了！

"让我看看今天变成什么了？"男人噙着笑把她抱到镜子前，捏一捏她的猫爪，被她一巴掌拍在脸上，肉垫软软的，带着猫咪的气味。

傅言商顿悟："原来变成邪恶银渐层了啊。"

"……"

太奇怪了，变猫就变呗，怎么还变出品种来了，变成银渐层的路栀对着镜子，欣赏自己脑袋上的花纹。

圆圆肉肉的猫脸，粉嫩的肉垫，这是她的梦中情猫，但是很可惜，无法自己摸自己。

邪恶银渐层在傅言商的办公室里横冲直撞，气势汹汹地否定了午餐的金枪鱼罐头。

我讨厌吃鱼！路栀牌银渐层表达了自己的喜好。

事实证明，当你足够弱小的时候，连愤怒都很可爱，因为她这样做，只会取悦到傅言商，他会把她抱到怀里，摸她的下巴和尾巴。

很舒服，邪恶银渐层享受起了人类的供奉。

第四夜，路栀成长了。

一睁眼，她正贴在天花板上，左看右看，冲到镜子前看——依然一无所有，只有植物在她经过时摆动自己的枝叶。

她变成了风。

这简直有违常理，她在梦里问神："风算什么小动物？"

神说："也没说每晚都是小动物啊。"

也是哦，路栀坐在桌边发呆，懒懒地伸直腿——如果她现在有腿的话。

一公里外，花丛里刚嘘嘘完的小黑狗猝不及防被风吹过的窗帘糊了一脸。

风应该是不需要睡觉的吧？毕竟她一点都不困。路栀在天花板上贴着，看了会儿，傅言商还没醒，于是她偷偷溜出去看花园里的花，原来当风这么好玩，从树林里穿梭过去，哗啦啦一片声响。

她看时间差不多了，回到家里的时候，正看到傅言商紧蹙的眉头，他叫她，没得到回应，在房间里找了一圈，仍旧一无所获，他很少有那样慌张失态的时刻，握着她的手机，找遍家里的每一处。

他摘下眼镜，撑在桌边的手微微发颤："路栀？"

她很难证明，因为无论她怎样将树叶拨得哗啦作响，他都没有注意到。

她捏住他的衣角用力地晃，桌面上书页翻飞，他似乎这才渐渐意识到，缓过来的声音仍旧滞涩："你在？"

风没办法敲键盘，她只能反复横吹书页，证明自己存在，他松了口气，坐在床沿。他想还好，没消失就好。

她就坐在他对面凝视着他，如果有手有嘴，这会儿一定托着脑袋问他：傅言商啊傅言商，离了我你该怎么办啊？

第五个晚上，傅言商没有睡。

他守着她，怕她在哪一秒变成别的又消失不见，不知道她会在哪一秒变化，所以索性每一秒都陪着她。

他眨了个眼的工夫，掉下来一片羽毛。

路栀扑棱着翅膀，在他眼睛的倒影里看到自己，听到他说："变成大雁了啊。"

有翅膀，很新鲜，她在高空盘旋，可是虫子太丑了，她苦着脸不愿意吃，傅言商给她换上新鲜的鸟食。

明天会变成什么呢？快快变回去吧，她想。

可是这天过去，她没有变。

天气转寒，大雁要迁徙，她需要和同伴一起出发。

天空碧蓝如洗，她的使命不在这里。

大雁同伴在屋外等待，她立在他掌心迟疑，可是如果留下，谁也不知道会怎样。命运鼓动她去往更远的地方。

但他看了看更远的蓝天，对她说："去吧，记得回来。"

时间过得很快，她飞来又飞去，日复一日的更迭中过去许多许多年，她一直没有变回来，他也就这么等，流言在这些漫长的时间中逐渐衍生出很多很多版本，他们说，他在等一个不可能的人。

她站在枝繁叶茂间，听到有人问他："一年见一次也要等？"

"一生见一次也要等。"

她听到他说。

下一夜，她终于变了。

这次变成了一只小鹦鹉，终于能说话了。

她在水池边清理羽毛，在他肩膀上趴着看日落时分的夕阳，在他工作的时候，用尖尖的喙在键盘上敲出"嘿嘿"两个字，发出得意的声音。

"在嘿什么？"他说，"午觉的时候在我脸上啄来啄去那事？"

居然被他发现，路栀扑腾着翅膀，声音像卡通动画片里的唐老鸭："才没有！"

最后一夜，她变成一只狼。

这回醒来就在一望无际的草原上了，这可怎么办，她急得跺脚，找不到她，傅言商会不会着急？可这是哪里？要怎么回去？

同伴过来，告诉她他们今夜换了新的狼王，她内心隐隐有某种预感，踩着湿软的泥土走上石台，满地都是血渍，落败的前狼王正夹着尾巴离开。

新一任狼王在月色下独自舔舐伤口，空气里弥漫着原始的血腥味道。

她走过去，小心翼翼地对暗号："奇变偶不变？"

新狼王舔舐的动作顿了一下，转头看向她："……"

虽然他没有回答，但是暗号也算是对上了。雪地里，她在上面踩出梅花脚印，邀请傅言商来看。

白茫茫的雪地里，她问傅言商："我们有办法变回去吗？"

他说："先走出这片雪地再说。"

后来也没找到变回去的办法，她和傅言商成为了新一任狼王狼后，她生疏地扮演着狼王的妻子，在遭受攻击时护住他最脆弱的颈，只是不太熟练，有时夜里，各位狼引颈嗥叫的时候，她会忍不住笑场。

但是有的人类真的太可恶了，她做人时也常常这样觉得，做动物时当然更甚，她提早结束梦境了，因为她被猎人的子弹击中，结束了作为狼的这一生。

好在是做梦，梦里没有痛觉，只是觉得悲伤。

她想起这短暂又脆弱的一生，像白驹过隙，想起她行过的草原、见过的风光，想起大漠漫天的风沙和湛蓝的天空，想起他们并肩而立时看过的星夜，想到她死后，她的丈夫要怎样度过漫长又孤寂的余生。

可她也有猜错的时候。

她没想到，傅言商殉情了。

狼群静默，在黄昏时分垂下脑袋发出呜咽与低吼，是对狼王逝去的仪式和惋惜。

路栀睁开眼。

身前微弱的灯光唤醒她的意识，电影仍在播放，只是即将到达尾声，她好像是睡着了，还做了七个梦。

点开屏幕看了眼时间，她只睡了一个多小时。身旁还温热，傅言商正合上电脑，看起来是准备睡觉。

"怎么醒了？"他顿了顿，"吵到你了？"

她摇摇头，过了好一会儿才说："梦做完了，就醒了。"

他笑一笑，摘下眼镜，问她："做什么梦了？"

"有美梦，"她说，"也有噩梦。"

"我梦到我变成了兔子，然后你说你也要变兔子。"

傅言商将她搂在怀里，换了个舒服的姿势，这才说："看起来是像我会说的话，还有呢？"

她靠在他肩头："还有，我变成了大雁，一年只回来一次，你一直在等我。"

他像是挺意外："看来我在你梦里是个好人。"

"后来我们变成了狼，我被猎人打死了，你还殉情了。"

他这会儿倒是安静下来，像是在思考怎么回应，握住她肩头的拇指微微摩挲，这才微微赞许地点点头："那算我有点野性。"

路栀捶他一下："殉情是什么好事吗？你还一脸赞同的表情！"

她有点困了，打了个哈欠，迷迷糊糊地说："反正如果以后……你别跟着殉情……"

傅言商："那我呢？"

"嗯？"

傅言商："如果我死了，你会怎么样？"

她这才醒过来一点，以为他在说做梦的事，天真地眨眨眼："那我不是可以……二嫁给年轻力壮的新狼王吗？"

傅言商："……"

第二天一早，半枝宇宙工作室的各位员工，发现热爱工作的老板路栀破天荒地没来上早班，下午三点改了签名。

刚醒，晚点到。

第三天、第四天……接下来的一周，老板都没有上早班。

（全文完）

🧁 后记
栀子味泡芙

写这篇后记时，正好距离完结过去了八个多月的时间，但创作开篇仍旧历历在目。

这本书是我创作以来废稿最多的一本书，开头一共写了三个版本，第一个版本写到第四章，第二个版本写到第八章，废稿其实还不错，剧情也没有问题，但没写下去的原因很简单，我觉得那两个版本里的他们并没有长出自己的灵魂。

我一直认为一个丰满的故事，绝对不是作者要求人物按照自己的想法，一步步按部就班地行走，而是在剧情线之外，主角长出了属于自己的鲜活的血肉。

每次重写都是一次巨大的崩溃，直到写到这个版本，我发现对了，人物拥有了自己的想法和张力，流淌出了在我预设之外的对话和剧情，我说行，就这个版了，不改了。

前两个版本推翻的中途，我一度开了两三个坑写别的故事，差点要放弃了，但还是不服输，某天洗澡我又在犹豫这本书到底写不写，不行，我告诉自己，我非得把它写出来不可。

感谢我那瞬间的决定，写出了一个我很喜欢的故事。

前几天翻小号，发现有条仅自己可见的微博，我说"受不了了好喜欢他们，写得好幸福"，那一瞬间，忽然觉得值得了。

读者给他们起了个情侣组合名，叫"甜栀泡芙"，有种翻开这本书，就像打开一枚甜甜的栀子泡芙，会被蓬松的奶油和恰到好处的甜度包裹俘获的感觉。

我从来没有预设过泡芙和栀子味能搭配，但想一想又觉得意外和谐，就像路栀和傅言商，没想过他们竟然是如此相配。

那么，属于他们的这个故事，希望你也喜欢。

图书在版编目（CIP）数据

含栀：全2册 / 鹿灵著. —— 南京：江苏凤凰文艺
出版社，2025. 8. —— ISBN 978-7-5594-9545-7

Ⅰ . I247.5

中国国家版本馆 CIP 数据核字第 2025KC1617 号

含栀：全 2 册

鹿灵　著

责任编辑	项雷达
特约编辑	刘　彤　徐晨晓　穆念祺
装帧设计	@Recns
责任印制	杨　丹
出版发行	江苏凤凰文艺出版社
	南京市中央路 165 号，邮编：210009
网　　址	http://www.jswenyi.com
印　　刷	天津旭丰源印刷有限公司
开　　本	880 毫米 × 1230 毫米　1/32
印　　张	18.75
字　　数	486 千字
版　　次	2025 年 8 月第 1 版
印　　次	2025 年 8 月第 1 次印刷
书　　号	ISBN 978-7-5594-9545-7
定　　价	69.80 元（全 2 册）

江苏凤凰文艺版图书凡印刷、装订错误，可向出版社调换，联系电话 025-83280257